在森林和原野

流軍・著

目次

第一章 抗日軍

一

象牙頂位於烏拉山東側。從蘇拉河口朝東南遠眺，地平線上有一排黛藍色的山巒，中間最高那座就是烏拉山，其右側隔著一道斷崖的便是象牙頂。從山形地勢來看，象牙頂原是烏拉山的一道緩坡，造物者不知何故把它斬斷。這道緩坡形狀像香蕉，修長的山脊長滿茅草，每年旱季茅花如雪。從遠處望去，烏拉山像頭大象，斷崖像它的眼睛，那道緩坡白晃晃的像它的門牙。象牙頂由此而得名。

象牙頂全長十七八公里。南北兩邊都是虎豹出沒、藤蔓交錯的原始森林，然而山腰上或山腳下卻有好些村子。村民以華人為主，馬來人次之，印度人少許。華人多半住在南邊，馬來人住在北側，印度人則兩邊都有。緩坡盡頭有個小鎮，由於鎮上的沙石泥土皆為紅色，因此這個小鎮叫紅土坑。紅土坑人口較集中，單鎮內就有兩百多戶人家。街上店鋪有五六十間，不過開門做生意的不到一半。一條黃泥車路穿街而過，東去東海岸班枷河口，西通蘇拉河口的南榮街。紅土坑乃象牙頂和外界聯繫的唯一門戶，所有的土產和外來貨物都在這裡集散。橫街邊有個市集廣場，那就是各種貨物的集散地，當地人稱「山貨市場」。

紅土坑原本是個繁榮的小鎮。五金、雜貨、藥材、布匹等店鋪貨物齊全而且門庭若市。由於日本鬼子入侵才導致今日的沒落與蕭條。

紅土坑最早是片錫礦場。三十幾年前英國人在這裡開採錫礦，所用礦工有五六百個。由於地方荒僻交通不便，礦場老闆提供寓所讓工人安置家眷。有些人蓄了些錢便在附近森林自辟園地種植橡膠樹，有的種果樹或打菜園。日子一久，跟隨的人便多起來，不到十年，紅土坑周圍的森林全被砍光。紅土坑的土地從此有了價錢而且很是搶手。這麼一來，村民們更有勁、更賣命到更偏遠的森林砍樹開荒。

象牙頂南北兩側的山坡上或山腳下從此斧頭聲不斷。千年古木一棵棵被砍下，萬年黑土重見藍天白雲，太陽賜以豐富的養分，種子成為寵兒在大地的懷抱萌芽茁長。荊棘叢裡踏出小路。小溪邊建起房子。這片窮山惡水從此雞犬相聞、炊煙不斷。

房子多了就成村。村子一多路就寬了。東村西村、山南山北路一通，象牙頂生機盎然。

為了方便把錫米運輸到碼頭，錫礦老闆鋪設一條碎石車路通往東海岸班枷河口。紅土坑到南榮街原本只有一條山路，那是樵夫和燒炭的人走出來的。日本鬼子來了之後，一批有志之士在象牙頂森林組織抗日游擊隊。這支游擊隊對駐紮在蘇拉河口的日軍威脅很大，鬼子為了清剿他們便調來技術人員以及招募村民造了一條黃泥路通往紅土坑。

象牙頂除了產錫米之外，山頂和周圍的小山包還蘊藏著豐富的鋁礦。三十年代末，英國人運來機器並在一個小山包旁搭工場裝置機器和其他設備準備開採鋁礦，然而，配備還沒裝好日本鬼子就打來了。情況來得太突然，洋老闆驚惶失措，收拾細軟溜之大吉。礦場突然停工，工人斷了生計，能走的便走，有園地的揮鋤頭種五穀自食其力，既沒處去又沒園地的只好到更遠更深的森林砍樹開荒；一些年輕人索性進森林參加抗日游擊隊。

紅土坑的人雖然多半是日出而作日落而息的山野村夫，但他們為村子取的名字卻質而不俚還頗有詩意，如象牙頂南側山腰上的瘦狗嶺、虎嘯山，山腳下的走水村、蛤蟆谷，西隅的黃獍穴、仙家崠等，這些名字頗具形象叫來順口且令人過耳不忘。他們所取的路名也別具匠心，如往東海岸的那條車路乃洋老闆為運錫而開，故叫洋鬼道；通往南榮街的那條路由日本人所建，故叫走鬼坡。這些村名和路名肯定不是同一個人取的。這說明象牙頂臥虎藏龍、鐘靈毓秀，深藏若虛、大智若愚者不乏其人。

戰前，象牙頂種植橡膠樹的都是家庭式的小園主，範圍不廣；那時的膠價也不好，割膠只是村民們的副業。鬼子統治期間，日本財團在洋鬼道兩邊開發幾百英畝橡膠園，鬼子投降後這大片膠園淪為「敵產」由英政府接管。光復後百廢具興，橡膠價格扶搖直上，英政府便制定發展林業政策大事鼓勵人們開發森林種植橡膠樹。為提高膠乳產量，英政府供應優種樹苗；另津貼拓荒者每依格二百元生活費。

象牙頂周圍有的是森林。象牙頂的人有的是力氣。送樹苗又給錢，不拿白不拿，這麼一來，象牙頂這個窮鄉僻壤可要變成「膠乳之鄉」了。

不過，揮斧頭拉大鋸得流血流汗，單靠一雙手開發不了多少土地。其實，政府的林業發展政策是為吸引資本家前來投資橡膠種植業而設的。一個叫「南洛」的洋人集團兩年之內單在走鬼坡到象牙頂北麓就墾殖了近千畝橡膠園。

這種大規模的種植園地村民們叫大園丘。大園丘的開發解決了許多人的生計問題。紅土坑的村民尤其受惠，因為走鬼坡隨周圍土地的開發而翻修改道，一些橋樑也得以重修或改建。改道後的走鬼坡把從南榮街到紅土坑的路程縮短了三分之一。

交通一改善，好些村外的人也來象牙頂爭一席之地。這下子象牙頂的森林可就搶手了，山南山北、山腰山麓甚至崖谷絕壑無不鋸聲嗘喋，斧聲叮噹。

二

象牙頂這麼多村子中，最偏遠的要算是仙家崠。

仙家崠在象牙頂西邊山嘴，和烏拉山只有一壑之隔。仙家崠住著二十幾戶人家。房子大多建在崖谷邊的那片坪壩上。這道崖谷陡峭深邃，終日山嵐氤氳、瘴氣彌漫有如無底深淵。

仙家崠的人除了種橡膠樹外還種植果樹。象牙頂一帶以仙家崠的榴槤、山竹和紅毛丹最出名。每到果子成熟季節，仙家崠的人就多了一分可觀的收入。

仙家崠地勢險峻，背後岩崖峭拔，怪石嶙峋，白天陰風颼颼，夜裡磷火隱隱。前面深谷過後便是烏拉山。烏拉山乃野獸樂園，老虎、花豹出沒頻繁，大象、麋鹿成群結隊，各種猿猴、山豬、山牛多得不計其數。白天鷂鷹盤旋、知了爭鳴宛然一片和平景象，但一到夜晚，狼嗥虎嘯不絕於耳，半夜還可聽見猛獸廝鬥的吼叫聲。

野獸對村民的威脅很大。狼、虎、熊、豹嗜食人肉，但這樣的事仙家崠沒發生過。眼鏡蛇、觀音蛇、藍珊瑚、五步蛇極毒無比，但仙家崠每家每戶都有蛇藥。他們出門時都隨身帶著。人或牲畜被毒蛇咬傷的事不時發生，敷了蛇藥後全都安然無事。

仙家崠有一家獵戶，主人名叫袁松林。他的妻子叫白藿香，村裡的人都叫她藥師姐。白藿香懂得醫藥，村民們用的蛇藥就是她配製的。她的年齡比袁松林大七歲。他們育有一男二女。男兒為老大，名叫奕森。女兒大的叫雲杉，小的叫水杉。他們兄妹仨的名字都是母親取的，這說明袁松林的老婆比他有墨水。

白藿香出於醫藥世家。她的祖父名叫白飛虎。白飛虎是個有名的接骨醫師。年幼時他常隨父親到山林打獵，因而熟悉各種野獸的特性，長大後便研製出一種用野獸筋骨和多種草藥合煎而成的驅風祛濕補藥。這種補藥成膏狀，因而取名為飛虎膏。飛虎膏又以虎骨和猴骨煎製的最好。然而，猴骨易得虎骨難求，因此虎膏比猴膏貴十倍。

白藿香的父親叫白澍雨。白澍雨自幼聰慧過人，他除了繼承白家基業外還學會把脈開方醫治其他疾病。他在家鄉原本可以大展拳腳，無奈當時時局動亂，加上天災連年，許多村民奔走他鄉，他只好隨水客過番南洋。他在柔佛州哥打丁宜住了幾年，後搬來紅土坑創立澍雨堂藥店。象牙頂有許多珍禽異獸和奇花異草。白澍雨青出於藍，除了替人接骨、煎製虎膏、猴膏外還就地取材配製各種藥酒。他浸的蛇酒、熊膽酒、打藥酒等馳名於柔佛州和新加坡，沒幾年工夫便發了財。不過他虛懷若谷，不露鋒芒；更可貴的是他仍孜孜不倦，精益求精，以治病救人為己任。

藿香在藥鋪裡長大。她自小對醫藥有濃厚的興趣。她進學校念過幾年書，懂得一些字，不過，誘發和啟迪她的是那些藥名。店裡藥櫃上有幾十個抽屜，每個抽屜都裝著好幾種藥，上面刻著各種藥名。藿香每天都看父親給顧客抓藥、以戥子稱藥或用銅臼搗藥。耳濡目染，她七八歲時對那些藥名都能倒背如流。除了背藥名之外她還學寫字。她的筆劃工整，筆順也不含糊。不過，把藥名拆成單字她就不解其意了，例如當歸，「當」字怎麼用，「歸」字怎麼解；黨參的「參」和參加的「參」有什麼不同，等等。她的求知欲很強，一發現問題便請教父親，逐字、逐句甚至一整段，不弄清楚決不甘休。她的父親除了教她識字、用字外還授予醫藥知識，如各種草藥的特性、主治何病、如何配方，等等。

藿香早熟。十三歲亭亭玉立。十五歲楚楚動人。十八歲冰肌玉骨。二十歲豔若天仙。紅土坑的小夥子為她神魂顛倒。外村的大後生別有用心地常來澍雨堂買藥。媒婆為她煞費苦心走穿鞋底。然而，藿香冷若冰霜，對那些自作多情的小夥子不屑一顧；媒婆的花言巧語也一笑置之。她的母親看她意氣驕矜，以為她已有意中人，便旁敲側擊地向她套話兒。藿香聽了不屑地說：「媽媽急什麼？怕我當老姑婆不成？」

哪個少女不懷春？哪個女人不想找個如意郎？然而，象牙頂的男子多半平庸粗俗，像藿香這樣有氣質、有涵養的女子要找個配得上的男子還頗費周章。不過，藿香並不急於找對象。她把精神集中在醫藥上。她十二、三歲時就鬧著要父親教她醫術。她父親不答應，說懸壺濟世是男人的事。藿香不氣餒，把擺在書架上的《湯頭歌訣》和《藥性賦》這兩本醫書背得滾瓜爛熟。她十八歲那年又向父親提起學醫的事。白澍雨這下可猶豫了。原來他發現兩個兒子不求上進，終日以養鳥鬥魚為樂，根本不是學醫的料；反觀自己已年過半百，鬢髮皤然，白家基業可後繼無人……。一番琢磨之後，他終於決定把祖傳的接骨術、煎製飛虎膏和配製各種藥酒的祕方傳授給女兒。

白藿香跟隨父親學了五年才滿師結業。女兒能接手白澍雨鬆了口氣。他已老了，精力大不如前，店裡的事便放手給藿香料理。

藿香雖然繼承父業當了大夫，然而，那些不識趣的男子仍舊藉故來買藥。其中還有一些新臉孔。不過，顧客第一，在商言商，無論是誰，只要踏進澍雨堂，藿香無不熱情招呼。

那時候有個獵人常拿獵物到鎮上賣。賣完後便到澍雨堂買藥。他每次來買的不外是紅藥水、萬金油、海狗油之類的外敷藥品。這獵人年紀很輕，說話時臉上還帶著稚氣。藿香同樣以笑臉待他，但心裡卻說：你也會這一套？還是個娃娃哩！

有一回，藿香打趣地問他說：「小弟弟，你這些藥買給誰用的？」

那個年輕獵人嘴角現出一絲憨笑，答道：「外婆叫買的。」

藿香一怔，忙問：「你每次買的都是這些藥，你外婆怎麼啦？」

獵人說：「我那裡有三多：山蚊多，火蟻多，螞蟥多。我倒不怕，我外婆就受不了！」

山蚊、火蟻、螞蟥乃森林裡的吸血鬼。被山蚊、火蟻咬過的人會發燒發冷，螞蟥咬後則血流不止。這等事藿香也聽說過，幾年前她父親還診治過這樣的病人。新芭地蟲蛇多，解毒、止血的藥物萬萬不可少。呃……想到這裡她感到歉疚，心裡在說：我以小人之心度君子之腹，這回可錯怪好人啦！

獵人付過錢拿了藥就要走，藿香卻說：「還早呢，坐會兒，喝杯茶再走！」端茶留客熱情有加，藿香顯然要補偏救弊。她給獵人遞上一杯茶繼續說：「你住在哪裡？不趕時間吧？」

獵人呷了口茶說：「我住在芭場，才開不久，那裡只我一家，還沒叫名字。大姐，你看叫什麼好？」

藿香笑道：「取名字沒多大學問，想叫什麼就叫什麼。你是那個地方的主人，名字由你自己取不是更有意思嗎？」

少年獵人點頭答道：「說得也對。我想想吧！」

這個少年獵人就是袁松林。袁松林並非因仰慕藿香而刻意來買藥。不過他頭一次來買藥時藿香就給他留下美好的印象。

他們的年齡相差七歲，出身、家庭和文化認識也有很大的差距，他們能結為夫妻全靠緣分。

自這次的談話之後，袁松林把藿香當姐姐。他沒有兄弟姐妹，心裡一直嚮往有個姐姐。藿香同樣把他當弟弟，她常想：我兩個弟弟能像他那樣懂事就好啦！

從此，袁松林每次賣完獵物有事沒事都來找藿香。藿香胸無城府，赤心相待。他們很投緣，話題很廣。袁松林喜歡聽她講報紙上的新聞；藿香則喜歡聽他講墾荒的故事。她叫他「松林弟」。他叫她「藿香姐」。

袁松林是個孤兒。他三歲喪父，四歲母親改嫁，是外婆把他撫養成人。他有兩個舅舅。一家人原本相安無事，兩個舅舅結婚後是非就來了。大舅母心胸狹窄。二舅母刻薄刁鑽。一山難容二虎，鬥嘴罵架是常有的事。更糟的是兩個舅舅都站在自己老婆這邊。他們經常鬧得雞犬不寧。不久後他們兄弟便分了家。大舅是長子，老家和周圍這片地理所當然歸於他。不過，他得付給二舅一千塊錢搬家費。

袁松林就在那個時候離開外婆逕自到山嘴邊墾荒。新芭地野獸多。他弄來一把火銃，打些山豬、果子狸等野味拿到鎮上賣。野味有價，當獵人好過割樹膠。袁松林蓄了些錢，把茅舍改建成亞答木屋。他常帶些好吃的去看外婆。他發現外婆很不開心，細問之下才知道大舅母待她不好。不久，他便接外婆到他那兒去住。他的外婆已經六十多歲，身體一向很健康。芭場是寂寞了點，但她自由自在住得開心。她照樣養雞養鴨、種瓜種菜。山嘴邊這地方一切都好，就是「三多」令人受不了。

有一回，一群大黃猴到芭裡糟蹋農作物。袁松林打了一隻。猴子像人；有人說猴子是人類的祖先，因此村民們多半不敢吃猴肉。袁松林心裡也犯忌，出獵時從不打猴子。這次出於無奈才殺一儆百。

袁松林把這只大黃猴拿到鎮上。他擔心沒人買，然而，白澍雨則出高價買下。他還交代袁松林：以後打到這種大黃猴儘管拿來，多多都要。原來大黃猴筋骨壯煎猴膏最適合。

打一隻猴子好過打三隻果子狸。這是一條財路，袁松林心一狠，見到大黃猴便格殺勿論。

袁松林一邊打獵一邊開荒墾殖。轉眼過了三年。他種的橡膠樹已綠葉成蔭，榴槤和山竹樹幹已有碗口般大。此外，這三年裡陸續有人到山嘴邊開荒種地。

芭場逐漸擴大。人氣一多，山蚊、螞蟥、火蟻就絕了跡。野獸也相對地減少，尤其是猴子，一聽到槍聲就倉皇逃竄，半年不見蹤影。

打不到野味，袁松林來鎮上的次數就少了。

藿香當然知道原因。開始時她沒在意，時間一長她便老盼望袁松林到來，然而卻老不見他來。她心裡空虛，好像失去了什麼。

那時藿香已經二十六歲。女人二十六正是成熟的時候，然而在象牙頂，女人到這般年紀還沒許配人家可要被視為嫁不出去的老姑婆了。藿香的母親對她的終身大事越來越操心。她自己也嚮往有個如意郎君和她長相廝守。然而，這等事可遇不可求，還是隨緣吧。

一天下午，袁松林背著一個老婦人到澍雨堂找藿香。街上的人都好奇地前來觀看。藿香嚇青了臉，忙拉開診室門簾讓他把傷者卸到診榻上。

這個老婦人就是袁松林的外婆。今早她挑一擔番薯從園地回家，下斜坡時不小心摔到山溝裡，額頭流血右腿受傷不能動彈。

山嘴邊離紅土坑有十二三公里，上坡下坡還得蹚水過河，袁松林走得汗水淋漓氣喘吁吁。藿香忙倒茶給他。

「不忙，」袁松林心急火燎，「快，你快看看我阿婆傷得怎麼樣？」

藿香先替阿婆洗淨傷處，然後仔細檢查。阿婆的額頭只是擦傷沒大礙；她的右腿就嚴重：踝子骨破裂，韌帶受損，得敷三個月藥才能痊癒。

藿香替阿婆敷好藥後說半個月後要回來複診。

阿婆聽了皺起眉頭喃喃念道：「路這麼遠，這可太難為我的阿松了！」

然而，袁松林卻說：「只要能醫好阿婆，路再遠也得走！」說後他轉對藿香：「半個月後我一定背她來。」

藿香想了一下說：「這樣吧，半個月後我去給你阿婆複診。不過我不識路，到時你來帶我去！」

袁松林感激地說：「好好。藿香姐，這可要辛苦你了！」

藿香笑道：「你還跟我客氣？再說我還沒到過你家，每次都是你來，這回該輪到我去你家啦！」

袁松林興奮地說：「歡迎藿香姐來。半個月後我來帶你！」說完，背起阿婆往外走。

藿香送他到店門口，吩咐道：「路上小心哪！」

袁松林的背影消失後，藿香陷入沉思：山路修遠崎嶇，他們回到家可要入夜了。真難為他……從這點可以看出他對外婆的關懷和孝心。孝順的男人多半可靠，把終身寄託於他准沒錯。我還猶豫什麼呢？年齡相差七歲沒關係，彼此相愛才是關鍵……他年紀尚輕，在異性面前難免矜持膽小，我是「大姐」，得把握時機採取主動……

藿香數著日子。半個月彷彿半年那麼久。

那天早上，袁松林匆匆地趕來了。藿香身穿長袖衣長褲，一頭秀髮用紗巾裹著。西邊天腳有些黑雲，老天可能會下雨。他們不敢閒聊一味趕路，中午時分便來到山嘴邊。袁松林的房子簡陋粗糙，但屋裡卻乾淨整齊。他的外婆坐在廳裡，她看藿香走得汗水淋漓，便問她走得辛苦不辛苦。藿香答說不辛苦。她又問藿香走得累不累。藿香答說一點也不累。接著她便說了許多感激的話。

藿香趨前握著她的手說：「阿婆不必客氣。為醫好阿婆的腳，走點遠路不算什麼！」

袁松林的外婆感激地說：「大夫好心腸，菩薩保佑你！」

一番診視後藿香感到很滿意。阿婆的腳確實好了許多。她替阿婆換上新藥，同時告訴她兩個星期後可用拐杖學走路，開始時難免會痛，十頭八日後就會減輕，到不痛時傷就好了。

阿婆呵呵笑道：「你這麼一說，我覺得我的腳已好了一半啦！」

綁好繃帶，松林收拾乾淨。阿婆留大夫吃午飯。藿香說還不餓不必麻煩。

袁松林則說：「一點也不麻煩，飯菜是現成的，弄熱就可吃。」

阿婆接話說：「我們這裡只有野味，我怕大夫吃不慣。」

袁松林揚起眉梢接著說：「藿香姐，你試一試我的手藝吧！」

藿香欣喜地說：「是嗎？這我倒要嘗一嘗！」

原來袁松林有所準備，他來之前已把飯菜弄好，到時生火蒸熱就可吃。菜不多，一盤苦瓜炒蛋，一瓦煲瘦肉，一碗燉雞湯。袁松林說這三道都是野味。藿香說那苦瓜炒蛋怎麼是野味。袁松林答說那蛋是山雞蛋，該屬野味。

「那麼那碗燉湯呢？也是野味麼？」她問。

袁松林答說那是老山雞煲胡椒。

藿香又問：「那碗是什麼肉？」

袁松林說是麂子，也有人叫黃猄，馬來人叫「百蘭犢」。

藿香忽然轉個話題問他為什麼這麼久沒去鎮上賣獵物。

袁松林說來開荒的人越來越多，芭場越開越闊，野獸怕人不敢來了。這麂子和山雞是他昨天特地到到山谷裡打的，山雞蛋也是山谷裡撿的。

山谷陡峭深邃，藿香明白袁松林費那麼大的勁全是為她今天的到來。她有點不安，卻很感動。

吃過飯，他們到屋外走走。房前有深谷屋後有絕壁。深谷裡霧氣升騰，絕壁後猿猴叫聲不斷。

藿香環顧四周，不禁贊道：「龍盤虎踞，林木蔥蘢，這裡真是個好地方。對了，你管它叫什麼？」

袁松林答道：「這地方在斷崖上，我們都叫山嘴邊。山嘴邊這名字叫來有點拗口，也不好聽。藿香姐，你難得來一趟，就給這裡取個好聽的名字吧！」

藿香向四處張望，目光最後落到山嘴左邊的懸崖上。那裡有個怪石突兀凌空，她指著說：「你看那石頭像什麼？」

袁松林答道：「那石頭有點怪：從東邊看像拿著仙杖的張果老，南邊看像被狗咬的呂洞賓，從山腰看它像跛腳的李鐵拐，山腳下看像韓湘子在吹簫。霧氣濃時卻像大鬧天宮的孫猴子。」

藿香拍手說道：「唷，全是仙人，就叫『仙家崠』吧！」

「仙家崠？」袁松林拍手說，「這名字有意思，叫起來也好聽。就叫仙家崠！」

他們信步走著。屋子周圍有好些樹墩子，都是柚木樹頭，燒芭時特地留下的。柚木木質堅實，不怕風吹雨打，不怕白蟻蛀蟲。剖面刨平後大的當桌子，小的當凳子。藿香對那些樹墩子很感興趣。他們觀賞了一下便朝屋後走去。

屋後有個小園子，用竹籬圍著。裡頭長著滿園子的小樹，有一米多高，枝葉葳蕤，開著串形的黃色小花。

「裡頭種的是什麼？」藿香指著園子問。

袁松林看著藿香，臉唰的變得緋紅，支吾地說：「是……是一種小樹，開的花很香，我……我種……種來玩的。」

種來玩？富人、閒人才有這種雅興，為三餐而忙碌的人哪有這種閒情？好奇心驅使，她便走過去。來到柵門前，馥鬱的花香撲鼻而來。拉開門閂，進去一看，唷！是山藿香。

山藿香可入藥，有涼血散瘀、消腫解毒的功能。七八年前，澍雨堂後園裡也有幾株，那是藿香的母親種的。

「你外婆種的麼？」藿香突然問。

這時候袁松林的臉已經紅到脖子。他搖搖頭說：「不，是……是我種的。五年前，燒芭過後水溝邊長了好些。那條水溝經常有山水沖下，我怕它被糟蹋便移來這裡。」

「你知道這是什麼樹嗎？」藿香緊接著問。

袁松林像個被老師罰站的小弟弟，怯生生地說：「我……我知道，叫……叫藿香，和姐姐同名，因為是……野生的，也叫……山藿香！」

聽到這裡藿香腦門一亮，心裡如同烏鴉落在雪地上，全明白了。「松林……」她看著他，眼神脈脈，心跳加快，持續了好幾秒鐘才接下去說：「你種這麼多藿香做什麼？」

藿香的目光和聲調充滿柔情，袁松林忽然來了勇氣。「不做什麼，」他微微一笑，嗓音提高了。「這樹和姐姐同名，我喜歡！」

藿香癡癡地看著他，上前握著他的手，輕聲地問：「你喜歡的是樹還是人？」

袁松林激動地說：「我喜歡的是姐姐！」

藿香激動地抓起他的手輕吻了一下。

「大姐……」袁松林湊過嘴想吻她，卻又打住，萬一遭拒絕怎麼好？他心裡顧慮。「姐姐是不是也喜歡我？」他不放心地問。

藿香撲哧一笑，輕輕捏了一下他的鼻尖說：「你真是個傻小弟！」說完便蜻蜓點水般吻了一下他的臉。

袁松林這下可放心了。「姐姐。」他叫了一聲便把她擁到懷裡瘋狂地吻著。

三個月後，袁松林的外婆痊癒了。半年後他們結婚了。

藿香婚後就一直住在仙家崠。他和袁松林的婚姻很美滿，日子過得很幸福。

三

時光一晃二十年。仙家崠的人口增加了三倍。通往紅土坑的荒徑小道已經拉直加寬還鋪上碎石子。這些年橡膠行情走勢好，村民們都以割膠為主業；果子的價錢也不錯，豐產時收入很可觀。村民們不愁吃穿。家家戶戶都有腳踏車。以往，從仙家崠到紅土坑走路得三個多鐘頭，如今騎腳踏車只需四十五分鐘。

白澍雨死後，澍雨堂由他兩個兒子接管。他兩個兒子不懂醫術，村民們看病就得去仙家崠找藿香。藿香除行醫外還煎製猴膏、虎膏和配製各種藥油、藥酒。袁松林當年種山藿香的地方改種各種藥草，範圍比原來的大兩倍，他們稱之為藿香園。藿香園旁邊還加蓋了一間約兩個羽球場般大的工作坊。

袁松林仍舊以狩獵為主。他已換了一把雙管獵槍。他常越過深谷到烏拉山射殺老虎和大黃猴。他們煉製的藥品供不應求。藿香常到新加坡、新山、哥打丁宜等地聯絡客戶。

他們夫婦倆很注重孩子的教育。長子奕森小學畢業後到新加坡念中學。去年初中畢業。他已報考高中，成績尚未揭曉。次女雲杉念六年級那年因患病而失去報考中學的機會，隔年去了卻沒考上。進不了中學她便留在家裡隨母親學醫。幼女水杉天資聰慧性格開朗，去年小學畢業，隨後到新加坡報考一間著名的女子中學。成績已經揭曉，她被列入甲班。甲班也叫特選班，各科成績必須九十分以上。

然而，還沒到開學的日子，太平洋戰爭爆發了。日軍在吉蘭丹州的哥打巴魯登陸。英軍不堪一擊。日軍所向披靡，南下朝新加坡挺進。

藿香很關心時事。她每天都看報紙。她為中國的局勢擔憂；轟轟烈烈的抗戰新聞令她慷慨激昂。一次，她到新加坡收帳款，偶然的機會她去參加由籌賑會召開的籌款賑災群眾大會。上臺演講的有好幾個。他們講得義憤填膺。臺下的聽眾情緒激動。藿香聽得熱淚盈眶。大會結束後她把當天收來的五百多塊錢捐給籌賑會。

日軍銳不可當。英軍節節敗退。在民眾的壓力下，英殖民政府終於答應釋放政治犯和馬共聯手組織抗日義勇軍。藿香從報上看到這個消息振奮不已。然而，缺乏訓練以及武器配備十分簡陋的義勇軍根本不是日軍的對手。他們抵擋不上兩天新加坡就落入鬼子手中，英軍將領白斯華將軍只好舉白旗投降。日軍開進新加坡後展開滅絕人性的大屠殺。藿香聽到這些消息心慌意亂、如坐針氈。

袁松林文化程度不高，很少看報。不過，在妻子的影響下他對時局卻十分關心。每天晚上，藿香一邊翻閱報紙一邊給他講新聞。他對陳嘉庚佩服到五體投地。他也支持義勇軍，說義勇軍如果缺槍他那把獵槍可借給他們用。然而，義勇軍沒來鬼子卻先到了。南榮街的警察局改為日本憲兵部。憲兵部頭頭髮出命令：凡擁有槍支彈藥者限三天內上交，違者槍斃。

袁松林只交獵槍，他把那把火銃拆散，槍管、托柄、扣子等機件分開藏起來。

槍聲在荒山野嶺有敲山震虎的作用。仙家崠前有深谷後有斷崖，一聲槍響山鳴谷應。平時，袁松林即使不出獵也要朝山谷放空槍。空槍的回音特別響亮，嘩啦嘩啦的震得滿山樹木簌簌顫慄，森林裡的飛禽走獸無不嚇得四處逃竄。如今袁松林的獵槍上交了，火銃拆了。沒了槍聲，整個山林就顯得冷僻荒寂、毫無生氣。

沒多久，野豬、山牛來犯了，開始時三幾隻，漸漸地便成群結隊。它們肆行無忌為所欲為，大片農作物被糟蹋，橡膠樹苗連皮被剝光，新種的椰樹也不能倖免。六七月間果子成熟，飛鼠果子狸也來了。它們躲在果樹上大快朵頤，吃飽便睡、醒來又吃。有的索性在樹上安家落戶，一隻隻吃得胖乎乎的。

村民們的生計深受影響。袁松林本想把火銃裝上，然而，南榮街風聲很緊，紅土坑常有陌生人出沒，前幾天黃猄穴還有人遇見身穿制服、肩上扛槍的人。大家都說那些人可能是日本鬼子。蘇拉河口駐紮著大批日軍；漢奸、走狗滿街跑，黃猄穴出現鬼子不出奇。黃猄穴和仙家崠只隔一個小山包，火銃一響滿山震盪，萬一引來日本鬼子那還得了。這個險絕對不能冒。

一個月後，老虎也來了。東邊黃老伯家的狗被銜了去，西邊李大媽寮裡的一隻肥豬被叼走。

談虎色變，村民們驚慌不已。

袁松林和幾個村民在老虎經常出沒的地方做虎柵。不知是新做的虎柵不管用還是老虎機靈，有了虎柵後

——儘管柵裡當誘餌的羊兒叫得聲嘶力竭——老虎反而不來了。

一天下午，村北的張嫂在膠林裡撿柴。撿著撿著，身後忽然傳來宛如牛隻奔跑的踢踏聲。她回頭去看，哎呀不得了：一頭老虎正在追趕一頭山牛。她拉開喉嚨拚命喊，一邊用鐮刀往樹頭上死命敲。狗急跳牆，那頭山牛聽見喊聲便拼死命往前衝；老虎對人畢竟有所顧忌，掉頭往叢林那邊跑去。

這件事令村民們坐臥不安。從此大清早沒人敢點燈去割膠；出門的人都在太陽下山之前趕回去。

一個月黑風高的夜晚，西村的狗吠得特別凶。村民們以為山君又來作孽，上次李大媽寮裡的豬被叼走時那裡的狗也是這麼吠的。然而，幾分鐘後，袁松林家的兩隻狗也衝出狗洞兇狠地吠起來。

那時袁松林一家人已經入睡。藿香頭一個被吵醒。她推醒身邊的丈夫，說：「你聽，狗怎麼吠得那麼凶？」

袁松林起身拿過手電筒走出房間。這時屋外的狗吠得齜牙咧嘴大有和對方拚命之勢。他開亮電筒從窗口往外照，發現左邊樹墩子後有人影晃動。他們都挎著槍。

「不好，是鬼子！」他細聲對妻子說。

藿香趨前想看個清楚，不料外面突然有人敲門。「篤－篤－篤－」聲音很輕，一下一下。她錯愕了一下，尋思道：鬼子兇神惡煞，敲門哪會這麼斯文？

袁松林也覺得事有蹊蹺，疑惑地看著妻子。

「誰呀？」藿香提高嗓子問。

外面有人應道：「我姓沈。我要找大夫！」

是求診的？緊張的氣氛稍微舒緩。袁松林拿目光問妻子。藿香點點頭。他上前拉開門閂。

進來的人有三個，都穿著赤黃色軍服，頭戴三星鴨舌帽。前頭的那個腰上挎著駁殼槍，走路一瘸一拐的；後頭兩個挎的是長槍，腰帶上有幾盒子彈。

從這些人的神情和一身裝備，藿香已看出端倪，心中豁然開朗。

「你們別怕，」那個跛腳的說，「我們是抗日軍，專門殺日本鬼子的。」

「是貴客呀！」藿香急忙趨前和他握手。「太好了！歡迎你們。請坐！各位請坐！」

那跛腳的沒坐，卻說：「我叫沈瑞揚。我的左腳扭傷了，聽說你們這裡有鐵打醫生，是你嗎？這位大哥。」他指著袁松林問。

袁松林則指向妻子說：「不，她才是大夫！」

那跛腳的怔了一下，向藿香拱拱手說：「原來是大嬸，半夜三更來打擾，真不好意思！」

藿香熱情地說：「別客氣！你們是抗日軍，是同志，再大的事我也義不容辭。你們先歇歇，喝杯咖啡吧。」說著，吩咐丈夫去生火煮開水。

沈瑞揚忙阻止：「你們別麻煩。方便的話就給杯開水！」

袁松林點亮油燈，給他們倒開水。那兩個肩後挎長槍的一連喝了兩杯，然後退到大門外守候。沈瑞揚喝過開水便坐下來脫鞋解綁腿。

客廳左角有幾扇圍屏，圍屏後有桌椅臥榻。那是藿香的診室。袁松林過去點亮壁上的臭土燈。藿香請沈瑞揚到那邊去。

「請這邊坐。」藿香指著臥榻說。

沈瑞揚坐將下來，伸直受傷的腳，捋起褲筒。

臭土燈不夠亮，藿香打著手電筒為他仔細檢查。他的膝蓋有傷口，是擦傷的，已經結了痂。小腿上有幾處瘀血。腳踝傷得比較嚴重，內踝一片紫黑，紅腫已擴展到腳背。

藿香問他道：「多久了？」

沈瑞揚想了一下說：「四五天了！」

藿香皺起眉頭說：「怎不早來呢？」

沈瑞揚答道：「一來事情多抽不出時間；二來我昨天才聽說這裡有大夫。」

藿香繼續檢查。忽然聽見圍屏後有人在竊竊私議。她轉頭去看，原來是奕森和雲杉、水杉兩姐妹。

藿香說：「你們怎麼都醒了？」

一個年約十一二歲的小姑娘從圍屏縫裡探出頭壓低聲音問：「喂，媽媽，媽媽，那個受傷的叔叔是誰？」她語氣詼諧，臉上一副不知天高地厚的表情。

藿香答道：「那位叔叔是來看病的。」

小姑娘應道：「哎呀，誰不知道他是來看病的。他是誰？你看他褲頭上有槍吶！」

藿香莞爾而笑，說：「你先別問，來幫我拿電筒。」

這個小姑娘就是藿香的小女兒水杉。她閃身進來。藿香把手電筒塞給她。「往那裡照。」她指著沈瑞揚的腳踝說。

「唷！」水杉看到沈瑞揚的腳腫成這個樣子，問他道：「喂，你的腳是被人用棍子打的吧？」

藿香對她說：「別亂講！照那邊。」

頓了頓，她轉問沈瑞揚：「你的腳怎會傷成這樣？」

沈瑞揚答道：「走夜路不小心，踢到石頭掉進路邊的水溝裡。」

水杉突然笑道：「嘻，沒掉進山豬窟算你好彩！」

藿香瞪她一眼說：「你嘴裡沒句好話！把錘子拿過來。」

水杉把桌上的小錘子遞給她。她接過錘子敲沈瑞揚的膝蓋。他的小腿彈跳了一下。反射正常，這證明沒傷到神經。

「你剛上隊麼？」藿香放下錘子一邊問。

沈瑞揚答道：「已快半年了。我們的隊伍原本在哥打，開來這裡不到一個月。」

「嘖嘖嘖！」水杉插嘴說，「出師不利，一來就掉進水溝裡，可憐喲！」

藿香對她喝道：「目無尊長，給我閉嘴！」

水杉吐了吐舌頭不再言語。

沈瑞揚見她活潑風趣，便說：「小妹妹說得對，我出師不利。好彩沒掉進山豬窟。要不然，你們還以為捉到一頭兩隻腳的山豬呢！」

藿香笑道：「別理她。來，把腳抬高。」

沈瑞揚抬高腳。藿香左手托住他的腳跟，右手按著他的腳背往下壓。「痛不痛？」她問。

沈瑞揚皺起眉頭說不怎麼痛。

「這樣呢？」她力度加大。

沈瑞揚咬緊牙根說有一點痛。

水杉不禁哈哈笑道：「還說一點痛，你牙齒都快咬斷了，很痛很痛吧？」

藿香鬆下手，奪過水杉手中了電筒，罵道：「胡說八道。走開！」

水杉做了個鬼臉，轉身出去。

水杉走後，藿香對沈瑞揚說：「這丫頭就愛鬧，你別見怪！」

沈瑞揚笑道：「她胸無城府，直言不諱，我喜歡這樣的性格！」

藿香笑道：「這樣的性子容易得罪人。這樣痛嗎？」她把沈瑞揚的腳板往上掰。

沈瑞揚點頭說疼。

檢查完畢。藿香的診斷是：韌帶受損，踝子骨有裂痕。

沈瑞揚聽了有些緊張，問她這情況是否很嚴重。

藿香答說不嚴重，但需要些時日才能痊癒。接著她為他敷藥。敷完藥，另給他一包藥粉和半小瓶白酒，說：「這藥粉和白酒你帶回去，三天換一次，換時先調勻。一個星期後腫肯定會消。三帖藥敷完後如果還疼就回來。」

沈瑞揚接過酒瓶和藥粉，連聲道謝。

接著，藿香交代他兩個星期內不能走遠路，平時走動必須用拐杖。

「拐杖？」沈瑞揚聽了面呈難色，歎道：「這……難哪！」

藿香攔著他的話說：「為了往後能走更遠的路，你就委屈一下！」

沈瑞揚緘默片刻，終於點頭說：「大嬸說得對，我必須接受這個事實！」

他剛說完，袁松林便拿一根拐杖遞給沈瑞揚，說：「這個你試試！」

仙家崠荒僻路遙，當時腳踏車還不盛行，來看病的人無不走得骨軟筋酥、苦不堪言。藿香因而設計一種既輕便又實用的拐杖。袁松林做了好些送給腿部受傷不良於行的病人。

沈瑞揚接過拐杖，把玩了一下，說：「這拐杖獨具匠心，果然是行家之作！」

袁松林說：「試一試。」

沈瑞揚拄起拐杖來回走了一下，欣喜地說：「三條腿，行了！」

水杉忽然探頭說：「嘿嘿，你這下可成了鐵拐李的弟弟啦！」

沈瑞揚打趣地說：「鐵拐李的拐杖比槍還管用，如果有他那樣的本事，我倒想終身當瘸子。」

「喂，」水杉閃身進來指著他腰上的槍說：「你這小炮仔能不能讓我看看？」

藿香忙阻止她說：「你越來越放肆，出去！」

「沒關係，」沈瑞揚說，「她好奇，見識一下是好的。」說完解下槍，拉出子彈盒遞給水杉：「這叫駁殼槍，可連發十六顆子彈。」

水杉接過槍觀摩了一會便還給沈瑞揚，說：「改天讓我試試！」

「你胡鬧！」藿香對她嗔目而視，後轉對沈瑞揚說：「這人得寸進尺，別理她！」

沈瑞揚則問水杉道：「你開過槍麼？」

水杉點頭說：「開過一次，爸爸的獵槍，打山雞，可是沒打著，山雞飛走了。」

沈瑞揚點頭說：「好，改天我教你。不過，我這把槍和你爸爸的獵槍有些不同，獵槍是打野獸的，我這種槍是打敵人、殺鬼子的！你敢殺人麼？」

水杉抿著嘴想了一下說：「如果對方要殺我或我的親人和朋友，我手裡有槍的話當然要先幹掉他！」

沈瑞揚翹起拇指說：「對！先下手為強，殺他個措手不及！」說著，掏出錢包要付醫藥費。

藿香忙阻止他說：「抗日軍是人民的軍隊，能為你們做點事是我的榮幸。我還能收你的錢麼？還有，你們抗日軍往後來看病一律免費。」

沈瑞揚感激地向她拱拱手，一邊說：「多謝大嬸！還有這位大叔，多謝你們對我們的愛護和支持。我代表抗日軍向你們致敬！」他立正敬禮，然後離開。

沈瑞揚在新加坡出世，在新加坡受教育。他的父親是個愛國商人，對抗日工作不遺餘力。他的母親是中學教員，善於作詩填詞，還寫得一手好字。在父母的薰陶和督促下沈瑞揚品學兼優。他原本在一間華文中學念書，初中畢業後轉去以英文教學的新加坡最高學府萊佛士書院念高中。三年後考獲英國高級劍橋文憑。他的父母原本要送他去英國念大學，無奈歐洲政治動盪，蘇彝士運河局勢同時吃緊，幾次都不能成行。為了打發日子，他到H華文中學當臨時教師。由於是代課性質，校方並沒規定他教什麼科目。開頭他只教英文和華文，後來又兼教幾何代數。他對這種「什錦」式的教課不但沒怨言，反而越教越起勁。其實這些科目他在中學時期都讀過，那些公式、方程、函數、指數等原理已銘刻於腦，如今翻開記憶猶新，課文的正題、例題、偏題、難題、習題等的運算和解法皆一目了然。他無須備課，一進入教室打開課本就口若懸河滔滔不絕直講到下課。有一次，一個教生物的女老師生孩子拿產假，校長一時找不到代課老師，便要沈瑞揚暫時頂替幾天。身為代課老師，沈瑞揚自然是來者不拒。校長的所謂「頂替」只是要他到課室「坐鎮」，不須教課。然而，沈瑞揚卻找來課本踏踏實實、正正經經地給同學們解課文。更令人吃驚的是他還親自操刀給學生解剖做實驗。校長樂開了懷，一直讓他教到那位女老師修完產假回來才交班。自那次後，沈瑞揚便得來「鬼才老師」的雅號。

歐洲局勢一直沒有好轉，沈瑞揚這個「鬼才老師」就一直當下去。他教得輕鬆。同學都很喜歡他。代課老師薪酬少，校長要擢升他為正式老師。但他拒絕，理由是局勢一好轉他就要到英國去。其實這只是藉口，因為臨時老師沒有約期，只要預先通知或作好安排就可離開；正式老師的薪金雖然比臨時老師高了許多，但必須兼任行政工作。行政工作煩雜瑣碎，很多時候比教課還要忙。沈瑞揚不在乎薪酬卻喜歡輕鬆。他需要多一點時間以便做自己喜歡做的事。

其實他喜歡做的事也只有一樣，那就是讀書。讀書是他唯一嗜好。他手不釋卷，中文、英文，哲學、文學，古典的、近代的，他無所不讀。書海浩瀚，學海無涯，他最感興趣的是有關政治和經濟的書本；最敬佩的人是恩克斯和列寧；最崇拜的人則是毛澤東和朱德。在書本知識的薰陶下，他嚮往共產主義的理想；同時憧憬這種理想社會能早日實現。他的好友當中有幾個是馬共黨員。在他們的推薦下，他也入了黨。

國際形勢愈加惡劣。侵略者的野心越來越大。一九四一年十二月日本空軍偷襲珍珠港，同時揮軍侵略東南亞。隔年二月新加坡淪陷。日軍進攻新加坡時受到星華義勇軍的頑強抵抗。日軍司令山下奉文惱羞成怒，攻佔新加坡後，進行大檢證捉拿抗日分子。

一場滅絕人性的大屠殺開始了。

日本憲兵對新加坡的抗日組織了如指掌。無論是馬共幹部還是民主志士，公開活動的、幕後主持的或是幹地下工作的都逃不出他們的魔掌，有的在大檢證時遭殺害，有的稍後被捕入獄，在嚴刑下送命。敵人行動之快目標之準委實令人震驚。他們對付抗日分子和馬共幹部有如甕中捉鱉，手到擒來。不過，奇怪的是馬共總書記萊特始終逍遙自得，安然無事。

當時沈瑞揚只是一個普通的馬共黨員，不夠份量也沒資格被列入黑名單。然而，他的父親就沒那麼幸運，雖然逃過大檢證那一關，但名字卻沒法從黑名單中抹去。兩個月後，一個月黑風高的晚上，一群鬼子和特務突然到他家把他父親帶走。他的母親使了不少錢、托過不少人（包括漢奸）希望能拯救丈夫。三個月後卻傳來噩耗：她的丈夫在一個月前死在珍珠山明月灣監獄。那時候他的母親已經形容枯槁，心力交瘁，加上這個打擊便一病不起，兩個月後撒手而去。

土地被蹂躪，同胞被殺戮，多少人家破人亡。國仇家仇不共戴天，沈瑞揚捶心泣血，悲憤填膺。擺在他前頭的只有一條路：儘快聯繫黨組織，投入抗日隊伍。

新加坡淪陷前夕，一批黨幹部越過長堤到柔佛州森林組織抗日游擊隊。那批幹部中有幾個是沈瑞揚的朋友。當時沈瑞揚原本打算和他們一起走，但組織卻有不同的意見，他們認為這批人走後工作必須有人接替，沈瑞揚尚未暴露身分，應該留下來。沈瑞揚覺得組織的意見是對的，便打消走的念頭。然而，鬼子一打進來，全都亂了套，領導他的同志和其他幹部有的被捉，有的被殺，有的不知去向。像他這樣的基層黨員群龍無首，工作根本沒法進行。

沈瑞揚用盡所有的祕密管道希望能和黨取得聯繫。然而，等了三個月仍杳無音訊。這樣，一直到半年後，組織才派人來找他。在地下人員的安排下，他終於離開新加坡到柔佛州哥打丁宜森林加入抗日游擊隊。

入隊後，他先接受為期兩個月的基本軍事訓練，然後轉移到民運組等待調遣。

民運組是抗日軍總部屬下的一個獨立單位，主要的工作是培訓民運幹事。民運幹事的任務是聯絡群眾，搞物資糧食和打探敵情。因此，受訓的隊員必須素質好，有文化和一定的政治認識。說得貼切點就是這些人必須靠得住、信得過、能為群眾解答疑難。

民運組的組長名叫劉新運。他是資深的馬共黨員。他在柔佛州烏魯地南出世，父母以割膠為生。他只受過小學教育。離開學校後跟隨父母到橡膠園割膠。割膠只在早上，午後就空閒了。村裡像他這般年紀的孩子，一到下午便成群結隊，登山捉鳥，出海獵魚，不到天黑不回家。劉新運則個性內向，他仍迷戀往日在校讀書的日子，雖然命運已把他逐出校門，但沒消除他對讀書的興趣和熱誠。他一閒下來便往書堆裡鑽，書刊、報紙、雜誌，文學的、時勢的、政治的他無所不讀；而且讀得仔細，入神入腦。他有個念中學的堂哥時常把書本和雜誌借給他，同時還從旁指點或互相討論甚至進行辯論。讀書能提高人的思想水平，看報能使人開闊眼界，劉新運廢寢忘食孜孜不倦，他的知識隨著年齡而增長。十六歲那年，他的父親突然病逝。當時他的兩個弟弟還在念書，為了減輕母親的擔子，他便早上去給人派報紙，下午到椰園幫人剝椰皮。三年後，他兩個弟弟先後上了中學，家庭開銷加大。為了多掙點錢，他便離開老家到蘇拉河木炭山替人看管炭窯。炭窯的工作是辛苦的，火頭師傅是刻薄的，老闆的心像炭一樣是黑的。然而，為了那份較高的薪水，他忍氣吞聲一直挨到兩個弟弟念完中學。掐指一算，六年過去，他的額頭上已出現幾道年輕人不該有的皺紋。

離開木炭山後，他到哥打丁宜橡膠廠當監工。這間橡膠廠的老闆名叫何金標。何金標思想激進，熱心抗日，他的公司、廠房、園丘等所聘用的職工多半是有志之士，其中好些還是共產黨員。劉新運就是在那個時候受薰陶、受感悟、最終加入共產黨的。在黨的領導下，他進步得很快。兩年後，黨組織通過關係安排他到天吉港錫礦公司當礦場監督。這家礦場規模相當大，工人有八九百個，老闆是英國人。黨交給他的任務是組織工會，團結工人，教育他們，使他們加入反殖民主義、反帝國主義的鬥爭隊伍。

礦場的洋老闆刻薄無情，一直把工人當奴隸。工友們無不怨聲載道，但群龍無首，各行其是，人再多也是一盤散沙。工會成立後，工人們對工會不怎麼熱心。劉新運並不性急，他先培養一批素質較好、認識較高的工友為工會幹事，向他們灌輸反殖民主義的思想和工會的宗旨，另外也開設學習班讓工友們學文化。三個月後有了些成績，開始時少人問津的學習班人數便逐漸多起來。又過了三個月，礦場突然發生意外：泥土下陷木架坍塌二十幾個工人遭活埋。大家丟下工作捨命搶救，其中六個埋得較深，挖出來時已經氣絕。礦場老闆和往常一般處理：給死者買副棺材另加五十塊錢安葬費了事。然而，工會代表出來說話了：資方除了出棺材和安葬費外，必須作出賠償以及發撫恤金給死者家屬。工會的呼聲得到工友們的全力支持。然而，資方置之不理。工會號召工人罷工兩天以示抗議。工友們紛紛響應。機器停止了，溝水不流了，拖車不動了，礦湖一片寂靜。第二天早上，資方動搖了，經理主動向工會代表提出建議：答應賠償，但總金額只是工會提出的四分之一。工會代表不接受，並警告他們至今天傍晚五點鐘，如果資方仍不答應，工人將繼續罷工，直到資方答應為止。資方看工會代表態度堅決，工人情緒高漲，只好答應要求。

罷工勝利，工友們對工會更有信心、更加信任。一年後，工會派代表向資方提出工人加薪的要求。資方態度傲慢，並先發制人開除工會代表。為了展示力量，工會號召工人閃電罷工。工人們同舟共濟，說罷就罷。這場罷工持續了兩個星期。洋老闆大驚失色，只好讓步答應加薪要求並收回成命讓被開除的工會代表照常工作。

兩場罷工都獲得全面勝利，工友們得到好處也受到教育，對工會就愈加信任愈加愛護。工會穩健成長，勢力日益壯大，殖民統治者見了如芒刺在背，等待時機要把工會除掉。

為了不暴露身分，劉新運始終居於幕後。但礦場裡誰都知道沒有劉新運就沒有工會，沒有工會工友們就不會有今天。從第一次罷工勝利開始，工人們便稱劉新運為劉老大。

然而，殖民統治者還來不及對工會採取行動，日本鬼子就打來了。

馬來亞淪陷前夕，礦場的洋人老闆和高層人員倉促逃走。礦場突然停工，生活頓時沒了著落，工友們不知何去何從。劉新運則另有主意：他說天吉港土地肥沃，礦湖裡水清魚躍，是個務農、養魚或畜牧的好地方。他同時號召那些沒路去的工友留下來和他一起發展天吉港。他的呼籲響應熱烈，留下來的人竟然多達五六百個。從此，大家分工，養雞的養雞，養魚的養魚，種菜的種菜。苦了幾個月，收成竟然比預料的好。不久後，抗日軍來了，年輕的放下鋤頭扛槍去打鬼子，上了年紀的繼續養雞養魚產糧食。

糧食問題基本解決，但醫藥、軍需及日用品等物資卻嚴重缺乏。為了解決這個問題，劉新運組織民運隊到各個村鎮宣傳抗日並尋求協助。

錫礦場兩次罷工勝利的消息不脛而走，劉新運的名字在外頭早已家喻戶曉，所以他的部隊不論到哪個村子都受到村民的熱烈歡迎和擁護。更令人驚喜的是，村民們由於不堪漢奸走狗的欺壓，年輕的都要求參軍打鬼子。

劉新運來者不拒並安排他們到營地接受為期兩個月的基本軍事訓練。

兵員逐漸增加，陣容日益壯大，各地區的支隊、分隊紛紛成立。這麼一來，民運隊便應接不暇，窮於應付。劉新運於是成立訓練班，培訓民運外勤人員，然後分派到各個部隊以減輕他的工作。

劉新運獨具慧眼，頭一次和沈瑞揚接觸就覺得此人豁達大度，氣質出眾；幾次交談之後，愈加確信自己的判斷，心裡同時暗忖：他是個優秀的黨員，好好培養將來必可成大器。

就在這個時候，柔南區第四獨立隊大隊長陳田突然來找劉新運。他說日軍最近有所調動：哥打河多了好些日本巡邏艇，另有整團日軍在東岸支流蘇拉河河口駐紮，敵人的目的是要確保柔佛河航道的安全以及更有效地控制哥打河兩岸的大片平原，可是這麼一來，天吉港總部就受到很大的威脅，組織上頭因此決定派兩個連進駐蘇拉河以拖住並分散敵軍軍力。

這件事劉新運已略有所聞，便問：「你想叫誰帶隊？」

陳田反問他道：「你看誰比較適合？」

劉新運答非所問：「蘇拉河可是龍潭虎穴呀！」

「不錯！」陳田點頭說，「你在那裡住過，熟悉那裡的環境，所以我來徵求你的意見。」

劉新運沉吟片刻，後搖頭說：「我看沒有一個適合！」

陳田睜大眼睛看著他，一邊說：「民運組裡人才濟濟，我想從中挑一個，二區的小強工作積極，辦事認真，你看怎麼樣？」

劉新運答道：「小強是不錯！但蘇拉河魚龍混雜，情況特殊，很多事情不是積極、認真就能解決的！」

陳田點頭表示同意他的說法。「老黃呢？」他想了一下又問，「老黃經驗豐富，人緣也好，你看他行嗎？」

「你說呢？」劉新運反問他道，頓了頓才繼續說：「我們派去的只有兩個連，敵軍卻是整個團，任務如此艱巨，你說他能勝任嗎？」

陳田搔搔頭皮嘟噥道：「這可難啦，你看，派誰好呢？」

劉新運想了一下說：「此事非同小可，還是我去吧！」

「你？」陳田驚叫道，「殺雞焉用牛刀，別開玩笑啦！」

劉新運應道：「我是認真的，沒跟你開玩笑！」

陳田猶豫了一下說：「就算你願意，上頭未必會同意！」

劉新運說：「事關緊要，而且刻不容緩，我有把握說服上頭！」

陳田緘默良久，終於點頭說：「好吧！我給你派個副手，指揮員老謝，行嗎？」

「哦，不！」劉新運突然想起地說，「你甭費心，我有現成的！」

「哦？」陳田笑道，「你已胸有成竹，誰？」

劉新運提高嗓音說：「沈瑞揚！」

陳田搖搖頭說：「沒聽過，是新來的吧？」

劉新運點頭笑道：「沒錯，培養新人是我的老本行嘛！」

這兩個連被編為烏拉山第六分隊，劉新運任隊長兼黨代表，沈瑞揚任副隊長兼政治指導員。

兩天後，第六分隊開到蘇拉河。劉新運原本想在上游低窪地帶駐紮，一番視察後發現那裡的地勢不臻理想，低窪叢林固然易守難攻，但如果敵人出動飛機狂轟濫炸就沒有退路。後來他發現象牙頂黃猄穴一帶的森林十分理想，便拔隊到那裡安營紮寨。由於營地周圍常有刺蝟出沒，他們因此稱它為刺蝟營。

四

劉新運足智多謀有大將之風，但身體卻不太好。他今年才三十六七歲，雙鬢已斑白。幾根白髮無傷大體無足輕重，要命的是他竟然患上風濕病，一發病就得臥床十幾天，嚴重影響工作和部隊。他不勝其煩。更糟的是他出師不利，在黃猄穴紮營沒多久就患上瘧疾。服了金雞納霜後已無大礙。然而禍不單行，他的風濕病又發作了。

這麼一來，聯絡村民、尋求物資等重大任務便落到沈瑞揚身上。沈瑞揚初出茅廬，加以人地生疏，工作起來困難重重。他餐風宿露，疲於奔命，心一急就忽略了安全，一天晚上回營時不小心跌進溝裡傷了腳。他以為休息一兩天就會好，沒想到情況竟然惡化，傷處越來越腫越來越痛。他到黃猄穴向一戶農家要點什麼藥。那戶農家拿不出藥，卻叫他去仙家崠找袁松林，說那裡有接骨大夫。

藿香給他的藥療效顯著：兩天後紅腫開始消退，五天後痛楚減輕，十天後走路不必用拐杖，隔兩天他試跑一下，嘿，全好了。

當年，劉新運在木炭山時知道紅土坑有個叫白澍雨的接骨名醫，對白澍雨的傳人白藿香的名字卻從來沒聽過。他見沈瑞揚藥到病除很是羨慕，心癢癢的也想去找她診治，然而，他的風濕病非常嚴重，一走動膝蓋就痛得如刨骨抽筋似的。請大夫前來麼？不行，營寨不能暴露，除非特別情況，絕對不能讓外人進入；況且森林裡荊棘塞途，勾藤遍佈，大夫未必肯來。

劉新運把心事告訴沈瑞揚。沈瑞揚認為問題不大，從那晚他去求診的情形看來，藿香大夫心地仁慈且深明大義，請她出診多半會答應；至於珍視的地點倒是個問題。

劉新運想了一下提議找個離營寨不遠又方便大夫出診的農戶暫住三幾天。

沈瑞揚聽了後說新芭地那戶姓丘的人家再適合不過。

新芭地在森林邊沿。那裡散居著三戶人家。姓丘的那家人住在東邊，主人叫丘添發。丘添發有些文化，政治覺悟也高。沈瑞揚常去找他。熟悉了後便叫他幫忙買東西或傳遞消息。他很樂意，每次交給他的任務都辦得妥妥當當。有他配合，黃猄穴的群眾工作進行得很順利。沈瑞揚有意把丘添發的家發展成抗日軍對外的聯絡站。

當晚，沈瑞揚和幾個同志去找丘添發商量。丘添發欣然應諾，說別說是三幾天，就是三幾個月也沒問題。

隔天黃昏，沈瑞揚到仙家崠找藿香。藿香一家人都為他的腳已經痊癒而感到高興。

「多謝你們！多謝你們！」沈瑞揚向大家頻頻拱手，後轉對藿香：「大嬸神醫，我的腳不痛了，全好啦！」他很興奮，很激動，眼睛紅了。

藿香擺手笑道：「不必謝，不必謝，一點小事，何必客氣！」

站在一邊的水杉插話道：「哎呀！芝麻蒜皮的傷，小兒科啦！」

那晚水杉風趣的言語給沈瑞揚留下深刻的印象，便打趣地對她說：「你說得倒輕鬆，我都成了鐵拐李的弟弟啦，還說是小兒科？」

水杉以反駁的口吻說：「這算什麼？有些人是抬著來的呢！」

沈瑞揚笑道：「我也想躺著來，只是路途太遠，沒人抬呀！」

藿香插話說：「你的傷其實不重，由於延誤就診，又沒好好調養，致使傷處發炎、情況逐漸惡化。再遲一兩天，你肯定要人抬！」

沈瑞揚點點頭，沉下臉說：「確實是這樣。形勢所迫，我連氣都喘不過來，哪有工夫調養？」

藿香瞭解他的情況和苦衷，便說：「你疲於奔命，我看得出。但人不是機器，這樣下去會累垮身體的。留得青山在，不怕沒柴燒。老沈，你得保重！」

藿香這話可說到他的心坎上了。「唉！」他臉上現出無奈的表情，「部隊初來乍到，群眾對我們還很陌生，萬事開頭難，不奔命不行哪！」

藿香沉思了一下說：「你們隊裡沒有熟悉這裡的人嗎？」

「有一個，」沈瑞揚應道，「我們的隊長在木炭山住過五六年。他名叫劉新運，我們稱他劉老大，你們認識嗎？」

袁松林搖了搖頭說：「沒聽過，很久以前的事吧！」

「大概十幾年啦！」沈瑞揚繼續說，「蘇拉河一帶他很熟悉，可是今次出師不利，剛到這裡就病倒了！」接著，他把劉新運患風濕病的事說了。「對了，」他突然想起轉對袁松林，「你給我那支拐杖劉老大正合用，暫時不能還你！」

袁松林笑道：「就送他吧！不過拐杖只能幫人走路，減少一點痛苦，要治病還得用藥！」

沈瑞揚點頭說：「說得是！我正想請教你們是否有治風濕病的藥？」

袁松林聽了揚起眉梢說：「這下你可找對人了。我們的虎膏對風濕病最有效，四兩泡兩瓶白酒，喝它二十天包好！」

沈瑞揚聽了喜出望外。但他對中藥認識不多，對民間的土方、偏方就更陌生了。他不知虎膏為何物，便問：「虎膏是什麼藥？果真那麼神奇嗎？」

「要看病人的情況，」藿香答道，「虎膏驅風祛濕，對風濕病療效特好，不過病人的底子也很重要。如果病人體內還有別的疾病或底子不清就不宜服用。」說著，她移步到櫃子前，拉開抽屜拿出一塊如墨條般的東西遞給沈瑞揚，說：「這就是虎膏，我們自己煎製的。」

沈瑞揚接過來嗅了一下，說：「藥味刺鼻，想必是重藥！」

「沒錯，」藿香答道，「虎膏是以虎骨和二十多種藥材配製而成，服食時配白酒療效更好。但體質弱或脾胃不清的人恐怕受不了。你的隊長怎麼樣？有別的症頭嗎？」

沈瑞揚苦笑一下說：「我看不行，他一來就患瘧疾，瘧疾好了後風濕病隨著發作。他這風濕病可真要命，膝蓋和腳踝又紅又腫，躺在床上連起身都難。」

「哦？」藿香沉吟片刻，說：「情形有些複雜，還是先給他檢查一下才好。」

沈瑞揚答道：「對，我也這麼想。但他不能走，來這裡有麻煩。」

藿香毫不考慮地說：「這沒問題，我可以出診！」

沈瑞揚欣喜地說：「這樣最好！大嬸雪中送炭，我代表我們第六分隊向您致敬！」

藿香莞爾而笑，說：「客套話就別說了。你安排一下，他住的地方離這裡有多遠？」

沈瑞揚答道：「不是很遠，只是森林裡路不好走。我已作好安排：黃獍穴森林邊有塊新芭地，那裡有一戶姓丘的人家大嬸可認識？」

「你說的是丘添發麼？」藿香問。

沈瑞揚說：「沒錯，正是他！」

藿香說：「行了，什麼時候？」

沈瑞揚想了一下說：「明天下午兩點鐘我和劉老大在丘添發家裡等您。」

藿香點頭說：「好，就這麼說定了！」

沈瑞揚猶豫了一下說：「最近紅土坑來了幾條狗，為了安全，明天早上我派兩個同志暗中保護您，好嗎？」

藿香蹙起眉頭說：「沒那麼嚴重。不必多此一舉。你放心，這一帶還很平靜，不會有事的。」

半個月前，紅土坑突然來了幾個外人，其中兩個很多人都認識，他們就是南榮街的流氓頭子王亞興和張大柄。日軍進駐蘇拉河後，南榮街和河口一個小市鎮北旺角的好些流氓被漢奸收買，目的是要他們打探消息，收集抗日分子情報。最近象牙頂出現抗日軍，王亞興和張大柄自告奮勇帶領幾個嘍囉到紅土坑設立「民眾聯絡站」。這兩條狗很活躍，很賣命。他們四處活動，以威迫利誘各種手段叫村民提供抗日軍消息。

袁松林時常去紅土坑買東西，漢奸爪牙蠅營狗苟的事他清楚不過。人事越來越複雜，他認為沈瑞揚的憂慮是有理由的。

沈瑞揚走後，袁松林對妻子說：「西村老黃說麵粉白糖可能會斷貨，明天我去買些回來。丘添發的家離黃獍穴還有一段路，我順便陪你去，回的時候再去接你。」

藿香明白他的意思，卻說：「不必那麼麻煩。我和雲杉一起去。走小路不會有事的！」

那條小路七拐八彎岔路又多，若非本村人鑽進去就走不出來。打那兒去新芭地是遠了些卻很安全。袁松林想想也就放下心來。

隔天下午，藿香和雲杉準時來到新芭地。沈瑞揚的兩個隨從在路口放哨。他們認得藿香和雲杉，說老沈和劉新運已經在屋裡等候了。

她們來到竹籬柵門前。兩隻狗衝出來向她們齜牙咧嘴汪汪狂吠。丘添發夫婦出來招呼。狗就是狗，聽見主人迎客的聲音便收斂凶相向來人猛搖尾巴。沈瑞揚隨著從屋裡出來。他身穿粗布便服像個莊稼漢。藿香母女愣了一下才認出他。

他們進入屋內。一個臉色憔悴、頭髮灰白的中年男子拄著拐杖前來和他們打招呼。雲杉眼尖，一眼就認出他腋下的拐杖就是那晚父親給沈瑞揚的那把。

那個拄拐杖的男子就是劉新運。沈瑞揚給他們作介紹。

劉新運向他們拱拱手，說：「你們給老沈的這支拐杖正合我用，沒有它我寸步難移。多謝你們，多謝你們！」

藿香笑道：「拐杖是我丈夫做的。你該謝他。但他沒來，這謝就免啦！」

劉新運忙說：「要謝的！要謝的！大夫老遠的趕來，天氣那麼熱，我過意不去呀！」他情誼款款，眼眶濕潤了。

藿香反而感到不安，便說：「出診是我的責任，你就別客氣啦！」

丘添發熱情地給大家端椅子，一邊說：「各位請坐，坐下來說話！」

大家坐定後，女主人端來熱咖啡。

沈瑞揚看雲杉老用手絹揩汗，便對她說：「咖啡很燙，先給你杯開水，怎麼樣？」

雲杉感激地說：「好哇，我正想要杯冷開水，麻煩你啦！」她神情豁達，聲音朗朗，像和老朋友說話似的。

沈瑞揚給她倒來一杯開水。雲杉道了聲謝便一口氣喝完。

沈瑞揚看她喝得暢快，便問：「再來一杯？」

雲杉大方地把杯子遞給他，笑說：「勞駕了，不好意思！」

雲杉明眸皓齒，體貌豐盈，和藿香年輕時完全一個樣。

沈瑞揚見過她兩次，但卻沒和她打過招呼，當時他對雲杉的印象是：拘謹、矜持，是個名副其實的村姑。然而，他這下才發現自己管中窺豹、以貌取人，小看了人家。

閒聊一陣後，藿香開始為劉新運診視。她先問病情，然後把脈，隨著舌苔、眼瞼也看個仔細。

雲杉坐在一旁把所聽所見的一一記下。

「你在學醫麼？」劉新運突然轉臉問她。

雲杉笑了一下說：「我來見識一下。」

「這好嘛！」劉新運以讚賞的口吻說，「當大夫，治病救人，好志氣！」

雲杉答道：「打發時間而已，說不上志氣！」

劉新運笑道：「你過謙了，姑娘！」

檢查完畢。藿香開了張藥方遞給劉新運，說：「我開的都是一般驅風祛濕的藥，紅土坑澍雨堂那裡買得到。三碗水煎剩一碗。每天一帖，喝十天。」

劉新運接過藥方，看了一下便請教藿香關於風濕病的起因。

藿香答說風濕病也叫關節炎，西醫叫風痛。風痛的起因很複雜，比較常見的是尿酸過多所造成。

「你的膝蓋、腳踝關節紅腫就是尿酸過多的症狀。」她說。

「尿酸過多該吃什麼藥？」劉新運緊接著問。

藿香答說尿酸過多不需吃藥，但要忌口，不能吃太鹹，凡豆類和動物內臟不能吃。

「啊？」劉新運睜大眼睛問，「花生算不算豆類？」

藿香答道：「當然算，而且是禍根。有風痛的人，吃花生立即見效！」

「哎呀！」劉新運猛敲自己的額頭。「我在哥打時把花生當飯吃。來到這裡又把花生米當乾糧。怪不得，怪不得呀！」

坐在一旁的沈瑞揚問道：「像他這樣的關節炎吃虎膏有效嗎？」

藿香答道：「當然有效！但必須等熱毒完全清理後才能服用。」頓了頓，她繼續說：「我剛才開的就是清熱毒的方子。但不夠，像劉先生這樣的情形最好用針灸。針灸能打通血脈，這樣熱毒才散得快。熱毒一散，紅腫自然消退。劉先生，我要替你針灸，行嗎？」

劉新運笑道：「只要病會好，別說針，就是用鐵釘也行！」

牆邊有一張床，那是主人臨時為劉新運預備的。藿香叫他過去躺下。

雲杉打開藥箱，拿出棉花和一小瓶酒精。藿香向她念出一串穴道名稱。雲杉用棉花在那些部位一一揉酒精消毒。藿香拿出一包針，先在足三裡處紮下幾根，然後把針交給雲杉說：「你來！」

雲杉接過針在病人膝蓋兩邊、內外腳踝、腳跟、腳背等部位紮下七八枚。藿香在一旁盯著她，有時稍作更正。紮完針，藿香和雲杉各燃起艾絨在各個針頭上輪流熏烤。

從揉酒精消毒到扎針燒艾絨，雲杉幹得像她母親一樣麻利。

出針後，藿香對劉新運說必須針一個療程才會有效，一個療程為六次，開始時每天針一次，三天後隔三天一次，十二天針完。

劉新運聽了後面有難色，說：「要你們走這麼多次，我心不安哪！」

藿香平心靜氣地說：「仙家崠來這裡沒多遠路，不麻煩的。你安心養病吧！」

藿香母女走後，劉新運一臉嚴肅地對沈瑞揚說：「這位大夫不像普通人，她的女兒也不像一般的鄉村少女。奇怪呀！深山野坳怎會有這樣的人家？」

沈瑞揚笑道：「沒什麼好奇怪的。三國時期臥龍岡不也出了個諸葛亮麼？」

劉新運敲敲腦袋笑道：「說的也是。我倒沒想得那麼遠！」

隔天，藿香和雲杉照樣到丘添發的家為劉新運複診。

劉新運病情穩定，接下來要針的還是同樣的部位，藿香便把以後幾次的複診交給雲杉。為慎重起見，回到家後她叫兒子奕森陪雲杉去。

奕森已經十九歲。他的體型、臉龐像父親，個子卻比父親高出半個頭。他自小就喜歡讀書。他的外公留下一櫥書，除醫書外還有《三國演義》、《水滸》、《封神演義》、《西遊記》這幾部章回小說。兩年前他已把這幾部書讀完。這些日子賦閒在家，他又把那幾部書重讀一遍。溫故知新固然樂趣無窮，但一天到晚光讀書沒事幹也挺乏味。母親交給他陪妹妹去新芭地這個差事他求之不得。他好久沒出門想鬆動一下脛骨；還有，他對抗日軍仰慕已久，上兩回雖然沒和沈瑞揚談過話，卻覺得他深藏若虛諒必是個有學之士。他念的是Z中學。Z中學政治色彩很濃。他深受薰陶，對抗日反殖、民族主義、資本主義、帝國主義、無產階級革命等問題有濃厚的興趣。他希望此行能見到沈瑞揚，以便好好向他討教。

隔天，他和雲杉來到丘添發的家，可惜沈瑞揚不在。劉新運卻意外地和他聊了許多關於抗日救國的大事。劉新運很隨和，很健談，看問題也很客觀，所作的分析深入而透徹。這是意外的收穫，袁奕森驚喜交集。

雲杉更高興，因為劉新運腳關節的紅腫已開始消退。

針灸完畢，劉新運興猶未盡，和他們姐弟倆暢談游擊戰的優勢以及幾場戰鬥的親身經歷。雲杉和奕森聽得驚心動魄，對劉新運肅然起敬。

第四次複診是在三天後。那次沈瑞揚剛好從外面回來。他一身武裝，腰帶上除了挎槍外還多了兩顆手榴彈。和他同行的除兩個隨從外還有一個高頭大馬的漢子。這個漢子自我介紹說姓黃名鏢，外號山東馬。

袁奕森看他滑稽風趣，便問：「你是保鏢還是飛鏢？」

黃鏢指著沈瑞揚和劉新運一邊說：「對他們我是保鏢，對敵人我是飛鏢！」

袁奕森贊道：「一鏢兩用，這名字取得好！」

站在一旁的劉新運插話道：「和黃鏢在一起我有安全感！」

黃鏢聽了哈哈大笑。

袁奕森文質彬彬，沈瑞揚原本以為他是個書呆子，聽了他剛才的談話，這才意識到自己看走了眼。

黃鏢走後，劉新運對袁奕森說：「老沈是中國通，對長征很有研究，你有什麼問題只管請教他！」

袁奕森欣喜地說：「好哇！我今天就是為向沈先生討教而來的。」

沈瑞揚擺擺手說：「討教不敢，我所知道的都是從書本或報紙上看來的，我們互相切磋切磋吧！」

劉新運接過他的話茬兒：「你們『切』你們的，我過去那邊，雲杉姑娘在等我啦！」

劉新運離開後，沈瑞揚請袁奕森到餐桌邊坐下，倒杯開水給他，一邊說：「你有什麼問題，請說！」

袁奕森的第一個問題是：「遵義會議」召開後，毛主席怎樣擺脫敵人的圍攻？

沈瑞揚找來一張紙勾畫出中國地圖，並以粗線標明貴、川、滇三省邊界，然後開始講述。

「遵義是貴州北部的一個重鎮。」他指著地圖上的一個小點，「在遵義會議召開期間，蔣介石調集四十萬大軍圍剿中央紅軍。那時中央紅軍只有三萬五千人。在寡不敵眾的情況下，中央紅軍只好逐次向北轉移。」

「請等一下！」袁奕森突然打斷，探頭在地圖上尋找。

「這裡。」沈瑞揚指著那條粗線，「貴州和四川兩省的交界處有一條河叫赤水，北移的紅軍在赤水地帶集中。」

「等一等！」袁奕森打手勢要他停一下，一邊問：「赤水在哪裡？」

沈瑞揚用筆在粗線旁加畫一條曲線，說：「這就是赤水地帶。」接著他便敘述毛澤東怎樣指揮紅軍轉戰於貴州、四川、雲南三省邊界地區；怎樣四渡赤水、迂繞曲折地在敵人重兵之間來回穿梭；隨後又怎樣出敵不意南渡烏江直逼貴陽，乘虛進軍雲南，搶渡金沙江，擺脫數十萬敵軍的圍追堵截，取得了戰略轉移中具有決定意義的勝利……

沈瑞揚讀過美國記者斯諾寫的《西行漫記》，所以講起來如數家珍、倒背如流。袁奕森聽得屏氣凝神連大氣也不敢喘。

沈瑞揚講完了。袁奕森正要提第二個問題，然而，劉新運已經針灸完畢，雲杉站在一邊在等他了。

第五次複診時劉新運到籬笆柵門口迎接他們。雲杉喜出望外，因為劉新運走路已經不必靠拐杖了。

袁奕森對劉新運說上回沈瑞揚和他談的一席話令他茅塞頓開，獲益匪淺，今天來還要繼續向他討教。劉新運則說沈瑞揚前天離開後到現在還沒來過。

袁奕森有些失望，但覺得和劉新運聊天也蠻有趣，便說：「那就請劉先生繼續講打游擊的故事吧！」

他們跨進竹籬柵門，來到屋簷下，竹籬外突然傳來車鈴聲和叫賣聲。他們轉頭一看，是個騎腳車的男子，車架上馱個大竹簍往柵門這邊走來。

「賣魚喂賣魚，石頭魚、色拉魚、甘望魚好新鮮……」那男子邊踩邊喊。

雲杉和奕森對這個突如其來的男子有些顧忌，便拿疑問的目光去看劉新運。

劉新運忙說：「不是外人，他是屋主的表舅子，叫韓亞奮。最近他沒事幹，只好當賣魚小販。」

他這麼一說袁奕森倒想起來：大約二十天前，仙家崠確實來了個騎腳踏車的賣魚販，當時他在屋外曠地幫媽媽曬藥材，那個買魚販還問他們要不要買鮮魚。

那個男子穿過柵門來到屋前曠地。

「喂，生意好嗎？」劉新運趨前問道。

韓亞奮跳下車，登下輪架把車打住，一邊應道：「馬馬虎虎，還剩一點，我想送幾尾給表姐。她人呢？」

劉新運說：「他們全到芭場去了，大概要到傍晚才回來。」

「哦！那兩位是你的客人？」韓亞奮指向雲杉和奕森問。

劉新運說：「這位姑娘是來為我插針的。另外那位是她哥哥。」

「啊？」韓亞奮驚異地看著雲杉，喃喃地說：「你就是大夫？很年輕嘛！」

韓亞奮講的普通話帶著濃重的海南腔，雲杉琢磨了半天才明白他說什麼。

「你弄錯了，」她對韓亞奮說，「我母親才是大夫，我只是代她來為劉先生針灸。」

劉新運忙補充說：「她母親就是仙家崠的藿香大夫。」

「哦！」韓亞奮恍然地說，「原來是藥師娘的閨女。你媽媽的醫術真高明，你看，劉老大已經會走路了。」接著他轉問劉新運：「你的病全好了吧？」

劉新運說：「差不多了，再針一兩次就可斷根。」

韓亞奮說：「那你就去針吧！我坐坐就走。」

劉新運說：「坐一會嘛，我們聊聊！」

他們進入屋內。雲杉為劉新運插針。韓亞奮坐在一旁和劉新運聊天。袁奕森坐在牆角默默地聽他們說話。

劉新運問韓亞奮外邊漢奸走狗活動的情況。韓亞奮說北旺角那幾個漢奸很猖狂，他們向村民收保護費，強迫商家繳付「奉納金」，不聽命的就以支持抗日軍的罪名上告憲兵部。此外，甘密園外號叫山豬的那條狗也很囂張，欺詐村民、調戲婦女、無惡不作，那裡的人恨不得剝他的皮啃他的骨……

「對了，」劉新運忽然想起地說，「那個叫阿花的寡婦被王亞興和張大柄輪姦的事後來怎麼樣？聽說她到南榮街憲兵部去告狀，告得怎麼樣？有下文嗎？」

「告狀？哼！」韓亞奮不屑地說，「憲兵部根本就是虎狼窩，到那裡只有給自己惹麻煩。阿花長得好看，幾個鬼子竟然對她動手動腳，衣服也給撕破了。那天她能走出憲兵部算是幸運啦！」

「哦？」劉新運問，「村民們知道這件事嗎？」

「哼！」韓亞奮揚起眉梢說，「阿花不是好欺負的，她一走出憲兵部就到街上大喊大叫說日本鬼子撕破她的衣服，要強姦她；她回到紅土坑就向村民們喊冤叫屈，嘿，她這麼一喊叫，就是聾子也聽見啦！」

「你認識阿花麼？」劉新運突然問。

韓亞奮提高嗓子答道：「她是我的老主顧，我當然認識！」

「她住在哪裡？」劉新運又問。

韓亞奮應道：「她原本住在瘦狗嶺，發生事情後回娘家去了，她娘家在虎嘯山，前幾天我還見到她！」

「這就好！」劉新運說，「你要和她多聯繫，我想做點工作。」

「哦？」韓亞奮的神情突然嚴肅起來。「什麼工作？我們合計一下！」

劉新運說：「計畫還沒定，你先和她多聯繫，熱熱身，老沈回來後我們再詳細討論！」

韓亞奮問：「老沈不是去了蘇拉河嗎？什麼時候回來？」

劉新運應道：「已經好幾天啦，該回來了！」

坐在牆角的袁奕森始終默默地聽著。

針灸完畢。奕森看劉新運好像有事要和韓亞奮商量，便說家裡工作忙要和妹妹趕回去。劉新運和韓亞奮送他們到柵門口。

雲杉和奕森走到半路，在一株大樹下停下來歇息。

袁奕森說：「我看那個韓亞奮不像是個賣魚的！」

「哦？」雲杉疑惑地問，「難道會假的嗎？他竹簍裡盛的都是鮮魚呀！」

「當然是鮮魚！」袁奕森說，「他賣魚只是掩人耳目，依我看，他和劉新運是同一夥的！」

雲杉問：「何以見得？」

袁奕森答道：「從剛才他們的談話。剛才劉新運叫韓亞奮多聯繫阿花，說要做工作，後又說計畫沒定，我看他是怕我們知道！」

「有理由！」雲杉點頭說，「你看他們想幹什麼？」

袁奕森沉吟一下，答道：「我想他們大概是要替阿花報仇！」

「報仇？怎麼報？」雲杉問。

袁奕森聳了聳肩，答道：「誰知道，等著瞧好了！喂，你見過阿花嗎？」他突然問。

雲杉點頭說：「見過。兩年前她丈夫病重，我陪媽媽去她家看她丈夫好幾次。」

袁奕森說：「剛才韓亞奮說阿花不是好欺負的；那天爸爸也說阿花不是省油的燈。依你看，阿花怎麼樣？很潑辣嗎？」

「潑辣？」雲杉抿了抿嘴，搖搖頭說：「看不出來，我倒覺得她很溫和，很秀氣，和『潑辣』兩字扯不上關係。」

袁奕森說：「這難講。有些女人表面上看來文靜，實質上是個母夜叉。像《水滸》裡的孫二娘和扈三娘就屬這類女人！」

雲杉瞪著他說：「母夜叉是醜八怪，人家阿花可長得端莊哩！」

三天後也是療程的最後一次，藿香和他們兄妹倆一同來了。他們帶來兩瓶已經泡浸好的虎膏酒。

劉新運的腳不再疼痛，臉色也好。藿香診視後說他體內熱毒已清，可以服用虎膏了。為方便他，她已把虎膏用白酒浸透。她交代劉新運每天喝一小杯，喝完這兩瓶元氣將逐漸恢復；如果保持忌口，戒吃豆類和動物內臟，風濕病多半不會再發作。

劉新運再三道謝，並說會珍惜健康，好為群眾多做事，多殺幾個鬼子。

藿香等人正要告辭，韓亞奮又突然來了。他還是賣魚。他放好腳車，過來和大家打招呼。劉新運向他介紹說眼前這位阿嬸就是為他治病的白藿香大夫。

韓亞奮驚喜地拱手說：「原來您就是藥師娘，久仰久仰！」

藿香淡淡一笑，說：「韓先生不必客氣！」

「你們要走了嗎？」韓亞奮問。

藿香點頭說是。韓亞奮接著又問他們是回去仙家崠還是上街場。藿香答說要回去仙家崠。

劉新運見他神情肅穆問得突然，便說：「你突然到來，外頭有事發生？」

韓亞奮點點頭，一邊說：「紅土坑突然來了鬼子。」

劉新運一驚，忙問：「什麼時候？有多少？」

韓亞奮說：「昨天下午，有五六個，他們在『民眾聯絡站』過夜，今天一早王亞興和張大柄帶領他們到處走，他們先去瘦狗嶺，過後又到走水村，可能還會去別的地方。」說到這裡他轉對藿香和奕森兄妹：「你們幾位如果要去街場就得小心了。」

劉新運聽了後便對藿香說：「你們還是趁早走吧，免得和那些魔鬼打碰頭！」

藿香說：「好，我們再見了！」

劉新運拱手說：「多謝多謝！這次多虧你們細心照料，你們的大恩大德我永銘於心，改天方便時再登門答謝。不送了，你們一路小心！」

他們匆匆回到家裡。坐下來休息時雲杉對袁奕森說：「哥呀，你猜得不錯，我看那個韓亞奮肯定是和劉新運同一夥的！」

袁奕森以測試的口吻說：「你憑什麼？說來聽聽。」

雲杉答道：「剛才韓亞奮行色匆忙顯然是為通風報信而來；還有，漢奸和鬼子的一舉一動他都很清楚，一般的賣魚販哪會注意這些！」

袁奕森拍手叫道：「唷！你明察秋毫、見微知著，大有長進啦！」

藿香過來告誡他們說：「這些話你們在家裡說說不要緊，在外頭就不能亂講。俗話說的『隔牆有耳，禍從口出』，這八個字你們要牢牢記住！」

五

袁奕森猜得沒錯，韓亞奮並非販夫走卒，他是馬共的地下工作者。

韓亞奮祖籍海南文昌縣。他的年紀約莫三十歲，身材魁梧，國字型的臉，天庭略高，額角發亮。他原本住在新加坡後港一個海南人聚居的村子，後港五條石那間著名的「瓊州咖啡店」就是他父親開的。他念過中學，學業成績還算不錯，但說普通話時那口濃重的海南腔就是改不了。中學時代他曾參與左派學生運動。他有個叔叔在柔佛州烏魯地南園丘公司當經理，初中畢業後便到叔叔的公司當文員，不到一年升任管工。由於工作上的需要，他勤學英語。一年半載後，他的英語竟然說得比普通話還純（不帶海南腔）。這段日子裡，他結交了好些思想激進的左派人士，他們有的是同事，有的是工會領導或幹部，其中有好幾個是馬共黨員。在這些人的影響下，韓亞奮不久後也入了黨。太平洋戰爭爆發之前，他投入如火如荼的抗日救國運動。日軍入侵馬來半島時，他回來新加坡老家。日本鬼子姦淫擄掠，無惡不作，有閨女的人家深怕女兒被蹂躪，都趕緊為女兒找婆家。韓亞奮和一個同鄉女子訂婚多年，在女方的催促之下也就草草地和那女子結了婚。新加坡淪陷後，他的父親為漢奸所害死於鬼子的屠刀下。他的母親和兩個弟弟搬去烏魯地南寄居於叔叔家裡。他的老婆回去娘家。他自己則到北旺角一家漁行當夥計。抗日軍第六分隊進駐象牙頂之後，組織安排他到紅土坑工作。為掩飾身分以及方便工作，他當賣魚小販，每天穿街走巷到處叫賣。王亞興和張大柄那兩條狗的所作所為、一舉一動都逃不過他的眼睛。昨天下午紅土坑來了鬼子最早發現的也是他。他監視著鬼子和漢奸的行蹤，弄清楚他們的動向後便迅速到丘添發的家把消息傳給部隊。

藿香一班人走後，沈瑞揚隨著到來。韓亞奮告訴他紅土坑來了鬼子。他問韓亞奮那些鬼子什麼裝備。韓亞奮答說他們拿的是萊福槍，兩梭子彈，踏腳車，沒帶背包。

劉新運聽了後說：「照這情形來看，我想他們只是作一般性巡邏，沒特別目標！」

韓亞奮點頭說：「我也是這麼想。不過，接著下去他們可能會有行動。」

「是的！」劉新運同意他的看法，「繼續盯著他們，看看動向再作決定。那麼你呢，」他轉對沈瑞揚，「蘇拉河那邊的工作進行得怎麼樣？」

沈瑞揚沉下臉說：「不理想！我發現那裡的人多半不關心時局，有些看見我們就躲得老遠，有些甚至懷疑我們抗日軍的能力！」

韓亞奮附和道：「對，我也有這樣的感覺！」

沈瑞揚埋怨地說：「前天晚上我們走訪兩個村子，好些村民連門都不敢開！」

劉新運莞爾而笑，說：「怎麼，洩氣了嗎？」

沈瑞揚苦笑了一下，說：「不是洩氣，面臨這樣的情況，我是『狗咬刺蝟，無從下口』！」

劉新運卻沉著地說：「這現象很正常！」

沈瑞揚一怔，以疑惑的目光看著他。

「道理很簡單，」劉新運繼續說，「先看形勢：蘇拉河口駐紮著整團鬼子兵，南榮街有皇軍憲兵部，各個村鎮還有『民眾聯絡所』，漢奸走狗滿街走。形勢這麼嚴峻，村民們能不怕麼？」

「怕是一回事！」沈瑞揚應道，「那裡的村民對我們抗日軍根本沒信心，我們講到口乾也是白費口舌！」

「這不能怪他們！」劉新運緩緩地說，「信心是要建立的，而且需要時間。我們初來乍到，彼此還很陌生，誰也不敢相信誰，這是很自然的。不過，蘇拉河的人比較複雜，不像象牙頂的村民那樣忠直，那樣純樸，這點我以前曾對你說過。他們多半是從外埠遷來的。外來的人見過市面，文化認識也比一般村民高，因此他們傲氣十足，看不起當地人，但人品還不會太差，大事不糊塗嘛！其實，他們多半在觀望我們。老沈呀，我們得加把勁幹出一點成績來，叫他們開開眼界！」

沈瑞揚攤開雙臂說：「我茫無頭緒，有勁也使不來。你說我該怎麼做？」

劉新運沉思了一下，換個口氣問：「依你看，目前村民們最恨的是什麼？」

沈瑞揚斷然答道：「漢奸走狗！」

「那就對了！」劉新運接過他的話茬兒，「漢奸走狗如過街老鼠，除掉幾個必可大快人心。我們索性來個『滅狗行動』，怎麼樣？」

「滅狗行動？」沈瑞揚驚異地問，「你是說把那些漢奸走狗幹掉？」

「唔！」劉新運點了點頭，「我說的『滅』是要偷偷地、不動聲色不留痕跡讓那些狗像陽光下的露水，不知不覺地消失掉！這樣既不連累百姓，我們也不會消耗太多，到那時形勢一定會改觀！」

沈瑞揚心頭一亮，說：「這點子好哇！如何進行？」

「兩個步驟，」劉新運說時伸出兩個手指，「一是引蛇出洞；二是請君入甕，跟著用猛火煎一煎，嘿，那些狗就灰飛煙滅嘍！」

「啊！」韓亞奮恍然地對劉新運說，「你要我多聯繫阿花，原來是想打這個主意！這點子確實可行，過幾天我就去找阿花！」

「唔！」劉新運稍微提高嗓子，「如果阿花肯合作，事情就好辦！先除掉王亞興和張大柄這兩條狗，蘇拉河的村民對我們抗日軍肯定會另眼相看。」

沈瑞揚問道：「你們說的阿花就是住在瘦狗嶺的那個年輕寡婦？」

韓亞奮說：「對，你見過她麼？」

沈瑞揚點頭說：「見過好幾次，她的為人很不錯，頭腦也機靈，我本來想叫她做點事，可惜她回娘家去了！」

劉新運對韓亞奮說：「先看看那幾個鬼子的動向，如果情況沒什麼變化，這件事這幾天內就可進行。」

劉新運估計得對，那五六個鬼子只是一般性的巡邏，兩天後便離開紅土坑回南榮街去了。王亞興和張大柄送走鬼子後依舊在街上閒逛，或賴在咖啡店喝酒，店家來貨時照樣去打秋風撈油水。

然而，一個月後王亞興和張大柄同時失蹤了。當初，人們還以為他們被憲兵部召回南榮街或調去別處。一個星期後，紅土坑突然來了幾十個軍警和便衣特務，在街場後空置的學校駐紮。當天下午他們分成幾隊、帶著獵犬挨家挨戶搜查。搜查期間，凡被認為有疑點的村民都被帶回去問話。他們所問的不外是最後一次看見王亞興和張大柄是在什麼時候、什麼地方；是否看見抗日軍、他們人數多少、拿什麼槍等這類問題。王亞興和張大柄這兩條狗橫行霸道村民們都敬而遠之，哪裡說得出他們的行蹤；抗日軍神出鬼沒，真正見過的人實在沒有幾個，即使見過也不敢直說。鬼子問不出東西，惱羞成怒，對他們拳打腳踢，有些被綁在外頭曬太陽或灌肥皂水。

屈打成招，一個村民說出阿花被王亞興和張大柄輪姦的事；另一個也把阿花去告狀回來後在街上向人喊冤叫屈的事說出來。鬼子馬上派人去瘦狗嶺找阿花。然而，阿花已經失蹤了。特務向她的鄰居追問，她的鄰居說阿花去南榮街告狀後就不曾回來過。

幾十個鬼子和漢奸足足忙了兩個星期，踏遍周圍幾個村落，被嚴刑逼供的村民超過一百五十個，然而，始終找不到破案線索。最後他們只好撤離紅土坑。

王亞興和張大柄那兩條狗到底去了哪裡沒人知道。阿花呢？半年後有人看見她。她頭戴星帽、身穿制服、肩膀上挎著槍，原來她進森林當抗日軍去了。

王亞興和張大柄失蹤的事雖然不了了之，但鬼子對紅土坑的監視並沒有放鬆，半個月後，鬼子派木工把學校改成營房，十幾個軍警和特務打算在那裡長期駐守。

然而，捉襟見肘，顧此失彼，不久後北旺角、甘密園和木炭山的幾條狗也先後神祕失蹤。軍警和特務同樣大張旗鼓四處搜查，並拘禁村民以嚴刑逼供。然而每次都是虎頭蛇尾，徒勞往返。

漢奸走狗作威作福、欺壓百姓，如今一個個灰飛煙滅，開始時，村民們確實不知是怎麼一回事，過了些時日，大家也就心知肚明、各都心照不宣了。

劉新運和沈瑞揚的努力沒有白費，他們的「滅狗行動」得到廣大群眾的讚賞和擁護。村民們投桃報李，鎮上的人給抗日軍通風報信或偷運物資，務農的為抗日軍加種糧食，有些年輕人還進森林參軍打鬼子。

在群眾的落力支持下，抗日軍的陣容逐漸擴大，士氣日益高昂，戰鬥力也大大地加強了。

組織上頭突然派人來向劉新運傳達命令：東海岸豐盛港第四分隊出現狀況，事情緊急，要他火速前去處理。

豐盛港第四分隊的正、副隊長感情不和，和黨代表也有矛盾，他們三者的素質都有問題，隊裡出現狀況是預料中的事。

第六分隊健全發展，劉新運很是放心，便把隊長兼黨代表之重任交給沈瑞揚。沈瑞揚不捨他離去，叫他事情辦完後就立即回來。

劉新運拍拍他的肩膀，一邊說：「你羽翼已豐，可挑大樑，從此以後，隊裡的事你看著辦。」

「你不回來了嗎？」沈瑞揚問。

劉新運笑道：「如果有時間，我會常來看你。」

六

阿花二十出歲，中等身材，雖然出身於勞苦家庭，暴雨炎陽並沒在她身上留下痕跡。她明眸皓齒，體態豐盈，臉蛋上還長了幾顆青春痘。青春痘乃青年男女精力旺盛的標誌，結婚後多半會消失，據說那是「飽吮甘露，陰陽調和」的生理現象。不過阿花命途多舛，結婚不到一年就死了丈夫，後來又遭漢奸強暴；她到憲兵部告狀，沒想到反被鬼子玷辱一番。她深惡痛絕，為了報仇只好投靠抗日軍。在沈瑞揚和韓亞奮的引導下，她終於雪了心頭恨——除掉王亞興和張大柄這兩條狗。

她上隊後先當炊事員和做雜務。三個月後隨民運隊出外背糧。半年後當哨兵兼交通員。她無論幹什麼都盡心竭力任勞任怨。她喜歡操練，尤其是射擊。她眼明手快，幾次的實彈演習，命中率居然躍居榜首。沈瑞揚看她是個拿槍的料，便安排她當巡哨員。她聰明機智，遇事果斷，不久後被調去突擊隊當尖兵。她曾打過幾次遭遇戰。她臨危不亂，渾身是膽，把鬼子打得丟盔棄甲，落荒而逃。

一九四四年正月中旬，南榮街日本憲兵部貼出佈告，說二月十五日為皇軍統治馬來亞二周年紀念，是日早上民眾必須到學校操場集合，柔佛州最高長官山口米久中將將蒞臨演講，下午在街上舉行操兵表演，晚上七點鐘憲兵部舉行茶會，所有商家、地方長老以及華僑協會理事、會員等務必準時出席云云。

黃鏢剛升任突擊隊隊長。他知道這件事後對沈瑞揚說：「日本鬼子要慶祝統治馬來亞二周年紀念，我們是不是也該慶祝一下？」

心有靈犀一點通。沈瑞揚知道他的意思，便問：「你想怎樣慶祝？」

黃鏢說：「駐紮在蘇拉河的鬼子兵最近又調走一批，木炭山附近那個兵營只剩二十來個鬼子兵，我看就從那個兵營下手！」

沈瑞揚應道：「渡頭邊有個貨倉，裡頭也有十多個鬼子。兩地的距離不到一公里，如果受到攻擊，他們一定會互相關照，派兵搭救。」

「沒什麼好怕的，」黃鏢自信地說，「我們多派些人馬，兵營和貨倉兩地同時幹，這樣誰也救不了誰！」

沈瑞揚點頭說：「貨倉那邊不成問題，拿下兵營就沒那麼容易。」

「你擔心什麼？」黃鏢問。

沈瑞揚答道：「兵營四周圍著鐵刺網，柵門內有壕溝，外有沙包堡壘，這樣的工事，要拿下得經一番苦鬥！」

黃鏢應道：「苦鬥就苦鬥，難道怕他們不成？」

沈瑞揚擺手說：「不是怕。苦鬥代價太大，很不划算！」

黃鏢笑道：「打仗用槍，你卻用算盤！」

沈瑞揚應道：「我們是游擊隊，以少勝多、以逸待勞才是上上策，所以出兵前要打一打算盤。至今還有整個月時間，你們突擊隊去研究一下，希望能想出更好的點子！」

當晚，黃鏢召集會議，出席者有突擊隊副隊長、各組組長和尖兵等十幾個人。然而人多口雜，意見很難統一，談到午夜都沒結果。

阿花也在裡頭，不過她只是發問沒提意見，然而，會議結束前卻說要去察看木炭山的形勢和環境。

黃鏢對她說：「你不用去。我在蘇拉河邊長大，哪裡高哪裡低、哪裡有樹哪裡有草我全知道，你想知道什麼問我好啦！」

阿花應道：「百聞不如一見！要拿下那個兵營就非去看一下不可。」

一個外號叫吉林妹的女同志對阿花說：「我家住在木炭山，鬼子兵營和貨倉周圍的環境我熟悉，阿花姐有興趣的話我可以給你說一說！」

吉林妹原名林吉梅。「吉林」乃膚色黝黑的印度人的別稱。其實吉林妹並不黑，由於她家經營木炭，她經常幫父母幹活而弄得灰頭土臉，村裡人因而叫她「吉林妹」。

吉林妹在新加坡念過中學，當時還是個學生領袖。新加坡淪陷前夕回來木炭山老家，後因漢奸騷擾而投奔抗日軍。

阿花對吉林妹說：「木炭山我去過幾次，在我的印象中，鬼子兵營和貨倉之間有一片樹膠園。半年前我曾打那裡經過，我記得那裡的膠樹沒人割，園裡的野草有人頭高，現在有沒有改變就不好說了！」

黃鏢接過她的話茬兒：「膠樹越來越老，野草越長越高，除此之外變不到哪裡去！」

阿花答道：「如果決定打，那片樹膠園對我們很重要，無論如何都得去看一下。」

「你要帶幾個人去？」黃鏢轉了語氣。

阿花伸出一隻手指：「一個就夠。吉林妹路熟，給我當嚮導，行嗎？」

她選吉林妹不僅因她路熟，更重要的是她有文化，見識廣，觀察力強。

黃鏢點頭說：「好吧，給你們兩天時間，看完後就立刻回來！」

阿花和吉林妹不約而同地立正應了聲「是」。

隔天大清早，阿花和吉林妹輕裝上路。來到木炭山，她們倆扮成村姑，手裡拿著鐮刀，早上在樹膠園撿柴，下午在叢林砍豆簽。她們待到太陽偏西才離去。

隔天午後，她們回到營寨。

黃鏢迎上前說：「怎麼樣？那裡的情況沒變吧？」

阿花應道：「情況沒什麼改變，只是膠園快變成森林了！」

黃鏢說道：「沒人割的樹份是這樣的。有點子嗎？」

阿花笑道：「點子沒有，想法倒有一些。」

黃鏢說道：「什麼想法？說來聽聽。」

阿花用袖子揩著額頭上的汗珠，一邊說：「渴死了，讓我喘口氣嘛！」

黃鏢把水壺遞給她。她咕嚕咕嚕地把壺裡的水喝了一大半。

黃鏢笑道：「看你渴成這樣，喝完它！」

阿花笑了一下，一口氣把壺裡剩餘的水喝完。

她把水壺還給黃鏢，用袖子抹了一下嘴唇，後說：「照我看，有那片野草叢生的樹膠園，這場仗是可以打的。」

「是嗎？」黃鏢忙問，「那片樹膠園有什麼作用？」

阿花繼續說：「山腳下原本是茅草芭，現在卻長滿了黃板樹，這可好，我們的部隊可以穿過那片黃板叢林開到樹膠園。到了那邊，我們就來個調虎離山，分散敵人的兵力，這樣幹起來就省事得多！」

「什麼什麼？」黃鏢睜大眼睛看著她，「怎麼個調虎離山？說清楚一點！」

阿花在地上畫了個圓圈說是鬼子的兵營，再畫個方格說是貨倉，其中加了一條直線說是貫穿兵營和貨倉的那條石子路。

「我們的人分成三隊，」阿花接著說，「兩隊應付兵營，一隊應付貨倉。動手那天，我們必須在天黑之前趕去那裡。到了晚上，讓貨倉那邊的同志先動手，不過是假打不是真打，以老沈的話說叫『佯攻』。槍聲一響，貨倉那邊的鬼子必打電話向兵營求救。兵營裡的鬼子肯定會派兵過去。鬼子兵一離開營寨，我們就派一隊人馬隨後包抄，開足火力別讓他們回頭。佯攻貨倉的同志聽見兵營這邊的槍聲要立刻回頭，給前來搭救的鬼子迎頭痛擊。這麼一來，那隊鬼子兵前後受敵一個也逃不掉。滅掉這隊鬼子兵後，那兩隊人馬就聯手去攻打貨倉。這時候，突擊鬼子兵營的同志也要抓緊機會攻佔柵門邊的沙包碉堡，拿下那幾個沙包碉堡，兵營裡剩餘的鬼子就任由我們宰殺。你看我這想法行得通嗎？」

黃鏢想了一下說：「這點子不錯，我看行得通。回頭和老沈商量一下，相信他會同意。」

阿花笑道：「見到他時你要多說幾句好話呀！」

黃鏢應道：「好話不管用，點子好才好！」

談話結束後，黃鏢去找沈瑞揚，把阿花的想法告訴他。

沈瑞揚聽了後說這方案行得通，但也有疏漏，最明顯的是附近監牢有駐軍；南榮街憲兵部的軍隊也可通過水路在半個鐘頭內趕到。這兩個漏洞必須想辦法堵住，否則後患無窮。

黃鏢聽了後說：「監牢的駐軍只有十來個，其中多半是馬來傀儡兵，到時派一小隊人馬守在監牢柵門外等他們來撞槍口就得了。南榮街憲兵部的軍隊問題也不大，我們事先瞄好那些電話線，到時把它通通剪斷，讓憲兵部的頭頭好安安心心、快快樂樂地開慶祝會。你看我這主意行不行？」

沈瑞揚拍了一下他的肩膀：「事情到你手裡，不行也得行！」

黃鏢答道：「那倒不一定，如果打的是南榮街憲兵部，我肯定不行！」

當晚沈瑞揚召集會議討論阿花的方案。大家考慮後都認為這方案可行，同志們還提出好些建議和補充。最後他們成立一個行動小組全權策劃和部署這場戰鬥。

二月十五日那晚，兵營裡的鬼子果然中計，被殺得片甲不存。貨倉裡的鬼子也成了甕中之鱉全部被殲滅。游擊隊撤離前還放火把兵營和貨倉燒掉。

這一仗打得漂亮，除了殲滅鬼子兵之外還繳獲大量槍支子彈以及各種行軍配備和用品。游擊隊這邊也有兩人犧牲五人受傷，兩個傷勢較重，必須送去哥打營動手術取出子彈才能康復。

抗日軍這次的突擊行動驚動了柔南區憲兵總部的幾個頭目。駐紮在蘇拉河口的整團日軍全數出動。他們踏遍蘇拉河沿岸的村莊小鎮和荒野叢林。很多村民被捉去嚴刑拷問。他們的供詞不外是：抗日軍住在森林裡，他們時常出來向村民要東西，村民自己都不夠吃，哪有東西給他們？

抗日軍乘勝追擊。正當鬼子在蘇拉河沿岸大事搜查之際，他們又集中火力襲擊紅土坑營房，十幾個鬼子和特務全數被打死，繳獲二十幾件新式武器以及五六箱子彈和軍需品。

南榮街憲兵部立刻調派七八車兵員前往戡亂。然而，來到半路，那座木橋突然塌了，跑在前頭的那輛兵車撞進河裡，後頭那輛來不及煞車翻到橋頭四輪朝天，再後的兩輛撞成一堆，裡頭的鬼子兵一個個灰頭土臉地爬出來。殿後的那兩輛隨即趕到，裡頭的鬼子紛紛下車去拯救傷者。就在這個時候，幾枚手榴彈從天而降在他們面前炸開了花，子彈隨著如雨點般朝他們飛去。鬼子兵死的死、傷的傷，剩餘的作鳥獸散。

打落水狗絕不能手軟，抗日軍加緊出擊。其他地區的日軍哨站或出巡的軍警被偷襲的事此起彼落，從不間斷。

這幾場戰鬥，阿花充分表現出她的機智和勇敢。

鬼子兵疲於奔命。然而，屋破偏逢連夜雨，其他地區的戰事加劇、形勢吃緊，鬼子只好調回郊外駐軍，集中兵力以保持柔佛河的戰略優勢。

這麼一來，象牙頂的仙家崠、黃猄穴、走水村、虎嘯山等幾個村子便成為抗日軍的天下。他們在那裡開群眾大會或舉行文娛晚會；沈瑞揚還利用藿香園廢置多年的工作坊辦學堂讓村民子弟讀書學文化。

文娛晚會的節目是由哥打丁宜抗日軍文工團呈獻的。派來的陣容還真不小，單歌詠隊就有三四十人，另外還有演話劇的，說相聲的和彈奏各種樂器的。

文娛晚會結束後留下兩個人，一男一女，男的叫莫聲遠，女的叫楊麗虹。他們歌唱得棒，也會彈奏好幾種樂器。象牙頂的青年男女喜歡唱革命歌曲，幾個月前沈瑞揚向上頭反映並要求派人協助組織歌唱班。莫聲遠和楊麗虹就是奉上頭命令而留下的。

莫聲遠和楊麗虹住在藿香園，他們除了教村民唱歌和玩樂器外也協助文化班的教學工作。

雲杉喜歡唱歌，也喜歡玩樂器。她拜楊麗虹為師。楊麗虹看她聰明伶俐也就收她為徒。

學習班和歌唱班穩健發展，十幾公里以外的村子都有人來參加。不久後沈瑞揚又舉辦時事講座會，每個月一次，為村民分析國內外戰情和世界局勢。這個議題很受村民們歡迎，每次的講座會都全場爆滿，連七八十歲的老太公、老太婆都趕來聆聽。

每次的座談會散場後，沈瑞揚便留下來和袁松林一家人坐在屋後的木墩子上聊天。他們聊共產黨也聊國民黨，聊毛澤東也聊蔣介石。此外，沈瑞揚也把自己的家庭情況和父母的遭遇如實相告。雲杉聽得最投入，經常到半夜都不讓他離開。

藿香看在眼裡。

一天大清早，天濛濛亮，袁松林一覺醒來，正要翻身起床，身邊的妻子便推了他一下說：「喂，你看老沈這個人怎麼樣？」

袁松林愕然，反問道：「你怎的突然問這個？」

藿香莞爾而笑，說：「沒什麼，只是問問。他來仙家崠已經兩年多了，你對他的印象怎麼樣？」

「對他的印象？嗯……」袁松林沉吟片刻，後說：「他很有墨水，也很能幹，當官的話肯定是個好官！」

藿香接著又問：「他的人品呢？一個人的品格最重要！」

袁松林想了一下說：「他正直厚道，心地好，愛幫助人。這樣的人品沒得嫌啦！」

「他的性子呢？」藿香窮追不捨，「他對下屬很嚴厲，批評人的時候口氣很大，你沒發覺麼？」

袁松林隨口應道：「嚴厲是應該的，他們是軍隊嘛！呃，你大清早的老問這些幹什麼？」

藿香頓了一下才說：「過了年俺們雲杉就十八啦！」

「啊？」袁松林恍然叫道，「你拐彎抹角的，原來是想這個呀！」

藿香應道：「老沈和雲杉很談得來，你沒發現嗎？」

袁松林侃然答道：「抗日軍提倡男女平等，男女單獨聊天在他們看來是很平常的事，沒什麼好大驚小怪的！」

藿香反駁他道：「他們也提倡自由戀愛，婚姻自主。感情的事很難說的呀！」

袁松林忙擺手說：「不見得，不見得！人家是有身分、有學問的人，又是抗日軍頭頭，哪看得上俺們的山芭妹？」

藿香聽了後詭祕地笑道：「當年你追我時不也是這麼想的麼？最終我還是嫁給了你！」

袁松林搔搔下巴憨笑道：「那倒也是。感情的事還真說不清！」

藿香緊接著說：「那天晚上，他們唱的歌才有意思呢！我記得幾句：『在那遙遠的地方，有位好姑娘，人們走過她的帳房都要回頭留戀的張望……』嗯……還有什麼……『她那粉紅的笑臉好像紅太陽，動人的眼睛好像明媚的月亮，……我願做一隻小羊跟在她身旁，願她拿著細細的皮鞭，不斷輕輕打在我身上』。你看，現在的年輕人多有意思呀！」

袁松林喃喃應道：「好好的人不做卻想去做羊，哪有什麼意思！」

藿香瞋目答道：「對牛彈琴，不說了！」

一九四五年中，盟軍反攻凌厲，日軍節節敗退。為配合馬來半島大反攻，柔南抗日軍總部命令第六分隊集中兵力攻打南榮街憲兵部。

為了打好這一仗，學習班、歌唱班和其他文娛活動一概停止。

莫聲遠和楊麗虹被調走了。他們帶來的六弦琴、二胡、揚琴、橫笛洞簫等樂器仍留在藿香園。

沈瑞揚、韓亞奮、黃鏢、蕭崗以及常在仙家崠出入的抗日軍同志也霍然失去了蹤影。村民們當然知道是怎麼回事；同時預想一場血戰即將到來，然而，還沒聽見槍聲新加坡那邊就傳來日本天皇宣布無條件投降的消息。

第二章 山雨欲來

一

日本投降的消息來得太突然，村民們半信半疑，紛紛擁到紅土坑街場看個究竟。

街口椰樹上掛著一張白底黑字的木板佈告，面積約半張乒乓桌那麼大。佈告前比肩接踵地站著好幾十個人。兩個身穿制服的抗日軍忙著給新來的人分發傳單。村民多半認識這兩個抗日軍，他們就是蕭崗和黃鏢。一些不識字的人問他們傳單裡寫些什麼。蕭崗解釋說，過兩天南榮街舉行抗戰勝利慶祝大會，有唱歌跳舞和話劇表演，連續慶祝三天，歡迎各位舉家前去參觀。黃鏢說已經捉到幾個漢奸，到那天會進行公審，有氣要出或有仇要報的到時可去當證人。

「唷！」一個驚喜地說，「打漢奸哪，有看頭哩！」

另一個咬牙切齒地說：「殺漢奸我要參加一份！」

他旁邊的那個說：「可惜這裡的漢奸跑掉了！」

他對面的那個說：「跑不了的，早晚會捉到！」

後面一個說：「雖然都是好節目，但連續三天，我們到那裡沒地方住呀！」

他身後的那個男子拍拍他的肩膀說：「你愁什麼？大不了在街邊打草席！」他的話逗得人們哈哈大笑。

拿了傳單或看過佈告的人逐個離開，後來的人又擠了進去。

村民們來到街上。街上熙來攘往的盡是人。山貨市場一片鬧哄哄。咖啡店裡座無虛席。雜貨店熱鬧非凡，店主忙著給來客倒咖啡端茶水。山貨市場後邊曾被鬼子改為營房的學校卻是人頭攢動，同時傳出砸玻璃拆牆板的乒乓聲。原來那幾個新派來的漢奸走狗早已逃之夭夭。村民抓不到人便拿營房裡的隔板櫥窗出氣。

洋鬼道斜坡上那間大伯公廟平時門可羅雀，今天卻燭光晃動香客如雲。這些年月，村民們朝不保夕，每逢初一或十五便有人到廟裡祈求大伯公為他們化難消災，如今大伯公顯靈，鬼子終於投降，那些人便前來燒香還願、答謝神恩。一些遠道而來的香客還帶來千頭爆竹，劈里啪啦地放得山響。

下午三點鐘，南榮街的醒獅隊分乘四輛兵車來到街場。嘿！醒獅隊，久違了，鑼鼓聲又回來了，咚哐咚哐咚咚哐，石破天驚、山鳴谷應，震撼著每一個人的心靈。

醒獅隊從街頭舞到街尾。兩個大頭娃娃拿著彩球逗獅子耍弄各種滑稽動作，看的人樂得眉開眼笑，酣暢淋漓。散場時已近黃昏，村民們這才依依不捨地離去。

兩天後，象牙頂以及蘇拉河兩岸的村民一早便趕去南榮街。

袁松林一家人也去了。由於慶祝會連續三天，他們在東街一個親戚的家裡住下。

慶祝會的節目多姿多彩。頭一天早上舉行開幕典禮和群眾大會。下午公審漢奸。晚上舉行文藝盛會，節目由柔佛州抗日軍文工團負責表演。第二天早上抗日軍大操演，哥打區抗日軍第五分隊前來助陣。下午街上舞龍舞獅，全部節目由新加坡岡州醒獅團呈獻。晚上演出三個獨幕劇。第三天抗日軍接見民眾，凡有意見、有訴求甚至有冤情者都可到「人民委員會」即以往的鬼子憲兵部向主事人員提出或申訴。下午三點鐘在學校廣場舉行閉幕典禮。

東街離街場只有百碼之遙，袁松林一家人和其他村民一樣每場必到。

頭一晚的文藝晚會場面空前熱烈，歌舞節目精彩絕倫，觀眾樂不可支盡興而歸。

第二晚的三場獨幕劇內容充實、劇情感人，觀眾看得津津有味、讚不絕口。

歌舞表演和話劇演出在南榮街還是頭一遭，對日出而作、日落而息的村民來說卻是大開眼界。

雲杉在楊麗虹的指導下對文娛、藝術有了一定的認識和興趣。南榮街這兩晚的演出令她看得心潮澎湃，熱淚盈眶。

然而，激奮中卻有幾分失落，夜裡輾轉反側，滿腹疑團。

三個月前，第六分隊接到攻打南榮街憲兵部的命令，沈瑞揚率部隊離開後就不曾回來仙家崠。音信從此杳然，袁松林一家人都很想念他。

雲杉對沈瑞揚已萌起愛慕之心。她除了想念之外還多了一份憂慮，攻打敵營，短兵相接，不是你死就是我亡，這可不是鬧著玩的，幸運得很，這場仗還沒打鬼子就投降了，她滿以為今次可以見到沈瑞揚，然而失望得很，慶祝會已進入尾聲仍不見他的蹤影。

劉新運卻頻頻亮相：開群眾大會時他坐在臺上，操演時他走在前頭，接見民眾時他是主事人。

沈瑞揚是抗日軍第六分隊隊長，慶祝大會上竟然不見他，這到底是怎麼回事？袁松林一家人乃至象牙頂所有的村民都滿腹疑雲。

第三天早上，袁松林一家人去「人民委員會」找劉新運。

劉新運看見他們欣喜萬分並熱情招呼。一番寒暄後，袁松林問他為何不見沈瑞揚。

劉新運說：「這幾天他忙得很呀！」

袁松林覺得這答案太簡單，似乎在敷衍，便說：「他很忙？忙什麼？他在南榮街嗎？怎麼連影子都不見？沒出事吧？」

「出事？」劉新運詫異地望著他，「老沈好端端的會出什麼事？他確實很忙，前幾天忙著排練，這兩天又忙著演出，臺前臺後都得理，連吃飯、睡覺都沒空！」

雲杉聽了鬆了口氣，便說：「演出已經結束了，他還那麼忙嗎？」

水杉接話道：「老沈現在在哪裡？我們去找他！」

劉新運答道：「他和文工團那班人一早就走了。聽說是去德光島和邊佳蘭。」

水杉忙問：「去那裡做什麼？」

劉新運應道：「演出呀！他是導演，也是演員，忙著哩！」

雲杉趕忙問道：「他是演員？演什麼？」

「呃？」劉新運吃驚地望著她，喃喃地說，「你……你們沒看昨晚的話劇演出嗎？」

他們幾個點頭說前晚和昨晚的演出全看了。

「唷！」劉新運叫道，「昨晚頭一場戲的那個張老頭就是老沈嘛，你們沒認出來嗎？」

他們聽了面面相覷。袁松林想了一下說：「不對！那個張老頭頭髮灰白，滿臉鬍鬚，還是個駝子，根本不像老沈！」

劉新運哈哈笑道：「白頭髮是染的，鬍子是黏上去的，彎著腰走路不就成為駝子了嗎？」

袁松林搔搔頭皮說：「對呀！我怎沒想到這一層？」

雲杉則說：「我們坐在後排，離舞臺很遠，看不清楚。」

「喂，」水杉趨前說，「劉老大，我問你：第三出戲《血碑》，那個扮演日本軍官的也是老沈嗎？」

劉新運反問她道：「你說呢？」

水杉應道：「很像，我懷疑是他！」

劉新運點頭說：「沒錯，他就是老沈！小姑娘，你的眼力不錯嘛！」

水杉不屑地睃他一眼說：「什麼小姑娘？本小姐的眼力當然不錯！昨晚我就說那個日本軍官是老沈，可是媽媽和姐姐他們沒一個相信！」

疑團解開，大家的心情豁然開朗。

頓了頓，袁松林又問：「沈先生什麼時候回來？」

劉新運掐指算了一下說：「起碼得五六天，可能會更久一點，怎麼，你們找他有事？」

雲杉忙說：「沒事沒事，我們只是問一下！」

劉新運沉吟片刻，後說，「這樣吧，老沈回來我叫他去找你們！」

雲杉擺手說：「他很忙，你跟他說就好，不必來！」

聽到沈瑞揚安然無恙，雲杉總算卸下心頭的千斤大石。但另一股憂思又油然湧上心頭並逐漸擴大。他是不是早已把我忘了呢？或者他心裡根本就沒有我這個山芭妹？

二

勝利沒給人們帶來柴米油鹽，村民們的生活依舊緊迫、嚴峻。

不過，仙家崠似乎得天獨厚，今年三四月間，每家每戶的榴槤、山竹、紅毛丹等果樹都開滿了花骨朵，近兩年也有這樣的情形，但暴風雨卻特別多，果子還沒結成花兒已被摧殘得七零八落；今年則風調雨順，到八月中日本投降時枝頭上竟然果實累累。

村民們喜出望外，都說好年頭已經開始了。

然而，果子還沒成熟，松鼠、小灰猴、果子狸、大蝙蝠等嗜食果子的動物就出現了。這些動物中以大蝙蝠對果農的傷害最大，十隻大蝙蝠同時停在一棵果實累累的紅毛丹樹上，一夜之間就可把滿樹的果子糟蹋殆盡。

大蝙蝠和小蝙蝠一樣白天睡覺夜間出來尋食。以往果子成熟季節大蝙蝠也經常出現，但數量少對果農的傷害不大，今次卻多得驚人，一到黃昏便一群群、一陣陣像烏雲般從烏拉山那邊朝象牙頂飛來。

大蝙蝠乃一般村民的叫法，它真正的學名叫馬來大狐蝠，由於以果實為食，所以也叫果蝠。大蝙蝠每只重約一公斤，肉赤紅稍韌，性溫燥，炒薑絲、燜胡椒或燉桂皮皆為美味珍饈，據說男人多吃可壯陽。不過這些年頭村民們連粥都沒得吃哪還去理會壯陽還是壯陰。如今，每天晚上大蝙蝠都在他們的果樹上大串聯，大聚會。果子被損固然心疼，但也令他們垂涎心癢，已經好幾年沒嘗過肉味了，捉它三幾隻讓一家人打打牙祭開開葷就是賠上一樹的果子也值得。然而，果樹高不可攀，繩套、黏膠棒都掛不上去，蝙蝠再肥再大也是可望不可即。

仙家崠的人家都有火銃，鬼子來時由於害怕把火銃拆散。鬼子投降後他們又把火銃裝好。然而走遍南榮街和新加坡都買不到火藥。他們聽人說火柴藥也管用，便刮一些試射一下。槍聲很響亮火力卻不強，連兩丈高的小松鼠也打不下來。不過，那震耳欲聾的響聲卻嚇得大蝙蝠倉皇飛去。然而，大蝙蝠十分機靈，驚嚇幾次後就看穿了個中破綻，從此把槍聲當耳邊風，你響你的，它吃它的。

有把獵槍就好了！村民們都這麼想。

說到槍大家就想起抗日軍。當時，抗日軍所持的槍形形色色，長的、短的，單管的、雙管的，木托柄的或鐵把手的，都有。現在和平了，那些槍已經不中用，當破銅爛鐵賣了嗎？還是藏起來了？前些時候報紙上說英國人要抗日軍把槍交回，他們是不是都交了？多少留點嘛，哪怕打狗槍也好，打山豬還挺管用呢！

說起山豬村民們都恨得咬牙切齒。鬼子投降後，它們似乎也分享一份抗戰勝利的快樂，成群結隊、肆無忌憚地走出森林闖進人們的木薯園大快朵頤。

村民們傷透腦筋。袁松林和丘添發曾經去南榮街找抗日軍，目的是想向他們借把打狗槍用一用，然而，人民委員會大門緊鎖，牆上的招牌也拆了；打聽一下才知道，英國人回來後立刻成立軍政府，軍政府要抗日軍交槍復員，抗日軍領導層卑躬屈膝俯首歸順。劉新運、沈瑞揚、韓亞奮、楊麗虹、蕭崗等人突然失蹤不知去向。

交槍復員俯首歸順？有這樣的事？上回在慶祝抗戰勝利的群眾大會上那幾個抗日軍頭頭不是說要爭取馬來亞獨立、要把英國人趕出去的麼？英國人一回來怎麼就搖尾乞憐了呢？

袁松林回去後把情況告訴妻子。

藿香聽了驚異地說：「怎會這樣呢？猴子拉車，說翻就翻，沒想到啊！」

袁松林不屑地應道：「人心隔肚皮，難說！」

藿香蹙起眉頭喃喃念道：「我想不通，老沈那班人怎麼一下子就沒了音訊？他們到底去了哪裡？」

袁松林憤憤地說：「打完醮不要和尚，人家有了好日子哪還記得俺們鄉巴佬？」

藿香搖了搖頭說：「我看他們不是這樣的人！算了，不談這個，」藿香忽然把話題岔開，「奕森剛才從街場帶回一份報紙，報紙上說新加坡華文中學即將複課，奕森說過兩天要去辦理入學手續，水杉也鬧著要去。你看怎麼樣？讓他們去麼？」

袁松林聽了拍手說：「去！兩個都去，要快一點，遲了恐怕就沒位了！哎，他們呢？」

藿香應道：「隔鄰汪家昨晚來了山豬，今晚說不定會來光顧我們的菜園，那裡的籬笆有些木條蛀了，他們去砍些竹子暫時擋一擋。」

鬼子投降後，山豬已成為村裡的一大害，村民們有的做山豬柵，有的裝繩吊，有的挖陷阱，但杯水車薪，擒它三幾頭起不了作用。

菜園那邊傳來錘釘子的叮噹聲。

藿香說：「他們沒幹過粗活，你去幫一下！」

袁松林應道：「保得了裡面保不了外面，菜園後那些番薯、木薯看來是白種的了。今天下午我聽魚行少東阿水說有橡膠園或果園的人可以向紅毛政府申請獵槍牌照，甘密園那裡已經有人拿到。我也想去申請，申請手續怎麼樣改天我再去問阿水。」說完，邁步往菜園走去。

兩天後的早上，奕森和水杉啟程去新加坡。袁松林和雲杉騎腳車載他們到南榮街碼頭。仙家峠到南榮街有二十幾公里路程，他們來到碼頭已是正午時分。等船過海的人有十來個，沒多久船就來了。

送走奕森和水杉後，袁松林搭擺渡過河去北旺角找魚行少東阿水詢問有關申請獵槍的事。雲杉要去街場買針線鈕扣和一些日用品，那是母親交代的。他們約好兩個鐘頭後在東街那個親戚家裡會合。

袁松林來到魚行。阿水正坐在櫃檯前和人說話。真是踏破鐵鞋無覓處，得來全不費工夫，和阿水說話的那個人竟然是韓亞奮。

「唷！」韓亞奮見來人是袁松林，驚喜得幾乎跳起來，忙趨前和他握手，一邊說：「松林哥，是你呀！好久沒見，你和家人都好嗎？」

袁松林對抗日軍交槍歸順的事很有意見，對沈瑞揚和韓亞奮的「突然失蹤」也頗有微詞，如果在街頭相遇他肯定會說些譏諷的話，然而，韓亞奮還是韓亞奮，熱情坦率，一如既往。袁松林頗為感動，凝結在心頭的怨氣、悶氣、窩囊氣渙然冰釋。

「好，我們都好！」他緊握著對方的手，「那你呢？還有老沈他們，這些日子去了哪裡？我們村裡的人在打鑼找你們哪！」

韓亞奮錯愕了一下，忙問：「打鑼找我們？發生了什麼事？」

「嗯……」袁松林囁嚅了一下才說，「當時想借你們的槍用一用，現在不必了！」

「不必了？怎麼講？」韓亞奮不解地望著他。

袁松林反問他道：「你們的槍不都交還給紅毛政府了嗎？」

韓亞奮應道：「交槍是另外一回事。我想知道的是你們要槍幹什麼？」

袁松林隨口應道：「打山豬！鬼子投降後山豬突然多起來，成群結隊的真沒奈它何；還有大蝙蝠，多得數不清，我們的果子快被吃光了！」

「對了！」阿水插話道，「你向政府討槍的事進行得怎麼樣？」

袁松林答道：「還沒呢！我不懂手續，又沒門路，我今天來就是要請教你這件事！」

阿水笑道：「請教不敢當，其實我也是聽人說的。不過你今天來得正是時候，要槍找他，老韓有辦法！」

「他有辦法？」袁松林疑惑地望著阿水，後又轉對韓亞奮：「這麼說你們那裡還有槍？」

「哦，不不不，」阿水搶著說，「我的意思是向政府討牌照，有了牌照就可買槍。討牌照老韓有門路。」

「你有門路？」袁松林以詢問的目光看著韓亞奮。

韓亞奮點頭笑道：「是這麼回事：現在戰爭已經結束，英政府要把所有的槍收回去，不過討把獵槍打山豬、驅趕野獸他們還是允許的。這件事我替你辦吧！我不敢說一定成，但我會盡力。呃！」他突然拍了一下手，「你原本有槍的嘛，牌照還在嗎？」

袁松林答道：「有，有，我的槍被鬼子收去，但牌照還在，我帶來啦！」說著從衣袋裡掏出一張發黃的紙。

韓亞奮接過看了一下，揚了揚說：「有這牌照就好辦！明天我去哥打走一趟，我想很快就會有消息！」

袁松林聽了喜不自勝，從衣袋裡掏出幾張鈔票，說：「先謝你了！這點錢拿去做用費，不夠的話下回……」

韓亞奮打斷他道：「你這是什麼意思？把我當外人？拿回去！」

袁松林還是把錢塞給他：「當官的哪個不手長？咖啡錢是免不了的！」

韓亞奮將錢塞回他的衣袋，說：「我有分寸！該給的就給，不過，諒那些狗腿子沒膽向我要！」

阿水向袁松林擠了擠眼說：「風水輪流轉，老韓今非昔比啦！」

「怎麼講？」袁松林愕然地望著阿水，後又轉眼去看韓亞奮，一邊指著門口那輛腳踏車說：「那輛腳車是你的，車架上盡是魚鱗，我認得！怎麼，你不賣魚了嗎？」

「嗨！還賣魚？」阿水叫道，「人家有後臺，有靠山，警察、暗探都畏他幾分哩！」

「是嗎？」袁松林驚喜地望著韓亞奮，「這麼說你當官啦？」

韓亞奮擺手笑道：「我們這種人哪能當官哪……」

幾個顧客進來找阿水。韓亞奮和袁松林轉移到街頭那間咖啡店。

韓亞奮告訴袁松林：和平後他的兩個弟弟回去新加坡重整「瓊州咖啡店」，他本身在「敵產」園丘當管工。為方便工作，他在甘密園租了間木屋。這間木屋前有曠地後有菜園，他的母親看了喜歡便搬去和他同住。

「你不是成家了嗎？你老婆呢？」袁松林好奇地問。

韓亞奮忙擺手說：「別提了！我們是老朋友，不怕對你說，和平後我回去新加坡才知道我那老婆已經跟別的男人跑了！」

「啊？」袁松林吃了一驚，「怎麼會這樣？那女子也太過分了！」

韓亞奮笑道：「走了倒好，免得心煩！」

袁松林應道：「說得也是！你還年輕，甭怕沒老婆。你這份差事工錢很高吧？」

韓亞奮答說工錢只夠糊口，不過他的洋上司剛從英國調來，馬來話和唐話一竅不通，所以他除了當管工外還得給他當翻譯。當翻譯有外快，多了這外快手頭就寬鬆多了。

「好嘛！」袁松林興奮地拍了一下他的肩膀，「有了這個洋靠山，日子就風光啦！」

韓亞奮答道：「看來是風光，其實呀，這份差事不好幹！」

「怎麼講？」袁松林問。

韓亞奮笑道：「伴君如伴虎呀！」

袁松林也笑道：「也可以狐假虎威嘛！」

說得也是，奴為主貴，韓亞奮有了這層關係，辦公樓或警察局的人都敬他三分。

話鋒一轉，袁松林問他最近是否見到沈瑞揚。韓亞奮答說沈瑞揚目前在新加坡，兩個星期前和他見過面。

「他現在在幹什麼？」袁松林急著問。

韓亞奮答道：「當時很匆忙，幹什麼我沒問他。不過，他告訴我說想到英國念書，只是缺少旅費！」

「去英國念書？」袁松林驚訝地說，「他已經是中學教師了，還念什麼書？」

韓亞奮調侃道：「中學教師有什麼了不起？人家想當大學教授哩！」

袁松林咧嘴憨笑了一下，後問：「他什麼時候動身？」

韓亞奮答道：「籌足旅費就動身。」

袁松林又問：「多久才回來？」

韓亞奮想了一下說：「留學嘛，起碼也得三五年，或者更久一些。」

袁松林驚叫道：「喲！三五年？這麼久啊！」

韓亞奮笑答道：「三五年後能回來算是不錯了，有些人娶了洋婆就樂而忘返啦！」

袁松林擺手笑道：「不不，我看老沈不會不回來！」

「難講！」韓亞奮侃侃地說，「那裡的洋妞一點也不害臊，看到男人就眼勾勾，彈一下手指或吹一聲口哨就到手了。五六年前我的表哥到倫敦念書，不到三個月就泡上一個，書還沒讀完竟然換了五六個，最後那個懷了孩子，有了孩子就得負責，聽說那是洋規矩。不久後孩子出世了，是個男孩。我舅父舅母滿懷高興地去看孫子。哎喲我的媽，那孩子紅頭髮、藍眼睛像個小猴子，我舅父氣得差點兒昏倒！」他說完便哈哈大笑。

袁松林回去後把遇見韓亞奮的事告訴妻子，同時把沈瑞揚要到外國留學的事也一併說了。

藿香聽了霍然有所領悟，淡淡地說：「怪不得，怪不得呀！人家胸懷大志，學成歸來就是一呼百應的大人物。他眼裡哪會有我們這些山野粗人？嗐，這些日子我們還老為他擔心，你說可笑不可笑？」

袁松林覺得妻子的話有些過火，便說：「我看老沈不會是這種人！」

藿香冷笑一聲，答道：「此一時，彼一時，難說呀！」

袁松林頓了一下說：「當時我也是這麼想。下午見到韓亞奮時本想彈他幾句，還好沒說出口，不然可要錯怪好人啦！」

「怎麼說？」藿香問。

袁松林答道：「嘿！沒想到韓亞奮見到我還是很熱情，很直爽，他一聽到我要買槍，便說明天就去哥打警察局幫我申請牌照。我給他費用他不收，還怪我把他當外人！你看，韓亞奮還是以前的韓亞奮！」

藿香辯駁道：「我說的是老沈，沈瑞揚可能不一樣！」

袁松林應道：「老沈和韓亞奮是一夥的，還有劉老大。我信得過他。韓亞奮說出洋留學是老沈多年的心願，要不是打仗，他早就畢業回來了。他這次如果去得成，我們該為他高興才是！」

藿香搖了搖頭說：「人一走，茶就涼，我高興不起來！」

雲杉忽然從廚房裡出來插話道：「爸，改天你見到韓亞奮向他打聽老沈的住處，我想去找他！」

袁松林先是一怔，接著便點頭說：「對！耳聽不如眼見，瞎猜沒用，找他聊聊探個深淺。這主意好！」

藿香覺得這主意不錯，便轉口說：「這樣也好，到時我和你一同去！」

一個星期後韓亞奮給袁松林帶來好消息：槍的牌照批准了，是把雙管獵槍；槍只租不賣，每年租金五塊錢，槍彈可向南榮街警察局或哥打縣政府辦公樓購買。

槍拿回來的當天晚上袁松林就在丘添發的木薯芭裡射殺了兩頭大山豬。隔天早上他們把山豬開膛切肉分給全村的人。

大蝙蝠對村民的傷害不亞於山豬。大蝙蝠的肉卻比山豬肉鮮美可口；拿到市場價錢也比山豬肉高。

然而，獵殺大蝙蝠還得講究功夫。大蝙蝠吃果子時倒吊在枝頭，手電筒一照兩眼火紅，就拿這對紅眼當靶子，用散彈射擊十拿九穩。然而，大蝙蝠的爪無比尖利且強而有力，中彈後多半不會立即掉下來，等十幾分鐘算是快了，個把鐘頭後才悄然落下是常有的事，有的吊在枝頭直到皮肉腐爛剩下一副白骨還在風裡打秋千。這種情形多半是由噪聲所造成。所以，射殺大蝙蝠時最忌帶狗，行動必須輕手輕腳，不能說話咳嗽，子彈得先上膛，像打冷槍那樣「出其不意攻其無備」，讓它死得「毫無牽掛（掛在樹上）」，這樣掉下來的成數比較高。

袁松林詳悉大蝙蝠的習性，但這兩個晚上所射殺的大蝙蝠仍有好些吊在枝頭至今還沒掉下來。不過，從這兩晚的射殺中他卻悟出一套對付大蝙蝠的有效方法。雙管槍可連發兩顆子彈，這是這套方法的關鍵，但有條件：樹上只有一兩隻不打；多隻但分散各處不打。四五隻或更多聚在鄰近的枝椏上他才打。第一顆子彈中不中目標或掉不掉下來無須理會，重要的是第二顆子彈。第一聲槍響其餘的必驚慌飛走。大蝙蝠飛行時雙翼足有一米長，幾隻同時起飛，枝頭空間有限，擠擠插插的必亂成一片。這時候就得眼明手快朝那亂翼堆射出另一顆子彈。蝙蝠的雙翼由身體兩側的彈性薄膜所構成。它這薄膜其實是由極度延長的前肢指骨所支撐的兩層皮膚，叫翼膜，飛行時翼膜兜滿風鼓得像氣球。散彈中有幾十粒鐵砂，雙管槍火力猛，槍一響鐵砂就鋪天蓋地地飛出去，只要一粒命中，翼膜就會如破竹般撕裂，越著力就裂得越厲害，還沒飛出枝椏範圍就撲棱棱地落下來。

袁松林這套新方法十分管用，一槍打下五六只是常有的事。幾天的射殺，大蝙蝠猶如驚弓之鳥，一聽見槍聲便倉皇飛走。一個星期後就沒了蹤影。

趕走了大蝙蝠，果子狸卻多了起來。果子狸的肉比大蝙蝠鮮美，賣價也高，一隻果子狸可抵三隻大蝙蝠。和平初期，物資供應依舊缺乏，野味拿到市場還是很搶手，但袁松林並沒拿去賣，他把獵物全分給村民，因為大部分是從他們的果樹上打下來的。

一天傍晚，山谷邊出現一群大黃猴，藿香已經有好幾年不曾煎猴膏，袁松林一聽到消息便拿了槍匆匆趕去。

來到山谷邊，樹上不但沒猴子，連平時最常見的松鼠、烏鶇、大犀鳥都不見蹤影。袁松林心裡納罕，四處望了一會便想回去，就在這個時候，後面叢林裡忽然傳來踩踏枯葉的窸窣聲。他轉身一看，哎呀，不好，是頭老虎！他急忙拉開槍膛換上單丸子彈，瞄準老虎的腦門開了一槍，那頭老虎應聲搖晃了一下便倒了下去。

這是一頭大雄虎，身長兩米，重量少說也有一百五十公斤。袁松林喜出望外，叫來幾個村民幫他把老虎抬回去。

剝虎皮，取虎骨，尋找藥材，煎製虎膏，袁松林一家人足足忙了一個月。

製成虎膏，藿香打算過幾天到外埠去聯絡客戶，經過新加坡時順便去找沈瑞揚。然而，隔天傍晚時分，沈瑞揚卻突然來了。

三

日本投降的消息確實後，抗日軍立刻走出森林，在各州各鎮成立人民委員會以維持社會秩序。新加坡左翼工會、農會、文化團體等也重整旗鼓準備東山再起。馬共更是名正言順地出來公開活動。他們的總部設在新加坡芽龍路27巷口，那是一間範圍很大的獨立房子。由於屋頂是用紅瓦蓋的，所以人們稱它為紅屋。紅屋原本是當年星華義勇軍的總辦事處，新加坡淪陷後就一直荒廢著，日本一投降馬共總書記萊特立即派人整修把它當成馬共總辦事處。紅屋從此紅旗飄揚，歌聲不斷，因此，有人把芽龍路27巷口稱為「小延安」。

沈瑞揚已經回到新加坡。他的家還在，瓦頂牆柱仍舊堅實完好，屋裡的家具擺設也大致沒變，打掃一番後又恢復原來的樣子，只是空落落、冷清清的令人心酸落淚。他曾去找幾個遠房親戚，但都人去樓空。他向鄰居打聽，都說不知去向。

景物依舊，人事全非，沈瑞揚的心情久久不能平靜。

他去過紅屋，而且好幾次，碰見好些熟人，有左翼社團的活躍人物，有黨內的積極黨員幹部，但奇怪的是他的上司劉新運以及柔南第四獨立隊的領導卻一個也不見。

此外，他也參加過一次由新加坡馬共市委主辦的時事座談會。座談會的題目是「和平後抗日軍的去留問題」。與會者都是馬共幹部，男男女女有整百個。沈瑞揚只是普通黨員，原本沒有資格參加，他之所以受邀是因為曾擔任柔南區抗日軍第六分隊隊長。與會者中上過戰場的沒有幾個，沈瑞揚的隊長身分就顯得特殊。

座談會的主講者有四個，都是男子，其中一個叫何鳴的沈瑞揚曾和他共過事。戰前，幾個文化團體為籌款支援中國抗日而聯合舉辦一個大型的文藝晚會，沈瑞揚和何鳴負責演出特刊的編輯工作。日本剛投降、慶祝抗戰勝利期間，他的話劇團受邀到一個叫笨珍的小鎮演出，出乎預料，何鳴竟然是座上嘉賓。原來，笨珍是何鳴的家鄉，新加坡淪陷前夕，他潛回柔佛州組織游擊隊。老友重逢，彼此都有「他鄉遇故知」的喜悅。

主持人見沈瑞揚有些來頭，會議進入聽眾發言議程時便點名要他說幾句。

沈瑞揚對這個議題頗感興趣，主持人即使不點名邀請，他也會上臺講幾句。他說抗日軍素質好，士氣高，戰鬥經驗豐富，是一股足以和敵人抗衡的武裝力量；抗日軍扎根於農村，和村民水乳交融，休戚與共，如今鬼子已經投降，但抗日軍的任務仍然艱巨，因為英軍很快就會回來統治馬來亞，「我們抗日軍必須保存實力，」他最後揮著拳頭說，「我呼籲抗日軍必須重新編整，滌瑕蕩穢，加強組織，鞏固實力，為爭取民族解放、民族獨立而迎接另一場戰鬥！」

掌聲熱烈。然而，萬沒想到他這段簡單的發言竟然遭人非議，有的說他這看法不合時宜，因為戰爭剛剛結束，同志們剛從森林走出來，要他們再去拿槍是不可能的；有的則說人民對戰爭已經厭倦，再來一次游擊戰老百姓肯定吃不消，也不會支持；有的甚至說英國人回來也可接受，因為他們講究民主，重視人權，人民可以通過和平手段爭取馬來亞獨立……

沈瑞揚有如捅了馬蜂窩，駁斥或抨擊他的人相繼而起，幸虧何鳴出來打圓場，這個小風波才告平息。不過，大會主席在總結時卻說沈瑞揚同志的發言捕風捉影、不切實際。

沈瑞揚開始時有些洩氣，過後也就想開了，領悟了。這次的座談會讓他開了眼界，對黨幹部的思想水平有了深一層的認識。

沈瑞揚的估計完全正確。一個月後，即九月中旬，前英國新加坡駐軍將領戴維斯上尉帶領的一批殘兵敗將以勝利者姿態先後在檳城和新加坡登陸。他們設立第十四軍團，以軍事統治新加坡和馬來半島。他們下令解散人民委員會，命令抗日軍退出城市、放下武器等待復員。

司馬昭之心，路人皆知。英國人的目的顯然是要解除馬共武裝根絕後患。

然而，出乎預料的是：馬共總書記萊特竟然宣布無條件接受英國軍人政府的要求，同時通過馬共中委劉堯以中央軍委會發言人身分在吉隆坡中華大會堂向各界人士解釋抗日軍必須解散的理由。他說戰爭已經結束，抗日軍的任務已經完成，武裝鬥爭已經成為歷史，因此抗日軍沒有存在的必要。劉堯還呼籲馬來亞全體人民和英政府合作，為建設一個和平自由、繁榮昌盛的馬來亞而努力……。

幾家大報以顯著的版位刊出這則新聞。沈瑞揚看了後震驚不已。「幹部水平低沒話說，怎麼連中央領導也這麼蒙昧無知？總書記萊特不是『共產國際』派來的人嗎？他不是在蘇聯留過學嗎？不是在中國當過中共上海市委和領導過越南革命的嗎？報紙所登的確實是他說的嗎？還是報社記者無中生有擅自杜撰的？他百思不解一直在問自己。

還有令他更震驚的事：當天下午他經過芽龍路27巷口時發現馬共總部大門前掛著許多歌頌萊特和歡迎抗日軍復員的布條標語。

其中幾條是這麼寫的：

抗日軍復員是萊特同志的明智決定！

熱烈擁護我們的偉大領袖萊特同志！

新加坡全體人民向英勇的抗日軍致敬！

向無產階級偉大領袖萊特同志致敬！

萊特同志是史大林最忠實的信徒！

萊特萬歲！抗日軍萬歲！！

看了這些布條，他心中的疑團反而渙然冰釋。然而心裡又在問：中央領導真的那麼愚昧昏庸？難道沒一個能看穿英國人的陰謀詭計？不，不可能，黨一定出了問題。

為解開心中疑團，他隔天一早去找上司劉新運。

劉新運已回去烏魯地南老家。剛和平的那段日子他忙得不可開交，回到老家後卻深居簡出連街場也懶得去。

他的家離大路約一公里。一條羊腸小道貫穿期間。當時豔陽高照，沈瑞揚走得大汗淋漓。來到他家門前，兩條黑狗齜牙咧嘴汪汪狂吠。一個婦女從屋後菜園裡走出來。沈瑞揚認得她就是劉新運的妻子蓮姑。

蓮姑原名連彩雲。她出生於居鑾鎮，父母經營雜貨店。她念中學時曾參與左派學生運動。畢業後當鞋廠管工，後到何金鏢的橡膠廠當書記。她和劉新運就是在那個時候認識的。她和劉新運同時入黨，一年後結為夫婦。馬來亞淪陷前夕他們進入森林組織抗日游擊隊。

蓮姑見來人是沈瑞揚，忙趨前說：「唷，是老沈呀！最近好嗎？我和老大正惦著你呀！」

「好，還好！」沈瑞揚和她緊緊握手，一邊說，「最近閒著沒事，來看看你們。老大呢？出去了嗎？」

蓮姑應道：「沒出去，他在屋後菜園裡。」

沈瑞揚故作震驚地說：「卸甲歸田呀？怪不得最近老不見他！」

蓮姑笑道：「閒來沒事，鬆動一下筋骨。你到屋裡坐一會，我去叫他。」

沈瑞揚阻止她說：「不，我去找他！」

「也好，」蓮姑指向屋後說，「就在那道竹籬後面。」

竹籬離屋子約五十米。前半部種黃瓜、豆莢和各種蔬菜，後半部種番薯、木薯和玉蜀黍。劉新運正蹲在番薯溝邊拔野草。

他聽見開柵門的聲響，抬頭一看，驚喜地走上前一邊說：「我猜想你這一兩天會來找我，果然不出所料！」

「你猜想？憑什麼？」沈瑞揚問。

劉新運拍掉手上的泥土，應道：「憑直覺和感應。這裡空氣新鮮，腦子清醒，這兩條神經特別敏感！」

沈瑞揚苦笑道：「你倒好，歸園田居，學陶淵明當隱士！」

劉新運笑道：「陶淵明種菊花，沒出息。我種番薯比他實際得多！最近幹什麼？忙嗎？」

沈瑞揚笑了一下說：「我遊手好閒，今天來你這裡打秋風！」

劉新運提高嗓子說：「你來得正是時候。鄰居昨晚打了一頭大山牛，今早送來幾斤，蓮姑的廚藝比我強，你有口福啦！走，回屋裡去！」

他們回到廳裡。蓮姑端來一壺熱咖啡。

劉新運說：「菜園竹籬邊有幾棵咖啡樹，是野生的，滿樹果子，我采了好些，曬乾後磨成咖啡粉，味道還不錯。」說著給沈瑞揚倒了一杯。

沈瑞揚舉杯呷了一口，贊道：「很香，和海南咖啡差不多。功夫不錯嘛，哪兒學的？」

劉新運笑道：「沒師父，是我自己精心研製出來的！」

沈瑞揚放下杯子說：「人家在外頭運籌帷幄，你卻在這裡韜光養晦。怎麼，洗手不幹啦？」

劉新運呷了口咖啡說：「我沒本事，爭不過人家，只好回來種番薯！怎麼，找我有事？」

沈瑞揚沉吟片刻，後說：「萊特和劉堯的聲明你看到嗎？」

「唔！」劉新運點了點頭，「這麼重要的聲明，不看行嗎？」

「怎麼會這樣？這……我真不明白，」沈瑞揚氣憤地說，「我們辛苦得來的果實就這樣輕易放棄，我們無數同胞的鮮血不是白流了嗎？」

劉新運聳了聳肩，苦笑道：「宋江都接受招安了，小嘍囉又能怎麼樣？」

沈瑞揚疑惑地望著他，喃喃念道：「你是說我們抗日軍被人出賣了？」

劉新運沒答話，移步到神臺前拉開抽屜拿出一疊稿紙交給他，一邊說：「你看看這兩份東西。」

沈瑞揚接過來翻看了一下，是兩篇文章，署名黃耶魯，題目是《我的自白書》和《馬共中央總書記萊特如何殺害國共兩黨及聯軍幹部》。

「啊？」沈瑞揚叫道，「這……我不是在作惡夢吧？」

劉新運莞爾而笑，拍拍他的肩膀說：「你慢慢看，我去弄點吃的東西。」

黃耶魯又名黃望青，馬共領導人之一。一九三八年他被英政府逮捕。一九四一年十二月中旬日軍在檳城登陸，英殖民政府為團結各黨派力量共同抗敵，率先釋放他和林江石、楊果等人。馬共中央立即推舉他代表馬共新加坡市委參加由陳嘉庚領導的「華僑抗敵動員總會」。

黃耶魯通曉中、英、日三種語文。他腦子靈活工作積極，黨內外的人都很賞識他。新加坡淪陷後他轉入地下。黨幹部一旦轉入地下，除了領導他的上司之外沒人知道他的隱身之處。然而，日本憲兵部對黃耶魯的行蹤卻了如指掌，捉他就如探囊取物，手到拿來。他在獄中受盡折磨，但鬼子沒殺他，因為他通曉日文有利用價值。一九四三年四月一日，日軍以佔領馬來亞一周年為口實特赦幾個政治犯，黃耶魯是其中的一個。他雖然被特赦，但沒自由，被軟禁在憲兵部為鬼子翻譯文件。這樣直到鬼子投降他才被釋放出來。

像黃耶魯這麼重要的人物在日軍的魔掌中仍能保住性命是絕無僅有的。因此，日本一投降，黨內外的人都把他當漢奸。他叫屈鳴冤，寫了這份《我的自白書》以正視聽；此外，他還爆出馬共總書記萊特勾結鬼子出賣同胞的驚人內幕。他說他在憲兵部為鬼子翻譯文件時看到一本叫《憲友》的雜誌，這本雜誌由憲兵部出版，裡頭有兩篇由日軍情報部頭目大覺西撰寫的文章，一篇記述一九四二年九月一日黑風洞事件（註）發生的始末，另一篇闡述林江石、林亞當和他本人等七八個馬共領導被捕的經過。他斬釘截鐵地說黑風洞事件以及馬共諸多領袖的被捕全是萊特出賣的。為了揭露敵奸萊特的滔天罪行，他便寫了這篇《馬共中央總書記萊特如何殺害國共兩黨及聯軍幹部》。

劉新運端來一盤熱騰騰的木薯糕。沈瑞揚已看完那兩份文件。

「來，嘗一嘗，蓮姑做的！」劉新運把木薯糕放在沈瑞揚跟前。

沈瑞揚拿起一塊，吃了一口，後問：「你認識黃耶魯嗎？」

劉新運也拿起一塊，說：「我當然認識！」

沈瑞揚又問：「他那份『自白書』裡說的你相信嗎？」

劉新運應道：「黃耶魯替憲兵部做事這是事實。不管是出於自願還是被迫，瓜田李下，肯定要遭人非議。黃耶魯有沒有出賣同志、有沒有當漢奸，說此話的人沒提出證據，所以我暫時保留意見。」

「另外那篇呢？」沈瑞揚緊接著問，「黃耶魯反而指責萊特是敵奸，你的看法如何？」

劉新運呷了口咖啡，後說：「其實，黃耶魯所提的那些事我早就懷疑了。你看，林江石、林亞當和黃耶魯等人是中央領導，他們轉入地下後只有萊特知道他們的行蹤，可是鬼子捉他們就如甕中捉鱉；還有九．一黑風洞慘案的發生，萊特是總書記，是大會的主持人，那晚他為何沒到會？他說他的車出了毛病，半路拋錨，你相信嗎？」劉新運說得正顏厲色，情緒有些激動。

沈瑞揚說道：「這樣看來，黑風洞事件和林江石、林亞當等同志的被捕，萊特出賣的可能性很大，中央其他同志難道就沒一個起懷疑？」

劉新運答道：「這就是我最感遺憾、最不能理解的事！」

「我也有同感。」沈瑞揚接過話說，「這兩天黨總部掛起好多歌頌萊特的布條標語，說什麼抗日軍復員是萊特同志明智的決定；有的竟然歌頌萊特是無產階級偉大領袖，是史大林最忠實的信徒。你看，萊特快被捧上天啦！」

劉新運冷笑一聲，說：「紙包不住火，狐狸尾巴總是會露出來的。你睜亮眼睛等著瞧吧！」

沈瑞揚回去後心情一直很沉重。他信任黨並寄以厚望，然而，沒想到上層竟然那麼複雜、那麼深奧，令人難以捉摸。萊特果真是敵奸？劉堯、周洋濱等中央領導為什麼和他唱和呼應？這樣下去黨今後還能做什麼？黨中央高不可攀，他們的事我們這些小角色管得著、管得了嗎？偷得浮生半日閒，還是讓腦子靜幾天，觀望一下再說吧！

他一靜下來就想起去英國念書的事。留學深造是他多年來的心願，然而，戰爭已改變了他的命運，如今他一無所有，學費、旅費都成了大問題。找分工作，幹一兩年，積些錢再去也未嘗不可，他想。

計畫已定，他開始找工作。說來也巧，就在這個時候，H中學的副校長莊先生突然來找他。莊先生說H中學就來複課，董事部有意請他回去。他喜出望外，便答應下來。他打算明天去找劉新運，向他彙報這件事（共產黨條例：黨員的工作、婚姻、出國留學等私事必須向組織彙報），然而，當天下午，劉新運卻突然來找他。

他把要去H中學教書的事說了。

劉新運聽了後卻說：「嘿，真巧，有一份好差事我正要介紹給你！」

「什麼好差事？」沈瑞揚問。

劉新運說道：「是你的老本行。一間學校要請校長，有興趣嗎？」

「哪間學校？」沈瑞揚問。

劉新運應道：「南榮街育華小學。嘿，那地方是你的老巢嘛！」

沈瑞揚想了一下說：「待遇如何？」

「什麼？」劉新運故作震驚地說，「你是共產黨員，金錢掛帥，要挨批的！」

沈瑞揚笑道：「共產黨員也得吃飯嘛！」

劉新運說：「君子求食不求飽，求居不求安。將就點嘛！」

沈瑞揚反駁他道：「君子愛財，取之有道。共產黨員多點收入不犯例！」

劉新運接話道：「是不犯例。但計較錢財不是你的作風！」

沈瑞揚拉長語音說：「人是會變的！我吃到這麼大，現在才知道錢的好處！」接著他把計畫籌錢去英國念書的事一併說了。

劉新運聽了後緘默良久，後說：「H中學是名校，董事老爺腰纏萬貫，鄉村小學的待遇當然比不上。不過，校方提供宿舍，還津貼車馬費。住在鄉村消費不大，反而容易存錢。你認真考慮一下吧！」

沈瑞揚還沒答話，劉新運又接下去說：「蘇拉河的村民都很尊敬你，你去當校長他們肯定會夾道歡迎。」

沈瑞揚笑道：「你在給我灌迷湯呀！」

劉新運呵呵笑道：「我有重要任務交給你，不灌迷湯怎麼行？」

沈瑞揚一怔，忙問：「什麼任務？是黨的嗎？」

劉新運點了點頭，一邊從衣袋裡拿出一張小紙片，遞給他說：「你看這個！」

沈瑞揚接過一看，是張用鉛筆繪製的地圖。什麼意思？他以詢問的目光望著劉新運。

劉新運說：「萊特形跡可疑，中央意見分歧，他們最近的一些決定已乖離了黨的政策。所以，交槍的事我們柔佛州第三和第四獨立隊另有安排：打狗槍、損壞了的、不適用的全交上，萊福槍、ＡＫ、機關槍、平射等好槍和彈藥全藏起來。未雨綢繆，我們必須為下一場鬥爭做好準備！」

沈瑞揚聽了拍手叫道：「對，這樣做才是上上策！只有我們柔佛州嗎？其他地區的同志呢？是否也這樣做？」

劉新運答道：「彭亨和北馬幾個州的一些獨立隊和我們行動一致，把好料全藏起來！」

「這樣才對！」沈瑞揚激動地緊握著劉新運的手，「火種不滅，人心不散，馬來亞就有希望！」

劉新運應道：「工欲善其事，必先利其器，有了那些傢伙，我們就可挺直腰板和英國人幹到底！」

「對！」沈瑞揚應和道，「鬼子留下很多好東西，貨倉裡的子彈和軍用品有幾百箱，都藏起來了嗎？」

劉新運答道：「該藏的都藏了。蘇拉河區有一部分，你看，」他指著地圖繼續說，「這是蘇拉河，這是象牙頂，這四條曲線分別是木炭山、甘密園、紅土坑和仙家崠，曲線正中就是埋藏武器的地方。」

「我的任務是什麼？」沈瑞揚接著問。

「很簡單！」劉新運一字一板地說，「當好校長，教好學生，武裝村民，為另一場戰鬥作好準備！」

「好，好極了！」沈瑞揚豁然開朗，心緒激動，「亡羊補牢，為時未晚，中央乖離政策，我們得另覓蹊徑。毛澤東當年就因反對王明路線而擅自帶兵進駐井岡山！」

劉新運點頭說：「情況有些相似，如何發展還得看以後。好，不談這個。我們第四獨立隊的交槍儀式下個星期在哥打丁宜舉行，到時你一定要出席。」

沈瑞揚皺起眉頭說：「我去幹什麼？有你們不就行了嗎？」

「不，你一定要去！」劉新運答道，「戴維斯將軍說軍政府打算頒發抗日軍英勇獎狀，要我們推薦。上頭推薦了二十個，你是其中之一，所以交槍儀式你必須出席，而且要穿抗日軍制服！」

沈瑞揚驚訝地說：「表現比我好的人多得很，我有什麼值得推薦的？」

劉新運笑道：「那是上頭的決定，不關我的事。好吧，去南榮街當校長的事就這麼說定了。交槍儀式過後你就去報到，那裡的村民在等著你呢！」

沈瑞揚答道：「行呀！哦，對了，」他突然想起地說：「中央其他同志對黃耶魯的揭發文章還是無動於衷嗎？」

劉新運應道：「表面上是這樣，不過，有跡象顯示，他們之中暗流洶湧，我想，黃耶魯的文章已開始發酵了。」

劉新運說得沒錯，黃耶魯揭發萊特的文章令馬共候補中委陳平恍然大悟。林江石等人的被捕和黑風洞事件的確有許多疑點；還有抗日軍復員的事也是萊特擅自決定的。他為什麼不顧原則而獨斷獨行？為什麼對英國人俯首帖耳、惟命是從？為什麼……

陳平百思不解，把心事告訴幾個知心同志。那幾個同志也有同感，於是設立小組暗地裡對萊特進行調查。不查還好，一查之下駭然發現萊特竟然是個大騙子。十三年前，萊特剛從越南到新加坡時自稱是「共產國際」派來的代表，還說他在蘇聯留過學，在中國當過中共上海市委，曾領導越南革命，等等。這些盡是一派胡言。此外，他們還發現萊特任總書記期間帳目一塌糊塗，商家、社團的大筆捐款不知去向。他們決定召開中委會要萊特作出解釋。然而，萊特棋高一著，拿了黨庫百萬元現款逃之夭夭。

萊特失蹤後馬共中央進行改組。陳平因揭發萊特立了大功，因此理所當然地被推舉為總書記。那年，他的實際年齡才22歲。

那時候沈瑞揚已在南榮街育華小學蒞任視事。學校停課多年，工作相當繁瑣，此外，他還得在幕後協助農會和鄉聯會開辦時事講習班，安排新加坡的朋友前來主講。

萊特卷走鉅款的事沒上報。沈瑞揚對這件事全然不知。這樣一直到兩個星期後，劉新運來南榮街找他時才告訴他這個消息。

沈瑞揚聽了後說：「百萬元是個大數目，可惜喲！也罷，總算煙消雲散，太陽出來啦！」

劉新運苦笑道：「雇黃鼠狼看雞窩，整整十三年，雞都快被吃光了才大夢初醒。這個錯誤十分嚴重，應該認真檢討！」頓了頓，他換了個話題，「好啦，不說這些，學校的工作進行得怎麼樣？有困難嗎？」

沈瑞揚答道：「還算順利，黃昏班發展得不錯。班裡的學生有一半是鄉聯會和農會的人，其中幾個還是幹事呢。」

「很好！工農子弟思想純潔，刻苦耐勞，我們要多加照顧，讓這些革命幼苗茁壯成長。最近有遇到韓亞奮嗎？」

「前幾天他來找過我。他們的橡膠工會搞得很不錯。他說工會代表正向資方提出加薪要求，如果資方不答應他們將採取罷工行動。」

「裕祥園丘的膠工認識水平較高，他們的工會本來就有很好的基礎，和平後園丘恢復生產，工人多半是以前的舊雇員，所以重組工會的事進行得很順利。不過也有不好的一面：那裡的人很複雜，極左、極右，假左、裝右，都有，所以在那裡工作要警惕小心，不能有任何疏漏。鄉聯會和農會有進展嗎？」

「搞得不錯，講習班的反應很熱烈。哦，對了，主講者應該換一換，免得那幾條狗老瞪眼睛。你那裡有人嗎？」

劉新運想了一下說：「蕭崗怎麼樣？」

「對呀！」沈瑞揚叫道，「我怎麼忘了呢？你有他的聯絡地址嗎？」

「有，我寫給你！」說完抽出筆擰開筆帽。

沈瑞揚遞給他一小片紙。他寫了兩個字就沒墨水了。他甩了甩筆尖，但不管用。「那天掉在地上，筆尖壞了！」他說。

沈瑞揚把自己的筆遞給他。他寫完後把紙和筆一道還給沈瑞揚。

沈瑞揚只接紙片，卻說：「這筆送給你吧！」

「哦？」劉新運接過來看了一下說，「派克51，好筆，我不客氣啦！」

劉新運把筆插進衣袋裡。「你的身分不能暴露，」他繼續說，「你和工會、鄉聯會和農會的人必須保持距離。最近的局勢相當緊張，新山鞋廠的兩個工友代表被政治部扣留至今還未放出來，另外好些工會的負責人被叫去問話。山雨欲來風滿樓，我看敵人最近可能會有行動。」

「對！這裡的狗又多了兩條，我們下次會面的地點應該換一下。」

「唔！這樣吧，我來之前先派交通員和你聯繫。」

他們談到黃昏才散。

四

沈瑞揚上任後學校的修建工作便如火如荼地展開。村民、校友都很熱心，有錢的出錢，有力的出力，不到一個月，修建工作便大功告成。

學校的教員原本有五個，三個回來留任，兩個不知去向。這三個老師熟悉當地情況，沈瑞揚便把聯繫家長、登記新生和編排班級等工作交給他們，自己則忙於聯繫商家和僑領為學校籌集經費；此外，他還得為聯絡書商選購課本以及編寫教材的事而煞費心思。

這三個老師都是本地人，一個住在南榮街，兩個住在北旺角。他們教學有方，責任心強，備受學生家長敬重。打從鬼子投降的那天起，他們就希望學校複課，如今希望實現，對工作自然愈加賣力。他們不分日夜、挨家挨戶地去勸說村民讓子女回校念書。經過二十幾天的奔波，成績卓著，報名的學生竟然多達兩百五十多個；他們還發現那些因戰爭而荒廢學業的青年男女也渴望回校，無奈年齡太大加上上午那段時間要幫父母幹活只好望校門而興歎。為了解決這個問題，他們向校長提議增設黃昏班，讓那些青年男女能繼續學業。

沈瑞揚認為這意見很合時宜，便向董事部反映。董事部諸公都舉手贊成。沈瑞揚於是決定複課後就著手開辦黃昏班。

這麼一來，教員就得多請三個。沈瑞揚推薦一個，他就是當時部隊裡的蕭崗，曾在藿香園當成人班教員的那個小夥子。另外兩位是董事部登報聘請的。戰後百業蕭條，人浮於事，一則徵聘啟示就有三十幾個人前來應徵。沈瑞揚根據情況所需從中選了一男一女，男的兼通英文，女的諳熟音樂。他們的年齡三十出頭，並有多年教學經驗。

師資已經解決，其他難題也逐一克服，沈瑞揚總算鬆了口氣。開學前幾天，他忙裡偷閒到象牙頂各個村子探望村民。

這個意願在他心裡積壓已久，自離開刺蝟營後就不曾回去，南榮街慶祝抗戰勝利那幾天又忙著排戲，巡迴演出，回來後本想去仙家崠小住幾天，到各個村子和鄉民父老好好聊一聊，然而，黨組織卻派人來傳話，說芽籠27巷口那間紅屋已改為黨總部，為配合新時代的誕生，中央領導呼籲黨員回去報到並參與各項活動。黨是大家庭，總部就是大家庭的核心，如今已恢復活動，而且是公開的，即使沒有領導的號召也應該回去看看；況且他的家在新加坡，雖然雙親已罹難，但還有親戚和朋友，應該儘快回去向他們報平安問好。這麼一想他於是改變主意，隔天一早便回去新加坡。新加坡和南榮街只有一水之隔，他原本打算待幾天就回來象牙頂探望村民，然而，沒料到回去後竟然庸人自擾、渾渾噩噩地過了幾個月，要不是劉新運推薦他來南榮街當校長，磨磨蹭蹭的不知要到哪年哪月才能成行。

沈瑞揚借來一輛腳踏車大清早出門，先到紅土坑，接著到瘦狗嶺、虎嘯山、蛤蟆谷、走水村、黃獍穴和仙家崠。

村民們看見他就如遇到久別的親人，噓寒問暖，關懷備至，有的還說要做幾道小菜請他吃飯。戰爭剛結束，市面蕭條，村民們仍捉襟見肘，沈瑞揚便說時間緊迫，還有好些地方要去，大家見個面敘敘話就好，來日方長，這餐飯就留待下次吧。

仙家崠是他行程的最後一站。他原本預算午後三四點鐘可抵達，然而，村民們熱情豪爽，一坐下來就有說不完的話，結果，來到仙家崠已經是黃昏時分。

仙家崠西面斷崖，每到傍晚夕陽就如一團火球從那裡徐徐墜落，落到豁口彷彿被卡住了似的，周圍的森林、藍山和天腳邊的雲朵便燃燒起來。通紅的火光透過山谷的霧靄像探照燈般照著仙家崠。因此，仙家崠的黃昏特別長，別的村子已是「可惜近黃昏」，仙家崠卻還是「夕陽無限好」。

夕陽確實是無限的好！你看，斷崖上的巉岩峭壁像翡翠般璀璨奪目，豁谷裡的茂林修竹像鍍了金似的顯得分外妖嬈。山鷹斜著翅膀在斷崖上空盤旋。天愈加的藍愈加的闊，雲朵都鑲了金邊。山坡上茅浪翻風，山腳下炊煙嫋嫋。歸巢的鳥群像朵朵彩雲越過深谷朝烏拉山飛去。

沈瑞揚沿著一道小路從容地走著。周圍的景物他熟悉不過，當年以森林為家，那豁口的黃昏景色猶如壁上的一幅畫，尺幅千里，天籟幽幽，森林裡充滿詩情畫意。

他貪婪地看著，看著。清風帶來陣陣山藿香的花香。藿香園到了。

藿香園景色依舊。竹籬蒼翠欲滴，牽牛花迎風招展，美人蕉搔首弄姿，這些似乎在迎接他的到來。最有靈性的還是袁松林養的那兩條狗，它們聽見車輪聲便奔前來像見到主人似的猛搖尾巴。沈瑞揚打住腳車彎身摸摸它們的頭一邊說：「嘿，你們還認得我呀！」它們好像聽懂了似的把前腳搭到他身上。沈瑞揚拍拍它們的脖子。它們舔了舔他的手便滿意地走開了。

沈瑞揚來到柵門前。柵門掩著，沒上閂。他正要推門進去，屋內霍然傳來一陣六弦琴樂聲，叮叮咚咚，如行雲流水無比清越。曲子是他熟悉的《漁舟唱晚》。《漁舟唱晚》原本是一首「古琴曲」，用六弦琴彈奏同樣悅耳動聽。彈琴的人是誰呢？雲杉麼？她學琴不久，怎會有那麼高的琴藝？楊麗虹嗎？她已到歐洲留學去了，不可能的；難道主人買了留聲機，用唱片播放的？沈瑞揚心裡一直在問。然而，他走進屋內卻發現琴聲來自屋後曠地。他穿過工作坊朝後門望去，只見雲杉抱著琴坐在木墩子上全神貫注地彈著。她面向斷崖，殘陽的餘暉像舞臺上的聚光燈映照著她。她纖細的手指撥弄著琴弦。琴聲如串串驪珠在峭壁和深谷間縈回嫋繞。啊！多美呀，黃昏的山景、璀璨的晚霞、婀娜的美女和悅耳的琴聲構成一幅鮮活動人的立體圖畫。沈瑞揚站在門口陶醉地看著、聽著。

悱惻纏綿的琴聲固然令他陶醉，雲杉婀娜多姿的腰身和披肩的秀髮更令他看得意亂神迷。以往，他也覺得雲杉端莊可愛，但始終把她當妹妹看。然而今次——只八九個月沒見面——她怎麼突然長大了，成熟了，像一朵鮮花楚楚動人。

沈瑞揚血氣方剛，同樣傾慕異性，憧憬愛情。當年他在H中學教書時也曾有過幾個要好的女朋友，但彼此沒緣分，交往一個時期後都分了手。在部隊時也有女同志向他暗送秋波，那時他是隊長，肩負重任，沒時間也沒心思談戀愛。然而今次，雲杉這個小妹子和她的琴聲竟然輕易地敲開了他的心扉。

曲終，他拍手贊道：「好，彈得真好，精彩絕倫！」

雲杉轉身一看，不禁叫道：「啊！怎麼是你？老……老沈……」她驚愕地望著他，似乎不相信自己的眼睛。

沈瑞揚趨前向她伸出手，一邊說：「好久不見，你好嗎？」

雲杉回過神來，握著他的手說：「好，我很好！你去了哪裡？一直沒消息，這些日子都好嗎？」

沈瑞揚應道：「還好！我在新加坡忙著處理一些事情，一直沒法來看你們。你父母親呢？都好嗎？」

雲杉放下琴說：「託福託福！他們都好！」

「我突然到來，吃驚麼？」沈瑞揚問。

「何止吃驚？」雲杉加重語氣，「你走後不知去向，肯定是把我們給忘了。你現在突然出現，我還以為是在做夢呢！」她說時臉上露出一絲含意頗深的笑紋。

沈瑞揚不覺莞爾，說道：「忘了的話我就不來啦！是不是？怎麼，不歡迎嗎？」

雲杉抿了抿嘴，說：「大駕光臨，我高興還來不及，請進去坐吧！」

「不，這裡好！」他走到木墩子前，指向斷崖那邊陶醉地說，「你看，千岩競秀，萬壑爭流，雲蒸霞蔚，仙樂飄飄，我彷彿置身於仙山瓊閣之中！」

雲杉笑道：「你在作詩呀！嗯……不對，晚霞如仙境，還說得通，可是哪來的仙樂？」

「你的琴聲！」沈瑞揚指了指那把琴，「你的琴藝進步得很快，剛才彈的《漁舟唱晚》我聽得入迷。」

「你在笑我吧？」雲杉紅起臉說，「這曲子難度很高，我是學著彈的，笑死人啦，還說好聽？」

「確實是好聽！」沈瑞揚收斂笑容，「你學琴不到一年，是嗎？有這樣的水準已經是很不錯了。剛才我進來時還以為你們買了留聲機呢！」

「嘖嘖嘖！」雲杉展開雙臂作出起飛的樣子，一邊說，「你贊得我幾乎要飄上天啦！喂，」她話鋒一轉，問道：「仗已打完了，你們的槍都還給了政府，還忙什麼？」

「忙生活！」沈瑞揚調侃地說，「沒了槍肚子同樣會鬧革命！」

雲杉瞥他一眼，反問道：「你不是說抗日軍有鐵腳、馬眼、神仙肚嗎？有這三樣法寶還怕餓？」

沈瑞揚哈哈笑道：「這法寶在森林裡才管用，一離開就不靈啦！」

晚霞黯然褪色。夜幕降臨。蚊子逐漸多起來。

「進裡面坐吧！」雲杉說。

他們進入屋內。沈瑞揚發現廳堂牆壁上掛著二胡、橫笛、洞簫等樂器。這些樂器是莫聲遠和楊麗虹當年留下的。

「這些你都學會了嗎？」沈瑞揚指著那些樂器問。

雲杉答道：「學過一點，二胡比較難，拉得不好！」

說完，她放好琴，順手倒杯茶給沈瑞揚。

沈瑞揚呷了口茶，後問：「你父母親呢？還有你哥哥和妹妹，都出去了嗎？」

雲杉答道：「奕森和水杉回學校去了，我爸媽去了紅土坑，呃，」她蹙了一下眉頭，「天都黑了，怎還不回來？大概是給人看病去了。你坐一下，我去起灶火。」

沈瑞揚起身說：「我幫你！」

「不必！」雲杉打手勢要他坐下，「菜已煮好，水魚（鱉）湯，燜山豬腳，只有茄子還沒炒。呃，這幾樣都是你喜歡吃的嘛！」

沈瑞揚拍手說道：「對！尤其是燜山豬腳。咦，你好像知道我要來，是嗎？」

「誰知道你要來！」雲杉提高嗓子，「是媽媽吩咐的，她叫我煮什麼就煮什麼。你口福不淺！」

他們正說著，柵門外傳來說話聲，舉眼一看，袁松林夫婦回來了。

沈瑞揚忙出去招呼。

「唷！」藿香聲音朗朗地說，「貴客駕臨，有失遠迎，莫怪莫怪！」

袁松林也說：「下午在紅土坑就聽說你來了，我想你肯定會來這裡，買了些東西便趕回來，經過走水村又給人攔住，說他家裡有人生病。這麼一搞回來就晚了！」

沈瑞揚說：「我也是剛到！」

「各個村子都去過了嗎？」袁松林問。

「都去了！」沈瑞揚逗趣地說，「過了一村又一村，最後來你們這裡『打秋風』！」

藿香笑道：「能來『打秋風』算是夠給臉啦！不久前聽人說你在南榮街當校長，我還想派八人大轎去請你哩！」

藿香的話逗得大家哈哈大笑。

暮色催人，他們轉移到屋內廳子。雲杉進入廚房。袁松林燃起大光燈。

藿香對沈瑞揚說：「來了就住幾天吧！」

沈瑞揚應道：「哦，不，我明天早上就要趕回去。」

「啊？」袁松林驚叫道，「難得一來，怎麼又急著要走？」

沈瑞揚答道：「過幾天就開學了，大家都在忙，我不能離開太久！」

「不行！」袁松林加重語氣說，「這些日子我們都惦著你，現在來了就得多住幾天！」

「是嘍！」藿香接話道，「你住過的那間房還空著，櫥裡有你的衣服。就住幾天吧！」

沈瑞揚應道：「我住在學校宿舍，有空的話隨時可來，方便得很！」

藿香聽了後點頭說：「好！你想來就來，和以前那樣，用不著客氣。」

沈瑞揚笑道：「我『打秋風』慣了，哪會客氣！」

袁松林說：「這樣就好！韓亞奮幫我弄來一把槍，你下次來先通知一聲，我去打梅花鹿，梅花鹿肉比山羊肉好吃！」

「對！」沈瑞揚揚起眉梢應道，「烏拉山腳靠河的那邊常有梅花鹿出沒，下次我和你一起去。」

雲杉出來說飯已經煮好，湯熱一熱就可吃了。

袁松林問沈瑞揚：「你走了一天，要不要先沖個涼？」

「對！」沈瑞揚應道，「這裡的山水冰涼清爽，我要衝個痛快！」

藿香對雲杉說：「去給老沈的房間弄盞燈，順便把蚊帳掛好。」

沈瑞揚則對雲杉說：「去忙你的，我自己來！」

「我不忙！」雲杉說著，從神臺上拿過一盞煤油燈，擦火柴點亮，後說，「我們走吧！」

沈瑞揚隨她來到那間房間。雲杉把燈掛在牆上。

「你走後這房間就一直空著，」雲杉說，「你的衣服在櫥裡，還有幾本書。」說完便到床邊掛蚊帳。

沈瑞揚過去拉開櫥門，一陣樟腦味撲鼻而來。這氣味好熟悉、好親切，當年他家的衣櫃和書櫥裡就散發著這種氣味。他心裡咯噔了一下，母親的影子倏地映入腦際。他拿了件衣服湊近鼻子深深地嗅著，嗅著。

雲杉一怔，忙問：「怎麼？有臭味嗎？」

「哦，不！」他回過神來，趕緊說，「是樟腦味，嗅到這氣味我就有回到家的感覺！」

雲杉笑道：「這裡也算是你半個家啦！我拿盞燈去沖涼房，你回頭就來！」說後走了出去。

沖過涼，吃過飯，他們坐在廳裡聊天。雲杉泡了一壺咖啡，說飯後喝杯咖啡可調劑脾胃。

袁松林開門見山地問沈瑞揚離開後的生活情況。沈瑞揚心裡早有準備，他個人的事直言不諱，關係到黨組織的則隻字不提。

「聽韓亞奮說你要去英國留學？」袁松林突然問。

沈瑞揚答道：「有這樣的想法，可是旅費沒著落。」

「搭船去嗎？船錢貴不貴？」袁松林又問。

沈瑞揚答道：「三等艙要百多塊錢，還有學費、伙食、雜用，加起來數目不小！」

「你念什麼科？多少年才畢業？」藿香接著問。

沈瑞揚答說原本想學經濟，最近改變主意打算讀法律；讀法律四年，另外實習一年才能成為正式律師。

「律師是幹什麼的？」雲杉插話問。

袁松林搶著說：「律師本事大，可替人打官司，也可當官，這行當賺大錢唄！」

「賺大錢？」沈瑞揚哈哈笑道，「八字少一撇，成不成行還難說呢！」

「別心急，」袁松林拉長語音說，「校長這差事穩定，幹一兩年，錢存夠了再去也不遲！」

沈瑞揚點頭說：「我也這麼想。」

接著沈瑞揚問起奕森和水杉在新加坡念書的情況。

藿香答說奕森進萊佛士書院念高中，水杉考進R女子中學。停學那麼久，每間學校都忙著為學生補課，這個假期只放一個禮拜，兩個星期前他們回來幾天就走了。

沈瑞揚驚喜地說：「萊佛士書院是我的母校呀！呃，奕森原本是念Z中學的呀，怎麼突然改變了主意？」他突然問。

藿香笑道：「大概是受你的影響吧！」

「那麼，水杉呢？」沈瑞揚又問，「她不是已經考進了N女子中學的嗎？怎麼又換了R女中呢？R女中是貴族學校啊！」

袁松林插話道：「她自作主張，假期回來才告訴我們，誰知道她搞什麼鬼！」

「是這樣的，」藿香解釋道，「N女中離水杉住的地方很遠，搭車起碼要四十五分鐘，R女中卻很近，走路只需二十分鐘。她於是去報考R女中。然而，她已經超過年齡，註冊處不讓她考中一。水杉問他考中二行不行。註冊處職員說只要交上報名費，有本事的話中二中三隨你考。水杉便報考中二。那時距離考試日子還有十幾天，奕森便抓緊時間為她補習。考完後一個星期成績公佈，水杉這丫頭居然考上了！」

沈瑞揚贊道：「這個鬼靈精果然有本事！」

雲杉問道：「你為什麼說R女中是間貴族學校？有錢人的孩子才能進嗎？」

「那倒不是，」沈瑞揚應道，「R女中的董事和贊助人都是腰纏萬貫的大富翁，其中好些還是當過高官或正在當官的大人物。這些人有特權，孩子入學不必考試，但學校設了個條例：頭一年年終考試不及格的學生，不管是誰的孩子，不准補考也不准留班，一律被踢出校門。」

藿香說：「聽水杉說她那間學校採用的課本有一半是英文，我擔心她跟不上！」

沈瑞揚說：「R女中基本上還是以華文教學，只有數學和科學採用英文。從一般華校轉去的學生開始時有些困難，搞熟那些名詞之後問題就不大。鬼靈精頭腦靈活，我看難不倒她！」

「英文課本好還是華文課本好？」雲杉問。

「內容和原理是一樣的！」沈瑞揚答道，「數學和科學採用英文課本也有好處，就是迫使學生多接觸英文。英語是世界語言，掌握英文就等於多了一門謀生技能；英國人統治馬來亞已有百多年，政府行政機關都用英文，即使馬來亞獨立了，我想這樣的形勢也不會改變，因為，馬來亞是個多元種族、多元文化的地方！」

他們談著，談著，壁上的掛鐘突然噹噹噹地響了十下。

袁松林問沈瑞揚：「很晚啦，你睏不睏？」

沈瑞揚笑道：「我喝了咖啡，一點也不累，你們呢？該休息了吧？」

雲杉說：「咖啡最提神，喝一杯可耐到半夜，我哥和小妹在家時就喜歡一邊喝咖啡一邊聊天！」

袁松林接話道：「他們都是夜鬼，不聊到雞啼不睡覺！」

藿香打了個呵欠，說：「我有些累，想先去睡，你們繼續聊！」

袁松林也說：「我走了一天，有些睏，你們要咖啡嗎？壺裡還有，我去起火溫一下！」

沈瑞揚擺手說：「我夠了，你呢？」他轉問雲杉。

雲杉應道：「我也夠了，再喝今晚就要失眠啦！」

袁松林和藿香回房去了。他們確實是累，但也是藉口，好讓女兒和沈瑞揚說悄悄話。

袁松林夫婦離開後，沈瑞揚換個話題問雲杉：「除了幫母親出診外，這些日子你還幹些什麼？」

「也沒幹什麼，」雲杉說，「看看書，我哥每次回來都帶書給我！」說著她起身到牆角從書架上拿來厚厚的兩本。

沈瑞揚接過一看，是翻譯的外國長篇小說《雙城記》和《鋼鐵是怎樣煉成的》。

雲杉補充說：「這兩本是兩個星期前拿回來的，《雙城記》我已看完，《鋼鐵是怎樣煉成的》還沒翻過！」

「讀完《雙城記》有什麼感想？」沈瑞揚又問。

雲杉想了一下說：「法國大革命的時代背景我哥大略講過，當時的法國的確如小說開頭所說的，是個智慧的年代也是愚蠢的年代；是光明的季節也是黑暗的季節；是希望之春也是失望之冬。我印象最深的是被囚禁在巴士底獄長達十八年的梅尼特醫生；最令我感動的是為路茜．梅尼特小姐而犧牲的悉尼．卡爾登！這樣的愛情太偉大了，遺憾的是梅尼特小姐愛的並不是他。這看起來似乎很不公平，不過，感情的事不能以公平為標準，你說對嗎？」

「對極了！小說感人的地方就在這裡。嘿，你的鑒賞力很不錯嘛！」

「是我哥和我講的，我還沒到那程度！聽我哥說，《鋼鐵是怎樣煉成的》故事很新鮮，很動人，只是我最近老抽不出時間！」

「你很忙嗎？」

「沒什麼，有時陪媽媽出診，或讀點醫書，做點家務事，有興致時彈彈琴，一天就過去了！」

「你的琴彈得不錯嘛！」

「見笑啦！哦，對了，莫聲遠和麗虹姐呢？他們和你還有聯絡嗎？」

「莫聲遠不知去向，楊麗虹出國念書去了！」

「是嗎？這些樂器是他們帶來的，還有幾本歌書和樂譜，他們不要了嗎？」

「別理他，沒來拿就是你的了！除了《漁舟唱晚》外，你還學過那些曲子？」

「學過好幾首，有《繡金匾》、《秋聲》、《春江花月夜》，等等，難度很高，彈得不好。」

房裡忽然傳來鼾聲。

「噓！」沈瑞揚降低聲量，「他們睡了，小聲點。」

「到屋後去！」

他們轉移到屋後曠地，面對面地坐在木墩子上繼續聊天。他們的話題很廣，天南地北，開心見誠，無所不談，直到夜闌山谷那邊傳來呦呦鹿鳴才回去屋內。

雲杉成熟了許多。成熟也是一種美，尤其是少女。

沈瑞揚躺在床上沒法入睡。一閉上眼雲杉的影子就像夢幻般在腦裡出現：她捋起袖子為病人扎針；她騎著腳車在山路上奔馳；她在廚房淘米煮飯；她在樹林裡漫步；在屋後坐在木墩子上彈琴，琴聲悠揚，落日仍卡在斷崖豁口。晚霞漫天，夕陽無限好，歸帆朵朵在抑揚頓挫的琴聲中徐徐飄蕩。歸巢的鳥群掠過沙洲，溶溶的柔佛河流向大海。琴聲漸緩漸細，歸帆漸行漸遠。落日沉入海底，晚霞消逝，夜幕徐徐降下。暮色中，她顯得更亮麗、更妖嬈。她站起身含情脈脈地看著他。他心猿意馬，情緒激動，不由自主地上前緊握住她的手。她摟著他的腰，仰起臉，眯著眼睛準備接受他的愛情。他輕輕吻了一下她的額頭。「老沈！」她激動地叫了一聲，便瘋狂地和他擁吻起來……

熱鬧的雞啼聲把他吵醒。原來是一場夢。他擦擦眼睛，坐在床沿發愣。我愛上她了麼？他暗自在問。

五

英軍剛接管政權時，南榮街只有兩個便衣警探，橡膠工友聯合會恢復活動後增加了兩個。鄉聯會和農會成立後又多來兩個。這兩個是新山政治部派來的。那個身材粗魯、膚色黝黑像只大猩猩的叫彭國雄，雄和熊同音，南榮街的人便給他取個外號叫黑熊。另一個小白臉模樣的是他的助手，姓林，洋名叫邁克。

彭國雄出生於柔佛州居鑾。他的父親是個小園主，擁有二十幾依格橡膠園。他受英文教育。九號（初中）畢業後在新山警察總部當行政員，後轉去政治部當便衣警探。一年半後升任二巡。如果穿上制服，戴的是二劃袖章。因此，人們也稱二巡為二條。彭國雄頭腦機靈，活動力強，馬屁功一學就通，因而深受上頭寵信。眼看就要加一條升任三巡，不料日本鬼子打來了。

以他的資格，原本可以在皇軍憲兵部謀得一官半職，但家裡人極力反對他為日本人做事。他只好放棄，並離開新山回去居鑾割樹膠。光復後英國人重掌政權，新山政治部歡迎戰前的「老夥計」重返崗位。彭國雄頭一個去報到。當年他忠心耿耿，任勞任怨，備受賞識，心想老功臣歸隊必受重用。然而，白雲蒼狗，人事已更換，上下官員都是新臉孔，彭國雄的馬屁功再到家也是英雄無用武之地。難道說那些新上任的官員就一身正氣、兩袖清風麼？那又不是，殖民地官員哪個不狼貪鼠竊？只因英殖民軍政府剛剛成立，官爺們初來乍到，門路尚未打通，暫時不敢冒然行事。真是麥杆打狼兩頭怕，行賄的受賄的都不敢越雷池半步。彭國雄白忙一場，結果還是外甥打燈籠，照舊「二條」。

他有點洩氣，卻也無可奈何。不過他是英校生，英語講得好，行文也不差，更巧的是他那部門的頂頭上司竟然是洋人。過了些日子，彭國雄發現他這個洋人上司貪杯好色。在這方面彭國雄堪稱識途老馬，窯姐暗娼，肥的瘦的、舶來品、本地貨、番婆、洋婆貨色齊全。他那個洋上司大開眼界，夜夜神迷心醉如跌進福窩，五臟六腑和全身毛孔都爽到淋漓酣暢。就憑這招馬屁功彭國雄不到兩個月便擢升「三條」。以制服警察來說，「三條」就是曹長。在警界中，曹長也算個人物，再加「半條」就是警長了。馬來半島南部和新加坡的華人稱警長為「大狗」。「大狗」權力大，油水多，幹他三五年，洋房汽車不用愁。彭國雄覬覦「大狗」已久矣！

南榮街只是個小鎮，彭國雄開始時感到委屈，上任後更是心灰意冷。原來這是一分苦差：裕祥園丘的工會勢力很強，監視工作頗費周章，一有閃失反會被倒打一耙；那些村鎮有的在東有的在西，最要命的是中間隔著一條河。地方偏僻，交通不便，兼顧河東河西疲於奔命。不過，一段日子過後卻也發現在這樣的地方工作有兩個好處：一是油水豐厚，鄉下人膽小怕事，只要給他們製造點小麻煩他們就會破財消災；二是充滿機遇，在這小地方，三巡就是土皇帝，只要心夠狠手段夠辣，不怕沒有成績，幹它一年半載，立下汗馬功勞，加「半條」升任警長絕非難事。水漲船高，泥多佛大，當了警長後就可以更上一層樓問鼎警監寶座。當警監可威風：制服挺括，肩章閃閃，出門時手裡拿根打狗棒，後頭簇擁著一群警衛，洋人見了也得敬三分。

熟悉了環境後，彭國雄吩咐原有的四個警探分頭巡視大園丘和其他村鎮，他自己和助手邁克林則穿梭於南榮街和北旺角之間。此外，他還收買十幾個村民當狗腿子，分別在橡膠工會、鄉聯會和農會臥底，隨時給他打報告。

彭國雄確實有點小聰明，一來到南榮街就發現學校校長沈瑞揚容光煥發、氣度不凡，於是去檔案部翻查他的資料。哈，果然是個人物：當過抗日軍，而且是隊長，來頭還真不小。經驗告訴他：抗日軍多半和共產黨有聯繫；有些甚至是共產黨員。於是他對沈瑞揚的行動便特別注意。

一個星期天，傍晚時分，彭國雄和助手邁克林闖進學校搜查沈瑞揚的辦公室。辦公室裡有兩個書櫥、一張桌子和幾張椅子。彭國雄態度傲慢，動作粗魯，把櫥裡的書弄得亂七八糟，有些還丟到地上。邁克林從抽屜裡搜出一卷紙，中間系著紅絲帶。他拆開來看，裡頭有幾行英文字，右下端打著軍政府印章，旁邊還有簽名字樣。那是聯軍東南亞代表戴維斯中尉頒給沈瑞揚的抗日軍英勇獎狀。邁克林冷笑一聲把它遞給彭國雄。彭國雄接過看了一眼便隨手扔到地上。

書櫥、抽屜和各個角落都搜過了，沒搜到他們想要的東西。彭國雄走到門前，臉上露出一絲狡譎的笑紋，對沈瑞揚說：

「沈校長，打擾了，抱歉！」說完拉開門就要出去。

「等一等！」沈瑞揚指著地上的獎狀說，「你知道那是什麼東西嗎？」

彭國雄不屑地說：「誰不知道你當過抗日軍？一張獎狀有什麼了不起？給我擦屁股還嫌硬！」

沈瑞揚應道：「好哇！裡頭打著皇家大印，還有Sir Herbert Ralph Honed（霍恩爵士）的簽名，你有種的話現在就擦給我看！」

霍恩爵士是東南亞英軍最高司令，也是馬來亞軍政府首任民政長官。沈瑞揚以純正的英語念出霍恩爵士的名字。

彭國雄聽了猛然一怔，這下子他才意識到自己惹了禍，把聯軍頒發由霍恩爵士簽名的獎狀丟在地上就是對大英帝國的侮辱、對皇室長官的不敬，這件事可大可小，硬撐著幹可能會吃虧。

想到這裡他發怵了，畏懼了。「你想怎麼樣？」他走上前，青著臉，聲音變得溫和。

沈瑞揚指著獎狀說：「揀起來！」

彭國雄向邁克林使了個眼色。邁克林會意，蹲下身拾起獎狀交給沈瑞揚。

沈瑞揚沒接，卻說：「抹乾淨，放回原處！」

邁克林很不甘願的瞪了他一眼，然後掏出手巾拂掉上面的灰塵放回抽屜。

彭國雄乜斜著眼睛，冷笑一聲就要走。

「等等，」沈瑞揚又喝住他，「還有地上的書本，揀起來放回原處！」

彭國雄板著臉猶豫了一下便向邁克林打了個手勢。邁克林只好耷拉著腦袋把地上的書本一一揀起放進書櫥。

「唔！」沈瑞揚滿意地哼了一聲，揮揮手說，「你們可以走了！」

彭國雄咬著嘴唇，踱到門口回過頭翹起拇指對沈瑞揚說：「沈校長，你行啊！」

沈瑞揚回應道：「教不嚴，師之惰！我是校長，能不行麼？」

彭國雄從此視沈瑞揚為眼中釘，伺機報復。

三個月後，彭國雄接到上頭命令：對左派顛覆分子要加緊監視，同時列黑名單，對象是共產黨員、工會、鄉聯會、農會領袖和活躍分子，今年十二月底或之前上交。

列黑名單對彭國雄來說是輕而易舉的事。那些左派顛覆分子的行動一直在他的監視中，別說列名單就是要人也可將他們一網打盡。

兩個月後他把名單交上。名單開頭八個下劃紅線，並特別注明這些人乃馬共要員和潛伏在工會、鄉聯會和農會裡的危險分子。

他的上司很賞識他的工作效率，並鼓勵他好好的幹，成事之後將推薦他當警長。

沈瑞揚和工會、鄉聯會、農會的人很少來往，和各地的左翼團體也保持一定的距離。然而，上回他對彭國雄反戈一擊，如今彭國雄令箭在手，當然不會錯過報復的機會。

新山政治部很快就把黑名單批下來，並命令有關部門作好捉人準備。

要捉的人共八十八個，彭國雄要求加派人手。上頭答應到時刑警部的人全由他調動；另哥打丁宜警察署也會派軍警參與工作。

一九四八年正月間，英殖民政府發出警告：共黨分子顛覆政府擾亂社會，如情況繼續惡化，政府將被迫實施緊急法令。

這是英殖民政府慣用的伎倆，也是向馬來亞人民發出的哀的美敦書。

然而，馬來亞人們團結一致、無所畏懼，遊行示威，罷工罷課，如火如荼，愈演愈烈。

果然，六月二十日，英殖民政府發表藍皮書，宣布馬來亞包括新加坡進入緊急狀態。

所謂緊急狀態，意思是共產黨和左翼分子企圖推翻政府，人民的生命和財產受到嚴重威脅，政府不得不頒佈緊急法令對付那些顛覆分子。

其實，藍皮書發表前一個月，便衣警探已經開始行動，好些馬共幹部、工會領袖以及文化界進步人士相繼被捕。

就在那個時候，沈瑞揚突然接到英國牛津大學寄來的入學通知書。通知書裡說法律系一年級開課日期為明年一月中旬，新生必須於今年十二月三十一日或之前於辦公時間到系辦事處註冊；通知書中還列明新生就讀和住校必須注意的一些事項。

沈瑞揚當校長已經一年半，有了些積蓄，旅費和學費基本解決，到那邊假期時再找份工作，省吃儉用，四五年是混得過去的。他於是下定決心，今年年底學期一結束就向學校董事部辭行。

然而，隔天傍晚，兩輛警車風馳電掣地衝進校園，整十個便衣警探把校長室重重包圍。原來彭國雄立功心切，哥打丁宜警署的軍警還沒到來就率先行動，他頭一個要捉的就是曾令他受辱蒙羞的沈瑞揚。

那天剛好是星期六，操場上還有七八個學生在打籃球，蕭崗和幾個同學在禮堂打乒乓。彭國雄一班人耀武揚威地來到校長室。那時沈瑞揚正坐在辦公桌前翻閱報紙。那些特務一衝進來不由分說就給他扣上手銬，接著翻箱倒櫃四處搜查。架子上的書本、桌子上的文件和抽屜裡的東西被翻得亂七八糟。上回彭國雄被沈瑞揚倒打一耙，今次他可要出盡這口窩囊氣。邁克林覺得這樣還不夠過癮，便把櫥裡的書一本一本地往牆角扔。

「怎麼樣？沈校長，沒想到有今天吧？」彭國雄站在一邊神氣活現地說。

「我的確沒想到！」沈瑞揚應道，「不過，你捉我去不會有什麼好處！」

彭國雄揚眉笑道：「你是抗日英雄，這麼重要的人物，怎會沒好處？」

沈瑞揚答道：「你要的是共產黨，我這個抗日英雄肯定不會給你加分！」

彭國雄不屑地說：「加不加分無所謂，老子爽就夠了！」

沈瑞揚說：「你濫用權力，想公報私仇？」

彭國雄叉起腰說：「是又怎樣？嗯？走吧，別囉嗦！」

這時候，外面已有一群學生在圍觀。

沈瑞揚走到門口，心頭一亮，便向圍觀的學生喊道：「回去回去，沒什麼好看的！」

同學們沒離開，一個個臉青唇白地望著他。

沈瑞揚提高嗓子繼續說：「回去吧，回去吧，天都快黑了！喂，」他指著站在外圍的一個同學說，「你住在甘密園，這麼遠的路，天黑下來怎麼走？回去吧回去吧，媽媽在等哪！」

被他指的那個人向身邊幾個一揮手說：「別看了，我們走！」

這個人就是蕭崗。他身材矮小，一臉稚氣，手裡拿著乒乓板，不認識他的人肯定不會拿他當老師。他聽了沈校長那番話後心裡咯噔了一下，接著便恍然領悟，佯裝聽從勸告轉身就走。

沈瑞揚走出走廊，望見蕭崗騎著腳踏車往渡頭那邊飛奔而去。他鬆了口氣。

原來，他說那話的用意是要蕭崗立刻去甘密園通知韓亞奮。

甘密園在河的另一邊，從北旺角踏腳車去還得半個鐘頭。韓亞奮肯定在黑名單之內；很可能彭國雄接著要捉的就是他。蕭崗必須爭分奪秒。

沈瑞揚從容地走著。圍觀的人緊隨在後頭。

來到警車邊，沈瑞揚回頭對跟來的人說：「回去吧，回去吧，快考試了，做功課要緊，聽見沒有？」

「哼哼，」彭國雄冷笑一聲插話道，「我看還是先管管你自己吧！」

沈瑞揚對他反唇相譏：「你今天甘當狗腿，為虎作倀，就因年幼時缺少教養！」

彭國雄惱羞成怒，罵道：「他媽的還嘴硬，回頭讓你嚐嚐老虎凳的滋味！」

沈瑞揚義正詞嚴地說：「你敢動我一根毫毛我就請律師告你！」

彭國雄走到他面前，舉手狠狠地扇他兩記耳光。「去告吧！」他挑釁地說，「我已經動了手，你現在就去告，我等著哪！」

沈瑞揚說：「你放開我，敢嗎？」

彭國雄得意地說：「放開你？哈哈哈，想得美呀！上車吧，別浪費時間，老子忙著哪！」

勸學生回去、和彭國雄拌嘴以及惹他動手打自己耳光，這些都是緩兵之計，這樣就可為蕭崗多爭些時間去找韓亞奮。

沈瑞揚估計得沒錯，彭國雄把他關進警署扣留室後便帶領原班人馬去甘密園捉韓亞奮。然而，他遲了一步，韓亞奮和他的母親已經搶先一步，拾掇了些細軟避風頭去了。

彭國雄看見大門緊鎖，屋內漆黑，心裡一驚，忙叫手下去敲門。邁克林使勁敲了半天，沒人回應。他們於是破門而入，搜遍屋裡屋外都不見人影。

彭國雄滿臉疑惑，喃喃念道：「怎麼給跑了呢？不可能的呀！」

註：一九四二年九月一日，馬共中委和幹部在吉隆坡黑風洞山腳下開會，大會主持人萊特總書記竟然缺席，原來他已暗中通敵。半夜日軍包圍黑風洞山腳，拂曉發難，與會者只有幾個逃脫，其餘全被殺害。這件事後人稱九・一黑風洞慘案。（資料來源於聯合晚報叢書《馬共秘聞》，韓山元、李永樂合著。）

第三章　木炭山監獄

一

蘇拉河為柔佛河東南岸的一條支流，全長二十多公里，發源自烏拉山腳沼澤地帶。沼澤地長滿紅樹林。穿過紅樹林朝東走七八公里便是南中國海之濱——柔佛州東海岸。

蘇拉河中游有個小鎮名叫木炭山。木炭山交通蔽塞貧困落後，蘇拉河口的南榮街和北旺角以及柔佛州東南部的許多鎮好些村都比它強，但這些村那些鎮都默默無聞，木炭山的名字卻不脛而走，盡人皆知。

木炭山並非山，只是河邊稍微隆起的一個小土丘。從河岸望去，其形狀像個倒置的鐵鍋；換個角度看，背河的坡度較緩較長，其形狀則像倒置的羹匙。緩坡那邊有膠林椰園。房子大多建在朝河這邊的斜坡上。最顯眼的還是土坡腳下一個個像饅頭般的黃土堆。每個土堆都有煙囱冒起煙柱。那是炭窯。這大概就是小土丘被人叫木炭山的原因。

顧名思義，木炭山盛產木炭。蘇拉河兩岸盡是密密叢叢的紅樹林。紅樹林乃燒木炭的上好材料，所以蘇拉河中游以上炭窯隨處可見。木炭為木炭山主要的物產，不過，它出名並不是因為出產木炭，而是那裡有個監獄。

這個監獄坐落在土坡上。四十幾年前由英殖民政府所建。從周圍的鐵絲網來看，這座監獄範圍頗大，但牢房卻很小，只是一棟長方形的矮屋，面積約兩個羽球場一般大，可容納二十幾個犯人。一九四二年日軍攻佔馬來亞，為肅清抗日分子，日本鬼子四處捉人。單蘇拉河兩岸幾個村鎮就有好些人被鬼子押走。新山、哥打、居鑾等地的監獄都有人滿之患，日本當局便大興土木擴建木炭山監獄。二十幾個工人日夜趕工。擴建後的牢房比原來的大一倍；旁邊還蓋了個逼供犯人的刑房。當時也許是缺乏洋灰磚塊，刑房和監牢擴建那部分的圍牆全用木料。不過所用的木料都是蟲蟻不蝕的冰片木條，其堅硬度不輸鋼骨水泥。日本法西斯暴戾兇狠慘無人道，這個監獄頓時成為殺人場，每天晚上都傳出聲嘶力竭的叫喊聲，隔天清早就有一輛雞公車載滿屍體由兩個鬼子推到河邊渡頭。一艘兵船早已在那裡等候。船員幫忙把屍體搬上船，然後駛出河口，來到深海把屍體抛進海裡。從此村民們便叫這座監獄為「鬼地方」。鬼地方令人談虎色變，木炭山卻因此而聲名遠揚。

日本投降後，這個監獄就一直空置著。不到一年，外牆便長滿了爬牆虎。小巧玲瓏的圓葉片密匝匝的把斑駁邋遢的牆壁染成一片綠。鐵絲網籬笆上則爬滿牽牛藤。花開得熱鬧，蝶舞蜂喧的倒給這個鬼地方帶來幾分生機。這座監獄空置了四年，直到馬來亞實施緊急法令前兩個月英殖民政府才派人來重新修整。

村民們對英政府這一舉措並不感到驚訝。近幾個月來，反英殖民統治的呼聲響徹雲霄；報紙上天天都有工人罷工、學生罷課或遊行示威的新聞，同時還經常以顯著的版位刊登英殖民政府恫言欲實施緊急法令的文告。關心時事的人一眼就看出英政府在這個時候重修監獄的用意；同時還意識到英政府在近期內必採取行動掃蕩共產黨人和左翼分子。

果然，木炭山監獄修好後的兩個星期，即公元一九四八年六月二十日，英殖民政府進行大逮捕並發表藍皮書，宣布馬來亞進入緊急狀態。

負責監督蘇拉河區的政治部小頭目彭國雄在藍皮書發表前兩個星期就開始掃蕩，到英政府頒佈緊急法令那天，黑名單中的人物已經捉了七七八八。這些人全被送進木炭山監獄。

根據報載：這個月內，新加坡被捕的人有五六百個，馬來半島各州加起來約莫兩千個。報紙上還說：由於被捕的人太多，各地的監獄都有人滿之患。

一向寂靜的木炭山這幾天竟然軍警進出，兵車來去，附近人家的狗頓時亂了陣腳，無論白天還是夜晚，一聽見車聲或看見火光便氣勢洶洶競相奔到路口狺狺狂吠。

說來沒人相信，柔佛州東南部方圓百多里就僅有木炭山這個監獄；更令人費解的是，柔佛河東岸以及河口一帶人丁興旺、交通便利的村鎮有的是，這個柔南僅有的監獄竟然建在閉塞偏遠的木炭山。

英殖民政府把監獄建在木炭山自然有其原因。七八十年前，柔佛州東南部還是一片原始森林，山中有土匪，水上有海盜，位於柔佛河咽喉地帶的蘇拉河流域便成為他們走私鑽營或物色「獵物」等犯罪活動的轉駁站。三十年代中，英殖民政府在蘇拉河口南榮街建碼頭；一年後又建了間警察局，派十幾個警察在那裡駐守，還有兩艘水警船在周圍水域巡邏。

這麼一來，土匪海盜只好轉移陣地，蘇拉河兩岸從此河清海晏，河口的南榮街和北旺角便逐漸繁榮起來。只幾年工夫，蘇拉河兩岸的人口增加了五六倍。這些人不知是打哪兒搬來的，以華人居多，馬來人次之，印度人少許。他們有攜眷的，有獨身的；有做小買賣的，有走江湖相命的，有神出鬼沒不知幹哪一行的。有一回，木炭山河灘出現一具屍體，水警把它撈上岸，死者是個中年男子，他的胸腔和頭部都有彈孔。經過檢驗，兇手用的是萊福槍。在那個年代，萊福槍乃新型武器。木炭山怎會有這種武器？英政府頗為震驚，從新山派來一個印度籍警長負責調查。這個警長不熟悉環境，再加上語言不通，花了三個月仍毫無頭緒。他寫了份報告要求上司把此案當懸案處理。然而報告還沒呈上，蘇拉河上游又出現屍體，這回是兩具，同樣是被人用萊福槍射殺的。英政府這下可不敢大意，從新加坡調來一個英籍警官和一批助手追查此案。這個英籍警官曾在倫敦蘇格蘭刑警廳受過嚴格訓練。他果然有一手，不到半個月案子便水落石出。原來一批黑道人物走私軍火，貨源來自泰緬邊境，轉運目的地是印尼廖內群島，也許是事機敗露殺人滅口或分贓不勻而置對方於死地。一天，新山中央警暑刑警部派來整百個軍警到蘇拉河進行大掃蕩。被帶走的人有三十幾個，其中幾個家裡還藏著武器。這些人全是外來移民。經過一番審問查證後，釋放回來的只有三分之一。自那次後，每隔三幾個月新山總部就派大批人馬前來突擊搜查，每次都有十來個人被帶走。村民們對這樣的事已經習以為常，戲稱之為掃垃圾。這些被帶走的都是嫌疑犯，證據不足的三兩天後便釋放回來；有案底的則扣留三幾個月；能構成罪狀被控上法庭的為少數。從蘇拉河口到新山還有一段相當長的水路，嫌疑犯押來送去的很是麻煩，英政府索性在木炭山建這個監獄；他們認為柔南地區的確需要一個監獄。

沈瑞揚暫時被關押在南榮街警署拘留室。他已作好心裡準備，等著彭國雄對他動刑拷問，然而出乎預料，當晚盤問他的卻是兩個陌生的男子。他們講普通話，也許因為沈瑞揚是本地校長，身分特殊，他們的態度還算斯文。聽口音，這兩個不像新加坡來的阿寶（政治部警探），南榮街歸哥打丁宜管轄，他們大概是新山政治部派來的，沈瑞揚心裡想。

這兩個阿寶所問的多半是有關他當抗日軍的情況，例如上司是誰、部隊裡有多少馬共、和平後和他們是否還保持聯繫；再來就是誰介紹他來南榮街當校長、為什麼要開辦黃昏班以及黃昏班和鄉聯會、農會有什麼關係等等。

抗日軍是公開的，合法的，當時還有由英軍一手扶持的136部隊參與，這個問題沈瑞揚毫不回避，對游擊隊的戰績還渲染一番；至於馬共問題，該說的就說，不該說的省去，問得急了就撒個謊，比如蘇拉河第六分隊的黨代表是劉新運，他卻說是彭少山，政治指導員是他自己，他卻說是李少明。彭少山和李少明已經犧牲，他們對這兩個人如果有興趣只能去找馬克思追問。

「還有其他的呢？」那個年紀較大的阿寶盯著他問。

「其他的？」沈瑞揚笑道，「是誰？我知道的就這兩個。」

「別裝蒜，」阿寶說，「你的上司劉新運就是馬共，而且還是高級幹部！」

「哦？不像嘛！」沈瑞揚故作震驚地說，「劉新運很有計謀，打游擊很有一套，可是我發覺他連恩克思是誰都不懂，他能當幹部嗎？」

那個年輕的阿寶插話道：「不懂恩克思和當共黨幹部沒關係！」

「你和劉新運還有聯繫嗎？」年紀較大的阿寶問。

沈瑞揚答說沒什麼聯繫。

「你撒謊！」阿寶提高聲量，「幾個月前他曾來這裡找過你，怎麼樣，不承認嗎？」

沈瑞揚沉思片刻後突然想起地說：「哦，對對，他來告訴我聯軍東南亞代表戴維斯將軍要頒發抗日軍英勇獎狀給我的消息。沒錯，沒錯，獎狀還在我的辦公室裡，呃，你們的同事彭國雄先生看過的嘛，不相信可去問他！」

沈瑞揚的答話他們似乎感到滿意。接著他們便追問學校開設黃昏班的問題。

「誰介紹你來這裡當校長？」

「我當抗日軍期間一直在這裡活動，這裡的人都認識我。和平後學校要開課，董事部便請我當校長。」

「你開辦黃昏班有什麼目的？」

「這是董事部的決定，不是我要開。很多青少年因這場戰爭而荒廢學業，黃昏班讓那些超齡的青少年有機會學文化，這是好事嘛！」

「沒那麼簡單吧！哼哼，黃昏班的學生大部分是鄉聯會和農會的人，我看你們學校是在為左派團體培養人才！」

「話不能這麼說！學校為學子灌輸知識，傳播文化，至於學生在外頭幹什麼，責任不在學校，我們當老師的也管不了，不是嗎？」

「你和鄉聯會和農會的人很密切！」

「所謂鄉聯會和農會的人，如果指的是黃昏班學生，那我承認，他們是我的學生嘛！」

「農會的吳大材，鄉聯會的黃鏢，這兩個人你認識嗎？」

「他們是這裡的人，我當然認識！」

「你常和他們在一起？」

「是的！學校開課前，他們負責修整課室，我是校長，常和他們接觸。」

「還有韓亞奮，他常去找你，他可沒參與修整課室的事，對嗎？」

「沒錯！當抗日軍的時候，他是我們第六分隊的同志，和平後他住在甘密園，算是鄉里啦！我和他喝喝茶，敘敘舊，沒什麼不對！」

「他是馬共幹部，和他喝茶敘舊大有文章！」

「他是馬共嗎？沒聽說過呀！當時在部隊，我們在意的是誰有好點子、誰會打仗，至於馬共不馬共沒人感興趣！」

他們問到半夜雞啼才把沈瑞揚送回拘留室。

從剛才兩個阿寶的問話看來，政治部對沈瑞揚的資料掌握得不多，彭國雄捉他純粹是報復。僅僅報復不足畏，沒把柄落在他手裡諒他不敢太放肆。

隔天早上，一個警員給他送來一杯咖啡和兩塊麵包。沈瑞揚向他要開水。一般警員沒權給囚犯送水，但他還是拿來一小瓶。

吃過早點，又有四個人被押進來。這四個人都是鄉聯會的幹事，其中一個還是黃昏班的學生。這個學生很激動，捉住沈瑞揚的手想說什麼。沈瑞揚指了指牆壁，意思是隔牆有耳小心說話。這個學生點了點頭冷靜下來。

中午時分又押來五個。其中兩個是農會的理事，另三個是裕祥橡膠工友聯合會的幹事。

拘留室已有人滿之患，那些阿寶只好把沈瑞揚和另外七八個已經問過話的人送去木炭山監獄。

彭國雄原本打算捉到韓亞奮後再好好整治沈瑞揚，沒料到他們一班人趕到甘密園卻撲了個空，守到半夜也不見人影。他亂了陣腳，回到警署竟把整沈瑞揚的事給忘了；即使沒忘也沒心思，韓亞奮是他調來南榮街後發現的一個重要馬共幹部，捉到他功不可沒，漏了網烏紗帽卻難保。不過他想不通，昨天韓亞奮放工後便衣密探就一直盯他的梢。他到街場買東西然後回去家裡。便衣密探守到六點鐘才離開。八點多鐘他們一班人趕到時已人去樓空。他們母子倆怎會走得那麼快？難道有人給他通風報信？就算有，他帶著老母親，況且在晚上，臨時著急的能跑到哪裡去？他們肯定還在村子裡。這好辦，派人守住村口，然後挨家挨戶搜查，韓亞奮插翅難飛。

他把這個想法告訴邁克林。邁克林說這想法可行，但晚上不好行事反而會打草驚蛇。他提議等天亮再行動，還有碼頭和通往外埠的所有路口也要設關卡檢查過路行人。

現在已經是凌晨三點多鐘，安排得來天差不多就亮了，彭國雄於是下達命令：所有警員和密探一個鐘頭後到聽堂集合。

拂曉時分，警員密探準時來到廳堂。彭國雄把搜查甘密園和在各地設檢查站的事交給他們，自己和邁克林則帶領昨晚的原班人馬趕去韓亞奮工作的地方埋伏。

韓亞奮每天早晨七點半到膠房辦事處報到，九點鐘出巡膠園，十一點左右到收膠站監督磅膠工作，下午三點回去辦事處交差。然而，今早他沒到辦事處、沒巡視膠園，中午也沒去收膠站。彭國雄問收膠站的管理人怎麼不見韓亞奮。

一個埋怨說：「我們也在等他，鬼知道他去了哪裡！」

另一個則說：「他可能見大鬼去了，你們去公司樓找找看！」

他說的大鬼就是「敵產」園丘的洋人經理；公司樓就是洋經理的辦公室。

彭國雄一班人立刻趕去公司樓。洋經理正在那裡辦公，彭國雄敲門進去向他表明身分並說要找韓亞奮。

洋經理聳了聳肩說：「無可奉告，我正要找他呢！」

彭國雄問他道：「你認為韓亞奮會來找你嗎？」

洋經理幽默地笑道：「你們要捉他，他還敢來嗎？」

彭國雄啼笑皆非，說了句抱歉的話便走了。

離開公司樓，他們一班人便趕去甘密園。

帶隊搜查甘密園的是個二劃伍長，他告訴彭國雄街場和附近的房子都搜過，捉到幾個嫌疑份子，但暫時還沒見到韓亞奮和他的母親。

「其他地方呢？」彭國雄緊繃著臉問。

伍長答道：「還在搜，椰樹芭那邊有幾十戶人家，他們多半是海南人，我看韓亞奮藏在那裡的可能性比較大。」

「唔，」彭國雄以命令的口吻說，「周圍的矮青芭和茅草芭也要查個清楚！」

伍長忙哈腰說：「會的會的！您放心，大不了放火燒芭！」

彭國雄接下來去巡視各個檢查站。

各個檢查站都捉了一些嫌疑份子，碼頭那邊捉的幾個已經證實是黑名單裡的人，不過，裡頭沒有韓亞奮。

彭國雄懊喪地回到警署，叼了根煙坐在辦公椅上吱吱地抽著，煙霧一團一團從他口裡噴出來，當煙頭快燒到手指的時候，他猛地想起昨天傍晚捉回來的沈瑞揚。他滿肚子的窩囊氣正想找人發作，「啊哈，好哇！」他拍了一下掌，起身到廳堂命令值班警員去提沈瑞揚。然而，值班警員告訴他說問案組的警官已經把沈瑞揚和一批犯人送到木炭山監獄去了。

「他媽的！」他罵了一聲，便轉身叫邁克林陪他去木炭山。

邁克林想了一下說：「案子既然轉給了問案組，我看還是先向他們瞭解一下情況比較妥當，你看怎麼樣？」

「光問不管用，」彭國雄把拳頭抓得咯咯響，「不下點辣的他哪會開口？」

邁克林明白他的意思，笑了一下說：「辣是要下的，但不必急。你昨晚沒睡，今天又跑了一整天，也夠累了，先養養神嘛！沈瑞揚反正跑不了的，改天再慢慢收拾他也不遲，你說是嗎？」

彭國雄緘默了一陣便點頭說：「也好，我確實有些累，等養足了精神再說。甘密園的二劃回來了嗎？」

邁克林應道：「還沒見到，甘密園範圍相當大，他們幾個可能要搜到晚上。哥打警署的人怎麼還沒來？」

「快了！」彭國雄揚起眉梢應道，「哥打那邊下午來過電話，說他們今晚八點鐘開船，十二點左右肯定會到。」

「有多少人馬？」邁克林問。

彭國雄掐指算了一下說：「兩個連隊，大約七十多個，聽說是從宰加兵團調來的。宰加兵經過嚴格訓練，我對他們有信心。嗯，這樣吧，大家早點休息，養足精神，明天一早就行動。」

宰加兵乃英殖民政府豢養的精銳部隊，他們個個鐵面無情，對主子忠心耿耿。

午夜時分，這兩連宰加兵分乘兩艘兵船抵達南榮街。彭國雄親自到碼頭迎接。

這支部隊的指揮官是澳洲人，名叫霍華特，軍階為少校。此外，他們還帶來十幾隻警犬。

宰加兵個個鷹視虎步，連帶來的狗都那麼靈敏精神，彭國雄見了有如吃了顆定心丸。

隔天一早，宰加部隊奉命出發。他們分成八組由本地特務帶領分頭到各個村子進行搜查。他們挨門逐戶、翻箱倒櫃、連屋外的茅房草舍、樹林草叢都不放過。

他們日以繼夜、踏遍蘇拉河兩岸以及象牙頂的各個小鎮村落，捉了好幾十個人，但仍不見韓亞奮的蹤影。

捉不到韓亞奮，彭國雄的上司暴跳如雷，限他在一個星期捉到韓亞奮，否則將面對降職處分。

彭國雄委屈得真想哭。然而人在矮簷下怎敢不低頭？再委屈也得忍氣吞聲。

忍是一種修養，能考驗人的意志。百忍成金；小不忍則亂大謀！韓信尚且能忍胯下之辱，相比之下，彭國雄這點委屈實在算不了什麼。大丈夫能屈能伸，為了警長這個肥缺以及往後在仕途上平步青雲，別說忍氣吞聲，就是吮癰舐痔他也樂意。現在迫在眉睫的頭等大事就是打起十二分精神繼續追緝，哪怕踏破鐵鞋也要把韓亞奮揪出來。

彭國雄又把注意力集中在甘密園韓亞奮的家。那天他重新搜查韓亞奮的家時驀然發現他母親的衣服、日用品和一些藥丸藥水都沒帶走，這說明他的母親遲早會回來拿這些東西。只要捉到他母親就有辦法叫她說出韓亞奮的行蹤，軟的不行就來硬的，再不行就讓她坐坐老虎凳，到時不由得她不開口。

被捕的人越來越多，不到一個星期木炭山監獄裡的犯人就有六十幾個。身陷囹圄、蒙冤之辱暫且不說，像沙丁魚般被擠在一個又悶又熱的小屋子裡就令人難以消受。然而，掃蕩行動還在繼續，每天都有人被押進來，有時還多達六七個。

牢房越來越擠。天氣那麼熱，食水又不夠，好些人病了。沈瑞揚要求獄卒增加食水和供應藥品。獄卒卻置若罔聞。監獄官來巡視時沈瑞揚向他投訴，他同樣充耳不聞。

一天，一個洋警官來巡查監獄。陪他來的有監獄官、四個軍警兩個獄警。沈瑞揚靈機一動，便用英語大聲喊說要抗議，向殖民政府抗議，向大英帝國抗議，向英皇抗議……

洋警官吃了一驚。令他吃驚的並非沈瑞揚的抗議而是這樣的地方竟然有人能說這麼流利的英語。好奇心驅使，他踱到鐵門前問沈瑞揚抗議什麼。沈瑞揚說抗議英政府侵犯人權虐待政治犯。

洋警官冷笑一聲，不屑地說：「Talking nonsense（胡說八道）！」他說完轉身便走。

沈瑞揚大聲喊道：「喂，你是英國人嗎？」

洋警官猛地轉過身，傲氣十足地指著自己的鼻尖說：「我當然是英國人！」

「不，」沈瑞揚以激將的口氣說，「我所見的英國人都是gentleman（正人君子）。但你不像，說你是個hypocrite（偽君子）還差不多！」

一個囚犯竟敢出言不遜冒犯長官那還了得！洋警官勃然變色，吩咐獄警押他出去要給他顏色看。

獄警把他扣上手銬，呼呼喝喝地帶走了。

這個洋警官為柔佛州監獄部的高級官員。他只管行政，審問案情不關他的事，他提沈瑞揚乃出於一時的氣憤。不過，當獄警把沈瑞揚帶到獄官辦事處問他如何處置時，他卻叫獄警送沈瑞揚回牢房。兩個獄警面面相覷，以為自己聽錯了。

洋警官則說：「我已經改變主意，不想追究剛才的事！」

兩個獄警滿臉疑惑地看著他，意思是對他的寬宏度量難以接受。

洋警官看他們愣著，便問：「你們有問題嗎？」

那兩個獄警卻忙擺手說沒有。

「好得很！」洋警官點點頭，過後對沈瑞揚說：「我怒氣已消，算你走運。沒事了，跟他們回去吧！」

沈瑞揚腦門一亮，計從心來，便說：「你沒事我倒有事。這事很重要，請長官聽我說！」

洋警官啞然失笑，心想不整治你已經是手下留情，你反倒不買賬、不感恩，還得寸進尺要我聽你說什麼；你這傢伙太狂妄了。然而，回頭一想卻又覺得眼前這傢伙異乎尋常，他說話如此鎮定，神色那麼從容；英語不但流利而且發音、用詞都很準確。馬來半島和新加坡，共產黨人何其多，但像眼前這樣的人卻是少見的。這傢伙是共產黨人嗎？馬來亞的共產黨人有這麼高的水平嗎？他這麼一想，心裡便萌起「姑且聽他說什麼」的興頭。

「好！」洋警官向沈瑞揚點了點頭，「給你個機會，說吧！」

「很好，謝謝！」沈瑞揚說著，一邊把戴著手銬的雙手伸到洋警官面前，「請您叫人解開這討厭的勞什子！」

洋警官心裡咯噔了一下，雙眼直瞪瞪地望著沈瑞揚，口裡喃喃念道：「你不是想逃跑吧？無論如何你是跑不出去的！」他說著，便打手勢叫獄卒為沈瑞揚解手銬。

一個獄警掏出鑰匙過來替沈瑞揚開鎖。他緊繃著臉、動作粗魯顯得很不甘願。

手銬解除後，沈瑞揚故意在他們面前把手腕掰得咯咯響。手銬咬得太緊，筋骨都麻了，得鬆動鬆動。掰過手腕又挺胸張臂作深呼吸。

洋警官付之一笑，並以譏諷的口吻說：「坐牢很辛苦嗎？那裡有椅子，就坐著說吧！」

沈瑞揚擺手答道：「謝了！我喜歡站著說。請您聽好：第一，你把我們七八十個人關在一個小屋子裡，擠得連轉身都難。這不是監禁，而是摧殘、是迫害！第二，放風是犯人的權利，我們是政治犯，更不能當一般罪犯看待，可是我們沒放風時間，連大小便都要受獄警監視。這是虐待，是凌辱，違犯人道主義。第三，牢房裡有好些人病了，我每天都向獄卒投訴，可是他們全然不理。警官先生，我向您提出忠告：牢房裡萬一有人死了你們政府必須負全責！今次我要求見您，就是要向您提出抗議：抗議你們英政府違犯法律，踐踏民主，侵犯人權！」

洋警官坐在那裡默默地聽著。他紋絲不動，臉上沒有表情，要不是那對藍眼睛還透著靈氣，簡直就像城隍廟裡的泥菩薩。

沈瑞揚講完了，好一陣後洋警官才如夢初醒地問道：「你說完了嗎？」

沈瑞揚看他心不在焉，頗有對牛彈琴的感覺，便說：「講完了。請長官正視我的抗議！」

「抗議？」洋警官冷笑一聲，鄙夷地說：「Talking nonsense!」接著起身轉向獄警：「押犯人回去牢房！」說完，拉開房門揚長而去。

沈瑞揚戴著手銬被帶走大家都憂心忡忡，以為他這次准會「吃不了兜著走」。然而，不到一個鐘頭他卻安然回來了。剛才那個洋警官凶得像一頭狗熊，沈瑞揚居然毫髮無損，令人難以置信。

「紅毛鬼沒對付你，那捉你去幹什麼？」一個疑惑地問。

沈瑞揚答道：「不，是我要找他的嘛！」

大家回頭一想，那倒不假，剛才的確是沈瑞揚用英語向那紅毛鬼喊話的。

「你在紅毛鬼面前又說了什麼？」另一個問。

沈瑞揚見大家興致勃勃，便把剛才向洋警官提抗議的事敘說一遍。

「抗議？紅毛鬼會聽你的抗議嗎？」幾個聽了不約而同地問。

沈瑞揚苦笑道：「當權者高高在上，哪會理我的抗議？」

一個接話道：「他不理會，豈不是對牛彈琴？」

沈瑞揚笑道：「沒錯，是對牛彈琴！」

另一個接過他的話茬兒：「對牛彈琴不打緊，如果他們向你動粗可要白吃虧！」

沈瑞揚答道：「吃虧倒不會。抗議是一種鬥爭形式，目的是讓敵人正視我們的存在，讓他們聽聽我們的聲音，告訴他們我們都是好漢，寧願把這牢底坐穿也不向他們低頭！」

幾個異口同聲地附和道：「對！我們決不低頭，要和他們鬥到底！」

然而，出乎預料，隔天早上獄卒送餐時食水多了兩大桶，同時還有阿士比靈、保濟丸等藥物。此外，如廁的時間也長了，獄警的監視也寬鬆了。這顯然是沈瑞揚的抗議產生了作用。

就在獄卒拿來藥物的那天下午，軍警又送來兩個男子。這兩個男子大家都認識，他們就是農會的理事吳大材和鄉聯會副主席黃鏢。

吳大材豹頭環眼，須髯如戟，身材中等，二十來歲。他生於貧苦家庭，只念過三年書，離開學校後便出來幹活，早上和父親到椰芭用長竹竿替人采椰子，下午進森林砍毛竹或棱檬樹賣給漁人插蝦籠。他嘴巴寬大牙齒尖利，五分鐘內可剝三粒椰子，鋤頭柄般粗的竹子一咬就破，人們因而給他取了個外號叫鐵牙金剛。日治時期糧食短缺，他和幾個朋友到森林邊沿砍樹開荒種番薯；光復後改行到紅樹林砍柴燒炭。這幾年他老和木頭打交道，好柴朽木閉起眼一摸便知，再敲幾下聽聽聲音就可斷定內裡是否生蛀蟲。他熱心公益，修整學校的那些木料全是他從森林裡砍來的；農會也是由他帶頭搞起來的，籌組時他當委員會主席，成立後退位當理事。

黃鏢的年紀比吳大材長五六歲。他割過樹膠、燒過炭也當過伐木工人。和平後在敵產膠園當「巡芭」，夜間則參與工會復會事宜。三個月後，他離開膠園，回來南榮街組織鄉聯會。為了生計，他在碼頭邊開了間咖啡檔，同時邂逅了一個漁家女並閃電結了婚。咖啡檔的生意很不錯，他的老婆笑逐顏開。半年後一個印度人在左邊隔鄰開了間咖喱飯攤兼賣印度「拉茶」。所謂拉茶就是把滾燙的茶從銅勺子倒進杯裡，倒茶時把勺子和杯子的距離逐漸拉長，用意是減低茶的熱度。「拉茶」之名由此而來。那個印度人拉茶的姿態很滑稽，很逗笑；他的咖喱飯很有特色，茶也很夠味，因此顧客絡繹不絕，好些還是慕名而來。然而，黃鏢的老婆卻拉長了臉，因為那個印度人的拉茶把他的生意拉去了一半。沒多久，右邊隔鄰又多了個賣紅豆冰兼雪團的檔子。六月豔陽天，冰水最解熱，一到正午，紅豆冰檔子便門庭若市。黃鏢的咖啡檔卻冷冷清清，他的老婆百般無奈只好用抹桌布拍蒼蠅。不到一年，黃鏢把咖啡檔收了，不久後老婆也跟別的男人跑了。跑了也罷，他便集中精神搞鄉聯會。

吳大材和黃鏢乃鄉聯會和農會的大紅人物，彭國雄的黑名單自然不會漏掉他們的名字，黃鏢還是八個下劃紅線者之一。

彭國雄要捉他們那是意料中的事。沈瑞揚被捕的消息傳出後他們便即刻離開南榮街。吳大材躲在七八公里外的一個漁村，暫住在朋友家裡。黃鏢則躲在馬來村一個印度朋友的家裡。然而，他們倆還是逃不過宰加兵地毯式的大掃蕩。

沈瑞揚見到他們十分無奈地說：「這麼多天了，我以為你們已經安全逃脫，唉，終歸還是來了！算啦，來湊湊熱鬧也好！」

一個以埋怨的口吻說：「牢房這麼擠，你們還來，受不了啦！」

黃鏢打趣地應道：「我沒想到這裡人這麼多，晚上沒地方睡。早知這樣我就不來了！喂，」他突然轉對吳大材，「鐵牙金剛，想個法子……呃，你在幹什麼？」

這時候，吳大材正凝目望著那片木條圍牆。他沒答話，走過去用指節敲打那些木柱，同時把臉湊近翕動鼻翼深深地嗅著。

「怎麼啦？」黃鏢繼續說，「木柱有香味？牙齒發癢嗎？」

吳大材回過頭，臉上露出一絲詭祕的笑紋，說：「你們想不想出去？」

「出去？」黃鏢疑惑地望著他說，「出得了嗎？那些都是冰片木，除非用鋸子，如果有手榴彈就更省事！有嗎？別做夢啦！」

「不必費那麼大的勁，」吳大材指著身邊的木牆說，「這裡可以開個門，偷偷地溜出去！」

「開門？」大家面面相覷。

「唔！」吳大材敲著身邊的那根木柱說，「這根是假冰片，還有角頭那兩根也是。假冰片砍芭的人叫豆蔻杉。豆蔻杉的木質和冰片一樣硬，但不耐久，一兩年後就生蛀蟲。生了蛀蟲的木柱咬起來就像咬甘蔗！」

「哦，是嗎？」大家異口同聲地問。

接著，他告訴大家豆蔻杉和冰片木的硬度一樣，木紋一樣，敲打時聲音也一樣，普通人搞不清，只有內行人才能分辨出來。辨別的方法有三個：一是用手心摸，如果光滑細潤，那就是冰片木；如果粗澀帶纖刺，那就是豆蔻杉。二是用指節敲，冰片木百年不蛀，敲起來篤篤篤的像打梆子；豆蔻杉不耐雨打日曬，一兩年後就惹蛀蟲，一旦生了蛀蟲，敲起來卟卟卟的像打朽木。三是用鼻子嗅，冰片木帶油味，豆蔻杉有豆蔻味。

解釋完後他指著身邊的一根木柱說：「這條豆蔻杉已經生了蛀蟲，你們來敲敲看。」

幾個過去用指節敲那根木條，然而聲音梆梆梆的一點也不像腐朽之木。

吳大材上前說：「你們敲靠近地面的那段。」

幾個照著他的話往下端敲，聲音卟卟卟地果然是條朽木。人們這才恍然大悟。吳大材說出個中奧祕。原來蛀蟲一般都從地下蛀起，越靠地面就越蛀得厲害。

一個聽了後說：「就算蛀得厲害，柱子這麼大，怎麼咬？」

黃鏢以讚賞的口吻說：「老吳肯定有辦法，要不怎叫鐵牙金剛？」

吳大材說：「今晚我們來試一下。」

當晚半夜，吳大材便試咬給大家看。

儘管木條已蛀蝕；儘管吳大材口大牙尖，咬起來畢竟不像咬甘蔗那麼容易，但也不是大家想像的那麼難。吳大材咬得有些吃力，嘴唇滲出血星兒，幾分鐘後他停下來。人們探頭一看，卻發現那木頭下端有個約半寸深的缺口。

幾個看了躍躍欲試。沈瑞揚很是高興，便要吳大材多收幾個徒弟。

吳大材則說：「啃木頭沒竅門，有牙齒就行。但要有耐心，有耐心可啃倒大樹！」

磨杵成針，水滴石穿，吳大材這話說得大家興致勃勃。當晚，沈瑞揚便和吳大材、黃鏢等幾個制定半夜咬木頭的計畫。

破獄計畫是擬好了，然而，牢房外還有一層鐵網籬笆。籬笆高八尺，上端還繞著鐵蒺藜。攀籬笆容易，越過鐵蒺藜可要皮開肉綻。大家苦思冥想都提不出解決辦法。最後，沈瑞揚提出他的看法。他說那籬笆已經鐵銹斑斑，大家來個一二三爬上去，籬笆支撐不住便往外傾斜，斜度越大所受的壓力也越大，七八十個人的重量足以把籬笆壓倒。籬笆一倒就好辦了。

一個問他道：「萬一壓不倒怎麼辦？」

沈瑞揚聳聳肩，笑道：「我暫時還沒想到該怎麼辦！」

大家聽了都洩氣地沉下臉。

一個喃喃地說：「如果有一張梯子就好！」

沈瑞揚接話道：「有把老虎鉗就更省事！」

黃鏢調侃地說：「早知道我就帶一把來！」

二

押送進來的人已逐漸減少，前天兩個，昨天一個，今天白天沒有，晚上又突然來了一個，之後就不再有人來。

人數已增到八十個，木炭山監獄這下可真的要「人口爆炸」了。還好，他們全是男人，而且都住在附近村鎮，彼此多半認識，即使不認識也是眼熟面善，如今落到這般地步也算是同船走水一家人，無論如何大家都得互相遷就、互相關懷。

然而，出乎預料的是最後被關進來的那個人竟然眼生面生，沒人知道他是誰。

這人的年紀約莫三十歲，身材修長，膚色略黑，馬勺臉，鷹鉤鼻，天庭充盈，眉濃如墨，目光炯炯有英氣。這人到底是誰？牢裡的人都朝他投以驚詫的目光。

這個陌生人名叫何鳴。沒錯，此公絕非平庸之輩，來頭還真不小，他是資深的共產黨員。他原本是柔佛州笨珍人。父親從商，擁有數百依格黃梨園。他小學畢業後到新加坡念中學。由於成績不好上不了高中。離開學校後他投入抗日救亡運動併入了黨。一九四二年，新加坡淪陷前夕，他潛入柔佛州森林組織抗日游擊隊，並出任笨珍第三支隊副隊長兼黨代表。日本投降後他回來新加坡開展工農和學生運動並參與黨內的重組工作。一九四七年，陳平因揭發敵奸萊特有功而理所當然地被推選為總書記。當時還是區委的何鳴被委為星洲候補市委。三年晉一級已經是祖墳冒煙，何鳴一夜之間連升三級在黨團或政界之中堪稱奇跡。

馬共高層人物一般都形跡詭祕難以追蹤。要捉到他更是難上加難。何鳴今次既然被逮個正著，怎麼又把他當成小人物送到山旮旯裡的木炭山監獄？

其實，何鳴被捕是偶然的事。說得貼切點，就是他時運不濟倒了八輩子的楣。不過，也不能全怪他的運氣差，百密一疏，問題出在他的裝扮上。捉他的彭國雄和邁克林這兩個特務也不是什麼能人高手，他們能逮著何鳴純粹是僥倖，正如瞎眼貓逮著死耗子，碰巧罷了。

日本投降後，何鳴回來新加坡。在組織的安排下，他在一間黃梨廠當廠長。廠長乃高薪職員，理應站在資方這邊為老闆說話，然而他卻暗中策動工人為爭取加薪而罷工。紙包不住火，事機終於敗露，老闆立刻把他和幾個同夥炒魷魚。

何鳴的工作原本屬地下。他當廠長為的是掩飾身分。那個時候英國人剛回來，政權還在鞏固中，因此對馬共不敢有太大的動作。何鳴看準這點，索性昂首闊步無視英殖民政府的警告和禁令，通過報紙或在群眾大會上發表反殖民地、打倒帝國主義的激烈言論。英政府政治部因而把他列入黑名單，還派特務監視他的行動。

特務盯梢對搞地下工作的人來說乃司空見慣。他們把跟蹤的特務稱為釘屁蟲。一個小特務何鳴根本不放在眼裡，心血來潮時還和他玩貓捉老鼠讓他白忙一場。一九四八年五月初，即緊急法令頒佈前一個月，盯梢他的特務突然換了人而且多了一個。這個變化立刻引起他的注意。以目前的形勢看來，他認為有兩個可能：一，敵人已經充分掌握他的資料，對他刮目相看；二，敵人即將動手，對反殖反帝領袖進行全面大掃蕩。這說明：危險的紅燈已經亮起，他必須甩掉釘屁蟲儘快轉移。

甩掉釘屁蟲不難，但要摔得利落，不留痕跡不長尾巴還得費點心思。

一晚，他去首都戲院看半夜場電影。片子是由嚴華和李麗華主演的《愛的歸宿》。這是首映片子，肯定賣座，戲票必須提前定購。他不能暴露行蹤，買戲票的事只好叫房東的兒子代勞。當晚他去看戲時還多穿了件白色長袖衣，半夜場戲院裡冷嘛！那兩個特務當然一路盯梢。來到戲院沒票不讓進去，他們只好在廳前徘徊。何鳴看在眼裡，心裡不禁暗笑。他持的是二號位票子，入口在前廳左邊。他選了個前排靠走道的位子。不一會，燈熄了，先放映廣告，歷時十五分鐘，然後戲才正式開映。何鳴很少看電影，尤其是這類悱惻纏綿的愛情片子，他簡直感到厭惡。今晚算是開了眼界，紅透半邊天的李麗華的風姿倩影他總算在銀幕上看見了。他吃了一驚——顯然是眼前的尤物和他以往的想法和審美觀大有出入。這妮子果然花容月貌國色天姿，簡直是上帝的精心傑作。他看得屏氣凝神，看著看著，心裡對這妮子竟然產生了美感和好感。明星是漂亮的，戲的內容卻是無聊、腐化的。可是左右的觀眾竟然看得聚精會神，有的還感動得熱淚盈眶。

他看了看錶，近午夜兩點鐘，戲就將落幕。他輕輕脫下外衣，卷成一團塞到座位底下，一邊往自己胸襟上看，身上只剩一件灰色短袖襯衫。「這叫金蟬脫殼！」他得意地對自己說。

散場了，觀眾紛紛起身離開座位。他一箭步溜到三號位階梯，隨著人潮從側門出去。門外就是大路，他鑽進一輛候客的德士，吩咐車夫去芽籠三巷。

芽籠三巷沒有路燈，巷裡還有一個擁有幾十座墳墓的馬來墳場，黑咕隆咚的特務肯定沒膽跟進去。這地方是他預先選定的。他在芽籠三巷口下車。瞻前顧後，觀察左右，沒人跟蹤，他放下心來。穿過馬來墳場，前面就是快樂世界跳舞廳。舞廳前停著幾輛德士。何鳴喚來一輛，吩咐司機載他去後港椰樹芭。

後港地廣人稀一片黑漆漆。椰樹芭前不巴村後不著店一路叫人寒毛直豎。馬路上只有這輛車子在奔馳。上坡下坡、轉彎抹角都不見有車子跟著來。這證明他已經把跟蹤的尾巴摔得乾乾淨淨。半個鐘頭後，車子在一間亞答屋前停下。這房子就是他的好友老蔡的家。他是常客，也是熟客，來訪不分早晚，有時還在半夜。

主人熟他癖性，早已習以為常，連他們家的狗都當他為老友猛搖尾巴。

門呀的一聲開了，一個中年男子手裡晃著手電筒走出來。這男子就是老蔡。進入屋內，老蔡拴上門，轉身踱到桌前點亮油燈。他藉著燈光望瞭望壁上的鐘，一邊說：「怎的那麼晚？天都快亮了！」

何鳴說：「吵醒你，不好意思！」

老蔡打諢地說：「你這個獨行俠，最近去了哪裡？報紙上天天都有壞消息，我老為你擔心哪！」說著，他指了指桌邊的凳子。

何鳴坐將下來，一邊打趣地說：「天下亂糟糟的哪會有好消息？風聲吃緊，我來這裡避避風頭！」

老蔡揚起眉梢說：「我這裡倒是天下太平。既然來了就多住幾天！」

「不行，」何鳴霍然沉下臉語氣變得十分沉重。「形勢已經到了白熱化，我看不出幾天他們肯定要動手捉人。新加坡不能再待了，我明早就走！」

老蔡聽了先是一怔，接著從桌上拿過煙盒，遞一根給何鳴，另一根叼在嘴裡。何鳴給他劃火柴。

老蔡吸了兩口煙後問道：「你打算去哪裡？」

何鳴壓低嗓子答道：「去柔佛州，那裡地方大，我的老巢在那裡嘛！」

老蔡蹙起眉頭說：「在這吃緊關頭，碼頭關卡可能有便衣把守。我看最好走暗路！」

何鳴笑答道：「只要能安全離開新加坡，過火焰山也無妨！」

老蔡舉眼望了一下時鐘，後說：「你去北旺角吧！我那個捕魚的叔叔你見過的，他就住在附近。今天是早潮，黎明前他要出海放網。你休息一下，雞啼後我們去他那裡。你坐他的船過海去北旺角我大伯的魚行。我的堂弟阿水和你在同一間中學念過書，你們認識的嘛。現在魚行由他接手。到了北旺角就好辦，你要去哪裡儘管告訴阿水，他一定會替你想辦法！」

何鳴在老蔡的協助下天亮後來到北旺角。阿水安排他轉搭漁船到靠近烏魯地南一個叫杠杠的小漁村。那時已是日落西山，他在村裡借宿一宵，隔天一早便轉搭公共汽車去哥打丁宜投奔一個遠房親戚。

他這個遠房親戚叫何金標，五十來歲，年紀比何鳴大，輩分卻比何鳴小。照理他得叫何鳴為叔叔，不過，他只叫阿鳴，何鳴反而叫他標哥。

何金標是個商人，經營橡膠、椰乾、胡椒等土產生意；他也是個大地主，擁有數百依格橡膠園和椰林。他為人耿直豁達，熱心公益，頗受人們敬重。中日戰爭期間，他出錢出力支持抗日。他的兒子也是馬共黨員，日治時期當過抗日軍。他的家離街場約五公里，是一間三層樓的豪華洋房。圍牆範圍頗大，入口門楣上有一匾牌，上面寫著「何家莊園」四個楷體金字。何家莊園也是柔佛州馬共高層人員的祕密聯絡站；而且規定只有在非常時期才能使用。何鳴來這裡的目的是要聯絡上頭等待指示。

馬共組織像座金字塔，高層人員聯絡下屬容易；下屬有事請示上層就難。方法也僅有一個：通過地下管道把信息傳出去，然後在一個指定的地方等待消息。平時快則七八天，慢則個把月；在非常時期肯定會更久。

何鳴來到何家莊園天色已晚。為掩人耳目，他換了個名字叫何阿倫，說是來找工作的。管家通報主人後，得到的指示是安排他在用人宿舍過夜，隔天早上帶他到椰乾製作工場當雜工。

雜工的工作不外是剝椰皮、撬椰肉、烘椰乾；有時還得推雞公車或給烘房爐灶加柴炭。工作雖雜空閒時間卻多，抽抽煙、聽聽鳥叫倒是寫意，只是等人的日子不好過。好容易挨了三個星期。一天，即緊急法令頒佈的前一天，傍晚時分，何家莊園的管家突然來找他，說是何老闆有事情交代。這可好，肯定是上頭來了消息。何鳴心中暗喜。

他隨管家來到何家莊園。老闆何金標已經在大廳等候。他把何鳴拉到一邊，低聲地說：「藍先生在書房等你！」

「藍先生？您說的是藍天雲？」何鳴驚異地問。

何金鏢點頭說：「唔，正是他！」

藍天雲原本是新加坡市委，何鳴是他的下屬。敵奸萊特卷走鉅款後馬共領導層進行大改組，藍天雲升任中央委員，負責柔佛州的領導工作。

中央領導神出鬼沒、來去無蹤，何鳴從此就沒見過藍天雲。萬沒料到他今次竟然親自前來接見，何鳴受寵若驚，一時不知所措。

何金標又道：「藍先生下午就到了。在書房裡，我們上去！」

他們並肩上樓。何鳴說：「沒料到藍同志會親自來。」

何金標微微一笑，答道：「你是他的得意門生，他想見你嘛！」

書房在三樓。何金標輕輕敲門。開門的是個中年男子，他就是藍天雲。握手寒暄，剛剛坐定，忽聽得有人敲門，是用人端茶進來。何金標陪客人坐了一會便說還有事要辦，起身走了。

藍天雲個子瘦削，臉色蒼白，濃眉底下藏著一對深沉的眼睛。他不苟言笑，城府很深，接見下屬時只談工作不談私事。

何鳴知他脾性，便開門見山地說：「藍同志，我先向您彙報一下我的情況。新加坡那邊……」

藍天雲舉手打斷他說：「知道了，你的情況我比你還清楚：你走後特務到處找你；前幾天還有大批警察和特務到你住的地方搜查，拿走了一些書本，你不知道吧！啊？」

這些新情況何鳴確實不知。他吃驚地說：「唷！那些笨蛋明知我跑了還搜什麼？那幾本書是從書店裡買來的，拿去有屁用！」

藍天雲應答：「他們總得虛張聲勢一下，好向上頭交代嘛！」他掏煙盒點了根煙，吸了兩口換了口氣繼續說：「新加坡你不能回去了，組織會安排人接替你的工作。往後我們的力量要轉移到農村。柔佛州地方大，鄉鎮又多，正需要人手。你留下來工作吧！啊？有意見嗎？」

何鳴毫不猶豫地應道：「我沒意見！今次我來這裡就是希望組織給我分配新的工作！藍同志，我們下一步棋該怎麼走？」

藍天雲嘴角上露出一絲不知含義的笑紋。他喝了口茶，放下杯子喃喃地說：「革命是要流血的。如今敵人已經向我們亮刀子，我們怎能束手待斃？槍桿子裡出政權！何鳴同志，現在是扛槍的時候了，你該有心裡準備吧？啊？」開頭幾句他的聲音低沉而渾厚，像從喉嚨裡傳出來，最後那幾句卻是音量抑揚語氣鏗鏘。

何鳴聽了雀躍萬分，衝口而說：「我一切都準備好了。藍同志，給我任務吧，幹什麼都行！」

何鳴興致勃勃，情緒高漲，然而藍天雲對他的話卻是無動於衷。他兩指夾著煙大口大口地抽著，白煙像雲團般從他口裡噴出來。每抽一口煙就短了兩分。火頭離手指越來越近，他改用指甲掐住，眯眼蹙額地多吸兩口才捨得把煙屁股丟進煙灰缸。他抹了抹嘴唇又把手伸進褲袋。何鳴以為他煙癮大掏煙盒再來一根，然而掏出的卻是一個小紙包。紙包裡盛的是酸梅糖，有七八粒那麼多。他拿掉酸梅糖，把紙鋪平遞給何鳴一邊說：「你看這個！」

那是一張作業紙，從小學生用過的作業簿上撕下來的。紙上畫的是西瓜藤，藤兩邊結著大大小小的西瓜。這張畫線條凌亂顏色不均肯定是小孩子的習作。何鳴左看右看正看反看都看不出畫裡有何玄機。

「這是一張地圖，」藍天雲稍微加重語氣，「西瓜藤就是蘇拉河，那一帶藏著武器彈藥，是抗日軍解散前埋下的。明白嗎？」

何鳴茅塞頓開，拍手贊道：「嘿！這西瓜圖，構思好，創意高，簡直是天衣無縫。虧您想得出！高明，的確高明！」

藍天雲點了點頭，指著地圖繼續說：「吶，這幾個小花蕾就是埋藏武器的地點。何鳴同志，現在組織交給你一項重要任務：去蘇拉河聯絡老沈和韓亞奮，挖出武器進入森林建立游擊隊。」

黨把這個重大的任務交給他那是對他的重視和信任。何鳴激動得熱淚盈眶。他緊握著藍天雲的手說：「好！好！藍同志，我全力以赴，鞠躬盡瘁，保證完成任務！」

藍天雲點點頭，說：「唔！把圖收好。還有別的問題嗎？」

何鳴沉思片刻，後說：「地圖沒標地名，找起來有些困難。藏武器的那幾個地方叫什麼？」

藍天雲搖搖頭說：「我也不知道叫什麼。不過，老沈和韓亞奮熟悉那裡的地形。我看問題不大！」

何鳴想了一下又問：「老沈是不是那個教書的沈瑞揚？」

藍天雲答道：「是的！你認識他？」

何鳴應道：「戰前我和他共過事，戰後在一個座談會上見過他。聽說他目前在一個小鎮當小學校長。」

藍天雲呷了口茶說：「沒錯，那個小鎮就是蘇拉河口的南榮街，那間學校叫育華小學。」

何鳴答道：「這好辦！不過，韓亞奮我不認識，您有他的資料嗎？」

藍天雲聳起肩膀微微笑道：「我也不認識，連面都沒見過。有關他的資料組織提供了一些，只是一般的。」說著從衣袋裡拿出記事簿，翻查了幾頁，念道：「亞奮姓韓。海南人。黨員。黨齡五年。曾當過抗日軍。年紀三十出頭。職業是膠園管工。地址：北旺角。路名和門牌，不詳。」念完後他撕下來遞給何鳴說：「記熟了就毀掉！」

何鳴接過來，看了後撕成碎片丟進煙灰缸，一邊說：「北旺角沒多少人口，問題不大。我幾時動身？」

藍天雲應道：「越快越好，就明早吧！你得注意，目前的形勢很嚴峻，哥打車站和柔佛河的幾個碼頭都有特務把守，你走山路比較安全！」他所謂的山路就是貫串橡膠園、椰園、或灌木叢林的羊腸小道。

他們的談話到八點才結束。何金標和他們一塊吃晚飯。吃過晚飯藍天雲說要去街場辦點事。何金標給他安排車子。

藍天雲走後何鳴則要何金標給他弄一套膠工衣服、一輛腳踏車和膠刀、膠桶、膠絲袋等工具。何金標說這些東西唾手可得，便吩咐管家立刻去辦。

隔天早上，何鳴扮成割膠工人騎著腳踏車上路了。穿過哥打市區，沿著柔佛河東岸南下。開始時所經過的大多是橡膠園和椰園，走了兩個鐘頭後才進入灌木叢林。路不難走，只是河口港汊有十幾處，有橋的倒省事，沒橋的就得等擺渡，挺費時的。

何鳴來到北旺角已經是傍晚時分。

他先去魚行找阿水。他這身裝扮令阿水愣了好一陣，認出他後卻又吃了一驚，忙拉他到店後天井。

「你怎麼又回來？」阿水神情緊張，壓低聲音怕被人聽見，「軍警到處捉人，木炭山牢房都住滿了！你不知道嗎？」

何鳴點頭笑道：「我在報紙上看到了。我來是要向你打聽兩個人。」

「誰」阿水問。

何鳴說：「沈瑞揚先生，他……」

阿水打斷他問道：「你是說對岸的沈校長？」

何鳴點點頭。

阿水緊接著說：「你甭去啦，沈先生已經被捉走了！」

何鳴有如挨了一記悶棍，沉下臉愣了好一陣，接著便問他是否認識韓亞奮。

阿水反問他道：「是不是在『敵產』膠園當『甲巴拉』的那個？」

何鳴點頭說：「沒錯，是膠園管工，海南人，三十出歲。」

阿水應道：「他住在甘密園，離這裡好幾步（里）路，踏腳車要半個鐘頭。」

何鳴想立刻去找他，便問去甘密園的路怎麼走。

阿水說甘密園在北旺角這一邊，沿著河邊大路走，過一道小橋後便是馬來村，再去有一間伯公廟，伯公廟後有條岔路直通「敵產」園丘。過了岔路再走二三百碼左邊有十來間亞答屋。那裡有間咖啡店，店名叫「文昌咖啡茶室」，韓亞奮的家離這間咖啡店不遠，到那裡隨便找個人問一下就知道了。

何鳴聽了便說要走。阿水卻說天已黑路不好走，野狗又多，吠聲吠影的引人耳目，找個地方過夜明兒再去。

何鳴趕了一天的路，又餓又累，便點頭說好。

街場複雜，魚行不安全，阿水安排他到他岳父家裡過夜。

天有不測風雲。半夜竟然下起大雨，直到隔天清早才停。

割膠的工作一般都在早上。膠園管工也不例外。何鳴原本打算下午才去甘密園找韓亞奮，然而，吃早點時主人告訴他雨後樹身濕割膠的不出工，管工也不必出勤。何鳴聽了心裡暗喜，用過早點後便告別主人去找韓亞奮。

他還是那身裝扮。為了加強喬裝膠工的真實感他向主人借了個竹簍子馱在車後架上。河邊大路很平坦，只是下過大雨路上濕漉漉的走起來泥漿四濺。

過了伯公廟，再走幾分鐘，左邊離大路約二百碼處果然有一堆房子。何鳴拐了進去，路口頭一間就是咖啡店。來到店門前，他放好腳踏車進入店內。店裡只有兩個顧客。店主是個五十左右歲、背有點駝的男子。

他笑容可掬地從櫃檯走出來，以海南話問何鳴要喝什麼。何鳴要了一杯咖啡。不一會，咖啡端來了，何鳴便向他打聽韓亞奮的住處。

他招何鳴到店門口，指著右邊那片鬱鬱蔥蔥的橡膠林說：「就在那邊，沿著這條小路走，不遠你會見到一間『砂厘』（鋅片）屋，那就是韓亞奮的家！」

何鳴問道：「屋子在路的左邊還是右邊？」

店主答道：「左邊，那裡只有一間，再去二三百碼就是甘密園街場。」

何鳴道了聲謝回到座位。

「呃！」店主忽然轉身對他說，「韓亞奮已經好些日子沒來喝茶了，可能去了哥打。你老哥有事嗎？他媽媽在，去問……」

坐在旁邊看報紙的一個中年男子打斷他道：「他媽媽也不在，門鎖著呢！」

店主忽有所悟地點頭說：「對呀！韓嬸每隔幾天就挑菜來賣，好一陣子沒見她了，怎麼回事？」

那中年男子接過他的話茬兒：「韓亞奮出事啦！你不知道嗎？」

何鳴聽了忙過去問那男子：「韓亞奮怎麼啦？」

那中年男子呷了口茶說：「一個禮拜前，哦不，還要久一些，對了，就是沈校長被捉的隔天下午，我經過韓亞奮的家，看見黑熊和另外兩個人站在亞奮的家門口。他們問我韓亞奮去了哪裡。我看他們滿臉殺氣的總不會有什麼好事，便說不知道，就是知道我也不會說。韓亞奮好彩走得快，慢一步可要去木炭山吃咖哩飯嘍！」

何鳴問他道：「黑熊是誰？」

「呃？」那男子錯愕了一下，後說，「黑熊就是北旺角的暗探，唷，你老哥不是本地人嗎？哪裡來？」

何鳴撒了個謊，說韓亞奮是他的「甲巴拉」，今次來是想向他預支糧錢。那男子聽了應道：「對！已經月底了，快出糧（發薪）了嘛！」說完掏出煙盒，遞一根給何鳴。何鳴拿出紙包說自己帶著。那是紅煙絲，要抽還得用煙紙卷成喇叭筒。那男子說捲煙費事，並盛意拳拳地把煙遞到他嘴邊。何鳴只好接了。那男子劃火柴點煙，然而劃了好幾根都不出火。何鳴一劃就著，客氣地先給他點了。

那男子吸了口煙後指著何鳴手裡的火柴說：「你這三腳標的好，我這大紅花牌的就差，稍微淋到雨就擦不著。」

何鳴說：「這三腳標的價錢貴多嘍！」

那男子說：「那當然，一分錢一分貨嘛！」他說完便告辭走了。

何鳴回到座位，盤算著要不要去韓亞奮的家瞭解一下情況。去嗎？有危險，如果特務設下埋伏，豈不是自投羅網？不去也不對，既然來了就該去瞭解一下他家的情況和周圍的環境；更重要的還是看看他家窗口是否留下暗號。

為了安全和保密，地下工作者都以暗號聯繫或傳達信息，比如某人出了事，他首先要做的就是把掃帚、或毯子、或毛巾等預先定好的物件掛到窗外。這些物件就是危險的暗號，它告訴來訪同志這裡已經出事必須立即離開。何鳴這個圈子裡的人採用的暗號是晾毛巾。如果韓亞奮的家窗外掛著毛巾，這證明他已經逃出虎口；如果窗外沒掛起毛巾，不能排除他告假和家人出門探親的可能性，如果情況果真這樣，他能逃脫純粹是僥倖，不過卻是暫時的，改天回來仍然逃不過敵人的魔掌。

何鳴反覆思量，覺得非去看一下不可，但又顧忌那裡有埋伏，萬一被截住怎麼應付？他垂眼看了看自己，對這身裝扮頗具信心。這倒不假，剛才那個男子不也把他當膠工麼？

主意已定，他喝完杯裡剩餘的咖啡，掏出幾個銀盾正要走，然而，腦裡忽然閃出剛才那個男子劃火柴點煙的情景。啊！不對！他霍然有所警覺：三腳標火柴價錢比普通火柴貴了一半，只有生活在市區的人才用得起，一般工人是不會買的。他抬頭往櫃檯邊的貨架望去，裡頭擺賣的火柴也是大紅花牌的。不行，這裡有破綻！他心中亮起警告的紅燈：在這樣的地方、他這樣的身分配用這樣的火柴麼？這是個明顯的漏洞，稍微有頭腦的特務一眼就能識破。入鄉隨俗，和光同塵，這麼簡單的道理怎麼就忘了呢？於是起身喊店主收錢並要一盒火柴。

店主拿來火柴收了錢。何鳴跨上腳車沿店主指的那道小路從容地踏著。走了幾分鐘，他便把那盒三腳標火柴拋進草叢裡。

路很平直，只是越走越窄，兩旁的野草也越來越高，把車輪刮得叮噹響。走了大約二十分鐘，前面左邊果然有一間鋅片板屋。那就是韓亞奮的家。他放慢速度，細察周圍。四下裡靜悄悄，屋前左右不見人影，大門掩著，鎖頭已被損壞，左側窗口下果然掛著一條毛巾。哈！他心裡暗暗叫好：那條毛巾表示韓亞奮已經瞭解情況；已經擺脫魔掌遠走高飛了。

穿過屋前曠地，側目細察屋後，屋後周圍也是空落落，兩隻鷓鴣站在竹籬上酷咕酷咕地叫著。何鳴愈加覺得輕鬆，沿著小徑繼續往前踩。

走了十幾分鐘，前頭出現一片椰林，林中有兩排店屋，店屋周圍疏疏落落地有些房子。這就是甘密園街場。

來到路口，他打住車子往街場眺望，一邊拿出煙袋，掏出一包煙絲，包煙絲的是一張小學生用過的作業紙，就是藍天雲給他的那張地圖。他佩服藍天雲以西瓜藤代替蘇拉河的巧妙構思，不過，他用這張廢紙包煙絲也是匠心獨運，任誰見了都不會起懷疑。這心思是他前晚在何家莊園偶然想到的。

他拆開紙包摘了一小撮煙絲，拿張煙紙卷支喇叭筒，叼在嘴上劃火柴默默地抽起來。他邊抽邊想：老沈已落入魔掌，韓亞奮在逃亡，找不到他們工作就沒法進行，怎麼辦？要不要回去何家莊園向組織報告？或先給藍天雲捎封信？他一時沒法決定，便掉轉車頭決意回去阿水岳父的家。

其實甘密園街場有道捷徑直達河邊大路，但他不熟悉，只好依照原路走。

然而，快到咖啡店時他卻遠遠的望見店門外放著一輛摩托車，門口靠牆處坐著兩個男子。距離越近他越看得清楚，那兩個男子衣著齊楚、滿臉紅光不像一般村民。他心裡打了個閃，嘀咕著那兩個人可能是特務。

來到咖啡店門口，這時店主正在五腳基外曬咖啡仔。何鳴舉手和他打了個招呼，同時側目打量坐在門口牆邊那兩個男子。

這些年來何鳴就一直和特務打交道，走狗爪牙他見得多，咖啡店門口那兩個傢伙賊眉鼠眼的一看就知道是什麼貨色；其中一個可能是黑熊。不過還好，那兩個傢伙只拿他瞪白眼並沒給他找麻煩。這證明他的喬裝術到家，「反串」功夫高明。他沾沾自喜，吹起口哨加快了速度。

何鳴果真眼光銳利，那個身材臃腫的就是人稱黑熊的彭國雄，另一個是他的助手邁克林。

彭國雄一班人在甘密園已經守了好幾天。韓亞奮依舊不見蹤影。但彭國雄不氣餒，不厭倦，總希望有奇跡出現。

那天早上，何鳴走後十分鐘，彭國雄和邁克林和往常一樣共乘一輛摩托車來到「文昌咖啡茶室」，一杯咖啡還沒喝完，何鳴就騎著腳車打他們面前經過。彭國雄心裡一閃，覺得此人眼生面生，便問店主剛才經過的那個男子是誰。店主不疑有他，說那人是「敵產」園丘的割膠工人，他來找韓亞奮借糧錢。

「借糧錢？」彭國雄錯愕了一下，後問，「他是韓亞奮的工人嗎？」

店主點頭說是。

彭國雄腦門一亮，計上心來：那男子竟然和韓亞奮有關聯，帶他回去問個張三李四，如果「夠資格」就把他關起來，大刑底下出口供，然後上報說此人是韓亞奮的交通員。嘿！如果捉不到韓亞奮，有這個替死鬼搪塞一下總比交白卷強。想到這裡他來了精神，向邁克林打個眼色說：「去攔住他！」

何鳴吹著口哨兒從容地踏著。即將來到大路時忽然聽見後頭傳來摩托聲，接著聽見有人大聲喊：「喂，停住，前面那個人快停住！」他嚇了一跳，立刻煞車回頭看，正是那兩個特務。他心裡直犯嘀咕：剛才為什麼不攔截我？我走了又趕著來，什麼意思？

彭國雄放好車後掏出證件在何鳴面前揚了揚說：「我是政府人。你叫什麼名字？」

何鳴裝出狐疑的神情，望著他訥訥地說：「我……叫……叫林木全，你們要……要做什麼？」

邁克林接著問：「你剛才去哪裡？」

何鳴提高嗓子答道：「哦！我去找韓亞奮，想向他借糧錢，可……可是他不在！」

彭國雄打量著他，一邊問：「借糧錢？你是幹什麼的？」

何鳴答道：「我在『敵產』園丘割膠，韓亞奮是我們的『甲巴拉』，已經月底了，我要支點糧錢，這幾天老不見他，今早下大雨割不得膠，我便上他家來。唉，白走一趟！」

園丘工人的薪水一般都由管工代發，所以向管工借糧錢是很平常的事。

何鳴回答得合情合理，邁克林點頭表示相信他的話。

然而，彭國雄卻突然發現什麼似的以命令的口吻說：「把手伸出來！」

何鳴心裡打了個悶雷，猜不透對方要他伸手是什麼用意。他愣了一下，抬起右手。

彭國雄指著他的左手說：「還有那只，都伸出來！」

何鳴沒做過粗活，十隻手指細長幼嫩，不過這個月來在椰房做雜工，剝椰皮、烘椰乾、推車拉斗的，手皮已變粗，掌上還長了趼子。共產黨歌頌工人，他當然也為自己有這雙粗壯的手而感到自豪，但又覺得這樣的手和他的身分很不調和。他裝扮膠工後卻又覺得他這雙手粗得好，粗得合時，粗得可愛。他很自信，把兩隻手伸到彭國雄面前，心裡一邊在說：我這雙是名副其實、地地道道的割膠工人的手，看你能瞧出什麼來？

彭國雄在膠林裡長大，也割過膠，對於割膠生活的瞭解何鳴這個「冒牌貨」自然遠不如他。如果何鳴說他是個工人，無論幹哪一行，沒人會起懷疑，可是他說是膠工，凡是割過膠的人就絕對不會相信。

膠乳含有鐵質，氧化後呈靛藍色，割膠工人稱之為「膠靛」。膠工長期接觸膠乳，手上必染著「膠靛」。「膠靛」滲透手皮，普通肥皂不管用，唯有用沙或粗布沾肥皂反覆摩擦才能洗去，不過也只限於手掌表皮，藏在指肚紋、指甲溝裡的是一時沒法洗去的。

彭國雄一眼就看出了這個破綻。「哼哼，」他冷笑一聲，說道，「你騙得了別人可騙不了我！我看你這雙手倒像是拿筆的！」他向邁克林使了個眼色，後又轉對何鳴說：「走，跟我回警局去！」

何鳴大聲辯解道：「喂喂！我……我……沒犯法，為什麼要捉我？」

邁克林看他說得刁，掏出手銬就要往他腕上扣。

何鳴立刻改口說：「好，好，我跟你們走！」

彭國雄帶何鳴到碼頭，登上一艘巡邏艇過河到南榮街警察局。何鳴被鎖在一個陰暗的房間裡。中午值班警員送來一包咖喱飯。傍晚，另兩個警員來開門帶他到另一個燈火通明的房間。彭國雄和兩個問案組的人隨著進來。一場煩冗的問話開始了。何鳴已經作了許多設想，也有了充分的心裡準備，所以在問話的時候該說的就照實說，不該說的就裝糊塗。他的演技還真夠火候，彭國雄幾個問了好幾回都沒法弄清他是什麼來頭。軟的不行便來硬的，抽鞭子、拳打腳踢甚至以火紅的烙鐵作威脅也不管用，最後只好把他送去木炭山監獄。

三

何鳴受的都是皮肉之傷，沒什麼大礙。他被送進來時已經是半夜。牢裡燈光依稀。他站在鐵門邊，環顧左右想找個角落暫且歇下，然而，鋪板上、牆腳邊擠擠插插的盡是人。他寸步難移，只好就地而坐。這時候他才發現牢房裡的人都沒睡。此時此地，睡不著是可以理解的。然而，奇怪的是，那些人似乎不大友善，靠近他的橫眉豎目，稍遠的探頭探腦，有些還互遞眼色，對他的突然到來顯得很不耐煩。

何鳴心裡直打鼓，不知冒犯了他們什麼。然而，他初來乍到，還沒邁出半步，而且和他們素不相識，哪有冒犯之理？莫非他們正在運籌什麼，他的突然到來妨礙了他們的好事？哦，不可能，這裡是監獄，能運籌什麼？啊！他腦門一亮，恍然悟出了答案：這些人都是作奸犯科的流氓痞子，他們的精神字典裡根本沒有「友善」這個詞；他們虎視眈眈為的是要向來人擺實力、逞威風。想到這裡，他覺得滑稽可笑，心裡在說：那些「阿寶」（特務）竟然把我當成偷雞摸狗的小癟三，這下子我可真要與蛇鼠共窩了！

牆角頭有幾個人竊竊私語好像在討論什麼。何鳴沒理會，伸直雙腿掏出煙袋想抽根煙。剛才進來的時候獄卒收了他的手錶鋼筆和錢包，煙袋卻沒拿去。他撕張煙紙摘撮煙絲慢慢地卷著。卷好後叼在唇上摸出火柴正要點火，就在這個時候，躺在他左邊的一個漢子突然翻身奪過火柴並警告他不可抽煙。

伏在他右邊的另一個漢子也同時爬起身，怒目咬牙地問他道：「喂，你是什麼人？幹什麼的？說！」這個漢子豹頭環眼，晃著拳頭。他就是黃鏢。

何鳴嚇了一跳，忙拿下煙，說道：「好，不抽！你……你們……是什麼人？想幹什麼？」

黃鏢指著何鳴的額頭罵道：「他媽的，你倒問我想幹什麼，老子想揍你！」說著，舉起拳頭就要往何鳴的臉揮過去。

木條圍牆那邊突然有人起身阻止他道：「黃鏢，不可衝動！」黃鏢的拳頭是放下了，但仍怒目圓睜，瞳孔裡似乎要噴出火來。勸阻黃鏢的那個人移步過來向他揮揮手說：「沒你的事，坐下！」黃鏢垂下臉默默地坐下來。

那人的說話聲聽著耳熟，何鳴為之愕然。定睛一看，不禁起身叫道：「啊！你是老沈？」

那人點頭答道：「你是何鳴！我已經認出你了。」

真是天大的意外。在何鳴的意識中，政治人物身分特殊，一旦被捕必關在新山監獄或麻坡扣留營，可是萬萬沒想到老沈竟然和他一樣與蛇鼠共窩。

「沒想到會在這裡遇見你！」何鳴熱情地向他伸出手，聲音低沉而莊重，「我本想去學校找你，沒想到事情起了變化！」

沈瑞揚和他輕握了一下手，以鄭重的語氣問他道：「你光天化日的找我幹什麼？」

「光天化日」乃藍天雲和他屬下的地下工作者更新不久的祕密暗語。能說出這句祕密暗語就可確定對方的身分、來意和任務。

何鳴聽了立刻回應道：「半夜三更的你老哥怎麼還不睡？」

沈瑞揚霍然揚起眉梢喜形於色，緊握著他的手說：「何鳴同志，你幾時來的？有任務嗎？」

何鳴舉眼看了一下周圍的人，意思是這裡人多說話不方便。

沈瑞揚微微一笑，提高嗓子說：「無須顧慮，都是自己人！」他這話同時也是說給牢房裡的人聽的。

何鳴聽了啞然發愣，接著撲哧一笑，說道：「唷！剛才我還當他們是江洋大盜呢！」

沈瑞揚笑道：「你來得不巧，不過，也正是時候。你累了嗎？到那角頭歇會兒吧！」

角頭那邊的人立刻騰出空擋。沈瑞揚拉著何鳴一同走過去。待何鳴坐下後，他轉向大家打個手勢說：「你們繼續！」

「繼續」的意思就是把未完成的事接著做下去。何鳴環顧周圍，看不出有「做事」的跡象，既然「沒事做」又繼續什麼？好奇心使然，他等著、望著、傾耳聽著。然而，除了幾個站著的人坐下、坐著的人躺下之外，動作最多的就是剛才躺在他左右的那兩個漢子，他們如看門狗似的匍匐在鐵門前，臉朝外，像在留意什麼。這些人的動作前後只費幾秒鐘，隨後又歸於平靜。

夜深沉。木條柵牆外的蟋蟀闃然無聲。夜鳥已經啞然入夢。四下裡靜得可怕。空氣似乎凝結了，時間停住了，大地癱瘓了，然而，何鳴卻感覺到牢房裡有一股暗潮在緩緩流動，在悄悄升漲，一旦漫過缺口就會洶湧澎湃把牢房沖倒。

他忽然聽見有人在打鼾。幾分鐘後，打鼾的人越來越多，鼾聲也越來越大，呼嚕呼嚕地如拉風箱似的。

地下工作者的耳朵特別靈，何鳴一聽就知道那些人在裝睡，鼾聲是假的；毋庸置疑，他們是在聲東擊西，製造假像迷惑敵人。

何鳴的判斷完全正確，果然，木條圍牆那邊傳來唼唼的聲響，像老鼠在咬什麼東西；坐在中間和睡在鋪板上的那幾個也有動作，他們不時移動手臂像在傳遞什麼。何鳴察看了一會，心中疑團渙然冰釋：原來有人在咬木條柱子，那幾個坐在地上的人把咬下的木屑一撮一撮地傳給躺在鋪板上的人，鋪板上的人把木屑一片一片地塞進鋪板縫裡；趴在柵門前那兩個漢子則負責把風放哨。

他們在運籌帷幄準備越獄大逃亡。他們這種英雄氣概令何鳴震驚不已而又由衷佩服。然而，想到先前自己以小人之心度君子之腹，不禁赧然汗下，自愧不如。在何鳴眼裡，蘇拉河兩岸盡是窮山惡水、窮鄉僻壤，踏入牢房看見這一切，他茅塞頓開，沒想到蘇拉河流域竟然是鐘靈毓秀、藏龍臥虎之地，無怪乎當時抗日軍領導同志會把武器埋藏在這裡……

沈瑞揚看他默不出聲，便趨前蹲下身說：「何鳴同志，我先給你彙報一下情況！」

何鳴臉上露出一絲笑容，點點頭說：「這裡的情況我已經明白了！」

老沈微微一笑，問道：「那麼，你這次來，原本帶給我什麼任務？」

「不急，」何鳴指了指那道木條柵牆，「那邊比較重要。你們打算什麼時候行動？」

沈瑞揚拍了拍他的肩膀，答道：「沒那麼快。你一定累了，放心睡覺吧！」

四

何鳴心明眼亮，洞察癥結，不愧是個經驗老到的地下工作者。隔天早上天剛亮，他從木條縫隙往外望了一會便問沈瑞揚外邊的籬笆繞著鐵蒺藜怎麼爬過去。沈瑞揚告以眾人壓倒籬笆的方法；同時坦言這方法不周全，籬笆萬一壓不倒怎麼辦？所以此事還得從長計議。

何鳴沉思片刻有了主意，他說先把鐵蒺藜圈圈往兩邊掰，開個豁口用繩子系住，沒有繩子用身上的衣服。從豁口攀越過去就可少受皮肉之苦。

沈瑞揚認為此計可行，但非萬全之策，如果想不出更好的，到時就這麼辦。

然而，情況很快就起了變化，他們交談後不久，獄卒剛剛送來早餐，隔鄰刑房突然傳來開鎖鏈的叮噹聲，接著柵欄大門哐啷啷的被拉開了。

牢房和刑房只隔著一道牆。這道牆有半邊是用木條圍的，每根木條的距離約四寸寬，所以刑房那邊有什麼動靜牢房裡的人看得一清二楚。

開柵欄大門的是兩個獄警。隨著進來的是錫克獄官和一個戴鴨舌帽個子瘦削的中年男子。錫克獄官手裡拿著幾張圖指手畫腳地向那個中年男子交代什麼。那中年男子耳溝上夾著鉛筆、腰上掛著折尺，樣子像個建築包工。他聚精會神地聽著，有時探頭去看錫克獄官手上的圖紙，偶爾也問幾句。他們談了好一陣才離去。

從他們倆的舉動和表情來看，沈瑞揚猜測隔鄰刑房可能要重修。何鳴和其他人也有同感。至於敵人重修刑房的用意大家的看法就不盡相同。有些人認為那是沈瑞揚的抗議起的作用，紅毛鬼給臉，要擴大牢房，讓大家住得舒服些。另一些人可沒那麼樂觀，他們認為敵人重修刑房為的是要向政治犯嚴刑逼供。何鳴認為敵人要把隔壁修得更牢固，好捉多一些人進來！沈瑞揚則說事情尚未明朗，暫時看不出苗頭。

中午時分，兩個獄警又哐啷把隔鄰柵門打開。那個戴鴨舌帽的中年男子帶領一群工人風風火火地走進來。這群工人約十五六個，有的提著工具箱，有的抬著梯子，有的扛著鐵條木料，有的推著載滿沙石和洋灰的獨輪車。他們都汗流浹背，進來後便隨意把東西卸下。那個中年男子則喝令他們把東西放在另一邊牆腳下。幾個氣喘吁吁地反問他放在這裡和放在那邊有什麼不同。

「你們懂什麼？」那男子凶起臉，以斥責的口吻說，「這裡是監牢，東西怎麼可以隨地放？萬一被犯人拿去怎麼辦？犯人逃走誰負責？你們擔當得起嗎？哼，都是豬腦！別多說，快把東西搬過去！」

那幾個工人被罵得張口結舌，只好把東西搬到他所指定的牆腳邊。

沈瑞揚、何鳴、吳大材、黃鏢等一班人聚集在木條柵牆邊屏氣凝神地看著。工人們也向他們投以詫異的目光。南榮街育華小學的校長沈瑞揚也在裡頭他們感到萬分驚訝。幾個走過去想和沈校長寒暄幾句，不料那個中年男子疾步走過來攔著他們厲聲罵道：

「走開走開，不准接近犯人！他媽的，你們要我說多少次才會聽？哼，下次再這樣我就炒你們魷魚！」

那幾個工人走開後，那個中年男子回到放東西的牆腳邊，擊掌喊道：「你們過來！我有話說，快過來！」

工人們走過去圍成半個圈。中年男子拉開嗓門喊道：「大家注意：我再講一次，你們不准接近犯人，不准和他們說話，不准給他們東西。這是條規，是法律，誰要犯了，我就把他交給警察，讓他嘗嘗黑豆飯的滋味。到時可別怪我無情！聽見了嗎？嗯？好，開工啦！」他掏出煙盒叼上一根煙，目送工人離去後才劃火柴悠然地抽著。

工人分成好幾組，有的修柵欄大門，有的修窗，有的補牆，有的搬廢物，有的掃垃圾。刑房裡一時鐵錘叮噹，火星四射，嚇得垃圾堆裡的老鼠和壁虎拋窩棄子，四處亂竄。

隔鄰發生的事牢房裡的人洞若觀火。他們猜得沒錯，那些工人是來整修刑房的；那個中年男子就是負責整修的包工頭。從工人陣容和他們帶來的材料和工具來看，敵人似乎要大興土木。

何鳴挨近沈瑞揚細聲地說：「看見了嗎？拆鐵柵，修窗門，工程不小哇！這意味敵人的逮捕行動還沒結束，隔壁一修好就會有更多人被送進來！」

沈瑞揚想了一下說：「蘇拉河一帶已經捉得七七八八，漏網的屈指可數，除非是別處捉來的。但這裡設備簡陋，交通不便，我看不大可能！」

黃鏢問他道：「依你看他們的用意是什麼？」

沈瑞揚想了一下說：「有兩個可能：一是增加刑房設備要向我們繼續逼供；二是加大牢房緩和這裡擁擠的現象。」

「哪個可能比較大？」吳大材插話問。

沈瑞揚應道：「現在還看不出來，多一兩天便可分曉。」

他們正說著，隔鄰柵欄大門那邊傳來包工頭的吆喝聲。

何鳴往那裡望了一下說：「那工頭好囂張！」

吳大材接著說：「那瘦皮猴肯定是條狗！」

黃鏢晃了晃拳頭說：「想個法子給他點顏色看！」

吳大材揚起眉梢說：「對！找機會銼一銼他的狗牙！」

何鳴霍然來了興致，問道：「有點子嗎？」

黃鏢搖頭苦笑道：「暫時還沒有；就是有也得等機會。」

吳大材說：「今次沒機會就等出去後，這筆賬總是要算的！」

何鳴搖頭說：「出去以後恐怕就沒機會了！」

黃鏢說：「山水有相逢！蘇拉河沒多大地方，只要有心，哪怕躲進烏龜洞也要把他揪出來。」

正午，獄卒送來午餐，包工頭也同時叫工人停工吃飯。

工人都備著盒飯開水，一聽到工頭喊停工便找個陰涼處坐下來默默地吃著。吃過飯一根煙還沒抽完，工頭又呼呼喝喝地喊開工。

這個包工頭尖嘴猴腮嗓門卻很大，他的吆喝聲、叫罵聲比鐵錘擊物的乒乓聲還要刺耳。他瞻前顧後，嚴格監督。工人們手忙腳亂，應接不暇。

鐵工在修柵欄大門時赫然發現兩根門柱連接根基的那段已經銹蝕不堪。包工頭看了後便去請示錫克獄官。錫克獄官和包工頭研究一番後決定連柵門一併拆掉，以最快的速度換上新的。

換新的容易，拆舊的就快不來，因為門柱的水泥根基入土頗深，四個鐵工揮鋤花了整個下午也僅挖出一根。速度太慢，包工頭要工人加班工作；同時吩咐那幾個搬廢物掃垃圾的工人去幫忙鐵工挖門柱。

工人們一直工作到天黑才收工離去。

今天是頭一天，工人忙於拆掉那些沒用的或該換的，所以那些材料還原封不動擱在那裡。工人離去時工具箱也沒帶走，只是放在和牢房隔得最遠、犯人絕對夠不著的牆角頭。兩張梯子架在窗口外。柵欄大門和門柱橫倒豎歪成了一堆廢鐵。

工人走後，何鳴對眾人說：「你們看，連門柱都拔了，這擔工起碼得做一個禮拜！」

沈瑞揚給大家提了個問題：「除了那柵欄大門，你們還看到些什麼？」

大家一愣，隔鄰拆得七零八落，不知他指的是哪樣。

黃鏢會意，便說：「窗外架著兩把梯子，有它爬籬笆就省事啦！」

吳大材卻說：「梯子笨重，費事拿，還有一樣更省事的，你們注意到嗎？沈先生，你看見那東西嗎？」

沈瑞揚揚起眉梢說：「我知道你指的是什麼。我正想要它，它就悄悄地出現了！是天意吧？何鳴同志，你呢？不至於漏眼吧？」

何鳴意味深長地應道：「我們還得靠它『吃和』哩！這麼重要的東西怎麼可以漏眼呢？」

聽了他們三個的對話大家才恍然大悟，異口同聲地說：「啊，是老虎鉗！」

剛才一個工人端梯子去剪窗格子上的鐵網和纏繞在橫樑上的鋼線。筷子般粗的鐵網和鋼線一剪就斷，這麼有力的剪子肯定是老虎鉗。他剪完後把剪子放回工具箱。這一幕大家都看在眼裡，然而，注意到那把鉗子而且聯想到越獄計畫的人似乎只有沈瑞揚、何鳴和吳大材三個。

老虎鉗的出現鼓舞了大家的士氣，信心也加強了。何鳴說有這把老虎鉗，就不必攀越籬笆，可以穿洞而過，但行動必須搶在柵欄大門修好之前，如果遲了，柵門一關，那把老虎鉗便會失之交臂。他接著提議如果咬柱子的同志趕得及，明晚半夜就行動。

鐵牙金剛吳大材答說木柱的缺口已過半，今晚加把勁天亮前就可大功告成。他建議木柱一斷就行動，否則夜長夢多，明天工人會不會把工具箱帶回去就難說了。

沈瑞揚應道：「今晚不行，時間太緊，許多問題還沒解決；欲速則不達，倉促行事難免犯錯。一著不慎，滿盤皆輸，這個險萬萬不能冒！」

「我很同意老沈的意見！」何鳴接過他的話，「越獄也是一種鬥爭。鬥爭就得講究策略。制定策略必須全面。大事小事甚至每個細節都得斟酌再三；行動時會出現哪些問題、如何應付、如何解決等這些都必須有所預算有所準備。唯有這樣才可避免無謂的犧牲！」

何鳴語重心長，大家心領神會，於是紛紛提出意見和看法。

沈瑞揚把大家的話總結了一下，然後定出行動綱領和細則：咬木工作必須在明晚午夜之前完成。午夜一過就開始行動。成立三個行動小組。第一組叫戰鬥隊，任務是對付看守牢房的獄卒和巡警。隊員有何鳴、黃鏢等八個彪形大漢。黃鏢當過抗日軍，也熟悉這裡的環境，因此大家都選他當隊長。第二組叫破獄隊，負責咬木柱、剪籬笆和掃除障礙物。隊員五個，由鐵牙金剛吳大材率領。第三組叫指揮隊，由沈瑞揚任隊長，任務是帶領大家離開牢房越過籬笆走出木炭山。走出籬笆後分兩路走。先出去的跟隨沈瑞揚，後出去的由黃鏢領路。集合地點為烏拉山左側那個叫牛屎堆的小山包，到了那邊以敲樹頭為號，不見不散。不願隨沈瑞揚入山打游擊的離開木炭山後便可各自離去。

事情交代完畢，時間已近半夜。大家回到原處，躺的躺，趴的趴，坐的坐，各就各位，等值夜軍警前來巡視後咬木工作就開始。

軍警巡視牢房乃例行公事，每天四次，最後一次是在午夜夜鶯叫起的時候。

看守監牢的獄警最怕軍警，軍警一來他們就裝出正經八百的樣子；尤其是午夜那回，他們更是裝腔作勢，走出崗亭守在甬道口，槍口對著牢房虎視眈眈。然而，軍警一走他們便進入崗亭。一進入崗亭就不再出來。深夜涼颼颼，肯定是找周公去了；要不是拂曉時公雞啼得熱鬧，他們還醒不來呢。

軍警、獄警的一舉一動都逃不過趴在鐵門前望風者的眼睛。夜鶯啼叫、軍警來之前人們便開始打鼾，起初疏疏落落，過後便此起彼伏。雖然全是裝出來的，但已爐火純青，難分真假。

木炭山之夜幽邃而喧騰。風聲蟲鳴、鶯啼犬吠加上呼嚕的鼾聲形成一支牢獄之夜交響曲。咬木柱的工作就在這洋洋盈耳的樂曲中進行。

沈瑞揚和何鳴並肩靠在牆角頭。他們緘默著。木牆外月色溶溶。籬笆邊樹影婆娑。何鳴閉目養神。沈瑞揚則神情肅穆陷入沉思之中。

越獄時間和細節已經敲定，沈瑞揚想的是逃獄以後的事。這場風暴對黨的衝擊有多大他無法估計。組織上頭哪些人被捕他也無從探聽。不過，從關在這裡的人來看，敵人這次是作地毯式的掃蕩，這表示他們要斬草除根、澈底消除反殖力量。覆巢之下無完卵，這場風暴對黨和反殖力量的破壞肯定是嚴重的。開始時，沈瑞揚擔心組織被打亂，通信管道無法運作，越獄出去後無法聯絡到黨，不過，何鳴來了之後，他的憂慮便渙然冰釋。何鳴今次專程造訪肯定帶來重要任務。他本打算今早和何鳴來個促膝長談，悉心研究，不料敵人突然派這麼多人到隔壁進行整修。這個突如其來的變化和越獄計畫休戚相關，大家對隔鄰所發生的事都傾耳注目不敢旁騖，因此，和何鳴研討的事便擱了下來。

鼾聲如雷，夜鳥爭啼，咬木柱的工作正爭分奪秒地進行著。

「你睡了嗎？」沈瑞揚突然問何鳴。

「沒有！」何鳴輕聲應道。他沒睜眼，語氣平和，像對孩子說話一般。「有問題嗎？說吧，我在聽呢！」

沈瑞揚遲疑了一下才說：「形勢急轉直下，我想我們往後的鬥爭形式必須改變。關於這點黨上頭有何指示？」

何鳴睜開眼睛，神色霍然變得肅穆莊嚴。「我正想和你談這個問題！」他說。接著話鋒一轉，語氣隨著加重。「我這次就是為此事而來的。不過，有件事我要先問你：明晚我們離開這裡後，你作何打算？」

沈瑞揚答道：「我原本打算出去後先找個地方躲一躲，一邊聯絡黨，等待黨的指示。當初我還擔心組織被打亂，聯絡不到黨，然而，你卻突然來了！雖然在這鬼地方，但歪打正著，總比沒碰見強得多，是不是？好，你今次來有何指示？黨交給我什麼任務？」

何鳴微微一笑，答非所問：「明晚離開這裡後，其他的人怎麼安排？跟你走嗎？還是各自散去？」

沈瑞揚告訴他這裡關的大多是橡膠工會、鄉聯會和農會的骨幹分子，他們有一定的思想水平，咬木柱逃獄的計畫還是他們提出來的。他徵詢過大家的意見，有一半人逃出去後要跟他走，其餘的自行找出路。

何鳴點點頭。接著又提了個新問題：「這裡的森林你熟悉嗎？」

沈瑞揚詫異地看了他一眼，答道：「我在這裡打過游擊，出入森林兩年半，裡頭的大樹小樹還認得幾棵。怎麼樣？」

何鳴掏出煙袋，打開紙包把煙絲撥進袋裡。「你看這個！」他把那張西瓜圖遞給沈瑞揚。

沈瑞揚藉著木縫裡的月光看了一下，說：「這西瓜藤是蘇拉河吧？」

「唷！」何鳴驚異地贊道，「一下就給你識破，好眼力。蘇拉河我不熟悉，那幾個小花蕾是什麼地方？」

沈瑞揚仔細看了一下，說：「這朵是木炭山，那是甘密園，下面是紅土坑，右上角的是仙家崠。原圖我看過，怎麼樣？要動土了嗎？」

「啊？」何鳴驚訝地說，「埋藏武器的事你早就知道啦？」

沈瑞揚點了點頭，後問：「我們今後的工作是什麼？黨有什麼安排？」

何鳴頓了一下，語氣突然變得十分莊重：「挖出武器，進入森林建立游擊隊！哦，對了，韓亞奮怎麼樣？我們出去後能聯絡到他嗎？」

沈瑞揚答道：「只要他沒被捕，聯絡應該不成問題。但他是黑名單裡的頭號人物，我擔心他在哥打落網。他在『敵產』園丘工作，常在哥打出入！」

「不！」何鳴以肯定的口吻說，「他已經逃脫敵人的魔掌，閉門謝客當隱士去了，要聯絡他還頗費周章呢！」

「哦？你怎那麼肯定？」沈瑞揚滿臉疑惑地看著他。

何鳴於是把特務黑熊到處尋找韓亞奮以及韓亞奮在家門前掛起毛巾的事一五一十地告訴他。

沈瑞揚聽了興奮地說：「好！這就好！亞奮這個人神通廣大，只要我們能夠順利逃出去，不出幾天他肯定會找到我們！」

「會找你們？」何鳴覺得他話裡有蹊蹺，便問：「我們離開這裡後有去處嗎？」

「有！」沈瑞揚點點頭說，「那地方很不錯，亞奮果真逃出魔掌的話，說不定已經在那裡避風頭了。」

「是嗎？」何鳴驚喜地問，「那是什麼地方？」

沈瑞揚一字一板地說：「象牙頂！」

他們正說著，外頭忽然傳來雞啼聲。

吳大材挪開身子坐起來用衣角抹嘴唇。他旁邊那個人立即趴下去接著幹。

沈瑞揚貓腰走過去問吳大材道：「怎麼樣？還差多少？」

吳大材答道：「所剩不多，大約兩寸吧，天亮前准能『交貨』。怎樣？想出去走走嗎？」他說時臉上露出詼諧的笑紋。

沈瑞揚打趣地說：「當然想！可是我這一出去你們只好待在這裡養老嘍！」

吳大材捋著頷下參差不齊的山羊鬍子說：「這裡有洋孫子服侍，養老也不賴！」

沈瑞揚正經地說：「既然所剩不多，你們就歇著吧，留點活兒明晚幹！」

吳大材答道：「不行！現在做完功夫，明晚就省得麻煩。你們去睡吧，我也要睡一下，養點精神明兒用嘛！」

那個接手咬的人吐掉木屑轉過頭來插話道：「外面那層蛀得厲害，這層咬掉一推就斷。」

沈瑞揚問他道：「估計還要多久？」

「天亮前『交貨』沒問題！」他說完便伏下繼續工作。

五更時分，雞啼二遍，咬木柱工作已經完成。

天亮後一切如常。八點鐘左右包工頭一班人來上工。負責整修內部的還是原班人馬，昨天他們把腐舊的拆掉，今天要把新材料換上。修柵欄大門的多了幾個水泥匠。他們扛來兩條直徑二十公分、四米長的鋼管，那是柵門的新柱子，廠房的焊工昨晚趕做出來的。

錫克獄官每三個鐘頭就來巡視一遍。他為那兩根柵門柱子可操碎了心，每巡到那裡就要待上半個鐘頭。包工頭瘦皮猴為了逢迎主子對工人的管制愈加嚴厲，稍有差錯就張大其詞、呼吆喝六罵得狗血噴頭。

午後三點鐘那兩根新門柱終於豎好。新做的兩扇柵門隨後也由一輛大卡車運到。然而，奠基的水泥尚未凝固柱子不牢穩柵門不能裝。

牢房裡的人看在眼裡樂在心裡。一個喃喃地說：「洋灰乾透最少要兩天，嘿，到那時已經人去樓空，留著養蚊子吧！」

柵欄大門沒法在短時間內修好那是意料中的事。大家最關注的還是那把老虎鉗和那個工具箱。鐵牙金剛吳大材更是每時每刻、毫不鬆懈地盯著那兩樣東西。還好，工人每次用過那把老虎鉗後就放回工具箱；傍晚放工時他們也沒把工具箱帶走。

入夜，值班獄警還是昨晚的那兩個。軍警仍舊在夜鷲叫起時前來巡視。軍警到來之前，人們依然各就各位熟睡打鼾。軍警走後那兩個獄警照樣進入崗亭；一進入崗亭就不見出來。

今晚月明風清。牢房外的一切生息、動靜都逃不過人們的耳目，就是掠過夜空的飛鳥或草叢中時明時暗的的流螢也會觸動每個人的神經。

沈瑞揚匍匐在鐵門前凝神地望著甬道口。已經兩個鐘頭了，獄警進入崗亭後就不曾出來過；軍警哨站的燈亮著，但冷冷清清不見人影。

夜愈加深沉。村雞開始啼叫。沈瑞揚霍地轉身一揮手說：「開始行動！」

行動就是戰鬥。牢房裡的人儘管個個熱血奔騰情緒激動，然而，他們仍舊躺的躺、坐的坐、紋絲不動；只有吳大材翻身坐起，伸腿往那根木柱著力一蹬，哢嚓一聲，木條柵牆便開了個尺來寬的豁口。他率先鑽出去。隨後的有四個。他們都是破獄隊的成員。柵牆那根木柱已咬斷，他們接下來的任務是到隔壁刑房拿老虎鉗去剪開鐵網籬笆。

跟著出去的是由何鳴、黃鏢等八個人組成的戰鬥隊。他們的任務是對付獄卒和軍警，確保眾人安全離開監獄。

沈瑞揚和其他的人仍留在牢房內。吳大材等幾個如何潛入隔壁刑房、如何撬開工具箱拿走老虎鉗以及如何扛走窗外的梯子這些事他們都看在眼裡。吳大材拿到老虎鉗離開刑房時還向牢房裡的人比劃勝利的拳頭。

這也是信號，叫大家作好準備。

沈瑞揚揮手回應，隨後對大家說：「我們走，到外面等！」說完踱到柵牆豁口前蹲下身鑽了出去。其餘的逐個跟隨。先出去的伏在壟溝裡，後出來的蹲在牆腳邊，那是預先安排好的。

大家屏氣斂息而又騁目四顧。他們殷切等待吳大材那邊的捷訊佳音；同時又舉目關注何鳴那邊的動向。何鳴等人赤手空拳，敵人卻是荷槍實彈，萬一事機敗露，敵人必開槍掃射，子彈紛飛，後果不堪設想……然而，這些顧慮似乎是多餘的，因為籬笆那邊已插起樹葉信號；一個人還爬上梯子向他們招手。

大旱望雲霓之際，那信號太振奮人心了。沈瑞揚立刻高舉樹枝（鑽出牢房後就預備好的）搖動幾下以示回應。

「好消息！」他向大家揮手說，「鐵網剪開了，我們走！」

那把老虎鉗果真管用，吳大材毫不費勁就把鐵網籬笆剪開一個足夠讓一輛汽車進出的大洞。虎口逃生，危如累卵，分秒不能留，沈瑞揚一班人倉促而至又蜂擁而出，各擇蹊徑奔下山岡。

監視獄警的何鳴、黃鏢等人也看見籬笆那邊掛起的樹葉信號，他們本來可以安全撤離隨眾人奔下山岡，然而，獄警那兩支槍卻又令他們垂涎，此時此地，槍比他們手裡的木棍管用得多。

他們走近崗亭。門半掩著。那兩個獄警一個伏在桌上，一個躺在長凳上，呼嚕呼嚕的已經睡死。他們的槍擱在身邊，槍帶子則套在手腕上。黃鏢以目光詢問何鳴該如何下手。何鳴向他打了個殺頭的手勢。黃鏢會意，指了一下躺著的那個，後又指指自己，意思是長凳上的那個由他對付。何鳴點點頭並向他打了個動手的手勢。黃鏢輕輕拉開半掩的門讓何鳴先進去。這時，那個伏著的突然發出一聲咳嗽接著又換了個姿勢。間不容髮，刻不容緩，他如果醒來可要壞事。他們一個箭步躥上前，掄起木棍就狠狠地往那兩個獄警的額頭猛劈下去。啪啦一聲，燈光驟然熄滅，天花板上發出火花，玻璃碎片紛紛散落，警報隨即嗚嗚響起。原來何鳴的木棍打到頭頂上的電燈，電線牽扯到線路總開關，致使警報嗚嗚大作。他大吃一驚，丟下木棍衝出崗亭向大家喊了聲「快跑！」便朝籬笆那邊飛奔而去。

黃鏢那一棍打得又狠又準，警報還沒響那個獄警就悶哼一聲滾到地上見閻王爺去了。突然響起的警報聲令他嚇了一大跳，不過他沒逃，他要的是那支槍；拿不到槍他怎能甘休？燈已被何鳴打碎，崗亭裡一片漆黑，但他運氣不錯，一蹲下就摸到槍帶子，接著又摸到獄警腰間的兩梭子彈和一把刺刀，他費了些勁，把子彈盒和刺刀扒下後才走出崗亭往籬笆那邊跑去。

跑到豁口時，軍警哨站那邊有人大聲呼喝，槍聲隨即響起，子彈如雨點般朝他這邊飛來。他閃到一株樹頭後，推上槍膛準備還擊。

「快走，快走哇！」何鳴在他身後喊。

黃鏢把刺刀拋給他，後指向山腳的炭窯說：「你們朝那邊走，我來對付他們！」說完，他轉身舉槍瞄向崗亭，那裡有人影在晃動，他一扣槍機射出一梭子彈。

這一還擊果然起了作用，呼喝和槍聲戛然而止。他一溜煙鑽進草叢，貓著腰朝山腳那邊跑去。

槍聲又激烈響起來，子彈嗖嗖嗖地打他頭頂飛過。他跨過一條山溝閃入樹林。林裡月光依稀，地上盤根交錯，眼力、腳力再好的人走起來也會腳高步低、磕磕撞撞。黃鏢在鄉間長大，山路、夜路走得多，即使是伸手不見五指的荒郊野嶺也能走得快步流星。他很快便追上何鳴一班人。

大家見黃鏢安全趕來都很高興，不過敵人還在後頭追擊，槍聲不斷，他們不敢說話不敢停留只以手勢互相祝賀。不一會來到山腳下，繞過幾座炭窯，穿過一片茅草芭進入灌木叢林。叢林裡枝杈蓬亂藤蘿糾纏，即使在大白天也是寸步難行。黃鏢在前頭開路，其餘的人銜尾相隨。有些人被枯枝絆倒，有些人被藤刺劃破皮肉。大家被折騰了好一陣才走出叢林。前面有一株大榕樹，他們便在樹下停下來喘口氣。黃鏢忙著開路，歇下時才發覺少了兩個人。是掉隊了嗎？他暗自嘀咕，一邊引頸望著，望了好一陣，便轉身問何鳴：「還有兩個呢？怎沒跟上來？」

何鳴沉下臉聲音沉重地說：「他們中彈犧牲了！」

「啊？」黃鏢大驚失色，愣神地望著大家。他霍然發現何鳴的左臂紮著布帶，袖子黑糊糊的好像染滿血跡。「哎呀！」他忙趨前問，「你的手怎麼啦？」

何鳴嘴角露出一絲勉強的笑意，說：「子彈擦破的，皮毛之傷，小事啦！」

監獄那邊還有零星的槍聲。他們不敢久留，歇了幾分鐘便繼續上路。前面有個小山丘，山丘後便是森林。為了甩開敵人的追蹤，黃鏢帶領大家繞過山丘沿著一條小河進入森林。

林木枝葉繁茂，月光照不進，四周黑咕隆咚。

黃鏢回頭對大家說：「你們聽我的腳步聲跟著來，有事喊我！」

大家跟在他後頭摸黑走了一陣，漸漸地就適應了。他們直走到雞啼二遍東方現出魚肚白才在一棵大樹下歇腳。

失去同伴大家都不好受，一個個無精打采地坐在樹根上緘默不語。

何鳴尤其感到歉疚。奪槍是他的主意；如果不奪槍大家就可安全離開。然而奪槍也沒錯，象牙頂山長水遠，有支槍大家的安全就多了一層保障。橫生枝節、顧此失彼在所難免；尤其是緊急時刻，什麼事情都會發生。革命就是這樣，不成事便成仁，流血犧牲是免不了的！他這麼一想心裡就踏實了許多。

他看大家仍舊垂頭喪氣，便拍了一下手掌，提高嗓子說：「各位聽我說幾句！很不幸，我們犧牲了兩個同志。我除了像大家一樣傷心之外還感到內疚。剛才由於我一時的疏忽導致事機敗露，這件事我要負全責。

到了象牙頂之後我要澈底檢討，到時也請大家給我嚴厲的批評！」

黃鏢接話道：「當時誰也沒注意到頭頂上的那盞燈，換作我也同樣會把它打得稀巴爛。這是意外，怪不了誰！」

何鳴點頭應道：「雖然是意外，但檢討還是必要的。有檢討才有進步嘛！」

黃鏢緊接著說：「錯就錯了還檢討什麼？死人能活過來嗎？算啦，大家還是打起精神繼續趕路吧！」

黃鏢雖是老土，說的話倒叫人寬慰。大家休息了一陣便繼續上路。

沒多久天就亮了。森林裡晨光熹微。一隻麋鹿睜著惺忪睡眼望著他們。幾隻松鼠在枝頭跳來跳去。大犀鳥在窩巢裡哢啦哢啦地叫著。幾頭黑猩猩躲到一旁向他們怒目切齒。兩隻蒼鷹打他們頭頂掠過。晨風驟起，寒氣逼人，遠處傳來虎嘯聲。

大家寒毛直豎，驚得面面相覷。

黃鏢則不在乎地說：「沒事，老虎離我們還遠呢！」

他們繼續走著。前頭一株樹杈上有一隻大黃猴向他們齜牙咧嘴。

黃鏢回過頭來問大家：「你們想不想吃猴肉？」

一個答說：「我渴死了，想喝水！」

另一個說：「烤猴肉好吃，打下來當早餐！」他說時指了指黃鏢手裡的槍。

何鳴則說：「有槍不愁沒肉吃，去找水讓大家解渴吧！」

走了一會，前頭出現一處亂石堆，繞過石堆，忽然傳來啪啦啪啦的流水聲。大家抖擻精神往流水聲跑去。原來是一條小溪，上流不遠處有一道十來尺高的小瀑布。

山水清澈甘甜，大家喝個夠，幾個索性到瀑布下沖個痛快。

山水洗淨人們身上的污垢，也沖去了人們心頭的哀傷。

這裡已經聽不見外界的雞鳴犬吠，這說明他們已進入安全地帶。

休息時一個對黃鏢說：「老沈他們好像不是走這條路！」

黃鏢笑道：「森林裡沒有路，只能朝著方向走。我想老沈他們多半往山腳那邊走。我們因為後頭有追兵才進森林。」

何鳴驚異地問黃鏢：「這一帶你怎會那麼熟？以前來過嗎？」

黃鏢答道：「打鬼子時經過一兩次。在森林裡最重要的是懂得認方向。認方向得看太陽。看不見太陽就看河流。河水流向大海。大海在哪一邊心裡就得先有底。走冤枉路是免不了的。但和目的地總不會離得太遠。我們到達牛屎堆後要敲木頭就是這個道理。」

何鳴又問：「我們離牛屎堆還有多遠？」

黃鏢答道：「不是很遠，但不好走，我看最快也要下午三四點鐘才能到達。」

「對了，」何鳴忽然轉個話題問黃鏢，「昨晚吳大材他們把梯子搬去幹什麼？有老虎鉗不就行了嗎？」

黃鏢笑道：「梯子反正是現成的，有備無患嘛！還有，那把老虎鉗吊在梯子上，剛才你經過時沒看見嗎？」

何鳴點頭說：「我看見！老虎鉗留著有用嘛，掛在那裡什麼意思？」

黃鏢得意地說：「報仇呀！你忘了嗎？那個瘦皮猴囂張得很，前天我和吳大材對你說過要給他顏色看，要銼他的狗牙，這次他的梯子和老虎鉗落到我們手裡，我們逃跑他就得背黑鍋。嘿，那個瘦皮猴這下可有難啦！」

何鳴睜大眼睛說：「唷！這一招是你想出來的吧？」

黃鏢咧嘴笑道：「是我和吳大材一起研究出來的！」

「研究？」何鳴一拍他的肩膀說，「呵！你們兩個點子多，看不出呀！」

他這話乃由衷之言。在他眼裡吳大材和黃鏢不過是個土包子，沒料到這兩個老土竟然多謀善斷而且言出必行。如今他對吳大材和黃鏢這兩人可要刮目相看、重新估量了。

日上三竿，陽光像縷縷金絲從枝葉縫中斜射下來。

黃鏢揮手說：「我們走，別讓老沈他們等太久！」

何鳴問道：「象牙頂離這裡有多遠？」

黃鏢應道：「有好幾十裡路，今天到不了！」

小溪後的藤蘿糾纏不清。黃鏢把槍交給何鳴，自己摘了支小樹幹走在前頭給大家開路。

森林愈加幽深，霧氣愈加濃重，不一會他們就消失了蹤影。

第四章　第九分隊

一

過去三年多的抗日游擊戰為馬共再次拿起武器進行抗英武裝鬥爭打下良好基礎，他們被迫進入森林後，各州各鎮的游擊隊很快就組織起來。馬共中央把這支軍隊命名為「馬來亞民族解放軍」，宗旨是打倒帝國主義、驅逐英殖民統治者、建立一個獨立自主的「馬來亞人民民主共和國」。為方便指揮，他們設立司令部、統一支隊番號並劃定各個支隊的活動範圍。

柔佛州有南北兩大支隊。北邊連接馬六甲的叫柔北第三支隊；南邊近鄰新加坡的叫柔南第四支隊。這兩個支隊的組織架構和當年的抗日軍基本一樣，領導人員也大致相同，當年抗日軍第三和第四獨立大隊可說是他們的前身。

全馬共有十二個支隊。柔南第四支隊卻是人數最多、戰鬥力最強的一個。目前已擁有十四個分隊，當過抗日軍、有戰鬥經驗的兵員占六成以上。象牙頂由於地區偏遠，交通不便，聯絡上有困難，沈瑞揚、何鳴、黃鏢等人組織的游擊隊暫時未被編入。

木炭山越獄事件轟動全馬，各家大報都以顯著的版位報道這則新聞，沈瑞揚、何鳴和黃鏢等人頓時成了風雲人物。柔佛州政治部頭目弗蘭克．威廉斯爵士在記者招待會上把沈瑞揚和何鳴形容為馬來亞最危險、最具顛覆性的共黨分子。

馬來亞警察總監蘭沃西少校得知木炭山越獄事件後大發雷霆，立即調派數百個軍警進行追剿。越獄的囚犯有八十幾個，衝下山岡後有半數分道揚鑣各自散去，跟隨沈瑞揚和何鳴進森林打游擊的兩隊人馬則安然抵達約好的地點牛屎堆。沈瑞揚那批人先到，當時將近傍晚，大家已饑腸轆轆餓得難耐。森林裡有棱檬樹，它的心清甜可口，但沒刀沒斧可望不可即；山溝邊有野菜，但必須煮熟，生吃會頭暈和拉肚子。

大家正餓得發慌之際，山溝那邊突然傳來一聲槍響。啊？深山老林荒無人跡怎麼會有槍聲？敵人追來了嗎？大家驚得面面相覷，有些人則閃到樹頭後以防萬一。

陰風颼颼，蟬聲唧唧，大家仍在疑懼之中，一陣梆梆梆敲木頭的聲音隨著響起。唷，一板二眼三拍子，那是自己人的暗號，肯定是何鳴他們來了。大家如釋重負。沈瑞揚拿起木棍往身邊的樹頭猛敲六下以作回應。

一頓飯工夫，山溝那邊出現一隊人馬呼哧呼哧地抬著一頭龐然大獸朝他們這邊走來。來的正是何鳴和黃鏢那班人，他們在山溝邊獵獲一頭大山牛。

成功越獄並及時趕到會合地點固然令人雀躍，黃鏢冒險奪來的那把槍更叫人精神抖擻，不過，當大家發覺他們當中少了兩個同伴時卻又嗒然若喪，哀痛不已。

沉沉的暮靄抹去人們心頭的哀傷。他們燒起篝火，一邊烤肉一邊商量明早的行程和紮營的事。黃鏢說當年抗日軍的刺蝟營易守難攻而且方便聯絡群眾，到那裡駐紮萬無一失。沈瑞揚則說去那裡暫時歇腳可以，長久恐怕不行。另一個問沈瑞揚當年抗日軍在那裡駐紮兩年半都沒事，現在怎麼就不行？沈瑞揚答說情況有所改變，不能因循守舊。何鳴則說糧食問題迫在眉睫，黃猄穴既然有支持我們的群眾，應該先到那裡歇腳打尖，紮營不紮營看看情況再作決定。

沈瑞揚認為這主意可行，便同意了。

他們在牛屎堆住宿一宵。早餐還是烤肉。吃飽後繼續趕路，下午大約三點鐘來到刺蝟營。營寨已經倒塌，曠地上荊棘叢生，壕溝已被野草覆蓋，哨站瞭望臺則瑟縮在亂藤之中，幾朵紫色的喇叭花在陽光下迎風搖曳。

舊地重遊，沈瑞揚愴然有感。

何鳴瀏覽了一下後問沈瑞揚這裡離外頭村莊有多遠。沈瑞揚答說約六七公里，同時向他大略反映各個村子的情況。

「唔！」何鳴滿意地點頭說，「這地方很不錯嘛，你看，周圍的樹林密密叢叢，敵人進得來就摸不出去，我看在這裡紮營沒什麼不妥！」

沈瑞揚啞然一笑，說：「這裡有破綻，你沒看出來嗎？」

「哦？有什麼破綻？」何鳴驚異地望著他問。

沈瑞揚指向曠地上空說：「敵人的飛機來丟炸彈怎麼辦？」

「丟炸彈？」何鳴愣了一下說，「我倒沒想到這一層，不……不可能吧！」

「我們應該作最壞的打算！」沈瑞揚鄭重其事地說，「抗日時期鬼子沒有飛機進行偵查，我們可以砍樹建營；現在我們的敵人是英國人，他們有空軍，新加坡、吉隆坡和檳城都有基地，你看，」他指了指眼前那片曠地，「從飛機上往下看，空蕩蕩的一目了然，幾粒炸彈就可把我們炸得稀巴爛！」

「對呀！」黃鏢恍然地說，「我們沒有高射炮，敵人出動飛機，我們只好等死！」

何鳴囁嚅地說：「不……不至於那麼嚴重吧？」

黃鏢接話道：「很難說，幾架飛機一起來屙屎，逃不了呀！」

他們正說著，吳大材突然打手勢叫大家安靜。「你們聽，好像有人敲木頭！」他細聲地說。大家屏氣凝神注意著周圍的動靜。

果然，敲木聲再次響起，梆－梆梆－梆梆梆……，一板二眼三拍子的節奏，那是自己人的暗號。自己人不是都來了嗎？這是怎麼一回事？大家以疑惑的目光望著沈瑞揚。

沈瑞揚則喜形於色，拍掌對大家說：「嘿，一定是韓亞奮，除他之外沒有別人！」說著，拿起木棍以同樣的節奏往身邊的木頭敲了六下。

二十幾分鐘後，哨站瞭望臺那邊傳來踩踏枯枝的窸窣聲。大家引頸向那邊張望，只見兩個男子朝他們這邊走來。距離越近他們看得越清楚：走在前頭的果然是韓亞奮，他身後的那個大家也認識，他就是育華小學的教員蕭崗。

韓亞奮乃漏網之魚，他的到來無可置疑，蕭崗的突然出現就令大家丈二金剛摸不著腦袋。

彭國雄的黑名單裡沒有蕭崗的名字。大逮捕開始那幾天蕭崗依舊在學校教課，放學後照樣到咖啡店和人聊天喝茶。不過，就在那個星期天的下午，幾個便衣警探開著吉普車闖進校園要捉他。當時他不在宿舍，那幾個警探氣急敗壞，踢開房門把裡頭的東西翻得亂七八糟。

為什麼彭國雄遲至今日才下手捉蕭崗呢？原來，這幾天他把甘密園的一些村民叫到警局問話。嚴刑威脅，呼吆喝六是他一貫的做法，一個村民經不起恐嚇，供認那天傍晚曾看見蕭崗騎著單車急急忙忙去找韓亞奮。彭國雄聽了喜出望外，馬上派人去學校捉蕭崗。

蕭崗性情粗獷，喜歡戶外生活，每逢週末不是回老家看望父母就是和學生家長上山狩獵或出海捉魚。學校年中考試剛剛結束，這個星期天他原本打算留下來批改卷子，然而，早上八點多鐘，剛吃過早餐，一個叫林大泉的學生家長又來約他出海。林大泉說今天是大潮，昨夜刮起西南風，這樣的流水最適合到深海放浮釣。顧名思義，放浮釣就是把浮子連漁線拋到海裡等魚兒上鉤。所釣的魚多半是西刀，有時也可釣到鯊魚和魟魚（魔鬼魚）。西刀扁平修長像把大刀，上鉤時霍霍削水叫人精神亢奮。蕭崗動心便說要去。林大泉說他的船船在小港木橋頭，九點半鐘到那裡集合。

原來同行的還有另外兩艘船。他們準時揚帆出發。今早順風順水，船走得飛快，正午時分便來到深海。他們在一個大礁石邊泊船放釣。果然不出所料，浮子拋下沒多久就此起彼伏地動起來，霍霍削水的是西刀魚，載浮載沉的是鯊魚，像魚雷般嗖嗖衝刺的是魔鬼魚。不管什麼魚，來者不拒，大家忙得不亦樂乎。這樣直到海潮回流，水急浪起，他們才揚帆回去。

滿載而歸，拐入小港已近黃昏。船剛靠岸，紅樹林裡突然閃出一個中年男子。蕭崗抬頭一看，原來是學校的校工歐三。他來這裡幹什麼？蕭崗心裡咯噔了一下，正想開口問，歐三卻搶先說：

「蕭先生，出事啦！你不好回去，快找地方躲起來……」

蕭崗怵然而驚，忙問他是怎麼回事。歐三把今天下午特務到學校捉他的事敘述一遍。

怎麼突然來捉我？蕭崗心裡直犯嘀咕。

「到我家去吧，怎麼樣？」林大泉關心地說。

「不行，」蕭崗搖頭應道，「狗腿鼻子靈，我得走遠一點！」

說完向歐三道了聲謝便疾步走出紅樹林，從草叢裡推出單車，蹁腿一蹬揚長而去。

蕭崗直奔黃獍穴。來到丘添發的家已經是午夜時分。狗吠得厲害。他在竹籬門外叫了老半天都沒人應。他猶豫了一下，調轉車頭要去藿香園找袁松林。就在這個時候，一束手電筒光柱照到他臉上。

「唷！蕭崗，你怎麼來了？」是丘添發的聲音。

「是我！」蕭崗應道，「叫了老半天，我以為你們不在家！」

丘添發開門喝住狗。蕭崗推開籬笆門進入屋內。丘添發點亮煤油燈。蕭崗口渴難耐逕自拿杯子倒水喝。丘添發見他一副狼狽相便問是怎麼回事。蕭崗喝足水後便把事情一五一十地告訴他。

丘添發聽了後說聲「你等一下」便疾步出去把豬寮的風燈點亮。

不言而喻那是暗號。什麼意思？蕭崗心跳霍然加快。

丘添發回來說豬寮的油燈被風吹滅，豬崽怕黑，一旦受驚就會拉稀瀉肚子。

「養了很多豬麼？」蕭崗隨口問道。

丘添發應道：「十來隻奶豬，工夫多嘍！」

他們正說著，廚房側門突然閃出一個人。「哈哈哈，」這個人手裡握著短槍，「蕭崗你哪裡跑？快跟我回去見黑熊！」

「呃……」蕭崗嚇了一跳，定神一看原來是韓亞奮。「他媽的，」他轉驚為喜，調謔道，「你這朝廷要犯原來藏在這裡！」

韓亞奮回應道：「彼此彼此！咱們就從這裡興兵起義，直搗皇朝！」

「喂，」蕭崗指著他手裡的短槍問，「你這傢伙怎麼弄來的？」

韓亞奮揚起眉梢說：「復員時留下的！我早料到會有今天，未雨綢繆嘛！喂，你餓不餓？」

蕭崗答道：「那還用問！有吃的嗎？」

丘添發接話道：「冷飯冷菜還剩一些，我去起火蒸一下。」

蕭崗道：「不必啦，饑不擇食，我自己來！」說完隨丘添發進入廚房。

吃過飯，丘添發回房去睡，蕭崗和韓亞奮留在廳裡敘話。韓亞奮問蕭崗今後作何打算。蕭崗反問他有何去路。韓亞奮說拿槍打游擊是唯一的出路。蕭崗問他武器從何而來？蕭崗不是黨員，埋藏武器的事暫時不能讓他知道，便說這個問題上頭會想辦法。蕭崗埋怨抗日軍當時不應該復員交槍。韓亞奮說那是形勢所趨身不由己。蕭崗譏笑當時的領導鼠目寸光。當時敵奸萊特在位，這事兒說來話長，也不便說，韓亞奮只好付之一笑。蕭崗說前車之鑒，希望上頭今次會有好決策。韓亞奮勸他對馬共領導要有信心。他們談到雞啼才回房安歇。

其實韓亞奮也有隱憂：當時埋藏武器的事他全然不知，直到馬共中央改組、陳平接任總書記後上司劉新運才告訴他這回事。劉新運同時交給他一項任務：牢記埋藏武器地點，為武裝鬥爭作好準備，殖民統治者一旦向我們開刀，我們就進入森林挖出武器組織游擊隊。他問劉新運是否有埋藏武器的地圖。劉新運答說沈瑞揚那裡有一份，必要時可找他商談。如今，沈瑞揚已被送進監獄，劉新運不知去向，地下聯絡網已遭破壞，通訊管道屢試不通，無可奈何之下他才到黃獍穴棲身靜觀事態的發展。

黃獍穴雖然荒僻偏遠，彭國雄並沒放過，每隔三五天就派探子前來巡視。然而，村裡的狗卻是機警的哨兵，不論白天還是晚上，一見到陌生人就齜牙咧嘴狺狺狂吠。韓亞奮曾在這一帶當了兩年半魚販，他對村子裡的狗熟悉不過。經驗告訴他：一家狗吠無須驚慌，多家狗吠可要警惕，全村的狗互相呼應就得避開。每到這種情況，韓亞奮通常先躲進叢林，形勢越發吃緊時才進入森林；如果是一場虛驚，丘添發便發出信號，比如昨晚他去豬寮點燈就是「解除警報」的信號。

日子一天天過去。探子仍舊出沒頻繁。韓亞奮和蕭崗困在黃獍穴動彈不得。正當他們感到煩悶之際，丘添發霍然帶來沈瑞揚越獄逃亡的消息。

這個消息振奮人心，韓亞奮和蕭崗激動得一夜沒睡。韓亞奮預測沈瑞揚必來黃獍穴。蕭崗有同感，提議進森林看看有什麼動靜。他說的森林是指抗日軍當年的刺蝟營。韓亞奮也有此意，隔天一早便動身。他們先到刺蝟營巡視了一下，然後躲在瞭望臺後的樹林裡靜觀動向。每隔一個鐘頭他們就敲木頭發出信號。

等了一整天不見動靜。隔天再來，下午敲第四回木頭時便有了回音。他們疾步來到舊營寨，果然是沈瑞揚那班人。同聲相應，同氣相求，大家都激動得熱淚盈眶。

何鳴和韓亞奮、蕭崗倆素未謀面。沈瑞揚立刻給他們介紹。何鳴和韓亞奮一見如故，彼此都有相見恨晚之慨。

寒暄過後他們談起建營的事。韓亞奮說這個刺蝟營一切都好，就怕飛機來下炸彈。無巧不成書，他這說法竟然和沈瑞揚不謀而合。蕭崗則說刺蝟營占盡地理優勢放棄可惜，何不改作哨所或轉駁站。

何鳴聽了以讚賞的口吻對蕭崗說：「你這看法很有見地，我先前也有這個意思！」

沈瑞揚認為這建議不錯，說到時會加以考慮。

建營和糧食問題迫在眉睫。他們分成三組：沈瑞揚和何鳴負責物色建營地點，韓亞奮和蕭崗負責採購糧食，黃鏢和吳大材負責尋找建營材料。

經過幾天的奔波，沈瑞揚和何鳴終於找到一個好地方。那是烏拉山北側山腰上的一片坪壩，坪壩後有斷崖前有深谷，周圍的樹林遮天蔽日，一道山溪環繞其間。那裡離黃猄穴約八九公里，崖壁邊有道石徑可通仙家崠。

韓亞奮和蕭崗弄來斧頭、鋸子、鐵錘等工具，另有幾包白米以及十幾籮筐番薯和木薯。工具是商家報效的，白米是買的，番薯和木薯是村民們送的。黃鏢和吳大材弄來幾百張蓋屋頂用的亞答葉，另就地取材砍了許多竹子和杉樹木條。

沒幾天工夫營房搭好了。由於那片坪壩有許多蠍子，他們便把這營地稱為蠍子營。蠍子極毒，被蜇過的人見了無不毛骨悚然。然而，吳大材卻說日治時期他在森林邊沿砍樹開荒時把蠍子當飯吃。大家不信，問他怎麼吃。他說火烤油炸都可以，吃起來像炸江魚子那樣香酥可口。說著他生起火堆烤十幾隻讓大家嘗嘗。

果然，嘗過的人都讚不絕口。從此，用餐時便常有炸蠍子。不到兩個月，營地周圍的蠍子就絕了跡。

營寨搭好後他們便去挖武器。共三十四箱，其中以萊福槍居多，手提機關有十幾挺，AK六把，手槍十幾支，手榴彈一百多個，各種子彈數千發。

前些時候袁松林到哥打丁宜辦事，韓亞奮曾托他帶一張「藥方」交給街場一間叫寶仁堂的藥材店。這間藥材店乃何金標的侄子所開。何金標的侄子是馬共的落力支持者，他這間藥材店也是馬共哥打市區的地下通訊站。這張「藥方」是何鳴寫的，裡頭的當歸、杞子、甘草等字眼全是暗語，藥店掌櫃看了自會轉給何家莊園的老闆何金標。

刺蝟營已經改為轉駁站，營房遷移到到離曠地約一公里的密林中，周圍有壕溝，左右有哨亭，日夜有人值班放哨。這個轉駁站的作用是方便和外界聯繫以及囤積物資然後轉運蠍子營。

一天中午，曠地那邊突然響起敲木聲。當時值班守營的正好是蕭崗。蕭崗以為是丘添發來傳消息，便擊木頭回應。幾分鐘後，哨兵來報說外頭來了三個陌生人。蕭崗出去舉眼張望，唷，怎麼是他們——劉老大和他的兩個警衛員。

蕭崗的父母也住在烏魯地南，劉新運是他的鄰居也是同鄉。正因為這層關係，蕭崗深受劉新運的影響，念中學時參與學生運動；日治時期當了抗日軍。

蕭崗已經好久沒見到劉新運，今次突然出現令他驚喜萬分。握手寒暄之後，便帶他和兩個警衛員去蠍子營。

蠍子營比刺蝟營大一倍。宿舍、食堂、壕溝、胸牆、地道、崗亭、瞭望臺和打靶場全都具備。武器檢修妥當，練兵已經開始，當過抗日軍、有作戰經驗的練戰術，學兵法；沒經驗的新兵練射擊、摔手榴彈和摸營技術；此外，沈瑞揚和蕭崗還給士兵們講解時事和中國紅軍的英勇事蹟。

二

何鳴寫給何家莊園的「藥方」大略反映了蠍子營的情況。他等著上頭的回音和指示。然而，兩個月已經過去仍無音訊。他等得心焦，同時擔心情況有所變化，便決定去何家莊園走一趟。不料就在他啟程的前一天劉新運卻來了。

何鳴認識劉新運已有七八年。抗日期間，他出任笨珍第三支隊副隊長兼黨代表時曾和劉新運共過事，當時他們很有默契，合作得很愉快。可惜三個月後劉新運被調到別的營地去了。日本投降後，何鳴回來新加坡，從此他們就不曾見過面。今天劉新運突然大駕光臨，何鳴驚喜之餘心裡也飄來一朵疑雲。

抗日期間他和劉新運同樣是柔佛州區委。他回來新加坡後在藍天雲手下工作，由於表現出色，中央改組後受新領導層器重，被委任為新加坡候補市委。如今，他已經離開新加坡，候補市委這個職位也就有名無實。上頭會安排他什麼職位呢？這個問題是他近幾個月來最關心的。

他在何家莊園當「雜工」時，藍天雲的親自接見給他打了一支強心劑。他當時想：只要找到沈瑞揚和韓亞奮，挖出武器，徵召有志之士進入森林，組織游擊隊這項工作完成後就回去何家莊園向藍天雲彙報並要求派給他更艱巨、更繁重的任務。然而，劉新運怎麼會突然到來呢？是藍天雲所托還是為其他事故來串門子？

其實，何鳴有所不知，日本投降後，柔佛州第三、第四獨立大隊瞞著中央領導埋藏武器的事還是劉新運提出來的；萊特潛逃、中央改組之後，柔佛州的地下網絡也是劉新運一手策劃和建立的。

何鳴逃匿期間，藍天雲原本打算派劉新運去聯繫他，無奈劉新運臨時被派去北馬開會，藍天雲只好親自去何家莊園接見何鳴。他交給何鳴的那張西瓜圖是劉新運畫的；到北旺角聯絡沈瑞揚和韓亞奮也是劉新運交代的。

今次，劉新運乃奉藍天雲之命而來。他有兩個任務：一是傳達上頭指示；二是整合這支部隊。

當晚，他召開會議，出席者有何鳴、沈瑞揚、韓亞奮、蕭崗、黃鏢和吳大材。劉新運要傳達的指示如下：一，地區之劃分，柔佛州西北部的東甲、麻坡、峇都峇轄笨珍以及中西部的古來、士乃和振林山皆屬柔北第四支隊；東部的興樓、豐盛港、蘇蒂利以及中北部的居鑾、哥打丁宜、柔佛河北岸的北旺角、南榮街以及蘇拉河流域直達極南端的邊佳蘭都屬柔南第四支隊。劉新運乃柔南第四支隊副隊長兼司令員，支隊屬下的各個分隊都由他指揮；二，沈瑞揚、何鳴、韓亞奮等人新成立的部隊整合如下：名稱定為象牙頂第九分隊，活動範圍包括烏拉山、象牙頂、蘇拉河兩岸以及南下直達邊佳蘭的大片平原。沈瑞揚任分隊隊長兼政治指導，韓亞奮任副隊長兼作戰指揮員，其餘職位由分隊自行安排。

何鳴榜上無名，心裡直犯嘀咕，不過卻不動聲色，沉住氣。

接下來的議程是討論其餘職位的安排。一番商榷後職務分配如下：黃鏢任民運隊隊長，蕭崗負責宣傳和文教，吳大材任營內總管。此外，會議還作了三項決定：一，為解決部隊經費，可向村民徵收月捐，商家每月五元，住戶三元，寡婦及貧病老邁者可免；二，兵士必須以民為主，嚴守「三大紀律，八大注意」條規；三，可接納新兵，但必須嚴格審查，審查細則明早另擇時間詳細討論。

會議進入「其他」也是最後一個議程時，韓亞奮說最近軍警和特務很猖狂，到處騷擾村民，我們是否可以採取行動挫一挫他們的銳氣。何鳴說游擊隊正閒著沒事幹，不妨來個牛刀小試。沈瑞揚說部隊羽翼未豐，暫時不要打草驚蛇。劉新運同意沈瑞揚的看法，並說待部隊的實力鞏固後再看準目標攻其不備，這樣才能搔到敵人的癢處。

黃鏢說糧食是部隊面臨的最大問題，單靠月捐或群眾施捨不是辦法，我們最好自己開發園地生產糧食才是上策。

外頭的夜鳥正啼得熱鬧。劉新運看看手錶，說時候已經是午夜十二點半，會議暫時開到這裡，明早九點繼續。

會議結束大家相繼離去。

何鳴陪著劉新運。他臉色凝重，似乎有什麼話要對劉新運說。他緘默著，待其他人離開後才問劉新運：

「老大今次打哪裡來？」

劉新運應道：「我從居鑾南巴山營地來。」

「唷，」何鳴驚詫地說，「這麼遠的路，不好走啊！」頓了頓，他轉了話題，「這裡和外界完全隔絕，黨有什麼新的決定？」

「新的決定？你指的是什麼？」劉新運望著他問。

何鳴應道：「我的意思是這場風暴後，有些同志被捕，有些不知去向，他們的職位應該有人填補，前赴後繼嘛！」

劉新運想了一下說：「也許有吧，不過我沒聽到什麼消息。」

何鳴接著又問：「你最近見過藍天雲同志嗎？」

劉新運應道：「有，怎麼樣？」

何鳴沉吟片刻，喃喃地說：「這裡的工作已經七七八八，不知藍首長對我有什麼指示！」

「哦，有！」劉新運從衣袋裡掏出一封信，「上頭對你的工作有新的安排，這信是他要我交給你的，你自己看！」

何鳴一怔，接過信忙抽出來一目十行地掃一遍。

「好，好極了！」他霍地喜形於色，把信遞給劉新運，「中央要我去南巴山機關營工作。老大，你看！」

劉新運沒接，卻說：「藍同志讓我過目了，恭喜你，何鳴同志！」

何鳴躊躇滿志，拍拍劉新運的肩膀，一邊說：「老大，從今以後，我們可是同條船上的人啦！」

劉新運點頭應道：「是的，今後您就是我的上司啦，何鳴同志！」他特別強調「您」字，以示尊重，說完後還向他立正敬禮。

何鳴忙回禮，後說：「你怎麼突然客氣起來？其實呀，職位只是一種形式，一種稱號，工作上的需要而已。新運同志，你說是嗎？」

原來，組織派給何鳴更高的職位——升任柔佛州候補州委。這封信是北馬中央發出的，由藍天雲代筆。信裡還說柔佛州州委會正在籌備中，日期敲定後將立即通知。在這期間，何鳴必須做好交班工作，云云。

「我認為職位並不重要，」何鳴沒等劉新運回答又說，「上層領導也好，普通兵士也好，只要是共產黨員，就得為黨盡心為民盡力！老大，你說是不是？」

劉新運淡淡一笑，說：「分工還是需要的！」

「沒錯！」何鳴拍手叫道，「職位的劃分，主要的意義是要我們各盡所能，更好地發揮『人人為我，我為人人』的無私精神。不過，分工也是一門學問，日治時期這項工作就做得不好，大材小用、小材大用的事多得不勝枚舉，結果浪費人才也誤了大事。中央改組後這個錯誤已得到糾正。如今，中央領導實行任人唯賢、量材錄用的開明政策。就以你我來說吧，在黨務上我是候補州委，職位比你高；軍事上你比我強，在部隊裡你的職銜又比我大。嘿，劉老大，這下子我們可是平起平坐啦！嗯？哈哈哈！」

他們談到凌晨才散。

劉新運本想去找沈瑞揚，因為明天中午他就要離開這裡。然而，沈瑞揚房裡一片漆黑，顯然他已經入睡，於是改變主意明早再去。

隔天早上，操練完畢，沈瑞揚坐在樹根上歇息。

劉新運上前說：「昨晚和何鳴同志聊得很遲，沒去找你！」

沈瑞揚笑道：「這是預料中的事，所以沒等你就先睡了。坐吧！」他指了指前面的樹根。

劉新運沒坐，指著前面的一條小路說：「走走吧，到那邊去！」

沈瑞揚起身和他並肩走著。

「等一下不是還要開會嗎？」劉新運問。

沈瑞揚答道：「還早哩！聊聊吧，你什麼時候走？」

劉新運想了一下說：「如果沒有別的事，我下午就走！」

沈瑞揚提高嗓子說：「下午就要走？那麼急？我還想和你殺盤棋呢！」

劉新運莞爾而笑，說：「我也想和你殺兩盤，可惜沒工夫！怎麼，你手癢嗎？找老何嘛，你和他較量過嗎？」

沈瑞揚搖頭說：「沒和他下過，他的棋藝怎麼樣？」

劉新運脫口應道：「老謀深算，善攻心計，你得小心喏！」

「是個高手呀！」沈瑞揚故作震驚地說，「我看就憑我這點黔驢之技肯定要俯首稱臣！」

「先別洩氣，」劉新運意味深長地說，「他的『車』和『炮』殺傷力很強，尤其是『馬後炮』往往令人措手不及。但也非無懈可擊，他的防衛力不強，你那手連環馬不錯嘛，我想只要小心行事，靜觀其變，出其不意攻其不備的機會是有的。不過，他的棋步圓熟刁鑽，以你我目前的水準，贏他確實不易，求個和局則不難！」

沈瑞揚頗有含意地點頭笑道：「聽君一席話，勝讀十年書！」

劉新運說：「你慢慢琢磨，好自為之吧！」

頓了頓，劉新運換了個話題：「我想不通，黑熊第一個要抓的竟然是你，真出乎預料！」

「這件事我檢討過，」沈瑞揚應道，「我沒把柄，也沒破綻，那些『阿寶』（特務）問了半天也沒奈我何。我想黑熊捉我是慪氣，是洩憤！」接著他把上回彭國雄和邁克林到學校搜查校長室反被他羞辱一番的事敘述一遍。

劉新運聽了後說：「事情果真是這樣的話，那就太可惜了！」

「沒什麼可惜的！」沈瑞揚接過他的話茬兒，「要來的總是會來，遲早而已，躲不過的，除非安分守己什麼也不幹！」

劉新運調侃道：「你不是要出洋留學的嗎?旅費差不多了吧?可是黑熊這麼一搞，你的大律師當不成啦！」

「你指的是這個呀！」沈瑞揚恍然笑道，「坦白說，出國留學的事我一直在猶豫，黑熊即使不捉我，近期內也難以成行！」

「哦？」劉新運望著他問，「出洋留學不是你多年來的心願嗎?改變主意了？」

「有點改變，」沈瑞揚應道，「錢不夠是原因之一，這兩年來，倫敦那邊的學費漲了三分之一；其二是這裡的局勢令人擔憂，我沒法定下心來，國家興亡，匹夫有責，你，還有許多好同志都準備為解放馬來亞而抛頭顱、灑熱血，我怎能一走了之？」

「你這想法令人鼓舞！」劉新運欣喜地握了一下他的手，「拿得起，放得下，大丈夫本色。我當年沒看錯人！」

沈瑞揚向他拱拱手說：「多謝你這位伯樂給我導航引路，指點迷津！」

劉新運語氣莊重地說：「我給你指的可是一條充滿艱難險阻的不歸路啊！」

沈瑞揚以同樣的口吻應道：「上刀山、赴火海，跟著你就是！」

劉新運拍拍他的肩膀感激地說：「多謝你對我的信任！」

沈瑞揚握著他的手說：「我願和你相濡以沫，患難與共！」

這時候，營房那邊傳來哨子聲。

「走，回去吃早餐！」沈瑞揚說。

他們回頭並肩走著。劉新運又換了個話題：「袁松林一家人都在惦著你哪，你該抽空去看看他們！」

沈瑞揚笑問道：「你怎知道他們惦著我？」

「其實我前天傍晚就到了，」劉新運從容地說，「我原本打算到丘添發家裡過夜，後來改變主意去了藿香園。袁松林夫婦很為你擔心！」

沈瑞揚沉下臉緘默著。

「這裡離藿香園不是很遠，你對他們應該多關照點！」

「我也想，可是老抽不出時間！」

「雲杉對你很不錯，你們的感情發展得怎麼樣？」

「像我這樣的處境能發展嗎？」

「你有意打退堂鼓？」
「退堂鼓沒打，但也不敢越雷池半步！」
「你膽子小吧？」
「不是膽子小，既然不能讓她幸福，感情上就得保持一定距離。」
「可是，你知道雲杉怎麼想的嗎？」
「怎麼想？」
「她對我說她想參加部隊跟著你走！」
「她在我面前也說過這樣的話，但我勸她別這樣！」
「為什麼？」
「她不是拿槍的料！」
「可以訓練的嘛！」
「要她餐風宿露、出生入死我於心不忍！」
「你有私心，也是偏見！」
「是的，對自己心愛的人有私心是很自然的事！」
「當年我的想法和你一樣，不讓蓮姑上隊！」
「後來你怎麼又讓她來了？」
劉新運幽默地笑道：「那是愛情的魔力！」
他們來到一棟長寮子。這就是部隊用餐的地方。士兵們已經吃完並陸續離去。沈瑞揚向管炊事的兵士要了幾個番薯和兩杯咖啡。他們在角落那排長凳上坐下來默默地吃著。

「這樣下去你們心裡都很痛苦。」劉新運繼續剛才的話題。

「長痛不如短痛！」

「可是雲杉並不這麼想。前晚她和我談了許多。她說只要能和你在一起，什麼苦都能受！老沈，她對你可是一往情深哪！」

沈瑞揚緘默不語，眼睛變紅了。

劉新運繼續說：「雲杉說她懂得醫藥，上隊後絕不會白吃飯！說來也對，愛情和革命並不矛盾，你看我和蓮姑，打鬼子時和我一同赴湯蹈火，今天她又和我並肩作戰。我看雲杉上隊的事你還是考慮一下！」

「雲杉怎能和蓮姑比？再說，我們的部隊剛剛成立，而且全是男性，我想雲杉這個時候進來並不適合。」

「什麼時候才適合？」

「昨晚你不是說我們可以徵收新兵嗎？等隊裡有女同志後再作考慮！」

「這是什麼邏輯？」

「是個很簡單的邏輯！」

劉新運啞然失笑，說：「好，雲杉進隊的事你自己拿主意吧！」

沈瑞揚看了看手錶，時間是八點四十五分，開會的時間快到了，他們便離開長寮往會議室走去。

今早的會議討論的是昨晚留下的關於審查新兵的細則和部隊自己生產糧食兩個問題。

一番商討之後作出以下決定：對新兵的要求必須嚴格，不求數量但求質量，當過抗日軍並表現良好的無任歡迎，熟悉並知其底細而且有文化、素質好的要優先考慮，那些不瞭解或一知半解的要嚴格審查嚴格把關，以防走狗特務混水摸魚。至於部隊自行開闢園地種植糧食的事可以馬上進行，為避過敵人飛機的偵查，地點最好在村子範圍內。韓亞奮說丘添發開闢的新芭還有大片土地仍荒著，暫時借用絕對沒問題。新芭地沒有外人出入，又安全又可靠，韓亞奮的提議大家都說好。

十一點鐘會議結束。吃過午餐，劉新運便離開蠍子營。

三

雲杉買了一架古箏。那是一年半之前的事了。去年五月底，水杉的學校慶祝六十周年校慶，袁松林一家人受邀參加。

慶祝會很隆重，早上舉行慶典儀式，下午開遊園義賣會，晚上在禮堂舉行文娛表演。古箏獨奏是當晚的重頭節目之一。演奏者是個十五六歲的少女，演奏的樂曲是《漁舟唱晚》和《春江花月夜》。這兩首樂曲雲杉熟悉不過，她聽得如癡如醉。

古箏音量清越，音色優美，加上演奏者的純熟技巧和投入表情，把觀眾帶入音樂的美妙世界。雲杉沒聽過也沒見過古箏，敲冰戛玉般的琴聲令她眼界大開。曲終，她問妹妹那是什麼樂器。水杉說是古箏。雲杉又問哪裡可以買到古箏以及價錢若干。水杉答不上來，便說剛才那個演奏者是她的同班同學也是好朋友，晚會結束後可找她問一下。

散場後水杉果然找來那個演奏古箏的同學。她名叫林如玉，水杉戲稱她林黛玉。林如玉眉清目秀，說話落落大方。水杉把姐姐的問題轉達給她。她說古箏這種樂器在新加坡並不普遍，樂器店通常都沒現貨，要買的話必須訂購，所謂訂購就是先付定金，三個月後貨到時再付餘款；至於價錢得看類型和貨色。雲杉問她古箏有哪些類型。林如玉答說箏的類型以弦數劃分，十六根弦的叫普通箏，十九弦的叫中型箏，二十一弦或以上的叫大型箏，普通箏一百多塊，中型箏約兩百，大型箏介於三四百之間。一百多塊對山裡人家來說是個大數目，雲杉苦笑一聲便打消了買箏的念頭。

「箏的聲音好，也不難學，買一架玩玩嘛！」林如玉鼓勵她說。

「哼！」水杉嗤之以鼻，「那是有錢人的玩意兒，窮人家買不起。算啦，當我沒問！」

林如玉想了一下說：「我有一架舊的，不嫌棄的話就讓給你！」

「怎麼個讓法？」水杉問。

林如玉詭祕一笑，說明天早上到她家去看看貨色再說。

隔天早上十點鐘水杉和姐姐來到林如玉的家。林如玉家境富裕，住的是一棟三層樓的豪華洋房。她有兩個哥哥和一個弟弟。她的閨房在三樓，那架舊箏則放在樓下儲藏室。閒聊了一陣後，她吩咐用人去儲藏室把那架舊箏搬到廳裡。

那是一架二十一根弦的大型箏，雖說是舊箏，由於保養得當，箏身、絲弦連皮盒子都鋥亮如新。其實樂器並非新的就好，有些是舊的才好，如提琴、琵琶、古箏等卻是越舊越好。

林如玉移步到箏前以拇指輕掃琴弦，琴聲錚錚如一串驪珠在廳堂裡縈繞。雲杉聽了垂涎動心，稱羨不已。

水杉對林如玉說：「這舊貨看來還不錯！喂，咱們是『死黨』，好歹得照顧一下，要賣多少？」

林如玉粲然一笑，說：「既然是『死黨』，送給你唄！」

「送給我？」水杉拍手叫道，「太偉大了，林黛玉萬歲！」

雲杉忙擺手說：「不不，無功不受祿，怎能白要你的東西！如玉，您的好意我心領啦！」

林如玉趨前拉著雲杉的手說：「別客氣，我是誠心誠意送給你的，就拿去嘛！」

水杉知道姐姐的脾氣，便對林如玉說：「我姐不會白要你的東西，這點她比我偉大得多。你就開個價吧！」

林如玉應道：「既然是這樣，就給個意思吧，五十塊，怎麼樣？」

雲杉睜大眼睛看著他說：「你不是說大型箏介於三四百元之間嗎？要你虧這麼多，我心不安……」

水杉打斷她道：「老姐，你別再婆婆媽媽的好不好？林黛玉是我們的班上的及時雨，她不在乎這區區幾百塊。就這麼說定了，給錢吧！」

雲杉打開皮包拿出幾張鈔票遞給林如玉。

水杉轉對林如玉說：「送佛送到西，這五十塊包括學費，你得收我姐為徒！」

「對！」雲杉接話道，「我沒摸過古箏，怎麼開頭還得麻煩您教我！」

林如玉問她會彈什麼樂器。雲杉答說笛子、二胡和六弦琴都大略學過。林如玉又問她會不會看樂譜。雲杉說懂得一些。

「有這基礎就好辦！」林如玉說，「箏看來比六弦琴複雜得多，基本手法大致相同，只是要多下點工夫罷了！」

水杉插話道：「二十幾根弦，彈來撥去的總該有點祕訣吧？」

林如玉笑道：「祕訣是有的，八個字：『勤學苦練，熟能生巧』，這就是祕訣！」說完，從櫃子裡搜出一疊琴譜給雲杉。

為了學箏，雲杉在新加坡住了整十天。校慶下來便是暑假，林如玉和水杉等幾個「死黨」時常相約出外，雲杉一有機會便向她請教。林如玉有求必應，每次都坐在箏旁不厭其煩地給予示範和教導。

雲杉回去後不久，林如玉和另外幾個同學隨水杉到仙家崠小住數日。雲杉便趁這個機會把最近練箏時所遇到的一些問題、難題一一向林如玉討教。

雲杉原本勤於讀書。她的哥哥奕森每次放假回家都給她帶來幾本。有了這架箏後她又多了一樣興趣，一有閒暇便坐在箏前撫弦苦練。經過一年的反覆琢磨，她的彈奏技巧大有進步，即使難度很高的《高山流水》、《貴妃出浴》、《漢宮秋月》等這類古典樂曲也能一氣呵成。

沈瑞揚是她唯一的觀眾。他在南榮街當校長期間，每逢學校假期都來藿香園小住數日。他和雲杉已是息息相通、心心相印，雖然還未到談論婚嫁的地步，袁松林夫婦早已把他當女婿。

一次，藿香到南榮街辦事。辦完事便去學校問沈瑞揚打算幾時動身去英國念書。沈瑞揚答說還欠缺費用，過些時候積多點錢再去。這是托詞，因為他對這事老是猶豫不決。然而，藿香卻說經費方面她可幫忙，三幾千塊絕對沒問題。

「經費問題不大，」沈瑞揚改口說，「大學已經開課，今年來不及了，下個學年吧，還有七八個月，省用點，到那時就差不多了！」

藿香蹙起眉頭說：「局勢越來越緊張，英國人是不會輕易罷手的。老沈哪，你的身分有些特殊，為避免瓜田李下之嫌，我看你還是早一點動身好。」

沈瑞揚明白她指的是什麼，便說他已轉行投身教育界，為人師表，光明磊落，殖民政府不可能也沒有理由對付他。

藿香大事不糊塗，歎了口氣說：「恐怕沒那麼簡單，這些事你該比我清楚。自己的前途要自己把握，你要好自為之啊！」

藿香的話提醒了沈瑞揚：革命就得流血犧牲，我既然準備豁出去，為何要連累雲杉？這樣下去我能照顧她麼？能給她幸福麼？如果她像劉老大的妻子蓮姑或當年部隊裡的阿花那樣吃過苦、受過罪、拿過槍的女人又當別論，然而雲杉冰清玉潔、純真爛漫，怎能叫她陪我走上這條血跡斑斑的不歸之路？不！不能，絕對不能！

這麼一想，他鐵下心作了個痛苦的決定：和雲杉的感情到此為止，以後的假期不再去藿香園。

藿香回到家後和丈夫談起剛才和沈瑞揚談話的事。袁松林贊同資助沈瑞揚出國留學，還說奕森今年年底高中畢業，可以的話就和他一起去英國深造。藿香說這主意不錯，改天奕森回來和他商量一下。

「雲杉和老沈的事也該料理一下。」袁松林說。

藿香蹙眉應道：「我正為這事操心呢！」

「雲杉的意思呢？你問過她麼？」

「問過，她說要問老沈！」

「我看別拖了，改天我們找老沈好好的談一下。老沈如果同意，就讓他們先訂婚。訂了婚就有個名分，這樣大家心裡也踏實！」

「這主意好！我看不如這樣：一個多月後學校就放暑假了，等他來的時候便和他談訂婚的事。如果同意就馬上進行。他父母已過世，親戚也沒來往，我想他那邊應該沒問題。我們這裡也不要鋪張，到時請左鄰右舍來吃頓便飯就行了！」

袁松林說：「這安排很好，到時就照著辦。」

然而，學校暑假還沒到，沈瑞揚就被捕了。

袁松林夫婦知道了後大驚失色。雲杉更是憂心如焚。當時謠言滿天飛，有的說沈瑞揚已被送去哥打丁宜監獄，有的說押去新山，有的說已轉移到新加坡，很快就會被驅逐出境。

袁松林曾托人去南榮街警署打聽消息。然而，隔天那人回來說警署守衛森嚴，值班的三劃曹長一反常態，把塞進他口袋的鈔票全數擲回，這說明情況很嚴重，事情十分棘手，短期內是解決不了的。

袁松林突然想到韓亞奮。韓亞奮門路廣，點子多，找他也許能探知一二。他把這想法告訴藿香。藿香卻說韓亞奮和沈瑞揚是同夥的，這個時候他躲都來不及哪有能耐理這些事。袁松林搔搔頭皮，苦笑說自己亂了方寸，沒想到這一層。

然而，隔天傍晚，袁松林卻在丘添發的家裡遇見韓亞奮。原來，韓亞奮是警方要通緝的首號人物，還好他腿長走得快，躲到這裡已經好幾天了。

不久後外頭傳來沈瑞揚帶領囚犯越獄的消息，隔天的報紙也登出這則新聞，沈瑞揚頓時成了象牙頂村民津津樂道的英雄人物。

由於韓亞奮的出現，袁松林猜想沈瑞揚那班人逃獄後一定會回來黃猄穴的舊營地。不出所料，幾天後他們果然來了。

袁松林一家人都為沈瑞揚等人能逃離虎口而感到欣慰。不久後部隊成立，每天晚上，沈瑞揚、何鳴和韓亞奮等幾個便帶領一批人分頭到各個村鎮向村民宣傳馬共鬥爭黨綱，呼籲人民團結起來反對殖民統治，把英國人趕出馬來亞。

日子似乎恢復到抗日的年代。雲杉以為沈瑞揚將和過去那樣進出仙家崠甚至住在藿香園。然而，時間一晃便是好幾個月，沈瑞揚只在開始時匆匆來過一次，之後就不見他蹤影。

雲杉望穿秋水等得心焦。她想寫一封信託民運隊帶給沈瑞揚。然而，信還沒寫劉新運卻忽然來了。稀客來訪格外欣喜，袁松林打酒添菜盛情款待。當晚他們聊到半夜。

劉新運說他目前在居鑾山區工作，今次來是要看看沈瑞揚和他們的新營地。藿香問他這場鬥爭將維持多久。劉新運說很難預測，除了人民的覺悟和反抗外還得看國際形勢。袁松林問他英國人和日本人哪個難對付。劉新運說日本人窮凶極惡但有勇無謀，結果丟盔棄甲全軍覆沒；英國人老奸巨猾但欺善怕惡，不過這個「惡」卻要看惡到什麼程度，黔驢之技肯定嚇不倒他們。

劉新運的話令在座的人哈哈大笑。

「依你看，今次的鬥爭有幾成勝算？」藿香問。

劉新運緘默良久，後說：「實不相瞞，這是一場十分艱巨的持久戰，也許我們要戰鬥到最後一顆子彈，流完最後一滴血！」

藿香神情凝重地垂下臉不再言語。

頓了頓，劉新運又道：「馬來亞是英國人的一棵搖錢樹，他們決不會輕易放棄！傾巢之下無完卵，你們要有心裡準備才好！」

隔天早上，劉新運獨自在屋後散步。雲杉突然上前和他搭訕。她問部隊是否有招收新人，如果有她要參加。劉新運問她怎麼會有這樣的念頭。她笑說想為解放馬來亞而盡點綿力。這說法有些牽強，顯然是搪塞之言。劉新運說他初來乍到，不瞭解這裡的情況，上隊的事得問沈瑞揚。

「他呀！」雲杉以埋怨的口吻說，「幾個月前匆匆來過一次，之後就不見蹤影，我看他早就把我們給忘啦！」

劉新運腦門一亮，知道是怎麼回事，便湊趣地說：「不會吧？我瞭解老沈的為人，背義忘恩的事他是不會幹的。我想他一定是忙得不可開交。好吧，上隊的事回頭見到他時替你問一下！」

雲杉抿了抿嘴說：「如果他不准，你得替我多說幾句好話呀！」

劉新運笑道：「好話我當然會說，不過，我看還是叫他來一趟，你親自對他說豈不更好？」

雲杉粲然一笑，點頭說：「也好，你的話他一定會聽，我們恭候光臨就是了！」

一個星期後，入夜時分，沈瑞揚終於來了。

他身穿軍服，頭戴五角星帽，臉型瘦了些，膚色也黑了些，鬢角長而亂，胡茬滿腮，但整體來看還是精壯有勁，當年當抗日軍時的颯爽英姿絲毫不減。

沈瑞揚愛雲杉，雲杉也愛他，但他們過於矜持，不敢越雷池半步。正因為有這半步的距離，沈瑞揚才作出壯士解腕的決心。然而，抽刀斷水水更流，雲杉的影子反而在他腦裡揮之不棄，尤其是夜深人靜時，一想起她便牽腸掛肚，耿耿難眠。那天劉新運的一席話曾令他心動，然而雲杉畢竟是在溫室裡成長的黃花閨女，她的家人肯定不讓她走。將心比心，如果她是他的妹妹他也不會讓她參加部隊。

思前想後權衡再三他仍舊堅持先前的決定。不過，做事得有始有終，況且袁松林一家人待他不薄，無論如何都得敞開胸懷向他們坦言交心。

袁松林夫婦對他的突然到來為之愕然。雲杉神色漠然說不出是喜是憂。

袁松林和往常一樣給沈瑞揚泡了一壺濃咖啡。話匣子一打開沈瑞揚便直奔主題：

「今天我是為道歉而來的！上回來過於匆忙，很多話沒法對你們說。我心裡一直很不安，今晚來是要向你們說對不起……」

「等等，」藿香打斷他道，「你沒做錯什麼，為什麼要道歉？你難得來一趟，為什麼忽然把話撂得那麼重！」

「對不起，大叔大嬸，」沈瑞揚繼續說下去，「你們愛護我，敬重我，像家人那樣對待我，不久前大嬸還說要資助我出國念書，也提醒我當今時局不穩要儘快離開，可是我沒聽勸告，結果弄成今天這地步。大叔大嬸，還有雲杉，我對不起你們，我辜負了你們！我讓你們失望，尤其是雲杉！請原諒我，雲杉！」他說著眼睛變紅了。

「你不必自疚！」藿香望著他，語氣十分和平，「你的心情我理解！你是讀書人，當過抗日軍，對當今動亂的局勢怎能無動於衷？你大智若愚、憂國憂民令人敬佩。也正因為這樣南榮街的有識之士才請你當校長！我鼓勵你出國深造並非要你逃避現實，而是希望你學成歸來能做更大的事。無奈事與願違，竟然落到這步田地！也罷，」她一甩手提高了嗓子，「兵來將擋，水來土掩，你帶領夥伴逃離監獄就是一大壯舉！你有看報紙嗎？各地群眾都為你喝彩呀，老沈！」

沈瑞揚應道：「形勢所迫，我們不能坐以待斃呀！」

「幹得好！」袁松林拍掌說，「我們象牙頂的村民都因你而感到驕傲呢！」

「多謝大叔大嬸，還有村民們，」沈瑞揚激動地說，「你們深明大義令我感激涕零，你們的支持與愛護我永銘於心，沒齒不忘！」

藿香笑道：「這樣的話應該我說才對！不是嗎，你當抗日軍時為我們村民出生入死，今天又身先士卒義無反顧。老沈哪，既然已經豁出去就放開膽子轟轟烈烈地去幹吧！」

袁松林接話道：「放膽幹是好，安全也要顧。你千萬要小心，要保重！」

「大叔大嬸請放心！」沈瑞揚揚起眉梢提高嗓子，「面對敵人時我會奮不顧身，為了消滅更多敵人我會愛惜生命！」

藿香欣慰地點頭道：「你辦事向來穩重，我沒什麼不放心的！」說罷，起身轉對丈夫：「雲杉有話要和老沈說，我們回房去！」

袁松林夫婦走後，雲杉和沈瑞揚轉移到屋後曠地。

曠地上月色朦朧。竹籬外樹影婆娑。

「你的琴學得怎麼樣？」沈瑞揚問。

雲杉淡淡應道：「沒有聽眾，不學了！」

「你好像瘦了點！」沈瑞揚以憐惜的目光望著她。

「前一陣子我得了感冒，最近腸胃一直不大好！」

「你要保重啊！」

「你為什麼這麼久沒來？」

「我不再負責民運工作，很少出來走動！」

「你騙我！不久前，你不是去過新芭添發叔的家麼？」

「是的，我有點事要他辦！」

「新芭來這裡沒幾步路，為什麼不順便過來一趟？」

「我趕時間哪！」

「你說句實話：你喜歡過我嗎？愛過我嗎？」

「我喜歡你，我愛你！可是目前這情況我有所猶豫，因為這樣會連累你！」

「所以你想疏遠我？」

「我不能照顧你，不能給你幸福，這樣下去大家都不好，我想我們還是分手的好！」

「你一點也不珍惜嗎？」雲杉眼裡沁出淚珠兒。

「我怎會不珍惜呢！」沈瑞揚神情淒苦聲音淒切，「我渴望愛情，每時每刻都憧憬和你一起生活的快樂和幸福。然而，現實卻像高山大河把我們遠遠的隔開！」

「你讓我上隊吧，這樣我們不是可以在一起了嗎？」雲杉眼淚汪汪地望著他。

「我想過，」沈瑞揚神情無奈地說，「你的家人讓你走嗎？野人般的生活你受得住嗎？刀光劍影的場面你不畏懼嗎？」

「有你在我身邊，我什麼都不怕！」

「我何曾不想和你一起生活呢？可是我很矛盾，我鼓勵年輕人來上隊，卻又不忍心看你來和我一同受苦，我不願你受到任何的傷害！」

「我也一樣，每時每刻都在為你擔心！」

「你上隊的事過些時候再說，好嗎？」

「為什麼呢？」

「不為什麼，我的意思是部隊剛剛成立，還有許多問題要解決，等根基紮穩後再作考慮！」

「好吧，可是你有空就要來看我！」她仰起臉，眸子如秋水般望著他。

她的目光含情脈脈，沈瑞揚抑制不住在她額上輕輕吻了一下。

這忽然的一吻衝破了他們之間最後的矜持，雲杉倒在他懷中，他吻她的臉、吻她的朱唇。他們的胸膛貼得緊緊，彼此的心跳產生了強烈的共鳴。

擁抱，熱吻，情意綢繆，難捨難分，直到半夜沈瑞揚才離去。

沈瑞揚原本抱著壯士斷腕的決心來和雲杉談分手的事，然而鬼使神差，反而和她墜入愛河而不能自拔。他終於嘗到愛情的滋味，原來愛與被愛是那麼的幸福。

回到前沿哨所刺蝟營已是拂曉時分。他躺在木榻上翻來覆去睡不著，先前和雲杉擁抱熱吻的情景老在腦裡出現，開始時像夢，後來又像是真的。唧唧我我，耳鬢廝磨，外頭山雞的啼叫把他喚醒。

天亮後他吃了點乾糧便回去蠍子營。愛情的魔力真大，昨天他來時魂不守舍、心情沉重；如今卻是心花怒放、精神抖擻。雲杉上隊的事回營後得好好的考慮一下，他想。

四

越獄時那些沒跟隨沈瑞揚上隊的人有半數被捉回去，其餘的東躲西藏的日子很不好過，其中有十幾個要求加入部隊，另有八個當過抗日軍的青年男女也要求上隊。這些人思想單純，品行也好，沈瑞揚和何鳴、韓亞奮等人商量後便全數接納。

一個星期後，新加坡那邊一下來了九個，七男兩女，是地下組織安排的。他們都是學生領袖，上回大逮捕時僥倖逃脫，新加坡彈丸小島難以藏身，地下組織只好安排他們投奔游擊隊。

差不多在同個時候，蕭崗也帶來兩個女性。這兩個女性部隊裡的同志多半認識，她們就是吉林妹和阿花。

和平後吉林妹原本打算回去新加坡繼續念書，無奈年齡過大學校不收；家庭環境也不允許，因為她是老大，幾個弟妹都在上學年齡，她只好留在家裡幫父母親砍柴燒炭。

戰後百廢俱興，新加坡那邊對木炭的需求逐漸增加。吉林妹能算能寫，人緣又好，成了父親的好幫手。

不久後鄉聯會成立，她被推選為婦女組幹事兼歌詠隊副隊長，她的父親則被委任為木炭山村代表。她的父親深明大義，日治時期落力支持抗日軍，象牙頂第九分隊成立後，她家成為游擊隊的聯絡站。後來形勢吃緊，聯絡站不能再用，他們改用「拿督信箱」傳遞消息。所謂「拿督信箱」就是在附近的樹林裡指定兩棵樹，把信件埋在一棵樹下，另一棵樹掛起青色樹葉，有關的人看見青色樹葉便去取信。這兩棵樹的距離必須一百米以上。

大逮捕期間她到親戚家避風頭。不過特務並沒驚擾她家人，這證明她不夠分量，黑熊對她沒興趣。三個月後鄉聯會恢復活動，吉林妹和一批新人出任理事。前仆後繼，無所畏懼，會裡的各項活動又如火如荼地搞起來。黑熊看紅了眼，一天下午帶幾個手下闖進會所翻箱倒櫃拿走一些文件。那天過後，吉林妹發現進出會所時有人盯她的梢。她的父親知道後勸她暫時別到會所去。她說除非洗手不幹，否則要來的總是會來，今後放亮雙眼沉著應付就是了。

吉林妹的判斷完全正確，一個月黑風高的夜晚，村口的狗突然汪汪狂吠。吠聲兇悍暴戾，頗有和對方拼命之勢。吉林妹對狗吠聲特別敏感，即使在半夜，幾聲捕風捉影的「鬧吠」也會把她從夢中驚醒。今夜村口的狗傾巢出動，她如觸電般一躍而起。她瞭解狗的習性：如果追著吠，對方多半是野獸；如齜牙咧嘴氣勢洶洶，對方肯定是人。村口住家多，山豬、野牛、石豹這類野獸不敢來，她因而斷定那些狗吠的是人，而且是陌生人。他們八成是特務，半夜三更的肯定不會幹好事。她心裡暗忖，於是換了雙帆布膠鞋溜出後門，到柴房地窖拿出一把短槍，那是鬼子投降時偷偷留下的。她握著槍躲在炭窯通風口靜觀外頭動向。

狗吠聲越來越近，陣勢也越來越大，連她家和鄰居的也如看見仇敵似的衝出籬笆吠得聲嘶力竭。這說明陌生人正朝她家這邊走來。來者不善，善者不來，三十六計走為上策，她鑽進草叢，貓腰疾步往森林那邊走。

隔天早上她的弟弟在「拿督信箱」附近找到她。他帶來她的幾件衣服和一些吃的東西。

「姐姐好彩走得快，」她的弟弟青著臉說，「昨晚黑熊和幾個特務來我們家說要找你。爸爸說你不在。他們不信，搜遍屋裡屋外，連雞寮炭窯都不放過，直到雞啼才走！」

她握著弟弟的手說：「我不能回去了，家裡的事你要多幫忙，也要看好弟弟妹妹，知道嗎？」

他點了點頭，眼睛變紅了。

她安慰他道：「我沒事的。回去吧，小心點！」

「姐姐要去哪裡？」

「我去找沈校長！」

「黃鏢哥和大材哥他們也在那裡嗎？」

「是的！還有蕭老師，那裡的人比打日本鬼子時還多，回去叫爸爸媽媽不用擔心！」

他聽了後放心走了。

弟弟離開後她直奔刺蝟營。

刺蝟營的周圍環境沒多大變化，哨兵也是當年熟悉的同志。不過，由於職務在身，他必須謹慎小心，步步為營。

「怎麼是你？來幹什麼？」哨兵以審問的口氣說。

吉林妹答道：「我找韓亞奮，如果不在黃鏢也可以！」

哨兵應道：「他們都不在，你有什麼事？」

吉林妹問道：「營裡還有誰？」

他說：「蕭崗同志。」

吉林妹欣喜地說：「行，請通報！」

哨兵打手勢叫她等，然後把兩隻手指放進嘴裡吹了兩聲口哨。

口哨聲十足像犀鳥叫。外人聽了還真以為樹林裡有犀鳥，其實這是暗號，吹給自己人聽的。

幾分鐘後，一個兵士朝他們這邊走來。

這個兵士眼熟面善，不過一時記不起他叫什麼。

「同志，請跟我來！」那個兵士說。

吉林妹隨他來到營房。蕭崗出來迎接她。寒暄之後，吉林妹把情況如實相告。

蕭崗聽了後說：「這個世界好人難做，還是拿槍好。歡迎你來！」

吉林妹苦笑一聲，說：「我當鄉聯會理事才幾個月，位子還沒坐熱就來抓人了。黑熊這魔頭也太小氣啦！」

蕭崗笑道：「我看他對你暗戀已久，半夜睡不著便去找你。」

「戀個屁！」吉林妹罵道，「我怕連累家人，不然昨晚就叫他去見閻王！」說著從腰間掏出那把槍。

「唷！」蕭崗故作震驚地說，「帶著玩命的傢伙，天下的男人都被你嚇跑啦！」

吉林妹推他一把說：「正經點！有空嗎？帶我去見老沈！」

蕭崗應道：「你坐會兒，我要等一個人。口渴嗎？那裡有開水。」

吉林妹過去倒杯水一飲而盡。「等誰？」她問。

遠處忽然傳來犀鳥的叫聲。吉林妹以詢問的目光看著蕭崗。

蕭崗起身往外望，一邊說：「大概來了，你認識的嘛！」

「還賣關子呀！」她說著踱到門前。

幾分鐘後，只見剛才帶她來的那個兵士和一個女人急步朝他們走來。

「唷！」吉林妹驚叫一聲，忙奔上前，「是阿花姐呀，你怎麼來了？」

「吉林妹？」阿花興奮地握著她的手，「真巧，你怎會在這兒？」

吉林妹應道：「說來話長，回頭再慢慢告訴你！」

蕭崗對阿花說：「她是被逼上梁山的！」

「是嗎？」阿花拍掌說，「既然來了，就殺他個人仰馬翻！妹子啊，今後俺們又可並肩作戰啦！」

「姐姐也是被逼上梁山的嗎？」

「那倒不是，我自己要來的。」

「姐姐不是在新加坡工作的嗎？怎麼又回來了？」

「工人罷工，手停口停，只好捲舖蓋回家啦！」

「東家不打打西家，姐姐心靈手巧，找別的工作應該不成問題。」

「工字沒出頭，還是拿槍來得痛快！」

蕭崗看她們越聊話越多，便說：「喂，你們兩個像烏鶕似的叫個沒完，時候不早，我們走吧！」

阿花風華正茂。抗日時期她崇拜韓亞奮，也愛過他，然而深一層接觸後才發現他已經有了妻室。她惘然若失，暗自折騰了整半年才把韓亞奮的影子逐漸從心裡抹去。

她上隊後，喜歡她的男同志也有好幾個，他們的品行和相貌都不輸韓亞奮，然而相比一下，她總覺得他們身上似乎缺少了什麼。

光復後她回去虎嘯山娘家居住。摘下軍帽卸下戎裝恢復女兒身，她的父母再次為她的婚事操心。媒婆為她四處奔走。前來相親的男子有如走馬燈。她心猿意馬，也真想找個可靠的男人共築愛巢，然而曾經滄海難為水，儘管前來相親的男子有的英俊瀟灑，有的虎背熊腰，有的家道從容，然而就是沒一個她看得上眼。

媒婆頗有怨言說她二婚頭不該如此挑剔。家人嗔怪她眼界過高不自量力。左鄰右舍也在她背後風言風語指指點點。她不勝其煩，便到南榮街表姐家暫住幾天解解悶氣。

一天，她在街上遇見沈瑞揚和蕭崗。他們熱情未減，對她噓寒問暖。她把近況如實相告。沈瑞揚問她何不找分工作自食其力。她說有這樣的打算。沈瑞揚問她想找哪類工作。她說只要不在本村做什麼都行。蕭崗說他有個朋友在新加坡鞋業工會當祕書，找工作的事可叫他幫忙。阿花喜出望外要他馬上進行。果然，在蕭崗的奔走下，她到新加坡一間鞋廠當工人。

這份工作很不錯，薪水雖然不多，工友們都很熱情，很友善。她參加工會，每天晚上和一批同事到工會讀書學文化，閒暇時還去逛街或到海邊野餐。日子過得很充實，然而好景不常，工會領袖要求資方給工人加薪，資方不答應，工人採取罷工行動。資方有殖民政府撐腰，開除工會領袖。工友守在廠門口唱歌喊口號以示抗議。復工遙遙無期，這可苦了寅吃卯糧的工友。阿花沒法待下去只好捲鋪蓋回虎嘯山老家。

天有不測風雲，回來不到一個星期，她的家婆忽然病逝。她還沒改嫁，還是喪家的媳婦，自然要回去披麻戴孝為家婆守靈。

「頭七」（人死後第一個七天）後的一個晚上，沈瑞揚、蕭崗、黃鏢和吳大材等幾個忽然去找她。老戰友來訪她格外欣喜。他們的關懷和問候令她感激涕零。聊了一陣，她的小姑捧出熱咖啡和一大盤炒米粉。他們邊吃邊聊。沈瑞揚問她是否要回去新加坡。她說工潮未解決，工廠沒開工，暫時回不了。蕭崗說復工的事很渺茫，因為那間鞋廠的老闆在新山、居鑾和馬六甲都設有分廠，新加坡這間開不開都無所謂。

黃鏢聽了後對阿花說：「別做死一家，到別間去問問嘛！」

「我問過好幾間，」她說，「也托一些朋友替我找，都沒著落。」

吳大材說：「既然這樣回來割樹膠好啦！」

阿花搖頭說：「自己沒膠園，割人家的不划算。」

黃鏢說：「敵產園丘的樹份可以試一試，工錢雖然不高，但不必做膠片，膠水挑到收膠房過磅後就了事，下午還可做別的。」

阿花說：「新樹份很搶手，我的小姑至今還割老樹，已經兩個多月啦！」

吳大材接話道：「做什麼都得靠關係，韓亞奮在那裡當過管工，相信他有辦法，改天我問他一下。」

阿花聽他提起韓亞奮，心裡咯噔了一下，忙問：「韓亞奮怎麼沒和你們一起來？」

沈瑞揚答道：「他原本要來的，昨天紅土坑那邊出了點事，他趕著去辦，來不了啦！」

「是嗎？」阿花提高嗓子，「聽說光復後他沒回去新加坡，反而和他母親住在甘密園，是真的嗎？」

沈瑞揚點頭說：「沒錯。他除當管工外還給洋老闆當翻譯。」

「翻譯是幹什麼的？」她問。

沈瑞揚答道：「他的洋老闆只會說英語，別的話一竅不通，和人交談時老韓便和他傳話。」

阿花接話道：「奴為主貴，做傳話筒比當官還好。老韓好本事，他現在好嗎？回頭代我問候一下！」

沈瑞揚應道：「他常提起你。他說事情辦完後就會來看你。」

阿花欣喜地說：「是嗎？我恭候大駕光臨！呃，他老婆呢？」

黃鏢插話道：「跟人跑啦！」

「啊？」阿花瞠目結舌，過了好一陣才喃喃地說，「怎麼會這樣？老韓很傷心吧？他不回新加坡也是這個原因嗎？」

黃鏢笑道：「大概是，改天他來時你親自問他吧！」

沈瑞揚一班人走後，阿花的心情再也不能平靜。剛才黃鏢的那番話撥動了她那道已經封死了的感情神經。自那天起，她便引頸翹首等待韓亞奮到來。

兩天後，晚上九點多鐘，韓亞奮果然來了。

韓亞奮仍然和從前那樣待人熱情友善，言談風趣，尤其那口濃重的海南腔令人忍俊不禁。

「你的老家原本在新加坡，光復後怎麼沒回去住？」哪壺不開提哪壺，阿花單刀直入。

韓亞奮答得乾脆：「老子死了，店鋪關了，老婆跟人走了，我回去幹什麼？」他說得輕鬆，神情卻顯得十分無奈。

阿花的心情霍然變得十分沉重。「沒想到你的變化這麼大！」她喃喃地說。

他苦笑一聲，說：「沒什麼，戰爭嘛，骨肉離散、夫妻離異是難免的，我早就看開啦！你呢？日子還過得如意吧？」

「如意什麼呀！庸庸碌碌，糊裡糊塗，過一天算一天。」

「聽吳大材說你想去敵產園丘割膠？」

「是我小姑，不是我。她割老樹已經兩個多月，至今仍沒配給新樹份。」

「最近行情很壞，轉行割膠的人越來越多，新樹份不夠分配，後來的只好割老樹。園丘的管工都是我的老朋友，你小姑的事我記著，見到他們時我會提一提。那你呢？滿孝後回去新加坡嗎？」

「罷工沒完沒了，回去喝西北風啊？」

「東家不打打西家，找別的事嘛！」

「打工沒出息，不找了！」

「那你想做什麼？」

「我想參加你們的部隊，歡迎嗎？」

「參加部隊？為什麼？」

「拿槍比較痛快！怎麼樣？歡迎嗎？」

「當然歡迎。呃，那晚老沈來，你為何不跟他說？」

「現在跟你說不是一樣嗎？」

「當然，我的意思是老沈知道你要上隊一定會很高興！」

「那你呢？不高興嗎？」

「怎麼會？你是尖兵，我高興還來不及呢！」

「只因為我是尖兵？沒別的嗎？」

「嗯……有，你是大妹子，衣服破了你會給我補！」

「這還差不多！我已經預備好了，今晚就跟你走嗎？」

「過幾天吧，最近來了好些新兵，我要安排一下。好了後就叫人來通知你。好嗎？」

「嗯，我等你的消息。再來一杯咖啡，怎麼樣？」

「肚子有點餓，弄點吃的吧！」

「煎麵粉糕比較快，好嗎？」

「什麼都可以，麻煩大妹子啦！」

「好說好說！我煎的麵粉糕肯定比你嘴巴還甜！」

韓亞奮聽了哈哈大笑。

十分鐘後，阿花捧出一碟熱騰騰的麵粉糕。他邊吃邊聊，直到半夜雞啼才離去。

一個星期後的一個晚上，蕭崗突然來找她，說她上隊的事已經安排妥當，明天下午去刺蝟營報到。她問蕭崗聯絡暗號。蕭崗說不需暗號，到時對哨兵說是蕭崗請來的客人就行了。

隔天下午她準時赴約，沒想到竟然和吉林妹不期而遇。

五

人多口多，開銷加大，單靠村民們的那點月捐是不夠的。營內總管吳大材在會議上不只一次提出這個問題。然而，每次的會議都沒有結論。最後由何鳴拍板：提高商家、小園主以及家底厚的人家的每個月捐款。

捐款必須出於自願，強迫反而損壞形象，況且這些年月經濟蕭條，商家地主的日子也不好過，因此，所收的款項和預定的數目相差很遠是預料中的事。入不敷出，處境愈加艱難，這樣下去不是辦法。何鳴寫信向上頭反映，然而交通員跑了幾次始終不見回音。

一天，沈瑞揚突然向韓亞奮探聽他以前工作過的敵產園丘發工資的情形。

「你問這個幹什麼？」韓亞奮詫異地看著他問。

沈瑞揚以調侃的口吻說：「我們不是很窮嗎？大園丘有錢，拿點來用嘛！」

韓亞奮心頭一亮，忙說：「這主意好哇！喂，怎麼個拿法，說來聽！」

沈瑞揚應道：「瞭解情況後再說！那裡的工人有好幾百個，每次發出的薪金應該不少吧？」

韓亞奮屈指算了一下說：「我名下的工人有百多個，薪水有七八千塊，整個園丘有八個工頭，總數嘛，嘿，少說有六七萬！」

沈瑞揚欣喜地說：「唷，是條大魚呀！走，到我房裡去，我們好好研究一下。」

韓亞奮隨他進入臥室。沈瑞揚給他泡了杯「白毛猴」（中國茶），那是上回去藿香園時袁松林送給他的。韓亞奮告訴他敵產園丘每個月的發薪日為月頭三號，如果遇到星期日或大日子就延到隔天。錢從哥打總行送來。送錢日子不定，可能是一號或者是二號，有時延至三號也就是發薪那天早上才送到。押送鈔票的是吉普警車，警員連開車的共六個，他們都荷槍實彈。

「發薪時的情況怎麼樣？」沈瑞揚緊接著問。

「是這樣的，」韓亞奮答道，「發薪前一天公司樓的財庫（書記）先把每個芭場的工資算好。發薪那天中午時分各個芭場的工頭便去向他們領取，然後拿去膠房辦事處分發給工人。」

沈瑞揚接著問他公司樓的保安情況。韓亞奮答說公司樓周圍圍著鐵絲網，柵門朝東，看守的警員有四個，他們身上都有槍。公司樓裡有堅固的保險庫，保險庫的鑰匙由洋人經理保管。洋人經理出門時都有警衛員陪同。

「我記得公司樓附近有個警察局，是嗎？」沈瑞揚問。

「對！」韓亞奮答道，「看守公司樓的警察就是從那裡派來的！」

「那裡有多少人馬？」沈瑞揚又問。

韓亞奮想了一下說：「平時有十三四個，洋老闆來巡芭時會多一些，連特務在內，算二十個吧！」

沈瑞揚接著又問：「你們工頭拿錢回去膠房辦事處發給工人時是否有警員跟隨？」

韓亞奮答說沒有，如果丟失或被搶得由工頭自己負責。

韓亞奮接著強調說緊急法令頒佈後情況可能有變化，制定計畫前必須再作調查和研究。

「那當然！」沈瑞揚一拍手，「這樣吧，調查研究這項工作就交給你，一個星期內交差，行嗎？」

「沒問題！」韓亞奮嚴肅地說，「我一定準時完成任務！」

當天傍晚，吃過晚飯，沈瑞揚把這想法告訴何鳴。何鳴說這計畫很好，待韓亞奮的調查工作完成後再仔細研究。

不到一個星期，韓亞奮回來了。他說園丘的發薪情況基本沒變，只是押送鈔票的警車多了一輛。這輛車緊跟在後頭，車裡有八個軍警，聽說是英聯邦兵團屬下的兵員。他們拿的是自動萊福和手提機關槍。最後，韓亞奮提議：機會難逢，必須及時把握，最好在下個月的發薪日前動手。

沈瑞揚同意他的說法，並提議成立策劃小組負責這場戰鬥。

何鳴對行動日期沒有異議，但成立小組最好挪後幾天，因為夏志康同志即將前來加入第九分隊。

大家對夏志康這個名字並不陌生。閒談時何鳴就經常提起。他來自莆萊山，是何鳴的同鄉。小學畢業後到新加坡念中學。說來也巧，他竟然和何鳴同校。何鳴高他兩級。在何鳴的鼓勵下他積極參加反殖民地的學生運動。初中畢業後他投入抗日救亡工作。日治時期他和何鳴一同進入森林當抗日軍。鬼子投降前夕，豐盛港那場「松林決戰」就是由他策劃和指揮的。那場戰事打死鬼子和偽軍共四十多個，繳獲武器六十多件，他本人也受了傷，因而有「抗日英雄」的美稱。和平後他被派到新加坡，在何鳴手下工作。他曾被捕入獄，一年後恢復自由。緊急法令頒佈前夕他重新上隊，在蘇蒂利第八分隊當副隊長。何鳴獲知晉升柔佛州候補州委後便立刻去信州委機關要求派夏志康前來第九分隊接替他的工作。前幾天，他接到州委機關的覆信，說他的要求已獲准，夏志康近日起程前往。

兩天後，中午時分，夏志康到了。下午，何鳴搞了個茶會介紹夏志康給大家認識。當晚，他們開會，一番商榷後，劫薪策劃小組成立了。成員是何鳴、沈瑞揚、夏志康、韓亞奮、黃鏢和阿花。阿花是韓亞奮推薦的。何鳴不瞭解阿花，問韓亞奮她有何特出之處。韓亞奮說阿花勇敢機智，辦事果斷，是個很好的戰鬥指揮員。

「是嗎？」何鳴詫異地問，「我只知道她當過抗日軍，沒聽說她當過指揮員。這是我們第九分隊的第一次戰鬥，成敗關係到部隊的前途，這些問題你想過嗎？」

韓亞奮答道：「阿花雖然沒當過指揮員，卻指揮過兩場戰鬥，我想指揮員這個職位她當之無愧！」

「怎麼講？」何鳴疑惑地看著他。

「嗯，這……喂，」他轉對沈瑞揚，「你是當時的隊長，阿花的事還是由你來說！」

「好！」沈瑞揚點了點頭，「阿花膽大心細，有過多次戰鬥經驗，立過不少功，我想，她的能力和膽識，當一個指揮員綽綽有餘！」

「你能不能說得具體一點。」何鳴的口氣緩和了些。

沈瑞揚於是把日軍投降前幾個月部隊出擊木炭山日軍兵營和倉庫的那兩場戰鬥情況一五一十地告訴何鳴。

何鳴聽了張口結舌，說：「好厲害的一個村姑，我看走眼啦！」

沈瑞揚說：「這叫大智若愚。她剛上隊時，我還讓她下廚煮飯，甚至為同志們補衣補鞋。然而，她不但沒有怨言，反而幹得不亦樂乎！」

何鳴翹起拇指贊道：「這樣的精神才讓人敬佩！」

「還有，」沈瑞揚繼續說，「木炭山那場戰鬥後，我們部署兵力準備攻打紅土坑營房。阿花參與計畫並指揮戰鬥。結果我們又打了一場漂亮的勝仗！」

何鳴話鋒一轉，問道：「阿花的表現那麼好，你們為什麼不提升她？」

沈瑞揚笑道：「來不及了，我正要向劉老大反映，日本鬼子就搶先投降啦！」

何鳴豁然開朗，欣然接納阿花為這場戰鬥的策劃組組員。但回頭一想卻有些不放心，因為阿花只是個村姑，文化不高，也沒經過特別訓練，哪來那麼高的本領？

一天早上，操練完畢，他要測試一下阿花的槍法。阿花說子彈寶貴別浪費。何鳴則說實彈練習是一門功課，射幾顆不算浪費。說著把自己的手槍遞給她叫她打前面的靶子。阿花接過槍問他打幾響。何鳴說把梭子裡的六發子彈全打完。阿花走到站臺前。何鳴跟在她後頭。手槍槍管短反彈力強，一般人都瞄定目標後才扳栓射擊，阿花則一舉槍就砰砰砰地把膛裡的子彈全打完。何鳴吃了一驚，以為擦槍走火，然而定睛朝靶子望去，只見靶心上穿了六個洞。他眨了眨眼皮，似乎不太相信自己的眼睛。

站在一邊的夏志康拍掌贊道：「好槍法，巾幗不讓須眉，這話還真不假。」

何鳴對他說：「你也來一手，讓我們開開眼界，怎麼樣？」

夏志康應道：「行，來個遠一點的，」他看看左右，轉對站在旁邊一個兵士說：「你的ＡＫ借用一下。」

那個兵士把槍交給他。

「打什麼？」他問何鳴。

何鳴指向最遠的那個靶子說：「打那個，照樣五響。」

夏志康點頭說：「好，獻醜啦！」說完舉槍瞄準，扳機一扣，五顆子彈帶著火花從槍口飛出去。大家舉眼望去，只見那個靶子穿了五個洞。

何鳴拍掌贊道：「哈哈哈，抗日英雄，名不虛傳哪！」

夏志康把槍還給那個兵士，向何鳴拱拱手：「過獎，過獎！」

「老沈哪，」何鳴拍拍他的肩膀，「有志康同志加入，我們第九分隊如虎添翼呀！」

隔天，沈瑞揚、何鳴、夏志康、韓亞奮、黃鏢和阿花六人帶了乾糧去敵產園丘探察情況。敵產園丘離營寨五十公里，其間隔著蘇拉河。蘇拉河常有兵船巡邏，渡河非常危險，他們沒有選擇只好沿著山腳走。這麼一來路程遠了一半。他們日行夜宿，隔天下午太陽偏西時才抵達公司樓附近的一片荊棘叢林。叢林邊沿有個叫白蟻岡的小村子，村裡的人大部分支持馬共，不久前他們在那裡設了個聯絡站。入夜，韓亞奮和阿花進村找聯絡站的負責人。午夜時分，他們帶回來糧食和清水。吃飽喝足，休息了一夜，隔天一早，他們便起程進行實地視察。

韓亞奮原本選定三個射擊點：第一個是離哥打丁宜市區十一二公里的一座木橋，第二個是半路的一道斜坡，第三個是斜坡下近山谷一道九十度的轉角處。阿花覺得只視察三個射擊點有如管中窺豹，不夠全面；為穩當起見，她提議視察全程，這樣或許還可物色到更好的射擊點。

夏志康同意她的看法。大家沒有異議，便沿著路旁的荊棘叢林走。從公司樓到哥打丁宜全程三十六公里，他們謹慎小心，邊走邊看，足足走了十個鐘頭。

韓亞奮推薦的三個射擊點各有長處，最理想的是第一個離哥打丁宜市區十一二公里的那座木橋，那裡地方偏僻，道路曲折，到時用手榴彈炸掉木橋，兵車便拔前躓後進退兩難，車裡的敵人就可壓著來打。然而夏志康卻說那裡四周都是橡膠園，離森林太遠，撤退上有問題。

阿花同意他的看法，並提議說：「白蟻岡山腳下那個轉彎處也不錯，那裡路面崎嶇，彎度很大，車到那裡必須放慢速度。車慢下來事情就好辦，射穿一個輪胎整輛車就動彈不得，車裡的敵人便可壓著來打。」

夏志康欣喜地拍手說：「對，我的想法完全和你一致！」

「山腳下那段路固然好，」沈瑞揚說，「美中不足的是路兩旁盡是茅草芭，交火時沒東西掩護，我們會吃虧呀！」

夏志康答道：「我們在制高點，吃虧的應該是敵人！」

黃鏢插話說：「那裡離公司樓只有四五公里，救兵十幾分鐘就可趕到，這不是很冒險嗎？」

阿花反問他道：「什麼救兵？你是說警察局那十幾個狗崽子嗎？」

黃鏢以反駁的口吻說：「狗崽子手上拿的可是機關槍哩！」

「這也好怕？」阿花不屑地說，「拿到錢後你們只管走，我留下來斷後，那班狗崽子敢來老娘就叫他們去見阿拉！」

「說得是！」沈瑞揚點頭笑道，「那些警察連抓賊都不會，打仗就更不必說了！」

坐在一邊靜聽的何鳴突然接話說：「我也有同感，那些警察都是豆腐兵，不堪一擊，大家不必顧慮。至於老夏和阿花說的山腳下，那裡的地形和環境都不錯，他們這個意見很好，我們居高臨下占盡優勢，敵人被困在車裡根本沒有還手的機會。我看他們的意見可以接納。好吧，大家回去動動腦筋，把問題想得透徹些，全面些，到時才可穩紮穩打，你們說對不對？」

回到營寨後他們便著手研究作戰方針。沈瑞揚主張在山腳下的轉角處設三個襲擊點，每個襲擊點距離二十米。戰鬥員分三組，每組八個人，分別守在三個射擊點，走在前頭的那輛警車讓第二組的人射擊，第一組的人對付隨後的那輛。如果前面兩組人馬有所失誤，第三組便可補上；如果意外地來的是三輛車，那就平均分配一組對付一輛。事成之後，鈔票由第一組人馬帶走，第二組人馬隨後護送，第三組人馬暫時留下，如有追兵便和他們周旋，待第一組人馬走遠後才可撤離。

這方案很周全，大家想了好久都找不出破綻。阿花卻作了些補充，她說兵車一旦遭到襲擊，車裡的敵人多半會往山窪那邊竄逃，因此路的另一邊也該埋伏一小隊人馬好對付那些漏網的。阿花說得有理，大家都贊同。一番商議之後，各人的職位敲定：何鳴任總領隊，沈瑞揚任總指揮，組長分別由夏志康、韓亞奮和阿花擔任。黃鏢則帶領六個兵士在路的另一邊設埋伏，以對付漏網的敵人。黃鏢戲稱這組人員為「冷槍隊」。

然而，出發前三天何鳴卻突然病倒了。大概是受了風寒，頭暈目眩、上吐下瀉的連走路都沒力氣。兩天後仍不見好轉，他只好留在營裡休息，領隊一職由沈瑞揚代替，夏志康和阿花兼任正副總指揮。

他們準備一個星期的乾糧，月底二十八日早上出發，入夜歇息，來到公司樓附近的白蟻岡已是隔天傍晚。韓亞奮帶幾個隊員到村里弄了些清水和食物。隔天拂曉便拔隊到山腳下作好埋伏。每組各有一把火力強大的平射機關，一把遠射程的ＡＫ，兩把衝鋒槍和四把萊福槍。冷槍隊拿的是土丁槍和雙管散彈獵槍。

第二組背後的斜坡上有個高高隆起白蟻墩子。沈瑞揚便把指揮部設在那裡。

頭一天沒有動靜，天黑後撤回白蟻岡叢林。第二天正午時分一輛警車從公司樓那邊開來。韓亞奮說那是園丘洋經理的座車，每到月底洋經理便去哥打丁宜總公司向上頭彙報園丘的生產情況，夜間到新山酒吧喝酒找女人，待一兩天後才去總公司領錢回公司樓。

韓亞奮把信息轉告給夏志康和阿花。阿花聽了調侃道：「洋經理可是我們的財神爺，回頭你得好好的伺候呀！」

韓亞奮拱拱手說：「錢到手後我給他焚金紙燒高香！」

夏志康插話道：「他去的是天國，金紙高香不管用！」

第三天早上八點多鐘，北邊路口突然塵土飛揚，一陣車聲由遠而近。沈瑞揚舉起望遠鏡看了一下後說：「好像是兵車，三輛，怎麼來得那麼早？」他問韓亞奮。

韓亞奮從他手裡拿過望遠鏡，看了一會說：「不像載錢的，我看多半是雜種兵，顯顯威風而已！」他說的雜種兵是指「英聯邦兵團」屬下的由馬來亞的馬來人、印度人和華人組成的「剿共森林部隊」的兵員。

「要看清楚，不要猜，肯定是雜種兵嗎？」沈瑞揚神情肅穆，以命令的口吻說。

韓亞奮沒答話，用望遠鏡默默地看著。

「怎麼樣？」沈瑞揚焦急地問。

「沒錯，」韓亞奮應道，「車蓋上有飛虎頭，那是英聯邦軍團的標誌！」說完，他把望遠鏡還給沈瑞揚。

沈瑞揚接過看了一會，點頭說：「唔，是雜種兵！」

站在一邊的阿花急著問：「快決定，打還是不打？」

夏志康堅決地說：「不能打！」

韓亞奮應和道：「我們要的是錢，打來沒意思！」

沈瑞揚則命令道：「傳令下去：繼續埋伏，別打草驚蛇！」

那三輛兵車進入第一道火線時便放慢速度，拐過轉角後又開足馬力揚長而去。

傍晚，落日蹣跚，紅霞漫天，沈瑞揚正要命令同志們收兵離開，一陣隆隆的車聲又從公司樓那邊的路口傳來。沈瑞揚和阿花用望遠鏡凝神地望著，只見煙塵中有三輛兵車向轉角處奔馳而來。

「好像是早上過去的那三輛！」阿花說。

沈瑞揚應道：「對，就是那三輛！傳令下去：叫大家別動，十五分鐘後撤回白蟻岡！」

第四天，也就是月頭一號，早上十點半左右，北邊的路口又傳來車聲、揚起塵土。

沈瑞揚用望遠鏡望了一下說：「好像來了，你看！」他把望遠鏡遞給身邊的韓亞奮。

韓亞奮望了一會便興奮地說：「沒錯，來了！走在前頭的就是前天傍晚走過去的那輛。嘿，財神爺帶錢回來啦！」

沈瑞揚問他道：「肯定嗎？」

韓亞奮決然應道：「肯定，一百巴仙！」

阿花放下望遠鏡打趣地說：「老韓見錢眼開，錯不了！」

「很好！」沈瑞揚以命令的口吻說，「情況正如所料，依照原定計畫，準備開火！」

夏志康和阿花向他立正敬禮，轉身而去。

兩輛兵車來到轉彎處便放慢車速一顛一簸地走著。後頭那輛進入第二道火線時，阿花向操作平射機槍的同志輕喊一聲「打」。語音剛落，一排子彈就像蜂群般朝兵車那邊飛去。其他的兵士也朝描定的目標扳機掃射，噗噗噗，砰砰砰，草木震動，山鳴谷應。幾乎在同個時候，第一組的人也朝後頭的那輛猛烈開火。ＡＫ火力強大，頭幾顆子彈就把兵車的輪胎射穿幾個洞。輪胎泄了氣，整輛車斜置在一邊動彈不得，敵兵倉皇從車後門跳出來，有的腳還沒著地便中彈丟了命，有的貓腰鑽入草叢時又被猛烈的子彈逼回車廂。槍聲如年初一大清早的開年炮，此起彼伏。子彈如雨點般從山坡那邊斜射過來，把車廂和車頂的塑料帆布射得稀巴爛。

槍聲持續七八分鐘才停止。沈瑞揚用望遠鏡凝神地望著。車裡車外沒有動靜，屍體橫七豎八地躺在路邊。

阿花和夏志康帶領十幾個兵士過去清繳敵兵殘餘。他們來到路邊，躡足潛蹤，鶴行鷺伏，駭然發現後頭那輛車底下有兩個黑影。夏志康舉槍就要朝那兩個黑影開火，阿花阻止他說要捉活的。

夏志康貓腰走到車輪後朝車底喊道：「喂，放下槍，舉起雙手出來投降，快！」

那兩個黑影放下手裡的槍，像狗一樣爬出來。

這時大家才看清楚他們的臉。一個中等身材、膚色黝黑的是馬來籍雜種兵，另一個高頭大馬、藍眼勾鼻是紅毛兵。兩個兵士上前在他們身上仔細搜了一遍，然後叫他們趴在地上不許動。

殘存的敵人只有這兩個，其餘的倒在血泊中全死了。死狀最慘的是前座的司機和那個洋經理，他們的頭部和頸項各有五六個彈孔，座位、駕駛盤和擋風玻璃上血肉模糊。

今次是為錢而戰，敵人被殲滅後大家便急於尋找鈔票，然而，找遍駕駛室、後坐車廂和車底的工具暗格都不見錢的蹤影。這是怎麼回事？難道搞錯了嗎？不，今天是月頭一號，洋經理肯定是去拿錢回公司樓發薪水的，可是錢呢？大家都以詢問的目光看著韓亞奮。

韓亞奮頗感蹊蹺，便去問那個紅毛兵錢放在哪裡。那個紅毛兵板起臉說不知道。

「不知道？」韓亞奮對他怒目而視。「死到臨頭還跟我嘴硬？回頭再給你厲害看！」

說完，他轉問那個雜種兵：「你呢？錢藏在哪裡？要命的話就快點說出來！」

雜種兵臉色鐵青，聲音顫抖：「錢……是紅……紅毛人拿的，我……我沒……沒看見！」

「沒看見？」韓亞奮掏出手槍指著他，「那好，你既然不要命，就讓你去見端阿拉！」說著咔嚓一聲把子彈推上槍膛。

雜種兵渾身哆嗦，忙擺手說：「多隆，別……別開槍，多隆！你們去紅毛經理的座位底下……找找看！」

幾個兵士過去打開車門把洋經理的屍體拉到車外，移開坐墊，底下有個暗格。他們用刺刀撬開暗格，裡頭有個鐵匣子。打開鐵匣子，裡頭果然盛滿花花綠綠的鈔票。「哇！」大家不約而同地驚叫起來。

錢到手了，準備收兵，阿花問沈瑞揚那兩個活口怎麼處置。

沈瑞揚想了一下說：「殺掉他們無濟於事，得饒人處且饒人，讓他們走吧！」

阿花轉身以馬來話對他們兩個說：「你們走吧，回去告訴你們的頭子：人是我殺的，錢是我拿的，不甘願就到烏拉山找我！」

他們兩個爬起身掉頭就要走，沈瑞揚則手槍一揮朝那個洋鬼頭頂開了一槍。雜種兵抱著腦袋蹲下身像只縮頭烏龜。洋鬼則高舉雙手一邊喊：「No! oh, No!」

沈瑞揚叫那個雜種兵先走，後操英語對那個洋鬼說：「別怕，子彈只飛過你頭頂！你叫什麼名字？來自哪裡？什麼軍階？」

「我……名叫John David（約翰．大衛），來自……英……英格蘭，軍階是少校！」他臉青唇白聲音發抖。

「約翰．大衛先生，」沈瑞揚義正詞嚴地說，「你侵略我們馬來亞，你犯的是死罪，剛才那顆子彈理應鑽進你的腦袋，它之所以打從你頭頂飛過，因為我不想殺你！生命是可貴的，不論是自己的還是別人的都應該珍惜！回去你的英格蘭吧，大衛先生！別再回來，否則下一顆子彈就會鑽進你的胸膛！」

「Sure（一定）! Sure!」他向沈瑞揚一鞠躬，轉身越過路溝，落荒而逃。

韓亞奮提著鐵匣子帶領第一組的人走了。第二組的人扛著繳獲的武器跟隨在後。阿花帶領手下到第三道火線擺好陣勢等待追兵。

山風呼呼，山坡上茅花翻浪，山谷那邊傳來鵜鴣鳥的聲聲啼叫。

半個鐘頭過去仍不見動靜。阿花吩咐兵士弄幾把乾草點著火拋進車內。幾分鐘後那兩輛兵車便燒成兩團火球、滾起煙柱。當煙柱升到雲霄時，阿花一班人已經走遠了。

隔天，象牙頂第九分隊劫薪一戰成了各大報章的頭條新聞。

這一戰震撼全馬。英殖民政府簡直難以置信。剿共局軍事總指揮哈羅德．布裡格斯中將惱羞成怒，揚言要在一年之內殲滅全馬所有的馬共武裝分子。

哈羅德．布裡格斯制定三個計畫：一，控制森林邊緣的華人農村以斷絕馬共武裝分子的糧食物資來源；二，強迫全馬農村人民十二歲以上者在半年內領取身分證，逾期者將受重罰，拒絕者則被視為恐怖分子關進牢獄；三，增強軍力和配備做好全面圍剿共匪的準備。

至於對付象牙頂第九分隊的馬共分子哈羅德．布裡格斯中將也採取兩個步驟：一，調派兩個營野戰隊駐紮在蘇拉河上游和烏拉山北側山腳，另派偵察機和直升機在烏拉山上空低飛偵察，一旦發現營房或炊煙便出動野戰隊進行圍剿；二，加派軍警特務到山區和森林邊緣進行巡邏，並派便衣警探深入村鎮打探敵情。

敵人志在必得，形勢十分嚴峻。沈瑞揚命令同志們暫時別到村裡去，運糧的也得避開村子抄山路走。

然而冤家路窄，一支運糧隊竟然在一道山溝裡和敵人相遇。雙方激烈開火。槍聲持續了二十幾分鐘。結果運糧隊三個犧牲六個受傷，敵人留下兩具屍體和幾條血路。

隔天，大批軍警到各個村子進行搜查，抓走二十幾個村民。他們被關在南榮街警署扣留室。問話逼供挨拳頭，折騰了兩個月，獲釋回來的只有七八個，其餘的舉家被遣返中國廣州。

袁松林一家人平安無事，但他的槍卻被收回去了。自此以後，貫穿象牙頂各個村子的碎石路上經常有兵車橫衝直撞；村頭村尾也不時出現陌生人，有的腳踏車後座馱著鐵箱子叫賣雪糕，有的推著三輪車一邊按響汽笛收空瓶子或其他破爛，有的背著鳥槍騎著摩托車到山腳下打鳥尋樂。

山雨欲來風滿樓，對戰爭心有餘悸的象牙頂村民看來又將大難臨頭了。

第五章　風滿樓

一

象牙頂第九分隊發展神速叫人刮目相看。蘇拉河畔和象牙頂的村民對劫薪一戰津津樂道，引以為榮。

何鳴領導有方，候補州委還沒上任就晉升為柔佛州州委兼祕書處委員，換句話說就是柔佛州州委機關一把手。這個職位原本由一位叫楊肖的州委擔任，上個月他被調去柔北區，幾個中央委員便推薦何鳴接替楊肖的職位。由於有人反對，中央只好投票表決，結果是三個贊成，一個反對，一個棄權。何鳴就這樣輕易地當上柔佛州一把手。值得一提的是投反對票的人就是何鳴的頂頭上司藍天雲。不過投票是祕密的，沒人知道也無窮查證。

柔佛州州委機關設在居鑾南巴山。何鳴即將走馬上任。他離開蠍子營之前對部隊領導人員的職位稍作更動：沈瑞揚依舊任隊長，但政治指導由夏志康擔任，阿花任突擊隊隊長，韓亞奮、黃鏢和蕭崗三人職位不變。

一切安排停當。兩天後州委機關派來六個警衛員護送何鳴前往南巴山。隔天早上部隊開歡送會為何鳴餞行。歡送會完畢，士兵們列隊向何鳴敬禮。氣氛莊嚴肅穆。何鳴回禮，然後離開。

沈瑞揚、夏志康、韓亞奮、黃鏢和阿花等人送他上路。

來到哨卡，何鳴對大家說：「各位留步，我們後會有期！」

他們相繼和何鳴握手，一邊說：「多多保重，再見！」

握過手，何鳴轉身離去，霎時間便消失在陰森森的密林之中。

二

阿花喜歡韓亞奮。韓亞奮對她卻時冷時熱。阿花性情粗獷，從不放過和他親近的機會。韓亞奮卻畏首畏尾不敢越雷池半步。

一次，阿花在刺蝟營值班，入夜時分下起大雨，那時韓亞奮剛好從外面回來。他全身濕淋淋像只落湯雞。阿花給他面巾抹身體，還燒起爐火給他烘衣裳。大雨下個不停。阿花給他弄吃的東西。韓亞奮吃得狼吞虎嚥。

阿花看他那副吃相，便說：「吃得那麼急，不怕撐死啊！」

韓亞奮應道：「撐死做飽鬼，值得！」

阿花拉長語音說：「你死就可憐嘍！」

「可憐什麼？」韓亞奮問。

阿花答道：「沒人送終唄！」

他放下筷子，一拍胸膛說：「單槍匹馬會閻王，利落乾脆，哭哭啼啼的我受不了！」他帶海南腔的普通話叫人噴飯。

阿花咻咻笑道：「所以，你連老婆也不要了！」

韓亞奮提高嗓子說：「不，是她不要我！」

阿花挪到他身邊，以挑逗的目光望著他，一邊說：「你不再想女人了嗎？」

韓亞奮瞥她一眼說：「我又不是太監，怎會不想？」

阿花應道：「光想沒用，要有行動才行！」

韓亞奮理直氣壯地說：「這要看情況，行動前要考慮後果！」

阿花瞪他一眼，說：「想女人也要看情況？真新鮮！其實是藉口，說穿了是你膽子小，見到女人就想做鴕鳥！」

韓亞奮反駁她道：「是小心，不是膽小，貪一時之快就會出亂子，出了亂子手尾就長嘍！」

阿花收斂笑紋，說：「哦，怪不得，原來怕我給你添麻煩！」說完起身踱到門邊默默地往外望。

韓亞奮愣怔地盯著她，心裡嘀咕著：她生氣了嗎？我沒得罪她呀！

大雨嘩啦嘩啦地下著。雨點星兒撲在阿花身上。她像僵了似的站在那裡，臉上沒有表情。

韓亞奮起身移步到她身邊，輕聲問道：「你怎麼啦？」

阿花紋絲不動，頭髮、臉上沾滿雨珠。

「你怎老站在那裡？」韓亞奮拉她到椅子邊，把剛才她給他抹臉的面巾塞到她手裡，一邊說：「快抹乾，會感冒的！」

阿花坐下來抹掉臉上的水珠。

「我說錯話了嗎？」韓亞奮愕然地望著她，「對不起，我不是有心的！」

阿花搖頭說：「你沒說錯什麼，是我自己感到悲哀！」

韓亞奮坐在她身邊，頓了一下說：「我這個人直腸直肚，別見怪。看你衣服都濕了，不冷嗎？」

「不冷！」阿花瞥了他一眼，「你呢？衣服應該乾了，去穿上吧！」

「嘿！」韓亞奮一拍胸膛，「我這一生還不知道冷字怎麼寫哩！」

「是嗎？」阿花臉上突然露出狡黠的笑紋，「我坐在你身邊反而覺得冷！」

韓亞奮明白她話裡的含意，臉上露出無奈的表情，說道：「我們是同志，是戰友，目前這地步我頂多只能把你當妹妹！」

阿花把臉湊到他耳邊，輕聲說：「妹妹也是女人，沒什麼分別，是不是？」說著把下巴擱在他的肩膀上。

阿花是個尤物，渾身充滿女人味，韓亞奮豈能無動於衷？但理智提醒他：無論做什麼必須保持清醒、冷靜以及考慮後果。這是他以前搞地下工作留下來的後遺症；儘管阿花的體溫令他心跳加快，胴體的幽香使他的血液簌簌奔流，他還是抑制著感情把身子挪開。

「哨兵就在外邊，被看見不好！」他說。

韓亞奮的話原本是藉口，然而說來也巧，他語音剛落，側門便砰的一聲被推開，一個哨兵走進來。他脫下雨衣抖掉水珠兒，一邊自言自語地說：「雨真大，可能要下到天亮！」

韓亞奮慶幸地瞥她一眼。她則吐了一下舌頭。

韓亞奮雖然沒越雷池一步，但他的體貼和關懷卻也令阿花刻骨銘心。她殷切地等著，希望有一天韓亞奮能投入她的懷抱。然而，儘管她目挑心招，韓亞奮總是落落穆穆、坐懷不亂。更孬的是，她發覺韓亞奮有意避開她。一次，在蠍子營，晚上九點多鐘，她去他房裡找他，他沒開門，從窗口探出半個頭，冷冷地問她有什麼事。她答說沒事。他說已經很累，有話明兒吃早餐時再談。她悵然若失，回去後清夜捫心。強扭的瓜不甜，一廂情願難成事，於是鐵了心：從此不再想這些事；除工作外不再和他有任何接觸。

然而，隔天早上吃早餐時韓亞奮熱情地走過來問她昨夜找他什麼事。

她冷笑一聲，說：「我敲錯了門，沒事！」

韓亞奮納悶，不知她究竟有什麼事。當晚便去敲她的房門。阿花像他昨晚那樣從窗口探出半個頭問他什麼事。

韓亞奮面有難色，說：「有些誤會，想和你聊聊。」

「我沒誤會，你走吧！」阿花砰的一聲把窗關上。

韓亞奮吃了閉門羹，灰溜溜地回房去。

過後，韓亞奮曾找過她兩次她都避而不見。

三

一個月後，兩個來自州委機關的傳遞幹事帶來一封信。其中一個好些人都認識，他叫嚴崇發，抗日時期曾在烏拉山第六分隊當哨兵，現在在機關營當交通員。這封信封口打著印，嚴崇發鄭重其事地要沈瑞揚簽回條。沈瑞揚簽了。那時已近傍晚，沈瑞揚留他們過夜。嚴崇發謝絕，拍拍背包說還有兩封信趕著要送。沈瑞揚問他要送去哪裡。他說送去蘇蒂利和哥打丁宜。

「同樣的信嗎？」沈瑞揚好奇地問。

嚴崇發說：「信封是一樣，裡頭的內容是不是一樣就不好說了！」

這封信是中央政令，由何鳴簽發。內容如下：（一）政令編號107：最近，殖民政府為了更方便、更有效地統治馬來亞，他們頒佈法令強逼馬來亞人民領取身分證。這一舉措和日本鬼子當年發出的良民證完全一樣。因此，中央下令各個部隊號召群眾杯葛申請身分證，那些已經領取了的要全面沒收。（二）政令編號

109：最近橡膠起價，大園丘給殖民統治者帶來豐厚的經濟利益。敵人有了本錢便可製造更精良的武器、雇傭更多「宰加兵」來對付我們。中央因此決定砍掉大園丘橡膠樹「刀路」，破壞運膠拖車和燒掉收膠房。以上兩條政令必須馬上執行，不得有誤。

沈瑞揚嚇了一跳，立刻召集會議討論中央政令事宜。

討論的結果是：107號政令——杯葛申請或沒收身分證對敵人打擊不大，實施的話反而給村民添麻煩；109號政令——砍園丘膠樹「刀路」搔不到敵人癢處，反而影響膠工生計。以上政令皆為下下策，部隊暫時不執行，同時籲請中央領導重新檢討。

沈瑞揚把會議結論寫在紙上當意見書令交通員送交何鳴。

兩個星期後，何鳴突然回來蠍子營。沈瑞揚、夏志康、韓亞奮等人都不在，營裡只有阿花在值班。何鳴問阿花沈瑞揚和夏志康他們去了哪裡。阿花說沈瑞揚和韓亞奮去了九灣港，夏志康和黃鏢帶一班人去新芭地收割穀子。

「老沈和老韓去九灣港幹什麼？」何鳴問。

阿花答道：「去瞭解情況。不久前他們托阿水訂購一批繩子和防水帆布，貨已經到了，阿水建議把貨運去九灣港碼頭，那裡沒有特務，值班警察只有兩個，塞點錢就天下太平。情況如果屬實就從那裡上貨。」

「買很多嗎？什麼用途？」何鳴又問。

阿花說：「做吊床，老沈發明的！」

「做吊床？」何鳴越聽越糊塗，「做這麼多幹什麼？」

阿花聳聳肩膀說：「我不大清楚。這一兩天他們就回來，你問他們吧！」

何鳴轉了個話題：「我們在新芭地種的稻子這麼快就熟了嗎？」

「剛剛轉黃，還沒熟透。小鳥又多又凶，只好先割下來曬太陽！」

「你看能收多少穀子？」

「二十幾畝地，少說也有四十擔！」

「唷，有這麼多啊！」

「新芭地肥嘛！不過還得求老天爺保佑，這幾天不好下雨！」阿花說完轉身就要走。

「等一下，」何鳴叫住她，「有件事和你商量！」

阿花一怔，忙問：「什麼事？」

「你想不想換一下環境？」何鳴目光溫順，語氣祥和，像長者關心晚輩似的。

「換一下環境？什麼意思？」阿花疑惑地看著他。

「事情是這樣的，」何鳴侃侃道來，「中央領導經常到州委機關巡察或開會，負責保安的機關隊需要增添人手。前幾天藍天雲首長來開會，會後談起我們劫薪那場仗。我把你的表現反映給藍首長。嘿！你猜，藍首長聽了後怎麼說？」

阿花沒猜，卻問：「誰是藍首長？」

何鳴驚叫道：「哎喲！藍首長你也不懂嗎？他是中央委員，也是我的上司！你猜他聽了後怎麼說？」

「我沒法猜。你說！」

「藍首長特別欣賞你！他說他抗日時期就聽過你的名字，想不到這次劫薪你又立了大功。他說有機會的話想見見你哪，阿花同志！」

阿花叫道：「那些錢又不是我一個人搶的，欣賞我幹什麼？」

何鳴笑道：「你幹得很好，藍首長要鼓勵鼓勵你嘛！」

阿花笑道：「你回去後代我說聲謝謝啦！」

「這當然。我們言歸正傳，」他換了口氣，「機關隊的要求很高，思想堅定、頭腦機靈、身手敏捷、槍法奇準是起碼的條件；此外，想加入的人得由部隊領導推薦。阿花同志，你的條件很適合，有興趣的話我可以推薦！」

「不行不行，」阿花忙擺手，「條件這麼多，我肯定幹不來！」

何嗚應道：「你別小看自己。我給你打保單：你到了那裡一定能勝任愉快！」頓了頓，他換了口氣，「州委機關是黨、軍、政的集中地，去那裡工作，前景肯定會比這裡好！」

「好是一回事！」阿花接話道，「我沒文化也沒口才，說不能說，寫不能寫，只擺樣子不踏實，就算沒人說閒話我也受不了！」

「怎麼會呢？阿花同志！」何嗚以鼓勵的口吻說，「機關營人才濟濟，去了那裡可以學到很多東西，而且更能發揮你的才智。甭擔心啦，阿花同志！」

阿花想了一下，還是搖頭說：「那裡人面生疏，我看還是不好！」

「我在嘛，怕什麼！」何嗚燃起一根煙，「有什麼問題我會幫你解決！哦，對了，劉新運同志你認識的嘛，他雖然不在機關營，但常來我們那裡開會；機關營每個月都舉行講座會，他是主講者之一……」

「是嗎？」阿花欣喜地打斷他，「劉老大見多識廣，口才又好，我最喜歡聽他演講！」

「何止是你，」何嗚接過她的話，「我們那裡的同志都喜歡聽他演講。劉老大是我們那裡的常客，你有什麼問題他肯定會幫！怎麼樣？想去嗎？」

阿花猶豫了一下說：「讓我考慮一下，可以嗎？」

何嗚提高嗓子說：「當然可以！我在這裡會待兩三天，有什麼困難儘管提出來，我幫你解決！」

機關隊缺少人手是真的。藍天雲欣賞阿花也是真的。不過，他沒說想見阿花，那句話是何鳴順口添上去的。

阿花言談豪爽，舉止大方，何鳴對她的印象愈加的好。她的勇敢和機智也令何鳴刮目相看。他到了南巴山機關營後，不知為什麼阿花的影子老在腦裡揮之不去。推薦阿花到機關隊這個念頭就是這樣產生的。不過，他回來蠍子營主要還是為了那兩道中央政令。

軍令如山，中央政令比山還高。「107和109號政令馬上執行，不得有誤！」這句話在信裡寫得清清楚楚，可是沈瑞揚竟然置之腦後還來信抗辯。他吃了豹子膽啦！何鳴每想起這事心裡就在罵。

傍晚時分，韓亞奮和去新芭地割稻子那班人陸續回來，卻不見沈瑞揚。何鳴問韓亞奮沈瑞揚怎麼沒一道回來。韓亞奮答說沈瑞揚有事去了仙家崠，明天下午才能回來。何鳴聽了皺眉蹙額，心裡罵道：「丟下正事去會情人，豈有此理！」

當晚，何鳴召集他們談話以便瞭解隊裡最近的情況。夏志康向他反映大家對107和109號政令的看法，並問他看了那份由沈瑞揚親筆寫的意見書後有什麼感想。

何鳴馬上阻止他：「這個問題等沈瑞揚回來後我們再談！還有其他的情況嗎？」

「有！」韓亞奮舉手說。

何鳴問道：「什麼情況？說！」

韓亞奮應道：「前幾天我和老沈去蘇拉河一帶巡視，我們發現敵人一直在蘇拉河上游建工事，其中有好幾個兵營，另外在烏拉山北側砍樹挖壕溝，建碉堡，他們的目的很明顯，就是要堵住北上的通路，把我們困在烏拉山。我和老沈一致認為部隊最好撤離烏拉山，轉移到蘇拉河以北和蘇蒂利接壤的森林裡，這樣烏拉山即使被封鎖我們也有回旋之地。這個問題我本想和志康同志研究，現在你來了更好。說說你的看法吧，何鳴同志！」

何鳴聽了後不禁笑道：「你們把事情看得太嚴重了！敵人結集重兵和做工事沒什麼稀奇。居鑾南巴山，哥打丁宜的班迪巴拉山，麻坡的金山等地區，敵人都在那裡搭兵營、挖壕溝、建碉堡。可以這麼說：凡有我們人民解放軍的地方就有重兵把守，形勢確實很嚴峻。但別忘記我們是游擊隊，避實就虛、化整為零是我們的強處。中央領導要我們加緊學習毛澤東的游擊戰術就是這個原因！」

韓亞奮不以為然。他拿出一張自己畫的地圖掛在牆上，用一根小棍子指著說：「我們第九分隊所處的位置有些特別，你看，這是烏拉山，這是蘇拉河，敵軍就在這一帶結集重兵和做工事。從他們的陣勢來看，我估計他們的策略是：封鎖蘇拉河和烏拉山北側山腳，把我們困住，然後出動飛機狂轟濫炸……」

「你神經過敏啦，老韓同志！」何鳴打斷他，「烏拉山這麼大，我們有充分的回旋之地，萬一守不住就退去蘇蒂利和第八分隊匯合。這沒什麼大不了的！」

「沒錯！」韓亞奮應道，「我和老沈也這麼想，不過得爭取時間，在敵人的包圍圈還未形成之前撤出烏拉山！」

何鳴擺擺手說：「不必那麼急，森林那麼大，衝破封鎖線輕而易舉。老韓同志，你何必小題大做、杞人憂天呢？」

「絕不是杞人憂天！」韓亞奮反駁他道，「蘇拉河沒多長，封鎖並不難；烏拉山沒多大，吸血鬼飛機投幾顆燃燒彈就可把整座山燒光。這樣的可能性是存在的。我們必須搶先一步，防患未然。何鳴同志，你說是不是？」

黃鏢插話道：「老韓說得有理，最近敵人的偵察機一直在烏拉山上空盤旋，敵人肯定是在尋找目標。何鳴同志，這情況我們必須重視！」

蕭崗接過他的話說：「吸血鬼轟炸機是戰後的新產品，飛行速度比普通飛機快兩倍，炸彈的威力比日治時期的大十倍，還有燃燒彈，火力之猛不輸火山熔岩。這些新型武器不能等閒視之！」

何鳴哈哈笑道：「飛機大炮，對我們游擊隊來說是紙老虎！紙老虎，聽過嗎？是毛主席說的！」

蕭崗反駁他道：「毛主席也說：在戰略上我們要藐視敵人，在戰術上我們要重視敵人。何鳴同志，希望你重視我們的意見，最好把這情況上報中央！」

蕭崗博覽群書，毛澤東的著作他多半讀過。他的話果然有份量，何鳴聽了後想了好一陣，最後只好敷衍地答應把這情況向上頭反映。

他們的談話到午夜方結束。

韓亞奮回到臥室，脫下軍服正想睡覺，外面有人敲門。他往窗口一看，原來是阿花。

阿花最近情緒越來越不好。韓亞奮的曖昧態度令她心煩。因此，去機關營的事她勃然心動。州委機關乃柔佛州游擊隊的指揮中心，去那裡更能發揮、前途更好是肯定的，不過，離開部隊，包括韓亞奮，她有些捨不得。行軍打仗不是登山遠足，這一去多半不會再回來，和韓亞奮的關係便從此結束，這樣的收場她不甘心。思前想後，她給自己最後一次機會：只要韓亞奮說句掏心窩子的話，她就拒絕何鳴留在部隊。

這些日子阿花賭氣看見韓亞奮就避開。今夜卻不請自來，韓亞奮受寵若驚。

「啊，怎麼是你，」韓亞奮拉開房門，「進來進來，請坐請坐！找我有事嗎？」

阿花瞥他一眼說：「沒事就不能來找你嗎？」

「不不，」韓亞奮忙擺手，「我……我歡迎還來不及呢！」

阿花莞爾而笑：「我找你確實有事，我想離開這裡！」

韓亞奮猛然一怔，忙問：「離開這裡？去哪裡？」

阿花坐將下來，把何鳴要她去機關隊的事說了。

「機關隊？」韓亞奮滿臉驚訝，喃喃唸道，「太突然了，怎麼會這樣？剛才老何沒提起呀！」

阿花應道：「這是我和何鳴之間的事！」頓了頓，她又補上一句，「何鳴說機關隊缺少人手。」

韓亞奮想了一下，反駁她道：「我們這裡也需要像你這樣的人手呀！」

「不會吧？」阿花別有含義地看著他，「我總覺得待在這裡好像是多餘的！不是嗎？」

韓亞奮皺眉問道：「什麼意思？」

阿花抿了抿嘴，應道：「你心裡明白！」

韓亞奮歎了口氣，說：「你無端端的不理我，到底為什麼？」

阿花答非所問：「何鳴同志說，服從命令是革命者的天職，哪裡需要就得去哪裡。我想他的話是對的！」

韓亞奮喃喃唸道：「對是對，不過，也得看情況！」

阿花侃侃應道：「何鳴說，那裡的情況比這裡好，機會比這裡多，可以充分發揮！」

韓亞奮的嘴比腦快：「那裡是州委機關，條件當然比這裡好！」

阿花睜大眼睛望著他：「你的意思是贊同我去嗎？」

「呃？」韓亞奮頓了一下說，「那是命令，我不贊同又怎麼樣？一個革命者，哪裡需要就得到哪裡去！你剛才說的，不是嗎？」

阿花應道：「那是何鳴的意思，不是命令，去或不去決定在我！」

韓亞奮沉吟片刻，問道：「那你的意思呢？決定去嗎？」

阿花反問他道：「你說呢？」

韓亞奮想了一下說：「這裡更需要你，我想老沈不會放你走！」

阿花接話道：「別提老沈，我想聽你的！」

韓亞奮冷笑一聲，說：「這些日子你理都不理我，還會聽我的嗎？」

阿花點點頭，嚴肅地說：「是的，我就想聽你的！」

韓亞奮也嚴肅地說：「站在同志的立場，我只好說：無論到哪裡，一樣是工作，一樣是戰鬥。我沒意見，你自己決定吧！」

阿花臉上突然露出笑容，含嬌帶嗔地說：「你不是把我當妹妹麼？亞奮哥哥，你就替妹妹拿個主意吧！」

韓亞奮臉色微微泛紅，過了好一會才說：「做哥哥的總希望妹妹日子過得好。人往高處爬，水往低處流，哪裡機會多，哪裡條件好，就往哪裡去！阿花妹子啊，我看這件事還是你自己決定吧！」

阿花聽了脊樑上冒起一股涼氣。「好吧！」她起身開門走了出去。

隔天，中午時分，沈瑞揚回來了。何鳴立刻召集會議。

何鳴迫不及待，沈瑞揚已猜到是怎麼回事。他是衝著那封意見書而來的。沈瑞揚早已做好面對後果的心理準備。

果然，何鳴開門見山直奔主題：「我今次來，想弄清楚你們為什麼不執行中央第107和109號政令？沈瑞揚同志，你是隊長，請你解釋！」

沈瑞揚問他道：「我寫給你的那分意見書你看到嗎？」

「唔，看到了！怎麼樣？」何鳴冷冷地問。

沈瑞揚答道：「看到了就好，不執行的原因意見書裡寫得很清楚，我無須重複！」

黃鏢起身說：「何鳴同志，我可以說幾句嗎？」

何鳴乜斜他一眼，說：「好，說吧！」

「先說第107號文件，」黃鏢單刀直入，「這條政令累人又不利己！據我所知：象牙頂的村民申請身分證得跑三趟南榮街，第一趟去照相，第二趟去拿相片然後去警察局登記申請，兩個禮拜後，做好了又得跑一趟。從做到拿前後得花一個多月，這麼辛苦做來的又被我們沒收，我們過意不去……」

「你怎麼可以說這樣的話？」何鳴提高嗓子打斷他，「身分證是什麼東西？很寶貴嗎？很值錢嗎？啊？政令寫得很清楚：身分證就像日本鬼子當年發給人們的良民證，對我們馬來亞人民具有莫大的侮辱性，這樣的東西要來幹什麼？你說做身分證得花時間、花精神、很麻煩，是嗎？其實，這些麻煩都是殖民統治者一手造成的！這點你想過嗎？黃鏢同志！」

黃鏢反駁他道：「我當然知道！可是沒收之後殖民政府肯定要人們再做一張，這麼一來村民們又得跑幾趟南榮街。到頭來吃虧的還是村民百姓！這些你想過嗎？何鳴同志！」

「黃鏢說得對！」吳大材附和道，「危害村民的事我們絕對不能做！還有關於砍膠樹『刀路』和燒膠房的事也不對。大園丘有上千個膠工，我們把『刀路』砍了，這不是打破他們的飯碗、斷了他們的生計嗎？何鳴同志！」

何鳴揮著手裡的文件，一邊理直氣壯地說：「裡頭寫得清清楚楚：英國人從大園丘賺取豐厚的利潤，然後又去製造更多、更好的武器來對付我們，為了不讓他們順利得逞，中央領導才作出這個決定。這裡我要提醒各位，中央的決定絕對不會錯，你們不要自作聰明！」

蕭崗插話道：「這樣的決定根本搔不到敵人的養處，反而害了膠工。膠沒得割，手停口停，叫他們喝西北風嗎？何鳴同志，你們上頭為什麼不設身處地替膠工們想一想？」

何鳴不屑地說：「我們上頭抓的是大原則，大方向！某些政令的實施，人民多少也要付一些代價！」

「這樣的代價太大！」韓亞奮突然打破沉默，「我同意剛才幾位同志的說法！這兩道政令吃力不討好，一旦施行反而讓敵人有機可乘，他們一定會在膠工和村民面前煽風點火，挑撥離間。到時場面就更難收拾了！何鳴同志，你說是不是？」

「對對！」眾人同聲附和，「這樣的傻事我們絕對不能做！」

「何鳴同志，」韓亞奮繼續說，「你是州委，希望你能把情況向中央反映……」

「你們聽著！」何鳴猛敲一下桌子，「你們的意見我可以轉告中央。不過，107和109號文件是中央命令，你們沒有執行就是違反黨紀，必須受嚴厲處分！」

沈瑞揚接話道：「政令沒有執行是因為我沒有下令，這件事和他人無關，一切責任在於我！」

「好，很好！」何鳴嘴角裡露出一絲狡黠的笑紋，「現在，我代表黨向大家宣布：沈瑞揚同志違抗中央政令，這個錯誤很嚴重，必須反省。反省期間，你的隊長職位由夏志康同志兼任。還有，你必須寫一份反省材料，一個月內送交州委機關。沈瑞揚同志，一個月，行嗎？」

沈瑞揚冷笑一聲，說：「不需一個月，今晚就可寫給你！」

何鳴忙擺手說：「不急不急，慢慢反省嘛！」

「何鳴同志，」蕭崗起身說，「你用詞不當，老沈只是沒有執行，不是違抗，請你更正！」

何鳴從衣袋裡掏出那封意見書，一字一板地問他道：「白紙黑字，不是違抗是什麼？」

蕭崗反駁他道：「提意見也算是違抗嗎？」

何鳴冷笑道：「蕭崗同志，別跟我咬文嚼字好不好？」

說完，他轉對沈瑞揚：「我們看了你的反省材料後再重新安排你的職位和工作。還有，部隊的帳簿、存款、彈藥庫鑰匙和身上佩槍限你在三天內交給夏志康同志。好了，大家還有其他的問題嗎？」

沈瑞揚扒下腰間的佩槍，放在何鳴跟前說：「這槍先給你，帳簿、存款和彈藥庫鑰匙等一下就給你，不必等三天！」

「很好！」何鳴滿意地點點頭，「這件事就告一段落，希望大家和新任隊長夏志康合作，把我們第九分隊搞得更好，爭取更大的勝利！」

大家起身正要離開，何鳴卻拍掌說：「同志們等一下，還有一件事要交代，大家坐下，請坐下！」

大家坐定後，何鳴提出要阿花去南巴山加入機關隊的事。

「去州委機關當保鏢？」蕭崗驚訝地叫道，「阿花同志是我們的突擊隊長兼戰鬥指揮員，去當保鏢豈不是大材小用？」

「蕭崗同志，」何鳴板起臉厲聲說道，「你不懂情況就別亂講話！保衛機關護衛首長責任重大怎會大材小用？再說去或不去阿花自有主張，哪輪到你說話？嗯？」

沈瑞揚暗自震驚。這傢伙又要耍心眼兒了，他想。

「老沈同志，」何鳴的語氣恢復平和，「阿花在我們隊裡幹得很出色，如果她答應去機關隊，你有意見嗎？」

沈瑞揚應道：「對不起，我已經不是隊長，不便發言！」

何鳴笑道：「你就以一個兵士的身分，提點意見，好不好？」

沈瑞揚遲疑了一下，後說：「我感到驚訝，不過沒意見；無論如何，我會尊重阿花的決定！」

「你呢？」何鳴轉問韓亞奮，「你有意見嗎？」

韓亞奮答道：「阿花如果離開，我們部隊損失很大，不過，既然機關隊需要她，我沒有理由反對！」

黃鏢忽然感歎道：「我們隊裡好不容易才出一個阿花，現在上頭要來挖角兒！何鳴同志，你這樣做不太好吧？」

何鳴點頭應道：「是啊！調走阿花我也不忍心，不過，這不是我一個人的意思，中央領導藍天雲，藍首長也有這樣的要求。我的看法是：『哪裡需要就到哪裡去』，這是我們人民解放軍常說的，但光說沒用，必須有行動才行！不過，這是自願的，沒有強迫性！好啦，現在還是聽聽阿花怎麼說！」

自何鳴提出阿花去機關隊的事後，阿花就不時以渴望的目光去看韓亞奮。她多麼希望他能說些貼心的話來挽留她，然而，他還是那幾句模棱兩可、曖昧不明的廢話鬼話。「這分明是在敷衍我！」她想，「我真傻，真可笑，竟然把感情的種子灑在沙漠上！」

痛定思痛，她心一狠，便說：「我是一個很普通的女人，部隊少我一個也不會怎麼樣。何鳴同志說得對：哪裡需要就往哪裡去。因此，我決定遵循指示到機關隊去！」她盯著韓亞奮，好像是特意說給他聽的。

「很好！」何鳴拍了幾聲掌，「阿花做事果斷，令人敬佩！這裡我順便交代一下：阿花走後突擊隊長和指揮員的工作就由老沈同志代替吧。好啦，會議開到這裡，散會！」

當晚半夜，阿花找沈瑞揚談話。

她滿懷歉疚，緊握著沈瑞揚的手：「對不起，老沈，我要走了，你……以後怎麼打算？」

沈瑞揚笑道：「沒有過不去的火焰山，不需打算，聽其自然好了！」

「我……我為你擔心哪，老沈！」

「不，」沈瑞揚蹙起眉頭望著她，「是我為你擔心，機關營比這裡複雜得多。你要小心哪，阿花同志！」

阿花笑道：「我又不是初出茅廬的小姑娘，自保自衛、潔身自好的能力還是可以的！你放心吧，老沈同志！」

「是的！」沈瑞揚臉上露出信任的神情，「你經過驚濤駭浪，我沒什麼不放心的！再見啦，阿花同志！」

阿花眼裡沁出淚珠兒：「再見，老沈同志！」

隔天大清早，何鳴和阿花匆匆吃了點東西便離開營寨。

昨晚阿花走後沈瑞揚便陷入沉思之中。劉新運的影子倏地在腦裡出現。老大對這兩項命令作何感想？他如果反對，又會採取怎樣的對應措施？我應該找他，聽聽他的意見，然而，我現在的處境，能離開嗎？走得了嗎？

他冥思苦索直到凌晨，最後起身寫了一封信給劉新運。他開宗明義指出這兩項命令的錯誤以及實施後所產生的嚴重後果，同時向他請示該如何應付。為安全起見，他在信裡用了許多只有他們倆才看得懂的別稱、隱語和暗號。

隔天打早他去找韓亞奮，要他以副隊長身分命令交通員以最快速度把信送去哥打聯絡站。根據經驗，信交到收信人手裡快則一個星期，慢則一個月。沈瑞揚估計劉新運接到後會立刻回信，說不定會親自來一趟。他期待著。

新官上任三把火，夏志康接任隊長後頭一個步驟便是把沈瑞揚和蕭崗調去看守刺蝟營，第二步是把士兵分成兩隊，一隊去敵產園丘砍膠樹「刀路」，由韓亞奮帶領，另一隊去紅土坑沒收村民的身分證，由黃鏢帶領。由於還有好些同志留在新芭地打曬穀子，待他們回來後就出發。

夏志康調走沈瑞揚和蕭崗為的是怕他們製造麻煩，阻止107和109號政令的執行。然而，沈瑞揚棋高一著，離開之前授予韓亞奮和黃鏢錦囊妙計，以應付這個勢必魚死網破的惡劣局面。

韓亞奮和黃鏢接了命令後便吩咐營裡的士兵準備行裝，待留在新芭地的同志回來後就出發。

兩天後，下午三點多鐘，在新芭地打曬穀子的士兵扛著一袋袋的白米回來了。隔天早上，韓亞奮和黃鏢下令出發，然而，兩隊士兵來到練兵場卻不約而同地停下腳步，蹲在地上七嘴八舌地說危害村民的事不能幹。韓亞奮和黃鏢上報夏志康。夏志康的臉霍然變得刷白，疾步往練兵場那邊走去。

「你們想幹什麼？想幹什麼？」夏志康遠遠地就向蹲在地上的兵士喊。

士兵們眼定定地望著他，沒人答話。

夏志康氣急敗壞，指著士兵們大聲叫嚷：「你們為什麼不去？啊？想造反嗎？」

一個兵士應道：「我們不想造反，是這道命令損害村民，我們不幹！」

「不幹？」夏志康冷笑一聲，「不幹就是違反命令，你知道違反命令有什麼後果嗎？」

那個兵士應道：「我當然知道！隊長被降級當兵士，兵士被降級當什麼？嗯……算了，老子不幹就是啦！」說完除下帽子並槍放在地上。

其他的兵士也和他一樣把帽子連槍放在地上。

「你們他媽想造反？」夏志康拔出手槍指著那些兵士。

那個士兵卻以揶揄的目光望著他，好像在說「你有種就開槍呀，為什麼不開？」

如果是一對一，夏志康決不會猶豫，可是眼前有幾十個人，他沒這個膽量。

韓亞奮過來對他說：「志康同志，槍解決不了問題，收起來吧！」

獨木難支，夏志康萬般無奈，只好放下手槍插進槍袋。

「夏志康同志，」黃鏢也趨前說，「同志們的意見不無道理，你就考慮一下吧！」

夏志康瞥他一眼，說：「這是中央政令，這樣下去我怎麼向何鳴同志交代？」

韓亞奮應道：「中央領導很不明智。我問你，如果村民不買帳甚至反抗又該怎麼著？動槍桿子來硬的嗎？這樣的話我們還能算是人民的軍隊嗎？」

夏志康愣在那裡沒答話。

「不如這樣，」黃鏢建議，「叫老沈回來，同志們都聽他的。看看他有什麼點子！怎麼樣？夏志康同志！」

夏志康黔驢技窮，只好點頭答應。

夏志康勇而無謀，韓亞奮和黃鏢只費吹灰之力就控制了局面。

隔天，沈瑞揚接到命令回來蠍子營。

夏志康面有難色、低聲下氣地把昨天發生的事一來二去地向他反映。

「你看這件事該怎麼處理？」他問。

沈瑞揚莞爾而笑，說：「解鈴還須系鈴人，你還是去請教何鳴同志吧！」

夏志康蹙起眉頭說：「我想過，只是事情緊迫，遠水救不了近火！」

「那又怎麼樣？」沈瑞揚問他道，「我的意見你會聽嗎？」

夏志康委屈地點了點頭：「說說看，我可以參考！」

沈瑞揚提高嗓子：「我的意見和同志們一樣，損害村民的事絕對不能做！」

夏志康咬了咬嘴唇，忽然一甩手說：「好吧，我孤掌難鳴，只好去機關營請示何鳴同志！老沈同志，我們開個會，交代好工作我就走！」

沈瑞揚揮揮手說：「我已經不是隊長，開會就不陪了！還有別的事嗎？沒有的話，我回刺蝟營！」

「呃？」夏志康欲言又止，只好逕自離去。

沈瑞揚早料到夏志康會去機關營向何鳴求救；同時也估計何鳴知道後必來問罪聲討。到那地步情況就難以收拾，為了避免這個衝擊，他被調去刺蛸營之前留下第二個方案：如果夏志康要去機關營向何鳴請示或投訴，就派幾個人藏匿在兩公里外的榕樹叢裡等他。榕樹叢是去機關營的必經之地，夏志康一到就用一顆子彈叫他去見馬克思。這個方案黃鏢、吳大材、民運組的兩個組長陸山和老馬都同意。韓亞奮卻持反對意見，他說這樣做太過火，人命攸關，何況是自己的同志。沈瑞揚說這樣做的確是過火，然而，不這樣做的話，何鳴一旦採取行動，更過火的事將隨即發生。韓亞奮想想也對，最後只好同意。

剛才夏志康和沈瑞揚談話時吳大材、老馬、陸山和突擊隊員范童觀等幾個已在門外虎視眈眈。夏志康氣衝衝地離去後沈瑞揚向吳大材使了個眼色。吳大材會意，便和老馬、陸山、范童觀等人匆匆離去。

然而，夏志康向韓亞奮和黃鏢交代好工作後和四個衛兵正要離去時，站崗的衛兵忽然進來說有人找他。

夏志康到門外往崗亭那邊望去，暗自叫道：「唷，機關營的人，怎麼回事？」

除嚴崇發外還有另一個兵士。他們疾步來到夏志康跟前，立正敬禮。

「志康同志，有信！」嚴崇發鄭重地說。

夏志康看他們走得大汗淋漓，回禮後說：「辛苦你們啦，別忙，先進裡邊喝杯水！」

進入寮子，坐定後，嚴崇發從衣袋裡掏出一份文件遞給夏志康。

夏志康接過文件，翻開掃了一眼，不禁瞠目結舌。

「怎麼會這樣？」他愣了好一陣才說。

原來這是由州委機關發出的中央緊急文件，裡頭寫的是：

致各部隊區委、政導、正副隊長以及全體幹部：傳中央命令，第107和109號政令有誤，火速通知各單位即刻停止執行；為解除誤會以及安撫民心，各隊隊長和政導務必做好善後工作。州委何鳴代簽。

「其他部隊都發了嗎？」夏志康折好文件一邊問。

嚴崇發應道：「哥打和蘇蒂利都發了，這裡是最後一站。」

「朝令夕改，到底出了什麼問題？」夏志康又問。

嚴崇發從行軍袋裡掏出一份報紙，遞給夏志康，一邊說：「你看這個就知道了！」

夏志康接過報紙，展開看了一下，臉色頓時變得鐵青。

報紙上登著兩則新聞。上方的標題是：柔佛州馬共砍膠樹萬畝，膠工頓失生計。標題下還有一行黑體字：政府呼籲全馬膠工聯合起來，協助英軍剿滅共黨恐怖分子！另一則新聞登在右下方，標題是：馬共沒收村民身分證引起眾怒，各州村民群起反抗！

「真他媽的！」嚴崇髮指著報紙憤憤地說，「我們馬來亞人民解放軍這下可成了千夫所指的罪人啦！」

夏志康問他道：「中央就因這個才撤銷107和109號政令嗎？」

「不撤銷行嗎？」嚴崇發不屑地說，「那些頭頭沒長腦袋，竟會想出這樣的餿主意，害得我們人不像人，鬼不像鬼！哼，他們這樣一搞，我們過去的努力都白搭啦！」

「這樣倒好！」夏志康鬆了一口氣，「這件事鬧得雞犬不寧，我正要去機關營向上頭請示呢！」

「這裡的群眾反應很激烈嗎？」嚴崇發問。

夏志康應道：「由於同志們有些情緒，工作還沒展開！」

「幸虧沒展開，」嚴崇發接過他的話茬兒，「哥打那邊的村民身分證被沒收後義憤填膺，他們罵我們馬共過河拆橋，忘恩負義，有的罵我們是土匪，是惡霸。那些特務乘機挑撥，叫村民別再支持馬共！」

「是嗎？」夏志康震驚的說，「這麼嚴重啊！」

「還有更嚴重的呢！」嚴崇發繼續說，「蘇蒂利那邊的膠工群起反抗，他們在膠房集中，園丘經理煽風點火，給集中的膠工提供餅乾茶水，慫恿他們提供情報協助軍警消滅山老鼠！」

夏志康感到慶幸。看來沈瑞揚他們的看法是對的。他想。

消息一經傳出，士兵們雀躍萬分。沈瑞揚剛離開又被叫回來。

「他奶奶的，」黃鏢罵道，「不見棺材不落淚，那些傢伙這下可死心啦！」

「喂，」沈瑞揚問韓亞奮，「何鳴在文件裡命令我們去安撫村民，做好善後，是真的嗎？」

韓亞奮點頭應道：「對，文件是這麼寫的！怎麼樣？」

沈瑞揚應道：「屙爛屎弄髒褲子，越抹越髒，越髒越臭！」

吳大材接話道：「我看，還是叫何鳴先來安撫安撫你吧！」

吳大材的話逗得大家捧腹大笑。

黃鏢卻罵道：「好好的黨弄成這樣，都是何鳴這個搞屎棍，他媽的可惡啊！」

陸山罵道：「這種人也配當州委，真是小人得志！」

「呃，糟糕！」韓亞奮忽然想起阿花，握拳往自己掌上猛力一擊，「何鳴心術不正，阿花遲早會出事！」

陸山接話說：「會不會出事還不知道，不過，跟這種人一起工作肯定要吃虧！」

黃鏢接話說：「當時我就不同意她去機關隊！」

「老韓哪，」蕭崗忽然加重語氣，「阿花會走全是因為你！」

韓亞奮苦著臉說：「是我不好，當時沒留她，我現在很後悔！」

「甭怕！」吳大材笑道，「阿花不是省油的燈，何鳴這只癩蛤蟆想吃天鵝肉？沒門啦！」

韓亞奮轉嗔為喜，說：「那倒也是，想欺負阿花，沒那麼容易！」

四

蘇拉河畔的幾個兵營已經建好，每個營裡都有十幾輛運兵大卡車，有的還有裝甲車和大炮車架。營房周圍圍著鐵絲網，上空電線縱橫交錯。蘇拉河兩岸的馬路鋪了柏油，幾道木橋換了鐵架橋。這些現象說明敵人正在秣馬厲兵。

形勢劍拔弩張，韓亞奮向夏志康提議部隊趕快移去蘇拉河以北和蘇蒂利接壤的森林，這樣，即使敵人封鎖蘇拉河，部隊也有回旋之地。沈瑞揚也警告夏志康：再不轉移就會被困在烏拉山，到時想走也走不了。夏志康卻說要請示何鳴。

一次，沈瑞揚和老馬以及另兩個兵士去刺蝟營接班。刺蝟營每天都有人值班。然而，亭裡沒人站崗，寮子那邊也靜悄悄。老馬用刀鞘敲了幾下木頭也沒有回應。沈瑞揚以為哨兵在崗亭裡偷睡覺，便和另一個兵士悄悄走過去看。亭裡確實沒人，那副望遠鏡卻擱在凳子上。可能有情況，他們警覺地閃到樹後，並向老馬他們打手勢。老馬會意，便和那個兵士走去寮子看個究竟。寮子裡同樣沒人，但木條桌子上放著四把槍和幾盒子彈。子彈盒壓著一張紙條。老馬過去拿來看，只見上面寫著兩行字：何鳴獨斷獨行，部隊違背村民意願，追隨下去沒有意思。我們不幹了，再見！

老馬把紙條拿去給沈瑞揚看。

「誰值班？」沈瑞揚看了後問。

老馬想了一下說：「秀才兵，兩男兩女。」

秀才兵是指從新加坡來的那批中學生。

兵士逃跑的事發生過好幾次，都是新兵，原因是吃不起苦。不過這次的四個身分有些特殊，他們是新加坡地下組織培養出來的革命新秀，這些新秀有思想，理論強，來到部隊後的表現也不錯；何鳴對他們倍加讚賞，說只要好好培養，這幾個年輕人勢必成大器。然而，出乎預料，他們竟然不滿何鳴擅自出走。

「你看，他們會不會去投降？」老馬問沈瑞揚。

沈瑞揚應道：「難說，這地方不能用了，趕緊撤！」

他們收拾了那些槍和一些物件，離開之前在崗亭柱子上掛起藤皮繩子。這是「發生狀況，同志止步」的危險信號。

福無雙至，禍不單行，回到蠍子營，黃鏢告訴沈瑞揚，前天傍晚民運隊去走水村拿東西被人出賣，在森林邊沿中敵人埋伏，兩個同志犧牲，四個受傷被俘，另兩個下落不明。

韓亞奮惴惴不安，說最近敵機投下大量招降傳單，呼籲馬共武裝分子向政府投誠可得萬元獎賞。他說那四個秀才兵和兩個下落不明的民運隊員去投誠的可能性很大，果真這樣的話後果將不堪設想。

「我也擔心這個！」黃鏢接過他的話，「他們一旦去投降，肯定會供出我們的所在地。敵人掌握了這些資料就可出動飛機轟炸，到時我們就慘啦！」

站在一邊的夏志康點頭說：「這個可能性很大，我們必須作好心理準備！」

蕭崗不屑地說：「有心理準備又怎樣？趕快撤！形勢那麼緊，烏拉山不能久留，為什麼不撤走？你還等什麼？志康同志！」

夏志康答道：「上頭沒指示怎麼撤？我已經去信何鳴同志，一經批准就馬上撤！」

沈瑞揚插話道：「你的信送出去已經整個月了，交通員始終沒回來，這樣等下去不是辦法呀！志康同志。」

夏志康應道：「我派人去催了，多等幾天吧！」

蕭崗很不客氣地問他道：「幾天是多少天？請說清楚一點！」

夏志康不屑地說：「十天！」

蕭崗叫道：「還要等十天？我們危在旦夕，你是隊長，有權處理隊裡的事，為什麼老是何嗚何嗚，沒有何嗚就活不下去了嗎？」

「蕭崗同志，」夏志康板起臉說，「你既然承認我是隊長，那就得聽我的！我說十天就十天，十天後再問我也不遲！」

沈瑞揚提醒夏志康：那四個出走的秀才兵曾在新芭地割稻子，後又在丘添發家門前的曠地上曬穀子；他們還去過藿香園，而且好幾次，如果他們出去投降的話，丘添發和袁松林兩家人肯定被出賣……

「對呀！」夏志康恍然大悟，隨後說，「這樣吧，你跑一趟，叫那兩家人躲一躲，順便提醒其他村民，叫他們警惕一下！」

沈瑞揚要的就是他這句話。

傍晚時分，沈瑞揚先到新芭地找丘添發。

丘添發已經知道沈瑞揚被貶職的事。

「何嗚為什麼要踩你？做錯什麼事嗎？」丘添發劈頭就問。

沈瑞揚一怔，忙說：「好事不出門，壞事傳千里，添發叔，你怎會知道的？」

丘添發反問他道：「這麼大的事瞞得了嗎？你到底做錯什麼？」

沈瑞揚笑道：「我沒做錯什麼，恰好相反，我被踩是因為做對了什麼！」

「怎麼說？」丘添發滿臉疑惑地望著他。

沈瑞揚收斂笑紋應道：「我反對砍園丘膠樹，也反對沒收你們的身分證，何嗚就炒我的魷魚啦！」

丘添發聽了罵道：「就為這個嗎？他娘的，這樣搞下去遲早要散夥的！你們隊裡的秀才兵不是有四個出走了嗎？」

「呃？」沈瑞揚忙問，「添發叔，你怎會知道？」

丘添發侃然應道：「前天晚上那四個秀才兵來找過我。」

「啊？」沈瑞揚猛然一怔，「這……他們說些什麼嗎？」

丘添發答道：「他們不滿上頭的政策，也不滿何鳴。他們叫我趕快搬走，搬得越遠越好。他們跟我說的就是這些！」

「他們有說要去哪裡嗎？」沈瑞揚又問。

丘添發搖頭答道：「沒有！我問過，他們不說！」

「添發叔，他們叫你搬是良心話，」沈瑞揚的語氣霍然沉重，「你一家人必須搬走，來不及搬的話就先避一避，還有其他的村民，待會兒我去通知他們！」

「你甭去了，」丘添發說，「村民們都通知了，我們已作好準備，老沈你就放心吧！」

沈瑞揚感激地說：「好好，這樣就好！」

丘添發留他吃晚飯。他辭謝說要去藿香園。

沈瑞揚來到藿香園天色已晚。袁松林一家人喜出望外。藿香和雲杉趕忙進廚房生灶火添飯菜。

「聽說你的隊長不幹了？」袁松林問。

沈瑞揚笑說：「不是不幹，是人家不要我幹！」

「為了砍樹和沒收身分證的事？」

「是的！這兩道命令損害百姓，我反對，他便炒我的魷魚！」

「何鳴鬼頭鬼腦，我一看就不順眼！」

藿香從廚房探身插話道：「大官欺小官，小官欺百姓，你們共產黨人也來這一套！」

沈瑞揚笑道：「一種米吃出百樣人，共產黨人也是吃米的呀！」

雲杉點煤油汽燈，一邊說：「這叫『天下烏鴉一般黑』！你現在什麼職位？」

沈瑞揚一字一板地說：「普通一兵，沒職沒位！」

藿香接著說：「人家既然不歡迎你，就走唄，老沈！」

「走？」沈瑞揚驚異地望著她，「我這地步能到哪裡去？」

藿香反問他道：「你不是要去英國念書的嗎？」

沈瑞揚打趣地說：「是的，可惜功虧一簣，現在只好在森林裡和猿猴為伍！」

「你的文憑和其他有關證件還在嗎？」藿香又問。

沈瑞揚答道：「都在，我被捕後蕭崗把我所有的東西寄放在學校董事長那裡，去年董事長還和我提起。大嬸問這個作甚？」

藿香應道：「飯好了，吃完再談！」

吃過飯，他們回到廳裡。

「你落到這般地步，」藿香繼續剛才的話題，「與其留在這裡，不如去英國念書。英國那邊的政府會對付你嗎？」

沈瑞揚沉思片刻，說：「英國是個民主國家，那裡的共產黨是合法的政黨，活動是公開的。只要遵循英國法律，那邊的政府是不會對付我的！」

藿香欣然說道：「那你就去吧！我們老大奕森也要去，你們一起去，怎麼樣？」

沈瑞揚笑道：「我還真想去呢！可是目前這處境，怎麼去呀？」

藿香答道：「只要你下定決心，我有辦法！」

袁松林插話道：「費用你甭愁；路子也有了，先去廖內島，再搭船去檳榔嶼（檳城），奕森有個來自檳榔嶼的同學，他說檳榔嶼去暹羅（泰國）很近，關口也不嚴，塞點錢就過去了。暹羅可好哩，有錢萬事通，身分證、旅行證件都沒問題。奕森那個同學的叔叔在暹羅做生意，他路子熟，人面廣，如果有需要可叫他叔叔出面幫忙。搞到旅行證件去哪裡都行。這主意你看怎麼樣？」

去泰國搞護照的事沈瑞揚也知道。去年有個同志去越南就是用這條管道。他被撤職後也曾想到這件事，並打算向組織重新提呈去英國念書的申請書。他把這情況大略向大家反映。

藿香聽了後說：「就申請唄，還考慮什麼？」

沈瑞揚答道：「組織在哥打，目前交通有困難，暫時沒辦法申請！」

「問題不大，」袁松林繼續說下去，「我曾查問過：邊佳蘭九灣港有漁船來往廖內島，那裡看守關口的警察只有兩個，而且是本地人，跟他們說幾句好話就過去了。廖內島那邊更簡單，塞點錢什麼事都好辦。到了廖內島再搭船去檳榔嶼，到了檳榔嶼就去聯絡奕森的同學。一聯絡到去暹羅的事就甭愁了！」

沈瑞揚想了一下說：「我考慮一下，就算要走也得先把隊裡的事處理好！」

袁松林不屑地說：「人家都不讓你幹了，還有什麼事好處理？」

雲杉端來咖啡，一邊說：「你這個普通一兵，人家還會聽你的嗎？」

沈瑞揚應道：「除了上頭之外，士兵們還是聽我的！」

雲杉問他道：「何鳴不是走了嗎？」

他答道：「還有夏志康，何鳴派來的！」

袁松林不屑地說：「他一個人，孤掌難鳴，怕他作甚？」

「不是怕他，」沈瑞揚拿起杯子呷了口咖啡，「家有家規，黨有黨紀，我們得照章行事。目前，敵人在設包圍圈圍堵我們，我們得儘快走出烏拉山，遲些就走不了了。然而，沒有何鳴的命令夏志康就不敢作主。士兵們不耐煩，一直要我拿主意。他們跟我這麼多年，大家親如兄弟，我不能撇下他們不管哪！」

藿香問他道：「你沒權，怎麼管？」

沈瑞揚答道：「到關鍵時刻，沒權自有沒權的辦法！大叔大嬸，給我一點時間，十天吧，十天之內就可分曉！」

藿香岔開話題問他道：「前天，你們有四個同志離隊出走了，你知道了嗎？」

沈瑞揚點頭說：「是的，就因為這件事夏志康才允許我到這裡來！」

「離隊出走不會是好事，」藿香回到剛才的話題，「我們得作最壞的打算，這裡不能再待了。我們已作好準備，隨時會搬走！」

沈瑞揚接話道：「對！除此之外，敵人可能出動飛機來轟炸，你們必須搬，還有其他的村民，越快越好！這樣吧，我們部隊如果能安全走出烏拉山，我就從陸路去檳城，然後去暹羅；萬一走不出，我就依照大叔的辦法從九灣港去廖內島，然後轉去檳城。」

藿香點頭說：「好，我明白你的意思，就這麼決定了！」

「你們打算搬去哪裡？」沈瑞揚問。

袁松林答道：「還沒定，情況不對就先躲一躲，然後再找地方！」

藿香接著說：「先考慮去德光島，不行的話再轉去新加坡。嗯，這樣好了，新加坡同鄉會館的會長和座辦我都熟悉，安定後我把消息寄在會館，要找我們先去那裡打聽就是了！」

談話結束，袁松林夫婦回房就寢，雲杉和沈瑞揚轉移到屋後曠地。

他們倆已經好久沒見面，相思之苦，寸陰若夢，一來到這裡，雲杉便依偎在沈瑞揚懷裡。月色朦朧，樹影婆娑，氣氛很浪漫，他們緊緊地擁抱著，瘋狂地吻著，完全沉浸在久別重逢的激情之中。儘管柔情繾綣，難捨難分，終歸還是要回到現實。

他們並肩坐在木墩子上。山風蕭瑟，夜鶯啼血，氣氛霍然變得淒清鬱悶。

「這些日子委屈你了！」沈瑞揚憐惜地說。

「我老為你擔心，好像要發生什麼事。」

「擔心也沒用，要看開一點！」

「兵車進進出出，吸血鬼在空中橫衝直撞，形勢那麼緊張，我真怕，怕你回不來……」她囁嚅著，伏在沈瑞揚懷裡噓唏啜泣。

「怎麼會呢？森林裡大樹參天，兵車進不去，飛機也不管用。我們不會有事的，你放心好啦！」

沈瑞揚說的是事實。在森林裡作戰，再好的武器也占不到便宜，熟悉周遭環境才是贏家。

雲杉止住哭聲。沈瑞揚輕撫她的秀髮。微風拂乾她的眼淚。沈瑞揚灼熱的目光驅散她臉上的愁雲。他們又熱烈地吻著。

夜深沉，樹林裡傳來山雞的啼叫。

雲杉推開沈瑞揚說：「我們回房去！」

他們走進屋裡。沈瑞揚吻了一下她的額頭便轉身朝他以前住過的那個房間走。雲杉拉住他輕聲說：

「那間房很亂，今晚我們一起睡！」

沈瑞揚霍然渾身發燙。「呃……」

雲杉伸手封住他的嘴，然後牽著他的手放輕腳步走進閨房。

五

去英國念書這件事沈瑞揚是認真考慮過的。不過，他暫時不能離開部隊。夏志康是何鳴派來的馬前卒，如果能把部隊帶好那倒也罷，然而，事實恰恰相反，大敵當前，形勢急不可待，他卻優柔寡斷，沒有主見，這樣下去部隊難逃劫數。想到這點，他猶豫了，動搖了。不過，袁松林提出的去廖內島的事倒是一條生路，部隊是他帶頭建立起來的，不能就此作罷；他必須改變形勢，轉被動為主動。他正在運籌帷幄，讓部隊儘快撤離烏拉山，這個計畫萬一失敗，他就依據袁松林的計畫去廖內島。

隔天，他回到蠍子營已經入夜。

夏志康說他有一封信，是哥打區交通員送來的。

沈瑞揚一怔，忙問：「送信的人呢？」

夏志康把信交給他，一邊說：「他交下信就走啦！」

沈瑞揚接過一看，興奮得幾乎要跳起來。不過理智提醒他：在夏志康面前，喜怒哀樂不能形於色。

這封信是劉新運回給他的。信裡所用的依舊是他們倆才看得懂的別稱、隱語和暗號。內容如下：

形勢風雲突變，通訊網出狀況，來函遲至昨日才收到。107、109乃極左教條主義者的黔驢之技，影響惡劣，正在糾正中。你的問題略知一二。我鞭長莫及也無能為力，委屈你了。烏拉山危機四伏，務必馬上撤離，北往興樓尋找部隊為上策。到時希望能見到你。緊緊握手。老大。×月×日

「誰寫的？裡頭講什麼？」夏志康瞪著他問。

沈瑞揚反問他道：「你不是看過了嗎？」

夏志康皺起眉頭說：「裡頭全是暗號密碼，我看不懂！」

沈瑞揚笑道：「暗號好嘛，落到敵人手裡也無所謂，不是嗎？」

接著沈瑞揚把寫信的人和內容如實相告。

夏志康聽說是劉新運的來信，臉上露出一絲笑容，語氣也和緩了：「劉老大說得對，烏拉山的確很危險，我想撤出烏拉山的事何鳴同志一定會同意。再等幾天吧，一有回音我們就行動。」

沈瑞揚說：「這樣等下去不是辦法，別的暫且不說，外頭軍警查得嚴，糧食來源就是個大問題，這個你想過嗎？」

「我當然想過，」夏志康應道，「地窖裡還有二十幾麻袋穀子和玉蜀黍，足夠吃一個月，你愁什麼？」

「不用愁就好！」沈瑞揚說完收起信轉身走了。

他有些累，打起吊床正想休息，一個問題倏地鑽進腦際：劉老大信裡說「鞭長莫及也無能為力」什麼意思？他是柔南區支隊副隊長兼司令員，有權下令我們撤離烏拉山，為什麼只用提醒的口氣叫我們「務必離開」？難道他也和我一樣受排斥遭「冷凍」？

想到這裡，他的心冷了半截。

當晚，蕭崗和黃鏢告訴沈瑞揚事情已經安排妥當，只要說服韓亞奮就可行動。沈瑞揚頗感興奮，說天亮前給他們消息。

原來他們又在運籌另一個計畫。

半夜他去找韓亞奮。

韓亞奮沒睡，卻說：「我正想去找你，你卻來了，好哇！」

「找我什麼事？」沈瑞揚問。

韓亞奮：「敵人大軍壓境，還有吸血鬼老在我們頭頂盤旋，我們的處境非常危險，你不覺得嗎？」

沈瑞揚：「我來找你就是要談這個問題！」

韓亞奮：「我和夏志康談過，他說要等何鳴的指示。」

沈瑞揚：「沒何鳴的命令，夏志康是做不了主的！你呢？有何高見？」

韓亞奮：「坦白說，我原本還在猶豫，但這幾天我們的同志犧牲的犧牲，逃跑的逃跑，這些都和何鳴的領導有關。我決定和夏志康談判，藉助大家的力量逼他下令部隊撤離烏拉山！」

沈瑞揚：「你能這樣想就好！不過這個『逼』字後患無窮。」

韓亞奮：「你是說他會秋後算帳，向何鳴告我們的狀？」

沈瑞揚：「是的！我看與其留後患不如斬草除根。」

韓亞奮：「斬草除根？什麼意思？」

沈瑞揚：「意思是讓他再去向馬克思告狀。」

韓亞奮：「啊？這……妥當嗎？有沒有別的法子？」

沈瑞揚：「沒有，這是唯一的也是不得已的法子！」

韓亞奮：「黃鏢、蕭崗他們有什麼意見？」

沈瑞揚：「他們說好，要我把消息轉告你。」

韓亞奮：「原來你們已經談好了？」

沈瑞揚：「是的！他們怕你不同意，所以談好了才告訴你。」

韓亞奮：「到這地步我能不同意嗎？什麼時候行動？」

沈瑞揚：「時間和細節要計畫一下，走，黃鏢他們在等我們呢！」

隔天大清早，士兵照常到操場操練。操練後隊長夏志康依舊站在土墩上給大家訓話。今早他的心情特別好，話特別多，然而，講到起勁時遠處突然傳來隆隆的飛機聲。他置若罔聞，拉開嗓門繼續講：

「同志們，中央領導從善如流，及時糾正錯誤，令人敬佩……」

「志康同志，稍停一下，」沈瑞揚忽然打斷他，「你聽見飛機聲嗎？這麼早就起飛，很不尋常，我提議暫時解散，作好防空準備。」

夏志康不屑地說：「炸彈不可能那麼準掉在我們頭上，是不是？先搞清情況嘛。黃鏢，大材，你們爬上去看看是什麼飛機？朝哪裡飛？」他說時指了指頭頂的樹梢。

黃鏢和吳大材立正說了聲「是」，然後選了一棵大樹，放下槍脫掉鞋子，從纏繞在樹身上的藤蔓攀爬上去。

他們倆爬到樹梢，張望了一下，說是直升機。

「幾架？」沈瑞揚問。

吳大材說：「兩架，喲，那邊還有兩架，總共四架。」

沈瑞揚又問：「朝哪裡飛？」

吳大材和黃鏢同時說：「朝我們這邊飛！」

夏志康聽了有點緊張，喃喃問道：「朝我們這邊飛？想幹什麼？」

沈瑞揚沒理他，卻仰頭向上喊：「你們快下來，快下來！」

吳大材和黃鏢迅速爬下來。

「情形不對，」黃鏢對夏志康說，「我看還是叫大家先躲一下。」

夏志康沉吟片刻，後說：「直升機不可能丟炸彈，先……」

他的話還沒說完，沈瑞揚便向大家喊：「同志們，找地方掩蔽，快，快呀！」

這時候，那幾架直升機已經越過斷崖後的幾個小山包。

「大家散開，伏下，快伏下！」沈瑞揚繼續喊。

在人們的意識中，直升機只能偵查不能丟炸彈，所以儘管沈瑞揚喊破喉嚨，還是有人應酬似的只把身子挪到樹頭後，有些人甚至不當一回事，站在那裡仰著頭好奇地朝天空張望。

那幾架直升機越飛越低，聲音越來越大，隆隆隆地把森林震得簌簌顫慄。

沈瑞揚還在喊。但他的喊聲已被機聲覆蓋。這時那幾架直升機已來到他們頭頂。沈瑞揚閃到一株大樹後，剛鑽進根肩窟窿，子彈就如雨點般從樹梢斜射下來。機聲加槍聲震天撼地。樹葉枝丫紛紛飄落。那些不聽勸告的兵士這才知道危險，然而躲避已經來不及，跑不上幾步就一個個倒了下去。

沈瑞揚從根肩窟窿仰視天空，只見頭頂的枝葉像波濤洶湧的海洋。原來那幾架直升機停留在營寨上空，每架的豁口有兩挺機關槍，槍口噴著火焰，子彈像蜂群似的朝地面撲來。

那幾架直升機停留在空中作交叉掃射，直到打完子彈才離去。

士兵們爬起身正想去營救那些中彈倒下的同志，然而，北邊天腳又傳來吸血鬼的嗥叫聲。

「別起來，伏下，快伏下！」好幾個人同時在喊。

吸血鬼快如閃電。人們從枝葉縫中找到它的蹤影。也是四架，從東北邊飛馳而來，越過那幾座小山包後便朝營地俯衝。機聲如滾雷般震得地動山搖。幾顆炸彈隨著落下，轟隆轟隆，營地上頓時煙塵滾滾。草房、茅舍燃起熊熊火焰。

吸血鬼來回數次丟下十幾顆炸彈。營地上留下十幾個大窟窿。大樹有的被攔腰切斷，幾棵還被連根拔起。人們灰頭土臉從根肩窟窿裡爬出來。韓亞奮點了一下人數，八個人罹難，十幾個人受傷，兩個腿部中彈，血流如注不良於行，其餘的都是皮肉之傷，敷了藥後行動自如。

夏志康對著還在燃燒的廢墟發呆。韓亞奮問他下來該怎麼辦。

夏志康回過神來說：「開會，順便叫老沈，說是我的命令！」

黃鏢、吳大材和其他幾個同志正在挖洞埋葬罹難的同志。沈瑞揚、蕭崗等幾個在為傷者包紮傷口。

韓亞奮把沈瑞揚叫到一邊，說：「夏志康叫開會，要你參加，我們的計畫怎麼著？」

「那可好，」沈瑞揚說，「計畫照樣進行，看他怎麼做！」

會議在離營地約半公里的一株盤根交錯的大樹下進行。

「想不到敵人對我們竟然了如指掌。」這是夏志康的開場白。

蕭崗頂撞他道：「你剛才不是說炸彈不會那麼準掉在你的頭上嗎？」

夏志康垂下臉說：「我錯估了形勢！」

吳大材問他道：「接下來我們該怎麼做？」

大家都屏氣凝神地等著他的答案。黃鏢佯裝叉腰，右手按在槍盒子上。

夏志康臉上現出尷尬的笑紋，說：「我認為老沈的意見是對的。我們應該馬上撤離，移去蘇蒂利找第八分隊的同志。大家收拾一下，馬上就走！」

蕭崗以嘲諷的口吻問他：「你不是說要等何鳴同志的指示嗎？」

夏志康決然應道：「情況危急，等不及了！」

峰迴路轉，突如其來的空襲免了這場「鴻門宴」。

六

營房被燒得蕩然無存。地窖裡的存糧、藥品和子彈卻完好無損。眼前的士兵剩下四十六個，一支由八人組成的民運小隊還在外頭，昨晚出去巡哨的四個兵士也沒回來。夏志康和沈瑞揚、韓亞奮等人商量後作出以下決定：一，由韓亞奮帶領六個同志用擔架送那兩個腿部中彈的兵士去仙家崠藿香園治療養傷，安排妥當後趕去熱水塘和大隊匯合；二，吉林妹和老馬留下來等待外出未歸的兵士，那些兵士回來後就趕去烏拉山西側山腳一個叫蝙蝠洞的地方尋找大隊；第三，大隊必須在天黑之前趕到蝙蝠洞，待吉林妹等人抵達後一起去熱水塘和韓亞奮他們匯合；第四，如出現狀況，遲到或掉隊者留在熱水塘等待消息。

那兩個傷號痛苦不堪，事情交代清楚後韓亞奮等人便抬著他們迅速離開。大隊出發前夏志康問沈瑞揚還有什麼要交代。沈瑞揚說此行路途遙遠，而且形勢瞬息萬變，蘇蒂利第八分隊可能已經轉移，果真這樣，部隊就得北上興樓，興樓離蘇蒂利有百多里，所以糧食和藥品要儘量多帶。夏志康於是命令大家把地窖裡的存糧和藥品全帶走。這麼一來，士兵們的負荷就更重了。不過，肩扛背馱、穿山越嶺對他們來說已是家常便飯。

蝙蝠洞離蠍子營約50公里，當中隔著兩道山坡和一個深谷。還好，今天豔陽高照，森林裡涼風颼颼，大夥兒銜枚疾走，終於在黃昏之前趕到蝙蝠洞。他們在一道小溪邊歇腳打尖。負責炊事的士兵著手搭灶準備做飯。

天色剛轉黑，飯已做好，吉林妹一班人也趕來了。點算一下人數，少了兩個，是民運隊的彭阿邁和黃金山。夏志康問吉林妹是怎麼回事。吉林妹說他們倆跑了。

夏志康勃然大怒：「他媽的，是怎麼跑的？快說！」

吉林妹應道：「你去問陸山，他是組長。」

陸山趨前說：「昨晚彭阿邁突然說肚子痛，黃金山也說腸胃不舒服，還說是傍晚吃的蛇肉沒烤熟。過後他們鑽入草叢說去屙屎。我們坐下來等，等了好久不見回來，我們覺得不對，便進去找，找了整個鐘頭仍不見人影。我想他們准是偷跑了。」

彭阿邁和黃金山乃資深黨員。他們當過抗日軍，一九四八年和沈瑞揚、黃鏢、吳大材等人同時被捕，越獄後部隊成立，他們倆負責民運工作，在仙家崠、黃猄穴等幾個村子活動。

老馬憂心忡忡地唸道：「這兩個傢伙出去投降的話，象牙頂的村民就慘啦！」

「他媽的，賤骨頭！」夏志康臭罵一聲便走開了。

吃過飯，綁好吊床，天已全黑。夏志康叫大家早點休息，養足精神明早好趕路。

一夜無事。隔天天濛濛亮，大家吃了點東西便起程。熱水塘離蝙蝠洞約80公里，其間還有兩道河。這兩道河河面不寬水卻很深，必須架橋才能過去。架橋不難，砍木料卻頗費工夫。不過出乎預料，當他們來到第一道河時卻發現河上竟然架著木橋。木條刀口陳舊，橋兩頭的泥土堅實，另外岸邊有許多腳趾印。大家看了面面相覷，以為這一帶有敵軍。吳大材卻說這木橋是砂蓋（土著）架的。

「怎麼見得？」一個問。

吳大材指著那些腳趾印說：「一看就知道了，敵軍不可能打赤腳走路嘛！」

疑慮渙然冰釋，大夥兒都笑了。

一個鐘頭後，一夥人來到另一條河。這條河比剛才那條寬，左右不見橋，黃鏢吩咐幾個同志去砍木條。

「不必砍，」吳大材指向上游，「那邊可能有橋，先去看看，跟我走。」

吳大材領著大夥兒走了十幾分鐘，那叢亂藤後果然有橋。這橋和先前跨過的那道完全一樣，是砂蓋架的。有人問吳大材怎會知道這裡有橋。吳大材說看腳印的方向。另一個問他砂蓋為什麼把橋架在這裡。吳大材說這裡河面較窄，架起來省事。

吳大材如數家珍，對答如流，是大夥兒的「森林活字典」。現成的橋給部隊省了許多功夫，下午太陽偏西時來到一座小山包腳下。這裡去熱水塘還有20幾公里，大家又餓又累，夏志康下令在此安營過夜。

一夜無事。隔天一早他們繼續趕路。正午時分來到熱水塘。熱水塘離仙家崠160多公里，夏志康估計韓亞奮等人至少得三天後才能到達。然而，隔天傍晚炊事員剛做好飯，斜坡那邊忽然傳來敲木聲。

夏志康一怔，說：「韓亞奮他們嗎？怎會那麼快？」

吳大材拿過一支木棍對身邊的樹頭猛敲幾下。

不一會兒，斜坡的林子裡閃出幾個人，大家定睛一看，沒錯，帶頭的那個正是韓亞奮。

沈瑞揚說：「老韓他們可能出了問題。」

夏志康疾步走過去，一邊問道：「怎會那麼快？事情搞定了嗎？」

韓亞奮停下腳步，歎了口氣，搖頭說：「對不起，我們沒完成任務！」

「怎麼回事？」夏志康問。

韓亞奮應道：「那兩位同志的傷口太大，十幾粒693都止不了血。走到半路就昏了過去，還沒到仙家崠就斷氣了。那時已經是傍晚，挖坑埋了他們的屍體天已經全黑。隔天一早我們便趕來這裡。」

大家聽了摘下帽子，低頭肅立了一陣才默默散去。

第二天早上他們拔營開往沼澤地。十點多鐘來到一道小溪邊，溪水清澈見底，他們停下來掬水解渴。喝飽了水正要離開，探路的尖兵回來說前頭出現狀況：矮青芭裡開了一條路，又寬又直，向東邊伸延。

「開路？」韓亞奮丈二金剛摸不著腦袋，「沒聽說過，什麼時候開的？」

那個尖兵說：「樹頭的刀口已長出新芽，應該有一個多月了！」

沈瑞揚忽然想起一件事：不久前他隨幾個搞糧食的同志去山窪裡捉青蛙時遇見幾個砂蓋，他們也在那裡捉青蛙。砂蓋純樸敦厚，抗日時期游擊隊和他們建立了良好關係。那幾個砂蓋認得沈瑞揚。他們說政府軍在矮青芭開路，去那裡的話要特別小心。

「不對！」沈瑞揚突然說，「那裡荒無人煙，無端端的開路幹什麼？」

夏志康應和道：「說得是！敵人肯定別有用心，去看一下。」說完，吩咐部隊在此稍候，和韓亞奮、沈瑞揚一同前往。

他們仨隨那幾個尖兵來到矮青芭前。果然，那片灌木叢林中辟出一條像飛機跑道般的寬敞大道，但奇怪的是沒鋪路基，灌木草莖只是攔腰斬斷，刀口處已長出嫩芽，遠看如平疇沃野，右邊向東海岸伸延，左邊直達沼澤地。

韓亞奮驚叫道：「這麼寬，這麼直，是防火路吧？」

夏志康不屑地說：「這塊爛地防什麼火？」

韓亞奮點了點頭：「說的也是，這樣的荒地沒必要防火。你看敵人開這條路什麼用意？」

夏志康沒答話，拿出望遠鏡默默地朝對面望著。

「沒挖壕溝，沒堆沙包，」他一邊移動視野一邊說，「沒哨崗，沒圍鐵絲網，呃，那邊有柱子，柱子上有電線，還有燈，老沈，你看！」說完，把望遠鏡遞給沈瑞揚。

沈瑞揚接過看了一會，說：「唔，是探照燈。」

韓亞奮從沈瑞揚手裡拿過望遠鏡，看了一下說：「工程不小，敵人煞費苦心呀！」

夏志康指著前頭說：「去那邊看看。」

他們沿著曠道朝東海岸那邊走，每走四五十米就駐足輪流用望遠鏡往對面察看。他們走了大約兩公里，在一株枯樹頭邊停下來。

「照這情形看，」夏志康說，「這條曠道已經開到東海岸。」

韓亞奮說：「這麼長的工事，布哨有困難！」

沈瑞揚說：「他們有無線電，有直升機，多設幾個埋伏點就行了！」

韓亞奮繼續說：「那片紅樹林似乎原封不動，他們為什麼留著不砍？」

沈瑞揚想了一下說：「我看有三個可能：一是紅樹林裡泥坑遍佈，掉下去就會滅頂，敵人認為我們不敢冒險過去；二是敵人一時沒法砍或來不及砍；三是敵人刻意留下，三面設埋伏，等我們進去。」

「你認為哪個可能性比較大？」韓亞奮又問。

沈瑞揚應道：「第三個！志康同志，你有什麼看法？」

夏志康答道：「我也認為第三個可能性比較大！」

韓亞奮沉下臉喃喃唸道：「這樣看來，我們過去有危險！」

沈瑞揚點頭說：「是的，我們的方案要調整一下！」

夏志康揮手應道：「回去再談，走吧！」

回到小溪邊，夏志康召集大家開會。他先反映剛才看到的情況，後說敵人留下紅樹林可能別有用心，怎麼應付請大家發表意見。

沈瑞揚說：「矮青芭像一塊長砧板，我本來就不主張打那裡過去，那條曠道不必理會，但這情況卻說明沼澤地已經不安全。大家看一下地圖，」他從行軍袋裡搜出一卷紙，在地上攤開，用一根樹枝指著說，「這是墨水河，過了河便是沼澤地，左邊是蘇拉河源頭爛泥塘，右邊是矮青芭，沼澤地後有一片火燒林。敵人既然在矮青芭辟曠道建工事，肯定不會放過那片沼澤地。我擔心的是：敵人在火燒林和矮青芭交界處設埋伏點，我們一旦進入，另一批敵兵從後面包抄封死墨水河，這麼一來，我們就成了甕中之鱉。這是一步險棋，我們萬萬不能大意！」

韓亞奮聽了後說：「情況已經改變，我們北上的計畫是否要繼續？」

夏志康說道：「北上是我們唯一的出路，敵人設下的封鎖線無論如何都要突破！」

沈瑞揚沉思片刻。後說：「我看這樣，北上計畫可以照舊進行，戰術要稍微調整。現在我提一個方案請大家考慮：部隊分兩組，人數各一半。頭一組先行，另一組殿後。沼澤地沒多寬，一個鐘頭便可過去。頭一組如遇敵兵，有把握就衝過去，沒把握得馬上撤回。現在沒颱風，三四公里內各種槍聲都聽得清楚。在後頭等待的同志在一個半鐘頭內沒聽見槍聲方可跟著過去。等待期間必須小心提防敵人從後面來襲。墨水河是沼澤地的重要門戶，只要守住三百米長的河面，進出沼澤地就沒問題。」

韓亞奮一直憂心忡忡，聽了沈瑞揚的話後卻豁然開朗。「這方案不錯，」他欣喜地說，「守住墨水河這道門戶，前進退後都安全。這點子很好，很好！」

夏志康接話道：「對，這步棋確實可行，就這麼辦吧，老沈同志！」

蕭崗、黃鏢、吳大材、吉林妹等人也表示支持這方案。

沈瑞揚說：「好，現在我們把人手分配一下！」

一番商議後，尖兵、突擊手兩組各占一半，頭一組由沈瑞揚和黃鏢帶領，後一組由夏志康和韓亞奮帶領；如果轉移成功，集中地是蘇蒂利河上游的鱷魚潭，如遇強敵折回，撤出沼澤地後的集中地仍舊是蝙蝠洞。

交代停當後他們便動身，走了半個鐘頭來到墨水河邊。

墨水河水如墨平如鏡，兩岸的枯藤老樹倒影其中，遠看像一幅長長的水墨畫。

墨水河約二十米寬，水深到膝。沈瑞揚帶領部隊蹚水過了河，轉眼間便消失在紅樹林中。

夏志康觀察周圍的形勢後作以下部署：兩個機關槍手到河對岸守候，其餘的在這一邊打埋伏。埋伏線成扇形。前沿哨站設在一株大樹根肩後，由韓亞奮和吉林妹分別擔任正副指揮員，指揮部設在河邊和那兩個機關槍手遙遙相對。

韓亞奮開始時覺得這樣的佈局有些怪，細想一下則茅塞頓開：扇形埋伏線顧及的範圍廣，交鋒時能守能攻，同時還可和對岸的機關槍手配合作交叉射擊阻止敵軍過河。

「這隊形很好，」韓亞奮翹起拇指說，「靈活、周全，應變空間大，敵人不論從哪個方向來，我們都佔優勢！」

夏志康應道：「我們這裡的問題不大，老沈那邊才叫人擔心。」

「你是說紅樹林裡有伏兵？」

「紅樹林裡有很多爛泥坑，敵人不敢進去，我擔心的是紅樹林後的火燒林，如果敵人在那裡堆沙包打埋伏，老沈他們只有挨打的分！」

「敵人的工事還在進行，希望老沈他們能搶先一步！」

「打仗不能抱僥倖的心理！」

蕭崗貓腰過來指著自己的腕錶說：「老沈離開已經一個鐘頭零五分鐘，看來他們該不會有事。」

夏志康答道：「現在是關鍵時刻，有事沒事多半個鐘頭才能分曉。」

韓亞奮回到剛才的話題：「不久前我和幾個同志曾穿過沼澤地，火燒林沒什麼變動。」

「上回何鳴同志還開玩笑說這片紅樹林是我們的專用道。」

「何鳴那邊一直沒消息，不知為什麼。」

「可能是上頭的事太忙，不然就是交通出了問題。」

「蠍子營被炸他應該知道！」

「難說！唉，我如果早聽老沈同志的勸告就不至於弄到這般地步。」

夏志康語音剛落，遠處忽然傳來爆炸聲，連續三響，音量不大，回聲卻如沉雷般在森林上空隆隆滾動。

夏志康猛然一怔，說：「聽，老沈那邊出事了！」

韓亞奮青著臉說：「好像是手榴彈。」

夏志康說：「不，是地雷。」

「地雷？老沈他們……啊！你聽，開火了……」

一陣槍聲從剛才那個方向傳來，先是單發，接著連發，還有爆炸聲響。

大家屏氣靜聽。槍聲越來越密，爆炸聲愈加激烈。

夏志康把傳令員叫到跟前：「老沈那邊已經出事。傳我命令：同志們要站穩崗位，提防敵人從後面來襲。」

傳令員走後夏志康又吩咐蕭崗：「槍聲緊密說明敵方火力強大，老沈他們肯定過不了關，你帶兩個同志過河準備接應，老沈他們到達時搖樹葉為號，我們掩護你們過河。」

蕭崗走後，夏志康對韓亞奮說：「真相大白：這片紅樹林是敵人刻意留下的。我們這裡是布袋口，槍聲一響，敵人肯定會從後面包抄。我估計敵軍駐紮在附近，半個鐘頭就會趕到。」

韓亞奮問道：「你憑什麼這樣肯定？」

夏志康笑道：「憑直覺加上一點作戰經驗！老韓，」他換成命令的口氣，「你的前哨要加強，後衛的快槍手全調過去！」

韓亞奮立正應了聲「是」便轉身走開。

夏志康側耳傾聽，沈瑞揚那邊的槍聲已逐漸減少，幾分鐘後便完全停止。

夏志康點燃一根煙默默地抽著。

一根煙還沒抽完，吉林妹貓腰過來報說左邊前哨發現敵軍。

「哦？」夏志康撚滅煙蒂，「果真來了，離我們有多遠？」

「三百米左右！」

「人數多少？」

「看不清楚，一個接一個，不少吧！」

「去看看！」夏志康隨她來到前沿哨站，舉起望遠鏡望了一下後問韓亞奮：「準備戰鬥的命令傳達了嗎？」

韓亞奮應道：「傳達了，我叫他們要沉住氣，等敵人離我們三十米時才開火。」

夏志康點頭說：「對！用單發和短點射，看準了才打！」

韓亞奮應道：「他們會的。這是基本知識，子彈寶貴嘛！敵方陣容看來不小，老沈他們很快就會回來，河邊的掩護火力是不是要加強一些？」

「夠啦！」夏志康拍一下他的肩膀，「重點在你這裡。把好這一關，我們那裡就輕鬆。老韓同志，看你的了！」

韓亞奮握了一下他的手說：「放心吧，志康同志！」

夏志康回到指揮處命令傳令員過河把前哨發現敵人的事傳達給那兩個機關槍手和蕭崗。

傳令員應了一聲轉身就走。夏志康目送他涉水過河直到消失在對岸的紅樹林中。

被攪亂了的河水恢復平靜。枝頭的蟬聲戛然而止。周圍分外寂靜。寂靜預示著劇烈的戰鬥即將來臨。夏志康掏出駁殼槍把子彈推上膛。

戰鬥在等待中打響了。全是單發和短點射，這裡一槍那裡一槍，緊密凌厲，好像在比試槍法。敵方則以自動步槍連發掃射，子彈在樹林間紛飛。

森林裡樹多草雜最忌連發射擊。敵兵連這點普通常識都不懂，夏志康不禁陶然暗笑。

身邊的傳令員對他說：「看來敵人還不知道我們的位置。」

夏志康應道：「單發和短點射就有這個好處，敵人去到陰曹地府還不知是怎麼回事！」

他剛說完，一排子彈打他們頭頂飛過，樹葉枯枝紛紛掉落。

「嘿，」那個傳令員指向頭頂說，「敵人已經弄清我們在哪裡了！」

「唔，」夏志康點點頭，「子彈來自兩個方向，這說明敵方槍手集中在兩個地方。傳我命令：突擊隊挺進二十米，搞清楚敵方槍手所在地，用手榴彈把他們幹掉！」

傳令員剛走，河邊的哨兵奔過來說：「報告：下游那邊有敵兵。」

「離多遠？人數多少？」夏志康問。

哨兵應道：「四百米左右，一個小隊吧。機槍手問你是不是要移前一些？」

夏志康擺手應道：「不必，沒我命令不准移動！」

傳令員說：「敵人從那裡過河怎麼辦？我們的槍彈打不著呀！」

夏志康笑道：「別擔心，他們會來這裡送死的。回去吧，叫機槍手準備戰鬥！」

哨兵剛離開，前哨那邊忽然傳來手榴彈的爆炸聲，連續五六響，如迅雷般震得森林簌簌顫慄。敵方的槍聲頓時啞了。夏志康暗自喊道：「幹得好！」

幾分鐘後，那個哨兵又奔前來對夏志康說：「報告：敵人已來到河邊，正朝我們這邊走來！」

夏志康應道：「看見了，叫同志們各就各位，我的槍一響就朝他們開火！」

說完，他挪到河邊盯著逐漸逼近的敵兵。他們共十二個，帶頭的鶴行鷺伏，跟隨的躡足潛蹤。距離越來越近，八十米，五十米，三十米；下水過河了，兩個，四個，八個，十個……前頭那兩個快到對岸時，夏志康槍口一揮連續射出兩顆子彈，走在前頭的那兩個應聲倒下。埋伏在兩岸的機關槍手隨著開火，一排子彈就令其餘的敵軍倒栽在水裡。

幾分鐘後，下游那邊又擁來一隊敵兵。他們剛涉足河水，一排交叉子彈又把他們打得七零八落。

夏志康看在眼裡，臉上發出會心的微笑。

槍聲剛停止，河對岸的一棵小樹突然簌簌抖動。那是蕭崗打的信號，沈瑞揚他們撤回來了。夏志康正要向傳令員傳達掩護沈瑞揚過河的命令，然而，心有靈犀一點通，槍聲霍然如暴風驟雨，子彈鋪天蓋地朝下游那邊飛去。這時，對面的同志便像一群山羊似的急速過了河。

沈瑞揚等人立刻投入戰鬥。然而，敵方的槍聲已沉寂下來。趨前視察了一下，只見敵軍的屍體橫七豎八地躺在草叢裡，約十二三個，另外河面上也有十幾個。

夏志康這邊有四個同志犧牲，兩個在衝殺時中彈，另一個手榴彈應用不當，還沒拋出便炸開，把自己和身邊的一個同志炸得血肉模糊。

沈瑞揚那邊則傷亡慘重，七個打頭尖兵全部犧牲，傷者六個，由於傷勢過重，不良於行，全被敵軍俘虜。

沈瑞揚的左額被彈片擦傷，流了好多血。剛才倉促撤離不覺得痛，現在坐下來才感到陣陣眩暈。

吉林妹為他敷藥紮傷口。蕭崗坐在一旁為他扇風。

像沈瑞揚這樣掛彩回來的有五六個。其餘沒掛彩的也驚險萬狀，例如黃鏢，他的帽子被彈片打飛，削掉一綹頭髮；吳大材的行軍背包彈孔累累，幸虧裡頭裝了十幾公斤米，這些米救了他一命；范童觀的袖子被子彈擦破，胳膊上留下一道兩寸長的焦痕；一個外號叫傻豹的兵士說子彈從他耳邊擦過，現在耳裡還嗡嗡作響。

從槍林彈雨中殺出一條血路，如今想起心有餘悸。

清過場地，前哨士兵從敵方死者身上剝下十幾支好槍。

夏志康吩咐士兵們把那四個犧牲同志的屍體運回蝙蝠洞埋葬。

沈瑞揚的精神已逐漸恢復。幾個同志說要背他走。他起身說已經沒事，自己能走。

回到蝙蝠洞已近傍晚。點算了一下人數，只剩四十二個。

大家胡亂吃了點東西，坐在一棵大樹下開會。

夏志康開場就說：「同志們，我對不起你們！前幾天營寨被炸，今次北上失敗犧牲了這麼多好同志，我要負全部責任。我後悔：要是早聽老沈同志的勸告這些事就不會發生。我真該死，我對不起大家，對不起……」他很激動，哽咽著說不下去。

「別激動，慢慢說。」韓亞奮趨前勸慰他。

夏志康情緒緩和，繼續說：「我過於依賴何鳴同志，對情況的變化不夠敏感而鑄成大錯。同志們，你們批評我吧，處罰我吧！不要客氣，不要留情，我全接受！」

蕭崗起身說：「志康同志固然有錯，不過剛才墨水河那一仗你指揮得好，打得漂亮，這個功勞足以補償你的過錯！」

「不，」夏志康提高嗓子說，「那是另一回事。把仗打好，多殺敵人是戰士的本分，不能和犯錯相提並論！」

沈瑞揚起身說：「你能承認錯誤我很感動。不過，也不能全怪你，如果要追究我認為犯錯的是上頭，這幾天我們頻頻失利上頭要負全責！」上頭是指何鳴，他不便指名道姓。

夏志康答道：「我是隊長，上頭的責任得由我承擔。現在我除了向大家道歉之外還決定辭去隊長職位。」

韓亞奮接話道：「我看，辭職的事以後再談，我們今後怎麼生存、怎麼戰鬥，這些迫在眉睫的問題應該先解決！」

夏志康答道：「我辭去隊長正是這個原因。老沈同志比我強，應該由他當隊長，況且他本來就是隊長，我必須把這個職位還給他！」

沈瑞揚回應道：「現在不是談誰該當隊長的時候！再說，隊長是黨組織指定的，怎能說換就換？」

夏志康猶豫了一下，點頭說：「也好，這件事暫且擱下，以後有機會我再向何鳴同志提出！」

沈瑞揚說：「其實，你的能力也不差，剛才墨水河一戰令我們刮目相看。志康同志，應該為將來多動腦筋，過去的事了就別提啦！」

夏志康臉上露出一絲笑容，說：「好！敵人越來越猖狂，我們的處境越來越惡劣，不過不管怎樣，我都會和大家並肩作戰，堅持到底！」

蕭崗接話道：「形勢已經改變，今後我們不可能再搭營寨，群眾也不可能像過去那樣支持我們，今後怎麼生存是個大問題！」

韓亞奮說道：「船到橋頭自會直，這個問題到時再理會！」

吳大材插話道：「烏拉山這麼大，可吃的東西多得很，餓不死的！」

「別談這些，」夏志康轉了個話題，「今天我們幹掉二十幾個敵人，英政府必惱羞成怒，老百姓可能要遭殃。我看我們歇幾天，養足精神，然後分頭到各個村子巡視一下，聽聽老百姓有什麼意見。」

沈瑞揚應和道：「你這提議很好，我投你一票。」

夏志康繼續說：「從老百姓那裡也可打聽到敵人的動向，這樣對我們制定以後的計畫有很大的幫助。哦，對了，蠍子營地窖裡還有好些武器彈藥，應該設法把那些東西轉移到別地方藏起來。」

蕭崗說：「敵人有漢奸帶路，可能搶先去了！」

夏志康應道：「明天派人去看看，如果敵人捷足先登，沒了就算了。好，還有問題嗎？」

散會時已近黃昏。炊事員喊吃飯。吃過飯天色就逐漸黑下來。奔波了一天，大家都很累，綁好吊床一躺下就睡死了。

蝙蝠洞和蠍子營一樣古木參天，森林連綿，夜風刮過，枝葉翻滾，嘩啦嘩啦，像海洋一樣。

沈瑞揚睡到半夜被林濤聲吵醒。離天亮還有些時候，他閉上眼睛想再睡一會，然而，這兩天來一直困擾著他的一個問題卻霍地在他腦裡出現：蠍子營被炸肯定是漢奸出賣，但森林這麼廣闊，枝葉密密叢叢，敵機的槍彈炸彈怎會準確無誤，顆顆中的？漢奸懂得幾何學？敵機上有千里眼？抑或科學家已發明了準確的觀察儀器？反覆推敲後，這些問題的答案只有一個：不可能。

天亮了，他坐在吊床上，對著樹頭邊一路螞蟻望得出神。周圍有幾株大樹剛落過葉子，晨曦從嫩葉縫中斜射下來。十幾米外有個稍微隆起的小土墩，那是螞蟻窩，眼前這路螞蟻就往那兒爬去。螞蟻窩周圍散布著陽光碎片，一個什麼東西在那裡閃閃發光。他錯愕了一下，便起身走過去看，原來是一張香煙盒的錫箔紙。他腦門一亮，情不自禁地拍了一聲掌，喃喃說道：「哈，我明白了，原來是這麼一回事！」

蠍子營也有些樹木在這個時候落葉長新芽。那裡有許多空瓶子、空罐子，敵機就對那些發亮的東西開槍扔炸彈。

「喂，」沈瑞揚興奮地向大家喊，「你們快來，我有新發現！」

眾人被他的喊聲驚動。吳大材、黃鏢、夏志康、蕭崗、韓亞奮等人走過來問他發現什麼。

「你們看那發亮的是什麼東西？」他指著錫箔片問。

黃鏢說：「那是香煙錫箔紙，有什麼奇怪？」

「啊，我明白了！」吳大材猛敲腦袋，後又興奮地拍了一下沈瑞揚的肩膀，「你是說敵人的炸彈丟得那麼準就憑這些發亮的東西？」

「對！」沈瑞揚回擊他一拳，「你的腦子真靈，一點就通，果然是『活字典』！」

「一點就通？什麼意思？」黃鏢莫名其妙地瞪著他們問。

吳大材說：「這幾天我一直在想，敵人的飛機怎會那麼厲害？每個炸彈分毫不差丟進我們的營寨？原來是那些會發光的東西在作怪！不是嗎？蠍子營到處都有錫箔紙，玻璃瓶、空罐子也不少，這些東西在陽光下會反光，從樹林上空望下來很刺眼，敵人的飛機就拿這些發亮的東西當靶子，把我們的營寨炸得稀巴爛！」

「有理，有理！」夏志康頻頻點頭，「我才說嘛，森林這麼大，樹葉那麼密，炸彈不可能對準我們頭頂丟。全是那些空罐子空瓶子惹的禍。大家請注意：以後別把瓶子、罐子這些會發亮、會反光的東西隨意亂丟。嗯……」他往周圍察看了一下，「那裡有一些，馬上清理掉，水溝邊的幾個水桶也要蓋一蓋。早餐還沒煮好，現在動手吧！」

清理了那些會發亮的廢物，蓋好水桶，還有那些搪瓷杯、菜刀和鍋碗瓢盆也一一移到大樹盤根下蓋上樹葉。

沈瑞揚又想到一件事。他拍手叫大家前來，一邊說：「以後我們走過的路也要清理，比如鞋印，要抹掉，踩亂了的樹葉要鋪回，遇到攔路的藤蘿要繞開，蜘蛛網不能碰，總之，走過的路不能留下任何痕跡，這樣敵人就沒法追查我們的行蹤。」

蕭崗說：「這想法很好，我看昨天我們從墨水河回來走過的路也要清理一下。」

夏志康附和道：「對！從此以後我們要養成習慣，不論出去還是回來，走過的路都得『掃一掃』，不能留下蛛絲馬跡！」

吃過早餐，蕭崗自告奮勇說願當「掃路官」帶領幾個同志去「掃」昨天走過的路。黃鏢也要求去察看蠍子營的任務交給他。吳大材則說山谷裡有許多野菠蘿樹，現在正是野菠蘿成熟的季節，他想帶幾個人去采些回來煮咖厘。夏志康全都點頭允諾，叫他們早去早回。

其餘的人留在營地，幾個在地上畫方格以野果核當棋子下馬來棋，韓亞奮拿出昨天從敵人背包搜出來的撲克牌和幾個同志玩「釣紅點」。沈瑞揚畫製了一副象棋和夏志康殺得天翻地覆。

傍晚時分出去的人相繼回來。吳大材那班人滿載而歸，扛回兩大袋野菠蘿，另有山榴槤二十幾粒。蕭崗說他不但『掃路』，而且還開路。人們問他開什麼路。他說開一條假路去東海岸。人們又問他去東海岸幹什麼。

他詭譎地笑道：「兵不厭詐，迷惑敵人嘛！」

大家聽了哈哈大笑。

黃鏢則給大家帶來好消息。他說敵人沒去過蠍子營，地窖裡的東西原封不動。

大家聽了雀躍萬分，因為除了武器彈藥外，還有許多工具、器具和日常用品。

休息了兩天，除了幾個傷口還沒痊癒的兵士外，其餘的都出動了。進村查訪的人員分配如下：沈瑞揚和蕭崗去象牙頂。韓亞奮和吳大材去甘密園、裕祥園和「敵產」園丘。夏志康和吉林妹去木炭山和甘草坡以及鄰近的幾個小村莊。黃鏢則帶領一隊人馬潛回蠍子營搬東西。夏志康規定各組人員必須在十天內回來。沈瑞揚則提醒大家出去後別忘記「掃路」。

黃鏢的隊伍只花兩天時間就把蠍子營的武器、用具以及能用的東西全部搬回來。他們還割了許多茅草和「茭秧」葉子蓋了幾間小茅屋。

一個星期後，進村查訪的士兵陸續回來。不出所料，墨水河一戰轟動全馬，中英文報紙都以大篇幅報道；敵人老羞成怒，出動軍警特務四處抓人，有些地方還強逼村民搬遷，甚至燒他們的房子。

夏志康和吉林妹率先回來。他們走訪了好幾個村子，甘草坡和木炭山受害較嚴重，主要是彭阿邁和黃金山投敵叛變的緣故。甘草坡有十幾個人被抓，其中包括聯絡站負責人白皙木夫婦和羅秋水以及他的兩個兒子。木炭山只有四個人被捕，燒掉的房子卻有十幾間，吉林妹的家是其中之一，不過她的家人卻安然逃脫。逃脫的人還有十幾家，特務捉不到人，一氣之下便放火燒他們的房子。此外，軍警還下令郊外零星的住戶必須搬進村裡，期限一個月，如果不搬他們的房子將被燒毀。

韓亞奮說甘密園和裕祥園丘比較平靜，原因是叛徒彭阿邁和黃金山沒在那裡活動過，無從提供黑名單。不過剿共局立了幾個禁令：不准攜帶食物、藥物、器具、用品等進入膠園；膠林夜間戒嚴，禁止膠工天未亮點燈割膠；森林邊緣劃為禁區，所有住戶必須在一個月內搬遷，不過准許他們白天回去割膠種菜，傍晚六點之前必須離開。

沈瑞揚和蕭崗走訪象牙頂的幾個村子後又去了一趟邊佳蘭，所以回來較遲。

沈瑞揚說象牙頂幾個村子中仙家崠和黃猄穴所受的衝擊最大，原因是這兩個村子的村民都是馬共游擊隊的落力支持者，隊裡的糧食和必需品好大部分由他們代買，一些信件也由他們轉交或遞送；彭阿邁和黃金山常到這兩個村子拿東西，他們對那裡的村民了如指掌，因此，被他列入黑名單的住戶多達三十六家。不過捉到的只有一半，其餘的全跑了。特務軍警捉不到人，一氣之下便放火燒他們的房子。此外，他們還下令這兩個村子所有的住戶必須在一個星期內搬遷，屋子也得拆除，否則屋主將被逮捕，房子也會被燒掉。

附近的虎嘯山和走水村也有好些人被捕，不過軍警沒燒房子，村民也不必搬遷，但糧食從此必須受管制，米、糖、麵粉、罐頭等食品每人每星期配給一定分量，購買時以卡登記，軍警或特務將在半路或村口檢查過往行人，超出分量者將被逮捕。

藿香園被燒得蕩然無存，沈瑞揚很為袁松林一家人擔心。後來在虎嘯山打聽到袁松林、丘添發這兩家人在漢奸帶軍警來捉人的前一天就搬走了，袁松林去德光島，聽說買了一塊橡膠園。丘添發去新加坡投奔親戚。沈瑞揚聽了後才放下心來。

沈瑞揚還帶回幾份報紙。其中一份有一則重要新聞：剿共總指揮官哈羅德·布裡格斯中將宣布將全盤修改剿共計畫，他認為要消滅馬來半島的馬共裝分子必須採取五個步驟：一，根據馬來半島的地理形勢和種族分布情況，軍事行動必須從南端開始，然後地毯式地朝北邊推移；二，軍方和警方的情報收集網必須全面革新；三，設立「新村」監管村民以斷絕馬共武裝分子的糧食供應；四，各個村鎮成立自衛隊監視村民行動；五，制定戰略，迫使馬共武裝分子在軍警控制區內與保安隊伍作戰。這五個步驟統稱「布裡格斯計畫」。哈羅德·布裡格斯中將同時透露：「布裡格斯計畫」由新上任的反共專家鄧普勒將軍執行。鄧普勒將軍曾擔任東南亞反共軍事顧問，越南剿共軍區司令，他有豐富的森林作戰經驗，他保證三年內肅清馬來半島所有的馬共武裝分子。

各種跡象顯示，敵人近期內必有大動作，烏拉山將面臨一場大浩劫，因此，沈瑞揚腦裡再次萌起撤離烏拉山的念頭。邊佳蘭九灣港有船往返廖內島，廖內島有船開往檳城，檳城靠近北馬，北馬有第五和第六支隊，中央總部也設在那裡，取道廖內島去北馬確實是個好主意。這點子原本是袁松林為他去英國念書而設想的，這個設想說不定也適用於整個部隊。

然而，風雲突變，他和蕭崗到來時才知道邊佳蘭已今非昔比，九灣港中游丘陵地帶建了個軍營，駐軍有一百多個；港口碼頭的值班警員從兩個增加到十個，另外還有便衣特務在暗中監視。把守如此森嚴，取道廖內島去北馬看來行不通。

沈瑞揚把所見情況如實反映。

夏志康聽了神色凝重，緘默不語。

韓亞奮喃喃說道：「看情形，鄧普勒將軍把烏拉山當成『布裡格斯計畫』的頭一個試驗場。」

黃鏢說：「再去探查一下，看看是否有缺口，只要突圍出去，鄧普勒的計畫就沒法得逞！」

吉林妹應道：「依敵人目前所擺的陣勢，突圍是不可能的！」

蕭崗抿了抿嘴，說：「我倒有一計，大家不妨考慮一下。」

「怎麼樣？」幾個異口同聲地問。

蕭崗繼續說：「敵人把東海岸的馬來村當防線，我看揀個月黑風高的夜晚，放火燒村子，駐紮在附近的兵鬼必湧去搭救，我們就趁亂找個空隙混過去。這一招你們看怎麼樣？」

夏志康臉一沉，叱責道：「不行！這麼做豈不壞了我們解放軍的名聲？還挑起種族間的仇恨？這樣做太危險啦，蕭崗同志！」

蕭崗做個鬼臉說：「戰爭期間，兵不厭詐嘛！」

沈瑞揚插話道：「形勢已經改變，即使混過去我們也未必能找到大隊！」

夏志康點頭說：「是的！何鳴同志這麼久沒和我們聯絡，我懷疑他們已經撤離南巴山！」

韓亞奮接話道：「這麼看來，貿然北上比留在烏拉山更危險！」

黃鏢卻說：「烏拉山有捉不完的野獸，有采不完的野菜和野果，留在這裡餓不死的！」

吳大材接過他的話茬兒：「靠山吃山，靠水吃水，像砂蓋那樣，我早說過啦！」

他們正說著，遠處忽然傳來飛機聲，幾秒鐘後，幾架吸血鬼打從他們頭頂掠過。

機聲消失後蕭崗問黃鏢和吳大材：「如果敵人的飛機把烏拉山炸光燒光，那時怎麼辦？」

「這麼厲害？可能嗎？」吳大材不屑地說，一邊拿詢問的目光去看沈瑞揚。

然而，沈瑞揚卻點頭說：「唔，絕對有可能！我看敵人除了轟炸烏拉山外，還會出重兵把我們團團圍住！」

韓亞奮接話道：「據我這兩天的觀察，敵人對我們的包圍圈已經形成，轟炸一旦展開，包圍圈就會漸漸縮小，我們的活動空間將越來越窄，越來越小，最後把我們逼到死角好一網打盡！」

「啊？」吳大材叫道，「真的那麼嚴重？」

沈瑞揚翻開另一份報紙，指著一則新聞說：「你們看，這是鄧普勒將軍針對墨水河一戰發表的談話，他說野戰部隊將傾全力消滅烏拉山的馬共游擊隊，即使把整座烏拉山燒掉也在所不惜！記者問他是否設下期限。他說三至六個月；六個月內拿不下烏拉山他就辭職回倫敦！」

黃鏢不屑笑道：「洋鬼最會吹牛皮，我才不信！」

韓亞奮應道：「那倒不一定，現在的武器很先進，連炸兩個月，烏拉山就光屁股啦！」

蕭崗接話道：「不用兩個月，現在有一種新型的燃燒彈，美國發明的，爆炸後便起火，溫度可達幾千度，兩個星期內就可把整座烏拉山燒光！」

吉林妹驚叫道：「這麼厲害？挺嚇人哪！」

蕭崗答道：「是的，不久前，法國在越南就用這種炸彈對付越共游擊隊。」

黃鏢問道：「越共游擊隊怎樣應付？」

蕭崗應道：「越南地方大，森林廣，這一招不怎麼管用！」

「我們這裡地方小，要走又走不了，怎麼辦？」吉林妹問。

蕭崗轉問沈瑞揚：「你說怎麼辦？」

沈瑞揚應道：「四個字：堅持到底！」

「對！」夏志康霍然激動起來，「堅持到底，抵抗到底，戰鬥到底，和森林裡的樹木共生死，和烏拉山共存亡！」

蕭崗翹起拇指提高嗓音朗誦般地說：「喔！蕩氣迴腸，感人肺腑，悲壯啊！」

黃鏢卻拍手叫道：「好嘛！有烏拉山陪葬，做鬼也靈，沒什麼好怨的啦！」

第六章 新村

一

紅土坑、瘦狗嶺、走水村和虎嘯山被圍上鐵絲網，兩邊村口各開一個柵門，剿共局在各個村子組織自衛團協助軍警檢查外出和過路的村民。村民購買糧食和日用品必須攜帶登記卡，超出配額一旦被發現，小則物件被沒收，大則關進牢房嘗鐵窗風味；賣者將被記分，滿十分罰款五百元，超過二十分吊銷營業執照。此外，賣出的罐頭必須鑿洞，瓶裝醬料或飲品得拔掉蓋子，違例者將以「非法攜帶物品」的罪名送往剿共局嚴厲處分。剿共局還頒發幾個禁令：禁止人們在鐵絲網外開店鋪，現有的必須停業或搬進村內；村外夜間戒嚴，人們不得外出；森林邊沿劃為禁區，闖入者格殺勿論。

這就是哈羅德．布裡格斯中將精心策劃的「新村政策」。

蛤蟆谷介於走水村和瘦狗嶺之間。那裡的住戶七零八落，範圍又廣，圍鐵絲網無濟於事，剿共局便把這個村子隔開兩邊，界線以村口那間雜貨店為準，雜貨店以東劃入瘦狗嶺，以西併入走水村。

蛤蟆谷也是個「紅村子」，被漢奸列入黑名單的住戶有八家之多，被捕的人共十二個，這家雜貨店的老闆和他的兒子也在內。

這間雜貨店叫錦茂號。店主姓楊，錦茂是他的名字。楊錦茂六十多歲，近年身體不好，生意多半由兒子料理。他的兒子二十出歲，由於屬虎，取名虎生。鬼子入侵前夕，楊虎生在新加坡念書，和袁奕森同校，低他一年級。他們雖然同樣來自鄉村念同一間學校，思想和人生觀卻截然不同。袁奕森性格開朗，思想先進，積極參加抗日救亡運動，和平後又投入反殖民主義的學生隊伍。楊虎生思想保守，性格內向，他認為進入學堂就應該專心向學，埋頭鑽研，好好珍惜。袁奕森看不起他。他也看不起袁奕森。他們倆老死不相往來。

楊錦茂待人處事也有自己的一套。日治時期，他欣賞沈瑞揚支持抗日軍，和平後，他對馬共的鬥爭就不感興趣。沈瑞揚帶領囚犯越獄他翹拇指倍加讚賞，象牙頂第九分隊的成立他卻一笑置之。有人問他為何不看好馬共。他說馬共的人才走的走，死的死，現有的志大才疏，不成氣候，憑那點黔驢之技和英國人鬥簡直是螳臂當車。有人問他對新上任的馬共總書記陳平有何看法。他說一個胎毛未脫、乳臭未乾的娃娃不會有什麼作為。（注：陳平接任馬共總書記時才22歲）

半年後，部隊人員逐漸增多，開銷加大，財政不勝負荷，何鳴決定提高商家和小園主的每月捐款。錦茂號平時每個月捐五塊，彭阿邁要他今後捐二十塊。楊錦茂問他憑什麼要他出二十。彭阿邁說那是上頭的決定，商家和園主的月捐一律二十塊。楊錦茂不同意，仍舊給他五塊。彭阿邁不肯，說錦茂號不能例外。楊錦茂說人家出多少是人家的事，錦茂號不會多給一分錢。彭阿邁看他口氣堅決，便說可以減五塊，再多不行。楊錦茂反駁說捐款乃出於志願，哪有人講價還價？

「這樣吧，」彭阿邁伸出兩個巴掌說，「給我一點面子，出十塊，這是最低價，不能再減！」

楊錦茂閃著五隻手指說：「五塊，分文不加！」

彭阿邁拿他沒辦法，便不出聲，算是默許。

楊錦茂從抽屜裡拿出幾張鈔票，遞給他說：「我是看沈瑞揚的面子，換作別人一分也不出！」

彭阿邁看他老氣橫秋，心裡很不是滋味。但他保持風度，接過錢時向他說了聲謝。

另一次，近年關，錦茂號辦了許多年貨，臘腸、大蒜、青橄欖、瓜籽、潮州柑等一麻袋一麻袋地擺在店裡。彭阿邁看了嘴饞，撿個青橄欖丟進嘴裡，饒有滋味地嚼著。一轉身，眼前的箱子盛的是潮州柑，蠟黃蠟黃的令人垂涎，他隨手撿了一個掰成兩半。他噗的一聲吐掉橄欖核，把半邊柑塞進嘴裡。

「想要些什麼？」楊虎生趨前招呼。

彭阿邁翹起拇指說：「這柑很甜，來十個，我自己要的！」

楊虎生丟一個紙袋給他，說：「你自己選！」

彭阿邁接過紙袋，又說：「青橄欖也不錯，來一斤！」

楊虎生秤好青橄欖，問他還有沒有別的。

彭阿邁舉眼往那幾麻袋年貨掃了一下，說：「黑瓜籽很新鮮，來一點。」

楊虎生問他道：「一點是多少？」

彭阿邁想了一下說：「一斤太多，十二兩夠啦！」

楊虎生秤好瓜籽，撥了一下算盤，後說：「蕉柑十一粒兩塊二，青橄欖一斤九角，瓜籽十二兩六角，共……」

「等等，」彭阿邁打斷他說，「柑我只拿十粒，怎麼會十一粒？」

楊虎生應道：「你剛才吃了一粒！」

「啊？」彭阿邁驚叫道，「這也要算？」

楊虎生也提高嗓音：「當然要算，共三塊七角！」

彭阿邁睜大眼睛望著他，一邊說：「我自己要的，你知道嗎？」

「當然知道！」楊虎生拉長語音，「誰要的價錢都一樣，三塊七角！」說完伸手向他要錢。

「這……」彭阿邁的臉唰的變得通紅。「我……我自己要的，知……知道嗎？」

楊虎生應道：「我說過啦，誰要的都得算錢。三塊七角！」

彭阿邁摸了摸褲袋，臉上裝出驚詫的表情，「呃，」他攤開雙手說，「忘了帶錢，對不起，這年貨，我不要啦！」

彭阿邁壓根兒就不想給錢，他這麼說是想以退為進，希望對方給情面，讓他得到東西又好下臺階。

然而，楊虎生卻說了聲「沒關係！」便解開紙袋把東西倒回貨箱裡。

再一次，那是幾個月前，馬共中央頒佈第107和109號政令，沈瑞揚、韓亞奮、黃鏢等人拒絕執行，彭阿邁和黃金山為討好夏志康而自作聰明向村民做思想工作。他們照本宣科地說馬共實施這兩條政令的天大理由。沒料到楊錦茂父子竟然唱反調說這兩道政令隔靴搔癢，無濟於事。彭阿邁問他說這話是什麼意思。

「不是嗎？」楊錦茂毫不顧忌地說，「你們收了我們的身分證，紅毛政府肯定會要我們再做一張，這不是給我們村民添麻煩嗎？」

楊虎生也說：「你們砍膠樹不讓人割膠，那些膠工吃什麼？」

彭阿邁被問得張口結舌無言以對，只好說那是中央下達的命令，不論誰都得服從。

「服從？」楊虎生冷笑道，「你就試一試，看村民會不會服從？」

彭阿邁十分氣惱，回營後便添油加醋地向夏志康反映。那時夏志康剛接到取消107和109號政令的文件，便說那兩道政令確實有誤，上頭下令停止實行。

「啊？怎……怎麼會這樣？」彭阿邁瞠目結舌，以為自己聽錯了。

彭阿邁滿以為逮住了楊錦茂的小辮子，下次去可好好修理他一頓。然而事與願違，夏志康反而要他去向村民宣布那兩道政令已經取消，暫時不會執行。

「暫時？你的意思是說遲些時候再執行嗎？」彭阿邁問。

夏志康搖頭說：「以後也不會，說暫時比較好聽。你就說中央取消這兩項政令是因為他們體恤民情，不想給百姓添麻煩。知道嗎？」

這差事多尷尬，但隊長的命令再尷尬也得硬著頭皮去執行。

「我沒說錯吧？」楊錦茂聽了彭阿邁的解釋後樂開了懷，「損人又不利己的餿主意，虧你們想得出來！」

彭阿邁打起笑臉點頭說是，心底裡卻恨得牙癢癢。「別得意，」他暗自罵道，「總有一天逮著你把柄，到時就讓你吃不了，兜著走！」

然而，楊錦茂為人剛正不阿，做事光明磊落，儘管彭阿邁挖空心思都拿他沒辦法。

說來真弔詭，彭阿邁已經投降了，他對楊錦茂仍耿耿於懷，特務頭子要他列黑名單，他率先寫的便是楊錦茂父子的名字。

捉人那天，看見楊錦茂父子被扣上手銬、押上警車，彭阿邁洋洋得意。在南榮街警察局，看見楊錦茂父子被打得遍體鱗傷，他樂不可支，拍手稱快。

楊錦茂脾氣倔強，問話時老和特務抬杠。楊虎生疾惡如仇，大罵彭阿邁和黃金山認賊作父，卑鄙無恥。特務怒不可遏，拳頭就像打沙包似的往他們臉上打、身上播。每次問話他們父子倆都被打得遍體鱗傷。楊錦茂吐過兩次血，楊虎生躺在鋪板上氣息奄奄。

兩個月後，柔南剿共局對被捕的村民作出裁決：外地出生的一律驅逐出境，本地出生的送進木炭山監獄洗腦改造。

楊錦茂和十幾個村民被遣回廣州。楊虎生和另外兩個卻意外地被釋放回來。他們並非無罪——在緊急法令下被捕的人都有罪。剿共局釋放他們的理由是「保釋就醫」。原來特務嚴刑逼供，他們三個傷得特別重，楊虎生吐過幾次血，另兩個躺在鋪板上痛苦呻吟，剿共局不讓他們死在監牢裡。

楊虎生和另一個回來不到一個星期就死了。另一個命大，服了祖傳的跌打藥後情況逐漸好轉。

二

這些日子，每隔不久就有馬共武裝分子出來投誠。投誠的馬共有一個共同點：在隊時表現積極，群眾面前口號響噹噹，當了叛徒後便六親不認，凡接濟過或曾接觸過他的人都被出賣。

一個馬共分子出來投誠就有十幾甚至二十幾個村民被抓進監牢。南榮街警察局的拘留室擠擠插插，木炭山監獄有人滿之患。村民一旦被捕，拳打腳踢、嚴刑逼供在所難免。殖民統治者比日本鬼子還要狠毒，上個月又有兩個「保釋就醫」的村民相繼死去。

象牙頂村民談馬共色變，一聽到馬共投誠的消息便雞飛狗竄，倉皇逃遁。

投誠的馬共招搖過市，特務探子比野狗還多，村民們在恐懼中過日子。不過，最令人髮指的還是那個助紂為虐的自衛隊。

自衛隊是強制性的。凡二十一至四十五歲的男性村民都得參加。隊員必須接受二十個鐘頭的射擊訓練。值班時佩帶獵槍和六顆子彈。每人每星期值班一次，分日夜兩班，日班津貼五塊，夜班多一塊。沒空值班者可找人代替。

由於是強制性，村民們只好硬著頭皮去練槍。那些不務正業的二流子卻興致勃勃。二流子每個村都有，馬來族群也不例外。他們認為扛槍有錢拿又威風，每個星期如果能多值幾次班那就更好。他們這個願望果然實現。原來練槍結束後，輪到值班的村民都叫他們去代替，這麼一來，他們每天都得值班，每天都有錢拿。剩共局在柵門旁設的崗哨站就成為二流子的巢穴了。

自衛隊值班時袖子上戴著印上「ＨＧ」字樣的黑色袖圈。戴黑色袖圈形同戴孝，因此，村民們便叫自衛隊為喪家狗。

喪家狗有華人和馬來人。他們的任務是看守柵門、監視鐵絲網外的住戶和突擊檢查過路行人，然而，那些二流子卻擅離職守，濫用權力。

新村的柵門每天傍晚七點關隔天凌晨六點開。挑擔或攜帶包裹外出的人必須停步受檢查。喪家狗檢查他們時便吹毛求疵趁機敲詐，稍微超量東西被沒收，超量多的得破財打點，沒錢的或不甘願的交由剩共局處理。此外，年輕婦女被非禮揩油的事層出不窮。害羞怕事的敢怒不敢言。不過，並非所有的村民都逆來受順，有些也是不好惹的。

榴槤妹就是其中的一個。

榴槤妹原本住在虎嘯山，去年嫁到瘦狗嶺。她二十三四歲，相貌說不上漂亮，身材卻豐盈健美。她性格內向，說話輕聲細語，像只溫馴的小貓；她從不與人爭執，即使有天大的委屈也是忍著。但她的忍是有限度的，到忍無可忍時她必翻臉，一旦翻臉可比母老虎還凶。

榴槤妹和丈夫住在鐵絲網內。她早上和丈夫一起到自己的膠園割膠，下午到菜園種菜。膠園和菜園都在鐵絲網外，她每天進出柵門好幾趟。每當她單獨進出柵門時，喪家狗總會拿髒話撩撥她，檢查她攜帶的包裹時還動手動腳揩她的油。她總是忍著，忍著，到實在忍不下去時就惡狠狠地瞪對方一眼。

一天，一個外號叫黃牛牯的二流子看她好欺負便伸手去摸她的屁股。她瞪他一眼挪開身子。黃牛牯隨著去摸她的胸部。她推掉他的手，氣鼓鼓地瞪著他。黃牛牯則哈哈大笑。

下回再這樣就不能忍了。走出柵門時她對自己說。

幾天後的一個下午，兩點多鐘，榴槤妹挑著兩桶豬糞到菜園去。守柵門的正是黃牛牯。另一個是馬來人。再來惹我的話就給點厲害他看，她想。

來到柵門前，黃牛牯嬉皮笑臉地走過去。

「挑的是什麼？」他問。

她停下腳步，應道：「豬糞！」

馬來人最忌豬，那個馬來喪家狗聽了後便捂著鼻子溜進崗亭。

「桶裡有沒有藏別的東西？」黃牛牯又問。

榴槤妹不屑地說：「你自己看！」

黃牛牯打手勢叫她放下擔子。榴槤妹把糞桶重重地摞在他跟前，咣的一聲，糞汁四濺。他往後跳開，幾滴糞星兒還是落到他的褲子上。

他瞪眼罵道：「他媽的，你想死啊！」

榴槤妹兩手抱在胸前，斜眼看著他，沒出聲。

黃牛牯隨手撿起一根棍子，上前敲敲兩個糞桶。「去哪裡？」他問。

榴槤妹細聲說：「去菜園！」

黃牛牯發現她腰邊挎著一個小布袋，便指著問：「袋裡裝什麼？」

她應道：「一瓶開水，一個番薯。」

黃牛牯上前佯裝查看布袋，目光卻在她身上打轉。豐滿的胸脯和高高隆起的乳房令他禁不住，查布袋的那只手不由得在她的腰部輕輕摸了一下。

怒火在她心中燃起。反擊的念頭油然而生，不過她沉住氣，聽由他摸，等到必須出手時才出手。

黃牛牯看她沒抗拒，便吃髓知味，把手伸到她肚臍。

她身子扭了一下，羞怯地說：「別這樣，給人看見不好！」

黃牛牯色眼眯縫地說：「馬來人在後面，看不見的！」

「你的手好粗啊！」她皺起眉頭說。

「是嗎？」黃牛牯把嘴湊到她耳邊，「男人的手是這樣的嘛！」

「我不信！」她說，「拿槍不像拿鋤頭，來，讓我看看！」

黃牛牯把另一隻手伸給她。

她握著他的手，湊到嘴邊吻了一下。

黃牛牯像觸電般渾身酥麻。那是爽。他逛過窯子，窯子裡的女人身上盡是死肉，說不上爽。這個村姑水性楊花，她的肚皮比豆腐還嫩，那種爽叫人憋不了，捺不住。他的心怦怦怦地快要跳出胸口。她一定和我一樣的爽。她是個淫蕩的女人，要不怎會溫馴得像只小貓？這麼一想他的膽子就更大，五隻手指往她下體進攻。

就在這個時候，榴槤妹在他手腕上狠狠地咬了一口。

「哎喲！」黃牛牯有如踩到山豬夾一般彈跳起來。

榴槤妹沒立刻鬆口，他這一彈跳竟然扯下一塊肉。

榴槤妹啐了幾口痰，抹淨唇上的血跡，雙手抱在胸前等待對方的下一步行動。

「你……你咬人？哎喲……他媽的，臭婊子，竟敢咬我？你……好狠，哎喲……」他怒目切齒，渾身哆嗦，臉扭曲得像個贅瘤。

榴槤妹的牙力委實夠勁，吊在黃牛牯傷口上的那塊肉足有一兩重，血如噴泉般湧出來。

「你……你這蕩婦……」他掄起槍想打榴槤妹，但一使勁傷口便痛得如抽筋剮骨。「你……你別走，回頭看我怎麼收拾你！」

他回到崗亭。那個馬來喪家狗從藥箱裡拿出一卷紗布要替他包紮傷口。

「我自己來，」黃牛牯拿過紗布，指著榴槤妹說，「她是馬共，去抓住她，別讓她走，快！」

那個馬來喪家狗應了一聲便奔出去要抓榴槤妹。榴槤妹架起扁擔正想走，看那個馬來人氣衝衝地朝她奔來，於是舀了滿滿的一勺糞準備往他身上潑。馬來人想起桶裡盛的是豬糞，便斂步駐足，跑回崗亭。

黃牛牯一邊包紮傷口一邊瞄著外面的榴槤妹，看見馬來人夾著尾巴逃回來氣得七竅生煙。「他媽的，孱頭，膿包！」他罵了一聲，顧不得傷口的疼痛，衝出去掄起槍柄就往榴槤妹頭上劈。榴槤妹挪身閃到一邊。黃牛牯沒劈著自己反打了個趔趄。榴槤妹隨即舉腳往他屁股掃過去。黃牛牯吧嗒一聲趴了個狗吃屎。他隨手撿一個石頭站起身要砸榴槤妹。榴槤妹眼疾手快，舀了一勺糞往他臉上潑。糞汁又臭又稠，嗆得他喘不過氣睜不開眼。榴槤妹並不罷休，糞汁一勺一勺地往他口裡鼻裡灌。黃牛牯啊啊啊地盡把糞汁往肚裡吞。

這時候柵門前已聚集了一大群人。看見黃牛牯吃豬屎的滑稽狼狽相眾人都樂得哈哈大笑。

榴槤妹潑了十幾勺直到黃牛牯糞汁淋漓才罷手。黃牛牯跑進崗亭指著榴槤妹罵罵咧咧。榴槤妹不再理會，挑起糞桶晃悠悠地走出柵門。

黃牛牯被榴槤妹灌豬屎的事很快就傳遍象牙頂的幾個村子。村民們無不津津樂道。然而，無巧不成書，同一天的那個晚上，虎嘯山也發生一件大快人心的事。

吳亞仔和張扒皮是虎嘯山出了名的癩皮狗。他們當了自衛隊後便作威作福，為所欲為。村民們深受其害，恨不得扒他們的皮啃他們的骨。

兩個星期前的一個傍晚，一個叫邱大妹的少婦騎腳踏車從紅土坑回村子，半路過木橋時輪胎被鐵釘刺破，她只好推車子走回去。

離村子還有十幾公里遠，天色開始變黑，回到家可能要半夜。走夜路她不怕，怕的是遇到巡邏的喪家狗。她住在村外，村外天黑就戒嚴。戒嚴期間外出被逮著麻煩就大了。

暮色越來越濃。一彎上弦月打東方冉冉升起。空中的雲霞逐漸淡去，貼在天邊的遠山逐漸模糊。為了躲開喪家狗，快到村子時她抄小路走。走著走著，前頭突然劃過一道手電筒光柱。她嚇了一跳，心裡暗自叫苦：「哎呀，一定是喪家狗，這次糟啦！」

光柱落在她臉上，隨著有人喊：「什麼人？站住！」

邱大妹停下腳步，眯縫著眼朝前頭仔細察看。

沒錯，是喪家狗，兩個，邱大妹認得，他們就是吳亞仔和張扒皮。

「現在幾點了？你不怕死嗎？」吳亞仔過來瞪著她問。

邱大妹指著車輪向他笑道：「半路過橋時輾到鐵釘，推車回來，所以遲了！」

吳亞仔指著腳車後架上的籃子問：「裡頭盛什麼東西？」

邱大妹拿起籃裡的那包東西說：「兩包紅煙，十盒火柴。對不起啦！」

吳亞仔冷笑道：「一聲對不起就算了嗎？沒那麼便宜！」

邱大妹登下輪架把車打住。「你想怎麼樣？」她問。

吳亞仔袖手應道：「現在是戒嚴，該怎麼樣你自己說！」

邱大妹從衣袋裡掏出一個小布包，裡頭有幾張鈔票，她把鈔票塞到張扒皮手裡，一邊說：「拿去喝咖啡！」

吳亞仔往手裡的鈔票瞥了一眼，不屑地說：「哼，才六塊，夠買什麼？一句話：二十塊，放你走！」

邱大妹應道：「我只有六塊，再多沒有，改天補給你！」

張扒皮在後面插嘴說：「騙鬼吧？你不是去紅土坑賣菜的嗎？一車菜可賣二十多，只有六塊誰相信？來，拉開衣袋讓我看看！」說完伸手要解她腋下的鈕扣。

邱大妹挪開身子，反過衣袋讓他看，一邊說：「沒有就沒有，誰騙你！」

看衣袋是假，揩油才是真，吳亞仔把手伸到她另一邊腋窩。「可能藏在這裡。」他說。

張扒皮搭茬說：「還有這裡！」他把手伸到她的胸部。

邱大妹又氣又恨，然而，此時此地，仰俯由人，她只好忍著。

這兩個癩皮狗的魔爪在邱大妹身上貪婪地摸著。邱大妹飲恨吞聲，淚珠兒撲簌簌地落下來。這兩個癩皮狗得寸進尺，一個鬆她的鈕扣，另一個扯她的褲子。她咬緊牙關，渾身發抖。他們吃髓知味，要拉她進草叢。貞操乃至生命已受到嚴重威脅，妥協和忍耐已經毫無意義。她咬著嘴唇，彎起胳膊肘對準身後的張扒皮像撞鐘般往他心窩使勁擂過去，接著順勢舉腳往身前的吳亞仔跨下猛力一踢，那兩個癩皮狗像被人擊中穴道似的悶哼一聲栽倒在地上。她拿過腳車後架籃子裡的那包東西拔腿就逃。

隔天，她的丈夫帶她去向村長投訴。村長帶他們去見剿共局頭目。剿共局頭目說那是吳亞仔和張扒皮的個人行為，不關剿共局的事。村長接著帶他們去南榮街警署報案。警署的值班警曹則說警衛隊是剿共局的人，他們做什麼警察局無權干涉。

剿共局和警察局互相推諉，村長目瞪口呆不知所措。

邱大妹的丈夫一甩手說：「算了，回去！」

兩個星期後，也就是黃牛牯被榴槤妹灌豬屎的那天晚上，吳亞仔和張扒皮在村外巡邏時突然遭人綁架。

綁匪不要錢、不要槍也不要命，要的是他們的兩隻手指和兩隻耳朵。

事情發生的經過是這樣的：那天晚上，十點多鐘，吳亞仔和張扒皮美其名去郊區巡邏，其實是去榴槤園偷撿人家的榴槤。運氣不錯，撿了十幾粒，用麻袋兜著，馱在腳車後架上，興高采烈地回去。當晚沒有月光，小路彎彎扭扭，兩旁的野草密密叢叢，手電筒益發無力，幸虧腳車裝了車頭燈，發電輪軸轔轔轔地把小路照得亮堂堂。

走出榴槤園，轉入大路，大路筆直，兩旁草叢燈影幢幢。過了一片茅草芭，下斜坡了，車速加快，車頭燈比大光燈還亮。風颼颼地從耳邊刮過，後架的榴槤香味令他們垂涎欲滴。就在這個時候，草叢裡忽然飛出兩支竹竿，像標槍一般不偏不倚地分別插進兩輛車子的前輪輻條，他們兩個連車帶人栽了個大筋斗。車停燈滅，周圍黑咕隆咚，他們倒栽在地上還沒弄清是怎麼回事，一根繩子突然套住他們的脖子，一團破布隨著塞進他們的口。他們想喊喊不出，越掙扎繩子就勒得越緊。他們被拖進草叢，幾隻強而有力的手把他們按倒在地。他們兩個側耳注目想弄清楚這些人是什麼來頭。然而，他們就像啞巴一樣除了噓噓的喘氣聲之外什麼也聽不見。他們是馬共嗎？馬共有槍，對付我們不需費那麼大的勁。這些人到底是誰？想幹什麼？正當他們百思不解之際，夜幕裡忽然閃過一道刀光，咔嚓咔嚓，左手巴掌那邊像被人砍了一刀，痛覺還沒傳到大腦神經，兩邊耳朵又傳來一陣刺痛。

捉住他們的那些手鬆開了，雜亂的腳步聲也遠去了。周圍萬籟寂靜，這時候他們才覺得左掌和兩個耳朵痛得如抽筋剮骨。

他們拉掉口裡的破布，忍痛走出草叢。找回手電筒對看了一下，哎呀我的媽，左手的食指和中指不見了，兩隻耳朵也沒了，血像噴泉般湧出來。

「手指呢？耳朵呢？啊……啊……」他們頭暈目眩，身子一歪，昏倒在地。

綁匪手腳麻利，沒亮過燈，沒說過話，前後不過七八分鐘。

剿共局很重視這起案件，從哥打丁宜調來專案人員調查此事。然而，專案人員感到十分棘手，因為綁匪人數多少、長得怎麼樣、說話抄什麼口音等線索當事人全然不知。他們曾到事發現場查過好幾次，然而，那裡除了壓倒幾根野草和斑斑血跡之外，並沒發現任何蛛絲馬跡。

一個星期後，專案人員回去了。村裡沒人被捕，也沒人被叫去問話。這件事不了了之。

吳亞仔和張扒皮被送去新山醫院。少了手指沒了耳朵，剿共局已當他們為殘疾人士，今後可享免役優待。他們的家人要求剿共局給予生活照料。剿共局卻說吳亞仔和張扒皮手指被砍耳朵被剮乃出於個人恩怨，他們得為自己的行為負責，剿共局沒照顧他們的義務。

說來也有些道理，各個村子的自衛隊加起來有七八十個，為什麼綁匪不砍別人而偏對付他們兩個？

不過，飽吞豬糞的黃牛牯卻比較幸運，傷口復原後被調去紅土坑當自衛隊副隊長。副隊長出巡時拿的是來複槍，享有軍人福利，待遇和森林部隊一樣。

一天晚上，黃牛牯氣勢洶洶地來到榴槤妹的家。他問榴槤妹咬傷他的手這筆帳怎麼算。榴槤妹的丈夫反問他想要怎麼算。他要求賠醫藥費和人工損失。榴槤妹的丈夫要他說個數。他屈指算了一下說要兩百塊。榴槤妹的丈夫說兩百拿不出，二十塊倒可湊一湊。說後叫榴槤妹去向左鄰右舍湊錢。黃牛牯不接受，說要兩百塊，一分不可少。

榴槤妹回來把一疊鈔票交給丈夫。

她丈夫把錢轉遞給黃牛牯。黃牛牯嗤之以鼻，說世界上沒有那麼便宜的事。

榴槤妹的丈夫把錢重重地甩在桌上，一邊說：「也好，我們就把帳算清楚。你侮辱我老婆的事該怎麼解決？」

黃牛牯雙臂抱在胸前，兩眼瞪著屋頂，自我得意地說：「哼哼，是你老婆自願讓我玩的，不算侮辱！」

榴槤妹的丈夫聽了火冒三丈，拳頭抓得咯咯響。

榴槤妹趕緊把他拉開，一邊對黃牛牯說：「你的手也是自願讓我咬的呀！」

「呃？」黃牛牯板緊臉罵道，「你他媽的講鬼話，老子沒功夫和你磨牙，賠還是不賠說一句！」

榴槤妹指著桌上的鈔票說：「就這二十塊，再多沒有，要就拿去！」

黃牛牯雙手叉腰以威脅的口氣說：「你們是不想解決這件事了？」

榴槤妹瞥了丈夫一眼。

這時候她丈夫的怒氣已經緩解。他趨前對黃牛牯說：「不是不想解決，你開鱷魚口想趁機敲詐我們辦不到！」

黃牛牯一拍桌子說：「好！你們敬酒不吃吃罰酒，等著瞧！」說完轉身準備離去。

「隨你便！」榴槤妹的丈夫應道，「不過我得提醒你：做人別太過分，你是本村人，我不想你像吳亞仔和張扒皮那樣被人剁手指剮耳朵。我的話說完啦。我這二十塊還是借來的，你想了結就拿去，不然我陪你玩到底！」

吳亞仔和張扒皮還躺在新山醫院。想到他們的名字黃牛牯就倒抽了口涼氣，冷汗順著脊樑流進屁股溝。他轉過身睜大眼睛瞪著榴槤妹的丈夫，心裡在琢磨他話裡的含意。

榴槤妹的丈夫袖著雙手和他冷眼相對。

兩道目光相持足有半分鐘，黃牛牯終於垂下眼，大概是想通了。

「算了！」他的語氣霍然變得溫和，「今次不和你們計較，下次再這樣老子就不客氣！」說完，拿過那疊鈔票，氣衝衝地走出去。

三

林成武住在紅土坑鐵絲網外。他的年紀五十開外，是個屠夫。他幹這行已經二十多年。他育有一女兩男，年齡介於二十至二十五之間。長女已出嫁。老二不久前被彭阿邁和黃金山出賣，在獄中受盡折磨，後和楊虎生以及另外一個一起「保釋就醫」；楊虎生和另外那個回家後不到一個星期就死去。唯有他服了父親林成武調配的跌打藥後撿回一條命。

林成武出生於廣東蕉嶺縣。家人務農。他的父親懂得武術，是村裡馳名的白鶴派拳手。他的父親也懂得醫術，配製的跌打藥療效顯著，凡跌傷、撞傷或被人打傷的村民都找他醫治。林成武耳濡目染，從會走路開始便和一批小孩子在祠堂前的曬谷場向父親練拳習武。

他十四歲那年，村裡發生蝗災，農作業歉收；隔年梅江漲大水，萬頃農田被淹沒，林成武住的那個村子的災情尤其嚴重。村民們沒了生計，能走的都走了。林成武的家人到外村投奔親戚，他則到縣城的一家肉鋪當學徒。

肉鋪裡有個屠夫姓薛名旭虎，由於他蓄了幾綹白鬍子，人們因而叫他白須虎，街坊的年輕晚輩則叫他虎叔。

白須虎為人剛正不阿，脾性又好，頗受老闆信任和器重。近幾年，老闆身體不好，鋪裡的大小事便由他掌管。林成武燕頷虎頸，相貌堂堂，白須虎第一眼看到他時就覺得這小夥子非同等閒，過後又發現他頭腦靈活，領悟力強，做事又勤快，便對他另眼相看。

一天，白須虎問林成武想不想學武功。

學武功？他為何突然問這個？林成武心裡嘀咕著。

白須虎覺得這麼問太突然，便換個口氣說：「我看你是個學武的料，埋沒的話就可惜了！」

「你要我學哪門派的武功？」林成武問。

白須虎應道：「薛家拳，聽過嗎？」

林成武點頭應道：「聽說這拳術夠狠，一拳就可把仇人送上西天，真的嗎？」

白須虎笑道：「有這麼回事，如果出重拳，誰也救不了！」

林成武繼續說：「這麼厲害的武功，內力不好的人肯定學不了。」

白須虎答道：「對！學的人領悟力要高，忍耐力要強，還得有六分的內力底子。難度是很大，不過你來學，肯定行！」

林成武擺手說：「哦，不不，我沒練過內力，識字也不多，肯定學不成！」

白須虎猛拍一下他的肩膀：「說你行你就行！練不練？」

「誰教？是你嗎？」林成武問。

白須虎指著自己的鼻尖說：「不是我還有誰？人家練武得繳拜師費，每年還得送禮，我呀，算是前世欠你的，你只要跪下叫我一聲師父，我就把本事傳給你！」

林成武暗忖：練的人得有六分內力，教的人起碼得有十分以上，然而，虎叔鳩形鵠面，未老先衰，走路磕磕絆絆，不論從哪個角度看都不像是練武的人。

白須虎看他愣著，便說：「學還是不學講一聲，我沒工夫！」

林成武沒法解開心裡的疑團，只好支吾其詞：「我……我怕學不了，你……能不能先弄一手，好讓我思量思量。」

白須虎知道他心裡在想什麼，便彎起胳膊擺出拗手的姿勢，一邊說：「來，你掰得直我的胳臂，我就拜你為師改練你的白鶴拳。」

林成武猛然一怔，說：「你……你怎知道我練過白鶴拳？」

白須虎答道：「你走路鶴行鷺伏，一看便知！少說廢話，來吧！」他晃了晃緊抓的拳頭。

掰直胳臂就是拗手瓜。挑釁或不服氣才和人拗手瓜。白須虎是長輩也是肉鋪主管，他哪敢放肆。

「不可不可，」林成武忙擺手，「我只想見識一下你的拳路，看看難度有多大，沒別的意思！」

白須虎鬆下緊繃的胳膊，說：「拗手不好看，這樣吧，我們握個手，握手不惹眼。」說完把手伸給他。

他掌上的趼子又粗又厚，是道地的拿殺豬刀的手，然而，緊握著時卻又覺得像只老黃瓜，外殼硬，內瓤軟。他稍微加點勁，一股內力就像微波般傳入他體內。他暗暗吃驚，也警惕著。

白須虎不動聲色由他握。正當他想把手收回時，白須虎這才稍微使點勁。就使這麼一點勁，白須虎的五隻手指竟然如鐵爪般堅韌有力。林成武「哎呀」一聲，想抽回手，白須虎則著力一攥，他像觸電般哆嗦了一下，整只右臂頓時沒了知覺。

「哎呀呀，我的手……」林成武肩膀歪向一邊驚叫著。

白須虎微微一笑，問道：「你的手怎麼啦？」

林成武青著臉說：「麻了，全麻了！」

白須虎鬆下手，往他肩膀拍了一下，後問：「現在怎麼樣？還麻嗎？」

林成武閃了幾下手指，後又活動了一下手臂。「欸，沒事啦！虎叔的內力了得呀！我有眼不識泰山，佩服，佩服！」

白須虎問他道：「你學還是不學？」

林成武激動地說：「虎叔放心，我一定好好學！師父在上，請受徒兒一拜！」說完，伏地磕了三個響頭。

薛家拳主要是把內力集中到拳頭。拳頭又以食指和中指的骨節為駐力點。和人交手時以這兩個指背骨節朝對方肋骨從下而上擂過去，出拳者出手輕，中拳者口吐白沫，渾身乏力，一蹲下就起不來；出手重的話，中拳者當場倒地，口鼻出血，一命嗚呼。這套拳術叫「易肋功」。

白須虎教林成武之前要他答應三個條件：一，學此拳只許自衛，不許欺人；二，出手前必須三度警告；三，徒弟必需品德高，素質好，而且只能傳給自己的兒子。

林成武一一應諾。從此，他每天黎明前和黃昏後在宰豬場曠地勤學苦練。他大徹大悟，凡事一點就通，不到兩年，十個指頭就練得如鐵爪般堅韌有力。

白須虎年過半百，妻子早逝，沒留下一兒半女。他想收個徒弟把「易肋功」傳授於他，然而學「易肋功」的條件很高，他物色了十幾年就是沒一個理想的。正彷徨之際，肉鋪裡忽然來了個林成武。他獨具慧眼，一看見林成武就覺得這個後生仔是個練武的好材料。他暗中觀察了些時日，覺得這小子的品行、脾性和教養都符合練「易肋功」的條件。他暗自慶幸，「易肋功」總算後繼有人了。

林成武聞雞起舞。白須虎疼愛有加，把自己的一身功夫毫不保留地傳授給他。過後又教他調配各種解藥的祕訣和煎製方法。

三年後，中國軍閥混戰，廣東西北部成為戰場。蕉嶺和大埔兩縣的人四處避難。林成武叫師父一同回他的鄉下。白須虎說鄉下和縣城一樣不安全。林成武說無論如何都得離開縣城。白須虎說已答應老闆留下來看守鋪子。林成武說師父不走他也不走。白須虎罵他沒出息，沒志氣；並鼓勵他到外頭去闖世界。

林成武覺得師父的話也有道理，便離開縣城。他先到揭陽，後到潮州，再後隨「水客」過番來南洋。

林成武先到馬來半島。在檳城的同鄉會館住了一個月。後到怡保一家錫礦當礦工。錫礦老闆刁鑽刻薄，幹了半年便到吉隆坡一家肉鋪當夥計。兩年後到新加坡，在一家屠宰場當屠夫。半年後在一個叫中峇路的露天巴剎弄了個豬肉攤子自己當老闆。攤子的生意很不錯，一年後便成了家。他的老婆勤奮節儉，人緣又好，生意越做越旺。一年後，小攤變大攤。再一年，一攤變兩攤，還請了夥計。

門庭若市，貨如輪轉，同行看了眼熱，便暗中造謠說他賣的是瘟豬肉。

地頭蛇見獵心喜，三番五次地來打秋風。

流氓見兔放鷹，每月的「保護費」從每個攤位十塊漲到五十塊。

謠言重傷不足畏，請酒吃飯當應酬，唯獨每月一百塊的「保護費」不能給。

這一區的流氓屬○八派系，頭子人稱鱷魚頭。一天，鱷魚頭親自來向林成武收「保護費」。林成武給他二十塊。他不收，說要一百。林成武說沒這規矩。他挑釁說這是新定的規矩。林成武把錢丟在砧板上，說不能破例，要就拿去。鱷魚頭嗤之以鼻，掉頭就走。

從此以後，鱷魚頭的幾個手下便三番五次地來騷擾，丟他的肉，摔他的砧板。林成武忍氣吞聲，聽他丟，由他摔。

一天，中午時分，鱷魚頭帶幾個嘍囉來找林成武。「一百塊，你給還是不給？」他劈頭以警告的口吻問。「二十塊，要就拿去！」林成武掏出兩張鈔票丟在攤面上。鱷魚頭冷笑一聲，撿起鈔票撕成兩半，拋回攤面，說：「拿回去買藥吧！」林成武不在意地說：「錢是給你的，撕了就算拿了，你們走！」鱷魚頭冷哼一聲，應道：「事情辦完後才走。」說完，退到一邊，向身旁那個嘍囉使了個眼色。那個嘍囉走到攤前奪過一大塊肉丟進攤後的水溝裡。林成武指著溝裡的肉對他吆喝道：「給我撿起來！」那個嘍囉翹起下巴反問道：「不撿又怎樣？」「你過來！」林成武向他招招手。那個嘍囉趨前說：「過來又怎……」他還沒說完，林成武就賞他兩記耳光。鱷魚頭大吃一驚，以指頭點著林成武說：「打我的人？好大的膽，你沒死過嗎？」說完，向其他嘍囉打了個「一起上」的手勢。

兩個嘍囉握緊拳頭從左右兩邊向林成武一步步逼近。另兩個各撿支木棍跟在他們後頭。林成武站在攤前袖著雙手等他們上來。前頭兩個衝上前企圖以快拳出擊，然而，拳頭還沒揮出，林成武一招「開門見山」就把他們彈得老遠。後頭兩個掄起木棍往林成武頭上劈去。林成武斜身一閃，順勢一拳一腳把他們擊倒在地。站在一邊的鱷魚頭拍拍掌說：「你這小子倒有兩手哇！」林成武應道：「知道就好，滾吧，再來我就不客氣了！」鱷魚頭和另一個亮出刀子衝過去要捅林成武。林成武機警跳開，並警告他們放下刀子別再來。他們毫不理會，攥著刀子直往林成武心窩戳。形勢千鈞一髮，再讓步自己就沒命，林成武左右開弓，連使兩招「易肋功」。那兩個拿刀子的悶哼一聲，刀子掉落，身子晃了晃，撲倒在地上。

其餘的嘍囉全都嚇呆了。林成武站在攤前袖手盯著他們。他們面面相覷，卻步不前。林成武站馬佯裝出擊。他們一驚，作鳥獸散。

那兩個躺在地上的口鼻流血，痛苦呻吟，不到十分鐘便斷了氣。

一出手就幹掉兩個，其中一個還是罪大惡極的流氓頭子鱷魚頭，街坊鄰里都拍手叫好。然而，殺人得償命，怎能坐以待斃？林成武和妻急忙回家，收拾細軟打後門溜出去。待警察前來查案時，他們已經走遠了。

在過後的十年裡，林成武搬了好幾次家。每次搬家都和同行的妒忌、地頭蛇的壓榨或流氓的迫害有關；最後搬到紅土坑，一家人的生活才算安定下來。

林成武在紅土坑仍舊當肉販，不同的是他還養豬，殺豬，把豬肉馱在腳車後架上到街場兜售。開始時他每天殺一頭，兒子長大後便殺兩頭或三頭，兜售市場也從紅土坑擴展到其他村子。村子圍上鐵絲網後，他改變銷售方式，在紅土坑、瘦狗嶺和虎嘯山三個人口比較集中的村子設攤子，每天打早把開剖好的煺豬載進村，然後銷骨剁肉賣給顧客。

象牙頂的人比較單純，村裡沒有地頭蛇，沒有黑社會組織，同行之間也不會像城市那樣勾心鬥角、勢不兩立。林成武老成持重，逢事不亢不卑，儘量保持低調。他家備有療效顯著的跌打藥，左鄰右舍有人筋骨損傷或閃到腰都去找他。他除給藥外還替人推拿。有人給他紅包，他收下紅紙把錢退還。村裡的人只知道他會製藥，會推拿，至於他的武功造詣則全不知曉，包括他的兒女。

一天大清早，林成武腳車後馱著一頭煺豬要去紅土坑山貨市場，來到入口處柵門還沒開。柵門內外已有十幾個人在等。平時，早上六點開柵門，那是剿共局規定的時間，然而，現在已經七點了，到底是怎麼回事？

最近每天都下雨，柴有些濕，火燒得慢，殺好豬天已經大亮。林成武趕著進村開攤做生意，不料柵門竟然還關著。他有些氣憤，便向柵門內的人喊：

「喂，怎麼搞的？看崗的人呢？」

裡頭有人應道：「真他媽的，那些喪家狗准是睡死啦！」

門外另一個人問：「哪個輪班？去喊他嘛！」

柵內有人應：「穆由丁和馮山貴唄！」

一個插話說：「穆由丁剛才還在亭子裡嘛！」

另一個說：「我問過他，他說鑰匙在馮山貴手裡！」

柵門外一個挑擔子的老婦人氣憤地說：「那狗崽子准是抱姘頭睡死啦，使個人去叫唄！」

柵內一個應道：「有人去啦，再等一會吧！」

十分鐘後，去叫的人回來了，馮山貴卻沒跟著來。

「馮山貴呢？怎麼沒來？」大家不約而同地問。

那人應道：「他老婆說他昨晚去打山豬，臨天亮才回來！」

一個罵道：「他娘的，去找哈倫，叫他來開門。」哈倫是紅土坑剿共局頭目。

剛才那個應道：「甭去啦，他老婆說五分鐘就來！」

人們只好等著。然而，十幾分鐘過去，仍不見馮山貴的影子。

林成武看看手錶，快八點了。他心急火燎，喃喃罵道：「他娘的馮山貴，你搞什麼把戲？」

馮山貴是棺材店老闆馮萬昌的兒子。馮萬昌有四個兒子，年齡介於二十五至三十五之間。他這些兒子個個虎背熊腰，力大如牛，一副得八個人才抬得動的烏木棺材他們四兄弟扛了就走。他們健壯的身體和過人的力氣不用說是扛棺材練出來的。馮萬昌引以為豪，說如果紅土坑出現老虎，他這四個兒子也可輕易地把它活捉回來。

他這話一點不假。「打虎親兄弟」，他這四個兒子意氣相投，逢事合作無間。不過，他們脾性暴躁，氣焰囂張，動不動就打人，尤其是馮山貴，他肆無忌憚、形同惡霸，村民們無不恨之入骨。

馮萬昌年輕時曾在一家製作棺材的鋸木場當學徒。幾年後到紅土坑替人砍樹開荒。一株株倒下的大樹給他生財的靈感。原來那些大樹木質堅韌，白蟻不蛀，是製作棺材的的好材料。

他的棺材鋪就是這樣幹起來的。

日治時期他和漢奸王亞興來往甚密。抗日軍給以嚴厲警告。他因而對馬共嫉恨在心。前些時候剿共局在紅土坑成立自衛隊，他和四個兒子都積極參與。最近吸血鬼轟炸機天天在烏拉山扔炸彈，看到那狂燒的火焰和濃濃的煙柱他暗地裡拍手叫好。兩個月前，他的第二兒子馮兩貴升任象牙頂自衛團團長。這麼一來，馮家四兄弟就更加驕橫跋扈、更加盛氣凌人了。

又過了十分鐘，馮山貴終於大搖大擺地來了。

罵他的人頓時收口。馮山貴脾氣火爆沒人敢得罪。

不過，也有不怕的。

當馮山貴走近柵門時，外頭突然有人指著他罵：「馮山貴你這婊子養的，現在幾點啦？你睡死了嗎？」罵他的這個人正是挑擔子的那個老婦人。

馮山貴沒理會，只顧掏鑰匙開鎖頭推柵門。

柵門一開，人們一擁而上，有的進有的出，爭先恐後，你推我擠。

當那個挑擔的老婦人擠出人群時，馮山貴過去攔著她問：「你剛才罵我什麼？」

那個老婦人怔了一下，瞪著他說：「現在幾點了？這麼多人在等你，講你兩句不行嗎？」

馮山貴凶起臉指著她的額頭說：「我問你剛才罵什麼？嗯？」

老婦人放下擔子，也指著他的額頭：「我罵你婊子生的，狗娘養的，怎麼樣？」

「幹你老母！」馮山貴狠狠地扇她一記耳刮子。

這老婦人也非省油燈，拉過扁擔就往馮山貴腰間掃去。馮山貴一閃。扁擔落空，老婦人反打了個趔趄。馮山貴趁勢踢出一腳。老婦人按著肚子搖搖欲墜。馮山貴衝上前一雙拳頭像打鼓般盡往她胸前腹部擂。老婦人哇啦哇啦地罵著叫著哭著。幾個人捉住馮山貴叫他別打。老婦人倒在地上。馮山貴不肯罷休，掙脫抓他的手，舉腳盡往老婦人身上踢。

林成武本來不想惹事，然而，看見馮山貴對一個老婦人如此兇狠如此無情他過意不去。

「喂，」他對馮山貴喊道，「老太婆講你兩句就把她打成這樣，你太過分了吧？」

馮山貴看是林成武，便指著他罵：「你他媽的嘴巴癢嗎？老子的事要你管？」

林成武應道：「你幹什麼我不管，可是你把一個老太婆打成這樣就不對！」

「唷！」馮山貴對林成武忽然產生了興趣，走過來說，「我打她又怎樣？你想打抱不平？一個豬肉佬怕你個屌！來呀，我這個還癢著呢！」他向林成武晃了晃拳頭。

林成武應道：「我沒工夫和你打架，只是想提醒你做人別太過分！」說完推了腳車就要走。

馮山貴攔著他說：「等一等，把話說清楚再走！」

林成武提高嗓音說：「我勸你講點道理，別那麼缺德，這樣說夠清楚了吧？」

「你他媽的嫌命長？」馮山貴衝過來朝林成武揮出一拳。

林成武從容閃開，後說：「算我多嘴，行了吧？」說完扶正車子就要走。

「想走？」馮山貴拉住腳車後架，「沒那麼容易，玩兩手咧！」說完又往林成武腹部擂出一拳。

林成武撐著腳車躲不開，便順勢讓腳車往他那邊推。後架上的煺豬有整百公斤重，馮山貴急忙跳開。腳車連煺豬倒在地上。

林成武再次警告：「老弟，別不知好歹，該收手啦！」說完去扶起腳車。

然而，馮山貴又衝前來朝他心窩擂出一拳。

林成武閃到一邊，他的拳頭落了空。

「老弟，」林成武厲聲警告，「別欺人太甚，再來我就不客氣啦！」

馮山貴毫不理會，朝林成武胯下踢出一腳。林成武往後跳開。馮山貴衝前去企圖以快拳出擊，然而慢了一步，林成武右拳虛晃一招，左拳隨著由下而上往他肋骨間輕輕一叩。馮山貴悶哼一聲。林成武退到一邊袖著手看他的反應。馮山貴氣呼呼地還想較量，然而，力不從心，雙腿輕飄飄，拳頭抓不緊。他發現腳下有個石頭，便蹲下想拿石頭砸林成武，然而，蹲下拿了石頭可沒力氣站起來。他拚命使勁，手腳卻不聽使喚。喉嚨霍然感到奇癢，呃的一聲，濃濃的白沫從口裡鼻裡流出來。

林成武沒理他，扶起腳車綁好煺豬急匆匆地走了。

林成武來到攤子，撐起木架把燂豬剖開兩邊，擺好砧板正要棄骨取肉，街口那邊有三個彪形大漢罵罵咧咧地疾步朝他走來。他舉眼一看，是馮山貴的幾個兄弟。這是預料中的事，林成武沒理會，繼續幹活。

「喂，」一個大漢凶巴巴地指著林成武說，「你好大的膽，為什麼打我弟弟？」這人是馮山貴的大哥，叫馮大貴。

林成武把豬刀斫在砧板上，說：「你去問你弟弟，我為什麼打他？」

馮大貴應道：「我弟弟說是你先動手！」

林成武冷笑一聲，說：「當時很多人在場，你們隨便問一個，看是誰先動手。」

另一個對馮大貴說：「大哥，別講這麼多，先教訓他一下，為三弟出一口氣！」這人是馮山貴的二哥——自衛團團長馮兩貴。

他們三個互相使了個眼色便抓緊拳頭分三路向林成武逼近。

林成武袖著雙手說：「我看你們還是先去給馮山貴找跌打藥，打架另找個日子，我不會跑的！」

「他媽的還講風涼話，上！」說這話的人是馮山貴的弟弟馮四貴。

林成武厲聲說道：「我警告你們：誰敢動手我就讓他像馮山貴那樣叫人抬著回去！」

馮兩貴冷笑道：「哼哼，吹什麼牛皮？叫人抬著回去的是你！」說完朝林成武臉部揮出一拳。

三個對他一個，而且氣勢洶洶咄咄逼人，再警告也是徒然。林成武閃身避開，接著對馮兩貴使出「易肋功」。

另外兩個衝上來接應。林成武則退到一邊，指著僵在那裡的馮兩貴說：「他已經受傷了，你們先把他抬回去，改天再來打我也不遲！」

他們兩個以為林成武耍嘴皮賣乖，然而，這時候的馮兩貴卻臉青唇白，身子搖搖晃晃。

「啊？」馮大貴忙過去扶他。「二弟，你覺得怎麼樣？啊？覺得怎麼樣？」

馮兩貴啊啊地指著林成武，一句話也說不出來。

馮大貴愈加緊張：「你到底怎麼樣？二弟，說呀，到底怎麼樣？」

林成武插話道：「他沒力說話，快抬他回去吧！」

馮大貴滿腹疑團地望著林成武，心裡一邊在問：他哪來的本事？輕輕一拳就把老二打成這樣？難道他在使法術？

馮兩貴已經支撐不住，蹲在地上呼哧呼哧地喘大氣。

馮四貴扶著他。馮大貴忙過去捏他的鼻樑，揉他的胸口。馮兩貴一聲咳嗽，白沫從他口裡鼻裡湧出來。

林成武不再理會，回到攤前握起豬刀繼續幹活。

剛才林成武頂撞馮山貴時大家都為他捏一把冷汗。馮山貴蹲在地上口吐白沫時很多人都不知是怎麼回事。有人說林成武真人不露相，到迫不得已時才出手。他有這麼大的能耐嗎？人們半信半疑。然而，現在馮兩貴又和他弟弟馮山貴一樣蹲在地上口吐白沫呻吟不已，這下子人們不由得不信了。

「看不出，看不出呀！」一個顧客對林成武說，「和你買十幾年的肉，到今天才知道你會功夫。佩服，佩服啊！」

另一個以開玩笑的口吻說：「我有眼無珠，和你做了十幾年的鄰居竟然不知你是武功高手，還好沒和你吵過架！」

林成武笑答道：「為了把事情說清楚，吵一吵無所謂，打架就不好，同個村子的人嘛！」

「喂！」一個突然問，「馮家兩兄弟有救嗎？」

林成武應道：「死不了！我只是讓他們吃點苦頭，得一點教訓，以後別再那麼囂張！」

下午，林成武剛回到家，棺材鋪老闆馮萬昌便找上門來。

馮萬昌走路高視闊步，說話老氣橫秋，然而，今次卻像戰敗的公雞，連頭也抬不起來。

林成武招呼他進入屋內。

他正襟危坐，向林成武拱了拱手，一邊說：「我那幾個後生有眼不識泰山，對你老兄多加冒犯，我替他們向你賠罪！」說完，起身向林成武深深一鞠躬。

林成武拱手回禮，一邊說：「同村子的人不必客氣！萬昌叔有何指教？」說完給客人敬煙倒茶。

「謝謝！謝謝！」馮萬昌哈起腰說，「成武兄拳腳了得，兩貴和山貴傷得不輕，到現在還不能起身。大夫說他們的脈搏緩慢凌亂，呼吸急促無力，那是肝臟受損氣血不通的緣故。大夫說『解鈴還須系鈴人』，叫我來求你要解藥。成武兄，您大人有大量，救救我兩個孩子！」

林成武答道：「萬昌叔請放心，他們只受點輕傷，服點藥就沒事！」他起身拉開神臺抽屜，拿出兩小瓶黑色藥丸遞給馮萬昌，繼續說，「每人一瓶，早晚服六粒，服完為止。服藥期間要注意兩件事：一不能行房事；二不可和人爭吵和打架。」

馮萬昌感激地說：「好，好，謝謝，謝謝！這藥多少錢？」說完從衣袋裡掏出一疊鈔票。

林成武擺手說：「不必不必！人是我打的，我得負責任，藥錢就免啦！」

馮家兩兄弟服了林成武的藥丸後病情顯著好轉。兩個星期後便完全康復。

輕輕一拳就把人往閻王那裡送。一小瓶藥丸又把人從牛頭馬面手裡奪回來。這件事一傳開，林成武頓時成了新聞人物。從此前來求醫或討藥的人絡繹不絕。有人叫林成武改行懸壺賣藥。他的家人也認為幹這行掙的錢肯定比賣豬肉多。林成武則斷然拒絕。家人問他原因。他說沒有原因。

其實事出有因，當年師父白須虎授予製藥祕訣時曾要他發誓：藥只為治病救人，不能當商品掙利潤。

四

六架吸血鬼轟炸機天天出動，炸彈聲驚天動地，烏拉山煙柱滾滾。森林受到空前浩劫，野獸橫死溝壑。棲居於森林邊沿的野豬、山牛、黃猄等野獸受不住硝煙味，競相到村裡遊蕩。這下可苦了農家，膠樹秧苗和農作物被糟蹋殆盡。

馮寬和是馮萬昌的堂弟。他住在蛤蟆谷，務農為生。他的園地在一座小丘腳下，離住的地方約三公里。這塊園地原本是矮青芭，兩年前一場野火把它燒掉大半。燒過的土地特別肥沃，馮寬和便把它辟為園地。這塊園地有一個足球場般大，中間流過一道小溪。馮寬和把這道小溪挖深挖寬，成為一個流動的水池。水池左邊圍著竹籬，裡頭種蔬菜和豆莢，右邊周圍架起欄杆，裡頭清一色種木薯。

一天，馮寬和忽然來找馮兩貴，說昨晚山牛來「光顧」他的木薯園；好些木薯被吃掉，水溝邊的幾壟蕃薯也被踐得一片狼藉。

山牛肉乃野味之王，村民們無不為之垂涎。馮兩貴見獵心喜，說今晚就去幹一頭回來。

「別急，」他的弟弟馮山貴說，「山牛的流動性很大，昨晚來過今晚未必會再來。」接著他轉問馮寬和：「單獨一頭還是成群結隊？」

馮寬和應道：「從腳印看，大概有五六頭。」

馮山貴欣喜地說：「唷，這麼多！最近那一帶來過山牛嗎？」

馮寬和擺手答道：「沒有。山豬倒是常來，山牛還是頭一次。」

馮山貴呷了口咖啡說：「看看今晚怎麼樣，如果還來，這證明山牛已吃出了癮頭。明晚我們就去！」

馮寬和遲疑了一下說：「也好！不過那裡屬禁區，傍晚六點鐘開始戒嚴，這樣去有問題嗎？」

馮山貴神氣活現地說：「有二哥在沒什麼好怕的！」

馮兩貴從衣袋裡掏出剿共局發給他的那張特別通行證，晃了晃說：「有這張東西，不論到哪裡都通行無阻！」

「還有，」馮山貴拿出印著ＨＧ字樣的袖圈，「戴上這個龍潭虎穴照樣闖！」

「當然，當然！」馮寬和緊皺的眉頭並沒鬆緩。「你看要不要先去局裡和哈倫打個招呼，因為最近常有幸加兵到那一帶巡邏，萬一碰上就好說話！」

「幸加兵又怎樣？」馮兩貴拍了一下胸膛，「自衛隊也是政府兵。我是團長，等於軍隊裡的三巡。三巡可威風，小卒子見到他還得立正敬禮呢！」

馮山貴接過他的話茬兒：「如果和馬共開火，我們就和幸加兵並肩戰鬥！」

「對！」馮兩貴興致勃勃，「打死山老鼠有賞金，小嘍囉賞兩千，大嘍囉五千，韓亞奮三萬，沈瑞揚五萬。嘿，弄到一個就發財啦！」

隔天早上，馮寬和來報說昨晚山牛依然來「光顧」，除山牛外還有山豬，水池邊十幾壟番薯被吃個精光。

馮山貴欣喜地說：「看來是吃上癮了。好，今晚就去！」

馮兩貴燃起一根煙，打趣地對馮寬和說：「叔叔回去把大灶清一清，多撿些乾柴，今晚上聽見槍聲就起火煮水！」

馮山貴問他道：「煮水幹什麼？」

馮兩貴答道：「煺毛呀，山牛毛又長又粗，水要滾到透才刮得乾淨！」

「刮什麼呀！」馮山貴拉長語音說，「山牛只能剝皮，剝下的皮可做鼓做鞋子，不能吃！」

「哦，對呀！」馮兩貴敲敲腦袋，改口道，「那你回去把刀磨利一點，還有多準備些嫩姜，牛肚炒嫩薑最好吃！」

馮山貴逗趣地說：「山牛鞭更好，燉藥材加點白酒男人吃了比牛還壯！」

馮寬和聽了哈哈大笑。

當晚，九點鐘左右，馮兩貴和馮山貴來到馮寬和的木薯園。今晚彤雲密布，周圍黑咕隆咚。他們亮起手電筒，往四下裡照了一下。水池邊有兩株矮種椰樹，樹邊有間小茅屋。他們來過好幾次，獵過好幾頭山豬，對這裡的環境熟悉不過。

他們進入小茅屋，找到那盞煤油燈。馮兩貴掏火柴把燈點亮。木架上有一盒蚊香，他拿出一卷順手點著。這間茅舍約五米方，裡頭有鋤頭、釘耙、畚箕、水桶等農具。屋簷下有兩個木墩子，那是清理芭場時留下的。

馮山貴看了下腕錶，後說：「時間還早，山牛通常要到半夜才會出來。睡一覺還來得及！你困不困？」

「一點也不困！」馮兩貴應道，「我帶啤酒來，四瓶，還有花生米，喝到你爽！」

他們坐在木墩子上。馮兩貴開了兩瓶啤酒。茅舍裡找不到杯子，他們便一人一瓶對著瓶口喝。山風颼颼，蟲聲唧唧，在這夜黑風高的曠野喝酒別有一番風味。

他們邊喝邊聊。聊的都是有關打獵的事。說起狩獵經驗，馮兩貴不如馮山貴。馮山貴說山牛膽子小，一聲咳嗽或一個噴嚏就會把它嚇跑，所以山牛來的時候絕對不能出聲。

「能開電筒嗎？」馮兩貴問。

馮山貴答道：「可以，不過山牛很好奇，電筒一照它就站在那裡目不轉睛地看。所以最好等到它進入射程之內才亮電筒。」

馮兩貴又問：「子彈呢？山牛皮很厚，二號子彈打得進嗎？」

「沒問題！」馮山貴喝了口啤酒繼續說，「五十碼之內一律用二號，超過五十碼才用一號！」說完，抓幾粒花生米彈進口裡。

有花生米酒就喝得特別快，不到一個鐘頭，各的酒瓶就空了。扒開第二瓶，喝了幾口，外頭忽然傳來踩踏枯枝的窸窣聲響。

「聽！」馮山貴的耳朵特別靈，「有聲音，聽到嗎？」

「唔！」馮兩貴點點頭，「很遠，好像在矮青芭裡。」

他們放下酒瓶側耳聽著。

窸窣聲夾在山風裡，時亮時沉，時斷時續。

馮山貴看了一下錶，喃喃地說：「還不到十一點，怎來得那麼早？去看看。」

他們起身走到椰樹下。風霍然止住。窸窣聲漸近，也越清晰。

馮兩貴細聲說：「已經進入木薯園，開電筒看看。」

馮山貴阻止他道：「再等一下。子彈上了嗎？」

「唔！」馮兩貴點點頭，不再說話。

聲音越來越近。以經驗判斷，獵物離他們約四十碼。聲音雜遝且輕重不一，好像成群出動。馮山貴從腰帶眼裡拿出另一顆子彈，準備連射兩發，幹它兩頭。

聲音越發逼近，估計在三十五碼之內。馮兩貴舉槍亮起手電筒說了聲「打」。然而，不見山牛，也沒山豬，電光裡盡是直溜溜的木薯枝幹。這是怎麼回事？——他永遠也不會知道是怎麼回事了，因為手電亮起時，機關槍子彈就鋪天蓋地地朝他這邊撲來。

卜卜蔔，碰碰碰，槍聲來自好幾個方向，子彈拖著火星兒在夜幕裡飛舞。

槍聲持續了十分鐘才停息下來。

馮兩貴頭上、胸部彈孔累累，當場倒地，一命嗚呼。

馮山貴較幸運，肩膀、下體各中一彈，倒在血泊中，氣息奄奄。

襲擊他們的是一隊辜加兵，三十幾個。他們的頭目是個英國軍官。清場時這個英國軍官頗感失望，因為倒在血泊中的兩個人袖子上套著印上HG字樣的袖圈；接著又從馮兩貴身上搜到那張由剿共局發出的特別通行證，這證明被他們擊倒的不是敵人，不是馬共，而是自衛隊，是自己的人。

「Bastard（雜種）！」英國軍官喃喃罵道，「搞了半天，白忙一場，真見鬼！」

他們看馮山貴還活著，便把他抬到路口，一邊用無線電招來救護車，送他去南榮街兵營醫院進行急救。

天亮後，這件事很快就傳遍象牙頂的幾個村子。

馮家的人聽到消息猶如晴天霹靂。中午時分兵車把馮兩貴的屍體載到馮家的棺材鋪門前。馮兩貴的老婆哭得死去活來。馮萬昌老淚縱橫，悲不自勝。

成立自衛隊時政府明文承諾：隊員執行任務時受傷，政府將負責所有醫藥費並給予生活津貼；如果死亡，政府將發賠償金和撫恤金於死者家屬。關於這點馮家老大的腦筋轉得特別快。見到弟弟兩貴的屍體後便去要求哈倫幫忙處理賠償的事。哈倫說兩貴和山貴中彈時袖子上戴著HG袖圈，這證明他們兄弟倆到那裡是執行任務，既然是執行任務，政府肯定會履行承諾給予應得的賠償。

「放心！」馮大貴離開時哈倫拍著他的肩膀，「我們是同志，又是好朋友，這件事我一定盡力！」

在哈倫的協助下，要求賠償和撫恤金的事很快就有了眉目。當然，剿共局想趁此機會激發人心、取信於民才是索賠進展快速的主要原因。

馮兩貴的葬禮非常隆重。剿共局、自衛團、馬來兵團和華族走狗等反共組織都致花圈並派代表到靈前悼念死者。出殯時，一支由三十六個辜加兵組成的「儀仗隊」為靈車執紼開路。領頭的就是那個伏擊死者的英國軍官。靈柩運到墳場，「儀仗隊」奏起軍樂。靈柩下葬時，「儀仗隊」鳴槍十響向死者作最後敬禮。

隆重的葬禮令馮家的人臉上有光。哀傷的氣氛很快就消失。索賠的喜訊傳來時，馮兩貴的老婆甚至破涕為笑。

然而，馮萬昌始終樂不起來。他積憂成病，臥床不起，直到第三兒子馮山貴從醫院回來才見好轉。

馮山貴是由軍用救護車護送回來的。鑽進他下體的那顆子彈沒要他的命，卻使他下半身永遠癱瘓，走動必須靠輪椅。

馮萬昌看到兒子呆若木雞，形同白癡，不禁捶胸頓足。「老天爺啊！」他霍地跪下，歇斯底里地喊道，「我前世作了什麼孽？為什麼要這樣懲罰我？」

老二歸西、老三殘廢已是定局，馮萬昌接受了這個事實，便認命了。為了排解兒子的寂寞，他經常推兒子去咖啡店喝茶或到山貨市場看人做買賣。他臉上已經沒有昔日的紅光，走路不再高視闊步，說話低聲下氣，旁人的冷言冷語也充耳不聞。

一天傍晚，馮萬昌陪兒子到街口印度人開的咖啡檔喝羊奶茶。這羊奶茶是馮山貴變成白癡後喜歡的飲料。喝過羊奶茶，馮萬昌推著他正要回去，一個手拄拐杖的老婦人急匆匆地朝他走來。

馮萬昌舉眼一看，不禁大驚失色。原來她就是前些時候在柵門口被馮山貴打得遍體鱗傷的那個老婦人。老婦人來到馮萬昌跟前，指著輪椅上的馮山貴哈哈大笑，一邊說：「老天有眼，惡有惡報，哈哈哈！」

「你……你……大娘有什麼事？」馮萬昌結結巴巴地問。

「誰是你大娘？佛口蛇心，笑面夜叉，呸！」老婦人往輪椅上啐一口痰。

馮萬昌無奈地打起笑臉說：「大娘別這樣，有什麼事好好說！」

老婦人應道：「好個屌！這狗崽子把我打成這樣，我要討回公道，你們就向我比拳頭，我能好好說嗎？」

「那你現在想怎樣？」馮萬昌問。

老婦人瞪著他說：「我要報仇，出一口氣！喂，」她轉對馮山貴，用手指點向他額頭，「眼瞪瞪的幹什麼？起來呀，你不是惡慣了的嗎？怎麼像病豬那樣坐著？裝孫子嗎？起來，起來呀！」說完，她橫起拐杖把輪椅敲得梆梆響。

馮山貴眯著眼對她傻笑。

馮萬昌深怕她用拐杖打馮山貴，便趨前攔著她說：「大娘要打就打我吧！來，我不回手，由你打個夠！」

老婦人推開他說：「你滾開，怨有頭，債有主，是他把我打成這樣，我當然要找他報仇！」圍觀的人越來越多。馮大貴和馮四貴聽到消息便大踏步趕來。他們撥開人群，看到老婦人那副兇惡的樣子，便急忙過去把她推開。

「你想報仇嗎？」馮大貴輕蔑地盯著老婦人，「你走路要用棍子，怎麼報仇？」

馮四貴接話道：「我看她是皮肉癢，想挨揍！」

老婦人冷笑一聲，用指頭點著他們兩個說：「你們都來啦？還有被打進十八層地獄的那個呢？燒把香叫他一起來呀！」

老婦人臉上露出挑戰的神情。馮四貴看了氣急敗壞，掄起巴掌就要往她臉上摑。

馮萬昌忙拉著他說：「別打別打！你們走開，不能打啦！」

馮四貴收回巴掌，卻踢掉老婦人手裡的拐杖。

沒了拐杖她照樣罵，罵他是土匪，是惡棍，一家人不得好死，鬼魂打入地獄永不超生……

馮大貴火冒三丈，像抓雞似的把她兩隻手使勁往背後扳，痛得她咬牙切齒，渾身哆嗦。

馮萬昌向馮大貴喊道：「放手，放手，快放手！」

馮大貴應道：「我要教訓她一下，看她還敢不敢嘴硬！」

老婦人掙扎著，罵著，可是嗓子啞了，也沒力氣了。

馮萬昌看老婦人臉青唇白似乎要斷氣，急忙喊道：「放手，大貴，求求你，放手，放手啊！」

馮大貴只稍微鬆懈，沒放手。

馮萬昌勃然大怒，厲聲喝道：「真要鬧出人命來嗎？你們不怕絕子滅孫嗎？啊？老二已經沒了，老三又這樣子，你們還想作孽嗎？啊！天哪！」他捶胸頓足，淚如泉湧。

馮大貴駭然失色，立刻放手。

老婦人蹲在地上，呼哧呼哧地喘著大氣。

馮萬昌移步到她面前以哀求的口吻說：「大娘，山貴對不起你，他現在這樣，連話也不會說，我馮萬昌代他向你認錯。大娘海量，原諒他這次！啊？大娘！」說完向她屈膝跪下。

老婦人回過神來。馮萬昌下跪求饒令她震驚。這魔頭又要搞什麼陰謀耍什麼把戲？她警惕著。呃？她霍然醒悟，猛地起身指著馮萬昌罵道：「向我下跪想折我的壽？你這老魔頭原來在流鱷魚淚，心腸好毒哇！你等著瞧，老天爺不會放過你……」

「啊？你……你……」馮萬昌滿肚委屈地說不出話。

看到他這個樣子，老婦人可得意了。「你什麼？」她神氣活現，「閻王爺給你一家人留了位子，你鋪裡的棺材留著自個用，這不是很好嗎？啊？哈哈哈！」

這時天色已晚，街上的人行色匆匆，因為過半個鐘頭鐵絲網外就要戒嚴，喪家狗也會把柵門關上。老婦人撿起拐杖，逕自往柵門走去。

圍觀的人隨著散去。馮萬昌推著輪椅默默離開，大貴和四貴耷拉著腦袋跟在後面。

暮色徐徐降下，貼在天邊的烏拉山剪影逐漸模糊。大蝙蝠一陣一陣從斷崖裡飛出來。貓頭鷹咕隆古隆地叫著。黑夜又如鐵幕般籠罩著村子。

五

廖水貴和黃鏢在同一個村子長大。孩提時他們一同遊戲，長大後在同一個莊園割膠，後又一同到森林裡伐木。他們情同手足，休戚與共。太平洋戰爭爆發後，日本鬼子強姦婦女的消息傳得沸沸揚揚，有閨女的人家都急著找女婿。廖水貴就在那個時候輕易地娶了老婆。新娘是一戶農家的獨生女，住在虎嘯山。廖水貴家道清貧，居室簡陋，結婚後便搬去虎嘯山和岳父母同住。不久，日軍進駐南榮街，黃鏢也就離開村子。淪陷期間人人自危，他們從此沒再往來。和平後，黃鏢在南榮街碼頭開咖啡檔，廖水貴知道後便經常去找他。那時候，廖水貴已經是四個孩子的父親了。孩子多負擔重，加上岳父岳母身體不好，廖水貴被生活壓得喘不過氣來。他經常向黃鏢借錢。由於數目不大，黃鏢每次都有求必應。不到一年，黃鏢的咖啡檔關門停業，同時也搬了家，廖水貴從此就沒和他聯絡過。

廖水貴住在新村外一個叫椰樹崗的村子裡。這個村子離鐵絲網約兩公里。村裡住著十來戶人家，他們都有自己的椰園，采椰子、剝椰皮、烘椰乾是他們主要的工作。

廖水貴結婚以來就沒穩定的職業，一家人的生計全靠這片椰園。這片椰園面積十幾依格，是他岳父留下的。椰子行情有起有落，行情好時他手頭便寬裕些；行情壞的話他就得勒緊褲帶。

日治期間，村裡缺糧，他和幾個村民到森林邊開荒種稻。新墾地肥沃，稻苗長得好，但小鳥太多，穀子剛轉黃就一群群飛來分一杯羹。日本投降後，他把這塊園地改種橡膠樹。那時候殖民政府鼓勵並資助村民種植橡膠樹，農糧局除供應接種胚芽外每依格還津貼兩百塊錢給膠農當生活費。他這塊膠園面積六依格半，千多塊錢的津貼對他來說是個大數目。

光復後風調雨順，膠樹茁壯成長，不到三年園裡的膠樹已綠葉成蔭。然而，廖水貴時運不濟，膠樹長到可以開割時，英政府頒布緊急法令，虎嘯山森林邊沿被劃為禁區，到處豎著「不得進入」和「格殺勿論」的牌子。廖水貴那塊膠園從此變成野獸出沒的荒野。

孩子一年年長大，家裡開銷增加，椰乾價錢又不好，廖水貴夫婦倆只好到那座石山後的一片壩子上開荒種地。

那座石山離他家約兩公里。北邊山麓有個豁口，是日本鬼子鋪路時開鑿的。不久前英政府在象牙頂造橋修路，同時把豁口加寬，通往紅土坑的那條大路便從那片壩子邊穿過。正因為這樣，英政府才允許村民在壩子上栽瓜種豆。

壩子後有道緩坡，那是墳場，當地人管那裡叫「公司山」。顧名思義，那片墳場是公家的，虎嘯山和附近村子的人死後都可葬在那裡。

墳場後有一片廣袤的灌木叢林。這片叢林一直綿延到斷崖谷西邊豁口。據說這片林子出現過野人，人們因而稱之為野人坳。烏拉山已被炸得滿目瘡痍，砂蓋和各類野獸都競相到這片林子裡避難。

野人坳外有好幾個村子。那裡有幾戶人家是黃鏢和鄧良的莫逆好友，一些村民的孩子還是蕭崗的學生。因為這層關係，蕭崗、黃鏢、鄧良、陸山以及七八個兵士駐紮在野人坳以便聯絡群眾和打探消息。

然而很不幸，部隊剛駐下蕭崗和另外兩個兵士便染上瘧疾。患瘧疾得服金雞納霜，可是隊裡沒有。另一些急用藥品和生活必需品也嚴重短缺，黃鏢、鄧良便帶領幾個同志去椰樹崗找廖水貴。

光復後百廢俱興，賭風也跟著興盛，麻將館、測字花、萬字票等花樣百出。廖水貴嗜賭成癖，常在麻將館裡混，後來索性弄點本錢和人合股在紅土坑開一間。幾個月後和股東不和而退出。過後，他以抽傭方式替人收十二支和萬字票賭注。傭金不多，客戶中獎的額外花紅卻十分可觀。花紅令人眼饞，一疊疊鈔票更叫人心癢。他也下注，偶爾也中個安慰獎什麼的，獎金雖不多，卻意味著財神爺已經來到他家門。他有信心，賭注越下越大。然而橫財沒發反而惹來一身債。債務沒依時還清，利息便如滾雪球，日子一久比本金要多出好幾倍。

還未設立新村之前，廖水貴流連麻將館，遲歸或不歸是常事。新村成立戒嚴法令施行後，他收斂了許多。當然，袋裡沒錢、老婆嘮叨、子女埋怨才是他收斂的主要原因。

一天半夜，廖水貴被狗吠聲吵醒。他家的和臨近幾戶人家的狗如臨大敵一齊出動。廖水貴頗感納罕，便起身從板縫往外窺探。外面月色朦朧，椰影幢幢。他家的兩隻狗突然齜牙咧嘴好像要和對方來個殊死搏鬥。廖水貴有些心慌，因為最近債主頻頻來追債，其中一個還警告說再不還錢就要給顏色他看。他戰戰兢兢地踱到窗前想看個究竟。外頭突然傳來敲打柵門的聲響。糟啦！他心裡在喊。然而，現在是戒嚴時間，債主沒那麼大膽。這麼一想他心裡愈加慌亂，因為只有軍警或暗探才敢在夜裡行動。他們來幹什麼？投降鬼出賣我嗎？……

兩隻狗在竹籬柵門外向來人狂吠不休。他的四個孩子被吵醒，驚慌失措地跑到他身邊。他的老婆緊緊摟著孩子，一邊打手勢叫他去廳裡看看。

他走出房間，忽然聽得竹籬外有人喊：「喂！水鬼，開門，我是黃鏢！」水鬼是廖水貴孩提時的外號。

唷，是黃鏢！他怎麼來了？廖水貴心頭一亮，忙拉開門閂出去開柵門。兩隻狗緊釘不放。廖水貴輕喝一聲。這兩隻狗頗有靈性，聽見主人的吆喝便轉嗔為喜，咿咿嗚嗚地向來人搖尾巴。

進入屋內，廖水貴點亮油燈。他的老婆忙出來給客人端椅子遞茶。

黃鏢身穿赤黃色軍衣，胳臂上挎著來複槍，腰帶上掛著一顆手榴彈和幾梭子彈。另一個是女的，衣著和黃鏢一樣。這女子廖水貴認得，她就是吉林妹。

寒暄之後，吉林妹退到門外。

「找我有事？」廖水貴問。

黃鏢應道：「無事不登三寶殿，想請你幫個忙。」

「我能幫什麼？」廖水貴睜大眼睛望著他。

黃鏢把托他買藥品的事說了。

廖水貴聽了後說：「金雞納霜我這裡有一些，現在就可給你！藍藥水和藥布有問題，少量的話倒可想辦法！」

黃鏢拍手說：「好極了！麵粉和糖還有鹽，有辦法嗎？」

廖水貴擺手說：「糖和麵粉受管制，我家孩子多，自己吃都不夠。鹽倒是可以想辦法！」說完轉身吩咐老婆去拿金雞納霜。

「好，」黃鏢說，「鹽要多些，粗的幼的都可以。番薯木薯有嗎？」

廖水貴答道：「這個容易，石山腳下有片菜園你看見嗎？園裡的番薯木薯是我老婆種的，一兩畚箕沒問題。」

廖水貴的老婆拿來一個小紙盒交給黃鏢。

黃鏢接過說了聲謝，後轉對廖水貴繼續剛才的話題：「很好！有黃瓜和豆子嗎？也弄點來，好久沒吃啦！哦，還有報紙，新的舊的都要，怎麼樣，有問題嗎？」

廖水貴埋怨道：「越講越多，你當我是OC（政府長官）呀！」

黃鏢嬉笑道：「老朋友幫個忙嘛！」

「哼！」廖水貴瞪著他，「你要我進監牢吃黑豆飯，還說是老朋友！」

黃鏢應道：「你看著辦吧！哪，」他掏出一疊鈔票塞到廖水貴手裡，「這是買東西的錢，包括車馬費和壓驚錢兩百塊。不過我得警告你，這些錢不可拿去賭，知道嗎？」

「知道啦！」廖水貴點點頭，接過鈔票：「怎麼聯絡你？」

黃鏢應道：「番薯木薯挖好後放在土塍邊，我們自己去拿。其他東西呢？你帶去菜園還是我來這裡拿？」

廖水貴想了一下說：「帶去菜園很危險，萬一被查到可吃不消。我看你還是來這裡拿比較安全！」

黃鏢點頭說：「行！番薯木薯挖好後你做個記號，嗯……在籬笆門上掛番薯藤吧，我的人看到後隨時會去拿。其他東西買好後你插木薯葉，我的人要來拿之前會先通知你，嗯……菜園邊不是有個山豬柵麼？我們在山豬柵的門柱上吊牽牛藤。你看到牽牛藤後就把東西放在門前這個窗口，窗別拴死，沒別的事我們拿了就走，有的話才敲門叫你。這樣的安排你看怎麼樣？」

廖水貴點頭說：「好好，這樣比較安全，萬一出事我就說你們來搶我家的東西，你們有槍，我不能不給！」

黃鏢瞋目罵道：「他媽的，你把我當強盜啦！」

廖水貴咧嘴笑道：「嘿嘿，當強盜我安全，當朋友要掉腦袋的呀，老表！」

黃鏢拍手說：「強盜就強盜，我來拿就是！嗯，還有一個問題：這裡的狗特別凶，很礙事！」

廖水貴笑道：「你吃了那麼多狗肉，狗不恨你才怪！」

黃鏢說道：「這樣不行，久了准會出事，我得把它除掉！」

廖水貴不屑地說：「除掉？這麼多，怎麼除？你敢開槍嗎？」

黃鏢詭祕一笑，說：「我有辦法，等著瞧，半個月內那些狗全都走進我這裡！」他說時指了指自己的肚皮。

廖水貴笑道：「吹什麼牛？槍不能開，你還有什麼辦法？」

黃鏢拉長語音說：「嘿嘿，這個你就不懂了。我用吹筒，你見過吹筒嗎？砂蓋給我的，吸氣一吹，噗的一聲，像屙屁一樣。尖子上有毒，狗被射中走不了多遠就乖乖的落到我手裡。」

廖水貴以手指點著他說：「你這鬼心思，夠絕！」

黃鏢繼續說：「狗肉祛風禦寒，加點陳皮杞子就更好。對了，你上街時順便買幾兩陳皮和杞子！」

「喂，」廖水貴指著他說，「我警告你：我家的狗你不能動！」

黃鏢點頭說：「好！你家的狗有特權，我給它發免死牌。行嗎？啊？哈哈哈！」

廖水貴罵道：「你這狗棺材，來世准變狗！」

「還有一點，」黃鏢突然想起地說，「我事情多，比較忙，以後由吉林妹和另外兩位同志來拿東西。」說完轉身吩咐吉林妹把外面兩個同志叫進來。

不一會兒，進來兩個漢子。一個叫鄧良，廖水貴認識，日治時期曾和他一起在日本人的工地幹活。另一個戴眼鏡像個書生，廖水貴和他素未謀面。

黃鏢說他姓孫，名叫光錦，來自新加坡。

孫光錦和廖水貴握了握手，一邊說：「幸會幸會，請多多指教！」

黃鏢說道：「老孫中學畢業，滿肚墨水，是我們部隊裡的秀才！」

孫光錦擺手笑道：「我拿槍鬧革命，怎麼會是秀才？」

廖水貴說：「你是拿槍的秀才！」

黃鏢笑道：「對對！這樣的秀才我們部隊裡有好幾個。馬克思、恩格斯、斯大林什麼的，他們熟得很哩！好啦，你們還有什麼問題？」

吉林妹對廖水貴說：「你的狗很凶，會打草驚蛇，這樣不好，要想辦法制止。」

廖水貴應道：「這個容易，我那兩隻狗很機靈，很聽話，我喊一聲就會靜下來。這樣吧，你們到來時朝我睡房的那扇牆拋小石塊叫醒我，我起來叫住，這樣不就行了嗎？」

商量妥當後，他們又聊了一些別的事，直到雞啼才離去。

蕭崗和另外兩個兵士服了金雞納霜後身體逐漸康復。

一個星期後，椰樹崗的狗果然一隻一隻離奇失蹤。村裡的人以為被老虎叼去，但地上沒血跡也沒老虎爪印，況且每天晚上都發生，有時還不止一隻。老虎單來獨往，不可能有那麼大的胃口。

村裡的狗被清除，黃鏢一班人在這裡進出就方便了。

廖水貴有些吊兒郎當，辦起事來卻一絲不苟，不到兩個星期就弄到兩瓶藍藥水，兩斤鹽和一堆舊報紙。通過聯繫暗號，東西遞交很順利。兩次過後，黃鏢和鄧良便離開部隊到別的村子聯絡群眾。

黃鏢和鄧良走後，去廖水貴家拿東西的任務便落到吉林妹和孫光錦身上。廖水貴家的兩隻狗頗有靈性，它們見到吉林妹和孫光錦時便如迎接老朋友似的猛搖尾巴。

一次，吉林妹拿了報紙就要走，廖水貴卻探頭問他黃鏢有沒有來。吉林妹答說沒有。孫光錦問他找黃鏢什麼事。廖水貴則支吾地說不要緊。

吉林妹看他欲言又止，便追問他什麼事。廖水貴說有點私事要和黃鏢商量。吉林妹說黃鏢去了別個村子，有什麼事可以和她商量。

廖水貴猶豫了好一陣才說最近家裡有急事需要用錢，他手頭緊只好拿買東西的錢周轉一下。

吉林妹聽了頗為震驚，問他挪用了多少。廖水貴答說用了百多塊。

「你拿去賭，輸掉的吧？」吉林妹問。

廖水貴的臉變得刷白，沒答話。

吉林妹繼續說：「十賭九輸，水貴哥，你這毛病幾時才能改呀？」

廖水貴低下頭，緘默著。

其實，廖水貴買了那些東西後便泡在麻將館把剩下的錢輸得精光。他不甘心，翻本心切，便去向雜貨店老板沈雙福借一百塊說有急用，一個星期後賣了椰乾連舊賬一起還清。廖水貴向來言而無信，舊債還沒還，照理不會借給他，不過出乎預料，他還是借了。廖水貴拿了錢回去麻將館，搏殺了一夜，又輸得分文不剩。

一個星期後沈雙福來向他要錢。廖水貴拿不出，說椰乾還沒賣，要求再延一個禮拜。沈雙福知道他在瞎扯，不過還是答應他。但警告他：這是最後機會，一個星期後就是當老婆賣兒子都得把錢還清。「一定一定！」廖水貴滿口答應。

一個星期轉眼過去。沈雙福帶來兩個打手向廖水貴要錢。打手幫兇廖水貴見得多，他不屑一顧，說行情很壞，椰乾沒賣，沒錢還債。他攤開雙臂，死皮賴臉，擺出一副死豬不怕滾水燙的架勢。

「喂，」沈雙福板起臉孔，「你答應過我，就是當老婆賣兒子今天都得把錢還清。怎麼，反悔啦？」

廖水貴應道：「我沒反悔，我老婆太老沒人要，我兒子年紀太大賣不出。你大人大量，再通融幾天吧！」

「他媽的！」沈雙福向兩個打手使了個眼色。

兩個打手上前抓住廖水貴舉起拳頭就要打。

廖水貴忙說：「好好，別打，我還我還。」說完掙脫打手走進廚房拿出一把菜刀，捋起袖子把刀遞給沈雙福，一邊說：「沒錢還你，要肉就割一塊去！」

沈雙福哈哈大笑，趨前拍拍他的肩膀，一邊說：「開玩笑，開玩笑，別當真。我去看我伯父，順便來看你，你有錢還我收下，沒錢還就下次，我從沒逼過你，是不是？」說完向打手揮了揮手。

打手會意，轉身走了。

沈雙福遞給他一根煙，自己也燃上一支，吸了幾口噴著煙繼續說：「借錢過日不是辦法，你得動動腦筋，改變一下命運！」

廖水貴默默吸煙沒答話。

「你總共欠人多少錢？」沈雙福突然問。

廖水貴掐指算了一下說：「連本帶利，有四五百塊！」

沈雙福說道：「四五百不算多，要解決，不難！」

「我的情況一直不好，根本沒法解決！」

「事在人為，要動腦筋，想想辦法嘛！」

「沒錢還有什麼辦法可想？」

「辦法總是有的，關鍵是你願不願意！」

「還清債務，脫離困境，哪有不願意的？」

「那好，我教你幾招！」

「好，如果靈驗，我去伯公廟給你燒高香！你說，我該怎麼做？」

沈雙福看了看錶，後說：「現在我沒時間，這樣吧，明天你去我店裡。我們好好談一下。」

「好，明早我去找你。」

隔天早上十點鐘，廖水貴來到沈雙福的雜貨店。

沈雙福帶他到後院的一間房間，那是他的辦公室。沈雙福拉開抽屜，拿出一張紙遞給廖水貴。

「坐下來，慢慢看！」他指著牆邊的椅子說。

那是一張檢舉馬共的傳單，裡頭列著檢舉馬共分子所能得到的賞金數目。

廖水貴把傳單還給他，一邊說：「這傳單我看過，飛機上撒下來的，到處都有！」

「哼，真笨！」沈雙福不屑地看著他，「撒下鈔票你也不會撿。」

「怎麼說？」廖水貴疑惑地望著他。

「你看，」沈雙福攤開傳單，「沈瑞揚五萬，韓亞奮、夏志康三萬，地委一萬，區委五千，普通兵士三千。嘿，一個小卒子就值得三千塊，大手筆呀！」

廖水貴猛然領悟，忙擺手說：「哦，不不！出賣朋友，天理難容，這種事我不幹！」

沈雙福應道：「我沒叫你出賣朋友！」

廖水貴答道：「黃鏢、吳大材這些人都是我的朋友，還有沈校長和蕭崗老師我都認識，我怎能害他們？」

沈雙福應道：「沒錯，你說的這幾個也是我的朋友，不能害他們。那些素不相識、非親非故的阿狗阿貓，弄他一兩個，賺他幾千塊，你的問題不就全解決了嗎？」

廖水貴想了一下說：「這樣也不好，和他們無冤無仇，良心上過不去呀！」

「良心？」沈雙福冷笑一聲，「你看那些投降鬼，彭阿邁、黃金山還有後來投誠的七八個，他們出賣村民時講良心嗎？」

提到投降鬼廖水貴就怒火中燒。「他媽的叛徒，」他咬牙切齒，「那些人過河拆橋，忘恩負義，看老天爺怎樣收拾他們！」

沈雙福擺手笑道：「老天爺才不理呢！你看，彭阿邁和黃金山發了財，在哥打買地買房子；後來投降的也不壞，有吃有喝還有薪水拿，神仙看了都眼紅！」

廖水貴點頭應道：「聽說他們全都當了官，每個月領乾薪兩三百塊，是嗎？」

沈雙福應道：「是狗腿，不算官！月薪兩三百塊倒是真的。不必做工領乾薪多好哇，我看其他山老鼠遲早會出來。」

廖水貴聽了只是苦笑，沒答話。

沈雙福繼續說：「這麼好的世界誰不想撈？水鬼呀，」他拍拍廖水貴的肩膀，「你認識那麼多山老鼠，他們遲早會出來投降，你可要小心哪，老弟！」

廖水貴擺手說：「那是以前的事，現在沒來往，我不怕！」

「是嗎？」沈雙福疑惑地看著他，「有沒有來往你自己知道。不過我得提醒你：當今世道人心難測，講義氣肯定會吃虧。你兒女成群，萬一出事他們怎麼辦？」

廖水貴點頭答道：「說的也是！不……不過，我和山老鼠確實沒來往，沒……沒甚麼好怕的！」

「別騙自己！」沈雙福提高嗓子，「我伯父和臨近幾家人的狗全被人宰了，你家的狗卻沒人敢動，這是為什麼？還有，半夜裡經常有人去你家拿東西，那些人又是誰？水鬼，如果特務叫你去問話，你怎麼回答？」

「呃……這……」廖水貴的臉色頓時變得鐵青，「你……你怎會知道？是誰告訴你的？」

沈雙福冷笑一聲，說：「雞蛋密密都有縫，椰樹崗的人都知道。水鬼呀，我真為你擔心哪！」

廖水貴垂下臉說：「人家要來，我有什麼辦法呢？」

「為了保護自己，你要搶先一步！」沈雙福的目光直逼著他。

廖水貴垂下臉緘默不語。

「其實呀，」沈雙福換了個話題，「政府圍鐵絲網、控制糧食、施行戒嚴令和劃定黑區、禁區等，這些全是山老鼠惹出來的！還有，你水鬼今天落到這個地步和他們也有很大的關係。這個你沒想到嗎？」

「怎會有關係？」廖水貴抬頭問。

「不是嗎？」沈雙福答道，「山老鼠在森林邊出沒，政府便把你那塊膠園劃為禁區，不准人進入。那是新種樹，開割的話每個月少說也有百多塊收入。很可惜，是不是？你水鬼今天這麼落魄，有一半是山老鼠造成的！」

廖水貴苦笑道：「話是沒錯，可是又能怎樣呢？」

沈雙福提高嗓門：「窮則變，變則通！路擺在你眼前，你還等什麼？」

廖水貴面有難色，喃喃唸道：「這個……我……我下不了手！」

「很簡單，」沈雙福趁熱打鐵，「他們什麼時候來、怎麼聯絡、告訴我，其他的你就甭理啦！」

廖水貴沉默良久，後說：「這個，我得想一想！」

「想什麼呢？」沈雙福緊咬不放，「我這個想法也是為了你，不是嗎？哪，我舉兩點：第一，山老鼠來你家的事已經瞞不住，你現在不說不久後也會說。早說和晚說結局卻完全不同，你早說，也就是現在告訴我，事後你領賞金；等到暗探把你抓去你才說，那時你可要蹲牢房！你看，一前一後，相差多遠哪！」

「呃……這個……」

「等等，」沈雙福打斷他，「還有第二，為避免走漏風聲，他們不動用暗探，而是派軍警偷偷在你家周圍設埋伏，山老鼠一來，雙方開火，子彈橫飛，率先遭殃的可是你們一家人哪。水鬼，你看，這樣危險的事你想過嗎？」

「啊！這……」廖水貴渾身哆嗦，「可能嗎？會……會這樣嚴重嗎？」

沈雙福應道：「子彈不長眼睛，怎麼不會呢？」頓了頓，他又說，「你只要說出他們什麼時候來，怎樣聯絡，有這些信息，我就要求剿共局保證你一家人的安全；你自己也要有心裡準備，槍一響就叫家人伏在地上。嘿，天亮後幾千塊錢就是你的了！」

沈雙福的話聽來很有道理，他沒有退路。幾千塊的誘惑力很大，他憧憬著。美麗的憧憬也觸動泄憤的神經，孫光錦和吉林妹那晚對他的微詞冷眼霍然浮上腦際。他咬著嘴唇，心頭一狠，便把在菜園籬笆柵門插葉為號的事全說了。

黃鏢和鄧良去了十多天才回來。他們去過兩個村子，聯絡了三戶人家。效果不錯，一個星期後就可安排人去拿東西。

吉林妹告訴他們廖水貴私下挪用購物款項的事。

黃鏢聽了後說：「數目不大，是小問題，不必計較。」

蕭崗已經康復，他插話說：「水鬼家貧如洗，子女又多，應該體諒，何況人家是在幫我們！」

鄧良說：「水鬼嗜賭如命，要小心點！」

孫光錦幫腔說：「對，我認為應該給以適當的批評！」

黃鏢點頭說：「好！改天去拿東西時我和他談談。」

兩天後，中午時分，廖水貴的菜園籬笆門上又插起木薯葉。吉林妹等人看到後便在山豬柵門柱上掛牽牛藤，示意明晚要去拿東西。

隔天大清早，吉林妹和鄧良帶幾個兵士出去偵察。偵察是每次去拿東西前必做的工作。偵察點有兩個，一是石山豁口的岩壁上，偵察的對象是馬路上來往的兵車和車裡所載的兵種和人數；二是一公里外的那個小山包上，偵察的對象是路口和廖水貴家周圍的行人，這個範圍比較大，有時得藉助望遠鏡。

這天的情況大致如常，早上四輛載滿辜加兵的大卡車往仙家崠那邊開去，中午便空車從仙家崠那邊開回來。下午四點左右，那四輛卡車又載滿兵士朝仙家崠風馳電掣，傍晚又空車從仙家崠那邊開回來。

黃猄穴和仙家崠被燒毀後，辜加兵就一直在那一帶巡邏和搜山。這隊辜加兵是從蘇拉河口步兵營調來的，輪班的士兵都由卡車接送。此外，吉普車不時進進出出，車裡只有三幾個人，那是出巡的軍官和便衣特務。他們構不成威脅，無須畏懼。路口和廖水貴家周圍也沒出現可疑的人。一切都很正常。吉林妹、鄧良等幾個一直守到午夜才和在石山腳下等候的黃鏢和孫光錦一同去廖水貴的家拿東西。

今晚沒有月亮。天空灰濛濛。周圍黑漆漆。鄧良走在前頭，孫光錦跟在他後面，下來是黃鏢、吉林妹和兩個士兵，每個人的距離約十公尺。繞過那個小山包進入椰林，椰林裡的茅草高過膝蓋，他們沿著一道小徑直奔廖水貴的家。

走了十幾分鐘，黃鏢忽然聞到一股狐臊味。他的腦筋轉得飛快，當年墨水河一戰清場時就聞到這種狐臊味。那一仗打死了二十幾個敵人，其中大半是辜加兵，那刺鼻的狐臊味就是從他們身上散發出來的。

情況不對勁，黃鏢便吹口哨示意大家停步。

「什麼事？」鄧良回頭問。

黃鏢細聲說：「我嗅到狐臭味，你沒嗅到嗎？」

「嗅到，哦，對了，」鄧良突然想起，「下午四點多鐘路口那家人燒垃圾，周圍的茅草也著了火。我看是火燒茅草的味道，沒什麼的，走吧！」

他剛說完，四五十米外忽然傳來像車輪爆胎般的聲響。黃鏢本能地閃到一棵椰樹後。

「沒事！」鄧良趨前說，「剛才離開時垃圾堆裡還冒著火星兒，我看裡頭有電土（乾電池），電土燒熱了也會爆炸。」

黃鏢張開鼻翼嗅了幾下，後說：「火燒茅草的味道不是這樣，是狐臭味。撤，回去石山腳下再說！」說完轉身就跑。

他剛邁開腳步，椰梢頭霍然哧哧地亮起一點光，開始時只是丁點兒，像螢火一般，接著便越來越大，也越來越亮，嗣後就黃澄澄地像一團火球，光芒四射，照得整片椰林如同白晝。「哎呀！照明彈，完啦！」黃鏢驚叫著，隨即提高嗓子喊：「伏下，快……」剛喊出口槍就響了，咯咯咯，砰砰砰，子彈又密又猛，鋪天蓋地。椰林裡彷彿刮起狂風，椰梢獵獵，夜鳥紛飛。槍聲持續好幾分鐘，直到照明彈轉弱以致熄滅、椰林被黑夜吞沒才停止。

伏擊黃鏢等人的是辜加兵森林野戰隊。人數四十多個，帶隊的是一個名叫大衛·羅伯特的英國軍官。日軍南侵時期，大衛·羅伯特曾在緬甸森林打過游擊戰，後又隨136部隊潛入馬來半島霹靂州協助抗日軍和日軍作戰，因此他對馬來亞森林、鄉村以及馬共的游擊戰術非常熟悉。

二十幾分鐘悄然過去，周圍沒有絲毫動靜。大衛·羅伯特下令清場。

幾十把手電筒同時亮起，強烈的光柱在草叢裡劃來劃去。找遍椰林和山包腳下的矮青芭只發現三具屍體，他們是黃鏢、鄧良和孫光錦。黃鏢身上有十幾個彈孔，鄧良和孫光錦則血肉模糊，體無完膚。

大衛．羅伯特頗感驚訝，因為他親眼看到進入火線的馬共有六個，現在只找到三個屍體，另外三個呢？子彈這麼密，而且射自四面八方，蚱蜢或小鳥也飛不出去，他們竟然絲毫不留痕跡地跑得無影無蹤？

天亮後，大衛．羅伯特下令把黃鏢、鄧良和孫光錦的屍體擺在村口向村民展示。黃鏢疾眉蹙額，怒目圓睜，死狀嚇人。戰場上不是你死就是我活，黃鏢性情落落瀟灑，倒在敵人的槍下應該死而無憾，但臨死前卻疑團滿腹：敵軍怎麼來？而且部署得無懈可擊？鄧良和吉林妹平時明察秋毫、經驗老到，他們的判斷從來就沒出過亂子，今兒個怎麼就看走了眼？疑團沒法解開，他死不瞑目。

儘管大衛．羅伯特的摸營技術何等高明，這次狙擊成功的主要關鍵還在於情報。有了確實的情報，他那點小聰明才得以發揮，原來昨天午後四點多鐘，他帶領四十幾個狙擊隊員佯裝去換班的兵士分乘四輛兵車朝仙家崠那邊奔馳，過了石山豁口，在兩公里外一道轉彎處卡車便放慢速度，讓車裡的兵士一個個跳下車鑽進路邊草叢。待兵士全部跳出車後，兵車繼續往前開。傍晚時分又空車從仙家崠開回兵營。那些跳下車的兵士一直躲在草叢裡，待天黑下來後才匍匐爬行，繞個大彎從矮青芭那邊進入椰林。

這一招是黃鏢等人萬萬沒料到的。他們從容不迫地進入椰林，旁若無人地直奔廖水貴的家，要不是黃鏢鼻子靈嗅到辜加兵身上發出的狐臊味，他們肯定會闖入埋伏圈而被活擒。

黃鏢、鄧良和孫光錦三具屍體被抬到村口，頭一個來看的人便是廖水貴。中間那具屍體竟然是黃鏢，他驚惶失措渾身顫抖。回到家裡嚎啕大哭，悲痛欲絕。

「鏢哥呀鏢哥，」他捶胸頓足，「你不是走了的嗎？怎麼又突然來了？早知是你，打……打死我也不幹！鏢哥呀，我該死，我不是人，我對不起你，鏢哥！老天爺啊，罰我吧，罰我吧！老天爺……」

第七章 叛徒

一

柔佛州幅員不大，而且多半是平原，剿共局施行的「新村政策」和「封山行動」非常奏效。柔南支隊副隊長劉新運有先見之明，在敵人封山之前下令蘇蒂利河以南所有的部隊北移黃羊坡。哥打丁宜、蘇蒂利和丹那巴拉幾個分隊行動迅速，轉移得非常順利，象牙頂分隊則因何鳴的錯誤判斷而誤了時機，結果困在烏拉山動彈不得。

黃羊坡在南巴山東邊，北上二十公里就是興樓芭，興樓芭的森林一直綿延到彭亨州邊界，情況一旦惡化，退守那裡就有回旋之地。

劉新運未雨綢繆的戰略部署備受藍天雲賞識。候補州委老張犧牲已近半年，藍天雲本想推薦他填補老張的職位，然而，推薦書還沒提呈，上頭便推出極左政策——沒收村民身分證和砍膠樹刀路。劉新運堅決反對，指出推行這兩項政令將面臨嚴重後果。何鳴不接受，說他坐井觀天不懂政治。劉新運上書中央懇請有關領導收回成命。這下可捅了馬蜂窩，推行極左政策的幾個領導對他口誅筆伐，並黜免他的支隊副隊長職位。形勢突然改變，藍天雲只好把推薦書暫時擱下。「極左風波」平息後，劉新運得以平反，推薦他當候補委員的事藍天雲從此不再提起。

何鳴是極左路線的參與者。他執行第107和109號政令不遺餘力，持反對意見的劉新運和沈瑞揚因而成為他的眼中釘。劉新運是支隊副隊長兼司令員，何鳴沒奈他何；沈瑞揚只是個分隊隊長，撤銷他的職務不須吹灰之力。夏志康是何鳴一手扶植的親信，調他去象牙頂乃何鳴的權謀之一。沈瑞揚終於被逮著小辮子，這根刺被拔掉了，夏志康接任隊長職位，何鳴的權謀終於得逞了。

村民們對極左政策極為反感，譴責和抗議之聲驚動了中央高層領導。為安撫民心，中央只好下令收回成命，並罷免推行極左政策幾個領導人的職務。何鳴也受到斥責和警告，並要他寫檢討承認錯誤。

命令來自中央，何鳴無從辯解。檢討書寫了，錯也認了，但那股怨氣卻久久沒法消除。他一直在想：政令是中央頒佈的，而且由藍天雲親口傳達，縱然有錯，該譴責的是中央，是藍天雲；我何鳴只是執行者，為何把賬全算到我身上？有人趁機為沈瑞揚打抱不平，說我何鳴濫用職權、宣洩私怨，我和沈瑞揚只有工作關係並無私交，既無私交何來私怨？沈瑞揚對敵人心慈手軟，自由主義思想嚴重，難道不該受到譴責？沈瑞揚煽動民心，違抗政令，搞小集團，免其隊長職務何錯有之？

他雖然耿耿於懷，但檢討書卻寫得情真意實，洞見肺腑。「我向馬克思宣誓：我何鳴永遠忠於黨，永遠忠於革命，永遠忠於人民！」他的檢討書結束時就是這麼寫的。

他的坦白和忠心受到上頭賞識。驚濤駭浪驟然變成細雨和風。何鳴還是當時的何鳴。

塞翁失馬，安知非福。三個月後，何鳴被委為中央候補委員。只要向黨交心，不降反升，何鳴躊躇滿志，笑逐顏開。

不過，客觀形勢令人擔憂：敵人不斷增兵，封山行動加劇，敵機轟炸的範圍逐漸擴大。南巴山州委機關已經轉移到山窪裡，那是第三次搬遷。劉新運建議機關營和所有部隊撤離南巴山，進駐興樓芭和彭亨邊界之間的森林地帶。何鳴說要請示中央。

他的請示信還沒送出去中央就傳來緊急文件，內容如下：為配合中央新策略，柔佛州所有部隊必須北遷霹靂州和大隊匯合。為分散敵人注意力，柔北、柔南兩個支隊必須分開走：楊肖帶領柔北第三支隊沿森美蘭和彭亨州邊界森林進入霹靂州；何鳴帶領柔南第四支隊沿彭亨州森林進入中央山脈。兩支部隊的集合地點為彭亨西北部和霹靂州交界處的金馬侖高原。兩隊必須立刻起程，一個半月內趕到集合處。

何鳴沒把這項指示往下傳達，也沒立刻行動，因為他對帶隊的人選和所指定的北移路線有意見：帶隊遠征是隊長的事，支隊副隊長劉新運和政委老江是當然的人選。他何鳴是州委兼中央候補委員，為安全起見，黨和地下組織應該為他安排行程；最近形勢緊迫，如聯絡上有困難就讓他自己走。他幹過地下工作，化裝、甩尾巴經驗豐富，兩個星期內抵達集合地絕對沒問題。他有資格向上頭提出要求，也打算這麼做，然而，打聽之下才知道地位比他高一級的楊肖早已帶隊起程。人家幹得那麼起勁，哪好意思和上頭討價還價？這麼一想，他便打消要求自己走的念頭。路線的問題更大：彭亨森林地廣人稀，沿途沒村沒店；中央山脈群山嵯峨，峭壁千仞，連山羊野牛都攀不過去。荊棘載途綿延五六百公里，不餓死也會累死，隊裡幾百個戰士能抵達集合地的人到底有幾個？

何鳴很是苦惱。一番權衡後便回信中央說敵人壁壘森嚴，有些部隊受困，希望延後一個月出發。中央很快就回了信，說時局緊迫必須立刻行動，先撤離柔佛州，其他問題以後再處理。

信是通過祕密通訊管道傳來的。祕密通訊管道設在居鑾市區，不到緊急時刻不能啟用，可見中央已經等得不耐煩。

這樣的回答是何鳴預料中的事，也是他所盼望的。接下來他進行第二步：回信建議由劉新運和老江兩位同志帶隊先行，待受困的同志突圍後他就帶領他們跟上去。

一個星期後中央傳來急件：北遷的事為何推三阻四？限你在三個星期內趕到集合地點，否則將以黨紀處分。

強硬的語氣令何鳴震驚。三個星期能趕到嗎？你們為什麼不考慮這裡的情況？黨紀處分能解決問題嗎？……

下一步棋該怎麼走？聽命中央馬上行動還是依照原定計畫繼續申辯？一番考量後他作出一些調整：叫劉新運的部隊先走，就說是中央的命令。中央命令他不敢不依。劉新運的部隊一開拔，他就覆信中央說柔南區支隊已開始行動。

劉新運對這個命令大惑不解：敵人兵臨城下，南巴山危如累卵，遷往霹靂州為什麼只有他的部隊？機關營和老江的部隊為什麼不一起走？敵人的包圍圈一旦形成，你們還走得了嗎？

劉新運本想去找何鳴問個清楚，回頭一想卻覺得命令來自中央，找他無濟於事。一番考量後，他採取兩項措施：一，由指揮員帶隊進駐興樓芭離彭亨州邊界約二十公里的大山溝，他本身和一小隊人馬以等民運隊和在外巡邏的同志回營為藉口而暫時留下；二，去信質問藍天雲：南巴山危在旦夕，機關營和老江的部隊為何還留著不走？

老江原本是南巴山獨立隊隊長，任務是保衛州委機關。何鳴升任州委後，機關守衛陣容加大，武器配備加強，成為一支頗具戰鬥力的防衛隊伍。有了這支隊伍，老江的部隊便改編為分隊，駐紮在機關營附近的卡亨山。雖然是分隊，任務仍以保衛州委機關為重。

劉新運的信也是由祕密通訊管道送出去的。他預算最早得二十天後才有回音。然而不到兩個星期，藍天雲卻突然來了。

這年來藍天雲一直待在怡保（霹靂州州府）。怡保是馬來半島的錫米之鄉，也是北馬的交通樞紐。日本統治期間，周圍的村子都是抗日軍的天下；光復後，英國人重掌政權，錫礦工人率先豎起反殖民統治、打倒英帝國主義的旗幟；緊急法令實施後，東邊的崇山峻嶺成為抗英游擊隊的大本營。怡保的群眾政治素養很高，那裡的地下組織相對的嚴密而且活躍。藍天雲住在那裡對北馬一帶的游擊活動了如指掌。

柔佛州支隊北遷霹靂州的命令是他發出去的。楊肖接到命令後立即整隊開拔，不到兩個星期便越過雪蘭峨邊界進入霹靂州，然而，何鳴屬下的部隊卻還在南巴山躑躅不前，而且還一味來信和中央討價還價。藍天雲很生氣，便下道死命令限何鳴帶領部隊三個星期內趕到集合地點。

一個星期後，藍天雲接到劉新運發來的密件。劉新運的質問令他大吃一驚。何鳴竟然隱上瞞下，冷凍中央命令；他到底想幹什麼？不對，個中必有蹊蹺，必須前去查個虛實。他於是扮成商人購買一批怡保特產萬里望花生和沙河粉，搭乘傍晚那班火車直奔居鑾。

來到居鑾火車站已是隔天早上八點多鐘。他顧一輛小貨車把貨拉到市中心一間叫「濟發棧」的雜貨批發店。

這間店是柔南區的地下聯絡處，所有的緊急信件就是從這裡發出去的。「濟發棧」的老闆就是柔南富商何金鏢的兒子何濟東。他是馬共祕密黨員，職位為柔南區地委。

來到「濟發棧」，卸了貨，何濟東陪藍天雲到隔鄰咖啡店喝咖啡吃早點。吃過早點，何濟東開車載藍天雲到市區東邊一間流鶯出沒的小旅舍歇息。

柔佛州支隊必須北遷的事何濟東是清楚的。何鳴至今仍在南巴山按兵不動令他百思不解。在車上他問藍天雲是否為部隊北遷的事而來。藍天雲毫不隱瞞地點頭說是。

「何鳴同志為什麼還沒走？」何濟東問。

「我正要問他呢！」

「您想進山？」

「是的！有問題嗎？」

「問題當然有！得預先安排，什麼時候走？」

「明天或者後天，儘快吧！」

「去機關營？」

「不，去黃羊坡！」

「好！我立刻安排，今晚我們一起去吃飯。」

車子拐了個彎，進入橫街，前面有一棟三層樓店屋，最後那間就是藍天雲要去的旅舍。

車子速度減緩。何濟東說：「飯店裡可能有特務，小心點！」

「這不奇怪！」藍天雲點頭說，「火車站售票廳和柵門口，特務比人客還要多，還有剛才我們去喝茶的咖啡店也有兩個。無孔不入啊！」

車子在飯店門口停下。何濟東看了看錶，說：「我不進去了，傍晚六點半您在門口等我！」

藍天雲點頭應道：「好，去忙你的，再見！」說完開車門出去。

踏上旅舍走廊，果然有個馬來籍男子站在柱子邊眼瞪瞪地看著他。離柱子約六七米處的牆腳下有個印度人開的小攤子，攤子前有個木架，架子上擺著各種報紙和書刊。藍天雲過去買一份小報和一本淫穢畫報。畫報封面是個全身赤裸的「波霸」洋婆。進入飯店，廳堂角頭的沙發上也坐著一個中年華籍男子。這男子獐頭鼠目，藍天雲斜眼一看就知道是什麼貨色。他移步到櫃檯前。掌櫃的為他辦理住房手續。他則過去坐在那男子對面，放下行李，翻開畫報饒有興味地看著。

辦好住房手續，掌櫃的交給他一把鑰匙。進入房間，洗過澡後便靠在床頭翻閱剛才買來的那份小報。小報沒看頭，覺得有些困，便躺下來閉目養神。昨晚一夜沒睡好，一躺下就睡熟了。

這一覺直到下午三點多鐘才醒來。抽了根煙，更衣穿鞋正要到外面找東西吃，不料有人敲門。前去開門，原來是店小二。

「先生，」店小二擠眉弄眼地說，「這裡有靚妹，叫一個來給您鬆鬆筋骨，精神精神，怎麼樣？」

藍天雲笑道：「大白天的鬆什麼筋骨，晚上才好嘛！」

店小二忙點頭說：「對對！鬆骨是午茶，您要的是夜餐。好咧！晚上就給您叫個年輕漂亮的，包您滿意！」

藍天雲應道：「晚上我有約會，回來再說吧！」

傍晚時分，何濟東來了。他們去市中心的一間餐館吃飯。

在車裡何濟東說進山的事已經安排好：明天下午搬去郊區一個叫阿清叔的家住一晚，隔天一早扮成膠工和他一起去膠園。進入膠園，依照阿清叔的指示去做就行了。

「我和他什麼關係？」藍天雲問。

何濟東答道：「他也姓藍，年紀比您大一些，你們的關係是堂兄弟。」

藍天雲點頭說：「好！我要一點藍藥水和漿糊，明天你設法給我弄來！」

「要這些幹什麼？」

「化裝用！」

「衣服道具阿清叔那裡有現成的，你還要化什麼裝？」

「這個你就不懂了！你看，」藍天雲伸出兩隻手，「乾乾淨淨的像膠工的手嗎？」

何濟東恍然笑道：「對呀！您果然是行家，我壓根兒就沒想到！」

藍天雲淡淡一笑，後說：「一個小小螺絲帽可以損壞整架機器！幾年前何嗚扮膠工去南榮街執行任務，就因手上沒膠屎，被特務識破，結果計畫全垮了！」

餐館裡也有敵人的眼線，角落頭有兩個男子以疑惑的目光乜斜著他們。餐館樓上便是酒吧。他們吃過飯便上樓去喝酒。吧女過來投懷送抱。他們倆逢場作戲，直到十點鐘打烊才離開。

藍天雲醉醺醺地回到飯店。今午那個獐頭鼠目的男子依舊坐在角落頭的沙發上。他拿出鑰匙正要回房間，店小二便過來問他要不要叫個靚妹快活快活。

「什麼貨色？」藍天雲問。

「包您滿意！」店小二翹起拇指。

「好吧，信你一次！」藍天雲說完逕自上樓去。

進入房間剛坐下來便有人敲門。藍天雲過去開門，是一個年輕女子。這女子皮膚白皙體態豐滿，相貌清秀端莊。

藍天雲指著床沿說：「坐，你叫什麼名字？」

「我姓林，叫小川。先生要短暫休息還是陪一整夜？」

「什麼都不要，你陪我聊聊天就好！」

「不要？那你叫我來幹什麼？」

「叫你來的是店小二，不是我！」

「呃？你答應的呀！」

「是的，所以我沒趕你走！」

「那你就快活快活嘛！」

「我剛從酒吧回來。那裡的妹仔很漂亮，我忍不住，和她上樓玩過了。你陪我說說話，錢照樣給你，行嗎？」

「當然行，吃虧的可是你呀！」

「出門在外不能太計較，小姑娘，你說是嗎？」

「對對！你躺下吧，我和你鬆骨！」

「不必，我們聊聊天。你不像居鑾人，哪個州府來的？」

「檳城！我看你是個正經的人，根本不會這一套！」

「剛才那個妹仔說我比狗牯（公狗）還厲害！」

「別吹！說你是太監我倒相信！」

「我酒喝多了，沒勁啦！你明晚再來，到時就知道我的厲害！」

「好！抽根煙，提提神。」她從手提袋裡拿出煙盒。

「不抽啦！」藍天雲看了一下手錶，「晚了，你回去吧！走，我送你下去！」說完掏出鈔票塞到她手裡。

藍天雲摟著她來到樓下。那個獐頭鼠目的男子已經不見了。

二

隔天下午藍天雲退了房間，顧一輛「霸王車」（無牌照德士）來到郊區阿清叔的家。

阿清叔的家在鐵絲網外，從大路拐進去還得走一公里。屋前有菜園，屋後有果園，園裡種的多半是榴槤和紅毛丹。

一番寒暄後，阿清叔告訴藍天雲明早進山的安排：他的膠園靠近馬來村，踏腳車得半個鐘頭。馬來村那裡有自衛團看守。這個自衛團紀律松散，萬一出岔子，塞點錢就可搞定。馬來村後有片荊棘叢林。叢林裡有條小河，上游有株榕樹，根須密密匝匝的像座小山。榕樹邊有道木橋，找根木棍在橋桿上敲四下，十幾分鐘後就有人出來接應。

藍天雲聽了點頭說：「明白！三年前我在那一帶待過好些日子，你說的那條河和那叢榕樹還有印象。這次算是舊地重游，錯不了！」

阿清叔說：「天空陰沉沉，我怕今晚下半夜或明早會下雨，一旦下雨就走不了啦！」

藍天雲笑道：「那就得求老天爺保佑嘍！」

晚上月明風清。拂曉雞啼犬吠。藍天雲隨阿清叔順利來到橡膠園，在他的指引下順利進入荊棘叢林。來到小河邊，逆流而走，一個鐘頭後來到那叢榕樹下。榕樹邊果然有道木橋。他找根木棍在橋桿上敲了四下，幾分鐘後果然有個荷槍實彈的兵士出來接應。

這個兵士是老江屬下的民運隊隊長，名叫丘星耀，藍天雲認得他。他向藍天雲立正敬禮。藍天雲回禮後問他帶來多少人。他說十六個，都是民運尖兵。一個年輕的兵士拿來軍衣軍鞋請藍天雲換上。藍天雲脫掉膠衣膠鞋換上新的。衣服很合身，鞋子也跟腳，藍天雲向他點頭表示欣慰。

丘星耀遞給藍天雲一個水壺和一把手槍。

「路很難走吧？」藍天雲接過手槍一邊問。

丘星耀說：「森林邊沿有敵兵巡邏，等一下得繞很多圈子，進入森林後就安全了。這位同志給您帶路，您跟著他走就是了！」他說時指了指剛才拿衣服給他換的那個兵士。

藍天雲又問：「聽說敵機每天都往山裡扔炸彈，你們的行動不受影響嗎？」

丘星耀應道：「影響不大，巡邏的直升機可得小心，一有風吹草動就往下開火掃射，遇到這種情形得趕快找棵大樹躲一躲！」

藍天雲點點頭，打手勢叫他起程。

帶路的那個兵士走得飛快。藍天雲步履從容跟在後頭。過了叢林開始走彎路。走進彎路又得繞圈子。穿過沼澤地進入荊棘叢林。走出叢林進入深谷。過了深谷，前頭又是一片巉岩峭壁。攀過峭壁再走兩公里進入濃蔭蔽日的森林深處。

這一帶的山形水勢藍天雲都熟悉，所經的路卻十分陌生。

去黃羊坡還得越過兩座山。頭一座不高，緩坡卻很長，他們足足走了整個鐘頭。

山腳下有個小瀑布。丘星耀命令士兵們到那裡歇腳打尖。他們的糧食是爆炒玉米花。玉米花味同嚼臘卻很耐飽。帶路的那個兵士給藍天雲一份。藍天雲的水壺早已喝乾，肚子餓得咕咕叫。他接過乾糧灌滿水壺坐在樹根上默默地吃著。丘星耀坐在他身邊，說敵人管得嚴，糧食買不到，這些玉米是向村民們買的。藍天雲戲說玉米營養豐富，多吃對身體有益。

吃飽喝足，休息了一會，大家整好行裝繼續趕路。

越過一個小山包，前頭忽然傳來飛機聲和轟隆轟隆的爆炸聲。丘星耀打手勢令大家停步。一個兵士卸下背包槍彈，爬上樹梢往聲音來源處張望。望了一會下來報告說吸血鬼在前面那座山腳邊扔炸彈，濃煙往上滾，看來前頭那座山是過不去了。

那座山叫麻雀嶺，屬南巴山支脈。他們原本打算穿過山腰直奔黃羊坡，現在必須改道了。丘星耀叫大家轉右往山谷那邊走。那道山谷又深又長，這麼一來去黃羊坡的路遠了三分之一。

谷底山溝處處，短的幾百米，可以繞過去，長的幾公里，必須架橋。幸好溝邊長著許多大毛竹，砍幾根倒過去當橋可省事。

彎裡有彎，溝裡有溝。行行重行行，終於來到黃羊坡。這時太陽已落到山後，森林裡暮色漸濃。

三

藍天雲的突然出現令劉新運又驚又喜。「我寫給您的信收到嗎？」劉新運緊握著他的手一邊問。

藍天雲點頭說：「收到，事情很嚴重，我便立刻趕來！這幾天何鳴有什麼行動？」

「交通員沒提起，我看應該沒什麼！」

「依你看，何鳴到底想幹什麼？」

「這個問題值得研究。別急，進裡邊休息一下，走了一整天，累了吧？」

「趕路時不覺得累，停下來就不想動。肚子也在鬧革命啦！」

「晚餐已經煮好了，嘿，您有口福，今早吊到一頭大山豬，三百多斤重，可吃兩三天！」

藍天雲揚起眉梢說：「是嘛？我得沖個涼，才吃得痛快！」

吃過飯，天已經全黑。

藍天雲和劉新運回到寮子。衛兵把蠟燭和蚊香一起點燃。

藍天雲燃起一根煙，吸了幾口，後說：「你先把這裡的情況反映一下。」

「好！」劉新運點點頭，「敵人的策略是圍住南巴山不讓我們出去，包圍圈形成後便逐步縮小，最後把我們困在一個地方，這樣我們就成為甕中之鱉！」

「這情況你向何鳴反映過嗎？」

「反映過，還建議所有部隊撤出南巴山。」

「他怎麼說？」

「他說要請示中央！」

「後來呢？」

「沒多久，他傳來中央命令，要我帶領部隊北遷金馬侖高原。藍同志，我倒要問您：北遷金馬侖高原，為什麼只限我的部隊？機關營呢？還有老江的部隊呢？他們不危險嗎？」

劉新運正言厲色，藍天雲卻啞然失笑。

「你最近見過何鳴嗎？」藍天雲把話題岔開。

「前幾天找過他，他不在，丁國興說他出去執行任務，兩三天後才回來。我沒時間等，先走了！」

丁國興是機關隊隊長。

「那個阿花呢？還在機關隊裡嗎？」

「在，她已經升任副隊長啦！」

「哦？副隊長不是王大奎嗎？」

「王大奎犧牲了，何鳴提升阿花代替他的職位。」

「阿花是個好同志，提升她是應該的！」

守衛捧來兩杯熱騰騰的咖啡。

藍天雲接過杯子呷了一口，贊道：「這咖啡不錯，還有剛才的山豬肉也很夠味。你這裡豐衣足食嘛！」

劉新運：「您還沒回答我的問題！」

藍天雲：「什麼問題？」

劉新運：「北遷的事為什麼只限我的部隊？」

藍天雲：「我沒下過這樣的命令。」

劉新運：「這麼說那道命令是假造的？」

藍天雲：「是篡改，不能說假造！中央的命令是柔佛州所有部隊遷往霹靂州，不單只你！」

劉新運：「怎麼會這樣？是他誤解了嗎？」

藍天雲：「你說呢？白紙黑字，能誤解嗎？」

劉新運：「是不是符號出了問題？」

藍天雲：「那符號已經用過好幾次，要誤解早就誤解了，是不是？傳給柔北區的也是用同樣的符號，楊肖屬下的所有部隊已經抵達金馬侖高原，這又怎麼解釋？」

劉新運：「他這麼做確實令人費解！」

藍天雲：「幸好你寫信給我，不然我還蒙在鼓裡！」

劉新運：「接下來您想怎麼做？」

藍天雲：「首先，我要更深一層瞭解何鳴這半年來的情況。其次，同志們對何鳴有什麼看法，有什麼意見，你順便反映一下。」

劉新運想了一下說：「好吧！我就籠統地說一下：何鳴同志參與推行的『極左路線』這件事您是知道的。事後他雖然承認錯誤作了檢討，但心底裡卻很不服氣！他經常發牢騷，說上頭不公平，不該把矛頭全指向他，等等。這樣的言論我親耳就聽過好幾次。這說明他的極左和個人英雄主義思想並沒根除。」

藍天雲插話道：「他的檢討書可寫得傾心吐膽哪！」

劉新運緊接著說：「所以他就晉升中央候補委員？」

山。」

藍天雲苦笑道：「這是中央的一大敗筆！」

「因此就助長了他的教條主義思想和官僚作風，」劉新運繼續說下去，「機關隊副隊長王大奎中伏犧牲固然因他的個人主義因素所造成，但何鳴同志一意孤行以及對時局的錯誤判斷應該嚴厲檢討；此外，他免除沈瑞揚隊長職位、安插夏志康取代也是他極左思想加個人主義的突出表現。結果使到整個部隊困於烏拉山。」

藍天雲熄滅煙屁股，打手勢叫他說下去。

劉新運舉杯呷了幾口咖啡，繼續剛才的話題：「何鳴同志的個人作風和男女觀念也得檢討！他追阿花。阿花並不喜歡他。他死纏爛打，強人所難，弄得阿花不知所措。阿花向我投訴，要求調來我這兒。我把她要求調隊的事向何鳴反映，可是何鳴不放人。阿花沒辦法，只好冷落他，避開他。然而他纏得更緊。不久前，何鳴要她和他扮成夫妻去新山執行任務。為了工作扮演夫妻無可厚非，阿花雖有疑慮還是去了。然而，那天晚上在飯店房間裡，何鳴竟然要求她來真的！」

「啊？」喜怒不現於形的藍天雲竟然破格暴跳起來。「這……這……簡直是他媽的！後來怎樣？」

劉新運緊接下去：「阿花說她當時氣得直發抖，不過很快就冷靜下來。此時此地，她得忍著。她心平氣和勸何鳴別這樣。何鳴不理，發狂似的要硬來。阿花便說這幾天來月經，不能那個……」

藍天雲打斷他：「是真的嗎？騙得了嗎？他這種人……後來呢？」

「說來也巧，」劉新運臉上露出不可名狀的笑紋，「那幾天阿花確實是來月經！可是何鳴不相信，叫她別來這一套。阿花一氣，便把染血的內褲脫下給他看……」

藍天雲猛拍一下桌子：「他媽的，色膽包天，卑鄙無恥！後來呢？」

「何鳴好像瘋了，說來月經是女人的生理現象；還說他是馬克思主義者，對這些不忌諱也不迷信……」

「混帳！」藍天雲又猛拍一下桌子，「褻瀆馬克思，罪加一等！結果怎麼樣？」

劉新運繼續說下去：「阿花靈機一動，說她的丈夫就是在她月經期間和她行房，結果中『馬上風』，射精不止，一命嗚呼！哈！這一招果然奏效，這個馬克思主義者竟然嚇得像烏龜看到刺蝟，縮都來不及啦！」

藍天雲舉杯喝了口咖啡，還沒咽下便撲哧大笑，嘴裡的咖啡噴到滿桌都是。

然而笑聲剛衝出口卻怫然變了臉色：「下流！無恥！」他咬牙切齒，「何鳴侮辱女性，侮辱黨。這樣的事要嚴加查辦，決不姑息！」

劉新運頓了一下，後說：「我剛才說的畢竟是一面之辭，您最好找阿花對證一下！」

「那當然，明天我要她把事情的經過詳細說一遍！」

「她還告訴我一件事！」劉新運語氣加重。

「什麼事？」

「阿花說在新山那晚，她無意中發現何鳴褲袋裡有一張傳單。」

「什麼傳單？」

「敵人從飛機上撒下來的招降傳單！」

「此事當真？」藍天雲睜大眼睛盯著他。

「我想阿花不會無中生有！」劉新運神情凝重。

藍天雲起身踱到窗前，對著外頭的夜幕緘默不語。

「我的彙報到此為止，有漏的話想起時再補充！」劉新運舉杯把咖啡喝完。

「你這裡還有多少人馬？」藍天雲突然問。

劉新運知道他問這話的用意，便說：「二十來個，都是尖兵！」

藍天雲回到座位，應道：「挑出十八個，天亮前集合，明早隨我們去機關營。」

劉新運說：「好！我這二十來個尖兵就是為您而留下的！」

「是嗎？」藍天雲嘴角露出一絲笑容，「知我者，老大也！明天我們到達機關營後，你看會有怎樣的局面？」

劉新運應道：「很難預測，不過要作最壞的打算！」

「唔！」藍天雲咬了咬嘴唇，「來個先斬後奏，免得節外生枝！」

劉新運點頭說：「在這非常時期只好這樣！」

他們越談越投契，看法也越趨一致，開始時旁敲側擊點到為止，現在則開宗明義，直奔主題。

「依你看，」藍天雲說，「明天那盤棋會遇到哪些阻力？」

劉新運想了一下說：「只要部署得當，不會有什麼阻力！」

「部署得當？什麼意思？」藍天雲問。

「我的意思是，」劉新運加重語氣，「先發制人！對象除何鳴外，隊長丁國興和營總管符建平也要嚴密監視。這兩個是何鳴的死黨，可能會有動作。」

「唔！」藍天雲點點頭，接著又問，「其他的幹部呢？許紹彬、洪自強、周小涓等幾個，有問題嗎？」

「這些人都聽阿花的，相信不會有問題！」

「對，阿花是副隊長，我倒忘了！回頭我們好好計畫一下，明天的事要作充分準備！」

「行！老莫和汪洋還在這裡，等一下叫他們過來一起商量。」

老莫是支隊司令員，汪洋是醫生兼政治指導員。他們倆是劉新運的得力助手。

「是嗎？好極了！沈瑞揚他們最近有消息嗎？」

「沒有消息！」

「你看他們還活著嗎？」

「我想應該還活著！」

「憑什麼？」

「報紙上常有吸血鬼轟炸烏拉山的新聞，但從來沒看到有人被炸死或被捉的消息。我看到最後關頭時他們會拼個魚死網破！」

「有條路倒可一試！」

「哦？什麼路？」

「有地圖嗎？」

「有！」劉新運從行軍袋裡拿出地圖，把蠟燭移到他面前。

「你看，」藍天雲指著地圖說，「這裡是班枷河口，岸外就是南中國海，這些島嶼是廖內群島，中間這個叫丹絨檳榔。島上有碼頭有街道，有我們兄弟黨的地下組織。我見過他們的首領，也有和他們的聯絡暗號。弄只摩托船過去找他們唄！」

劉新運拍手叫道：「唷，好主意！去那裡倒是一條生路哇！」

「可是怎麼把信息傳給沈瑞揚他們？」

「唔，這的確是個難題！」

「再想想吧，等何鳴的事解決了再說！」

夜深沉。鷹啼聲聲，催人入睡。藍天雲打了個長長的呵欠。

他已經很累，眼睛眯成一條縫。劉新運勸他去睡，其他的事明早再談。

「不，」藍天雲搓搓手睜大眼睛，「去把老莫和汪洋叫來，策劃一下明天的事！」

劉新運吩咐守衛去叫老莫和汪洋。藍天雲燃起一根煙。

森林裡山風徜徉。頭頂葉縫裡漏下幾絲月光。

藍天雲的煙剛抽完，老莫和汪洋便匆匆進來。老莫三十五六歲，高個子，鷹鼻馬臉，兩隻眼睛炯炯有神。汪洋四十出頭。中等身材，戴眼鏡，文質彬彬像個書生。一陣寒暄之後，會議正要開始。管廚的端來一壺咖啡和幾個杯子。

喝過咖啡，大家來了精神，心眼兒就靈了。冥思苦索，出謀劃策，運籌帷幄，直到山雞啼、天將亮才散。

四

黃羊坡離機關營約四十五公里，藍天雲一班人抵達時已近下午三點鐘。

阿花喜出望外，簡直不敢相信這會是真的。「我不是在做夢吧？」她很激動，握著藍天雲的手久久不放。

藍天雲關切地說：「好久不見，來看看你，一切都好嗎？」

阿花笑道：「怎麼說呢？進裡邊坐吧，我給你們倒水！」

他們進入寮子。這寮子就是機關營的辦事處。

「老何呢？」劉新運詫異地問，「還有丁國興，怎的那麼靜？」

阿花應道：「老何和丁國興出去執行任務，聽說要兩三天才能回來。其他同志在餐寮看象棋比賽，符建平是參賽選手也是主持人。」餐寮就是同志們用餐的寮子，離辦事處約三百米。

阿花說完去倒水，但水壺卻空了。「不好意思，」她揚了揚水壺尷尬地說，「我去灶房拿水，你們坐會兒！」

灶房在餐寮旁邊，來回得七八分鐘。

阿花調來機關營已經兩年多。開頭那一年日子過得很充實。那時在舊營，藍天雲和老江還沒離開，劉新運也經常帶部隊來串聯。營裡士氣高昂，學習風氣很盛，士兵們除了操練和進行各種演習外還分班上課。班級有「文化班」、「時事班」、「政治班」和「講座會」。「講座會」每週一次，由藍天雲和劉新運主講。藍天雲著重分析世界局勢、中國內戰和馬來亞的鬥爭形勢。他的講解深入淺出，通俗易懂，士兵們聽了後都有「聽君一席話，勝讀十年書」的感覺；劉新運著重思想教育，他以劉少奇的《論共產黨員的修養》為藍本，同時以自己的生活經歷和鬥爭經驗為例證。他語重心長、循循善誘，令人振聾發聵。阿花還沒來機關營之前對民族解放、無產階級革命以及建立自由民主的馬來亞祖國等概念不求甚解，似懂非懂，聽了藍天雲和劉新運的講座後才茅塞頓開；建立美好社會這個崇高理想便像種子般在她腦裡生根發芽。然而好景不常，這樣的日子只維持一年，藍天雲離開後營裡就變了樣，學風散漫、紀律鬆懈姑且不說，何鳴的官僚作風就叫人受不了。阿花的理想、鬥志以及對上司的信任受到強烈的衝擊和考驗。何鳴這樣的人配當領導嗎？中央候補委員是這樣的嗎？馬克思主義者是這樣的嗎？無產階級革命鬥士是這樣的嗎？我該怎麼辦……這些問題一直在她腦裡縈繞。正當她極度煩悶之際，藍天雲像變魔術似的突然出現在眼前。這下可好，我要向他討個說法。

阿花提著水壺喜滋滋地回到辦事處。她給每個人遞上一杯。杯裡盛的不是開水而是熱騰騰的咖啡。

何鳴和丁國興不在營裡省了很多事。藍天雲開宗明義地把此行目的告訴阿花。劉新運幫腔說藍首長為此事而來，有什麼話儘管說，不必顧慮。阿花說到這地步已經沒什麼好顧慮的。

喝過咖啡，阿花問藍天雲是否要去餐寮和同志們打個招呼，鼓一鼓士氣。藍天雲說今次情況特殊，不要打草驚蛇。

聊了一會兒，他們展開工作：劉新運帶領老莫和汪洋去餐寮觀看象棋比賽，阿花和藍天雲進入一個圍著樹皮的寮子。這寮子叫機關亭，是領導開會或和人密談的地方。

劉新運、老莫和汪洋去餐寮的目的是監視符建平的行動。符建平不疑有他，聚精會神地和對手搏殺他棋藝不錯，但對手也不弱，一來一去地殺得天昏地暗。劉新運和老莫看得凝神屏息。這盤棋足足下了兩個鐘頭，最後以和局收場。

散場後劉新運、老莫和汪洋回去辦事處。那時藍天雲和阿花的談話已經結束，守衛招手叫他們進去機關亭。

進入機關亭，藍天雲問劉新運餐寮那邊的情況。劉新運說那裡的情況很正常，如果明天何鳴還沒回來事情就好辦。

「唔！」藍天雲滿意地點頭說，「剛才阿花的反映和老劉昨天的彙報完全一致。何鳴不該犯的全犯了，而且是存心的，明知故犯的。這樣的舉動很不尋常，我們必須作最壞的打算。仔細考慮之後，我作出以下決定：第一，等一下吃飯時命令同志們整理行裝，明天一早撤離南巴山；第二，傳令老江立刻把部隊移去大山溝和劉新運的部隊匯合；第三，從機關營挑出二十個精銳尖兵組個行動小組，由阿花指揮，任務是應付突發事件。這三項工作如何展開，我們要計畫一下。」

劉新運問：「如果有同志提出要等何鳴回來才走，怎麼回應？」

阿花答道：「就讓那些同志留下唄，沒什麼大不了的！」

「對！」藍天雲接過她的話，「索性交給他們一項任務：等何鳴和丁國興，還有民運隊和出外巡邏的同志，他們一到齊就跟上來！」

阿花問他道：「怎麼跟？我們的路線和目的地是保密的呀，首長同志！」

「唷！」藍天雲啞然失笑，「我一時沒想到。你看怎麼著？」

「那也沒什麼，」阿花繼續說，「兵不厭詐，放幾響空炮唄！就說給他們三天時間，三天內不管何鳴和丁國興回不回來都得走。先去老江那裡和我們匯合，如果我們走了就直接去興樓芭和彭亨州交界處找我們！」

劉新運拍手說：「將計就計，這點子好，就這麼決定！」

「還有一點，」阿花說，「如果何鳴今晚或明早我們走之前回來呢，怎麼辦？」

「依照原定計畫，」藍天雲一字一板語氣加重，「扣押嚴懲，決不姑息；如果抗命，就叫他去見馬克思！」

劉新運對阿花說：「組織行動小組的事你要馬上進行！」

阿花立正應道：「是！這裡的事弄清楚後我馬上去辦！」她看了看錶，換個話題說，「時間不多，我看先叫同志們集合，發佈命令，然後才吃飯，怎麼樣？」

藍天雲想了一下說：「不，吃過飯後才集合比較好。」

阿花說道：「那時天已經黑了呀！」

藍天雲緊接著說：「我就是要等天黑！」

機關隊的兵員大部分是從別的部隊調過來的，他們多半不認識藍天雲，有些甚至連他的名字也沒聽過。在這非常時刻，見過他的人越少就越安全。

劉新運明白他的意思，便打趣地說：「您的保護色可與變色龍比美呀！」

「變色龍？」阿花莫明其妙地望著他。

藍天雲嘴角露出一絲笑紋，慢條斯理地說：「我的臉長得比變色龍還難看，低調一點比較好！」

阿花恍然開竅，便對藍天雲說：「首長想得周到！這樣吧，等一下我和老大去吃飯，順便處理成立行動小組的事。吃完飯後就叫同志們到餐寮外集合。您和老莫、汪洋兩位同志留在這裡，我叫衛兵把飯拿過來。吃完飯後天也就黑了，那時你們才過去發佈命令。這樣行嗎？」

藍天雲點頭說：「唔！這樣最好，拋頭露面容易惹禍，我怕走不出南巴山，你們說是不是？好，」他轉移話題，「撤離的事談得差不多了，接下來我們談另一件事。剛才阿花同志毛遂自薦，要求把傳訊給沈瑞揚的任務交給她，你們看怎麼樣？」

「啊？」大家都睜大眼睛看著阿花。

「阿花同志，」劉新運移步到她跟前，「說句難聽的話，這是一份九死一生的差事呀！你考慮過嗎？」

阿花起身立正，堅決地說：「上刀山下油鍋我也甘心。沒什麼好考慮的！」

藍天雲接話道：「這是一條有去無回的不歸路，阿花，你確實要考慮！」

阿花應道：「打從參加游擊隊開始，我就沒打算要回去！你們放心吧！我熟悉烏拉山，老沈他們的想法和我不會相差太遠的。只要他們還在，我一定能完成任務！」

劉新運緊握著阿花的手，激動地說：「是的，是的！我相信你的能力，你一定能完成任務。好吧，見到老沈他們時記得代我問候！」

「那當然，」阿花眼裡沁出淚水，「我一定會見到他們，老沈、韓亞奮、黃鏢、蕭崗還有吳大材，這些都是我的好同志，好兄長，我……多想念……他們……」她哽咽著說不下去。

「我們會再見面的，阿花同志，」藍天雲趨前握了一下她的手，「丹絨檳榔有客船來往檳城，到了檳城去霹靂州就容易了。只要安全到達廖內島，我們就有相聚的機會！」

「是的，是的，藍首長……」阿花緊握著藍天雲的手，「我們會見面的，一定會！」

外面傳來吃晚飯的吹哨聲，他們的談話暫告一個段落。

劉新運和阿花帶門出去。不一會兒，兩個衛兵把飯菜端進來。飯是由番薯、玉蜀黍參碎米熬成的，菜是清炒野菇、蒸野葛薯和椰漿巴菇菜。飯糗如草，飲冰如檗，但能填飽肚子也就不錯了。

吃完飯暮色轉黑，他們步出機關亭。

來到餐寮，士兵們已經在寮外列隊等候。顯然，阿花已經說了開場白，現在只等首長來訓話。

阿花亮起手電筒，提高嗓子叫大家鼓掌歡迎藍首長蒞臨機關營。

掌聲過後，藍天雲在阿花手電筒的帶領下登上一個用木墩子拼起來的臨時講臺。「同志們好！」他拉開嗓子說，「我是藍天雲，很高興回來南巴山。剛才我來時你們正在進行象棋比賽，不便打擾；現在天又黑了，彼此看不清，但沒關係，各位聽得清楚就行。現在有件緊急的事要向大家宣布：目前局勢很緊張，很危險，我來的時候直升機老在頭頂盤旋，吸血鬼在麻雀嶺不停地扔炸彈，我想總有一天或者就在這幾天敵人的炸彈會扔到我們營裡來。為安全起見，我決定機關營和其他部隊馬上撤出南巴山。等一下散會後大家著手收拾行裝，明早起程。我來得不巧，何鳴和丁國興兩位同志都不在，現在我委任劉新運同志指揮遷移工作，阿花從旁協助。我要交代的就是這些。同志們如果有問題等一下可向阿花或劉新運同志反映。」

形勢危如累卵，士兵們都希望能儘早撤離南巴山，現在由首長親自下令，大家都點頭表示贊同。

阿花登上木墩子問大家有沒有其他問題。

不出所料，符建平頭一個站出來說：「阿花同志：何鳴和丁國興兩位同志還沒回來怎麼辦？還有在外巡邏的和幾個搞糧食的同志也不可能在明早之前回來，這些同志你怎麼安排？」

阿花答道：「安排幾個同志留下來等他們。」

劉新運登上木墩子接話道：「留下來的同志組成一個小隊，有人想參加的話可向我或阿花同志提出。」劉新運說完後有些同志在竊竊私議。

阿花喊道：「同志們請安靜。時間寶貴，有問題就快講，別在私下討論！符建平同志，你還有問題嗎？」

符建平應道：「現在沒有，想到的話再和你說！」

阿花說道：「好！想留下來的同志等一下來找我，現在散會！」

阿花剛走下木墩子，符建平便趨前要求把組小隊等待何鳴等人回來的任務交給他。另外七八個兵士也說要陪符建平留下來。顯然這班人是剛才商量好的。

阿花欣然應諾，並說何鳴和其他士兵到齊後就去卡亨山找老江，如果他們已經開拔就去興樓芭和彭亨州交界處找大隊。

符建平立正敬禮，說一定會把話傳達給何鳴。

符建平一班人走後，阿花和其他兵士著手收拾各種軍需物品。子彈糧食、鍋碗瓢盆一樣不能少。交代清楚後，她又為組織行動小組的事而忙碌，這樣一直到午夜才回到機關辦事處。

機關亭裡亮著燭光。藍天雲、劉新運、老莫和汪洋還在裡頭為明天的事出謀劃策，苦苦運籌。

阿花敲門進來。藍天雲劈頭就問：「工作進行得怎麼樣？」

阿花應道：「拿得動的東西都裝好了。行動小組也搞定了。一切都很順利，明天一早就可動身。」

「明天你打算怎麼出去？」藍天雲又問。

阿花答道：「我想往藤芭那邊走。到藤芭後打把藤扛在肩上大大方方地出去！」

藤芭在三板頭附近的一個山溝裡。那裡長著各種藤，其中一種如腳拇指般大、色澤蠟黃的叫巴篙藤。巴篙藤可做沙發框架、各種椅子和用具。采一把巴篙藤好過打二十把柴，因此，那一帶好些村民都以采藤為生。

老莫點頭說：「走藤芭是遠了點，不過安全得多。我們隊裡好些物品就是打那裡弄過來的！」

「到了三板頭後怎麼走？」藍天雲又問。

阿花答道：「搭巴士到哥打丁宜，然後換車去新山。到了新山再找車去新加坡。上回我和何鳴去新山也走那條路。」

藍天雲蹙起眉頭說：「要換兩趟車，最近查得很嚴，我看不大安全。」

阿花應道：「查就查唄！我有身分證，何鳴弄來的，在新山住旅店時掌櫃的和特務都查過，全過關啦！」

「這樣吧，」藍天雲繼續說，「我要回去居鑾辦點事，我們一道走。到居鑾後你搭火車直往新加坡。火車裡人多，混在裡頭比較安全。前兩天我就是搭火車來居鑾的。」

劉新運接話道：「對！居鑾搭火車可直到新加坡，這樣省了很多麻煩。」

阿花點頭說好。

藍天雲又問：「到了新加坡後呢？怎麼走？」

阿花答道：「在樟宜碼頭搭船去邊佳蘭。我的姨母住在那裡，先去探望她老人家，怎麼進山看看形勢再決定。」

「你得先有個目標，」藍天雲繼續說，「烏拉山這麼大，海底撈針是不行的。是不是？」

阿花遲疑了一下說：「我想老沈他們不會在烏拉山，仙家崠山嘴後斷崖谷一帶倒有可能。到邊佳蘭後探聽一下消息再說！」

「對！」劉新運拍手說，「先找群眾瞭解情況後再作決定！」

「好，就這麼決定！」藍天雲找來一張小紙片，寫了幾個符號字遞給阿花，「這是廖內島丹絨檳榔兄弟黨的聯絡地址和暗號，到時交給老沈就行了！」

阿花接過紙條，看了一下問：「這行紅毛字什麼意思？」

「不，」藍天雲說，「是馬來文，Timur Kedai，意思是東方商行或商店，也可說成東方雜貨店。」

阿花點點頭，表示明白了。

「還有一個問題，」藍天雲繼續說，「你找到老沈，他們一定會起疑心。這問題你想過嗎？」

「對！」阿花說，「這麼久沒見面，現在突然回去，他們會懷疑我是敵人指使的！你看怎麼辦？」

藍天雲轉眼去看劉新運。

劉新運想了一下，把衣袋裡那支自來水筆拿給阿花，一邊說：「這鋼筆是老沈送我的，你交給他，就說是我給你的信物！」

阿花接過鋼筆說：「有這鋼筆我心裡就踏實了！可是，」她霍地沉下臉，「萬一老沈犧牲了，怎麼著？」

「你找韓亞奮，找蕭崗、找黃鏢、找吳大材，說明你此行的任務，同時暴露何鳴違反黨紀的事。他們是明理人，應該會相信你。」

阿花點頭說：「好，我看著辦吧！」

夜深沉，外頭的夜鳥正啼得熱鬧。

他們打足精神繼續謀劃明天的事。一番商榷後作出決定：藍天雲和阿花天亮前先走；部隊重新整編，劉新運和老莫任正副隊長，汪洋任政導，其他幹部職位不變。過後他們又談了一些瑣碎的事，直到山雞啼才上吊床休息。

五

藍天雲和阿花沒帶隨從也沒帶槍，行軍袋裡裝的是乾糧、開水、吊床和幾件衣服。各人腰間挎了把巴冷刀，那是采藤用的。

走了半個鐘頭，遠處忽然傳來飛機聲。藍天雲仔細聽了一下，說是直升機。聲音由遠而近，兩架，飛得很低，越過他們頭頂時，機聲震耳欲聾，樹梢枝葉被吹得東擺西搖。阿花忙拉藍天雲到一棵大樹根肩下躲避。

直升機飛遠後，他們繼續趕路。

「飛得這麼低，我以為要向地面開火！」阿花邊走邊說。

藍天雲說：「直升機走動時不可能開火，停下來的話就得小心！呃，機關隊不是有好幾把AK嗎？」他突然問。

阿花應道：「有哇，怎麼樣？」

藍天雲指向頭頂的樹梢說：「像剛才那兩架直升機的高度，用AK可以把它打下來，如果再高一點就得用紅頭子彈，機關隊有紅頭子彈嗎？」

阿花搖頭說：「我沒看見，應該沒有！欸，」她忽然想起地說，「象牙頂那裡有兩箱，我離開時還原封不動，現在不知用掉了沒有！」

前面有道小河，約兩米寬，阿花跳過去後轉身想拉藍天雲一把，然而，藍天雲已飛身落在她旁邊。

前頭盡是荊棘藤蔓，他們貓腰而行，不再言語。

走出荊棘藤蔓，前頭還有高坡河川，過後又有密林幽谷。他們走了一整天，來到藤芭已是黃昏時分。

附近有條河，河水清澈，他們各到河邊脫下衣服抓掉螞蟥，順便洗澡更衣。洗盡汗垢，精神恢復，他們坐在樹下吃東西。吃過東西，天色已黑，蚊子多起來，他們便綁好吊床躺下歇息。

走了整天，身體累得似乎散了架，一躺下便睡到天亮。

洗過臉吃了點乾糧，他們開始采藤。藤蔓盤曲交錯地纏繞著樹幹，採擷時得爬上樹砍掉鬚根葉鞘，然後像拉夯子那樣把整條藤拉下來。拉下一條得費九牛二虎之力。一條老藤二三十米長，除掉頭尾和盤曲扭結的部分剩下的不過十幾米。阿花在樹上砍，藍天雲在樹下拉，忙到下午兩點鐘才采夠兩大捆。他們每人扛一捆藤，來到森林邊沿時太陽已經偏西。這裡離村子還有好長的一段路，去得來時間不對碴，他們只好到附近的矮青芭綁吊床過夜。

矮青芭外兩公里就是馬來村。拂曉時分可隱約聽見那裡的雞啼聲。天亮後他們吃掉剩下的那點乾糧，換上鞋子，帶上氈帽，把行軍袋和吊床綁著石塊一併抛進河裡。時間還早，采藤的人多半午後才出去。他們便坐在樹下細聲聊天。藍天雲向阿花敘說參加解放運動的經過。阿花告訴藍天雲她和韓亞奮斬不斷理還亂的戀情。藍天雲諄諄告誡像個老大哥。阿花聽來如春風化雨，激動得沁出淚珠兒。

正午，炎陽升到頭頂，他們扛著藤起程了。矮青芭裡長滿豬籠草和各種葛藤，扛著三四米長的藤把簡直是步履維艱。他們足足花了一個多鐘頭才走出去。

繞過一個小山包，馬來村在望。說來也巧，前面茅草芭的那條小路上也有幾個扛藤的人往村子那邊走。他們加緊腳步跟上去。

來到馬來村，沙包堡壘隨處可見，村口路口還有荷槍實彈的雜種兵檢查進出的行人。不過對那些挑著膠桶、打柴或采藤回來的人卻熟視無睹。藍天雲和阿花就這樣輕易地過關了。

離馬來村約兩公里處有個小鎮。鎮上有個藤商，采藤的人都把藤賣給他。藍天雲和阿花扮成夫婦到那裡把藤賣了。賣了藤，走出柵門，他們才發現衣服上沾滿草籽，袖子還破了幾個洞。藤都有刺，巴篙藤的刺像釣鉤，哪個采藤人的袖子上沒有破洞？他們不理會，旁若無人地去附近一間咖啡店吃東西。店裡人很多，對面桌有兩個中年男子賊眉鼠眼的好像是特務。不過像藍天雲和阿花這樣邋裡邋遢的村夫農婦他們根本不屑一顧。

吃過東西，藍天雲還向店小二要了包「兩點牌」（最便宜的香煙）和一盒火柴。他燃上一根，噴著煙和阿花從容地走出咖啡店。

街場外有口井，用椰葉圍著，那是附近人家的沖涼房。他們先後進去洗臉換衣，然後到大路攔一輛巴士去三板頭。

來到三板頭不過四點半鐘，然而車站空蕩蕩，賣車票的亭子也關了門。藍天雲攔個行人問了一下，原來打從昨天開始，公路戒嚴時間提早兩個鐘頭，四點鐘過後開行的巴士全都取消了。

平時，公路戒嚴時間為晚上八點至隔天凌晨六點，昨天起突然提早，個中必有原因。藍天雲把心中疑慮告訴阿花。阿花說這現象確實不尋常，不知哪裡出了岔子。

情況突變叫人措手不及。和他們一樣走不了的另有五六個。一個說附近有間雞毛店（小客棧），他打算去那裡過夜。藍天雲和阿花沒有選擇只好隨他走。另兩個商量了一下也跟著走。

雖然是雞毛店，特務照樣前來突擊檢查。抄身分證、搜查行囊，問這問那，一點也不馬虎。藍天雲和阿花臉不改色，回答問題時從容不迫。特務不疑有他，問完後便揚長而去。

隔天早上，藍天雲和阿花到熟食攤吃了碗面，然後到車站買車票等車。賣票亭子邊有個印度人開的檔子，門柱上吊著幾個帆布行李包。阿花買了一個。另架子上擺著報紙雜誌，阿花想買份報紙來看。藍天雲說肚裡沒墨水別浪費錢。阿花恍然會意，摟著他的胳膊咈咈地笑。

車來了。上車的除他們幾個外還有兩個印度人、一對馬來夫婦和四個孩子。

巴士開出車站進入大路。大路上氣氛緊張，每隔十幾分鐘就有大型運兵車從旁邊飛馳而過；每隔七八公里，路邊就堆著沙包，過往的車輛都得停下來讓軍警前去檢查。

藍天雲在阿花耳邊說：「攔路檢查不簡單，可能發生嚴重事故！」

阿花枕著他的肩膀，閉上眼佯裝瞌睡。「你看和我們有沒有關係？」她問。

「我在懷疑，看看再說！睡會兒吧，有什麼事我叫醒你！」

阿花苦笑道：「一關一關的查，哪睡得下？」

巴士走走停停，中午時分來到加亨鎮。加亨鎮是中途站，上下的搭客很多，巴士在這裡停留十五分鐘。去居鑾還有好長的一段路，藍天雲便下車去買些吃的當午餐。

他剛走下去，十幾個人隨著登上來，那些空位子又填滿了。

藍天雲提著紙袋回到座位。紙袋裡有包子、餅乾和兩瓶汽水。他問阿花餓不餓。阿花說不餓。他拿出一瓶汽水，咬開瓶蓋遞給她。她接過汽水，一邊打手勢叫他注意剛上來坐在前面的兩個男子。

那兩個男子四十來歲，穿著斯文，都戴眼鏡，各的膝前有個手提袋，裡頭裝的好像是作業簿。他們用普通話交談，神情嚴肅，語氣焦躁，好像在議論什麼。藍天雲上來時他們停頓了一下。藍天雲坐下後他們繼續剛才的話題。

「十幾個一起投降，這新聞太誇張，不能全信！」

「難說呀！幸加兵這麼多，到處戒嚴，拿不到吃的，不出來就死路一條，保命要緊嘛！」

藍天雲心頭怔了一下，忙以手肘推阿花。阿花打手勢叫他聽下去。

「剿共局說何金鏢是共產黨，你相信嗎？」

「何金鏢是個大地主，家財萬貫，我看不可能！」

一個從手提袋裡拿出報紙，「你看，」他翻開頭版指著一則新聞唸道：「何家莊園乃馬共祕密聯絡站，馬共中委楊果、陳田、藍天雲等曾多次在那裡祕密碰頭或召開會議……既然是祕密，剿共局怎麼又會知道？這不是很矛盾嗎？」

「叛徒供出來的嘛！」

「你看這段：何金鏢次子何濟東乃馬共地下組織高層幹部，柔南區馬共支隊機關的通訊聯繫由他全權負責……哈哈哈，何家二少爺竟然是馬共高層幹部，這簡直是天方夜譚！騙鬼吧？」

「我也不信。何濟東是個花花公子，吃喝嫖賭什麼都來。馬共幹部不可能這樣！」

「聽說何濟東是在酒吧裡被特務帶走的！」

「這就證明剿共局是在捕風捉影！」

阿花不知道何金鏢和何濟東是何方神聖，心裡沒激起多大波瀾。然而，藍天雲卻傾耳注目，心跳加急。

「藍天雲又是誰？抓到他可得十五萬哪！」

「聽都沒聽過，怎麼抓？」

「報紙上說他目前在南巴山森林裡。」

「森林裡就更難抓啦！」

阿花臉色發青，緊握著藍天雲的手。

藍天雲燃起一根煙，悠然地抽著。

車速突然減緩。前頭又有檢查站。巴士在路障前停下。軍警和特務照樣登車檢查。藍天雲和阿花把身分證遞給他們，又自行打開旅行袋讓他們檢查。他們例行公事地看了一下便走開。

十分鐘後，檢查完畢，關卡放行。巴士司機踩油門繼續往前奔。

前面那兩個男子望著窗外不再說話。藍天雲湊前向他們借報紙。右邊那個客氣地把報紙遞給他。

他翻開報紙，頭版右上角的標題寫的是：馬共中委何鳴帶領手下集體投誠；副題是：柔佛州馬共地下組織被搗毀，首腦何濟東及所有幹部被警方一網打盡。下半版還有兩則相關新聞，左邊的標題是：柔佛州首富何金鏢涉嫌馬共顛覆活動被警方帶走；右邊的是：野戰隊在戰機的掩護下摧毀南巴山馬共三營寨。

第二版下半部登的是剿共局軍事總指揮哈羅德．布裡格斯的談話。其中提到藍天雲。他說藍天雲是馬共中央第二號人物，他目前在南巴山森林。森林野戰隊和外圍軍警已布下天羅地網，諒不日可將他緝拿歸案。另緝拿藍天雲的賞金已增至15萬，通風報信或提供情報一律有效，云云。

藍天雲翻完後把報紙還給前面那個搭客。

阿花依偎著他，喃喃地說：「叛徒什麼都嘔出來啦！」

「大魚大肉，酒酣耳熱，能不嘔嗎？」

前頭的路又寬又直，車速加快，風聲呼呼，他們仍在耳邊敘話。

「查得那麼嚴，原來是這麼回事！」

「捉到藍天雲就發財啦！」

「山老鼠精過狐狸，要捉他沒那麼容易！」

「何金鏢和何濟東是什麼人？」

「報紙上不是說了嗎？」

「真有這樣的事？」

「我看有，報紙不可能說假話！」

「大舅和表哥現在不知怎麼樣。」大舅和表哥是老江和劉新運的代號。

「我想他們不會有事！」

「下來怎麼著？」

「你回娘家，我去找大伯！」

「你不是說要在居鑾待幾天嗎？」

「沒什麼要緊的事，不待了！」

車速轉慢，原來已進入居鑾市區。巴士總站離火車站還有一段路，他們便在街口車站下車，然後雇三輪車去火車站買車票。車票買到了，去新加坡的傍晚六點鐘登車；北上的為晚上七點半。時間還很充裕，他們便去逛街場。

街場和車站同樣複雜，特務鷹犬參在人流中。藍天雲視而不見，拉著阿花的手邊走邊看，或駐足對店裡的物品指指點點，偶爾也問一下價錢。前面有一間賣衣服的店鋪。吊在貨架上的兒童服裝引起藍天雲的興趣，便過去叫店員拿下幾件來看看。他向店員探詢布料質地，又和阿花商量一下尺碼，和店員討價還價後終於買下兩件褲子、一件裙子和一個布娃娃。

藍天雲的言行舉止儼然是個小市民。敵人懸賞15萬緝拿他，他若無其事，還故弄玄虛蒙蔽鷹犬視線，這樣的膽識和謀略簡直叫人拍案叫絕。

接下來藍天雲帶阿花去熟食攤吃海南雞飯。經過印度人的小檔子時他買了份報紙。這份報紙下午他們在車上已經看過，阿花問他買來幹什麼。藍天雲說包東西。他說時指了一下剛才買的那幾件衣服。阿花恍然會意，挽著他的手繼續往前走。

藍天雲在她耳邊說：「見到老沈時叫他看那幾條新聞！」

阿花點頭笑道：「唔，你想得周到！」

來到熟食攤，那檔海南雞飯在角頭，名叫「海記雞飯」。「海記」是老字號，在居鑾老幼皆知，每天都門庭若市。藍天雲找了個位子，向店小二要半隻雞，兩碗飯和兩杯咖啡。他說的是海南話參福建話，店小二聽了捂著嘴偷笑。

店小二走開後，藍天雲抽出兩張報紙把剛才買的那幾件童裝衣服和布娃娃仔細包好，然後放進阿花的行囊。

不一會兒，他們要的東西來了。嘗了一下，果然名不虛傳，雞肉又滑又嫩，飯香噴噴，咖啡濃郁誘人。他們吃得狼吞虎嚥，充分流露出鄉下人本色。

「老韓也會煮雞飯，」藍天雲突然說，「劉老大說日本投降後不久，他、老沈和另兩個朋友在老韓家裡打牙祭，老韓煮的雞飯很夠味，泡的咖啡也很好，吃得他們連舌頭也差點兒吞進去！妹子啊，將來你一定會有這份口福！」

藍天雲的話意味深長，阿花聽了感動不已。

吃過飯回去火車站。等了一會，南下的火車來了。月臺那邊人多狗也多。藍天雲送阿花到柵門口便逕自離去。

阿花望著他的背影，眼裡霍然沁出淚珠兒。這幾天她和藍天雲一直在「做戲」。在路上他們手牽手，在車上他們耳鬢廝磨，這些都是「劇情」的需要，如今這串串淚珠兒卻是真情的流露。在營裡，藍天雲對同志關懷備至是個長者；大敵當前，他運籌帷幄、指揮若定有將帥之風；他還是個正人君子，那天在三板頭和他同居一室，他光明磊落坐懷不亂。這幾天他就像兄長般關懷她呵護她。如今看著他孑然離去，她悲從中來就是想哭。

藍天雲的背影在人群中消失。她揮掉淚珠登上列車。她沒出過遠門，坐火車還是頭一遭。她倚窗而坐，打量著魚貫上來的搭客。坐在她旁邊的是個馬來老頭兒。他臉色蒼白，好像有病，一坐下來就閉著眼睛一動不動。

十幾分鐘後，列車徐徐開動。駛出車站，過了鐵絲網柵門，車速逐漸加快。兩邊的野草樹木飛馳而過，田園房舍越退越遠。天邊一列遠山剪影霍地映入眼簾。她認得最高的那個就是南巴山。她在機關隊這麼久，走遍那裡的山林谷地，今天才發現它是那麼的巍峨壯觀。她目不轉睛地望著，望著，森林、營地、餐寮、機關亭以及同志們的臉孔像幻燈片似的在她腦裡閃過。劉新運、老江、老莫、汪洋他們到達大山溝了嗎？還有藍天雲，現在已將近八點鐘，他搭乘的列車應該駛出居鑾車站，在往北的鐵軌上奔馳……何鳴的身影霍然鑽入腦際。他齜牙咧嘴，像一頭狼，後頭跟著一群鷹犬，得意地向她嘿嘿獰笑……「無恥的叛徒！」她心裡罵道。

暮色徐徐降下。車窗外彩霞漸淡，遠處山影越發模糊。車廂內燈光霍然亮起，車廂外，黑夜又像鐵幕般籠罩著大地。

第八章 斷崖谷

一

夜間約九點鐘，阿花搭乘的列車抵達新加坡丹絨巴革火車站。她到同鄉會館借宿一宵，隔天清早到街邊熟食攤吃早餐，吃了早餐便去車站搭巴士。當她經過一排兩層樓店屋時，覺得前面那個開門出來的男子有些面善。那男子也在注意她。趨前定睛一看，唷！袁松林？他怎麼會在這兒？可能嗎？莫非是他的孿生兄弟……

「你是阿花嗎？」那男子望著她問。

阿花看看周圍沒人，便壓低嗓子說：「我是阿花。松林叔，怎會那麼巧？你住在這兒嗎？」

袁松林看她神色倉皇，便說：「進屋裡說話，請！」

阿花隨他進入屋內。那是一間藥材店，前半部牆邊盡是裝草藥的小抽屜，後半部有桌椅臥榻和圍屏，那是診室。診室旁有木梯通樓上。

袁松林忙給阿花遞椅子倒茶，後又到梯邊往樓上喊：「喂，雲杉，還有她媽，快下來，是阿花呀！」

他看阿花還站著，便說：「請喝茶，坐呀！」

阿花剛坐下便聽見樓梯響，雲杉和藿香隨著來到她跟前。藿香老了些。雲杉瘦了點。故鄉遭劫，鄉親雲散，如今異地重逢，情緒格外激動。她們握手擁抱，熱淚盈眶，各都覺得好像在做夢。

擦乾淚水，情緒稍定。阿花問藿香怎麼不見奕森和水杉。藿香說奕森去了英國，水杉在念高中，學校離得遠，天一亮就出門了。

阿花接著問：「聽說你們去了德光島，怎麼又會來這裡？」

「德光島也不安全，」袁松林插話說，「那裡雖然不屬柔佛管轄，但地方太小，人口也少，來個陌生人全島都知道。此外我們住在朋友那裡也不方便，待了兩天就轉來新加坡！」

阿花又問：「你們來到新加坡後，那些狗有來找麻煩嗎？」

袁松林應道：「沒有！新加坡由英政府直接管轄，柔佛州那些狗腿沒這個權利！」

接著袁松林告訴阿花：他們來到新加坡後在同鄉會館暫時住下。說來也巧，會館「座辦」（受薪祕書）黎汶山扭傷腳腕子，看過好幾個跌打醫生都不見好。藿香先為他推拿，後給他一小瓶藥醋，交代他一天擦三次，幾天後就沒事。果然，黎汶山擦了三天便藥到病除。他很高興，說藿香醫術這麼好，何不開間藥房懸壺濟世？他們想想這點子不錯，便要他幫忙找地方。他說他有個開藥材店的朋友年老多病，有意把店頂給人家，先去看一下，如果合適再談價錢。他說的藥材店就是這一間，地點不是很好，不過價錢卻很公道。一番考慮後便頂了下來。開始時老坐冷板凳，幾個月後求診的病人才逐漸增加。新加坡畢竟是個大地方，名聲一傳開，病人就會擁著來。

阿花聽了後笑道：「藥師娘醫術了得，走到哪裡病人就跟到哪裡。甭愁沒生意！」

藿香趨前說：「阿花，你呢？怎會來這裡？」

阿花毫不隱瞞地告訴他們這兩年的情況和目前的處境，同時把回象牙頂找沈瑞揚的事也一併說了。

雲杉聽了很緊張，忙問：「你有老沈的消息嗎？他現在的情況怎麼樣？」

阿花搖頭說：「我沒有他的消息，也不知道他目前的情況。不過我相信他們不會有事。」

「你能找到他嗎？」雲杉問。

阿花點頭說：「能！他們在哪裡我心裡有數。只要他們還活著就一定找得到！」

頓了頓，她問雲杉：「你有話要對他說嗎？我替你傳達。」

雲杉想了一下說：「沒什麼話，你見到他就說我們很好，很……很想念他，也很擔心，叫他要……要保重……要照顧自己……」她潸然淚下，嗚咽著說不下去。

看到她流淚，阿花不禁慨然苦笑：唉！這「情」字最叫人揪心。

「我倒有幾句話想托你轉告老沈，」藿香忽然趨前握住阿花的手，「你告訴他：形勢比人強，到這般田地應該看化。烏拉山已被炸得瘡痍滿目，連老虎都沒地方躲，留在那裡只有等死！你找到老沈後就勸他想辦法去廖內島，那裡有船來往檳榔嶼，到了檳榔嶼事情就好辦！這情況老沈很清楚，應該放膽試一試。那是唯一的生路呀，阿花！」

去廖內島然後轉去檳榔嶼？這不是藍天雲的想法嗎？這……這是怎麼回事？阿花愣神地望著她。

藿香又道：「我這樣的想法可能自私了點，不過，泰山壓卵，虎落平川，他們留在那裡再也不會有作為。俗話說：留得青山在，不怕沒柴燒。只要保住小命，以後還有機會！」

藿香的話發人深省。「好！」阿花把她的手握得緊緊，「您的話我記住了，我會一字不漏地向他傳達！」

藿香微微一笑，說：「老天爺保佑，廖內島成行的話，到了之後就立刻捎封信來！」

阿花應道：「那還用說。給我這裡的地址！」

雲杉拿過紙筆就要寫。藿香阻止她說：「寫什麼呀！去包半斤紅棗給阿花不就行了嗎？」

包半斤紅棗給阿花？什麼意思？雲杉不解地望著她。

藿香看她愣著，便說：「用抓藥的紙，明白嗎？」

雲杉豁然領悟，便去包一包紅棗給阿花。

原來抓藥的紙上打著「藿香堂」的朱砂印，另兩行是店號地址和業務性質。

藿香機智穩重，阿花由中佩服。「藥師娘想得周到，我把這包紅棗帶給老沈，就說是雲杉送的。這樣更有意思，是不是？好啦，時候不早，我得走了。再見啦！」

「等一下！」藿香掏鑰匙去開櫃檯抽屜，拿出一疊鈔票塞到阿花手裡。

阿花擺手不接，說錢在山裡不管用。

袁松林接過她的話：「錢在山裡確實不管用，在廖內島就能使鬼推磨，你說是不是？」

說的也是。阿花粲然一笑，把錢收下。

阿花搭巴士來到樟宜碼頭。碼頭有幾個特務。他們戴著墨鏡，站在柵門邊監視上下搭客，偶爾也會檢查一兩個人的身分證和行李包。被檢查的多半是中年男子，女性則一律揮手放行。

樟宜碼頭乘摩托船去邊佳蘭只需一個鐘頭。邊佳蘭那邊沒有關卡，搭客上了碼頭就各走各的。那裡沒有車站，沒有巴士，路也是黃泥路。阿花雇了輛「霸王車」（無牌照德士）直奔姨母的家。

她姨母的家在鐵絲網外，離大路約半公里。她的姨母見到她時震驚不已。她知道這個外甥女目前在幹什麼，不過邊佳蘭沒人認識她，更沒人知道她的底細，因而也就心照不宣地沒當一回事。

阿花住了兩天，弄清了一些情況，認為可照原定計畫行動，便掏錢叫表嫂給她弄一套「巴褚姑弄」（馬來女裝上衣）和幾件馬來婦女喜歡戴的銀首飾。

隔天早上，吃過早飯她便告別姨母，到大路截了輛霸王車去象牙頂找小姑。

她的小姑原本住在虎嘯山，後來嫁到蛤蟆谷。她找小姑有兩個目的：一是蛤蟆谷離斷崖谷比較近，穿過屋後的茅草芭，越過象牙頂，溜下巉崖便到了；二是她小姑是馬共游擊隊的支持者，當年在蠍子營時好些糧食和日用品也是托她購買的，說不定從他那裡還可打聽到老沈他們的消息。

邊佳蘭離蛤蟆谷五六十公里，其中得穿過好幾個新村。新村有鐵絲網、有柵門、有自衛團。不過，她的膚色、那身打扮和一口流利的馬來話卻是通行證，每過柵門看守的兵鬼都揮手放行。

下午近三點鐘她來到小姑的家。她的小姑幾乎認不出她，認出她時卻不敢相信這會是真的。

「真的是你嗎？」她的小姑青著臉，久別重逢的喜悅已被恐慌神情掩蓋，「這個時候還敢來，你膽子好大呀！」

阿花一怔，忙問：「這個時候怎麼啦？」

她的小姑愣神地望著她說：「椰樹崗出了大事，你不知道嗎？」

「椰樹崗？」阿花莫名其妙，「什麼大事？這樣緊張？」

她小姑答道：「黃鏢、鄧良和另一個姓孫叫光什麼的被兵鬼打死啦！你沒聽說嗎？」

「啊？」阿花駭然變了臉色，「在哪裡？什麼時候？」

她小姑應道：「昨晚八點多鐘，黃鏢他們要去廖水貴的家拿東西，結果中了埋伏，全完啦！」

這個消息簡直是晴天霹靂。阿花瞠目結舌，站在那裡說不出話來。

她的小姑繼續說：「剛才嘉慶回來吃飯，他說黃鏢、鄧良和那個姓孫的屍體擺在村口讓人看。聽說幾十支機關槍對著他們開火，他們身上沒一處好肉！」嘉慶是她小姑的丈夫，最近弄輛舊貨車給人拉貨。

阿花聽了心如刀絞，眼淚奪眶而出。然而，一串念頭霍然在腦裡閃現：黃鏢幾個昨晚來椰樹崗拿東西，這麼說部隊不會離椰樹崗太遠；椰樹崗東邊那片矮青芭便是野人坳，他們可能在那裡……

她小姑看她愣在那裡，便問：「你今次回來有什麼打算？」

阿花回過神來說：「沒什麼打算，給我幾件衣服，我馬上就走！」

「啊？」她小姑以為她生氣，忙說，「嫂子別誤會，我……我沒要你走的意思！」

「小姑你聽我說，」阿花臉上露出一絲笑紋，「我要進山找他們，時間很緊，我得馬上走！」

「進山？你不是從山裡來的麼？」她小姑滿臉疑惑地看著她。

阿花答道：「我從山裡來，不過是另一座山。哎呀，現在沒工夫和你說。給我幾件衣服，最好是深色斜紋布的，有嗎？」

她小姑點頭說：「有！可是外頭到處都有兵鬼，現在進山很危險，要走也得等天黑。在這吃晚飯吧，我去起火，你休息一下！」

這時候路口傳來引擎聲，她的小姑望了一眼說：「嘉慶回來啦！他在外頭走，知道的消息比我多，前些時候老沈來過這裡，回頭你可向他瞭解一些情況！」

阿花想想也對，情況瞭解得越多就越能知己知彼；況且坐了一整天車，有些餓，怎麼急也得填飽肚子；野人坳離這裡有七八十公里，乾糧也得多帶些。這麼一想便答應在這裡吃飯，等天黑下來後才走。

她小姑的丈夫把黃鏢等人中伏犧牲的事大略反映之後，拿出幾張報紙叫阿花看。報裡登的都是關於何鳴等人集體投敵叛變的新聞，其中一張就是那天和藍天雲在巴士上看到的，另外幾張是後來兩天的，登的是辜加兵掃蕩南巴山幾個營地的新聞，其中還附著兩張相片。

「前些時候何鳴不是在我們象牙頂的嗎？」她小姑的丈夫問。

阿花點頭說：「是的，我進去不久他就調走了！」

「藍天雲呢？你見過嗎？」他又問。

阿花搪塞他道：「名字聽過，人沒見過！」

「投降鬼說他在居鑾南巴山，」她小姑的丈夫繼續說，「剿共局派五六千個兵鬼去抄山，好幾天啦，連個影子也沒見到！」

阿花聽了心裡不禁暗笑，於是說：「山裡找人好像海裡撈針，哪有那麼容易！」

「你想去哪裡找老沈？」他轉口問。

阿花反問他道：「你有老沈的消息嗎？剛才聽小姑說老沈來過這裡！」

「已經一年多啦，」他說，「那時他們還在烏拉山，現在肯定不會在那裡。我想他們躲在斷崖谷的可能性比較大！」

「野人坳呢？你看他們會在那裡嗎？」阿花問。

「呃？」他想了一下說，「有可能啊！昨晚去椰樹崗拿東西的人肯定不止三個，其餘的相信還躲在林子裡。對，先去野人坳，找不到的話再去斷崖谷！」

她的小姑拿出兩件黃斜紋衣褲叫阿花試穿。阿花說她們倆的身材差不多，不必試。接著她去沖涼房洗澡更衣。她的小姑去廚房做飯。她小姑的丈夫宰了一隻大肥雞。

將近傍晚她的小姑叫吃飯。吃過飯天就開始黑了。她小姑給她備好一袋乾糧、兩大瓶開水和一巴冷刀。她小姑的丈夫叮嚀她找不到老沈就馬上回來。

這是一條不歸路，阿花從沒想過要回來。「到時再看吧！」她淡淡地說。

夕陽盡褪，黑夜籠罩著大地。阿花打後門出去，在山腳下的叢林裡躡足而行。山風颼颼，樹影幢幢，幾顆星星在樹梢頭眨鬼眼。

走了一會，東方天腳發紅，一輪明月悄悄地從遠山後升上來。唷，好圓的月亮！阿花心裡叫好。

穿過叢林，沿坡而上。月光如流水，茅花翻浪如海洋。越過象牙頂進入森林。森林黑魆魆。她踏著月光碎片朝野人坳那邊走去。

二

吉林妹和另兩個兵士逃過劫數回到野人坳駐紮處。士兵們聽到黃鏢、鄧良和孫光錦中伏犧牲的噩耗都震驚不已。聽了吉林妹的詳細敘述後，大家一致認為是廖水貴出賣了他們。

「這傢伙心也太黑了，」吉林妹憤恨交集，「黃鏢待他仁至義盡，他卻恩將仇報！哼，這條狗非除掉不可！」

「對！」另一個應和說，「殺一儆百，讓他們看看當走狗的下場！」

「被人出賣是一回事！」蕭崗插話道，「椰林裡的敵人有幾十個，等你們進入埋伏線後才發射照明彈看著來打，由此可見你們的行動一直在敵人的監控之中。這說明你們的偵查出了問題！」

吉林妹斷然應道：「我看不可能！打從昨天早上開始，我們的偵查工作就沒停過。四輛大兵車和往常一樣來來去去，看不出有什麼不尋常的地方。還有路口村口和廖水貴家周圍的椰林我們都沒放過，那一帶的情況一直是好好的。晚上大約七點半我和孫光錦還到廖水貴家後面的井邊打水，他家的狗還向我們搖尾巴。敵人向我們開火大約是十一點。這個空隙不過三點半鐘，敵人怎麼來的那麼快？而且部署得那麼嚴密，這點我實在想不通！」

蕭崗問她道：「石山豁口後呢？有人在那裡偵察嗎？」

吉林妹答道：「沒有，那裡離開廖水貴的家有兩三公里，其中隔著一個小山包，鄧良和孫光錦一直在山頂，山腳下都是菜園，有什麼動靜肯定看得見。他們待到九點多鐘才離開。我看兵鬼不可能從山腳那邊繞過來！」

「問題就出在你這個『不可能』上！」蕭崗加重語氣，「我相信而且敢肯定，敵人是在石山豁口後跳下車，先躲在草叢，到天黑後才繞個大彎進入矮青芭，待你們離開崗哨後才溜進椰林打埋伏。」

吉林妹想了一下點頭說：「唔，有理由，可能是這樣！接下來我們怎辦？」

「先把廖水貴幹掉，為黃鏢他們報仇！」一個兵士氣憤地說。

蕭崗回應他道：「現在不是談報仇的時候！這樣吧，」他轉對吉林妹，「這個地方不能再待了。回去斷崖谷吧，看看老沈有什麼意見！老馬和陸山去了木薯芭，他們一回來我們就走！」

木薯芭離他們的駐紮處有十幾公里。那裡原本是個小村落，村民被逼遷後就成了山豬的天堂。老馬和陸山在那裡裝了幾個山豬吊，曾捉過兩頭山豬一頭山牛。那裡的山豬吊效益高，收穫頗豐，他們每隔三天就去巡視一次。

「那些鐵夾子也該收回來，」蕭崗繼續說，「大家分頭去收，爭取時間，那幾個陷坑順便去一下，看看坑裡有沒有捉到東西。」鐵夾子是一種捕捉野獸的工具，獵捕的對象多半為黃猄和梅花鹿。

鐵夾子有二十幾個，遍佈在村子附近的叢林邊沿，收起來得花上一整天。

吉林妹猶有疑慮，說行蹤已經暴露，回來時又沒「掃路」，敵人可能會隨後追上來。蕭崗說可能性不大，因為敵人也是從矮青芭那邊進入椰林，走過的「路」那麼多那麼亂，沒法掃也不必掃。

「對呀！」吉林妹啞然失笑。

說完她和那兩個兵士去灶邊找東西吃。蕭崗則著手收拾一些零碎的東西。其他的兵士分頭去收鐵夾子。

傍晚時分，老馬和陸山興高采烈地抬著一頭山豬回來。然而，聽到黃鏢、鄧良和孫光錦犧牲的消息後便嗒然若喪，連煮水煺毛、開膛切肉也提不起勁了。

隔天中午出去收鐵夾子的兵士陸續回來。兩個兵士帶回來一隻大黃猄。黃猄肉乃野味之王，還沒下鍋就令人垂涎欲滴。不過昨晚的山豬肉還有一大鍋，管廚的只好把黃猄肉用鹽醃起來帶著路上吃。

收拾停當正要起程，遠處忽然傳來敲打木頭的聲響。

誰在敲木頭？大家屏聲息氣、面面相覷。

這個時候怎會有人來找？老沈派來的嗎？不可能，那裡有人來過，不須敲木頭，況且板眼暗號也不對。

梆－梆梆－梆梆梆……敲木聲再次響起。

蕭崗傾耳細聽。一板二眼三拍子的節奏，是兩年前用的，這說明來人曾經是隊裡的同志。莫非是叛徒？他心裡咯噔了一下。敵人幹掉我們三個同志，士氣大振；他們要乘勝追擊，利用叛徒偽裝失散的同志前來找我們……

「這個時候誰會來找我們？」吉林妹趨前問。

蕭崗答道：「有兩種可能：一是叛徒；二是州委機關的交通員！」

吉林妹想了一下說：「叛徒的成分比較大，州委機關的交通員似乎不可能！」

她語音剛落，敲木聲又梆梆響起。聲音越發清晰，這說明敲木頭的人離他們越來越近。

「怎麼著？要回應嗎？」吉林妹看著他問。

「當然要！」蕭崗已有了應付方案，「看看是何方神聖！你們找地方埋伏，子彈上膛，注意我的暗號！」

吉林妹應了聲是。士兵們轉身離去，只幾秒鐘就沒了蹤影。

林子裡散布著陽光碎片。周圍一片死寂，連枯葉落下的聲響也聽得見。

梆－梆梆－梆梆梆……

聲音來自五十米以外。

蕭崗從灶邊拾起一根木柴往樹頭上敲了幾下。

不一會兒，四十米外的草叢裡閃出一個人影。蕭崗定睛一看，那人裹著頭巾，體態豐盈像個女人。

「蕭崗同志！」那人大聲喊道，「我是阿花，還記得嗎？」說完便大步流星地朝他奔來。

怎麼是她？太出乎意料了。蕭崗愣怔地站著。

「終於找到了！」阿花來到蕭崗跟前，緊握著他的手，「同志們都好嗎？我想死……你們了，蕭……蕭崗……同志！」她激動得熱淚盈眶。

然而，蕭崗目光恍惚，表情冷漠，握手也沒勁。阿花反應敏銳，心跳霍然減緩，奔騰的血液倏地停止，斷流了。

這是預料中的事，阿花已有心裡準備。「我來得很突然，很不是時候，對嗎？」她笑著說。

蕭崗直言不諱：「是的！你不是去了南巴山機關營嗎？為什麼突然回來？」

「我有任務！」阿花正言厲色。

「有什麼任務？」蕭崗冷若冰霜。

「不能說！老沈在哪裡？我有急事見他！」

「誰派你來？」

「藍天雲！」

「有何憑據？」

「沒有憑據。」

「沒憑據我怎能相信你？」

「我要找的是老沈，不是你！」

「找老沈必須先過我這一關！」

「給你看一樣東西。」說著她從布袋裡掏出一疊報紙遞給他。

蕭崗接過報紙，翻開一看，何鳴投誠的新聞標題像一排子彈般射入眼簾。他像觸電般抖了一下，扶正眼鏡一目十行地把新聞讀完。他想說什麼，目光又落到另外的新聞標題上。當他把報裡有關的新聞讀完後卻又沉默了。

「你幾時回來的？」過了好一陣他才問。

「回來好幾天了！」

「你怎麼知道我在這裡？」

「我猜想你們可能在斷崖谷，正要去那裡，昨天聽到黃鏢、鄧良和孫光錦三個同志在椰樹崗中伏犧牲的消息，我想你們一定在野人坳，便趕來了！」

蕭崗燦然一笑，緊握著阿花的手一邊說：「剛才失禮了，請原諒，阿花同志！」說完朝左右拍了兩聲掌。

吉林妹率先走出來。阿花喜出望外。吉林妹也很激動。久別重逢，百感交集，他們緊緊地擁抱在一起。其他的兵士相繼出來。阿花熱淚盈眶，和他們熱烈地握手問好。

握手寒暄之後，蕭崗毫不隱瞞地把游擊隊目前面臨的困境告訴阿花。阿花說她就是為大家突破困境而來的。大家聽了一臉疑團，問她如何突破。阿花說這是祕密，見到老沈後再說。

敵機狂轟濫炸，大火日夜狂燒，野戰隊包抄範圍擴大，游擊隊東躲西藏，疲於奔命，最後只好躲進斷崖谷。

三

斷崖谷介於烏拉山和象牙頂之間，兩山相距約兩公里。兩邊奇峰突兀，亂石嶙峋，吸血鬼不敢低飛，炸彈扔不到谷底，這片谷地確實是藏身的好去處。然而，東邊豁口泥潭遍佈，巨鱷出沒，人或野獸掉進去不沒頂也會被鱷魚當午餐。原來，斷崖谷是個死胡同，如果敵人結集大軍從西邊豁口包抄過來，游擊隊困在谷裡不被打死也會餓死。

斷崖谷西邊豁口外盡是深山老林，士兵們稱之為大荒芭。大荒芭周圍沒村沒店，外頭的支援和信息完全斷絕。游擊隊不能脫離群眾，沈瑞揚因而派蕭崗和黃鏢等一小隊人馬去野人坳和村民建立關係。

游擊隊目前最嚴峻的問題就是缺乏糧食。谷地裡野獸不多，狩獵的兵士每次都空手而歸。野菜野果和山竹筍俯拾即是，但這些東西沒有營養，吃多了會患腳氣病。還有各種急需藥品也嚴重缺乏，幾個兵士進來不久就患上瘧疾。幸虧蕭崗那裡及時送來奎寧（金雞納霜）他們才逐漸康復。然而，兩個星期後又有幾個兵士相繼病倒，有的拉稀，有的腳踝腫脹，有的心悸嘔吐。這些現象就是患腳氣病的徵兆。

蕭崗那裡的群眾工作做得不錯，他們送來的除藥品外還有番薯木薯和野味，雖是杯水車薪，部隊裡的緊張情況多少有所緩解。

近年來夏志康一直悶悶不樂。半年前的一場遭遇戰他掛了彩，手臂被子彈刮掉一小塊肉。雖然不嚴重，沒多久就痊癒，但從此脾氣暴躁，稍有不順就向下屬大發雷霆。進駐斷崖谷後尤甚，一次，一個兵士頂他幾句，他竟然拔出手槍指著那個兵士，幸虧韓亞奮及時阻止才不致鬧出人命。事後，沈瑞揚批評他有事好好談，不該拿兵士當出氣筒。他接受批評，向那個兵士道歉，這場風波才平息下來。

這些日子，士兵們食不果腹，個個臉黃肌瘦。兩個病號由於沒藥病情惡化，在一個風雨交加的夜晚撒手歸西。

夏志康心煩意亂，提議部隊移去野人坳。野人坳的求生條件固然比斷崖谷好，但那一帶盡是灌木叢林，人數少尚可苟且偷生，人多了容易暴露，一旦暴露，敵機來炸就無從逃遁。沈瑞揚和韓亞奮堅決反對。夏志康堅持不讓，說是代表一部分同志的意見。這話不假，進駐斷崖谷後和孫光錦一同上隊的那幾個秀才兵就一直發牢騷。

「不然這樣，」韓亞奮建議說，「野人坳搞糧食比這裡容易，你就去吧，還有那幾個常發牢騷的同志也一道去！」

「呃？」夏志康艴然變了臉色，「你的意思是說我吃不起苦耐不了餓才提出移去野人坳的嗎？你這樣想的話就太小看我夏志康啦！」

韓亞奮忙說：「不不，我沒這想法，是你自己說的！」

沈瑞揚趕快打圓場：「蕭崗那裡人手不大夠，老韓的提議倒是可以考慮一下，志康同志！」

夏志康憤然離去。從此以後，他對部隊的事便不聞不問。

患腳氣病的人越來越多，病情也愈加嚴重，前幾天又有兩個相繼死去。不到三個月就死了四個，這樣下去不是辦法，沈瑞揚心急火燎。

然而，天無絕人之路。一天，中午時分，沈瑞揚、吳大材和另兩個兵士在東邊豁口遇見兩個砂蓋。近年來他們經常和砂蓋打交道，言語溝通已經不成問題。那兩個砂蓋扛著一條四腳蛇，各的手裡還提著一串彈圖魚和黃鱔。那條四腳蛇有二十幾公斤重，彈圖魚和黃鱔也是胖墩墩的渾身盡是肉。沈瑞揚看了垂涎，問他們這些海味打哪兒來。砂蓋說是在前面這片紅樹林裡捉的。沈瑞揚又問他們手裡的海味是不是要拿去賣。砂蓋說四腳蛇要賣，彈圖魚和黃鱔留著自己吃。沈瑞揚於是掏錢買下那條四腳蛇，同時叫他們去多捉一些，除海味外其他獵物也要，有多少要多少，價錢肯定會比外頭好。砂蓋老實憨厚，說這些東西紅樹林裡有的是，可以自己去捉，不必花錢買。沈瑞揚說隊裡人多，要捉也要買。吳大材向他們請教捕捉方法。砂蓋便直爽地把在咸水芭裡找海味的功夫全盤教給他。

咸水芭裡除了四腳蛇、彈圖魚和黃鱔外，還有蚌、毛蚶、角螺等各種貝類。貝類生長在紅樹林後班枷河畔泥巴裡。那裡鱷魚出沒，掉下去不沒頂也會葬身鱷魚腹。貝類殼大肉少，不能解餓，這個險不值得冒。

彈圖魚也生長在班枷河畔。它最喜歡的食物是海蚯蚓。紅樹林氣根下的爛泥巴是海蚯蚓繁殖的溫床，潮水高漲時彈圖魚便成群結隊游到紅樹林裡吃海蚯蚓。海蚯蚓平時藏在泥裡，海水漫溢時便探出頭來攝食微生物。那時候，彈圖魚已搭在氣根上虎視眈眈。它們一看到海蚯蚓便跳下水拉出來慢慢享用。彈圖魚警惕性很強，一有風吹草動便逃得無影無蹤，所以捕捉它只能放釣。所謂放釣就是潮水漲到紅樹林時把以海蚯蚓為餌的釣鉤系在氣根下，到退潮後再去收釣。紅樹林裡坑窪遍佈，踩進去就起不來，所以進出紅樹林時得攀著氣根或抓住繩索爬著走。

黃鱔和海蚯蚓一樣躲在氣根下的泥巴裡，漲潮時才探身出來捕捉小魚充饑。黃鱔喜歡活捉活吃，對釣餌視若無睹，所以捕捉黃鱔得用鐵叉子。捉的人坐在氣根上，當黃鱔從爛泥裡探出頭來時便一叉插下去。

捕捉四腳蛇的方法很多，可用釣餌、籠子或繩套。最簡便的方法是用繩套。繩套的原理和山豬吊大同小異，潮水退乾後把機關裝好，「吊餌」可用臭魚或動物內臟，潮水回流時或隔天早上才去收。

黃鱔又圓又滑，砂蓋所以要用鐵叉子。部隊裡沒有這樣的工具，吳大材便用竹尖子代替，而且還加多兩個齒。齒多成效大，黃鱔喜歡結伴捕食，一叉下去有時可拉起兩條或三條。

吳大材教會了七八個徒弟，每天都在紅樹林裡出入。大潮時捉黃鱔和放釣抓彈圖魚，小潮或退潮時裝繩套抓四腳蛇。收穫頗豐，此外，那幾個砂蓋也經常把海味和其他獵物如蟒蛇、烏龜、穿山甲、猴子等拿來賣給他們。士兵們的膳食大有改善。黃鱔有祛濕補腎的醫藥療效，那些患腳氣病的兵士吃了後便逐漸康復。

紅樹林裡的海味雖然取之不盡，但此地不宜久留，因為敵人已出動直升機在斷崖谷上空盤旋偵察，還撒下大量招降傳單，不久後必有更進一步的行動。

這些日子沈瑞揚就一直為部隊的去路而傷透腦筋。兩年多前袁松林向他提過的去廖內島的事又在他腦裡浮現。九灣港口渡船往返廖內島的班次和敵人的守衛情況是否有變暫且不說，單就走出斷崖谷已是一個大問題。東邊豁口泥淖沒頂是絕對走不出去的；西邊豁口和四灣港之間隔著兩條河，河岸有敵人的工事有哨卡，橋頭有沙包碉堡，無論如何是闖不過去的。就算闖得過去；就算找到船安全抵達廖內島，轉去檳榔嶼是否真如松林叔所說的那樣簡單？士兵們沒有證件，如果被捕就是非法入境，後果同樣不堪設想。

儘管答案都是「不可能」，然而，去廖內島的念頭在沈瑞揚腦裡始終揮之不去。

偵察斷崖谷的直升機開始時只有一架，後來是兩架，現在增加到四架。飛行高度也越來越低，有時停在空中，機聲震耳欲聾，旋翼刮下強風，吹得樹梢東擺西搖。

這是敵人大舉進攻的前奏曲。

一天中午，沈瑞揚在議事亭裡休息，夏志康再次向他提出移去野人坳的事。他同時呈上一張由七八個兵士簽名的名單，說這些同志都支持他的建議。

沈瑞揚朝那張名單瞥一眼，裡頭除了那幾個秀才兵的名字之外還有三個普通兵士。

沈瑞揚沉吟片刻，後說：「我的看法沒變，你要去的話就儘管去，不過你們人數增加了，去之前最好和蕭崗同志商量一下！」

夏志康應道：「那當然！野人坳地廣村子多，老蕭那裡容不下就到別處去。」

「哦？」沈瑞揚心裡咯噔了一下，盯著他說，「你想另起爐灶？」

夏志康忙擺手說：「不不，是另闢蹊徑，不是另起爐灶，當然，能到老蕭那裡是最好不過的！」

沈瑞揚應道：「開個會吧，讓大家討論一下。」

夏志康以反駁的口吻說：「區區小事，何必驚動大家！」

沈瑞揚答道：「不開會就等於擅自離隊，這樣做是違規的！」

夏志康提高嗓子說：「我是隊長，有權這麼做！」

他的話剛說完，外頭忽然傳來擊木聲。

「野人坳那邊有人回來了，」沈瑞揚說，「如果是老蕭，回頭和他商量一下。」

「好，我去看看是不是他！」夏志康轉身走出亭子，只見崗哨那邊有一隊人朝營地這邊走來。「沒錯，是老蕭他們！」他欣喜地回過頭來說，然而卻又怔住了，「呃，整十個人一起回來，怎麼回事？」

沈瑞揚也覺得蹊蹺，蹙起眉頭說：「不對呀，過去看看！」說完拔步就走。

這時，在另一棵樹下聊天的韓亞奮和吳大材也大踏步朝崗哨那邊走去。

蕭崗走在前頭，其次是吉林妹，下來是老馬、陸山、范童觀等足足十個人。最後的那個身穿便服，戴著頭巾，是個女的。這女的沒拿槍，沒背行軍袋，好像是外人。她是誰？

蕭崗臉色蒼白。吉林妹神情沮喪。其餘的沒有表情。進入營地，他們卸下背包，坐在樹根上，苦著臉沉默不語。

韓亞奮問蕭崗：「這麼多人一起回來，出事了嗎？」

蕭崗點了點頭，沒答話。

「黃鏢呢？」沈瑞揚問，「還有鄧良和孫光錦，他們沒和你們一起回來嗎？」

蕭崗垂下臉說：「他們回不來啦！」

夏志康不耐煩，提高嗓子說：「別賣關子啦，到底發生什麼事？」

蕭崗於是向大家敘說黃鏢、鄧良和孫光錦三天前在椰樹崗中伏犧牲的經過。

噩耗固然叫人悲痛。阿花的突然出現更叫人震驚。

阿花離開後就沒了音信，兩年多啦，白雲蒼狗，現在突然回來難免叫人起疑心。不過，她是蕭崗帶回來的；蕭崗是領導級幹部，不可能不分好歹，引狼入室。

沈瑞揚問阿花：「你怎會突然回來？」

蕭崗搶先說：「大家不必懷疑，阿花同志是奉上頭的命令冒險回來找我們！」

夏志康問蕭崗：「她怎會找到你？她找你和黃鏢幾位同志的犧牲是否有關聯？這些問題你想過嗎？」

「沒有關聯，」蕭崗斬釘截鐵地說，「我用我的人格作保證：阿花還是我們的好同志！」

夏志康冷笑一聲，轉問阿花：「你的上司不就是老何同志嗎？他派給你什麼任務？」

阿花和夏志康相處的日子並不長，對他的背景和為人瞭解不多，昨天蕭崗向她反映隊裡的情況時說了些夏志康的負面形象。先入為主，她對夏志康自然不會有好感，如今看他目光帶刺，愈加感到厭惡。

「你說的是何鳴嗎？」阿花以輕蔑的目光看著他，「何鳴是我以前的上司，現在不是也不配！」

夏志康勃然變色，指著她問：「你說什麼？何鳴同志怎麼啦？」

阿花抿了抿嘴，一字一板地應道：「我說現在的何鳴不是我的同志，也不配做我的上司！」

夏志康覺得她話裡另有乾坤，暫時壓下心中怒火。「你現在的上司又是誰？」他問。

阿花傲然應道：「藍天雲同志！」

夏志康猛然一怔，忙問：「你憑什麼？」

阿花答道：「不憑什麼，先讓你看一樣東西！」她解開布袋拿出幾張報紙遞給夏志康，「這是近幾天的報紙，你先看看，你的問題答案全在裡頭！」

夏志康接過報紙。何鳴帶領手下集體投誠的新聞標題像炸彈般在他腦裡轟然炸開。「啊？怎……怎麼會這樣？何鳴同志他……不，不可能，不可能的！」他看看阿花又看看沈瑞揚，似乎不相信自己的眼睛。

「唷！」站在他身邊的韓亞奮驚叫道，「何鳴投降了？老沈，你快來看，何鳴叛變啦！」

沈瑞揚急忙湊過來看報紙。

夏志康翻完所有的報紙後茫然地站著。

韓亞奮憤憤罵道：「他媽的，可恥的叛徒！」

蕭崗拉長語音以譏諷的口吻說：「狗嘴裡吐不出象牙，何鳴投敵叛變我一點也不覺得奇怪！」

吳大材指雞罵狗地接話道：「可是有人卻把他當神拜哩！」

夏志康耷拉著腦袋，臉色鐵青，渾身顫抖。

沈瑞揚忽然問阿花：「你一直在南巴山機關隊嗎？」

阿花：「是的！」

沈瑞揚：「在何鳴手下工作嗎？」

阿花：「是的！」

沈瑞揚：「何鳴投降之前，你沒覺得他有什麼不妥嗎？」

阿花：「我只覺得他沒涵養，人品有問題，沒想到會那麼下賤、那麼無恥，人不做去做狗！」

沈瑞揚：「你剛才說你現在的上司是藍天雲，這是真的嗎？」

阿花：「當然是真的！」

沈瑞揚：「藍首長在中央，怎會是你的上司？」

阿花於是把何鳴違抗北遷命令、藍天雲南來南巴山、劉新運帶領尖兵進駐機關營的事全盤道出。

「你回來的任務是什麼？」沈瑞揚聽完後問。

阿花：「傳達藍首長命令！」

沈瑞揚：「什麼命令？」

阿花看了一下左右，欲言又止。

沈瑞揚：「都是自己同志，但說無妨！」

阿花：「藍首長要你帶領同志們去廖內島丹絨檳榔找兄弟黨地下組織。他說那是我們部隊唯一的生路，無論如何都要去嘗試！他給了我廖內島丹絨檳榔兄弟黨地下組織的聯絡地址和暗號。」說完從布袋裡拿出一張紙條遞給沈瑞揚。

沈瑞揚接過紙條，看了一下放進衣袋。「你見到劉新運同志嗎？」他轉個話題問。

阿花：「何止見到，我們還經常見面！對了，」她拿出那支鋼筆，「老劉怕你們不信任我，把這支你送他的鋼筆給我當信物！」

沈瑞揚接過鋼筆，看了一下欣喜地說：「沒錯，沒錯，這鋼筆是我在南榮街當校長時送給老大的！剛才蕭崗同志說得對：阿花還是我們的好同志！謝謝你，阿花同志！」說著趨前緊緊地握著阿花的手。

「謝什麼呀！」阿花激動地說，「老劉同志想得周到，該謝的應該是他，不是我！哦，對了，老劉同志要我代他向大家問好！」

夏志康突然趨前向阿花伸出手，一邊說：「剛才我諸多冒犯，對不起，阿花同志！」

阿花握著他的手笑道：「別在意，我離開這麼久，核實一下身分是應該的！」

夏志康感激地說：「有你這句話我心裡就踏實啦，阿花同志！」

吃過午餐，沈瑞揚、夏志康、韓亞奮、蕭崗、吳大材和阿花坐在一棵大樹下開會。夏志康心情不好，會議由沈瑞揚主持。

「還沒討論正事之前，我先向大家宣布一件事，」沈瑞揚說，「阿花冒險回來給我們傳達消息，我代表部隊向她致謝！」說完，起身立正向阿花敬禮。

阿花立正回禮，然後和大家一一握手。

「阿花原本是我們第九分隊突擊隊隊長，」沈瑞揚繼續說，「她現在的職位也應該確定一下。剛才我和志康和老韓兩位同志商量過。我們決定保留她的突擊隊隊長職位，並擢升她為高級幹部，填補黃鏢同志的空缺。」說完，把備好的制服和佩槍以雙手呈送給阿花。

阿花接過制服和佩槍，向大家鞠躬道謝。大家回以熱烈的掌聲。

掌聲過後，沈瑞揚宣布正式開會。他說提綱只有一個，就是討論去廖內島事宜，請大家發言。

去廖內島的念頭在沈瑞揚腦裡已衝撞多時，但客觀現實無法改變，縱使挖空心思、想破腦袋也是白費心力。然而，藍天雲寫給他的那張紙條暗號又使他看見一線曙光。有了那張紙條暗號，到廖內島後找到兄弟黨地下組織出路問題就基本解決，剩下的就是怎麼走出斷崖谷和找船渡海的問題。他把這兩個問題作為重點，要大家提出意見和看法。

蕭崗說陸山同志有個當船夫的朋友，外號叫魯智深。他當過漁夫，也開過客船，對柔佛東海岸一帶的水路非常熟悉，找船的事可叫他幫忙。沈瑞揚要他擬個方案讓大家討論。蕭崗說他和陸山談過，陸山的想法是：隊裡有二十幾個人，找一艘像往返邊佳蘭和新加坡之間那樣的摩托船就行了。這樣的船原本可以租一艘，不過沒人敢冒這樣的險。他提議買一艘五六年船齡的二手船。這樣的船價錢介於六千到八千之間。要的話不難找，出手爽快一點，兩三個禮拜之內一定找得到。

「萬一找不到怎麼辦？」韓亞奮問。

蕭崗笑道：「找不到就用這個！」他說時拍了拍腰間的手槍。

韓亞奮蹙起眉頭說：「這樣我們不是變成土匪了嗎？」

蕭崗應道：「有點像！不同的是我們給錢，工錢、船錢、壓驚錢一分不少！」

「怎麼說？」韓亞奮問。

蕭崗應道：「陸山同志的想法是：買船的事交給他的朋友魯智深，買到後就由魯智深為我們開船，條件是他把我們送到廖內島後那艘船就屬他的。這樣的條件大家可以研究一下！」

「魯智深這個人可靠嗎？」吳大材問。

蕭崗答道：「魯智深住在南榮街，他的兒子是我的學生。我和他見過幾次面。據我所知，這個人很機靈，很講義氣，不過有一點不好，就是好賭！」

沈瑞揚聽了頗感納罕：魯智深是南榮街人，還有兒子在學校念書，他在那裡當了那麼多年校長，怎麼沒聽過魯智深這個名字。但他沒問，繼續聽下去。

蕭崗又道：「魯智深雖然好賭，但從不向人借錢。我認為這個人信得過，就怕他不幹！」

沈瑞揚接話道：「我看玩命的事他未必肯幹！」

「那不一定，」蕭崗繼續說，「陸山說魯智深這個人膽大心也大，一艘船值得七八千塊，這樣的機會他肯定不會錯過！」

阿花笑道：「對呀！重賞之下必有勇夫，是我的話我也幹！」

沈瑞揚輕拍一下手說：「好，就這麼辦！喂，財政部長，」他轉問韓亞奮，「七八千塊有問題嗎？」

韓亞奮拍拍褲袋說：「沒問題！不夠的話再去向敵產園丘的洋經理要，他那裡有的是錢。甭愁啦，阿哥！」他的海南腔令大家忍不住笑出聲來。

「找船的事已經有了眉目，」沈瑞揚繼續說，「接下來討論怎麼走出斷崖谷。希望大家有好點子！」

蕭崗說道：「剛才我和陸山稍微研究過，我們的看法是：除了摩托船之外要另買一隻平底木船。平底船吃水淺，漲大潮時可在紅樹林裡穿梭。行動時間得在晚上，到時摩托船駛進班枷河，在東邊豁口外拋錨停泊，然後撐平底船進來載同志們出去。這個方法行得通嗎？大家不妨研究一下！」

沈瑞揚想了一下說：「理論上行得通，不過實行起來有困難。紅樹林裡撐船肯定不如想像的那麼容易，這是其一；平底船沒多大，載人不多，一次五六個吧？這樣就得來回好幾次，大潮只維持三四個鐘頭，時間夠嗎？來得及嗎？」

韓亞奮接話道：「我看不行！晚上黑咕隆咚難認方向，平底船進得來天都亮啦！」

「對，這樣肯定來不及！」幾個異口同聲地說。

「這個簡單，」一直沒開口的吳大材打破沉默，伸手指向谷底說，「那裡不是有很多竹子嗎？砍下來做幾個竹排，到時我們坐竹排出去班枷河不就行了嗎？」

沈瑞揚一拍掌說：「嘿！這點子好，我看行得通！」

接著他問吳大材：「做竹排需要多少時間？要用什麼工具？一隻可載幾個人？」

吳大材應道：「做竹排要用到繩子，沒有繩子可用藤皮，其實藤皮比繩子好。藤這裡有的是，一條二三十碼長，采它十條八條就夠了。至於要多少時間、每只能載多少人，我倒要花些口水給大家說一說。」

接著他告訴大家有關竹排的做法和用法：竹子砍下後必須先曬乾，太陽強，不淋雨，一個星期後便可動手做；否則就得等兩個禮拜。做竹排很簡單，把竹子綁成一排就行了，大家一齊動手，一天可做三四隻。紅樹林裡根杈很多，竹排宜小不宜大，每只載五六個人為佳。

大家都認為他這個提議很好。一番討論後作出以下決定：一，找船的事由蕭崗和陸山負責，三個星期內務必完成任務；二，竹排必須在三個星期內做好；三，暫定陰曆下個月十八日夜間行動；四，明天中午召集會議向同志們宣布去廖內島的計畫；細節問題大家要多動腦筋，如有必要另定時間作詳細討論。

開完會，韓亞奮匆匆離去，夏志康和吳大材隨著也走了。會場上剩下沈瑞揚、蕭崗和阿花。

沈瑞揚看夏志康走遠後便問蕭崗：「你說魯智深是南榮街人，他的兒子還是你的學生，我怎麼沒聽過他的名字？」

蕭崗詭祕笑道：「魯智深是我臨時給他取的，他真名叫陸海，就是陸山的哥哥。剛才人多，不方便說！」

沈瑞揚點頭應道：「哦，原來是陸海，我認識他嘛。你做得對，人心叵測，沒有必要公開他的名字！」

阿花接話道：「我也認識陸海。他的丈人住在瘦狗嶺，是我以前的鄰居。這麼好的條件，我看他一定會答應！」

蕭崗有事告辭離去。沈瑞揚理好記錄也要走，阿花卻叫住他：

「有空嗎？和你說個事！」

沈瑞揚應道：「好哇，我也有些話要和你說！」

阿花指著山壁邊那道石徑說：「去那邊走走，曬曬太陽！」

他們攀上石坎，肩並肩在石徑上走著。

「找我什麼事？」沈瑞揚問。

「是件大好事，你得先謝我！」她逗趣地說。

「下午你給我那支鋼筆時不是謝過了嗎？」

「性質不同，你得再謝一次！」

「好，謝你就是了，說吧！」

「我見到雲杉！」

「雲杉？真的嗎？你……你怎會見到她？」

「不信？」她從布袋裡拿出一包東西，「這包紅棗是她給你的，紙上有她的地址，她說你到了廖內島後要立刻給她寫信！」

沈瑞揚接過紙包，看了一下那幾行朱砂字。「啊？」他不禁叫道，「松林叔一家人住在新加坡？他們不是搬去德光島的嗎？你怎會遇見他們？太不可思議了！」

阿花笑道：「一點也不假，世界上就有這樣不可思議的事！」

「他們行醫還開藥材店？」沈瑞揚指著那幾行朱砂字問。

阿花點頭說：「是的！兩層樓店屋，店面很深，前半部抓藥，後半部給人看病。一家人住在樓上。他們的情況看來很不錯！」

「這的確是好消息！謝謝你，阿花！」沈瑞揚興奮地握了一下她的手，「這幾年我老惦著他們，聽你這麼說我這下就放心啦！對了，你怎會遇見他們？」

接著阿花把到新加坡後如何在同鄉會館過夜、隔天早上如何遇見袁松林以及和藿香、雲杉寒暄敘話的事詳述一遍。

「雲杉怎麼樣？」沈瑞揚的神情突然變得十分凝重。

「嘖嘖嘖，」阿花調侃他道，「害相思病，是不是？別擔心，她氣色不錯，只是瘦了點。她說她很想念你，很擔心你，叫你要保重，要照顧自己！」

「我……我對不起她！」沈瑞揚情緒激動，眼眶潤濕了。

「藥師娘也有幾句話要我帶給你，」阿花繼續說，「她說形勢比人強，留在烏拉山就是白糟蹋，你得認命，無論如何要想辦法去廖內島。那是唯一的生路，留得青山在，不怕沒柴燒，保命要緊哪！」

沈瑞揚心頭一酸，淚如泉湧。

阿花愴然有感，歎了口氣說：「男兒有淚不輕彈，雲杉有你這樣癡情的男人，值得啊！」

沈瑞揚聽出她話中含義，抹乾眼淚說：「你還沒和老韓談過話吧？這些日子他老惦著你呀！」

阿花苦笑道：「他會想我？你是在安慰我吧？」

沈瑞揚應道：「我是想安慰你，不過老韓想你也是事實！」

阿花收斂了笑紋，抿了抿嘴說：「老沈呀，我這次回來有一半是為了他。我還沒和他說過話，他怎麼想我心裡沒底。我今次回來可說是冒雙重的險！」

沈瑞揚笑道：「假如，這純粹是假如，你別當真，假如他對你依舊不冷不熱，你怎麼辦？」

她慘然一笑，說：「就拉倒唄！強扭的瓜不甜，這下子我也可死心啦！心一死，做什麼都利索，是不是？」

沈瑞揚看她說得如此認真，忙解釋道：「我剛才說的是假如，沒這回事的，你別當真哪！」

阿花繼續說：「我已作好心理準備。我拿得起、放得下，沒有男人日子照樣過得快活！」

「你千萬別誤會，」沈瑞揚緊接著說，「事實恰好相反，剛才開會前老韓找過我，他說今晚上想和你聊聊天，他有很多話要和你談！」

「真的嗎？是你刻意安排的吧？」阿花疑惑地看著他。

沈瑞揚應道：「是他親口對我說的，不信你今晚可問他！」

「他既然有心，為什麼不直接和我說？」她問。

沈瑞揚辯解道：「他開完會後要去查哨，回來可能晚了，要我先向你打個招呼。」

阿花緊接著說：「剛才我坐在他身邊，為何不直接和我打招呼？」

「老韓這個人哪，」沈瑞揚苦笑道，「戰場上他機智果斷，情場上卻膽小如鼠！我看你今晚得先發制人，主動出擊才是！」

阿花哈哈笑道：「這麼一來，我不是變成潘金蓮了嗎？」

沈瑞揚也笑道：「老韓不是武松，這點你放心！其實呀，你走後他一直很後悔，說何鳴心術不正，當時不該讓你隨他去機關營。他滿以為部隊撤離烏拉山後就可去找你，然而，事與願違，我們被困住啦！這些日子他老希望有奇跡出現，兩年多了，他頸項都望長啦！今天你突然回來，我想最高興的就是他！」

阿花不屑地說：「會嗎？我怎麼沒看出來？」

沈瑞揚逗趣地說：「老韓是個暖水瓶，外殼冷冰冰，一打開瓶蓋，就叫人熱得渾身冒火。不信你今晚試一試！」

阿花粲然笑道：「好吧！信你一次，今晚八點我在這裡等他！」

「這就對啦！」沈瑞揚拍手說道，「到時和他對證一下，看我有沒有騙你。」

阿花指著他說：「話經你的嘴就叫人貼心貼肺。難怪雲杉對你死心塌地！」

沈瑞揚回應道：「老韓的海南腔同樣叫你死心塌地！」

阿花歎了口氣說：「是我前世欠他的吧！」

「是嗎？」沈瑞揚神情詭異地看著她，「老韓也說欠你很多，你們兩個到底誰欠誰？」開誠佈公，洞見肺腑，他們不禁相視而笑。

話鋒一轉，沈瑞揚問她一些關於州委機關的事。阿花坦言相告，並把何鳴在新山旅館對她「性騷擾」的事和盤托出。

沈瑞揚聽了冷笑一聲，不屑地說：「狐狸尾巴終於露出來啦！」

阿花感慨地說：「當時的何鳴很不錯，令人敬佩，後來竟然變得那麼叫人噁心，想不通啊！」

「不是變，」沈瑞揚侃侃地說，「他這個人品格本來就有問題，思想毒瘤早已潛伏在腦裡。這種人得意時便趾高氣揚，目空一切；個人願望或利益受到損害時就為虎作倀，忘恩負義，什麼壞事都幹得出來！」

阿花拍手應道：「對對，何鳴就是這種角色！」

他們越聊越投契，直到餐寮那邊響起用餐的擊木聲才轉身回去。

韓亞奮查哨回來已經天黑。沈瑞揚告訴他已約好阿花今晚八點在山壁石徑會晤的事。韓亞奮喜形於色，說吃點東西後就過去。

沈瑞揚看他大汗淋漓，便說：「別急，佳人有約，洗個澡嘛！」

韓亞奮恍然笑道：「對呀！還有這鬍子，怎麼給忘啦！」

「刮乾淨點，」沈瑞揚加重語氣，「她為了你才冒險回來給我們傳達消息，你可別再辜負人家啦！」

「是嗎？」韓亞奮心花怒放，「回頭我會好好的感謝她！」

沈瑞揚笑問他道：「你要怎麼感謝？」

韓亞奮想了一下說：「我會好好的愛她，假如他願意我就和她結為夫婦。你說得對：愛情和革命並不矛盾，我要和她並肩作戰！」

「這樣才對！」沈瑞揚猛拍一下他的肩膀，「你看，毛澤東、周恩來、朱德等紅軍將領都有家庭，毛主席的老婆賀子珍在長征途中還生孩子呢！」

韓亞奮應和道：「對對對！呃？你今天好興致，也有喜事吧？」

沈瑞揚點頭笑道：「是的，雲杉有消息啦！」

「雲杉？哪來的消息？」韓亞奮欣喜地問。

沈瑞揚把阿花在新加坡遇見袁松林一家人的事告訴他。

「太好了！」韓亞奮激動地緊握著沈瑞揚的手，「阿花帶來這麼多好消息，太偉大了！老沈，你看我們去廖內島的事能成功嗎？」

沈瑞揚沉吟片刻，後說：「關鍵在於摩托船，找到的話成功率有九成以上，找不到的話就免談了！」

韓亞奮喃喃地說：「老蕭辦事一向穩重，陸山也不差，他們提出的計畫很不錯，我看不會有問題！」

沈瑞揚接話道：「下午蕭崗說的魯智深就是陸山的哥哥陸海，你認識他的嘛！」

「原來是他呀！」韓亞奮恍然的說，「這個人膽大心細，找到他的話事情就好辦！」頓了頓，他繼續說，「南榮街沒多大，找陸海不難；一隻摩托船值六七千塊，有錢能使鬼推磨，這麼好的條件，他不幹別人也會搶著幹！」

餐寮那邊亮起燭光。今晚有集會，沈瑞揚便告辭離開。

韓亞奮吃了點東西後便趕去相約地點。時間尚早，他在石徑邊一個石墩子上坐將下來。

東邊豁口遠山後掛著半輪上弦月，瑩瑩的月光如探照燈般從天腳邊斜射下來。山風徜徉，樹影婆娑，藤蔓隨風搖曳，山花婀娜多姿，斷崖谷有如浸在水晶宮裡。進駐斷崖谷已快半年，這樣的夜景韓亞奮已司空見慣，然而他卻覺得今晚的月色格外和諧，格外幽雅，格外迷人。

石坎那邊忽然有人影晃動。他擰頭一看，那人正是阿花。

「對不起，我來晚了！」阿花朝他走來，一邊說。

韓亞奮趕緊迎上去：「不，是我來早了！」

「你好嗎？老韓！」阿花向他伸出手。

韓亞奮緊緊地握著她的手：「我還好，你呢？阿花！」

阿花莞爾而笑，說：「沒病沒痛，還過得去！」

韓亞奮沒鬆手，木訥地望著她，一邊說：「你回來我就放心啦！」

從他緊握的手阿花已感受到他的心在急速地跳。「我又不是三歲小孩，有什麼好不放心的？」她凝眸屏息，臉色泛紅。

韓亞奮鬆下手說：「何嗚居心不良，是個小人，跟著他，我擔心你會吃虧！」

「擔心我吃虧？你真的這樣想嗎？」阿花目光灼熱，情緒激動。

「是的！阿花，」韓亞奮情不自禁地抓著她手臂，「我以為今生今世再也見不到你了，沒想到中午你突然回來，我還以為在做夢呢！」

「老韓，謝謝你的關心，謝謝……」她哽咽著，眼裡沁出淚珠兒。

「我對不起你，阿花！」韓亞奮繼續說，「我不該讓你走，我真該死，阿花，以後我再也不會……」

「不用說了，老韓！」她雙手摟著他的脖子，仰著臉淚汪汪地看著他，「你的心意我全明白了，謝謝你，老韓！」

眼淚蘊含著一切，什麼話也不必說了。韓亞奮情不自禁地把她擁到懷裡。

身體的接觸衝破彼此的最後矜持。他們熱烈地擁抱，動情地吻著。久旱逢甘雨，他們如膠如漆，難捨難分，直到營地外傳來更哨的口令聲才依依不捨地回去營地。

隔天大清早，幾個兵士向夏志康告發韓亞奮和阿花昨夜在石徑有不規矩的行動。夏志康轉告沈瑞揚並問他該怎麼處理。沈瑞揚心裡有數，便搪塞他說待查明真相後再作商議。

夏志康走後，沈瑞揚去找韓亞奮和阿花商量對策。韓亞奮臉紅耳赤，不知如何是好。阿花靈機一動，把嘴湊到他耳邊說了幾句悄悄話。

韓亞奮聽了揚起眉梢說：「好，依你的，就這麼辦！」

「什麼就這麼辦？」沈瑞揚一臉茫然地看著他。

韓亞奮和阿花不約而同地說：「我們決定今天結婚！」

「嘿！」沈瑞揚猛拍一下手，「這主意好！來，我們計畫一下！」

韓亞奮應道：「不必計畫，回頭向大家宣布就行啦！」

沈瑞揚沉吟片刻，後說：「也好，我給你們當證婚人！」

阿花笑道：「證婚人要兩個才合規矩！」

沈瑞揚答道：「這有什麼難？十個也沒問題，叫老蕭吧，他巡哨去了，回頭我對他說！」

韓亞奮問他道：「宣布時間呢？你看什麼時候比較適合？」

沈瑞揚想了一下說：「這樣吧，先和夏志康打個招呼，中午開完會後就宣布。」

韓亞奮和阿花同時點頭說：「行啊，就這麼辦！」

「這樣倒乾脆！」沈瑞揚繼續說，「明媒正娶，堂堂正正，看那些人還有什麼話說！」

沈瑞揚話剛說完，哨兵來報說常拿東西來賣的那幾個砂蓋有要事求見。沈瑞揚隨他來到崗亭，只見那幾個砂蓋臉青唇白，神色慌張。一問之下，才知道他們挖的山豬洞捉到一頭老虎。那頭老虎又大又凶，他們不敢也沒辦法把它從洞裡捉上來。

斷崖裡不時可聽見虎嘯聲，狩獵的同志卻始終不見老虎的蹤影。山豬洞在這片林海裡猶如滄海之一粟，那頭老虎竟然會掉了進去，這豈非是咄咄怪事！沈瑞揚於是吩咐狩獵的兵士隨砂蓋去捉老虎。

沈瑞揚走後，韓亞奮和阿花去找夏志康。夏志康聽到他們打算今天結婚時不禁啞然失色，接著又打起笑臉，和他們緊緊握手，熱切祝賀。

消息很快就傳開。吳大材、吉林妹、陸山、老馬、范童觀等一群人蜂擁過來向他們道喜。過後，吳大材帶領一班人去砍竹子和亞答葉，在議事亭附近搭一間面積約四米方的小寮子給這對新人當新房。搭好後兵士們管這間新房叫「夫妻屋」。

夫妻屋剛搭好，狩獵隊和那幾個砂蓋晃悠悠地抬著一頭老虎回來。這是一頭雄老虎，身長兩公尺，重約兩百公斤，抬得他們氣喘吁吁，大汗淋漓。他們在山溝旁一塊石板上剝虎皮割虎肉。砂蓋拿虎頭、虎爪、兩大塊腿肉和一些內臟高高興興地離去。剩下的交給炊事部。炊事部叫幾個兵士當幫工，準備下午來個「虎肉宴」。

正午時分，士兵們在議事亭邊集會，沈瑞揚鄭重宣布部隊轉移廖內島的決定，並提出撐竹排離開斷崖谷和弄摩托船去廖內島的行動計畫。士兵們聽了無不歡欣鼓舞，並提出許多看法和建議。其中三點非常可取並納入工作日程。這三點是：一，同志們多半不熟悉水性，也沒撐過竹排，必須先做一兩隻，漲潮時讓大家練習操作；二，夜間行動方向不好辨認，大潮時流水急竹排也不好控制，演練時順便打好木樁記號，行動那晚就不至於迷路走失；三，廖內島離岸百多海裡，行程肯定不會順利，找到船後必須弄些乾糧食水放在船上預防萬一。

會開得很充實，大家都很興奮。結束前沈瑞揚宣布韓亞奮和阿花的結婚喜訊，從今以後他們就是夫妻。

士兵們鼓掌歡呼，有的趨前和新人握手祝賀。沈瑞揚把昨天阿花帶給他的那包紅棗當喜糖分給大家。夏志康則代表部隊把剛才編的兩串花環戴在這對新人的脖子上。幾個兵士拿出口琴吹起「花好月圓」的曲子，其餘的兵士推推搡搡、熱熱鬧鬧地把新郎新娘送進「夫妻屋」。

婚禮完畢，「虎肉宴」開始。熱騰騰的虎肉幾大鍋，香氣撲鼻令人垂涎。士兵們吃得眉開眼笑。

「虎肉宴」完畢，蕭崗和陸山要起程了。和他們一起去的有老馬和范童觀。他們先去瘦狗嶺找陸海的岳父，然後再由他的岳父約他前來議事，這樣省時省事又安全。

沈瑞揚、吳大材、韓亞奮和阿花等幾個給他們送行。夏志康趕著去巡哨，沒空來。

找船的事成功與否關係到士兵們的前途和性命，大家的心情都顯得沉重。他們默默地在石徑上走著，來到盡頭才止步握別。

沈瑞揚：「祝你們旗開得勝，馬到成功！」

蕭崗：「大家放一百個心，就是偷、是搶也要弄一隻船來！」

陸山：「我們一定完成任務，很快就會有好消息！」

老馬：「我們在船上再見！」

范童觀：「到了船上，我飯桶官包你們吃個飽！」

他的話逗得大家哈哈大笑。

笑後，他們四個攀上石坎，消失在嶙峋突兀的岩崖之中。

四

蕭崗等人走後的第三天，天剛亮，直升機就在斷崖谷上空盤旋。這次是六架，比平時多兩架，三架前三架後，速度比以往慢，高度比以前低，機聲震耳欲聾，飛過之處刮起大風，吹得樹梢東擺西搖。

士兵們不理會，吃過早點後，砍竹子的去砍竹子，采藤的去采藤，搞糧食的去搞糧食，直升機飛過頭頂時他們伏在樹頭根肓下或躲在山溝裡，直升機飛遠後出來繼續工作。

敵機作地毯式的偵察每天三四次，大家都習以為常。

幾天後，竹子砍夠了，藤皮也削好了，拿去岩壁邊烤曬七八天就可扛去編竹排了。

編竹排沒什麼技巧，四人聯手一天就可編它兩三個。竹排編好後，漲潮時推下水讓士兵們練習操作，練完後豎起晾乾。練習幾次後，士兵們都掌握了撐竹排的基本功夫。大潮末尾，漲潮時間較遲，水位也較低，吳大材便和三個兵士乘竹排沿著一道河汊子朝班枷河劃去。劃呀劃的，不到一個鐘頭便來到班枷河畔。他們很興奮，回去時一路打下木樁記號，以便行動那晚好辨認。

這些日子大家都幹得很起勁，然而夏志康卻很消沉，做什麼都提不起精神。剛才那趟「班枷河之旅」吳大材曾邀他同行，他卻說頭有點暈，身體不舒服，精神不大好。然而，吳大材和幾個兵士撐竹排走後，他卻和那幾個秀才兵坐在竹排上隨波漂遊，談天說地，無比輕鬆。

類似的情況經常出現，顯然，他們這幾個在搞小圈子。韓亞奮看在眼裡。一天，他和沈瑞揚談起這件事。沈瑞揚說這樣的事以前也有過，進駐斷崖谷後這種情況愈加頻繁。

「搞小圈子很要不得，你看怎麼著？」韓亞奮問。

沈瑞揚吁了口氣說：「現在是非常時期，只要不影響大局就聽由他吧！」

韓亞奮沉吟片刻，點頭說：「唔，到這地步也只好這樣了！」

「不過，」沈瑞揚換了語氣，「我們必須提高警惕，靜觀其變！」

「唔！」韓亞奮應和道，「這些日子我一直暗地裡注意他們的行動！」

「你做得對！」沈瑞揚神情莊重，「在這個節骨眼上絕對不能出問題！」頓了頓，他又說，「不過，思想工作還是要做的！」

韓亞奮說：「除了他們那個小圈子外，其他的同志都沒問題。」

沈瑞揚轉個話題問：「吉林妹的情緒不大好，你注意到嗎？」

韓亞奮應道：「為情所困吧，孫光錦犧牲後，夏志康在追她！」

沈瑞揚點頭說：「是的！吉林妹對他卻冷若冰霜。」

韓亞奮笑道：「這叫落花有意，流水無情！」

兩天後，黃昏時分，和蕭崗、陸山一起去找船的老馬和范童觀回來了。他們滿面春風，給大家帶來天大的喜訊。

「事情很順利，」老馬眉飛色舞，「摩托船已經找到，蕭崗同志吩咐一切依照原定計畫，行動那晚摩托船停在河汊口外的河面上，到時以閃燈為號！對了，河汊口有好些木樁子，是你們打的吧？」

吳大材驚喜地說：「是我們打的，你們看見了啦？」

「我們沒看見，」范童觀接話道，「蕭崗同志和魯智深看見了。魯智深辦事很認真，前幾天弄只小舢板和蕭崗同志去班枷河走了一趟。他們看到那些木樁子，他們猜想八成是你們打下的。有了木樁記號，到那晚行動時就方便得多。為慎重起見，蕭崗同志還畫了張地圖，地圖上有指標，你們仔細研究一下，免得到時擺烏龍！」說完拿出地圖攤開讓大家看。

這張地圖畫得很詳細。斷崖谷東邊豁口、紅樹林以及班枷河全在圖裡；此外，哪裡有支流，哪裡有淺灘，哪裡有漩渦以及前幾天吳大材他們在汊口打下的木樁記號也都標得清清楚楚。

「好！」沈瑞揚興奮地拍一聲掌，「方位已經清楚了。現在是萬事俱備，就等東風！」

韓亞奮打趣地問他道：「這山谷裡哪有東風？」

阿花更正說：「不，是等月圓，等潮水！」

夏志康難得一笑，說：「到廖內島後也能這麼順利就好啦！」

「還有一件事，」老馬從行軍袋裡掏出一份報紙，「敵人囂張得很，你們看，」他攤開報紙指著一則標題唸道，「『大衛．羅伯特中校揚言：『犀牛行動』兩個月內必能殲滅共匪殘餘。』

大衛．羅伯特原本是少校，自帶領野戰隊擊斃黃鏢、鄧良和孫光錦仨人後擢升為中校。他躊躇滿志，說要乘勝追擊。他煞費苦心制定了這個叫「犀牛行動」的剿共計畫。參與這個計畫的兵員有辜加兵、澳洲兵、紐西蘭兵以及由馬來人、印度人和華人組成的雜種兵共兩千人。大衛．羅伯特向傳媒記者暢談「犀牛行動」的戰略部署，他說共匪殘餘藏在斷崖谷，野戰隊將組成弧形網向西邊豁口包抄，進入谷內再向東邊豁口作地毯式掃蕩，這樣共匪就是長了翅膀也飛不出去，云云。

韓亞奮放下報紙說：「出動兩千個兵士，兩個月內把我們消滅，有可能的。不過，下回漲潮時我們就走了。有用驚（甭怕）底，阿哥！」

范童觀接話道：「這份報紙是上個月的，離兩個月的期限還有二十七八天，到那時我們已在廖內島啦！」

「不能老往好處想，」阿花提醒他，「敵人隨時會出擊，我們怎麼著？光等人家來打嗎？」

「對！」吳大材應和道，「直升機越跟越緊，敵人很快就會有行動，我們不能坐在這裡等死呀！」

「你們兩位說得對！」沈瑞揚接著說，「我們必須做好防範工作，必要時得主動出擊，叫敵人別那麼囂張！志康同志，你說對嗎？」

夏志康看了報上的新聞後稍微好轉的情緒又變得七上八下。「你這個想法是對，」他說，「不過，就憑我們這些人，談何容易！」

沈瑞揚笑道：「孫子兵法曰：『攻其無備，出其不意』，只要看準目標，部署得當，以少勝多是可以的！志康同志，我這說法你同意嗎？」他這麼說有激將和鼓勵的意味。

夏志康答道：「要看情況！目前條件惡劣，形勢對我們很不利，每一步棋都得三思而行！」

夏志康剛說完，巡哨的兵士黃來發和趙小康來報說黑水塘邊有人用電鋸砍樹。

黑水塘在大荒芭東邊，離豁口約八公里。

「可能是伐木的。」吳大材說。

「不像，」黃來發說，「伐木只砍大樹，那裡卻大小樹都砍，砍出一大片空地，空地上有一輛鏟泥車，空地邊有一排亞答寮和帆布亭子。」

趙小康說：「那裡還堆著沙包，我看八成是敵人的工事！」

吳大材喃喃地說：「荒山野嶺建工事沒多大作用，我看不可能！」

韓亞奮接話道：「對呀，一點作用也沒有！你說呢？老沈同志！」

沈瑞揚應道：「我不敢瞎猜，看過才好說。志康同志，明早有空嗎？我們去看看！」

夏志康點頭應諾。

隔天早上大約十點鐘，黃來發帶領沈瑞揚、韓亞奮、夏志康和另兩個兵士來到黑水塘邊的一個土丘上。

他們用望遠鏡朝那片空地仔細察看，空地面積如半個足球場般大，一輛鏟泥車隆隆地把橫七豎八的樹幹丫杈推到空地的一角，空地中間有一架水泥攪拌機，旁邊堆著洋灰沙石。空地的另一角築起沙包牆，沙包牆後有一排帆布寮子，裡頭有戴鋼盔的武裝人員在走動。

「那些戴鋼盔的是工程兵，」夏志康一邊望一邊說，「他們在做工事，有沙石有磚塊，好像要建房子。建來幹什麼？沒作用呀！」

韓亞奮接著說：「水塘後邊有條河，我看他們可能要搭橋開路。」

「都不是，」沈瑞揚放下望遠鏡說，「他們在建直升機場，有了機場就不必搭橋開路，調兵遣將、運輸物資全由直升機代替！」

「你說得對！」夏志康臉色霍然泛青，「這樣的機場多建幾個，敵人就可輕易地控制這片大荒芭。這麼一來，我們就成了甕中之鱉！」

韓亞奮埋怨他道：「你怎的這麼悲觀？老是往壞處想！不對路啊，阿哥！」

夏志康聽了只是苦笑，不再答話。

回到營地他們開了個會。沈瑞揚把剛才見到的情況向大家反映，並說形勢急迫，我們應該未雨綢繆，尋求對策。

韓亞奮提議突擊那個直升機場，展示一下我們的實力，叫敵人別小看我們，這樣一來就可延緩敵人的行動。

夏志康苦笑道：「我們只有三十出人，這點實力敵人根本不在乎！」

阿花聽了冒火，很不客氣地說：「志康同志，你是隊長，怎麼老長他人志氣，滅自己威風？這樣下去我們做下屬的該怎麼戰鬥？」

夏志康應道：「我說話很直率，對不起！不過，那是實話，我軍和敵軍的對比是一對七十，交鋒起來簡直是蚍蜉撼樹，螳臂擋車，不是嗎？」

「別咬文嚼字啦！」沈瑞揚提高嗓子，「請你們針對主題，提出有建設性的意見，好嗎？阿花同志，你有什麼看法？請說！」

阿花清了清喉嚨，應道：「我同意老韓的意見。突擊的目的是要拖住敵人的後腳跟，這點很重要，阻止敵人一步我們就走快一步，拖延敵人一天我們就搶先一天。這樣一直拖到十八日那晚，我們上了竹排就安全啦！」

吳大材拍手說：「你說得對！我們計畫一下，和敵人玩一玩貓捉老鼠的遊戲！」

「對！」韓亞奮繼續說，「我的意思就是這樣，先下手為強，幹他十頭八個，打下他們的威風，挫一挫羅伯特的銳氣。這樣他們就會更加小心，花更多工夫去建工事！嘿嘿，到他們打進來時，斷崖谷已人去樓空啦！」

阿花接著說：「這樣還可製造一個假像，敵人會以為我們在斷崖谷外，把兵力集中在大荒芭尋找我們的行蹤！」

沈瑞揚模仿韓亞奮的海南腔興奮地說：「阿哥的點子非常好，阿花嫂子的意見也很不錯。志康同志，你看呢？」

夏志康看大家饒有興致便敷衍地說：「我看應該可以，不妨試一試。」

沈瑞揚揚起眉梢說：「好，就這麼辦。兵貴神速，馬上行動！」

接著，他們成立五人小組，成員為夏志康、沈瑞揚、韓亞奮、阿花和吳大材。夏志康是隊長，司令員理應由他擔任，但他卻推給沈瑞揚，說最近精神不好怕影響工作。沈瑞揚沒推辭，居於情面，他請夏志康當副手。夏志康應諾。隨後沈瑞揚提議韓亞奮當領隊，阿花當指揮員，吳大材任候補。他們仨人沒有異議。一番商議後定下行動日程：明後兩天輪班偵察，如果情況沒多大變化，大後天傍晚進行突擊。好久沒和敵人交火，士兵們聽到突擊直升機場的消息都雀躍萬分。

偵察工作由韓亞奮和阿花輪班執行。阿花負責白天，韓亞奮負責晚上。隨行人員每班四個。

頭一天早上情況沒什麼變化。下午一輛叫「美洲豹」的大型直升運輸機停在空地上空吊下十幾個全副武裝的兵士和幾大網兜物資，那些用紙皮箱裝的大概是罐頭糧食和日用品。

第二天早上，幾個頭戴鋼盔的工程兵監督工人用攪拌機攪水泥沙石在空地上鋪平臺。那十幾個兵士肩上挎著M16自動來複槍在空地周圍巡邏。與其說巡邏不如說「溜達」更為貼切，他們三五成群，口嚼口香糖，談天說地，嘻嘻哈哈，聲量很大，聊的盡是不堪入耳的髒言穢語。

一個兵士指著他們對阿花說：「那些雜種兵，不堪一擊，兩排子彈就可送他們去見阿拉！」

另一個說：「這倒好！如果是韋加兵，打起來就不輕鬆！」

阿花說道：「搜山出擊才會出動韋加兵，那些雜種兵只有巡邏或守營的份！」

傍晚韓亞奮來換班。他告訴阿花敵人在豁口右邊的小山包附近也在砍樹建直升機場。那個小山包離黑水塘不上兩公里，離豁口約六公里。

阿花問他是否知道詳細情況。韓亞奮說是巡哨的同志對他說的；沈瑞揚和夏志康已經前去察看，欲知詳情得回去問他們。

入夜，阿花回到營地向沈瑞揚查問敵人新建機場的事。

沈瑞揚說那裡的樹已經砍得七七八八，一輛鏟泥車正在清理樹幹丫杈。空地角頭有亞答寮子，那是工人宿舍，另一個角頭有一排帆布亭，大概是工程兵的臨時住所。工程兵十多個，有的在空地四個角落監督工人挖壕溝和堆沙包，有的拿著皮帶尺在空地上一邊測量一邊打樁子。三點多鐘「美洲豹」運輸直升機運來六七個塞得鼓鼓囊囊的大網兜，裡頭裝的大概是工具、糧食和日用品。

「沒有武裝人員嗎？」阿花問。

沈瑞揚答道：「沒見到，只有工程兵，十三四個吧，每個腰前插著短槍，工作臺邊有個大箱子，裡頭可能有長槍。」

「你有什麼打算？」阿花又問。

沈瑞揚應道：「照這樣的情況來看，我想應該可以一起幹。大材同志要求把這個任務交給他，我還在考慮！」

「不，」夏志康提高嗓子，「這個任務交給我吧！我明天再去看看，怎麼處理回來後再和大家研究！」

「這樣最好！」沈瑞揚感激地緊握著他的手。

阿花也以信任的目光看著他：「由志康同志親自出馬我們可放一百個心啦！」

夏志康是經過一番劇烈的思想鬥爭才決定這麼做的。這些時日他一直很矛盾。戰場上頻頻失利以及越趨惡劣的環境已使他銳氣受挫，鬥志大減；進入斷崖谷後簡直提不起勁來。此外，他還背著沉重的包袱：當時由於太過依賴何鳴而導致部隊受困於烏拉山，墨水河一戰他雖然立了大功，但為時已晚，無論如何也沒法挽回局面；沈瑞揚、韓亞奮以及其他幹部雖然還支持他當隊長，然而他心裡有鬼，總覺得愧無顏面，矮人一截。何鳴投誠的事使他愈加抬不起頭來。不過，蕭崗找到船的好消息卻讓他看見一線曙光。敵人在豁口外建直升機場的事又令他憂心忡忡。這幾天，同志們士氣高昂，為突擊直升機場的事而躍躍欲試。大家都興致勃勃，我為何老提不起勁？他一直在問自己。我出生入死，身經百戰，今次怎麼變得如此消沉？我是夏志康，是共產黨員，我應該面對現實，和同志們風雨同舟，患難與共……。這麼一想他豁然開朗，自告奮勇要求把襲擊那個新建的直升機場的任務交給他。

隔天早上，夏志康和老馬帶領兩個兵士到那個新機場附近的小山包上繼續偵察。防人之心不可無，老馬是沈瑞揚刻意安排的。老馬沉著穩重，人緣也好，夏志康欣然接受。

砍樹的工作已經停止。鏟泥車正在清理工地。工程兵在指揮工人用木條夯砸地基。下午兩點鐘，「美洲豹」直升機運來一架水泥攪拌機和七八個大網兜，裡頭裝的是洋灰、磚塊和十幾麻袋的沙石。他們偵察到天黑才回去營地。

晚上他們開會對形勢作最後評估。韓亞奮也抽身出席。黑水塘那邊的平臺已經鋪好，不過得等三四天，水泥完全乾了後直升機才能降落。韓亞奮認為兩三天內那裡的情況不會有多大變化。大家同意他的看法。至於那個新機場的情況，夏志康說到剛才為止那裡的情況也沒變；不過關鍵在明天，明天如果直升機調來武裝人員，情況就完全不一樣。

吳大材問他道：「如果明天調來武裝人員，你打還是不打？」

「要看情況，」夏志康說，「如果調來的是雜種兵，人數不超過二十四個，照打不誤；如果是辜加兵，就得考慮再三！」

「這樣吧，」沈瑞揚想了一下說，「明早你和老馬帶十個同志去。可以打就打，不可打就撤。可以打的話，我們兩邊的行動要一致。下午四點半之前做好必要部署，五點半開火襲擊，六點半之前撤離，撤離時各朝對方鳴三響空槍作為收兵訊號。如果不能打，你們就來黑水塘加入我們的隊伍。這樣的安排你看怎麼樣？」

夏志康答道：「我看可以。不過人手不必那麼多，給我六個就足夠啦！」

「六個？行嗎？」吳大材問。

夏志康應道：「如果條件好，打得過，我和老馬加上六個同志已綽綽有餘；如果情況不對，不能打，十個也沒用，你說是不是？」

沈瑞揚點頭應道：「言之有理，就依你的！還有別的問題嗎？沒有的話大家早點休息，養足精神，明天好上戰場！」

「你派給我的是哪六個同志？」夏志康突然問。

沈瑞揚愣了一下，說：「還沒定，嗯……你自己挑吧！」

夏志康正是這個意思，於是點了六個同志的名字，他們是吉林妹，趙小康、三個突擊隊員和一個秀才兵。沈瑞揚點頭允准。

隔天早上，兵分兩路，沈瑞揚、韓亞奮、阿花和吳大材以及二十個兵士開往黑水塘。夏志康和老馬帶領吉林妹等六個兵士去那個新建的直升機場。

今早霧氣大，已經七點多鐘，森林裡仍舊是灰濛濛，冷森森。

八點半鐘，夏志康一班人來到小山包下。他派趙小康和另三個兵士隱蔽在工地四個角落看風勢，他、吉林妹和另兩個兵士在半山腰用望遠鏡偵察工地動向。

工地已經清理完畢，工程兵在監督工人用攪拌機攪水泥鋪平臺。下午兩點半鐘，直升機打從工地上空飛過，沒停留。三點半，那四個看風勢的兵士回到山腰報說周圍一切正常，平安無事。

情況出奇的好，夏志康心中暗喜。

四點正，他們走下小山包，悄悄來到離工地約三十米的林子裡。夏志康選好兩棵根肩如牆的大樹作為埋伏據點。士兵們各就各位，架好機槍默默等待。

五點鐘，攪拌機聲戛然而止。工程兵離開工地到亭子裡拿飲料解渴。亭子外有一排用木條釘的長凳，他們除下頭上的鋼盔坐在那裡抽煙聊天。那些工人收拾好工具後移步到宿舍前，坐在樹根上喝水休息。

進入黃昏，山蚊又多又凶。工程兵罵罵咧咧，拍殺聲不絕於耳。

夏志康向那些工程兵默數了一下。「好哇！」他對左右的同志低聲說，「你們看，十四個全湊在一塊，這一仗可節省很多子彈！」

「對！」吉林妹說，「那個腋下夾著工作藍圖的好像是頭子。」

「唔！」夏志康打趣道，「他的頭比較值錢，就交給你吧！」

吉林妹應道：「行啊！我保證在他的太陽穴上開窗口！」

「好！同志們，」夏志康發下命令，「子彈上膛，準備射擊！」

士兵們屏息凝神。時間一秒一秒地過去。工地那邊的罵聲和笑聲越來越大。

五點半鐘，夏志康打響第一槍，其他同志扣動扳機射出一排子彈。那些工程兵一個個應聲倒地。

換上一梭子彈尋找射擊目標，然而工地那邊沒有絲毫動靜。

五分鐘後，夏志康命令前去清場。

十四個工程兵橫七豎八地倒在地上。士兵們這梭子彈打出高水平，敵人中彈的部位全在頭部，十四個沒一個活的。吉林妹的話一點也不誇張，工程兵頭子的中彈部位果然在額頭正中。

那些工人離開帆布亭子約三十米遠。他們安然無恙，卻嚇破了膽，躲在樹幹後渾身發抖。

夏志康揮著手槍警告他們別再為敵人賣命，否則就像那些兵鬼一樣讓人抬回去。他們說了聲謝後抱頭鼠竄。

工人走後，士兵們扒下敵人腰上的手槍，另在箱子裡搜出六把自動步槍，兩把輕機關和十幾盒子彈。除武器外另有七八箱糧食和兩大袋日用品。離開前老馬放火燒那架鏟泥車和攪拌機，另兩個兵士用手榴彈把剛鋪上水泥的平臺炸成幾個大窟窿。大家扛著戰利品正要離開，西邊忽然傳來三聲槍響，響聲如雷鳴，震得森林簌簌顫慄。

那是空谷足音，是沈瑞揚向他們報捷的喜訊。夏志康興奮不已，舉槍朝西邊射出三顆子彈作為回應。

回到營地沒多久，黑水塘那邊的同志也回來了。哈！兩隊人馬一個也沒少，可喜可賀。士兵們歡呼雀躍，握手擁抱，互相慶賀。

韓亞奮說他們那一仗打得非常痛快，敵人全部被殲滅，兩個工人被流彈打死六個被打傷，繳獲M16來福槍十支、自動步槍八支，左輪手槍六把，子彈三十多盒，另有十多箱罐頭食品和日用品。

戰利品堆積如山。管廚的兵士宣布今晚吃西餐。原來那些罐頭大部分是牛排、羊扒和沙丁魚，紙皮盒裡裝的是咖啡、紅茶和可可等飲料。

忙了一整天，士兵們都饑腸轆轆。罐頭食品難得一嘗，大家吃得狼吞虎嚥。吃飽了喝飲料，咖啡紅茶都不錯。士兵們讚不絕口。大家邊喝邊談，話題離不開剛才那場戰鬥。講到阿花的指揮和部署，士兵們無不拍案叫絕。

吃飽喝足，沈瑞揚總結這次的戰鬥。他說：「我們兩隊今次能出奇制勝，原因很簡單，只有十六個字，就是『以近待遠，以逸待勞，精心運籌，攻其無備』。今天我們的凱旋再次說明『以少勝多，以寡敵眾』並不是神話。由於我們的目標選得對，對敵方瞭解得透徹，預備工作做得好，做得夠，所以這場仗打得很輕鬆，很寫意。不是嗎？請看夏志康同志的隊伍，他們只有八個人，一排子彈就把十四個敵人全部殲滅；把敵人所有的武器、糧食和日用品全部搬回來。這八位同志都得記功，尤其是夏志康同志，他用兵有方，指揮得當，應該給他記一大功！」

沈瑞揚的話引來熱烈的掌聲。

夏志康起身向大家拱拱手，一邊說：「過獎，過獎啦！這次不是我用兵有方，也不是我指揮得當，而是對手太弱，不堪一擊。不是嗎？同志們一排火力就把所有的敵人幹掉！嘿，你們看，我們不費吹灰之力，還省了許多子彈……」他的話被掌聲和笑聲打斷。

掌聲停止後夏志康繼續說：「有一點我要鄭重告訴大家：清場時我發現所有的敵人都在頭部中彈，這說明我們同志槍法高超，每個都是神槍手。我認為該記大功的是他們，不是我！」

沈瑞揚應道：「志康同志有一個優點，就是很謙虛，很客氣！同志們，給志康同志來陣掌聲表示獎勵！」

掌聲熱烈。夏志康向大家頻頻拱手。

掌聲停止後，沈瑞揚轉對韓亞奮：「老韓，你是領隊，有什麼要和大家分享的嗎？請說幾句！」

韓亞奮站起身，清了清喉嚨，說：「我們的隊伍人數共二十四個，被我們打死的雜種兵和工程兵加起來也是二十四個。比率是一對一，和志康同志那裡比起來我們就遜色多啦！不過，我發覺同志們這次的默契特別好，彼此照顧，互相呼應，充分發揮了集體精神。舉個例吧：當時敵人分散，目標不集中，很不好打。在這樣的情況下要把敵人全部殲滅幾乎不可能，然而，同志們都心有靈犀一點通，各瞄各的目標，我打這個，你打那個，射出的子彈好像會聽話，一響一響，神乎其神，敵人一個一個地到下去。打完兩梭子彈，槍聲放緩，四個敵人趁機閃到沙包後想從樹林裡溜出去。由於沙包擋著，眼看那四個敵人就要逃之夭夭，嘿，阿花同志有先見之明，早已安排兩個同志在那裡守候，那四個敵人撞在他們的槍口上，砰砰砰砰，四顆子彈就叫他們腦袋開花，見阿拉去啦！」

妙語解頤，尤其是他的海南腔，令人忍俊不禁。

沈瑞揚接話道：「這一點要歸功於阿花同志。她的指揮藝術無懈可擊，部署兵員疏而不漏，她早就料到敵人會從那裡逃跑，便派兩個同志在那裡打埋伏。這一招就像諸葛亮安排關雲長在華容道等曹操一樣，不同的是關雲長放走了曹操，那兩個同志卻請那四個敵人吃子彈。這一點，我們這兩個同志比關雲長強多啦！」

「對極啦，對極啦！」韓亞奮興奮不已，「老沈同志，你應該給我老婆記上一功？對不對？」

「何止一功？」沈瑞揚哈哈笑道，「我要上書中央給阿花嫂子頒發最佳指揮金像獎！」

掌聲如雷，笑聲不斷。群情歡洽，慷慨激昂。然而，夏志康聽來卻不是滋味。剛才喝茶聊天時士兵們讚揚阿花的話不絕於耳，現在沈瑞揚和韓亞奮又一個吹簫一個打鼓地吹捧她，讚揚她，她真的那麼精明、那麼能幹嗎？不知為什麼，打從阿花回來那天起夏志康對她就沒有好印象，因此，凡是讚揚阿花的話他聽來都十分刺耳；剛才沈瑞揚還把她和諸葛亮相提並論，他聽了簡直如吞了死蒼蠅渾身不舒服。

不過他依舊和顏悅色，正襟危坐，還機械地隨眾人嘩笑鼓掌。

散場後，幾個兵士把那些空瓶子、空鐵罐丟進紙箱準備埋在垃圾坑。瓶子鐵罐反光顯眼，很容易被敵機發現，當年蠍子營被炸就是那些空瓶空罐和香煙錫膜紙惹的禍。

沈瑞揚靈機一動，吩咐那幾個兵士把空瓶空罐擱在一邊暫時別丟。

「要來幹什麼？」站在一邊的韓亞奮問。

沈瑞揚笑道：「我想做一個試驗！」

「試驗？」韓亞奮莫名其妙地看著他。

沈瑞揚應道：「這些日子直升機老在我們頭頂巡邏，我想找一個地方丟一些空罐子，看看有什麼反應！」

「欸，」韓亞奮拍手說，「這點子好哇！」

「你看丟在哪裡好？」沈瑞揚問。

韓亞奮想了一下說：「谷底的竹林比較偏僻，就丟在那裡吧！」

沈瑞揚把這個想法告訴其他兵士。他們都舉雙手贊成，說利用廢物戲弄敵人何樂而不為。

夏志康似乎看得更透徹，他說：「那些空瓶空罐是很好的誘餌，敵機發現的話一定會炸個不欲樂乎。我們多放幾處，今天這裡明天那裡，敵機就會上癮，上了癮就任由我們擺佈，到時比看耍猴的還要有趣！」

士兵們都拍手說是好點子。

五

兩個直升機場同時被摧毀，守軍和工程兵全部被殲滅，大衛．羅伯特大驚失色。

「Bastard（雜種）！Bastard!」他通過無線電話向情報部官員大發雷霆，「你們搞什麼鬼？給我的什麼狗屁情報？這件事你們要負全責，負全責……」

剿共情報部設在新山郊區哥打路兵營，頭目是個混種人，名叫拉查．阿裡。他的情報來自三方面：一是特務和各個村子的臥底眼線；二是投誠的馬共武裝人員；三是直升機偵察隊。拉查．阿裡給大衛．羅伯特提供的最新情報是：烏拉山共匪殘餘躲在斷崖谷，人數只剩二十個；他們缺乏糧食和藥物；自黃鏢、鄧良和孫光錦被擊斃後，他們一籌莫展，士氣消沉，戰鬥力銳減……

大衛．羅伯特就根據他的報告制定這個叫「犀牛行動」的剿共計畫。大荒芭方圓幾十公里，為方便行軍和節省時間，他決定在大荒芭建五個直升機場，兵員和物資全由直升機運送。大衛．羅伯特認為，大荒芭瘴氣彌漫，連堪稱野人的辜加兵都望而卻步，共匪的二十個殘兵敗將不可能躲在那裡。然而萬沒想到剛建好的兩個直升機場同時在一個鐘頭內被摧毀，兩邊的守軍和工程兵共三十八人全數被殲滅，武器和糧食用品全被帶走。這是二十個人能做到的嗎？從兵士們中彈的情況來看，共匪陣勢嚴整，部署周密，槍法奇準，可見他們士氣高昂，戰鬥力倍增，和情報部提供的資料大相徑庭……

「You, readly bastard!」大衛．羅伯特喋喋不休，越罵越氣，「共匪一籌莫展嗎？士氣消沉嗎？你們在做夢嗎？胡說八道，全是飯桶！你們敷衍塞責，誤了軍機大事，我要上告總司令鄧普勒將軍！」

大衛．羅伯特丟下電話，坐在辦公椅上直喘大氣。

當晚，他和參謀商量對策。一番研究後制定四個步驟：一，增加工程兵，三天內修好被炸的直升機場，另外三個分別建在大荒芭南邊、北邊和中間離豁口三公里之處，工地一律由辜加兵看守；二，派直升機地毯式地掃射斷崖谷，讓共匪殘餘無所遁形；三，增派五百名辜加兵，加快弧形網包圍速度；四，更新招降傳單內容，增加懸賞金額，撒遍大荒芭和斷崖谷。

方案酌定，立即以無線電命令各部隊和有關單位馬上執行。

這兩天敵人沒有新動作，六架直升機依舊像平時那樣在斷崖谷作低空偵察，昨天四次，今天三次，撒下漫天傳單。

士兵們頗感失望，因為直升機飛過谷底的竹林時毫無反應。

撒傳單是常有的事，上幾回撒下的還散布在草叢裡，士兵們大便時隨手拿來擦屁股，方便得很。不過，今次撒下的和以往的有些不同，以前的是白紙藍字，這次的是紅紙黑字，正面還有一張相片，那是何鳴和大衛．羅伯特合影的。何鳴呼籲森林裡的朋友趕快懸崖勒馬，棄暗投明，別作無謂的犧牲；大衛．羅伯特長官也許下諾言，他保證出來投誠的馬共除可得豐厚的賞金外，將來的工作和生活也絕對有保障，云云。傳單右下方還有幾行黑體字，那是何鳴在喊話：「沈瑞揚，夏志康，韓亞奮和蕭崗幾位朋友：我是何鳴，你們以前的上司。我要鄭重地告訴你們：馬共是沒有前途的，你們的鬥爭肯定要失敗的；你們已被重重包圍，你們是逃不掉的；生命誠可貴，趕快帶領你們的部下出來投誠吧！浪子回頭金不換，只要你們改過自新，英政府既往不咎。朋友們，自由、美好的生活在等著你們；你們出來後一定會像我一樣得到英政府的厚待，我保證……」

傳單另一面印的是受檢舉的馬共名單和獎賞金額：沈瑞揚，80,000元；夏志康，50,000元；韓亞奮，40,000元；幹部，30,000元；普通兵士，10,000元；集體投誠每人額外賞金2,000元，帶隊者20,000元。上述馬共如果出來投誠也可得到相同數額的獎賞。

剛才直升機飛過時，夏志康、吉林妹和另兩個兵士伏在同一棵大樹的根肩下。直升機離去後幾張傳單落到他們身邊。由於紙張顏色和以往的不同，他們隨手撿來看。

夏志康看到的是背面的通緝名單和賞金。「唷，」他臉上霍地露出揶揄的笑紋，「你們看，我們的身價又漲啦！」

一個兵士對著傳單喃喃唸道：「沈瑞揚，八萬；夏志康，五萬；韓亞奮，四萬……哇，每個都是萬萬聲，大手筆呀！」

「啊？」吉林妹指著那張相片說，「這個人不就是投降鬼何鳴嗎？」

「正是他！」另一個兵士說，「他媽的，和敵人勾肩搭背，好不知恥！」

「何鳴」這兩個字有如兩個爆竹在夏志康腦裡轟然炸開。他翻過傳單，何鳴和大衛．羅伯特躊躇滿志的笑臉映入眼簾。投敵叛變，助紂為虐，他是絕對不能接受的。然而，想起自己目前的處境，心裡又難免有感然之感。兔死狐悲，物傷其類，一股臨淵羨魚的情緒油然而生。

吉林妹罵道：「賣國求榮，為虎作倀，卑鄙無恥！」

「哼哼，」夏志康冷笑一聲說，「敵人用的是心理戰術，想擾亂我們，收買我們！」說完，把傳單揉成一團拋到草叢裡。

已經兩天了，直升機對竹林裡的「誘餌」還是無動於衷。大家都很失望。不過，韓亞奮仍信心滿滿，他說放「誘餌」引敵機好比做柵欄捉山豬，剛做好的柵欄山豬是不敢進去的。他建議多放兩處，要顯眼些，一兩天內肯定有戲看。

一番商討後，加放「誘餌」的地方選定了，一處是東邊離營地約兩公里的一道小溪邊，另一處是營地西邊離豁口約三公里的一個白蟻墩上。營地居於兩處「誘餌」中間，敵機一旦上鉤朝「誘餌」開火，爬上石坎躲在石墩後就可看得一清二楚。

隔天早上，九點多鐘，那六架直升機又從西南邊飛來。大家急忙爬上石坎伏在石墩後，睜大眼睛盯著那幾架直升機。

敵機隊形依舊三前三後，飛行速度和高度也和往常一般。它們在西邊豁口外的大荒芭上空繞了一圈，然後減緩速度降低高度進入斷崖谷作低空偵查。今次飛得特別低，特別慢，好像要在被吹散的樹林裡找蝨子似的。幾分鐘過去，斷崖谷已經過了一大半，它們對「誘餌」似乎一點也不感興趣。然而，它們剛越過東邊豁口卻又一起折回頭。來到放置「誘餌」的那道小河上空便停住。

「你們看！」韓亞奮指向那六架直升機對大家說。

「嘿！」吳大材拍手叫道，「魚兒快上鉤啦！」

這時候，那六架直升機稍微靠攏，然後垂直下降，降到離樹梢看似只有幾公尺時，每架直升機上忽然噴下兩道火光，槍聲隨著如連珠炮似的響起來。森林裡火光閃閃，子彈鋪天蓋地。樹幹傷痕累累，汁液如淚水般從彈孔裡湧出來。藤蔓丫杈紛紛揚揚，有些枝幹轟然斷裂。

機聲和槍聲如雷霆萬鈞。大地在顫慄，青山在搖憾，森林在淌血。

那六架直升機洗劫了十幾分鐘才揚長離去。

士兵們臉青唇白從石墩後走出來。

「喂，」阿花突然問韓亞奮，「我記得隊裡有兩箱ＡＫ紅頭子彈，還在嗎？」

韓亞奮想了一下說：「沒用過，都在！你問這個幹什麼？」

阿花答道：「紅頭子彈火力特別強，藍首長說可以打穿直升機，要不要試一試？」

「哈！」沈瑞揚驚喜地對她說，「英雄所見略同，我也是這麼想的。ＡＫ紅頭子彈在百米之內可射穿兩分厚的鋼板。照剛才的情形看，那幾架直升機的高度不超過一百米。你這個提議可以考慮，我們再觀察一下，不要急於行動！志康同志，你說呢？」

夏志康應道：「我看是可以的，不過危險性很大！」

阿花以反駁的口吻說：「打仗哪有不危險的？」

下午，那六架直升機捲土重來，不過只作觀察，沒有開火。

沈瑞揚頗感納罕，便和韓亞奮、夏志康、吳大材等幾個去白蟻墩察看那些「誘餌」。研究後得出的結論是那些「誘餌」有些背光，有些被落葉蓋住，不夠顯目，敵人看走了眼。森林裡落葉多，他們於是把「誘餌」放在樹根上或掛在小樹上。過後，他們來到谷底的竹林裡，那裡的「誘餌」也和白蟻墩上的一樣被落葉蓋住。竹葉纖細薄弱，一颳風就紛紛飄落，他們於是把「誘餌」全都吊在竹竿上。

隔天早上，那六架直升機又從西南部飛來。大家聽到機聲，依舊爬上石坎伏在石墩後準備作壁上觀。敵機的隊形、速度和高度和昨天一樣。來到靠近西邊豁口上空依舊繞了個圈，進入豁口後便拉直航線朝東飛去。然而剛越過他們頭頂，那六架直升機就迅速折回頭，來到白蟻墩上空便打住，然後徐徐下降。

「哈哈，又上鉤啦！」幾個兵士異口同聲地說。

語音剛落，槍聲響起，六架直升機往下噴出十二道火龍。森林裡彈光閃閃，煙霧升騰，飄來的空氣帶著濃濃的硝煙味。

敵機離去後，沈瑞揚對大家說：「看來，敵人已經上癮啦！」

一個兵士說：「谷底還有破罐子，你們說他們會看到嗎？」

韓亞奮答道：「既然上了癮，他們會去找的嘛！」

阿花接話道：「我看下午還會再來，他們肯定會找到！」

「你憑什麼？」吳大材問。

阿花笑道：「憑直覺，叫第六感覺。不信的話跟你打賭！」

吉林妹插話道：「阿花姐的話很靈驗，和她打賭肯定輸！」

阿花的第六感覺果然靈驗。下午兩點多鐘敵機再次出動。竹林裡的「誘餌」很快就被發現。六架直升機噴出十二道火龍，子彈如急風驟雨。竹子中空殼脆，只十幾分鐘就把整片竹林夷為平地。

韓亞奮放下望遠鏡，指著逐漸遠去的直升機對大家說：「你們猜，他們回去後會怎樣向上頭報告？」

阿花笑道：「你說話也怪，沒頭沒腦的叫人怎麼猜？」

老馬說：「我猜他們回去後第一件事就是向上頭討功勞，說一天之內摧毀兩個共匪營寨。」

吳大材哈哈笑道：「他們摧毀的是破罐子，竹林裡十四個，白蟻墩十七個，共三十一個！」

范童觀接話道：「說不定他們還會多報一條，說今天出動兩次，一共打死三十一個共匪！」

夏志康突然說道：「我想去看一下那幾個被敵機掃射過的地方。」

「哈！」沈瑞揚笑道，「我正有這個意思，走吧！」

沈瑞揚、夏志康等幾個回到營地已近黃昏。

巡哨回來的兵士急忙趨前報說外頭發現幾個新情況：一，那兩個直升機場已經修好，「美洲豹」大型運輸機開始運作，有好幾架飛來飛去，每趟載來好幾十人，全是配備精良的宰加兵；二，敵人的工程兵和一批工人又在豁口外左邊和中間約三公里處砍樹建直升機場；三，豁口外兩公里處發現敵人鞋印，人數約十來個。

「唔！」沈瑞揚聽了後說，「敵人雄心勃勃，他們的包圍網快圍到我們門口啦！」

「是的，」夏志康沉下臉說，「『美洲豹』的運載量很大，兵員和物資一兩天內就可全部運到，時間緊迫得很哪！」

「那麼，破罐子還放不放？」吳大材問。

沈瑞揚點頭說：「要，繼續放！」

夏志康接話道：「不但要放，而且要打！條件成熟啦，老沈同志，你說呢？」

「對！」沈瑞揚提高嗓子，口氣堅決，「同志們，我們的ＡＫ紅頭子彈派上用場啦！」

「好哇！」阿花揚起眉梢說，「只要打下一架，敵人必陣腳大亂，這麼一來，形勢就有轉機！」

「對！」沈瑞揚接過她的話茬兒，「我們要跟敵人賽跑，他們陣腳一亂我們就可安心等日子，他們追上來時我們已經走遠啦！不過，」他的語氣霍然變得沉重，「敵機的火力大家都看見了，這一仗比打突擊戰要艱難十倍！」其實是危險十倍，他不便說破。

阿花自告奮勇地說：「這個任務交給我們突擊隊吧！」

沈瑞揚答道：「仰角射擊講究技術，也要考量安全，不能全由突擊隊負擔。我看還是依照老規矩，另立小組全權負責這場戰鬥。好，小組的事待會兒再說，現在先談放破罐子的事。你們看放在哪裡好？」

范童觀說道：「直升機扇下的風很大，樹枝搖得厲害，我看最好找個樹身粗壯，在狂風中枝幹搖擺幅度比較小的地方。」

吳大材想了一下說：「蟒蛇窩那邊有許多雨河東樹，我看那個地方應該可以！」

蟒蛇窩離西邊豁口兩公里，幾個月前狩獵隊在那裡捉到四條大蟒蛇而得名。

「對呀！」范童觀說，「雨河東樹幹粗壯，風吹葉子動枝丫不動，破罐子放在那裡最合適！」

夏志康忽然點頭說：「唔，蟒蛇窩，我看可以。時間不多，現在就去！」

夏志康的心情突然好起來。剛才去視察被敵機掃蕩過的地方是他主動提出的。視察時他很認真、很仔細，樹幹、樹根、地上的彈孔和痕跡他都不放過；他以步代尺，邊走邊想邊記。吳大材問他量來幹什麼。他說隨便量一下，可能有用處。歸途中他默默沉思，好像在運籌什麼。

蟒蛇窩所有破罐子的位置也是他再三觀察、仔細端量後選定的。

沈瑞揚看他儼然像個老行家，便說：「志康同志，看來你老兄對打直升機這一仗已經成竹在胸，是吧？」

夏志康冷笑一聲，答道：「哪有這麼容易！我只是心血來潮，看看是否能找到靈感。這場戰鬥很特殊，總不能說打就打呀！」

「有眉目了嗎？」沈瑞揚問。

夏志康搖頭說：「沒有靈感，茫無頭緒！」

回到營地已經入夜。吃過晚餐，他們在燭光下開會。

首先要商量的是選出小組人員。沈瑞揚說部隊有六把ＡＫ，每把得有後備人員，萬一出事就可前仆後繼，這樣就得選出十二個。夏志康則說要二十個。

「是嗎？」沈瑞揚喜出望外，「你有方案啦？快說來聽！」

夏志康苦笑道：「說不上方案，只是一些支離破碎的想法。」

沈瑞揚看他像在賣關子，便說：「就說說你的想法吧！」

「好，」夏志康點了點頭，「我說出來算是拋磚引玉，希望大家能提出更多更好的建議。」

沈瑞揚笑道：「你怎麼突然客氣起來？請吧，我們洗耳恭聽！」

夏志康清了清喉嚨，後說：「我的想法有四點。第一，先談小組人員為什麼要二十個。進行戰鬥時，機聲很吵，風力很大，耳朵不管用，指揮員只能用手勢或信號發佈命令。拿槍的只顧仰頭瞄準，顧不了指揮員的信號，這樣，指揮員的命令必須由另一個人傳達給他。拿槍的加上傳令的就十二個人了。我們在樹林裡看不清直升機的行蹤，因此必須安排兩個同志在崖壁上觀察，另兩個同志當飛毛腿把觀察到的情況傳到指揮處。此外，射擊人員分成A、B兩組，每組三支AK分別對付兩架直升機，這樣指揮員也要兩個。這麼一算，小組人員就得二十個。

「第二，我要談的是關於直升機飛行和襲擊的一般情況。直升機左右兩邊都有門，射擊時是開著的。機艙裡有四個人。在斷崖谷上空飛行的高度大約二百米。隊形三前三後。發現目標後便迅速轉回頭，停在目標上空垂直下降到五十至一百米之間。每架直升機擁有兩把重型機關槍，一左一右向下以45度斜角進行交叉射擊，據我的觀察，子彈所及的火力圈大約有兩個足球場接起來那樣大，樹身、樹根和地上都彈痕累累，可見圈內的子彈密如雨點。圈內的人除非頂著鐵鍋子，否則，僥倖逃脫的機會不大。

「第三，我要談的是有關射擊的問題。AK的射程為五百米，普通子彈在一百五十米內可射穿一分厚鋼板，紅頭子彈比普通子彈硬一倍，射穿一百米高的直升機鋁質合金板絕對沒問題。駕駛艙裡有很多按鈕和電線，油箱可能也在那一帶，所以我們應該集中火力射擊駕駛艙，只要有一兩顆子彈鑽進去毀掉一兩個機件或幾條電線，整副機器就會停頓甚至起火燃燒或爆炸。

「第四，我要談的是射擊時應該注意哪些事項。A、B兩組鎖定A、B兩個目標，大家看，」他拿六片樹葉當直升機，用六支一尺長的樹枝三前三後插在地上，另拿幾個樹籽分兩堆放在右邊的兩支樹枝旁，「這六片樹葉代表正在開火掃射的直升機，這兩堆樹籽代表A、B兩組射擊人員。我們要打的目標是右邊也就是偏向山壁的這兩架，原因是這裡背向太陽，瞄準時不會刺眼；還有，這兩組射擊人員所站的位置離火力線還有二十幾米，我相信那一帶的子彈會比較疏，射擊人員也會比較安全。

「我說的這些還是紙上的計畫，如要實行就得到蟒蛇窩放破罐子的地方作實地探測和研究。以上四點大家不妨參考一下，討論一下！」

「很好，很好！」沈瑞揚拍掌說，「志康同志的想法很周全，是個完整的方案，我看就依他的意思選出二十個組員，然後再針對他的方案進行探討和補充。」

一番商議後，小組名單出爐了：夏志康和沈瑞揚為A、B兩隊指揮員，A隊射擊員為阿花、吉林妹和老馬，傳令員為黃來發和另兩個突擊隊員。B隊射擊員為韓亞奮、吳大材和范童觀，傳令員為趙小康和另兩位突擊隊員。在崖壁觀察敵機行蹤和當飛毛腿向指揮員報告敵機情況的工作則由那四個秀才兵擔任。

吉林妹突然問夏志康：「我們有六把AK，人員分三組，同時對付三架直升機，這不是更好嗎？」

夏志康笑道：「貪多嚼不爛，能打下一架就很不錯啦！」

夏志康的話逗來一陣笑聲。

沈瑞揚問大家：「各位還有什麼要補充的嗎？請爭取時間！」

士兵們面面相覷，沉吟不決。

「還有一點，」夏志康突然想起地說，「戰事一打響，A、B兩隊就得分開指揮。指揮最好用旗子，紅的和白的，儲藏室裡有白色紗布，剪幾段接起來就行，但沒有紅的，有辦法找到紅布嗎？」

阿花說：「我有一套粉紅色的馬來裝和一塊頭巾，可用嗎？」

「哦？你怎會有馬來裝？」夏志康驚喜地問。

阿花答道：「我進山時穿的，可用嗎？」

夏志康笑道：「粉紅也是紅，將就點，行啦！」

散會後韓亞奮搬出那兩箱紅頭子彈，並令負責修槍的兵士澈底檢查ＡＫ，確保性能良好，到時不會出問題。

準備工作就緒，就等明天敵機的到來。

隔天拂曉時分，夏志康和沈瑞揚帶領小組人員來到蟒蛇窩。

夏志康先讓大家視察並熟悉周圍的環境，然後劃定Ａ、Ｂ兩隊的射擊地點。這兩個地點偏向山壁，兩處相距約一百米，離置放破罐子的地方約一百二十米，那裡的樹葉較疏，縫隙較大，在這片林子裡可說是最佳位置。夏志康說從敵機三次的襲擊情形來看，這兩個射擊地點應該在敵機的火力圈之外，射擊人員只要不越過界線，安全方面就比較有保障。Ａ、Ｂ兩隊的指揮處設在兩個射擊地點中間偏後約三十米的大樹根肩後，兩處相距不過二十米。

「大家注意，」夏志康拿出紅白旗子，「我指揮Ａ隊，老沈同志指揮Ｂ隊。紅色旗子代表向敵機開火，白色旗子代表撤，所謂撤就是找安全的地方躲避，你們看，Ａ、Ｂ兩隊的左邊和後面都有樹頭，有根肩，趴下向那裡打個滾就安全了！」頓了頓，他又說，「我計算過，直升機發現目標後轉回來的時間大約五分鐘，垂直下降的時間大約三分鐘，這八分鐘已足夠讓射擊人員調整位置和瞄準角度，如果掌握得好，我們可先發制人，在敵人還沒開火之前把它打下來！好了，大家還有問題嗎？沒有的話，我們把握時間練習一下。」

這時天已經大亮。持槍者互相切磋仰角射擊技術，夏志康和沈瑞揚則指導傳令員如何理解和傳達指揮部發出的信號。

九點正，西邊豁口隱約傳來引擎聲。在崖壁上觀察的兵士前來報說是直升機，六架，像往常一樣從西南邊飛來。

夏志康和沈瑞揚把消息傳給兩組兵士，叫他們做好準備迎接戰鬥。

幾分鐘後，六架直升機三前三後由遠而近，越過蟒蛇窩樹林，那兩組兵士仰頭舉槍，一邊調整位置和角度測試從枝葉縫中瞄準目標。

直升機逐漸遠去。樹梢恢復平靜。機聲漸遠漸弱。日上三竿，破罐子在晨光碎片中閃閃發亮。

直升機杳如黃鶴。一切恢復常態。兵士們悵然若失。然而，機聲卻隱隱約約欲斷不斷，頃刻間又逐漸清晰，由遠而近。

在崖壁上觀察的兵士來報說那六架直升機又折回頭衝這裡飛來。

夏志康和沈瑞揚親自到射擊地點把消息傳達。士兵們聽了後雀躍萬分，再次把子彈推上膛。

「哈哈！」阿花衝著徐徐飛來的直升機說，「苦海無邊，回頭是岸，阿拉在向你們招手哪！」

老馬更正她說：「駕駛直升機的是洋鬼，向他們招手的是上帝，不是阿拉！」

機聲越來越大，沒多久，六架直升機來到蟒蛇窩上空。樹大招風，梢頭的枝葉又嘩啦嘩啦地叫著，掙扎著。直升機穩住後便徐徐往下降。阿花、吉林妹和老馬已站穩腳步調好角度等待命令。直升機離樹梢越來越近，機聲越來越大，扇下的風越來越強勁。他們眯縫著眼，瞄著目標，紋絲不動。

「打！」三個傳令員同時在他們耳邊喊。三把ＡＫ槍口噴出火光，子彈開出三道火路朝那架直升機飛去。一梭子彈還沒打完，那架直升機突然冒出黑煙，機身失去控制在空中打轉，轉了幾轉便扭扭撞撞地往崖壁那邊衝去，還沒衝到崖壁便轟隆一聲化成一團火球墜到山壁腳下。這時候，其他的直升機已經朝下猛烈開火，子彈如雨點般在樹林裡橫飛直撞。夏志康見好就收，高舉白色旗子要他們撤。然而，鬼迷心竅，阿花、吉林妹和老馬三個竟然不理會傳令員傳來的命令，他們舉著槍衝進火力圈打另一架直升機。三個傳令員沒辦法只好跟著他們走。這下他們可沒那麼幸運了，一進入火力圈，子彈就如蜂群似的朝他們撲來。他們六個像觸電般身體搖晃了一下便倒了下去。

韓亞奮這班人馬開火的時間比A隊稍晚一些。頭一梭子彈似乎落了空。那架直升機以強大的火力瘋狂回擊，然而，只持續幾分鐘，它便草草收兵，迅速升高往西邊飛去。

「他媽的，跑啦！」韓亞奮、吳大材和范童觀同時罵道。

「撤！」三個傳令員在他們耳邊喊。

他們立刻伏倒在地，一骨碌滾到一棵大樹的根肩後。

十幾秒鐘後，崖壁上觀察的兵士欣喜地奔來向沈瑞揚報說那架飛走的直升機屁股冒出黑煙，機身歪歪斜斜，一上一下，好像中彈受傷。

「往那裡飛？」沈瑞揚把嘴湊到他耳邊大聲問。

那位兵士大聲答道：「西邊豁口！」

那個同志走後不到半分鐘，另一個又欣喜萬分地奔前來報說那架直升機化成一團火球墜入大荒芭裡去了。

沈瑞揚立刻去把喜訊告訴夏志康。

夏志康卻哭喪著臉，指向倒在地上的那幾個兵士大聲說：「你看，阿花他們不聽命令，全完啦！」

A隊的六個兵士中彈倒地韓亞奮等人撤出火線後才看見。

「阿花！」韓亞奮大喊一聲越過根肩要衝過去。

「你瘋啦！」范童觀一把拉住不讓他去。

「你放手！」韓亞奮發瘋似的喊。

「都倒下去啦，你去有屁用！」吳大材怕他掙脫，肋住他的脖子。

剩下的四架敵機無心戀戰，隨著第二架直升機撞毀後便停止射擊，驚慌逃遁。

槍聲一停，士兵們擁到那幾個中彈倒地的兵士跟前準備給以急救。

然而，只有阿花和老馬還有一口氣，其他的已還魂乏術。

韓亞奮抱著阿花失聲地喊：「你怎麼啦？阿花，醒醒啊！阿花，你醒醒啊！」

阿花氣息奄奄，睜大瞳孔望著他。

韓亞奮把耳貼近阿花嘴邊說：「阿花，你想說什麼？阿花，你說話呀！」

「老……老……韓……」她氣若游絲，臉上卻露出一絲笑容，「我……我不……中用啦，你……不要……傷心！那……那架直升機……被我們……打……打下啦！我……真……高興，這下子……你們就就安全啦，是嗎？老韓！」

「阿花……」韓亞奮心如刀割，淚流滿面。

「老……老韓，」阿花氣喘吁吁，聲音越來越弱，「能……做你的妻子……是……是我的福氣，為同志……犧牲……我無怨無恨，現在……躺……躺在你懷裡，我……感到……很溫暖，很……很幸福！我……我知足啦，老韓！」說完，她閉上眼皮呼出最後一口氣。

「阿花……」韓亞奮悲痛欲絕，號啕大哭。

老馬傷勢過重，隨著也就咽了氣。

士兵們控制不住，個個悲不自勝，淚如泉湧。

夏志康捶胸頓足，對著躺在地上的兵士歇斯底里地喊道：「你們為什麼不聽我的命令？為什麼？為什麼？還有你，」他俯身扶起吉林妹，「你眼裡沒有我，你可以看不起我甚至敵視我，可是不能不要命哪！」

那四架直升機飛走後就沒回來過。士兵們把做竹排剩下的竹子削成篾片編了六具棺材，把那六個陣亡同志埋在六棵雨河東大樹跟前。

沈瑞揚把面向墓穴那一邊的樹皮刮掉，逐一在雪白的樹骨上刻上殉難同志的名字、哀悼挽詞和犧牲年月。山風蕭瑟，太陽偏西，全體士兵在墳地前列隊向陣亡同志致哀敬禮。

儀式完畢，夏志康和韓亞奮帶領部隊回去營地，沈瑞揚、吳大材和另兩個兵士去山壁腳下察看那架被打下的直升機。

那架直升機已燒成一堆廢鐵，四具屍體焦黑如炭，不成人形。沈瑞揚擔心敵人前來查考情況，便留下范童觀和另兩個兵士作暗中偵察。

六

夏志康的情緒落到谷底。為了打好這場仗，他運籌帷幄，煞費苦心。今早，敵機在蟒蛇窩上空擺的陣勢和垂直下降的方位全在他的算計之中，眼看這場仗就可旗開得勝，然而，作為突擊隊長的阿花以及幹部吉林妹和老馬等幾個竟然自作主張，不聽命令，結果累人累己，為這場原本可以完滿收場的勝仗付出沉重的代價。

戰場上流血犧牲乃兵家常事，何況一下就幹掉兩架直升機和機上的八個敵人，這樣的代價是划算的，值得的，夏志康理應不該如此消沉，然而，他並不這麼想。這些日子他妄自菲薄，英雄氣短，直到幾天前，突擊直升機場高奏凱歌他的精神才振作起來。不過，阿花的戰績也不遜色，在她的指揮下，黑水塘直升機場那場仗打得更精彩，幹掉的敵人以及繳獲的武器和戰利品比他多，士兵們給她的掌聲比他更熱烈。他心裡很不是滋味。不過，他要發憤圖強，重振雄風，要讓那些看不起他的人口服心服，刮目相看。沈瑞揚以破罐子當「誘餌」戲弄敵人給他靈感。他把握戰機，精心運籌；他獨具隻眼，明察秋毫；他多謀善斷，指揮若定；他見兔放鷹，見好就收。然而，出乎預料，阿花那組人竟然好高騖遠，違犯命令，給勝利蒙上陰影，給他的戰績留下缺憾。憤懣之餘，他痛定思痛，再三琢磨，仔細分析，一個魔鬼倏地從心中掠過，最後得出可怕的結論：大多數同志對兩年前營寨被炸、部隊北移失敗的事仍耿耿於懷，意見一旦相左，對他不滿甚至厭惡的情緒便油然而生。冰凍三尺非一日之寒，阿花、吉林妹、老馬等人不聽命令有其緣由，絕非偶然。雖然，剛才在檢討會上大家對他戰績倍加肯定和讚賞，然而，裂痕仍在，心病難除，嘉獎的話不過是畫餅充饑，只能聊以自慰，不能解決問題。事情既然已到這個地步，留在隊裡還有什麼意思？能有什麼作為？況且，廖內島隔山隔海，能不能安全抵達還是未知數；就算能安全抵達，得到兄弟黨的援助回到北馬，我又能扮演什麼角色……

夏志康輾轉反側，想了一整夜。

告別儀式結束，韓亞奮在幾位兵士的勸慰下也就隨眾人離開墳塋。回到營地，他自解自慰，情緒逐漸好轉。檢討會上同志們一致表揚阿花、吉林妹、老馬等六位同志奮不顧身的英勇事蹟，並追認他們為「第九分隊英雄典範」；此外，大會還授予阿花「最美麗的嫂子」的榮譽稱號。韓亞奮聽了啞然失笑，隨後也就心平氣和，精神逐漸抖擻起來。

阿花等六位同志的犧牲，沈瑞揚堪稱絞心肚，肝腸寸斷。不過，他得忍著，說得貼切些，他戎馬倥傯，思路紛繁，沒工夫也不允許讓悲哀的情緒在心中流瀉。這樣，一直到半夜，更深人靜、夜鷲泣血時，阿花、吉林妹、老馬等六位同志的影子倏地擁入腦際，他鼻頭一酸，淚如泉湧。

自進入森林當游擊隊以來，他流過兩次淚。頭一次是不久前，阿花回來告以雲杉和她家人的消息，他很激動，禁不住潸然落淚。第二次就是現時今宵，阿花的音容笑貌老在腦裡縈繞，叫她她不應，招她她不來，他嗒然若喪，眼淚如汩汩山泉湧個不停。

森林裡山風徜徉，空氣裡還含著硝煙味。

吊床外傳來踩踏枯葉的窸窣聲。沈瑞揚掀開帆布一看，原來是在隔鄰打吊床的韓亞奮。

「看你翻來覆去，睡不下嗎？」他問。

沈瑞揚爬起身，揉了揉太陽穴，一邊說：「腦子亂哄哄，一合眼就看見阿花，哪睡得下！」

「坐下吧，我們聊聊！」韓亞奮指著腳下的樹根說。

沈瑞揚跨下吊床，在樹根上坐將下來。「聊什麼？」他問。

「有件事想問你。先前我聽范童觀說今天早上夏志康對阿花等幾個陣亡同志大發牢騷，說他們看不起他，敵視他，把他的命令當耳邊風，是這樣嗎？」

「是的！我看他是一時衝動才會說出這樣的話！」

「不聽命令確實不對，應該指責，說他們看不起他、敵視他就過於偏激，和事實不符！」

「那是氣話，不必計較！」

「不盡是氣話。我看他是言之有物，另有所指！」

「也許是吧！他暗戀吉林妹，吉林妹卻無動於衷，他那些話是對吉林妹說的！」

「也不全是。這些日子他的心理很不平衡，一不順心就疑神疑鬼，真要不得！」

「江山易改，本性難移，沒奈他何。只要不違反原則，不影響大局，由他去吧！」

「說的也是，打直升機這場仗他的功勞最大！」

「精心運籌，掌握戰機，是他最大優點！」

「可惜，這個人脾氣古怪，很難和人相處！」

「金無足赤，人無完人。將就點吧！」

夜深霧重，寒氣逼人，山壁那邊忽然傳來猴崽的啼哭聲。

韓亞奮弄來兩杯開水。他們轉入其他話題，談到月落星沉、山雞啼叫方告結束。

天濛濛亮，士兵們剛起身，遠處忽然傳來隆隆的飛機聲。不一會，哨兵前來說是「吸血鬼」，四架，越過象牙頂朝大荒芭那邊飛去。

哨兵剛離開，飛機聲又響起，也是「吸血鬼」，兩架，越過他們頭頂，朝同樣的方向飛去。

沈瑞揚、韓亞奮、吳大材和幾個兵士坐在樹根上擦槍。夏志康前來提醒大家說昨天敵人損失了兩架直升機，今天可能會有行動。

沈瑞揚同意他的看法，建議部隊移去東邊豁口，這樣，如果情況告急就可在中午漲潮時撐竹排到紅樹林裡避一避。

夏志康笑道：「不必那麼緊張！敵人驚魂未定，不可能有大動作，不過，移去東邊豁口倒是刻不容緩，吃過早餐就動身，怎麼樣？」

大家點頭表示同意。

「還有一點，」夏志康繼續說，「今明兩天，我們的前哨工作一定要加強！」

沈瑞揚接話道：「對！偵察重點應該放在西邊豁口。」

坐在一旁的韓亞奮補充說：「山壁邊那架撞毀的直升機周圍也要特別注意！」

「對！」夏志康加強語氣，「我估計敵人會派兵到那裡收屍和視察直升機被擊毀的情況！」

「會嗎？那可好哇！」韓亞奮說得眉飛色舞，「多派幾個人手，來的敵人多我們按兵不動，人少的話就把他們吃掉。志康同志，你看行嗎？」

夏志康答道：「我看可以！你呢？老沈同志。」

沈瑞揚沉吟片刻，後說：「吃得下當然可以，我怕的是吃不了反而要兜著走！」

夏志康答道：「指揮員的判斷是否正確起著決定的作用！」

韓亞奮一拍胸膛說：「這任務交給我吧！」

「不，」夏志康打手勢阻止他，「哀兵必勝，你報仇心切，這點可以理解，不過，我比你合適！老沈同志，你說對嗎？」

沈瑞揚看他滿懷信心，便說：「好吧，我支持你，志康同志！」

用過早點，兵分三路，吳大材帶領八個兵士去西邊豁口巡行偵察，夏志康帶領四個秀才兵和兩個突擊隊員去那架直升機廢鐵堆邊打埋伏，其餘的把子彈物資搬去東邊豁口。

夏志康走後，韓亞奮對沈瑞揚說：「夏志康的心情很好，看來他昨天說的純粹是氣話！」

沈瑞揚點頭說：「但願如此！」

他們開始搬東西。東西不多，由於人手少，他們得搬好幾趟。子彈頗重，鍋碗瓢盆也不輕，一個兵士閃到腰，行走時反而要人攙扶。

他們把灶搭在紅樹林邊的林子裡。那是無煙灶，搭起來頗費工夫，另棚子架子也不能少。他們忙到午後太陽偏西才歇息。

今天是農曆十七日，剛入夜，潮水便緩緩漲進來。九點鐘，紅樹林裡一片汪洋，彈圖魚在氣根上跳躍嬉戲。

明月當空，紅樹林裡波光粼粼。夜色如此迷人，沈瑞揚和韓亞奮雖然身心疲憊，仍舊在紅樹林前的草地上促膝談心。他們談個人的問題，也談黨內的問題；談明天的事，也談去廖內島的事。到了廖內島能順利登岸嗎？登岸後能聯絡到兄弟黨嗎？能順利回去北馬機關營地嗎？這些都還是未知數啊！革命道路本來就充滿艱難險阻，當時進駐斷崖谷不也是艱苦卓絕，前途茫茫嗎？天無絕人之路，他們把握時機，沉著應戰，總算過關斬將，殺開一條血路。然而，前頭還有更險峻的山，更陡峭的壁，更艱險的路，不過，此時此刻他們沒有選擇的餘地，攔在前頭的哪怕是龍潭虎穴、火海油鍋也得闖過去。

他們談到夜闌人靜才上吊床就寢。

出乎預料，除了昨天早上那幾架吸血鬼在斷崖谷上空掠過之外，敵人沒有任何行動。西邊豁口不見敵兵蹤影，山腳邊的直升機殘骸沒人理，四具焦屍沒人收，濃烈的惡臭污染了周圍的空氣。

下午三點鐘，夏志康和吳大材帶領的人馬先後回到東邊豁口。

日薄西山，他們提早吃晚餐。吃完後把竹排扛到小河邊。竹排有六個，現在只剩二十人，每個載五個人，只需四個。經過檢查後，他們把剩餘的兩個拆散棄於水溝邊。紅樹林裡枝幹橫生，水道曲折，為防止迷路或走失，吳大材把四個竹排用藤皮繩連系著。每個相距約二十米，這樣如果有事就可互相照應。

入夜，潮水開始上漲。大家輕裝就道在小河邊等候。竹排隊形已經排好，吳大材和四個突擊隊員走在前頭，下來是沈瑞揚和另四個兵士，韓亞奮、范童觀、趙小康和另兩個兵士居第三，夏志康和四個秀才兵走在後頭。

八點多鐘，潮水已經漫過河岸，他們推下竹排，劃槳起程了。他們沿著先前打下的木樁記號，竹排走得很順利。越走越遠，周圍枝葉越來越密，月光碎片越來越少，紅樹林裡越來越暗。

「小心，跟著來！」前頭的吳大材邊走邊向後頭的人喊。

「放心，我們來了！」後面的人邊走邊應。

走了一陣，韓亞奮發覺後頭的竹排忽然靜下來。

「志康同志，跟上來嗎？請回話！」韓亞奮往後大聲喊。

沒有回應，後面靜悄悄。

「怎麼回事？」韓亞奮喃喃地問。

范童觀說：「他們好像沒跟上來！」

趙小康說：「剛才漂過一個大木頭，他們會不會被梗住了？」

韓亞奮立刻去拉藤繩。「啊！」他驚叫一聲，「繩子斷啦，怎麼會？」

趙小康說：「一定是被剛才那個大木頭拽斷的！」

「不是，你們看，」韓亞奮晃了晃拉回來的繩頭，「碴口是用刀砍的，夏志康跑啦！」

「啊？怎麼會？」大家驚叫道，由於光線不足，便伸手去摸繩頭。

韓亞奮繼續說：「砍斷繩子，這說明夏志康要和我們一刀兩斷！」

范童觀罵道：「真他媽的，這狗東西肯定是想去找何鳴當叛徒！」

一個兵士說：「夏志康近來很積極，仗也打得好，怎麼突然會這樣？想不通啊！」

韓亞奮揮揮手說：「快劃吧，別理他！」

劃出紅樹林，班枷河在望。

月光皎皎，河水溶溶。吳大材叫搭檔放慢速度。三個竹排逐漸靠攏。

「喂！老韓，夏志康他們呢？」沈瑞揚急忙問。

韓亞奮應道：「開小差啦！」

一個問：「開小差？去哪裡？」

范童觀應道：「找何嗚去啦！」

沈瑞揚錯愕了一下，沉下臉不再說話。

韓亞奮喟然說道：「最叫人放心不下的事還是發生了！老沈，你看怎麼著？」

沈瑞揚應道：「不怎麼著！天要下雨，娘要嫁人，由他去吧！」

吳大材罵道：「最後關頭才來這一招，真他媽的龜孫子！」

沈瑞揚揮了揮手說：「別談這個，走吧，去河口看看蕭崗他們的船來了沒有！」

三個竹排傍著木樁記號向前漂去。十五分鐘後來到最後一根木樁。吳大材說前面就是班枷河。

沈瑞揚拿出地圖，藉著月光看了一會，說：「這裡是河汊口，蕭崗停船的地方應該在那一帶，喂，」他提高嗓子指向左邊，「我們往那邊劃，小心別撞到樹茬頭！」

劃了二十幾分鐘，穿過幾個長滿水蘆葦的小汀渚，范童觀忽然指向前頭說：「你們看，那裡好像有人打手電！」

大家朝他指的方向望去，只見幾百米外有一道黑影，黑影裡有閃光，閃兩下，停一下。

「那黑影就是船，」吳大材興奮地說，「錯不了，快劃過去！」

大家鼓足精神使勁地劃，竹排速度加快。

河面上月白風清。大家漸漸地看清楚了，吳大材說得沒錯，那黑影是一艘船。閃燈愈加顯眼，船尾甲板上有三個人影。竹排漸近，大家看清楚了。左邊個子矮的就是蕭崗，右邊高的是陸山，中間那個是陸山的哥哥陸海，也叫魯智深，那是外號，當時蕭崗怕暴露他的身分而隨口取的。

靠近船時，船上的人給他們拋下繩子。竹排挨著船尾。士兵們陸續登上甲板。蕭崗、陸山和魯智深興奮地和他們握手問候。

然而，歡悅的氛圍轉瞬即逝。

「怎麼就你們這十幾個？」蕭崗驚異地問。

「是嘍！」陸山愕然變了臉色，「阿花呢？還有老馬和吉林妹，他們怎麼啦？」

沈瑞揚深深歎了口氣，把阿花、吉林妹、老馬等同志犧牲的事坦然相告。

蕭崗聽了後問：「那麼，夏志康和那幾個秀才兵呢？他們怎麼沒和你們一起來？」

沈瑞揚指向韓亞奮，一邊說：「你問他吧！」

韓亞奮說：「夏志康和那四個秀才兵坐最後那個竹排，上路不久他們就砍斷繩子，不見了！」

吳大材接話道：「他們走回頭路，肯定是去找何鳴！」

陸山插話說：「他們除了投降外沒有別的去路！」

「他媽的！」蕭崗恨得咬牙切齒，「這傢伙老鬧情緒，我們已經夠寬容，到頭來還是跑了，心好黑呀！」

「還不怎麼黑，」沈瑞揚換了口氣，「他們如果早幾天走，我們的麻煩就大啦！」

韓亞奮恍然說道：「對呀，他早走的話，我們的計畫就泡湯啦！」

「有幾件事請大家注意，」蕭崗拍拍手換了話題，「第一，你們的衣服必須換一換，那裡有兩大包，肥瘦高矮全有，回頭自己去選；第二，大家的槍可藏在座位下，短槍必須插在衣服內，別露出馬腳；第三，」他指著魯智深，「這位就是魯智深陸大哥，他是一船之長，在海上大家必須聽他的。好了，陸大哥，你給大家說幾句！」

魯智深皮膚黝黑，卻有一口雪白的牙齒。「各位兄弟，」他臉上帶著詭譎的笑紋，「你們換上衣服就是平民了，既然是平民就該安分一點。守法一點，有什麼事就忍一忍，行吧？」

蕭崗答道：「我們沒問題，你這個酒肉和尚才叫人擔心哩！」

魯智深擺手說：「甭驚甭驚，我魯智深沒喝酒，比和尚還能忍！」苦中作樂，聊以自娛。他倆的話逗得眾人哈哈大笑。

大家換好衣服藏好槍，在船艙兩邊的長條凳上坐將下來。

吳大材看魯智深還坐在那裡吸煙，便問：「陸大哥，怎麼不開船？等什麼？」

「等退潮！」魯智深說，「對岸有個馬來村，半夜三更的引擎聲特別大，我怕會引起他們的注意。」

「退潮後他們就聽不見引擎聲嗎？」吳大材又問。

魯智深應道：「到時不開引擎，用竹竿撐，讓船順流水漂著走。現在已經平流，再等一下就可起錨啦！」

「哇！」范童觀驚叫道，「這裡離海口有十幾里遠，要漂到幾時呀？」

蕭崗搭茬說：「半個多鐘頭吧！前頭有個彎角，彎角後盡是爛芭，直到河口都沒人住。過了彎角就可開動引擎快速前進。」

「你們這次遇到什麼困難嗎？」沈瑞揚轉個話題問。

蕭崗揚起眉梢說：「還算順利！嘿，告訴你一個好消息，廖內島丹絨檳榔那間雜貨店聯絡上啦！」

「是嗎？你是怎麼聯絡的？」沈瑞揚一臉疑惑地看著他。

蕭崗掏出一張明信片遞給他一邊說：「你看，Timur kedai，翻譯成中文就是東昇商店；店東叫努山德利，中文名叫陳德利。有這張名片，去廖內島的事心裡也就踏實啦！」

「喂，」魯智深突然說，「潮水開始退了，起錨啦！」說完到船頭去拉繩子。

蕭崗本想過去幫忙，陸山和吳大材卻搶先了。

錨很快就被拉起。陸山和吳大材用竹竿撐船，魯智深回到駕駛艙把舵。船徐徐往下流漂去。

沈瑞揚問蕭崗：「你怎麼會有這張名片？」

蕭崗繼續說下去：「九灣港和丹絨檳榔之間還有客船來往，每天一趟。開船的是魯智深的朋友。我叫魯智深托他的朋友打聽Timur Kedai老闆的為人。沒想到三天後竟然有消息，原來東昇商店很出名，店東努山德利的名字在廖內島無人不曉。這張名片就是魯智深的朋友拿回來的！」

「好極了！」沈瑞揚樂得猛拍他的肩膀，「這是意外的收穫，可喜可賀！對了，我們幹掉兩架直升機的事你們知道嗎？」

蕭崗欣喜地說：「知道知道，這才是可喜可賀，我聽到消息後樂得整晚睡不下覺。嘿，這事還見報呢！」說完走進駕駛艙向魯智深要來一份報紙。

「你看，」他展開報紙扭亮手電筒指著一行標題唸道：「馬共第九分隊實力依然強大，兩架天鷹型武裝直升機遭擊落。哈哈，幾顆紅頭子彈就把敵人搞得暈頭轉向！大衛・羅伯特說要重估我們的實力，重新制定有效的策略！」

陸山接話道：「聽說大衛・羅伯特聽到消息當場暈倒！」

「我們也付出沉重代價，」沈瑞揚的聲音霍然變得很沉重，「阿花、吉林妹、老馬和另外三個同志就是在那場戰鬥中犧牲的！」

蕭崗抿了抿嘴，慨然說道：「戰爭是殘酷的，流血犧牲勢所難免！夏志康臨陣退卻，什麼原因？」他問。

沈瑞揚應道：「原因很複雜，說來話長！」

蕭崗神情肅穆地說：「歸納一下，長話短說！」

沈瑞揚應道：「他這麼做我也感到意外！這幾天他幹勁十足，表現特別好，突擊直升機場他立了大功，襲擊直升機那場戰鬥是他一手策劃和指揮的！我以為他已經甩掉思想包袱，輕裝上陣，回到革命正路，沒想到最後時刻才和我們分道揚鑣。為什麼會這樣，我現在沒功夫去想，等腦子靜下來後再好好推究，仔細琢磨。不過，這件事卻令我悟出一個道理：人是複雜的，訴求和表現是多面性的，是非好壞不能單從政治角度看，否則就會有偏差，出亂子！」

蕭崗拍掌叫道：「說得對！不過，」他臉上霍地露出一絲含意頗深的笑紋，「你這個領悟傳出去的話，何鳴之流的中央領導又要降你的職嘍！」

「是的！」沈瑞揚點了點頭，「黨像個孩子，營養不足發育就不會健全；我們黨內，極左、極右和投機分子還真不少，堅持真理就得冒挨批挨鬥的險，早期中國的共產黨也是一樣，毛澤東在井岡山時還被開除黨籍呢！」

說著說著，船已漂進彎角。一出彎角前頭便是一片汪洋，要不是那些「亞答」叢根本分不清哪是河哪是岸。

蕭崗指向天空說：「月亮『扛架』（風圈），可能會颱風。」

魯智深則指向南邊天腳說可能會下雨。大家往他所指的方向看去，只見那裡有一堆烏雲。

魯智深接著說：「那是『黑臉東』，天一亮就打風，挺厲害的！」

魯智深開動引擎，船身顫了一下便徐徐往前推進。走了一陣速度加快，船頭濺起水花，突突突地朝海口駛去。

來到河口天已經濛濛亮。小飛魚在水面上跳躍嬉戲，一群群海鷗掠過船頂。大家精神振奮，睡意全消。

太陽剛浮出水面又被雲層遮住。天色轉暗，海面上有薄霧，遠處忽然出現一個藍色小點。魯智深說那是水警巡邏艇。

「會來查我們嗎？」韓亞奮問。

「有可能，你們要防備一下！」他說。

「巡邏船裡有多少人？」沈瑞揚問。

魯智深燃起一根煙說：「頂多五六個！」

韓亞奮問他道：「怎麼防？」

魯智深吸了口煙說：「辦法有兩個：一，塞錢消災；二，三下五除二，花幾顆子彈把他們幹掉！」

蕭崗狡黠地笑道：「你剛才不是叫我們要安分守法嗎？」

魯智深揮手說：「屌！人家都要你的命了，還守什麼法？」

「不會打草驚蛇嗎？」韓亞奮又問。

「甭驚，」魯智深提高嗓子，「海這麼寬，風這麼大，幾聲槍響，除了海龍王誰也聽不見！」

蕭崗又問：「你看那只船離我們有多遠？」

魯智深叼著煙說：「多遠沒法量，來到這裡差不多要半個鐘頭。」

那片烏雲又濃又厚，像妖魔施法沒幾分鐘就布滿天空。

起風了，下雨了，浪越來越大，船身搖擺不定。

韓亞奮回到座位，沈瑞揚和蕭崗則坐在側門邊的凳子上不再說話。

魯智深彈掉煙蒂哼起小調：「桃花江是美人窩，桃花千萬朵也比不上……」一個白頭浪冷不防地打橫衝過來，「哎呀！」他驚叫一聲，回過頭朝艙裡的人喊道：「喂，海龍王生氣啦，把帆布放下來，窗下面有鐵鉤！」

語音剛落，又一個白浪頭劈頭蓋臉地朝船頭衝來。魯智深稍微減緩速度，擺動方向盤，船頭稍微一拐，船身便切浪而過。浪花如傾盆般從左邊側門潑進來，沈瑞揚和蕭崗首當其衝，上半身全濕了。

「喂，好哇！」魯智深回過頭來喊道，「海龍王深明大義，幫你們來啦！」

蕭崗揮掉臉上的水滴，一邊說：「我們都成了落湯雞啦，幫個屁！」

魯智深哈哈笑道：「那是仙露呀！『黑臉東』來啦，那些水警最怕死，跑都來不及，哪還敢來查我們！」

沈瑞揚和蕭崗到他身邊舉眼向四周搜索了一下，那只巡邏艇已經不見蹤影。

風越來越大。電光閃閃，雷聲隆隆。雨點如箭，白頭浪鋪天蓋地。

好幾個兵士暈船。韓亞奮問魯智深有沒有風油。魯智深搖搖頭，叫他們忍一忍，過一陣就沒事。

船頭啪啦啪啦，浪花飛濺。半個鐘頭後，浪小了，雨停了，天空豁然開朗。一群海鷗掠過船頂朝遠方飛去。

魯智深說船已經進入公海，在公海不論做什麼馬來亞的海關和水警都無權干涉。

風平浪靜，海水湛藍，尖嘴魚成群結隊，在船邊逐浪跳躍。

士兵們卷起帆布。陽光照進船艙。清涼的海風沁人心脾。

然而，大海變幻無常，西邊天腳又湧起一堆烏雲。

「不好，」魯智深指著那堆烏雲說，「那是『烏腳西』，發起脾氣來比剛才的『黑臉東』還厲害！暈船的人可要小心啦！」

「烏腳西」的來勢比「黑臉東」還要快還要猛，眨眼間就把太陽遮住。

天色昏暗，海水變黑，尖嘴魚銷聲匿跡，海鷗不見蹤影。

風不大，浪卻一個比一個高。電光閃閃，雷聲卻很遠。海豚出來了，三五成群在海面上騰躍戲浪。

魯智深神情專注地擺著駕駛盤越過一個個巨浪。走了二十幾分鐘，前頭出現一列小島。

「啊！到了嗎？」幾個兵士興奮地擁前來指著那列小島問。

魯智深擺手應道：「走不到一半，還遠著哩！」

「那是什麼地方？」韓亞奮問。

魯智深應道：「是荒島，沒人住，聽說島上有很多毒蛇！」

浪緩緩地湧過來，不急，卻很高。船被推上浪峰又重重摔到波谷。魯智深從容地擺著方向盤。

「全是軟浪，」他說，「『烏腳西』過後必有龍捲風。嘿！龍捲風鬼都怕，千噸輪船也會被吹上山頂！」

「我們的船這麼小，怎麼辦？」韓亞奮青著臉問。

「沒事！」魯智深指向前頭偏左的一列小島，「去那裡避一避，等龍捲風吹過去才走！」

「你怎知道『烏腳西』後會有龍捲風？」沈瑞揚好奇地問。

魯智深搔搔頭皮說：「我說不上來。不信的話等著看好啦！」

船顛上顛下地朝那列小島駛去。不一會兒進入兩個小島之間的峽道。峽道裡風平浪靜，兩岸的猿聲鷹啼清晰可聞。

穿過峽道，前頭出現一列小島，大大小小排成弧形。島上草木蔥蘢，岸邊沙灘潔白，島外海水清澈。

沈瑞揚和蕭崗站在船頭對著周圍美景讚歎不已。

船剛停下，前頭小島的縫隙間出現兩艘小火輪，另左邊也有幾艘大帆船徐徐駛進來。魯智深說那些船都是來避風的。

烏雲如千軍萬馬在小島上空奔騰。風颼颼地刮著。島上的樹木嘩啦嘩啦地響。一陣電光霹靂之後，雨點如急箭般斜射下來。

「你們看！」魯智深指向峽口大聲喊。

大家朝峽口望去，只見剛才走過的海面上卷起一道螺旋煙柱，像怪獸般張牙舞爪往空中升騰。

島外白浪滔天。島內波平如鏡。

魯智深點燃一根煙，打趣地說：「錢從天上掉下來是講古，天上掉下魚來確實有這回事！幾年前我就遇過，一條尖嘴馬鮫，兩斤多重，掉在船頭，我嚇了一大跳。什麼原因，你們猜！」

大家盡搖頭：「沒法猜，你說！」

魯智深噴著煙說：「是被龍捲風卷上天空後落下來的！」

魯智深見多識廣、經驗老到是個好舵手。儘管此行一髮千鈞大家對他依舊信心滿滿。沈瑞揚感到慶幸，心裡同時想：我們的黨有一個像魯智深這樣駕輕就熟的好舵手就好啦！

風漸緩，雨卻更大，嘩啦嘩啦，海面上一片迷蒙。

蕭崗拿出餅乾食水給大家充饑解渴。

魯智深說暈船的人別吃太飽，因為龍捲風後還會打浪。談虎色變，暈船的兵士聽了後連水也不敢多喝。

半個鐘頭後，雨點轉小，天空逐漸開朗，龍捲風消失了。

魯智深開動引擎把船駛出峽口。果然，船一駛出峽口，浪頭就一個接一個地朝船頭衝來。船身歪來斜去，浪花從兩邊側門潑進來。沈瑞揚和蕭崗回到船艙裡。幾經折騰，身心疲憊，大家都閉上眼睛隨船身而晃蕩。

魯智深感到寂寞，口裡哼起小調：「桃花江是美人窩，桃花千萬朵也比不上你的酒窩……」

尾聲

夏志康砍斷藤繩和四個秀才兵回到谿口。隔天早上，他們備好白旗走出斷崖谷。來到西邊谿口，他叫那四個秀才兵暫時隱蔽，逕自高舉白旗去附近的直升機場找野戰隊長官。

來到離直升機場還有一公里哨兵就發現了他。由於他高舉白旗，哨兵沒開槍。

「站住，別動！」哨兵向他喊。

他高舉雙手，岔開兩腿，像凝固了一般紋絲不動。

幾個哨兵過來搜他的身。

他用馬來話說：「我是來投誠的，請你們帶我去見你們的長官！」

哨兵沒理他，卻問：「你的槍呢？放在哪裡？」

夏志康答道：「帶我去見你的長官，然後才告訴你！」

那幾個哨兵互相看了一眼，便把他帶進柵門交給一個佩戴袖章的小兵頭。小兵頭帶他去見佩戴肩章的大兵頭。大兵頭是個洋人。夏志康用馬來話自我介紹。洋兵頭聽不懂，叫來一個華籍「大狗」（警長）當翻譯。

夏志康從衣袋裡掏出那張粉紅色的傳單問翻譯警長：「裡頭寫的賞金數額是不是真的？」

警長把他的話譯成英語。

洋兵頭聽了忙點頭說：「Sure, I can guarantee!（當然，我可以保證！）」

警長把話翻譯之後對夏志康說：「我們說到做到，你不必懷疑！你帶來多少人？」他問。

夏志康答道：「四個，都是幹部！傳單裡寫的賞金多久才能兌現？」

警長應道：「很快的，別擔心！你的上司何鳴先生現在不是發財了嗎？走，帶我們去找你的同伴！」

夏志康馬上更正他：「他們是幹部，高級幹部！」

投誠的幹部賞金豐厚，帶隊者也可得到一筆數目不小的獎勵金。

夏志康和那四個秀才兵終於如願以償。

兩天後，報紙登出夏志康帶領同袍投誠的消息，新聞旁邊還有一幀何鳴和夏志康勾肩搭背的合影照片。

當天一早，剿共局出動工程兵到各村各鎮拆除鐵絲網柵門，同時以擴音喇叭向村民宣布解除戒嚴的好消息。

完稿：二〇〇八年一月八日
一校：二〇〇八年二月十六日
二校：二〇〇八年四月七日
三校：二〇一九年正月初六吉日

後記

歷史小說有兩種表現手法：一是以歷史事件和人物為對象，在史實框架內進行創作，為展開故事貫串情節，適當的虛構、想像、刻劃等藝術加工是必要的。中國作家二月河的《康熙大帝》、唐浩明的《曾國藩》，凌力的《少年天子》、《夢斷關河》，邱恒聰、吳振錄合著的《山帥》以及義大利作家喬萬尼奧里的《斯巴達克斯》等名著都屬於這一類。創作這類小說，作者必須洞悉史實，熟悉歷史人物，所以其難度很高；二是取材於某個歷史事件，從而進行藝術加工，故事情節純熟虛構，人物有真有假，真的未必全真，假的未必全假。中國作家羅廣斌和楊益言合著的《紅巖》、高建群的《最後一個匈奴》、都梁的《亮劍》，英國作家狄更斯的《雙城記》等就屬於這類作品。故事情節、刻劃人物擁有「天馬行空」式的發揮空間，寫起來比前者簡易得多。

《在森林和原野》寫的是上個世紀四五十年代的事。內容以馬來亞共產黨帶領民眾反抗日本侵略、反英殖民統治的英勇事跡為主線。時代背景是真實的，發生地點和時間跨度是確切的，人物和故事則真假參半。馬共柔佛州州委投敵叛變、馬共總書記萊特和日本特高科暗中勾結、新村政策和村民吃大鍋飯、九・一黑風洞慘案等都是真有其人確有其事；政治犯越獄、游擊隊伏擊敵人運薪車、以AK步槍射擊直升機等章節卻是三分真實七分想像和虛構。這部長篇該屬於上述的第二類。

英國人統治馬來亞包括新加坡一百五十年。一九四一年太平洋戰爭爆發，日軍在馬來半島東北部登陸，長驅南下抵達新加坡。號稱「東方雄獅」的英軍竟然不戰而降，反而是馬共臨時組織的抗日軍英勇殺敵頑抗到底。日本血腥統治新馬三年八個月，數十萬平民百姓被殺害。一九四五年日本投降，英軍以勝利者姿態回來繼續統治馬來亞。一九四八年馬共重返森林和英軍對抗。馬共抗日抗英歷時三十多年，在馬來西亞和新加坡歷史上占有重要位置。由於涉及種族、時政、意識形態等敏感問題，這段歷史始終處於被遮掩狀態。

我寫《在森林和原野》是「鋌而走險」的。

我在馬來西亞柔佛州出世，在森林邊沿長大。我熟悉森林，熟悉當年在那裡活動的馬共武裝分子。從我從事文學創作開始，我就把森林和馬共視為一座具有深厚內涵的文學礦山。

上個世紀八〇年代末，我退出商場回到書的世界。我著手整理積存已久的馬共材料，同時回返故鄉邊佳蘭走訪好些當年馬共出沒的村子，隨後到廣州造訪當年被驅出境的馬共人員。一年多的奔波探索，我對馬共組織、地下活動、游擊生活等情況有更深一層的認識。

一九八九年馬共放下武器回歸社會。這場革命鬥爭走入歷史。不過，平民百姓依舊避諱馬共，專家學者一如既往隻字不提，文藝工作者更是談馬共而色變。氛圍依舊沉鬱緊張，我同樣有所顧慮。思前想後，衡量再三，十分無奈，只好放棄。這個決定是非常痛苦的。

然而，沒多久我就改變想法。二〇〇二年六月間，我攜妻到馬來西亞檳城和泰國南部城市合艾度假。在合艾期間，順便到鄰近也拉府的邦朗和平村游覽。馬共下山後聚居於泰國南部好幾個村子，邦朗和平村是其中之一。當時我是抱著「到此一遊」的好奇心，然而，抵達後卻如進入寶山流連忘返。原來，上個世紀五六十年代新加坡知名作家、《小茅屋》的作者賀巾就住在那裡。在他的指引下我造訪了好些戰士，他們熱情好客，真誠相待。他們有問必答，把當年的森林生活、紮營和戰鬥情況一五一十地告訴我，同時把「肅反」期間蒙受的冤屈毫不保留和盤托出。賀巾告訴我勿洞縣還有兩個村，一是馬共主力第十二支隊落腳處，叫第十二和平村，另一個是當年因不滿中央實行「肅反運動」而分裂出去的二區分隊聚居地，叫友誼村。那兩個村規模更大，人更多，機關領導多半住在那裡，去走一趟肯定有收獲。

我在邦朗和平村待了三天，然後轉去勿洞縣。

勿洞縣和馬來西亞只有一山之隔。市區勿洞鎮乃泰南旅客聚散地，很熱鬧。第十二和平村離勿洞市區十多公里，山路曲曲彎彎，乘車得一個半鐘頭。我在那裡待了三天，在村向導老張的引導下訪問了十幾戶人家。他們胸無城府，開誠相見，告訴我許多鮮為外人所知的事，如物色營地、遷營，埋藏糧食，造雷埋雷和佈雷，地道戰和麻雀戰的打法，做竹排過河，用AK步槍射擊直升機等等。我頓開茅塞，受益匪淺。

我在友誼村待兩天。二把手老蔡是我的同鄉——客家人。我們一見如故，講客家話倍感親切。他知無不言，言無不盡，從他那裡我得到許多關於「肅反」和他們「離隊」的第一手資料。

和平村和友誼村之旅令我精神抖擻，勇氣倍增。樸實的民風和村民崇高的氣質令我感動。身在村裡，我感受到「社會主義」的和諧氛圍，即使在社會主義的中國也是沒法感受到的。

和平村和友誼村底蘊深厚，富傳奇色彩也充滿藝術靈感，畫家、音樂家、詩人來到那裡肯定滿載而歸。

「森林和馬共」這個已放棄的題材在我腦裡衝撞不已。

心癢難抓，躍躍欲試，回到新加坡後我撇開瑣事，心無二用，在電腦前奮指（筆）疾書，在小說世界中馳騁漫游。

二〇〇八年初文稿殺青，掐指一算，足足寫了五年。取書名對我來說是項苦差，作品完成後，我往往要花好長時間想書名。這部新作也不例外，琢磨了好久沒一個合意的。一天，半夜醒來，輾轉難眠，起身亮燈拿過床頭書，剛翻開，「在森林和原野」這幾個字蹦地跳進腦際。唷，好名字！我興奮到天亮。

《在森林和原野》原是一首芬蘭（一說是丹麥）民歌，歌詞大意是在森林和原野多麼逍遙，那開花結果的樹多麼美麗，鳥兒在舞蹈歌唱，朋友啊你為甚麼苦惱和悲傷……。曲調活潑，旋律輕快，唱來瑯瑯上口。

然而，當年的英殖民政府患上嚴重的「馬共綜合癥」，聽到森林就惶恐不安，立刻設立法令，宣佈這首歌為禁歌，唱者或擁有詞曲者將被控上法庭。弔詭的是，禁令一出，這首歌竟然被左翼工人、學生當成反殖民主義的革命歌曲。他們聚會時唱，罷工時唱，罷課時唱，示威遊行時也在唱。歌聲穿雲裂石，此起彼伏，氣得政治部警官和特務吹鬍子瞪眼的。以這首民歌作書名別有意義。

馬共走進歷史已近三十年，這個題材始終沒人敢碰，我卻濃墨重彩直描不諱。兩個月後書出版了，朋友讀後捏把冷汗，說我單刀直入闖敏感禁區，一旦追究麻煩可大。劍鳴匣中，已經豁出去，我等著。兩年悄然過去，書已賣得七七八八，然而風平浪靜，沒人找上門，我出入平安。

二〇一〇年，英譯本《Deep in The Jungle》出版。《海峽時報》（英文報章）作大篇幅介紹。三個月後我接到納丹總統的來信。他說讀了《Deep in The Jungle》後感觸頗深，邀我於某月某日到總統府和他共進午茶。我受寵若驚，依時赴約。他說上個世紀五六十年代因工作關系每個月都到我的故鄉邊佳蘭公幹。他說他對那裡的馬共情況知道的比我還多。這話不假，因為那個時候我還是個不知天高地厚的孩子。他說我這部作品題材新穎，人物生動，故事感人，是新加坡不可多得的長篇佳作。他贊賞我鍥而不捨、孜孜不倦的寫作精神。他鼓勵我繼續努力，多寫幾部反映歷史、反映時代的長篇巨著，為新加坡文學藝術創造奇跡。之後我們還談到文學創作和翻譯等問題。茶敘歷時四十五分鐘。

我提這件事是要印證我之前的諸多顧慮都是杯弓蛇影，妄加猜疑，「天下本無事，庸人自擾之」，回頭一想不禁啞然失笑。

新加坡歷史區區兩百年。豬崽賣身，披荊斬棘，開荒辟地，日本血腥統治，滅絕人性，英國人長期欺壓剝削，吸盡民脂民膏。馬共抗日抗英餐風露宿三十多年，這部歷史深沉厚重，每一頁都血跡斑斑。

我寫《在森林和原野》是對歷史題材的大膽嘗試。它的出版和再版希望能拋磚引玉，喚起更多作者投入這座文學寶山進行挖掘，寫出反映時代、反映歷史的長篇佳作，為新加坡文壇沙漠帶來生機，增添活力。

最後我要感謝臺灣秀威資訊科技股份有限公司出版此書，讓我的作品有機會和臺灣讀者見面。參與編校此書的編輯同仁勞苦功高，我向他們致以崇高敬意。

流軍

二〇一九年農曆正月初六吉日

醸小說108　PG2205

在森林和原野

作　　者	流　軍
責任編輯	林昕平
圖文排版	周妤靜
封面設計	蔡瑋筠

出版策劃	釀出版
製作發行	秀威資訊科技股份有限公司 114 台北市內湖區瑞光路76巷65號1樓 電話：+886-2-2796-3638　傳真：+886-2-2796-1377 服務信箱：service@showwe.com.tw http://www.showwe.com.tw
郵政劃撥	19563868　戶名：秀威資訊科技股份有限公司
展售門市	國家書店【松江門市】 104 台北市中山區松江路209號1樓 電話：+886-2-2518-0207　傳真：+886-2-2518-0778
網路訂購	秀威網路書店：https://store.showwe.tw 國家網路書店：https://www.govbooks.com.tw
法律顧問	毛國樑　律師
總 經 銷	聯合發行股份有限公司 231新北市新店區寶橋路235巷6弄6號4F 電話：+886-2-2917-8022　傳真：+886-2-2915-6275

出版日期	2019年4月　BOD一版
定　　價	540元

國家圖書館出版品預行編目

在森林和原野 / 流軍著. -- 一版. -- 臺北市：
釀出版, 2019.04
面；　公分. -- (釀小說；108)
BOD版
ISBN 978-986-445-321-4(平裝)

857.7　　108003966

讀者回函卡

感謝您購買本書，為提升服務品質，請填妥以下資料，將讀者回函卡直接寄回或傳真本公司，收到您的寶貴意見後，我們會收藏記錄及檢討，謝謝！
如您需要了解本公司最新出版書目、購書優惠或企劃活動，歡迎您上網查詢或下載相關資料：http:// www.showwe.com.tw

您購買的書名：______________________________

出生日期：________年________月________日

學歷：☐高中（含）以下　☐大專　☐研究所（含）以上

職業：☐製造業　☐金融業　☐資訊業　☐軍警　☐傳播業　☐自由業
☐服務業　☐公務員　☐教職　☐學生　☐家管　☐其它_____

購書地點：☐網路書店　☐實體書店　☐書展　☐郵購　☐贈閱　☐其他

您從何得知本書的消息？
☐網路書店　☐實體書店　☐網路搜尋　☐電子報　☐書訊　☐雜誌
☐傳播媒體　☐親友推薦　☐網站推薦　☐部落格　☐其他__________

您對本書的評價：（請填代號　1.非常滿意　2.滿意　3.尚可　4.再改進）
封面設計____　版面編排____　內容____　文／譯筆____　價格____

讀完書後您覺得：
☐很有收穫　☐有收穫　☐收穫不多　☐沒收穫

對我們的建議：______________________________

____

____

____

請貼
郵票

11466
台北市內湖區瑞光路 76 巷 65 號 1 樓
秀威資訊科技股份有限公司 收
BOD 數位出版事業部

(請沿線對折寄回，謝謝！)

姓　　名：＿＿＿＿＿＿＿＿　年齡：＿＿＿＿　性別：□女　□男

郵遞區號：□□□□□

地　　址：＿＿＿＿＿＿＿＿＿＿＿＿＿＿＿＿

聯絡電話：(日)＿＿＿＿＿＿＿＿＿＿(夜)＿＿＿＿＿＿＿＿＿＿

E-mail：＿＿＿＿＿＿＿＿＿＿＿＿＿＿＿＿